作家IP工场　◎　长篇历史小说

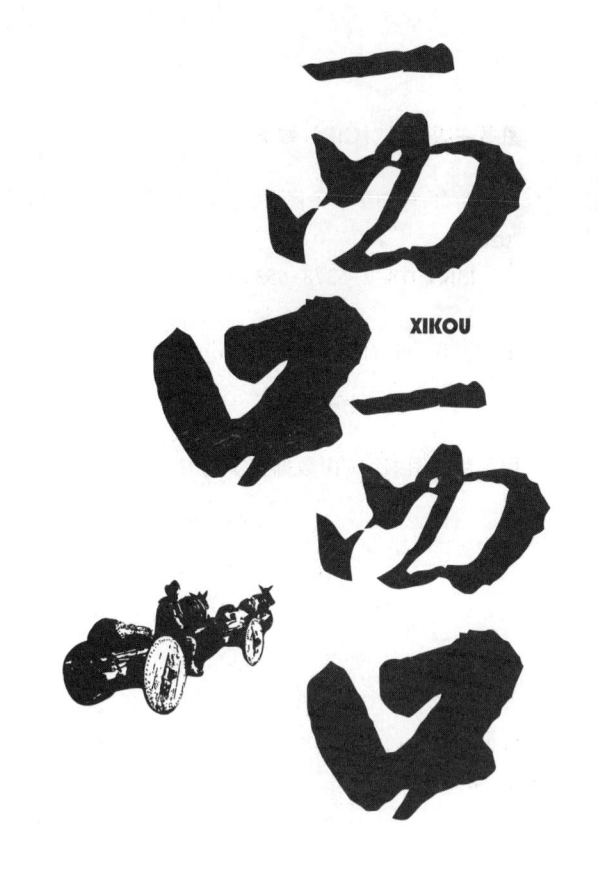

李爱民　著

西口

XIKOU

山西出版传媒集团　北岳文艺出版社

·太原·

图书在版编目（CIP）数据

西口,西口 / 李爱民著. —太原：北岳文艺出版社，2022.7
　　ISBN 978-7-5378-6535-7

Ⅰ.①西… Ⅱ.①李… Ⅲ.①长篇历史小说—中国—当代 Ⅳ.①I247.5

中国版本图书馆CIP数据核字（2022）第050759号

西口,西口
李爱民　著

出 品 人 郭文礼	出版发行：山西出版传媒集团·北岳文艺出版社 地址：山西省太原市并州南路57号 邮编：030012
策划编辑 王朝军	电话：0351-5628696（发行部）　0351-5628688（总编室） 传真：0351-5628680
责任编辑 高海霞	印刷装订：山西新华印业有限公司 开本：787 mm × 1092mm　1/16 字数：359千字　印张：24.25
装帧设计 张永文	版次：2022年7月第1版 印次：2022年7月山西第1次印刷
印装监制 郭　勇	书号：ISBN 978-7-5378-6535-7 定价：59.80元

本书版权为本社独家所有，未经本社同意不得转载、摘编或复制

解读走西口（代序）

李爱民

　　清朝建立初期，统治者为了防止蒙、汉民众交流团结进而聚众造反，对其统治形成威胁，在长城北边人为设置了一条隔离带，将两个民族隔离开来。这样就形成了两个民族毗连而居，却老死不相往来的局面。然而随着清廷稳定后的休养发展，中原地区人口迅速增长，土地兼并严重，人多地少的矛盾日益突出，再加上自然灾害频发，民不聊生。而蒙古地区则地广人稀，大量土地闲置浪费。内地丧失土地的贫民冒着杀头的危险纷纷进入蒙古地区逃荒谋生。在此关乎国计民生的大是大非面前，清廷被迫于康熙三十六年（1697）下达了"禁留地"开放令，允许少数汉人持票进入蒙古垦殖。走西口的大门由此打开。

　　"走西口"与"闯关东""下南洋"，是同时期形成的几股较大规模的移民潮，几乎贯穿整个清朝与民国，持续三百多年。

　　走西口的人群主要包括山西、陕西、河北、河南和甘肃等省的贫民，其中最富代表性的则是晋西北的河曲、保德、偏关三县和陕北的神木、府谷、榆林、横山、靖边、定边六县。晋西北和陕北地处黄土高原北部，土地贫瘠，自然灾害频发。由于生活所迫下，当地贫民凭借跟内蒙古地土相连的条件，首选进入土地广袤的内蒙古逃荒谋生。走西口逐渐成为当地人民谋求生存的一种常态。

走西口的汉民在口外主要从事农耕生产和手工业生产，也有部分从事商业贸易。

当时蒙古地区的主要资源就是土地，正好与内地汉民的需求相对应。起初清廷下达"禁留地"开放令，仅允许在原勘定的沿长城外宽五十里的禁留地内划出二十到三十里的垦殖界限让汉人耕种，史称"开边"，民间称为"借地养民"。这一时期汉人进入内蒙古垦殖需"持票"出口，春出秋归，不准羁留，俗称"雁行客"。后来随着借地养民措施的延续以及"蒙禁"制度的不断松弛，蒙古的土地所有者将土地出租获取利益，从而吸引了大量的汉人涌入当地从事农业垦殖，在内蒙古南部地区逐渐出现了大面积的农业生产区。汉民亦由"雁行"发展为定居农民，在当地造就了星罗棋布的农村。汉、蒙人民杂居共处，直接影响到了蒙古旗民的游牧生产生活习惯，带动其由牧转农，促进了当地半农半牧经济的形成与发展。至清朝中叶，内蒙古南部的农业已发展到相当的水平，自给有余，还能转销内地。

从事手工业生产的汉人和从事农耕生产的农民一样，无不是内地流落而来的贫民。蒙古牧区历来生产生活用品匮乏，加上汉民流入人口增长以及农业生产不断发展的需求，手工业生产应运而生，正好为蒙汉人民的生产生活填补了空缺，同时也给当地的经济发展注入了活力。

在农业生产和手工业生产发展的同时，蒙古地区的商业贸易亦随之兴起。这也是社会经济发展的必然趋势。当地商业贸易的兴起，源于康熙平定噶尔丹叛乱，朝廷招募各地商人随军行动提供后勤保障，允许商人携带部分商品与当地牧民进行"军前贸易"。清朝在蒙古地区盛极一时的"大盛魁"商号就是由军前贸易发展而来的。此后即有大量汉人在蒙古地区从事商业贸易，人们称"旅蒙商"。经过不断发展，原有的各种贸易方式（包括军前贸易）逐渐为城镇贸易所取代，有众多的城镇形成了规模不一的贸易市场。蒙古地区商业贸易的发展更将当地经济推向一个又一个制高点。

走西口主要的结果，首先是使得无数丧失土地的贫民依靠自己的辛勤劳动，达到了维持简单生存的要求与目的。其次是汉人把农耕技术带到口外，打破了蒙古地区单一的畜牧业经济结构，促使蒙古旗民由牧转农，逐渐向农业和半农半牧经济转变。而更为重要的成果，则是通过蒙、汉人民的杂居相处、团结交流，彼此间的游牧文化与农耕文化相互渗透、融合，实现了蒙、汉民族长远的共同进步。

回头看来，清廷治理蒙、汉民族的方式独树一帜，令人讶异。起初，清廷把两个民族隔离开来，并采取完全不同的管理制度（姑且称为富有清朝特色的"一国两制"）。对于蒙古民族，清廷实施蒙禁制度，又称"封禁令"，其主要内容就是禁止蒙汉交流、禁止蒙古各部越界往来，就连蒙古的王公出境也必须得到官府的批准。清廷实施的这种封闭的政治制度限制，目的就是企图把蒙古打造成一个与世隔绝的世界，把蒙古族人民驯服成圈养的牛羊，任其驱使和宰割。此后迫于内地汉人的生存压力，在万不得已之下颁布了"禁留地"开放令，实施借地养民措施。然而这一措施与其治理蒙、汉民族的初衷是相违背的。因此对这项制度忽放忽收，时紧时松。后来因走西口的汉人日渐增多，清廷在蒙古地区设置了理事衙门，专门管理汉民事务，形成了"旗管蒙、厅管汉"，旗、厅并存，蒙汉共居分治的局面。此后直到光绪二十八年（1902），清廷财政枯竭，入不敷出，采取由官府大规模开放蒙古荒地的办法弥补财政不足，吸引汉人进入内蒙古从事垦殖，才彻底取消了蒙、汉人民相交往来的限制。

从总体的结果以及历史的眼光看来，走西口这一事件不啻清廷被迫实施的一次"改革开放"，在其"半推半就、有意无意"之下，造就了蒙、汉两个民族前所未有的大团结、大融合。

这部《西口，西口》的内容，半是虚构，半是纪实，目的就是力求还原走西口这一事件的历史真相，告诉人们一个真实的走西口。不足之处，敬请批评指正。

目 录

- 1 楔 子
- 11 第一章 五哥放羊
- 43 第二章 贡鱼窊
- 73 第三章 老牛湾
- 95 第四章 西口遥迢
- 117 第五章 包头镇
- 149 第六章 挖大渠
- 167 第七章 大盛魁
- 185 第八章 沙壕塔
- 209 第九章 掏甘草
- 257 第十章 漫瀚调
- 289 第十一章 打后套
- 323 第十二章 水刮西包头
- 367 尾 声

楔子

悠悠黄河，从巴颜喀拉山脉发源，一路逶迤东流，当到达内蒙古托克托河口镇时，突然凝结全部的力量，在黄土高原上硬生生地扒开一条口子，转向南流，两岸的群山纷纷为之让路。东岸的山西省同西岸的陕西省隔河相望，这条峡谷便成为两省的天然分界线，因此被称为晋陕峡谷。在晋陕峡谷东岸的晋西北地区，沿黄河一线均匀地分布着三座古城，依次为偏关、河曲、保德。这三座古城同气连枝，唇齿相依，人们习惯称之为河保偏。由于河保偏地处边塞，与北方少数民族毗连，一直是北方少数民族饮马黄河、雄视中原、决战千里的古战场。明万历年间，为抵御鞑靼、瓦剌的侵扰，朝廷在此地沿黄河依地势修筑起了南起石梯隘口，北至偏关桦林堡的边墙，全长百四十里。当地有云："黄河九曲此一曲，长城万里此百里。"黄河与长城在这里汇合。居高而望，只见黄河劈山斩径，巨浪滔天，惊涛拍岸，咆哮万里；长城墩堠绵延，营堡镶嵌，壕堑错落，城郭依稀。长城内黄土连绵，沟壑跌宕，长城外大漠风狂，鹰击苍穹。

清顺治元年，清军入关，内外一统，边疆北移。河保偏边塞的烽火狼烟终于止息。雄伟的长城从此完成了它的历史使命，静寂地开始走向颓废、衰败。自古饱经战火杀戮的河保偏人从未享受过安宁的生活，以为这就是一个清平世界。

仅以河曲为例。当时的河曲民风淳朴，百姓和睦，昔日里骑马强悍的尚武精神消失殆尽，转化为温文尔雅的书卷气。乾隆五十九年，在县城东五里大东梁烽火台墩上筑起砖塔一座，名"文笔塔"，又称"状元笔"，造此塔意在振作东山气势，裨补河曲风水。此后河曲兴县学办私塾，读书蔚然成风。

道光年间，河曲城关出了位才子，姓白名进，乃故元曲四大家之一白朴之后。祖籍本县火山，乾隆年间其祖父随县衙迁移搬至城关居住。白进原有一同胞弟弟，幼时独自去黄河岸边玩耍，不幸走失。白进成为家中独苗，倍受全家人呵护。白家家学渊博，打小就给白进启蒙，学习诗书礼经。白进聪颖好学，博闻广记，十五岁参加童试考入县学，成为廪生，即是秀才，这在当时的河保偏一带是非常少见的，人们都称他是神童。随着年龄的增长，有一次白进偶然在自家书房里发现了先祖白朴的遗卷，自此迷上词曲律赋，反而将正学置于一旁。白父心里焦急，就和指腹订婚的亲家商议为其完婚，指望白进能早早懂事成人，幡然醒悟。不料新媳妇乃是本县唐家会人，此村本是河曲"山曲儿"的发祥地，人人能歌善唱，新媳妇亦不例外，自幼饱受熏陶，婚后更是与丈夫气味相投，整日弹琴作赋，一唱一和，甚为融洽。白父看在眼里，恨在心上，只叹祖坟上未冒一股青烟，然而无可奈何，只好睁一只眼闭一只眼，任由他去。逾年，白进生一女娃，取名霓歌。霓歌刚刚懂事，白进夫妻就教她弹琴唱曲儿，到了七八岁时，白进就经常携带闺女去唐家会、河会、五花城等地唱歌会友，娱乐消遣。有一回白进带着霓歌外出玩耍归来，只见家遭祝融君光顾，整座庭院片瓦无存，父母妻子俱葬身火海，无一幸免，就连左邻右舍都受到不小的牵连。白家原有良田百亩，不得已只好卖田办丧，剩余的银子则赔付邻居，事毕，家业仅余田地十亩。亏得白进早年即为廪生，享有朝廷发付的米银，于是赁房居住，父女相依为命，勉强度日。

转眼间霓歌年将及笄，出落得花容月貌，形容标致。按照当时的礼仪，已不适合到处抛头露面，每日只是闲居闺房，做些寻常家务。这年中元节，白进一大早即出门去西街的朋友家与各村前来赶会的歌友聚会。霓歌在家中寻出一些黄白箔纸，折叠了许多金银纸锞，装得满筐，然后锁上家门，到城东三里处的孤魂滩凭吊她的母亲和祖父母。这一日孤魂滩上游人甚众，妇女居多。按照乡俗忌讳，妇女们平常是不该上自家和娘家的坟的，所以每逢时节，只能到十字路口或一些特定地点祭奠。这日，城隍行身也由城隍庙被抬到此处。伴随着僧尼吟诵，鼓乐奏鸣，妇女们拉长声调恸哭亡灵，其中不乏哭得情意连绵、哀婉动人的，吸引了不少闲人无赖、纨绔子弟前来偷窥窃听。

霓歌在孤魂滩上找了块地方，耳里回旋着那木鱼鼓钹，梵音弥漫，脑中萦绕着母亲和祖父母生时的音容笑貌，不由得悲从中来，泪如雨下，她焚化了金银纸锞，祭拜一番，看看天色不早，欲起身回家。

"这是谁家的女子，长得咋这般俊俏？哎呀，可真是要了哥哥的命啦！"

霓歌抬头，只见面前站着四五个十七八岁的后生。说话的这个身材肥胖，面目丑陋，虽穿一身绫罗绸缎，也掩饰不住满肚子的顽劣俗气。

同伴中有认识者附在胖子耳边低声告知。

"原来你就是霓歌。几年不见，还真长成一朵花儿了。"胖子听了，咧开肥嘴，嬉皮笑脸地说，"你不认识我了吧，我就是你未过门的男人，胡丘哇。"

原来霓歌幼时，白家家境富裕，在城关也算是一大户人家，加上白进素有才名，都道登科入仕是早晚的事。城关的大财主胡家亲自上门攀亲。霓歌的爷爷尚在世，认为双方门当户对，就做主将霓歌许配给胡家的儿子，只待成年后过门。不料白家遭逢火灾，家资付之一炬，而白进又沉溺于音律，当官无望，胡家渐起悔意，遂遣媒人退还白家庚帖，一门亲事就此断绝。

"都说女大十八变，没想到妹子变成了赛貂蝉。"胡丘觍着脸说，"我这就回去让我大请媒人到你家探话，定下日子好娶妹子过门。"

所谓"探话"，是当地婚姻习俗中的一道程序，指男方媒人携带礼品，到女方家商定结婚的日期。

"胡公子忘了，我的庚帖你家已退还，你家的彩礼我家也未留一文。"霓歌沉静地说，"况且我家虽穷，也绝不和反复无常的人家结亲。请你自重！"说完抽身便走。

"妹子别走。都怪哥哥眼睛瞎，错把天仙当蛤蟆。"胡丘张开手臂拦着霓歌不放行，嘴里还嘟囔着，"哥哥给你赔礼还不行？要不就叫我大去给你大磕几个响头，好叫岳父大人消消气……"

霓歌夺路而走。胡丘带着那几个后生紧追不舍，一路上纠缠不休。霓歌哪里听得进去，只是慌慌张张奔走，连回家的路也找不见了，一口气跑到了水西关外的河神庙旁。眼看就要被追上了，霓歌惊慌失措，一不小心掉进了黄河里。

这天正是七月十五，河神庙的正会。此庙于乾隆十六年由本地走西口的人筹资建成，并在黄河岸边盖起雕梁画栋的大戏台。每年此时，按例由城关三官庙牵头举办三天河神庙会，靠水路贸易的商人、船家、河路汉踊跃捐款助办，祭奠河道里的亡魂，祈求水路上的平安。此时，只见黄河岸畔百船停靠，河道中央水流湍急，霓歌在黄河里转眼间就漂出数丈远，一袭绿袄在河面上时隐时现。正围拢在河神庙大戏台前看戏的百千河路汉还沉浸在优美的剧情里，都没有反应过来发生了什么事。

正危急间，突然从人群里挤出两个十二三岁的少年，几步奔到河边，"扑通扑通"跳下水，一鼓作气游向河道中央。会耍水的河路汉都知道，河道中央的水流大、流速快，要想顺水救人，必须得借助中间的激流才能赶得上。只见两个少年迅速游抵河心，借着急流逐水而下，很快就追赶上了水中的女子。可是河心处水流分外湍急，两个少年使出浑身力气也无法把她拉扯住。正焦急之际，忽见黄河上游漂来一只小船，船后梢的艄公把船摆得飞快，像一支离弦之箭，船头上迎风蹲立着一个十四五岁的少年，猫腰摆胯，蓄势待发。眼看就要赶上水中的人，那少年将身一扑，一个"鲤鱼钻底"跃入水中。当他浮出水面时，已和水中之人搅作一团。此时只见三个少年搏击水中，忽上忽下，忽左忽右，宛如三条小蛟龙在逐浪戏水，滚滚河浪犹如平地。不多时上游的小船赶到，三条小蛟龙合力将一枚绿如意抬入船舱。

河岸上观者如云，掌声雷动。

白进一大早即去西街的朋友家跟各村来赶会的歌友聚会，与诸歌友围桌而坐，尽情歌唱，不觉时间过得飞快。他正在吟唱先祖白朴公之作《墙头马上》李千金的一段词："只一个卓王孙气量卷江湖，卓文君美貌无如。他一时窃听《求凰》曲，异日同乘驷马车。也是他前生福，怎将我墙头马上，偏输却沽酒当垆……"尚未唱完，有街坊掀门帘而入，叫道："白秀才，你家闺女掉进黄河里了。"白进吓得三魂丢了两魂，慌慌张张急奔往黄河边。

白进赶到河边时，霓歌已被救上岸来。亏得三个少年施救及时，霓歌只是吞了几口浑水，并无大碍。白进向三个少年匆匆施了一礼，正要携带女儿回家，忽听岸边有一操外地口音的人说道："落水者惊魂未定，体力未复，不可造次。"这人一指岸边一艘大船,"此乃乔某货船,内有床铺。不妨先扶闺女上船歇息片刻,再行动未迟。"白进想想也好,说:"如此叨扰了。"白进乃一介书生,受此惊吓,手麻脚软,连自家闺女都搀扶不动了。三个少年上前相帮,将霓歌搀扶到大船上,在船舱里安置妥当。

几人到船头叙话。外地人问:"看先生一身儒雅,莫非是读书人?"

白进答:"惭愧惭愧,学生姓白名进……"

"哦,莫非便是兰谷公的嫡系传人白进?乔某行走口外多年,每常多闻晋北人传唱先生所作之山曲儿,真是曲调优美,婉转动人。"

"敢问先生何人?"白进问。

"不才乔致庸,祁县人也。"

"莫非就是生意遍江南漠北的'复字号'商号的乔东家?"

"先生谬赞,乔某不过是一个走口外的流浪汉而已。"乔致庸说,"先生名曲遍传漠北,不辱先祖白朴公之名节。又且乔某今日途经河曲,目睹河曲少年之仗义风采,令人钦佩,真不枉乔某河曲一行。"

"我不是河曲人。"站立在乔致庸身边那个生得虎头杏脑的少年听见乔致庸如此说,张口打断他的话,瓮声瓮气地道,"我叫郭望苏,家住偏关老牛湾。我跟爷爷撑船运货下河南,正好路过此地。"

"我也不是河曲人。"另一文质彬彬的少年也接嘴说,"我叫陈嘉丰,保德郭家滩人。今天是专程到河曲来赶庙会的。"

"这一个我认识。"在白进身边立着的那个少年颇显活泼伶俐,即是最后那个从小船上纵入黄河救人的少年,他的个头明显要比另外两个少年高上一些。白进拉起他的手说,"他叫李小朵,是本县唐家会人,也是娘娘滩李氏的传人。"

"好好好。"乔致庸连叫三声好,"人说河保偏地灵人杰,就连少年小子都如此了得,真教乔某大开眼界。"

乔致庸瞅瞅这边天真活泼的三个少年,看看那边温文儒雅的白进,心中着实喜欢。他招手叫来手下仆从,吩咐道:"拿我的帖子,到衙门里知会一声，就说乔某今晚要借水西关城楼一隅宴客，会晤本方佳友，观赏河灯壮景。"末了又嘱咐，"把咱们船上的上好茶叶选一担送与本县太爷，莫使乔家失了礼数，贻笑大方。"

当晚十五夜，乔致庸、白进和三条小蛟龙拥坐西关城楼。只见月光如瀑，遍洒山河，黄河水波光粼粼，湍流不息，晚风徐来，时与河浪相击，碰撞出铁马金戈之声，令人胸怀激荡，感触万千。

"今日得遇河保偏三县良才，真乔某三生有幸。"乔致庸端起酒杯，"这一杯酒，是乔某敬各位的，请。"

年长者捧酒，年少者以茶代酒，俱一饮而尽。

"乔某有个提议，三位小兄弟少年人杰，年岁相当，如结为异姓金兰，他日匡世济民，成就大义，不知可好？"

众人拍手叫好，三少年尤其兴高采烈。乔致庸当即吩咐手下摆好香案，三少年焚香盟誓，结为兄弟。李小朵年长为兄，郭望苏次之，陈嘉丰最小为弟。

三少年结拜完毕，乔致庸道："三少年义结金兰，甚为可喜，乔某驿旅之间，无以为贺，只随身携带有三件物事，权且作为贺礼相赠。"说着自身间取出三样东西来，一为短"笛"，二为牛耳尖刀，三为玲珑算盘。乔致庸接着说，"此'笛'非笛，实为你们河曲人制作的'枚'。数年前乔某在口外邂逅一位河曲艺人，彼此甚为投缘，临别这位师傅特赠送乔某此'枚'为念。乔某一介行商，行旅寂寞之时，便用此'枚'鸣奏音律以为消遣。至于这把牛耳尖刀，原是乔家的一位护院武师赠予乔某的防身利器，无奈乔某一介酸儒，除了切瓜裁纸，寻常也派不上用场。另外这只玲珑算盘，乃是象牙制作而成，十分精巧，只是在乔某眼里也不过是件寻常的珠算器具，素常携带在身上以备不时之用而已。今日将此三件物事分别赠予三位小兄弟，一则充作汝等结义的信物，二则也当作乔某见证之物。乔某今日另有一言允诺，他日汝等如有必要之事，凡持此信物来见，乔某定当倾力相助。"

三少年叩首谢恩，分别领受了三件物事。

白进与乔致庸同为读书人,都是少年举秀才,在当地颇有才名,故言谈多有融洽。酬酢之间,乔致庸举杯感叹道:"想乔某本为儒家子弟,自幼即入邑庠,诵史读经。本拟以仕进光大门庭,一展胸韬报效国家,奈何沦落为商贾,浪荡于江湖,颠沛无依。运也,命也……"

所谓"邑庠",即指县学。由于白进也和乔致庸有过相同的读书经历,此时听到他的感叹,亦不觉回首自己少年之时,何等胸怀激烈,意气风发,而今年岁既长,却落得家境衰败,一事无成,不禁喟叹嘘唏,感慨万千。

夜色渐重,月光渐浓。在西门城楼上望去,只见黄河岸口人山人海,熙攘非常。突然听得一声礼炮轰鸣,霎时间鼓乐喧天。黄河上游一里处的激流之中,停立着一艘雕梁画栋的彩船。随着礼炮声响,由彩船上放下来一盏彩色龙头灯,顺水而流,随后每隔丈五再放一盏,其次是第三盏、第四盏……荷花、鸟兽、鱼虾、龙凤、仙女……前前后后一共放了三百多盏,既有超度死难者亡灵之意,也祈祷一年吉祥平安。

幽幽河灯顺水逐流,明明灭灭,在莽莽大河上,漂荡出一种说不清道不明的庄重、肃穆、宁静和悠远……

第一章　五哥放羊

一

出河曲城关沿黄河下行不远，有一村名唐家会，战时素为偏头关属十八堡寨之一。村庄依山傍河，地势平坦，是河曲境内不多的宽敞所在。村中有一条季节河麻黄沟流过，将一村劈为两半，北称唐家会，南称岱岳殿。此村自古多出俊秀，不一而足。

唐家会村民多姓李，其中有户人家，当家的名叫李老实。李老实家原本是门殷实之户，祖传大几十亩沙梁地，虽说地瘠土瘦，产粮不多，却也颇有盈余。只怪李老实自幼好听《杨家将演义》，对起源于本县火山的这门忠义英烈至为钦佩，因此立志也要生养一群"七郎八虎，八姐九妹"，光大自家门楣。不意只生下四子二女，就感负担沉重，无力继续。六个娃娃，老婆老汉，加上老大老妈两个老先人，十口红嘴白牙，地里每年的收成全部供奉了"五脏庙"。随着娃娃渐次长大，食量亦渐增大，日子过成了光景，一天比一天紧巴。这些倒也罢了，那年中原闹蝗灾，从河南逃难而来的老少二人乞讨到唐家会，又饿又病，跌倒在李老实家门前。李老实本是心性淳善之人，将这老少二人收留到家中救治，无奈只救得小的，那老汉却一逝溘然。老汉临终之际，哀求李老实说："我是本县薛家坡村人。道光元年老家闹饥荒，我讨吃要饭下河南，今年河南闹蝗虫，我讨吃要饭回家乡。回家路上捡来这个娃娃，也不知他的名和姓，我给他起名叫称心。如你可怜他是一条命，就给他一口饭吃……"李老实心地淳厚，把那老汉葬于山上乱坟岗。至于称心这个娃娃，李老实左思右想，决定收为干儿子。李老实想，忠烈杨家将尚且七郎八虎，我收养一个才五个，何况杨八郎也是老令公收的螟蛉义子，不也照样光宗耀祖，出类拔萃？于是按年岁排称心为老三。李家儿女倒也亲善，只把称心当作同胞兄弟，有稠吃稠，有稀吃稀，一个锅里搅和。

这原本不知姓氏的称心，从此便归了李姓。管李老实叫大，管李老实的婆姨叫妈。原来在河保偏一带，对人的称谓与别地不同。奶奶叫娘娘，父亲叫大大，伯叔按排行叫几爹，伯叔母则叫几妈，小孩叫娃娃，男的叫小子，女的叫女子，成年后男的叫后生，女的叫闺女，成家后男的叫老汉，女的叫婆姨。如此等等。

这李称心脑瓜生就聪明，刚来李家时叽里咕噜不知说的哪国话，没用了一年半载，就改成一口地地道道的河曲腔调了。只是不知他打小挨惯了饿，还是受坏了宠，凡事总爱占点小便宜。吃饭有稠不吃稀，有好不吃赖，穿衣戴帽也要争好的。李家老大忠厚，老二和善，老四懦弱，两个妹妹很乖巧，都忍让着他，独有老五刚直，岁数又小，总要跟老三争个长短。大、妈多是哄劝，实在哄劝不住，末了总是老五的屁股挨几巴掌。尽管如此，老五的倔强也不曾更改，有天偶然从他妈的针线笸箩里翻出一本夹鞋样的书来，见其中满满都是打拳踢腿、舞枪弄棒的图案，知道这是一本武术图谱，于是便照着图谱练了起来，欲图学会之后对付老三。当时老五自是不知，自家祖上在宋时出过一员武将，即为杨家将部属，因其忠肝义胆，颇受杨延昭赏识，亲授其杨家武艺。后这位祖先将杨家武艺绘成图谱，留传下来。可惜李家后人一门无人读书，竟被他妈拿去夹了鞋样。老五照着图谱一天天练下来，后来竟练就了一身高超的本领。

李氏七兄妹渐次长大。虽然一家老小勤苦耕作，因天干地旱，地瘦土瘠，收成也仅够果腹。何况一个个到十七大八、二十郎当时分，站起来一堵墙，坐下去一道堑。不说吃得多，一个顶俩，光是住，原有的三孔土窑洞就盛不下了，而且小子们大了个个都要娶媳妇，没个宽敞的住处，娶下媳妇往哪里搁？李老实花费些钱粮，和村里人家交换了一块土脉瓷实、便于居住的地块，带着他的五个儿子掏开了新窑。

这掏窑可不是一件简单的事儿，是受苦人家一辈子最大的事项之一。所谓人生三件事业——修建、娶聘和打墚老人。打墚老人即指给老人办理后事。李老实先办第一件事业，修建掏窑。办这事倒是人力、物力俱全。人力呢，是他自己加上五个五大三粗的儿子。虽然还有庄稼活儿，人受得苦多罪大，饭量也大，地里的那点收成也可勉强应付。物力呢，无非是最后镶嵌窑顶的那几道椽檩和门窗。没有椽檩，窑顶不牢靠，不装门窗吧，就不像个人家。好在李家祖上种下一些榆槐树木，都已长得水桶般粗细。李老实带着他的儿子们砍倒树木，剁去枝蔓，剥了树皮，晾晒在院子里，只等掏好窑最后派上用场。

窑还没有掏好，就有人家主动上门来提亲了，却是李老实旧时的一个相好，家住本县娘娘滩的李某人。此滩坐落于黄河中央，乃是千里黄河上唯一能居住人的一座小岛。滩上人家都姓李，据说是汉飞将军李广的后代。李某人原有个弟弟，早已成家，一次夫妻俩结伴出门时不幸在黄河里双双溺亡，留下一个闺女，由李某人抚养长大。李某人原本就看重唐家会李家老大的诚实厚道，有心把侄女许配给他，只是顾念他家儿多家贫，唯恐侄女嫁过去受苦。现下侄女渐大，也没给寻访下个合适人家。李某人思量李老大家虽儿多家贫，但那后生勤快踏实，有一把子好力气，他日分门另过，虽不至于享福，却也不怕揭不开锅，就遣媒人上门提亲。媒人一上门，李老实的脸上乐开了花，忙与女家互换庚帖，说合彩礼，探话定亲，择日迎娶。由于新窑还没有掏好，就将老窑腾出一孔做了新房。这是老李家第一桩喜事，全家老小十分欢喜，只有老三称心嫌老大娶亲独占了一孔窑，剩下弟兄几个伙住一孔窑，拥挤嘈杂，颇多怨言。

李家五兄弟齐心合力，新窑洞很快掏好，一排溜儿五孔，于是支椽上檩，安装门窗，吃了安锅饭，弟兄们就住进了新窑。李老大两口子也从老窑搬了过来。冬闲时候，几兄弟又去黄河畔的碛石盘上打了些石头，背回来垒了一堵院墙，安上大门，也是一户好好的人家。

李老实的心事算是放下了一桩，可高兴没多久，又开始为老二老三的婚事犯愁。也是各有各的姻缘际遇，虽然花费了不少周折，为凑彩礼不得已变卖了几亩田地，接下来的两年又连着两个媳妇娶进门。李老实算是赶上了办事业的时候，一件不罢一件，紧接着又是老大老妈两个老人相继去世，没办法，只好继续卖地打摞老人。这几件事业办下来，李家的田地已卖得所剩无几。转眼间守孝期满，老四老五又到了成婚的岁数。李家只剩下寥寥的几亩保命地了，实在是不敢卖，也卖不得了。幸好李家两个闺女已经长大，到了出嫁的年岁，李老实托媒人四处打探，终于寻访下两家合适的人家，都是一男一女两兄妹，都是待娶待嫁的岁数。经过媒人一番撮合，李家的闺女嫁给了某家的小子，某家的闺女嫁给了李家的小子。两个家庭各自一对男女相互交换成亲，在河保偏一带谓之"换亲"。这样男女两家彩礼都省，又减轻了双方家庭的负担，所需花费的就是招待朋亲好友的一顿宴席，这对娶媳嫁女的人家来说，已经算不得什么大负担了。

大事办罢，算是一生愁苦都去。对于父母子孙的责任和义务，从此一笔勾销。剩下的日子，不论温饱饥饿，不论幸福疾苦，都与他人无涉，都是真正属于自己的日子。黄土地上的人们，像牛、像马，只有把自己最后一滴心血熬尽，才能够把拴在脖子上的缰绳挣脱，把脊背上的负荷卸掉，脱胎换骨。年年岁岁，世世代代，黄土地上的人们都是依循这个规律，不断地延续着、生息着。

李老实一家，是黄土地上典型的遵规矩、重礼节的人家。把老五和小女子的婚事办罢，家里还剩下些残骨剩菜，李老实把一家老小叫唤全，吃了一顿分家宴。新窑洞一家一孔，田地人均两亩，没生养下娃娃的按每家一口计，其余衣被钱粮、耧耙锄镐等家具什物一应均分。临末，李老实又嘱咐道："老话说，'长子长孙担纲梁'，有苦有害，老大先当。今天老大和你们平分家产，你们几个也都亲眼看见，无有偏袒。就剩下这一处老院子，眼前我和你妈在世，我们暂且居住，待我们百年之后就传给长孙小朵吧，也算是给老大家的一点弥补。"四子五媳唯唯诺诺，只有老三称心满脸不乐，怀恨在心。

这年十冬腊月，数九寒天，有日轮到老三称心给老人担水。老三称心担着水桶到处游串，到岱岳殿二眉家鬼混半宿，至天黑夜半才担了一担水到老人门前。看见老人窑里灯火早熄，便把一担水浇在了窑门前的石台阶上。一夜西北风劲吹，把水冻为坚冰。天明时李老实出门，没留意脚下有冰，一跤滑倒，脑袋撞到青石棱上，一命呜呼。

二

李老实出家门一跤跌死，长眼睛的人都看见窑门口新冻的冰。查来问去，老三称心看见实在隐瞒不过去了，才站出来嗫嚅着承认："是我夜天给老人担水，上台阶不小心绊倒，一担水都倒了。"众人纷纷指责道："那你也该打扫打扫，要么垫几锹黄土也行哇。"老三称心辩解说："当时天色黑漆漆地，甚也看不见……"老人已经跌死，恼恨也好，怨怪也罢，总不能把老三称心煮在锅里吃了解恨。于是李家兄弟措钱筹粮，备办丧事，将老人葬入祖坟。

守孝未满，李家又发生了一些事情。李老二娶的婆姨是旧县人。旧县即为火山，自县治搬迁新址后即称为旧县。此地有一寺庙名"海潮庵"，又名"海潮禅院"，系观音菩萨道场，向来香火旺盛。旧县之人多受佛法濡染，诵经拜佛、参禅教义，可谓佛教之乡。李老二的婆姨自幼即受熏陶，至嫁到李家，亦坚持守斋持戒，诵经礼佛。有道是："跟着艄公会撑船，挨着和尚会念经"。在婆姨的感染下，李老二也逐渐对神道之事大有兴致，只是他更感兴趣的却是堪舆卜卦之术。李老二不去海潮庵进香拜佛，反而就近跑去村中道观岱岳殿，向观中道士讨教易学术数，竟渐渐颇有心得，后来他干脆置办了一副术士行头，舍家弃口，四方游荡，终至如泥牛入海，不知所踪。李老二离家后，忽一日他婆姨亦大觉大悟，舍弃红尘，告别家园，先去往海潮庵寄挂一段时日，后来皈依到五台山普寿寺剃度出家。

自从李老实过世，老三称心越发无人管教，每日价只是游手好闲，东走西逛，吃三喝四为朋友，赌博胡混串门子。地里的庄稼也不好好务弄，家里的营生也不好好料理，米干面尽、缸空灶冷也从不记在心上。老三家婆姨乃是本分人家的女子，十分善弱，也管不住自家老汉放任不羁，只好央求大伯子李老大来管教。李老大多次劝说老三，老三只是左耳进右耳出，敷衍了事，哪里听得进去，说得多了，反过来还顶撞老大几句。老大便也无话可说。

李老二的婆姨出家临别之际，只携带了一些随身物事，其余米粮衣被、家当物什，本欲交与大哥分配给众兄弟。老三称心眼疾手快，一把抢过二嫂手中的钥匙，说："二嫂尽管放心前去，你家由我代为看管，门里门外，保证不会短少了一针一线。"李老二的婆姨不语自去。事后，碍于一院人家眼目众多，老三称心只等夜黑人静，所有人都睡了，才偷偷打开老二家的窑门，往自己家里搬弄粮米财物。后来看见众兄弟无人搭理，索性大胆开启老二家的窑门，住了进去。

　　李老实过世后，老院子只留下李母一人居住。李母上了年岁，体弱多病，手迟脚慢，虽然家里家外的营生都由几个儿子分担去做了，可就是连个做伴的人都没有。李老大心疼老妈，就领着婆姨儿子举家搬了过去。新窑里一些米缸面瓮、家具物什没有搬，只留下一把"铁将军"——锁子看门。不料老三称心连这也不放过，只等半夜三更人睡熟，或大白天院里人都下地出工了，才从老大家窑头上的天窗钻进去，将一些值钱的物什尽数偷去。众兄弟都知道他是个二流子，只好自家照管好自家的门户，也不能把他咋地。

　　事情这样也就罢了。老三称心整日价吃喝嫖赌，借贷赊欠，导致债台高筑，常有一些人上门讨账要饥荒的。老三没钱还不上，就叽叽吵吵，拧扭住不依。数目小的，几兄弟相帮着凑些还了；数目大的，也还不起，就任由它去。只是此类事犹如懒驴撒粪蛋，隔三岔五的，让人看着闹心。忽一日，有本村婆姨二眉家老汉，手提一把镢头来到李家。他不上别家的门，一脚踹开老三称心的窑门，闯进去四下搜寻，把老三家婆姨吓得浑身筛糠，大呼小叫。李家几兄弟闻讯赶来，七手八脚拉扯住二眉家老汉。原来二眉家老汉外出务工，只留婆姨一人在家，老三称心到处胡混，常常到二眉家串门子，一来二去就和二眉勾搭上了，一个被窝里也折腾过几回。二眉家老汉务工回来听说了此事，火冒三丈，提着一把镢头就找上门来。李家几兄弟七嘴八舌劝说一番。二眉家老汉到处搜寻老三称心不见，一镢头把他家灶台上的铁锅刨了个大窟窿，才恨恨离去。

　　听到二眉家老汉去远，老三称心才从藏身的猪窝里钻出来，浑身猪屎臊尿，臭不可闻。李家几兄弟纷纷指责，老三家婆姨边哭边骂，擤鼻涕吐黏痰。老三称心烦躁地一跺脚，大喝一声："都给我住嘴！"

"咋啦，连劝说你几句你也听不进去了？"李老大一愣怔，苦口婆心地道，"这是兄弟们亲你，为你好，教你做个本分的人……"

"可不用吃驴肉囔鬼话了。"老三称心翻着白眼道。当地人认为吃了驴肉人就会胡说八道，并以此来表达对他人的不信任。老三称心原本不敢跟弟兄们顶嘴吵架，尤其不敢对老大不敬，这天不知跟上了哪路野鬼，胆子变大，把肚子里埋藏了很久的话一串一串地往外倒，"自从进了你李家的门，就活得跟头驴一样，受苦遭罪。住的跟死人一样的土窟窿，吃的是酸糜米捞饭就苦菜，这还叫享福哩？哼，亲我，为我好？呸，都是偏心鬼。老鬼一辈子就留下几孔破烂土窑，还传给他个龟孙子，哪里有我的份儿！"

老三称心此话一出，李家三个弟兄面面相觑，都不敢相信他能说出这样的话来。说到这住，自古黄土高原上的人们无不筑穴而居，赖以栖身，死后葬于黄土，老三言语虽有不忿，倒也勉强符合实际。说到这吃，酸糜米捞饭和苦菜本是当地民间不可或缺的两种食物。河曲百姓习惯把本地特产糜米经过浸泡发酵，使其发酸，至八成熟时即可食用，称作酸粥，而将未熟的酸米经沸煮做成米饭，则称酸捞饭。酸粥和酸捞饭均味道酸香，吃后耐饥扛饿，当地百姓日食三餐，爱莫能舍。至于苦菜，乃是一种田间杂草，煮熟后人可食用。因当地气候干旱，蔬菜稀缺，唯有苦菜不惧干旱，每年春季应时而生，当地人家不论贫富，均把苦菜当作蔬菜食用。苦菜味道极苦，初出锅的苦菜味道堪比黄连，需经多遍浸泡方可食用。每逢灾荒之年，贫苦人家缺粮断炊，不得不把苦菜当作粮食果腹充饥，从而成为当地百姓赖以生存的至宝。尽管这两种食物比不上大鱼大肉美味，老三如此悖论，却也值不得计较。只是他口无遮拦，公然咒骂已经去世的老大大，着实一下子惹恼了三个弟兄。

李老大气得脸色灰白，浑身哆嗦，一句话都说不出来。

李老五火冒三丈，大喝一声："你这个狗掏了良心的东西，我李家庙堂小，供不下你这尊大菩萨，你给我滚！"

"我还正想走哩。"老三称心说,"其实我早就不想姓这个破李了。我家有姓,姓薛,薛仁贵的薛。我本名叫薛称心。"

李老五气得都快疯了,随手从窑门口抄起一根扁担,劈头冲改名叫薛称心的家伙脑袋上砸去。

李老四连忙把李老五拦腰抱住,说:"可不要打,咋说他也是咱的弟兄。"

李老五差点没被气乐了:"他连李都不姓了,还是咱的弟兄?"

说话间,那改名叫薛称心的乘机抢进自家窑里,在衣柜翻捡了几件衣物,打个包袱,夺门便走。他婆姨从窑门口一直拉扯到大门口,抱住他的大腿不放,被他一脚踹倒在大门圪崂。尔后头也不回,一溜烟儿离开了唐家会。

如果薛称心就此一去不回,那么也算是给老李家除了一害。绵绵善善的一群羊里,哪里能容得下一匹狼?可世间事往往是,请神神不灵,怕鬼鬼撞门。还没过了一年半载,这薛称心又回来了,而且不是一个人回来,还领回了一个打扮得油头粉面、花枝招展的外地婆姨。真是阳婆没落就活见鬼了!

自从薛称心离家出走,他家婆姨可就遭罪了。先是哭哭啼啼,寻死觅活,多亏几个妯娌安慰劝解,悉心照料,日子长了也就安静了下来,只是耐着性子熬光景,盼望着老汉有朝一日能回心转意,还转家乡。也为难了她一个婆姨家,家里家外许多粗重营生,咋价能做得了?多亏李家几兄弟虽然恼恨那个不成器的东西,可仍把她看成李家的媳妇,当作自家人,家里院外以及地里的粗重营生,都是几兄弟帮衬着做了,因此日子也过得下去。

薛称心人模狗样地领着那外地婆姨回来,正巧那天他家窑的炕洞烟灰满了,一生火憋得满窑洞都是烟。李老大干这些营生最在行,老四老五也过来帮忙。营生其实也简单,掏开炕洞挖了炕灰,再用稀泥糊抹住就行了。正往炕洞上糊抹稀泥,薛称心大摇大摆地回来了,他婆姨惊喜得手足无措,一个劲儿地念"阿弥陀佛"。

薛称心笑嘻嘻地跟几兄弟打招呼。几兄弟正弄得灰头土脸,只李老大"嗯"了一声,老四老五瓦黑着脸,根本不待搭理他。

"这是我在包头新娶的婆姨,往后就是咱家的媳妇了。"薛称心给大家介绍那个外地婆姨，说着一指他的旧婆姨，"你还当你的大的，她做小的，往后你俩姊妹相称，都是一家人……"

仿佛天上打了个霹雳，他婆姨满心的欢喜一下子被击打得不知去向，想要哭又哭不出来。本来早也盼晚也盼，只盼老汉能洗心革面，回转家园，本本分分地过日子，不料他却变得如此寡廉鲜耻，不要脸面。痛定思痛，她反而冷静了下来，沉着地说："你要回来住，就把这野婆姨打发了，哪里来的送回哪去，要么就给我写一份休书。要我一夫两妻伺候你，你只管等着黄河水干天塌陷，痴心妄想！"

"哼，真是狗肉不上抬杆秤，幸亏我早有准备。"薛称心说着从怀里掏出一张纸来，"喏，我在城关的客店里就请店家帮忙写好了休书。"

"好好好。"他婆姨一把夺过这张休书，看也没看，三下两下扯得稀烂，"咱两人从此刀割水清，恩断义绝，你走你的阳关道，我过我的独木桥！"

"我把你个狼心狗肺的牲灵！"李老五在炕头大骂一声。本来自薛称心进门，神情得意，举止轻浮，宛如一个跳梁小丑，瞅着他那副德行，李老五就心头冒火，拳头攥得紧紧的。此时炕上没有称手的家伙，李老五顺手就端起那盆从炕洞里挖出的炕灰，劈头盖脸冲薛称心和那个野婆姨泼撒过去，彻头至脚撒得满身。

薛称心和那个野婆姨夺门而走。李老五自炕头跳下地，在窑门圪崂抄起顶门棍来，紧追了出去。吓得那野婆姨野老汉撒腿大跑，丢鞋坠帽。薛称心边跑边咒："好你个李老五，你不要太得意，咱们骑驴看唱本——走着瞧……"转眼不见人影。

自薛称心领着那野婆姨进门，李家几个妯娌就抱着娃娃领着小孩过来看热闹。此时薛称心和那野婆姨被李老五赶跑，众人都把注意力集中到老三家婆姨身上。只见老三家婆姨也不哭也不闹，只是埋着头拾掇土炕。众人也不好说什么，赶忙帮衬着把炕头收拾好，把窑洞打扫干净。末了，老三家婆姨对李老五说："他五爹，看这灰头土脸忙活了半天，窑里脏乱得不像样子。麻烦你辛苦担几担水，把水瓮担满，我好连夜把窑揩抹干净。"李老五连连答应，忙找水桶去井窑担水。众人看见老三家婆姨头脑清醒，并没有寻死觅活的迹象，这才都放心散去。

当天夜里，李家院子里静悄悄地，听不见一丝响动。次日天明，本来习惯每天清早起来就喂猪喂鸡的老三家婆姨，窑门闭得紧紧的，众人都以为她心里难过，想睡个懒觉。老四家婆姨就帮着把她家的猪喂了，老五家婆姨就把她家的鸡喂了。直等到日近晌午，老三家的窑门还没打开，众人觉得不妙，李老五爬上门头掀开天窗，探头进去一瞭望，大叫一声"不好"，纵身下地，一脚踹开窑门，只见地上淌着一摊水渍，水瓮沿上吊着半个人身子，原来老三家婆姨已投瓮自尽。

三

薛称心和那个野婆姨一路奔逃而去，并没有离开本村，只是来到了麻黄沟对面的岱岳殿二眉家。二眉家老汉正圪蹴在院里剁猪草，一见薛称心灰头土脸地进来，举着剁猪草的菜刀一下子蹦了起来。

"狗才，你不要急。你看我给你送甚东西来了。"

二眉家老汉名叫狗才，原是他妈生他时不好生，忽然听得大门外几声狗叫，一下子就把他生出来了，所以取名狗才。此时狗才一愣，只看见薛称心手心里捧着一块白生生的银块，足有二两模样。

"婆姨家家那个东西，用了就用了吧，又不是米缸面瓮挖下了窟窿，缺短了些甚。"薛称心说，"这二两银子都给你，就当是我给你赔不是。"

在民间，种地务农的穷受苦人手中团弄的无非是几个铜钱，所见的当十钱就是大钱了，有几人见过真正的黄白之物？二两银子差不多能买两石粮食，够一口人一年的生计。

狗才哆哆嗦嗦地从薛称心手里接过银子，一时手足无措。

"快把你家的空窑洞打扫一孔出来，让我们落下脚来。"薛称心拍拍狗才的肩膀，"我老薛在口外发了大财，你以后跟着我做营生，担保不会亏待了你。"

狗才听了薛称心的话,连忙扯开喉咙呼喊二眉打扫窑洞,自己也忙着抱来柴火,点火烧炕,把薛称心两人安顿下来。

原来薛称心离开唐家会,并没有个好落脚处,就跟随一些走西口的人跑了口外,到了包头。本以为包头是个富庶繁华的世外天堂,满地的黄金白银要用簸箕撮,哪知道对外地来的流浪汉并不慷慨,也一样要扛工劳动、吃苦受罪,才能勉强混口饭吃。薛称心好吃懒做惯了,哪里能遭得过那罪,于是流落街头,白天乞讨蹭饭,黑夜破庙栖身。后来好不容易寻找下一份清闲营生,就是在丁香巷的一家窑子里帮闲打杂,捎带给婊子们端水倒尿,只是管饭没工钱。薛称心在河曲长大,好的没学会,倒是把当地一些闲人散汉的油腔滑调、伶牙俐齿学了个十足,凭了一张灌了蜜的油嘴嘴,把窑子里的老鸨和婊子们哄得无不开怀。其中一个叫芤花的婊子十分看中薛称心,闲暇没客的时候就拉了薛称心暖被窝。芤花本是山西定襄县人,婚后因生计维艰,丈夫决定出走口外讨生活,只是家中米无一斗、面无一升,把老婆一个人丢下只怕饿死,就偷偷带着老婆躲过关卡来到口外。男人自去包头郊外扛工挣钱,把老婆寄在丁香巷的窑子里自己"养活"自己,到秋后夫妻二人再结伴回家。如此一晃数年,倒也相安无事。不料有一年,包头地方天遭大旱,土地荒芜,男人找不下活儿干,没奈何跑到大青山后的炭窑里背大炭,只是一去再未回来,丢下芤花一个人以窑子为家,从此专靠操皮肉生意活命。自从薛称心来到窑子里,二人好比王八瞅绿豆——对了眼儿,你情我愿凑成了一对儿临时夫妻。忽一日来了一位山西临县的客商,去归化经商回家经过,在窑子里借宿,薛称心看见客商随身携带着沉甸甸一大包银子,顿起歹意,怂恿芤花使些手段灌醉客商,两人乘机将银子尽数盗取,连夜逃离包头,没命价地跑回河曲。

狗才家两口子看见薛称心发了大财,宛如看见了财神爷下凡,连忙宰杀了一只不下蛋的老母鸡,连头带爪炖在锅里。狗才又去村口李六十八家的杂货铺打了一壶烧酒,招待薛称心。薛称心得意洋洋地喝着烧酒,大吹特吹他走西口如何了得，赤手空拳打退十几个土匪，救得包头镇里"吴"大财主家的小姐，"吴"大财主为感恩，将小姐下嫁与他，并赠金赠银，要他回家置田买地，光宗耀祖。听得狗才家两口子一愣一怔地，不住气地给薛称心添酒，给"吴"大小姐夹鸡肉。

末了，薛称心吩咐狗才："你去打问咱村谁家卖窑，谁家卖地，就说我薛称心要买窑置地。你狗才往后好好给我办事，我薛财主吃肉，香汤辣水也给你留得几口。"狗才忙不迭地连声答应。

薛称心张罗着买窑置地，老李家却忙碌着打摞死人。老三家并未生养一男半女，老大家的小朵年岁还小，老三家婆姨殁了，连个披麻戴孝的子侄都没有。而且照本地风俗，婆姨先老汉死的，不得葬入正坟，只能寄埋坟畔，待老汉亡故后才可随着迁入正坟。这个可怜的婆姨，现在连老汉都没有了，也不知几时才能迁入正坟，堂而皇之地拥有一块属于自己的栖息地？

听到前婆姨投瓮自尽的消息，薛称心并没有感到一丝愧疚，反而觉得心里压着的一块石头平平妥妥地放下了。本来还担心这个婆姨不依不饶，搬来娘舅家人胡搅蛮缠，现下一了百了，省却了许多麻烦。倒是他的新婆姨扢花，虽然出身风尘，却还有点情义，劝他出资葬妻，一则偿还孽债求个心安理得，二则新立人家也可显姓扬名。薛称心听了连连点头，夸赞扢花心机出众，谋深智远，于是翻捡银包，拈大拣小，最后挑选了一块不大不小而又成色不好的银块，亲自送到李家去。哪知一进李家门，就被李老五从灵棚里抄起一支哭丧棒来，劈头盖脸暴打了一顿，丢鞋坠帽，不成人样，灰溜溜地滚回二眉家窑里，不说不笑，抱着枕头闷睡了半天。

不知道是天就要造就这样的人物，还是地离了这样的人物就不能成为世界，薛称心一觉醒来，开门就遇到了一桩好事。原来是李家本家一个旁支，凭着祖上的德行，于乾隆年间考出一个举人，派放几处县令，便将故居修葺一新。坐北朝南一排溜儿六孔大窑洞，都是条石砌墙，青砖镶顶，院内花台菜地，蔬果盈门，驴舍猪圈，无不齐整。东西各辟一进小院，东院为佣勤杂工住所，西院为粮储仓房，并置一方磨盘。大院院墙耸立，门匾高悬，是唐家会第一户上等人家。不料子孙后代没有一个成器的，吃喝嫖赌，样样俱全，临末了这一代更是抽上了洋烟。这洋烟一抽，万贯家财俱化为飞灰，爹爬黄河娘上吊，婆姨栽了百尺崖，娃娃后山喂野狼，只留下这一杆整日价吞云吐雾的大烟枪，依靠变卖家当和田产来吊着一口游丝气。这日听说薛称心拿着大笔现银买窑置地，就托人上门求售祖产。薛称心喜出望外，他对大烟枪家的大院本就垂涎三尺，有意花大价钱收购，现在大烟枪主动送上门来，他反倒稳坐钓鱼台，耐着性子杀价。李家大院价值高昂，挑遍唐家会的能人望户也无一家能买得起，好不容易碰上薛称心发了财，大烟枪急于卖掉大院换洋烟，就以"瘦驴"的价钱卖了这头"肥牛"，还有数十亩田地也一并央求薛称心买了去，上等良田作价一半，沙梁瘠地连捎带送，让薛称心捞足了便宜。

　　大烟枪前脚搬出，薛称心后脚搬入，李家大院从此易名薛家大院。薛称心这个游手好闲、不务正业的二流子，一跃成为唐家会第一等的富户。薛称心自称"薛财主"，教帮工助佣的下人称自己为"老爷"，称婆姨圪花为"太太"。吃肥肉喝烧酒饱享口福，穿绫罗戴金银极尽浮华，居大院住豪宅四季舒坦，骑毛驴坐小轿惬意潇洒。享不尽人间的富贵，世上的福气。

　　薛称心的婆姨圪花也不是一个等闲的女人，虽然出身风尘，却心思缜密，极善相夫持家，把薛称心拿捏得服服帖帖，不敢明目张胆胡作非为。圪花的精打细算，加上薛称心的贪婪无耻，二人宛如豺狼逢狡狐，蛇蝎配毒蛛，把家务事业料理得日益红火，蒸蒸日上。

　　唐家会村地处滩涂，庄稼地却多在村后的山塬上，本来地荒土瘦，即使年头风调雨顺，百姓生活也仅可敷衍，少有盈余。那年那月，老天爷多是不肯作美的，连续几年荒旱少雨，诸多人家粮米不敷，尤其在五黄六月青黄不接之际，炉灶上断炊的人家比比皆是，只能靠挖苦菜和剥树皮来度日。有的地方树皮都被剥光，离远看去惨白惨白的，都不知是什么东西，十分瘆人。

　　穷人生活凄苦，富人却极尽奢华。就拿薛称心来说吧，猪羊成群，粮食满囤，烙下的面饼吃不了，就拿去给娃娃当尿垫。可以这样说，薛称心家喂的狗都比穷人吃得好。

然而薛称心也并非"故意"囤积居奇，每逢饥荒灾年，却也大开粮仓"接济"穷困，不过是小斗出而大斗进，出借时一斗给七升，归还时大斗上还得隆起堆儿。也有治病延医和操办红白喜事的村民手头拮据来借钱，薛称心也大方"给予"，不过借一贯只给七百，扣下三百先抵了利钱。说借薛称心的钱粮利息高吧，薛称心还振振有词："借粮时饥荒灾年米贵，还粮时年头饱塪粮贱。至于银钱，本为暗昧之事，就更马虎不得。土话说爹有娘有还不如自个儿有，父母尚且如此，何况于平白之人。再说自古借钱三分险，一旦还不上了咋办？我老薛傻大胆敢把钱粮出借，助你等挨度饥荒，足显仁至义尽，高风亮节。闲言碎语，恶意诽谤，何其来哉？"

不过也真有借了钱粮还不上的，于是就施行"利滚利""驴打滚"，饥荒越累越多，利息越滚越重，终于到熬折老腰也还不起的境地了，就只好拿田地和窑洞抵债，成了赤贫之人。末了再向财主赁窑而住，租地而种，成了财主家不花钱的长工。

短短几年间，薛称心的田产家业越聚越多，越滚越大。唐家会寥寥千余亩土地，三分已归其二，唐家会区区数百口人，大多半人口直接或间接地伺候了薛家。

在整个唐家会，未曾向薛家低头，未曾向薛称心借钱借粮、揽工受苦的，仅有李老大家三兄弟了。老李家的日子也和其他人家一样不好过，每年地里的收成仅够应付半年几月。本来唐家会的沙梁薄地，平和之年，每四亩才可养育一人，自李老实手上办转家务，只剩得人均二亩，极其勉强。遇此灾荒之年，更加入不敷出。为此，李家三兄弟只好省吃俭用，节约口粮，该吃稠的吃稀的，该吃两碗吃一碗，虽如此也不足果腹，于是在青黄不接之际，也只得跟随村人四处挖苦菜剥树皮，调停生计。这一年实在饥荒难当，眼看断炊熄灶，三兄弟一商量，决定到旧县的炭窑里去掏炭赚钱，将养老小家口。

那时的炭窑，多是本地人在崖脚下劳作，偶然挖出炭来，便镐刨锤砸掏采几块，供自家炉灶烧用。日久天长，掏炭的人多了，便有财主家霸山占窑，不准他人随意挖采，然后雇工采矿，卖炭收利。由于当时掏炭全靠手工挖采，炭窑内高处可直立一人，浅处得躬身爬行，劳动条件恶劣之至，又无什么安全保障，受苦人掏炭便是"三块石头夹着一块肉"，谁也说不清阎王爷几时会收了自己这条贱命，不过就因为命贱，也就顾不得阎王爷几时来收取了。

李家三兄弟结伴到旧县的炭窑里去掏炭，受苦受得跟驴一样，可是阎王爷并不眷念他们的可怜，那天窑顶一块大炭落下，当场就要了李老大的命。

李老四再也不敢下窑掏炭了，可是迫于生计，只好低下头来投靠到薛称心的门下，忍气吞声给薛称心扛了工。

李老五一气之下，狠心抛舍下妻儿跑了口外。家中留下孤儿寡母饥饿难当，老五家婆姨索性带着儿子改嫁他乡，再不踏进李家门。

四

李家的老院子，自此只留下长孙李小朵陪着妈妈和娘娘一起居住。这一年李小朵年仅八岁。家养小鸡小猫，连只狗都养不起，大的牲畜，如猪羊牛驴之类就更喂养不起了。这年这月，野草野菜都不够人吃，何况牲畜？新窑原有李小朵家一孔，自爷爷和大大相继去世后，为伺候娘娘，就没再搬去居住。新窑大院，先是老二家夫妻相继弃门离家，老三改姓背宗，后老五家亦家散人离，只留下老四家一门居住。老四家婆姨乃是个懒婆娘，邋里邋遢，平常连自家的碗筷都懒得清洗干净，那么大一处家院，更不待打扫整理，肮脏如猪窝狗圈。那年那月，人们只顾得"祭奠"自己的"五脏庙"了，家院干不干净，齐不齐整，倒也无人理睬。

前文说过，自从李老实手上办转家务，李家人均只有二亩田地，这几年随着家散人离，地倒变得多起来。李小朵和四爹两家一均分，每家也有十大几亩。按说这么多地，即使旱涝灾荒，也足可应付生活，可全家上下只剩下李老四一个壮劳力，就是给他安上四条胳膊六条腿，一个人也未必务弄得过来。李老四细想了一想，决定将自家的那份挑拣数亩自己务弄，其余的都租种出去。也有无地之人上门求租的，李老四自答应下来，不料求租之人竟一去不返。原来是薛称心听说了此事，连夜赶去求租人家，放话说谁敢租种李老四的地，来年休想从薛家门上借出种子，吓得那求租之人再不敢登李老四的门。李老四被蒙在鼓里，以为人家嫌地瘦不愿租种，一狠心一咬牙，除了留下数亩肥沃之地，其余的悉数卖给了薛称心。

薛称心成了一方地主，他最大的愿望就是把唐家会全部土地都霸为己有，然后最好能把唐家会改了名，叫成薛家寨，是以对李家几兄弟的土地，早就垂涎三尺，只是一直没有机会下手。现下轻施手段，就迫使李老四主动把地来卖给他，把他乐得比押宝中了红心都高兴。没花价钱就贱收拾了李老四，薛称心紧接着又打开了小朵家那份土地的主意。

就在薛称心搜肠刮肚、绞尽脑汁盘算主意之际，老李家又出了一件大事。原来是李老四卖了地，换回了些粮米和银钱，这日专程去城关的集会上割了几斤肥猪肉，连烩带炖满满做了一锅，并把老妈和大嫂家娘儿俩请叫来，一大家人打了顿牙祭。这年头穷人家连过年都见不上一点荤腥，李老妈都记不清上回吃肉是在几时了，于是就多吃了点，吃得肚子鼓鼓的，回到家里觉得口渴得很，夜里起来多喝了几次水，不小心着凉了肚子，后半夜得了肚子疼，五脏六腑打开了架，躺在炕上直打滚。李小朵急忙去叫醒四爹让请大夫。等天明大夫赶来，李老妈已蜷曲在炕头没了声息，死了。大夫问明情由，只说了一句："是撑死的！"

薛称心听说李老妈死了，十分高兴，觉得真是有福之人不用忙，无福之人跑断肠，薛某人正在思谋主意，这机会就主动送上门。李老妈死了三天头上，薛称心在村口李六十八家的杂货铺赊了两刀空纸，赶到李家来。所谓"空纸"，就是没有打下钱印的空白烧纸，也叫人情纸。主家李老四接过薛称心送来的空纸，领着他跪到老妈灵前磕了三个头，随后有帮忙办事的人接待他到窑里喝茶。薛称心找个僻静之处，和老大家婆姨拉呱儿："这老天爷可真是不作美哇。想老李家几年前还是四世同堂，人丁兴旺，是唐家会第一等人家，不料短短几年竟落得门庭萧条，人丁凋零。老四家再不济还有一个大男人，只大嫂你家留下孤儿寡母，真是可怜啊可怜……"

"不用薛大财主可怜。"老大家婆姨虽是个女流,却也知道薛称心忘恩负义,不是个好东西,懒得领他的空口人情,说,"我娘儿俩虽然势单力薄,可是还有手有脚,断不会平白饿死!"

"哪能叫你娘儿俩饿死。"薛称心道,"我就是来给你家娘儿俩出主意来啦。看你家娘儿俩一个是大门不出二门不迈的女流,一个是手无缚鸡之力的娃娃,加起来也扛不动一张锄头。你家虽有十大几亩地,只怕连荒草也长不出几棵。不如把地卖给我薛某人,换些粮米银钱,你娘儿俩也可生活度日。"

"死了你这颗害痘子的心吧。"老大家婆姨毫不客气地说,"你叫我孤儿寡母卖了地,我娃娃长大后靠甚娶媳妇,咋价传宗接代过日子?纵是我娘俩儿手刨脚挖,吃糠咽菜,我也要把地留到娃娃长大成人,不枉我生养他这一回!"

"看大嫂这是说得些甚话啦?"薛称心一计未成,又生一计,眨巴着眼睛说,"我这不是可怜你家娘儿俩嘛。想当初我在李家居住,李家几兄弟看我不是亲生,都把我当作一条狗看待,只有大哥真心亲我疼我,当我是同胞兄弟,处处照顾我。我薛称心是有良心的人,自大哥殁了,每年清明我都到他的坟头烧纸祭奠……"

按本地风俗,除了办罢丧事的第三天,亦即"复三"之日,女眷娃娃可以随家人上回坟,给亡者"立灶安锅",其余时候是不可上坟祭奠的。因此老大家婆姨也不知薛称心说的是真是假,不过薛称心这一番话语,倒说得真是感人。

"我这也是为了报大哥的恩,为了帮他留下的这根独苗苗把地保住。"薛称心看见老大家婆姨脸色缓和下来,接着又说,"我倒有个好办法,就是把你家的地伙到我家,由我出钱雇人务弄,秋后的收成一家一半平分。小朵也可当个小掌柜,到我家照料,学些本领,等到小朵长大成人,再把地还给他。这样一举两得,岂不甚好?"

老大家婆姨心性虽强,见识却短,思来想去,也没有更好的办法,就在打摞完老人后,答应了薛称心伙地之事。

自此，李小朵家的地悉数落入薛称心之手。每年秋后分粮，薛称心借口收成不好，只分些秕谷碎米给他家。老大家婆姨明知上了当，却也无可奈何，只能盼望小朵快快长大成人。

李小朵年仅八岁就进了薛家的门。说是当个小掌柜，其实是个小长工；说是管理照料，其实是帮工助佣。因他年纪尚小，苦活重活干不了，薛称心就安排他专给自家放羊。

唐家会居黄河之滨，每逢农历四月初八，黄河水温回暖，便有精壮后生下河试泳，俗称"抢头水"。自此日起，河床里浮水游戏者无数，尤其炎炎夏日，居住黄河岸畔村落的男儿，无论年岁长幼，尽皆聚集河里，或沉潜水底，或横渡彼岸，耍尽浑身本事。李小朵亦非等闲，自小即熟悉水性，炎热夏季更是在岸上的时候少，在水里的时候多。李小朵母亲的娘家在本县有名的娘娘滩，滩上人凡属男丁无一人不识水性，但凡李小朵去滩上居住几日，不论姥爷舅舅或姑舅兄弟，都给他教得几样耍水的本事。是以李小朵年岁虽小，水里的花样却层出不穷，水性堪称一流，年纪小小即人称"活鲤鱼"。

唐家会的居民还有一个特长也是非常出名的，即善唱山曲儿。山曲儿是一种民歌形式，又称"爬山调"。人们即兴创作，隔山对唱，不拘形式，当地人不论老人娃娃、男子妇女，个个都能唱得几句。人们称赞个别极善歌唱者，道他山曲儿多得车载斗量，纵没有三筐箩，也有两簸箕。后来山曲儿的演唱形式发展为打座腔。在农闲时节，人们围坐而唱，并佐以乐器伴奏，尽欢而散，称之"打座腔"。此后又把山曲儿的演唱内容掺入带有音乐、舞蹈和道具的文娱表演活动中，称之"打玩艺儿"，即具有了二人台的雏形。道光年间，唐家会有李有润、张兴旺两人合演一旦一丑的戏剧节目，风靡一时，人们称这种戏剧形式为"二人台"。唐家会成为河曲二人台的发源地，李有润、张兴旺成为二人台的创始人。

自从二人台兴起，常有他乡喜好戏曲者到村寻访李、张二人，以唱和会友，打座腔聚会常有。城关廪生白进作为唐家会的女婿，亦为座上常客，村童李小朵日常见惯。那年七月十五，李小朵等三条小蛟龙在黄河里合力救出白进之女霓歌，当晚有祁县复字号东家乔致庸做东在水西关城楼聚会，李小朵与白进是相识的。

傍水而居，李小朵耍水的本事仿佛与生俱来，无须刻意去学，但对于韵律吟唱，就不是可以无师自通的了。李小朵打小就喜欢唱山曲儿，每日外出放羊，在山坡草地、旷野荒原，一个人寂寞了，便放开喉咙信口唱上几句，聊以遣怀。不过学唱的都是别人的残剩牙慧，没甚新意，只是他极其痴迷此道。闲暇时候，每逢村里有打座腔集会，他必赶去听看。为接近歌唱者，听看仔细，便主动为座上人倒茶续水，遇有不懂的，更是大胆出言相询。由于他手脚勤快，聪明伶俐，座上人也都愿为他分析讲解。尤其李有润、张兴旺两人，十分欣赏李小朵之好学，有心收为门下弟子，传其一身本事，遂亲自登门说项。但李小朵母亲借口囊中羞涩，无有学资，婉言拒绝。李、张二人略一商议，又道："我二人看中的是小朵的人才，如加以调教，他日成就必在我二人之上。至于学资，则破例全免。"不料李小朵母亲正色道："我家虽然贫穷，却是本分人家，不愿儿子堕入下九流之行当。"原来在当时，人有高低贵贱，职业亦分"三六九等"，农耕入"上九流"之列，戏子艺人则列"下九流"，比乞丐花子高不了多少。李、张二人面红耳赤，尴尬而去。

然而，李小朵并不因此而放弃学唱，但有一点闲暇，仍往那打座腔的人堆里挤凑，李、张二人也不因此冷淡了他，只要他出口相询，必与耐心讲解，仔细教习。尤其冷冬荒春二季，大地荒芜，四野萧瑟，庄户人家极其消闲，多办些唱演娱乐消遣寂寞。整个冬天，打座腔集会几乎无日不有，而围观者亦甚众。过罢大年进入正月，更是村村办古会，庄庄闹红火，李、张二人的戏班受邀约挨村逐庄巡演，李小朵自是每日追随戏班到处看热闹，因此把李、张二人的本事学了不少。偶遇个别艺人醉酒或尿急，李小朵亦能临时串演，抵挡一阵。待到春回大地，草木争发之时，李小朵再驱赶羊群，每日游走于山坡草地，旷野荒原。这个放羊娃边走边唱，走到哪里，婉转的歌声便响亮在哪里。

李小朵不光喜欢学唱山曲儿小戏，对韵律伴奏亦有掌握。二人台伴奏三件乐器，分别为枚、四胡、四块瓦。所谓"枚"，外形与笛子相似，但在指法上与一般笛子有别，在二人台伴奏中谓之"骨"。所谓"四胡"，也叫"四弦"，外形与二胡相似，但较之二胡音量更加浑厚，音域更为宽广，在二人台伴奏中谓之"肉"。所谓"四块瓦"，是由四块小竹板制成，乃是二人台原始的、唯一能代替梆板的打击乐器。这三件乐器，除了当年乔致庸在水西关城楼赠予李小朵的一支枚，另外的四胡和四块瓦，李小朵也向李、张二人求取得一套，一有闲暇便学习演练。

虽然李小朵未能登堂入室成为门下弟子，可出于他对二人台的痴迷与喜爱，李、张二人仍然毫无保留，把毕生所学全部手把手地传授给他。尤其李、张二人常常在他耳边唠叨一句话，说"功夫在戏外"，叫他学戏不要只拘泥于固有的传承，而要勇于突破，大胆创新，才能不流于平庸和俗套，真正有所成就。

五

薛称心夫妇两人，一个极善盘剥，银钱物事只管往家里占，一个极善守财，只进不出无比苛刻，把个家业积攒得金银满柜，粮米满仓，土地成顷，牛驴成群。除了财富日益增多，薛家添丁进口，芁花那张肚皮极善生育，短短五年里赶着生了三胎，前两胎都是龙凤胎，后一胎单是一个闺女，因此膝下便有了二子三女，可谓人丁兴旺。薛家的势力，在周围几十里地头赫赫有名。

薛家的二子名唤二林、四林。此二人打小顽劣捣蛋，每日价除了惹鸡逗狗，挑屎耍粪，便无甚正经做道。最喜好的游戏就是棒打"鸡踏蛋"和棍挑"狗寻时"，即是在鸡狗交媾之时故意破坏好事。因此在全村人眼里，这二人乃是"一对活宝，两个废物"，没有一点儿用处。长大些后，薛称心专门请来教师教习二人读书，只是一坐到书房里，不是二林犯头疼，就是四林闹肚子，要不就是二人合伙捉弄教师，今天逮只蝎子塞到教师被窝里，明天弄把尿壶顶在教师进出的门头上,三个月下来没认得一个字,倒是把教师气得差点患了失心疯。薛称心无可奈何,只好打发走教师,任由他二人胡闹去。自此他二人更如脱缰的野马,无人管教。

说起来,二林、四林本也稀松,要体格没体格,要力气没力气,只是那做父母的自从发迹以来,对待村民专横跋扈、颐指气使惯了,二林、四林便也依仗父母势力,专好惹是生非,欺男霸女。常言道:"马善被人骑,人穷被人欺。"给薛家放羊的小长工李小朵正是他二人顶喜欢欺负的对象。本来李小朵的身子骨要比他俩强壮,他俩轻易不敢招惹,薛称心夫妻看在眼里,大是不以为然,执意教唆他俩跟李小朵对着干。薛称心两口子调教儿子说:"'打虎亲兄弟,上阵父子兵',如若你二人合伙还打不过一个小羊倌,便真是一对草包!"两个活宝受了怂恿,便壮大胆子跑去找李小朵打架。李小朵年龄比他俩大几岁,硬打也不是,躲又躲不开。那两个活宝在大、妈的教导下,逐渐变得胆大无忌,石头砖瓦、棍棒刀斧,也不管是甚东西,抓住甚就往上招呼,常常把李小朵打得鼻青脸肿,腿脚疼痛。李小朵没有办法,想起当年五爹在家时曾教过自己一些拳脚,可惜当时自己年岁小,没有记住多少。此时他也顾不了许多,努力回想当时的一招一式,但有闲暇便演练一番,却也锻炼得身强体壮,一把子好力气,对付寻常三五个人不在话下。此后再面对薛称心家那两个活宝的欺负,明里是躲闪,暗里是忍让,其实那两个活宝也占不了什么便宜。而那两个活宝自以为占足便宜,一日比一日撒野,越发胆大包天,无所顾忌,终至长大后吃喝嫖赌,胡作非为。没钱了就伸手向大、妈要,一旦给慢了就拳脚相加,有次拳脚重了,把薛称心打得落下腿瘸的毛病,走路一拐一崴,即有了"薛瘸子"的诨名。

薛称心膝下三个闺女,两个大的成年之后,一个聘与偏关县一书吏之子,一个聘与保德州一乡绅之家,只剩一个小闺女待字闺中,未曾许配人家。

这一小闺女,父母长辈称三闺女,闲杂人等呼三小姐,朋亲好友就叫作三妹子。虽然一家人无不娇惯纵让,却并不娇气刁蛮,也不比两个姐姐,自恃大家闺秀,坐守深闺,从不与贫穷人家往来。这小闺女打小野人似的,与村里娃娃嬉戏玩闹，上树捉雀，下河摸鱼，整日价灰头土脸，哪里有大家闺秀的模样？父母虽有怜惜轻嗔，却并不指责埋怨。小闺女打小一副热心肠，因多与村里贫穷人家娃娃交往，素知民间底层生活之窘迫，深感痛惜怜悯。村中有一孤寡老妪，体弱多病，常常灶冷缸空，熄火断炊，这闺女即率一些毛头小子给老妪捡柴、抬水，或挖苦菜、摘野果，帮助老妪度日。有时乘父母不留意，从家中偷偷挖些米面粮食给老妪，每逢家里吃好的，也不忘给老妪送一份去。后来老妪因病去世，尸身横陈炕头，无人搭理，还是小闺女瞒着父母，拿自己的零用钱叫伙伴们买了一口薄皮棺材，将老妪埋葬后山。

小闺女不爱金钱不爱银，不羡富贵不嫌贫，到了豆蔻之年，悄悄喜欢上了一个放羊汉。这放羊汉正是李小朵。

小闺女打小就跟村里穷苦人家的娃娃一起玩耍，尤其跟李小朵相处最为密切。本来李小朵八岁上来给薛家扛工，除了以放羊为主业，空闲时候还得做些帮闲打杂的营生。其时小闺女才刚学会走路，哄娃娃自然成了李小朵额外的功课。小闺女几乎是在李小朵的呵护下长大的。到了豆蔻之年，小闺女情窦初开，竟然对李小朵产生了别样情愫。而随着年龄增长，李小朵看待小闺女也一日不与一日相同。小闺女不仅出落得容貌俏丽，温顺乖巧，简直就不像是薛家门里的人，而且由于她心地善良，待人热心，许多事情都能跟李小朵想到一块儿去。就说在照顾那位老妪的事项中，两人均是一样心思，一般出力，共同为老人做了不少事情。如背柴、担水这些粗重营生，就多是李小朵做了，直至后来打摞老妪，李小朵也亲自抬了棺材。小闺女跟李小朵一直情投意合，因此也不像旁人那样直呼他"小朵"大名，而是按他家宗族排行称他"五哥"，李小朵则称小闺女为"三妹子"。

一晃十多年过去了，李小朵转眼已成长为一个大后生。他的谋生营生还是放羊，只不过一小群放成了一大群，成了一个名副其实的羊倌。近几年因连续天干地旱，原野荒芜，草木稀疏，地面上嫩草刚刚冒出芽儿来，就被饥肠辘辘的人们就地拔去吃了，只留一些荆棘类杂草，如柠条、臭蒿等，莫说人不能吃，就连牲口也难以下咽。草料不多，财主家养羊也就减少，或二三十只，或三五十只，比起前些年动辄百八十只的羊群来说，简直就不叫羊群。羊群数量虽然减少，可对于放羊的人来说，劳累却不减轻。过去遍地青草，且生长茂盛，放羊人赶一群羊把一片地上的青草吃光，没过几天那地上的青草就又滋长了出来。可是现在，为了寻找草地，放羊人得把羊群赶到荒野山岭，险峰崖畔，往常连兔子都不到的地方，也被践踏出一条条羊肠小道来，而且荒岭深山多有狼虫出没，放羊人须加倍小心才能保全自己和羊儿的性命。

　　放羊的人虽同属长工，但因放羊在外的特殊性，从不在东家吃饭。别的务农的长工住在财主家，天刚亮就下地干活，早饭由东家送到地头，午饭一般在半后晌回家吃，然后再下地干活到天黑收工吃晚饭。放羊的却多是在自家吃过早饭，日上三竿之时赶羊出工，从不吃午饭，自带干粮充饥，日落傍暮之前赶羊入圈，回自家吃晚饭。李小朵跟小闺女见面便多在早晚出工和收工之际。每天李小朵出工时，小闺女正好侍弄完了早饭，就赶到羊圈来为他送行，不免经常携带些糕饼点心，给他带上晌午充饥。傍暮日落之时，小闺女远远瞭见他回来了，便赶到羊圈前来，和他一起吆羊进圈，末了拉呱儿上几句闲话，小闺女要回家侍弄晚饭，李小朵独自回家。

　　两个后生闺女相见最多的时光，便是在冬闲时节。每年秋天里庄稼收割完毕，寒冷的西北风把大地封冻，再加上一场白茫茫的大雪，使忙碌了大半年的农田农庄进入了消闲时节。正是庄户人家走村串户、消遣娱乐的时分，打座腔的集会便日渐办得多了起来。那些平时有些情意的闺女后生，寻常难得有机会见面拉呱儿，此时借着集会人多热闹，一个劲儿地往人堆里凑，推推搡搡，挨挨挤挤，乘人不注意做些不算出轨的亲热举动。李小朵本就是打座腔集会的常客，小闺女却多半是为了和李小朵在一起才来凑这个热闹。在众目睽睽之下、大庭广众场所，有情人亲昵嗔怪，眉目传情，别有一番滋味在心头。是以只要有打座腔的集会，李小朵和小闺女必来会面，哪怕远远地看上一眼也是好的，而只要能够见上一面，连夜里做梦都是甜美的。这美梦一直陪伴两人走过整个冬天，踏进新春，直到正月十五元宵夜，两人偷偷摸摸挽手逛过花灯，才算走近尾声。

二月里大地解冻，务农的长工们都来上工了，翻地的翻地，运肥的运肥，一派忙碌景象。此时地垄上嫩草尚未冒出芽儿，还不到赶羊放牧的时节，直到月底，小闺女才盼到李小朵来上工，心里十分欢喜。

　　到了三四月间，野外嫩草勃发，李小朵赶着羊群出工了。只是这个季节黄风大起，沙尘滚滚不断，李小朵赶着羊群在前，沙尘滚滚在后，不过多久就把人和羊群淹没在沙尘里。小闺女守在家门口看见，感到十分揪心。

　　五月端午过后，天气渐热，富贵人家无不扯布换夏衣。小闺女瞒着父母，用自家的布料，亲手给李小朵缝制了新衣和鞋袜，剩下一些碎布头，又给他缝了一个烟袋，上面还用丝线绣上了鸳鸯戏水的图案。李小朵虽然不会抽烟，但也整天把烟袋挂在腰带上，心里别提有多美了。

　　进入六月雨季，天上有块云彩便下雨。突如其来的雨水，常常把李小朵和羊群浇成落汤鸡。小闺女不担心羊群，只牵挂李小朵，次日放羊出门，不管天气如何，都预备好一把雨伞叫他背在肩上。

　　到了七月十五，按乡俗家家户户都要给娃娃和未成家的年轻人捏面人，两亲家还要给新成家的女婿媳妇互送面人。小闺女也给李小朵捏了一个面人，李小朵舍不得吃，叫他妈在炉灶上烘干了，每天放羊外出，用绳子拴了挂在脖子上，闲暇时就拿出来把玩。

　　很快就到八月中秋了。按当地习惯，中秋夜里人们都会在自家院子里安放供桌，摆放月饼及瓜果梨枣，点燃灯烛祭月，俗称"玩月"，祈祷丰收，庆祝团圆。每到月亮升起时，小闺女总会躲过家人的眼睛，偷偷带了瓜果月饼，到村头僻静处与李小朵相会，一边赏玩月亮，一边窃窃私语。

　　转眼间小闺女已到碧玉嘉年，而李小朵早已年届弱冠。这年中秋夜，依旧如往年一样，小闺女和李小朵偷偷到村头私会。经过这么多年的相处，两个青年男女早就情深意厚，心珠暗结，眼望着月上中天，天上人间一片祥和，小闺女情意绵绵地附在李小朵耳边说，只待秋收过后，冬闲时节，她便向父母提起婚事，要与他共偕连理。李小朵听罢，当即心花怒放，欢喜不已。

六

却说小闺女的大姐，聘与偏关一书吏之子。所谓书吏，就是衙门里专事书写的文案人员，也称师爷，平时给县令出谋划策，拿些主意。只是这一书吏久在衙门行走，历练得老奸巨猾，唯利是图，为了渔取黄白之物，鼓动他人多兴诉讼，怂恿县令多办冤狱，哪里管顾他是非曲直，黑白颠倒，或是妻离子散，家破人亡，致使偏关境内民沸人怨，鸡犬不宁。后有冤民申诉府、道，有雁平道着宁武府察办，宁武知府亲临偏关，查核无误，遂将这一恶吏刑拘狱办，申报刑部，刑部批复斩立决。书吏既死，其子在偏关羞报无颜，携带家口到河曲来投奔外父。"外父"在当地即指岳丈。薛称心虽然财多势大，可说到底是个土老财，满门无人识丁，不上台面，只有这个大女婿有些妙笔文采，却还落到这个地步。薛称心前思后想一番，狠狠心咬咬牙，破费一笔金银，把大女婿举荐到河曲县衙充作书吏，指望将来混得一官半职，也好给自家门庭添些光彩。随后又出资在衙门近旁租赁一座小院，安顿大女婿一家居住。

有道是："龙生龙，凤生凤，老鼠的儿子会打洞。"这大女婿本名奚耀珍，素性心思缜密，善能筹谋划策，故年纪轻轻即有"细腰针"的诨名。这番进入衙门没消停几天，便寻思着寻找契机，好飞黄腾达，一洗家门之耻。刚好是秋末冬初，农田里庄稼收获归仓，小闺女乘此休闲时节，叫父亲打发家人送她进城到大姐家居住几天。几年不见，奚耀珍一眼发现小姨子出落得花容月貌，俊俏水灵，已非当年那个黄毛丫头。当日夜晚，那姐妹俩同居一室拉呱儿些私房话儿，奚耀珍自在书房歇息，一夜间辗转反侧，冥思苦想，盘算出一条计谋来。

次日，奚耀珍到衙门公干，处理些日常事务。瞅得一个闲暇时机，即与新任县令耳语，谎称即日乃自己生辰，有请太爷屈尊至家中便宴。那县令因初上任不久，乐得跟手下吏从走动走动，以示亲和，便也畅快答应。奚耀珍连忙遣人到四鲜楼备办了一桌酒席，安排晌午时分送到家中，又打发人转告妻子，说太爷安排要到家中便宴，叫好生伺候。至晌午，由于衙门距其家甚近，那县令也没乘坐轿辇，只换了便服，与奚耀珍安步当车，闲闲散散地到达家中。两人坐定，对饮三杯，奚耀珍叫妻子和小姨子自内室出来，与县令见礼敬酒。那县令看见暗自称奇，夸赞奚耀珍好生艳福，妻子和小姨子俱美貌艳丽，不可方物。敬罢了酒，两个妇女自归内室。那县令嗟叹道，想我太爷如此人才，家中原配也是个黄脸婆，居然无能拥有此等娇妻美眷，甚为遗憾。奚耀珍眼见县令动心，庆幸自己良计得逞，遂一拍胸脯道："太爷既有此美意，学生定当成人之美，代为作伐，劝说外父把小闺女献与太爷做二房，不成功便成仁。"所谓"作伐"，即是做媒。县令听了，不胜欢喜。

说起这位县令来，不是别人，正是城关有名的胡财主的儿子胡丘。这胡丘本是一介草包，书没读过一斗，字不认识一升，何以能飞黄腾达，当上一县之主？原来在当时，朝廷为补充户部库银，应付边防、灾荒，实行"捐纳"制度，就是可以花钱买官儿做。那年黄河泛滥，朝廷开捐河工，胡财主给儿子捐得一知县头衔，后又花银贿赂，谋得这个实缺。胡丘于是由一介草包蠢物，摇身一变成为本县太爷。今日乍闻这桩婚事，既艳羡小闺女的美貌，又贪图财主家的财产，心中欢喜，志在必得。

而奚耀珍的如意算盘是，如果能够为县令作伐成功，自己即可与县令结为连襟近亲，他日讨取好处，功名富贵自不在话下。乘小闺女还在自家居住未回，急匆匆赶去唐家会，与外父陈明来意。薛称心听说本县县太爷有意与自家攀亲，大是喜出望外，虽然闺女嫁过去是个二房，却也敞快地答应下来。

奚耀珍乐得屁颠屁颠地进衙门给县令道喜。县令十分喜悦，夸赞奚耀珍办事干练，他日前途无量。本来纳妾非为正婚，按规矩小妾不能乘轿，婚事不宜排场，可那县令为了显摆，一应婚事依据正婚习俗来办，于是与女家互换庚帖，说合彩礼，探话插定，择日迎娶。

小闺女在城里居住几日，回到家里听说了这桩婚事，好说歹说不肯答应。薛称心自是铁了心肠要攀龙附凤，坚决不肯退婚毁约。小闺女本来性情温顺乖巧，也不懂得撒泼胡闹，只是从即日起不肯吃东西，一连三天水米不进。薛称心烦闷不已，只好找来奚耀珍商议。奚耀珍绞尽脑汁盘算出一计，即是叫妻子赶回娘家，在小闺女的耳朵边絮叨，只说那县令本是不学无术出身，素来心怀歹毒，此番如不遂了他的意，莫说做姐夫的将来受尽排挤，前途堪忧，只怕薛氏一门也会被他极尽刁难，残害得家破人亡也未可知。在这般软硬兼施之下，闹得小闺女心中亦乱了方寸，前思后想一番，为保全父母家业、姐夫前途，也就不再强硬坚持。

转眼到了婚期，那县令大肆张扬，请了城关的鼓、巡镇的锣、五花城的唢呐、榆泉的号，全套的鼓乐班子，和十六抬的花轿上门娶亲。小闺女头戴凤冠、身着霞帔，全身上下簇新的嫁衣，只是未等上轿，盖头之下早已泪流成河。花轿渐行渐远，小闺女坐在轿内，一路上不知是留恋山水，还是眷念家园，不断地掀开轿帘来看。令人始料未及的是，花轿堪堪行到黄河岸畔一处狭窄路段，小闺女突然一掀轿帘，抢身而出，还未等轿夫回过神来，早已如天女散鲜花，彩蝶坠云端，飘飘扬扬投入黄河浊浪，一逝如斯。

每年过罢中秋，凉风乍起，田原上落叶凋零，草木枯萎，这也是放羊人极其含辛茹苦的一段时光。放羊人多把羊群驱赶到山野林间草叶繁多之处，以使羊儿最后长膘。常年养羊的财主，雇人在山间依傍山泉的崖壁上挖掘窑洞，供人畜晚间栖身。财主隔三岔五遣人运送一回粮食，放羊人以山泉之水煮食。整个秋冬交接之季，李小朵都一个人在山间与羊群为伍。虽然山野间冷风瑟瑟，气候寒凉，又无人做伴，但今年李小朵却并未感到寒凉与孤寂，因为过不了多久他就可以回到村里，和心爱的小闺女谈婚论嫁了。一想到小闺女，他的心里就暖融融的，觉得比吃了蜜都甜。很多时候连他自己都觉得奇怪，小闺女要人品有人品，要相貌有相貌，那么好的人才，咋就单单看下了自己这个穷放羊小子？他不由想到今年春上结义兄弟陈嘉丰娶媳妇，自己请人代管羊群，专门去保德郭家滩行礼。在当地，"行礼"即指亲朋参加婚礼并致送贺礼。弟媳是户大财主家的千金小姐，不过嘉丰兄弟自己也是家资富裕的公子哥儿。而自家家境贫寒，咋能跟嘉丰兄弟相比？他想到那次行礼，美中不足的是郭望苏兄弟去年在黄河上流船失事，整整一年杳无音信，未曾相见，也不知是祸是福。可是不论如何，自己办喜事时一定要请来嘉丰兄弟，并且专程去老牛湾走一遭，看看望苏兄弟是否吉人天相，已平安回家？如果望苏兄弟已回家就好了，那么借办喜事的机会，三兄弟就可以好好聚一聚了！

日子在等待中度过。待到天寒地冷，草叶罄尽，李小朵才欢欢喜喜驱赶着羊群回家。那天回到村里，刚把羊群赶进圈，忽然他妈着急跑来，告诉他小闺女方才出嫁城关，现在花轿只怕还在半路上。李小朵宛如突然遭遇晴天雷击，脑袋轰地一响，丢下放羊铲，慌慌张张沿路追去。追到一处狭窄路段，见沿河畔围拢着一圈人，正在指点观望。近前打问，才知道小闺女行至此处，从花轿中一跃而出跳入黄河。李小朵沿河追踪数十里，直至天晚，只见河水翻腾奔涌，哪里觅得见一个人影？

整个冬天，李小朵都一个人蜷缩在自家窑里，泪雨滂沱，任旁人怎样劝解也无济于事。打座腔的集会连天举办，吵吵嚷嚷，热闹非凡，李小朵也充耳不闻。

转眼间过转大年，早春二月，黄土高原上一年一度的风季又来临了。这黄土高原的风季不比别地，一旦刮起来，宛若风婆婆的风袋被谁铰破了，狂风倾泻而出，任谁都无法收得住。那风自西疆漠北远道而来，狂放而劲歌劲舞，奔腾而席卷千里，挟裹着黄土泥尘，沙砾石粒，呼啸着，放荡着，仿佛要把整个世界一举掀翻。山塬日夜蒙尘，大地一片昏暗。有时刮到清明过后，有时刮到端午前夕，直到雨水的粉墨登场，那风才渐渐止息。属于晋西北的春天才会真正地到来。可是这一年，因为头年整个冬天片雪未落，当年整个春天又没有一滴雨水，庄户人家掰着指头数节令，清明，谷雨，立夏，小满……大地干涸，原野荒芜，庄稼根本无法下种。本来连续几年已属歉年，大多庄户人家食不果腹，青黄不接之际，以野菜树皮充饥聊生。而今年，就连野菜树皮也无以为继，嫩芽儿刚刚露头，即被人就地生吞。河保偏一带千里赤地，饥民遍野，饿殍满地，但凡有些力气的都拖儿带女四散逃荒去了。

这一年，是咸丰五年。

过转年后，李小朵仍然没有从悲痛中走出来，只是眼瞅着母亲为了自己含辛茹苦，日夜操劳，心中极其不忍，硬咬着牙关挣扎起来，打算继续到薛家放羊扛工。可是这样的年头，地上的野草连人都不够吃，何论猪羊？薛家不仅不再继续养羊，因天干地旱，庄稼无法下种，干脆连所有的长短工也一并打发了，真是有力气也没处去使，使人心慌。李小朵母子商议下步办法，决定向薛家讨要回田地，自己务弄，好歹打些粮米过日子。本来自打李小朵长大成人，李母就多次向薛称心讨要田地，好积攒些钱粮，给儿子娶门媳妇成家立业，可每次薛称心不是巧言搪塞，就是蛮横耍赖，不肯好好归还。这番李家母子来到薛家，薛称心磨磨蹭蹭，好半天才不知从哪里翻出一本毛边账来，一五一十和母子俩算计。李家原有田地十八亩，于十五年前伙入薛家，议定秋后粮食平分。务弄田地每年雇人需花银八两，种子、肥料折银三两，十五年共合一百六十五两，每家平摊八十二两五钱。这些年来刮风沙化两亩，水刮一亩八，地陷三分六，剩余十三亩八分四厘。按当时的地价每亩六两计，十三亩八分四厘地折价八十三两四厘。如想要回田地，需付银八十二两五钱，如不要田地，倒找银子五钱四厘。李母急道："当时说好由薛家雇人务地，咋还与我家平摊工钱、肥料？""这就是老嫂子的不对了，两家伙地，哪有一家掏钱雇人的道理？至于种子和肥料，也不是我一个人吃风屙屁能造就出来的。"薛称心说，"我这还是看在大哥当年对我好的分儿上，连风化、水刮、地塌陷的那四亩一分六厘地的亏损也没有算，连小朵吃了我十五年的饭钱也没有算，足够宽宏大量，仁至义尽了。"说着，薛称心打开钱柜取出半吊铜钱，扔到李母手里，然后恶狠狠地道，"行与不行，一锤子定音。如若不服，你母子俩尽可到衙门里去告状。"李小朵母子俩明知上了薛称心的当，却有苦没处说，至于告状，谁都知道薛称心的大女婿就在县衙里当师爷，这官司又如何打得赢？母子俩欲哭无泪，只好空着手回转家中。

日子一天天过去，待到五月出头，端午过后，眼见家中粮米即将罄尽，李小朵母子俩夙夜烦愁。恰巧有李有润、张兴旺两人门下弟子，来家约李小朵打软包同走西口。所谓"打软包"，即是艺人们将戏剧服装、道具打作几个包袱，外出表演挣钱。李小朵前思后想一番，没有别的办法，只好打捆了包袱行李，伙同几个艺人奔走了西口之外。临行之际，不忘把当年乔致庸赠送的那支枚别在腰间。

第二章 贡鱼冤

一

每年清明时节，天气回暖，黄河里封冻整整一个冬天的冰层解冻，水流渐渐变得混浊，大小船只纷纷下水航行，河道里开始了新的一轮喧闹。那远行的货船或上河套，或下禹门，为商家运物载货，而在渡口上摆渡的船只则开始从东岸向西岸输送过客，运送他们踏上西口路。河保偏一带黄河沿岸的各个渡口，每天都聚集满了走口外的人。整个黄河岸畔人声鼎沸，拥挤嘈杂。奇怪的是，今年偏不知是咋的了，按说已进入五月仲夏，早就过了走西口的高峰时节，可是渡黄河走西口的人仍然络绎不绝，不比刚开春时要少。李小朵和打软包的一行伙伴步行到城关，在水西门渡口登上渡船，满眼看着岸边那些要走的人和送行的家人难舍难分，仿佛生离死别一般，自己心里也忍不住疼痛得滴血。只有摆渡的艄公久已看惯了这一幕，他们的眼中满含悲悯，宽容地、耐心地等待着那些要走的人和送行的家人最后忍痛分开，才一声吆喝，解缆开船。船只沿着河水斜漂过对岸，只不过是一袋烟的工夫，而河这边的人与河那边的人却就此天各一方，有的甚至永不相见。

走西口的人乘船渡过黄河，踏上府谷地面。府谷乃陕西最北部的一个县，所辖的古城镇即与内蒙古鄂尔多斯接壤。晋北、陕北同处黄土高原，土地荒芜，人民贫瘠，除了晋西北的河保偏三县，陕北的神木、府谷、榆林、横山、靖边、定边六县亦一直是走西口的密集地区。一路上只见有数不清的陕北老乡不断地汇集到这支队伍中来，使这支队伍变得浩浩荡荡。队伍沿着一条名叫正川河的河流向北行进，由于此河穿沟绕坡很没规律，一路上布下十数条河川，人们需不断地脱鞋挽裤，蹚水跨河，可是蹚过来跨过去，其实还是这一条"盘床河"。

走西口的队伍一路上紧赶慢赶，在傍晚时分到达古城镇。李小朵和伙伴们打算寻找一处客栈住宿，孰料古城镇里仅有的几间客栈早已人满为患，就连为数不多的几家酒馆饭铺也挤坐满了客人，虽然他们大多已经吃饱喝足，但还是打了一壶烧酒摆在桌上，半天抿上一小口，为的是占取个歇脚处。客栈饭铺人客爆满，李小朵一行无处可去，只好在街头上踟蹰，不知不觉流落到西城门前来。走西口的人自是听说过，古城镇本是万里长城上的一个关隘，清朝以前东南是汉人版图，西北为蒙人疆域，入清以来华夷一统，则成为汉蒙民族的分界。自从朝廷开放边禁，古城镇就成为这个地区唯一通往内蒙古的出口，当地人以西城门为界，城门内为"口里"，城门外为"口外"，并把设有税卡的城门洞称为"西口"。由于已是农历五月上旬，月亮早早升了起来，借着月光可看清西城门有上下两层，上层是关帝庙和钟鼓楼，下层是城门洞。城门洞旁悬挂着两盏灯笼，城门洞内关城紧闭，两名老军端坐在两个马扎上，围着一盏微弱的油灯在对饮浅酌。在城门洞外却聚集了数十名无处可居的客人，三个一群，五个一伙，大多席地而坐，耐等天明。其中有一些河曲老乡认识李小朵的伙伴，招呼他们在此歇脚，李小朵等人也便放下行李，在这不花钱的"客栈"歇下脚来。

　　月亮渐渐升高，漫天遍布星斗，古城的夜色迷迷茫茫。李小朵歇息片刻，抬头仰望星月璀璨，苍穹浩渺，忽然感从中来，不能自已，一张嘴嗓子里就冒出了一支山曲儿："一道道山来一道道沟，什么人留下个走西口？细麻绳绳捆铺盖，什么人留下个走口外？糜茬谷茬稻黍茬，走了一茬又一茬；后生走成个朽老汉，走出走回穷光蛋。烂大皮袄顶铺盖，穷日子逼得走口外；一把'钱钱'两把米，没计奈何刮野鬼；守住妹子倒也好，挣不下银钱过不了；有吃有穿不离家，没钱的穷汉到处刮……"歌声婉转苍凉，在古城小镇影影绰绰的夜色里四处飘荡，使人听来无不备感恓惶。

　　"这位唱歌的可是我小朵哥吗？"忽听面前有人发问。

　　李小朵停止唱歌，抬起头来定睛一看，只见一位衣衫整齐、形容儒雅的后生站在面前，不觉大喜："原来是嘉丰兄弟！"

　　围坐在李小朵身旁的同伴赶忙站起身来，把客人让到近前。

李小朵问过陈嘉丰，才知道自己的这位结义兄弟也要出走西口，方才与自己前后脚到达古城，在这里偶然相遇。

　　说话间，李小朵从衣兜里摸出几枚铜钱，对一位同伴安排说："去酒店打一坛烧酒来，我要与嘉丰兄弟把酒畅谈。"

　　不多时烧酒打来，各人分别从行囊里取出粗粮食物，权充下酒之物，只有陈嘉丰取出来的是一大摞白面烙饼，摆放在中央，与各位同伴分享。那一大摞白面烙饼惹眼夺目，令周围众人无不投来羡慕的眼光。一不留意，忽然自旁边过来一个十二三岁的男孩，伸手就要将一摞白面烙饼抢走，被几人按住夺下。几名同伴要动手打那男孩，被陈嘉丰劝止。陈嘉丰拿过两张白面烙饼，亲手送与那男孩，只见男孩离开人群，疾步跑到城墙边的一个角落里，把烙饼递给一个年仅七八岁的小女娃，那小女娃狼吞虎咽地吃了起来。直至女娃吃饱，那男孩才将所剩不多的烙饼填进自己嘴里。众人看见，无不摇头叹息，心下恻然。

　　各人就着干粮饮食，几名同伴吃饱喝足后，就随身一躺，依靠在自己的行李卷上歇息，只剩下李小朵、陈嘉丰二人捧着酒坛，你一口我一口喝个没完。

　　酒至半酣，李小朵忽然向陈嘉丰发问："兄弟啊，像我这样的穷受苦人，生如蝼蚁死如草芥，走西口逃荒保命，自不必多说。只是嘉丰兄弟，你家可是保德有名的富户，在河保偏三地也有些名声，咋价也要走这条穷汉路？"

　　只见陈嘉丰摇头叹息道："一言难尽……"

　　李小朵缓缓抿了一口烧酒，听陈嘉丰讲述自己的经历。

　　陈嘉丰祖籍保德州故城村，祖上有位奇人在历史上大大有名。此人名陈奇瑜，于明崇祯年间任兵部右侍郎兼右佥都御使，总督陕西、山西、河南、湖广、四川军务，称"五省总督"，亲自率部进驰均州，围剿义军，将李自成、高迎祥、张献忠等部迫退入汉中，围困在车厢峡内。眼看义军将被一网打尽，义军巧使诈降之术，陈奇瑜仓促之间未加深究，便轻率地接受了乞降，只是义军一出峡便不再听从官军节制，继续高举义旗。各省巡抚、朝廷言官纷纷交章弹劾，陈奇瑜被明廷逮捕下狱，后发配回故乡保德。陈奇瑜回到家乡后，在黄河畔的石壁上修筑了一座钓鱼台，颐养天年。满清入关后，发布了剃发之令，陈奇瑜作为明廷旧臣，誓死不遵从此令，终被清廷赐死。陈奇瑜死后，他的子孙为避祸殃，流落各地散居，其中一支就搬迁到本州郭家滩村定居。

郭家滩村背倚青山，面临黄河，村里人多靠耕耨黄河岸边一些滩涂地为生。陈奇瑜的后代搬迁至此已历数代。自从当年陈奇瑜被朝廷赐死，陈家虽仍世代诗书传家，却只习礼义做人之法，不思仕进，所以只做渔樵耕读之顺民，间或有一二教师，应举做官的却是一个也没有了。到了陈嘉丰的父亲这一代，更是秉承祖训，勤俭持家，不与天斗，不与人争，大度为怀，宽厚待人，多举善事，积德修身，成为声名闻达州县的一方绅衿。

陈嘉丰出生于道光年间。陈嘉丰出生后，家长管教并不十分严厉，懵懂之际，任其与村中小孩玩闹，整天摸爬滚打，宛如一个泥猴儿。到了六七岁上，为其启蒙，循序渐进，教以诗书礼经，开阔视野，增长智慧，却不图功名仕进，只是在家中辅导教习，并不送到私塾州学里去。不料陈嘉丰本是一个素性专心致志之人，做什么事情都有始有终，从不半途而废。幼时与村中玩伴捉迷藏，玩伴找他不到，他能从傍暮守到天明，等候玩伴来捉，人皆笑他痴呆。由于郭家滩坐落于黄河岸畔，大人小孩俱会耍水，陈嘉丰打小怕水，距离河畔甚远就觉得头晕目眩，因此便望而却步，然而每逢夏季，看到村里人尽在河里耍水，仰立浮沉，花样翻转，使人艳羡，于是大着胆子，闭上眼睛一个猛子扎进河里，灌了几口浑水，从此便学会了游泳。而自此后，他又十分刻苦练习，终至青出于蓝，敢于在狂风骤雨、大浪滔天之日横渡黄河，令当地人无不佩服，称作"戏水蛟龙"。自从他开始学习诗书礼经，又一下子迷上了儒学，废寝忘食，勤奋钻研，年仅十四岁时即瞒着家人入州学参加童试，被录为廪生。其父不以为荣，反多责怪，于是此后只把读书当作日间消遣，再不参与科举仕进。

黄河紧依门楣，河滩便是岸上孩童天然的乐园。春天在河滩上放风筝；

夏天黄河是游泳池；秋天汛期河面上漂来各种各样的物什，好比一个大仓库，可任意挑拣；到了冬季大河封冻，河面冰滩上就成为一个游乐场。河岸边的孩童，一年四季不愁没有玩耍的花样。尤其到了冬天，河床两面封冻，只留中间窄窄的一带流淌河水，河水清澈无比，不同于夏季的混浊，可直接饮用，因此在河边冰层上凿开窟窿担水，是岸上人家每天不可耽误的营生。小孩或许大多不愿意到田间地头劳动，可去河边担水却都是抢着担的，担不动满桶担半桶，一个担不动两个抬，不只为了担水的乐趣，更是为了去冰滩上玩耍。看那河岸冰滩上，小孩们有的耍"打擦滑儿"，在冰上一个箭步滑出去，比赛谁滑得远；有的耍"拉牛车"，一排小孩半蹲在冰上，一个拉一个衣服后襟，看能拉得动几个人；有的滑"冰车"，所谓"冰车"，就是在一块木板上安装两条铁轨，小孩或坐或跪在木板上，用手中撑杆滑动冰车在冰面上快速行走，你来我往，横冲直撞，十分热闹……峡谷上刮来的凛冽的西北风也熄灭不了小孩们玩耍的热情。

在冰滩上玩耍，只要留意到担水凿开的窟窿，也不要到河中央去，一般不会有危险。可是有一天，一个叫榆钱的小女孩乘大家不留意，一个人悄悄溜到河中央去拣黑凌冰。河岸边冰块很多，其中有一种冰块乍看颜色幽深发暗，但对着阳光却极其晶莹剔透，宛如水晶一般，当地人称为"黑凌冰"，具有降火清肺、止咳化痰之功效。榆钱的爷爷患了多年的哮喘病，每到冬天咳嗽更加厉害。榆钱一个人溜到河中央给她爷爷拣黑凌冰，不料河中央冰层分外光滑，一下子将她滑到了水里。当时陈嘉丰正在冰滩上滑冰车，忽然听到榆钱落水，不假思索，迅速将冰车掉头滑向水边，几乎把冰车冲进水里。陈嘉丰纵身下水，河水冰凉刺骨，直透心肺，但也顾不了许多，只是一门心思游水救人。堪堪游出十数丈远，才追上榆钱，把她从水中捞出。两个小孩刚刚爬上冰滩，身上衣服呼啦啦一下结上冰碴，连同手脸皮肤俱被冻作冰雕。幸亏家中大人及时赶到，把两个冻成冰棒一样的小孩抱回家，延医治疗，才算保住性命。而且这一治疗，差不多花费了一个多月的时间，两个小孩才得以痊愈。

榆钱本是陈嘉丰的邻居，就住在陈家后院外侧的一个小院里。小院本是陈家祖业，平时堆放些零碎杂物。榆钱家旧居原在村口沿河畔上，十多年前黄河泛滥，把她家房子冲垮，父母被洪水卷走。那一年榆钱才刚垂髫，发大水时被爷爷死命抱在怀里，祖孙俩驮在一根房梁上，在水中漂浮，幸亏被停泊在下游康家滩河湾躲避风浪的外地货船上的河路汉救下。大水过后，她家的房屋片瓦无存，原有的一块滩地也被洪水刮得无影无踪。祖孙俩无处栖身，陈嘉丰之父看着可怜，就把小院内杂物腾出，叫祖孙俩入住了进去。榆钱的爷爷从此就留在陈家扛工，拉扯小孙女长大。由于她爷爷跑了半辈子河路，既会扳船，又练就一身好水性，就专门在河上为陈家捕捞贡鱼。有点闲暇时间，陈家地里的营生和家里的粗重活儿，也都抢着去做，陈家对他也就分外照顾。祖孙俩刚入住陈家小院时，榆钱才刚三四岁，没有父母疼爱，爷爷又粗手大脚，不怎么会照顾，因此整日号啕，非常可怜。陈嘉丰的妈妈听见，就过去把她引到自己家里来，给她吃喝，又叫比她大不了两岁的陈嘉丰陪她玩耍。榆钱被引去耍了几次，也就习惯了，每天爷爷外出做营生，她就自己来到陈家玩耍。陈嘉丰和她年龄相仿，两个小孩也能耍到一起去，偶有小小争执，陈嘉丰也懂得相让。榆钱家中穷困，再加上爷爷是个粗糙老汉，不会针线活儿，榆钱的身上没有一件像样衣裳，陈嘉丰的妈妈就把陈嘉丰穿过的衣裳改改给她穿。榆钱岁数渐长，小子衣裳穿在她身上就不像样了，陈嘉丰的妈妈便专门扯布给她做闺女衣裳。冬天的棉衣，夏天的薄衫，只要有儿子的一件，就必有榆钱的一件，如同亲闺女一般。榆钱几乎是在陈家长大，对陈家的人分外亲热，便改称陈嘉丰的妈妈为"干妈"，大大为"干大"，对陈嘉丰自然是叫"哥哥"了。

由于陈家把榆钱当作亲闺女一般对待，村里邻居也不把榆钱看作下人，称她为"小姐"。榆钱虽受抬举，却有自知之明，勤勤恳恳为陈家做营生，洗洗涮涮，缝缝补补，力所能及之事不需他人安排，更不以小姐身份自居。

二

　　从郭家滩村沿着黄河上行不远，有一处险要河段名天桥峡，与下游的大峡谷壶口和三门峡齐名，被人们并称为黄河上的"三把锁"。此峡横亘在晋陕两岸的峭壁之间，谷涧深邃曲折，谷中形势险峻，河水流经这里，被谷底犬牙交错的巨石隔挡，水流激荡，涛涌波襄，颇有雷奔电泄、震天动地之势。天桥峡汛期浊浪排空的壮景自不必说，每逢冬季，峡中河水上层结冰，行人可从冰桥往来于两岸，犹能听到桥下滔滔水流之声，人们便称这冰桥为"天桥"，"天桥峡"之名由此而来。

　　而令天桥峡为世人所知的，却是峡内盛产的一种石花鲤鱼。此鱼以峡内石花草为饵，赤眼、金鳞、十片大甲，脊梁上有一条红线，在鲤鱼中独具一格，上下里许绝不相同。

　　康熙三十六年，康熙皇帝第三次亲征厄鲁特蒙古准噶尔部，大获全胜，北疆战乱平息。康熙帝率大军班师还朝，行至晋陕蒙接壤处，忽然心念一动，欲仿效当年南巡，西下考察晋陕一带民风民俗、百姓生计，遂打发大军回朝，自己轻车简从，身着微服，沿黄河而下。这日过了河曲，到达保德境内，康熙一眼看到天桥峡的壮丽景观，赞叹不已。于是在天桥峡畔盘桓半日，领略罢峡谷壮景，才继续赶路。行走不远，忽然眼前又是一亮，只见在黄河岸畔出现一片滩涂，广阔约三百亩，其间庄稼碧绿，草木成荫，炊烟飘袅，鸡犬相闻，好一派田园风光，使人赏心悦目。康熙假作商贾，至村中与野老攀谈，获知此地名郭家滩，或是因了地下水源充足，自古草木丰茂，旱涝保收，是一块不可多得的水土肥沃之地。康熙举目张望，见山坡上花草繁盛，披绿叠翠，村脚边又是一畔河水，仿佛万盏莲花盛开于水上，不由赞道："真不愧为'莲花汕'也。"野老见天色近午，邀请康熙到家中吃一顿便饭。康熙欣然应邀，只带一二随从，跟随野老到家。饭是当地的糜米捞饭，就是一种黄小米饭，几盘清淡蔬菜，外加一尾清蒸鱼。康熙吃那糜米捞饭，虽然粗粝，却十分香甜可口，又挟那清蒸鱼品尝，更觉味道鲜美，不同寻常。问询野老，才知此鱼乃是石花鲤鱼。康熙吃罢，赞不绝口，称真不愧是天下美味。随后回到京城，即下旨将石花鲤鱼定为贡品。

令保德百姓万万没有想到的是，随着圣旨一出，石花鲤鱼声名鹊起，天下皆知。各级文武官员纷纷伸出手来谋求索要。本来钦定宫廷岁贡仅区区一百四十尾，由于各级官员层层加码，导致副贡、馈送各名目增加至四千尾。差役持票勒索，贻害甚惨。鱼价飙升千里，往往有以一鱼之微而费一牛之价。因鱼之故，当地百姓有的鬻牛卖女，有的倾家荡产，生计维艰。

本来保德百姓傍河而居，自古就有吃鱼的习俗。人家媳妇但比手巧，不比别的，只比做鱼。自石花鲤鱼成为贡品，需量日益增加，河内数目减少，沿河居民逐渐忌口吃鱼，断此习俗。长辈教诲晚辈说，石花鲤鱼本是天上神物，幼小时寄养凡间，只等修炼到家就会乘雷上天，化作神龙。此教诲世代相传，人人信以为真。久而久之，沿河居民莫说吃鱼，渐渐连做鱼的方法也淡忘了。

古人有《冰鱼吟》一首："长河冻合鱼在泥，指脱层冰难觅一。去年徭重裤无著，今年捕急儿无质。供得官家口滑脂，尘封甑釜嗟悬室。肥酥胜雪不自尝，招朋夸美会良集。醉卧堆红继兰烛，醒时还傍佳人瑟。君不见，敲扑声中态万千，肉飞魂绝天应泣。"

说来却也蹊跷，自从康熙西巡途经郭家滩，金口玉言赞美莲花汕，令乡民颇为鼓舞，不料康熙回京数月，黄河上游发来一场大水，洪流肆虐，狂涛怒卷，将莲花汕滩涂冲刮得无影无踪，自此该村地亩稀少，百姓贫穷，不复昔日景象。本村百姓或有奔走西口外逃荒的，或有造木船在黄河上下流船运货的，熬炼艰苦岁月。而自从石花鲤鱼成为宫廷贡品，最初官府只圈定十二条渔船专事捕捞，渔民多为天桥峡附近村民，后来随着副贡增加，河内鲤鱼减少，无法完成贡额，官府遂将捕鱼任务摊派给沿河村庄。郭家滩处于天桥峡下游，自然免不了摊得一份，村民多有劳累一年而捕不到一条贡鱼的，年末官府催逼，只好以税抵鱼，名曰"渔税"。

陈家作为郭家滩望户，领全村之雁首，每年贡鱼的摊派也分担得多一些。

陈嘉丰自从学会游泳，每逢开河，便随船工荡船于天桥峡上撒网捕鱼。天桥峡石壁上刻着"食我不肥，卖我不富"八个大字，波涛落时，字迹宛然，不知是不是后代义士对鱼贡制度的针砭。天桥峡内水流湍急，仅在黄河汛期和春季流凌期，激流将河底鱼儿冲出水面，但因水狂凌多，不易捕捞，岸上人只能望河兴叹。而在风平浪静之期，鱼儿又沉在水中，渔夫撒网也多是漫无目的。偶尔捕到一两条鲇鱼，虽然体大肉肥，但因本地人不吃鱼，又尽数放生。天桥峡上风急浪大，风浪在两面石壁上冲刷出了许多石窟石缝，是石花鲤鱼觅食生长的好地方。本地人说，石花鲤鱼就是从那些石窟石缝里流出来的。渔民们就在石壁旁或撒网，或下钩，至于能否捕得到鱼，就听天由命了。有时运气好，也可捕得一两尾，有时运气不好，接连数日都无有收获。虽然知道那石花鲤鱼近在咫尺，但因天桥峡水深不可测，又且波急浪大，谁也不敢轻易下水去捕捉。这样说也有点不尽然，陈嘉丰就是一个敢下水捉鱼的人。也许是初生牛犊不怕虎，也许是艺高人胆大，在夏日水温适宜之际，如果整整一天撒网都没有收获，傍晚收工之时，陈嘉丰总会不听船工的劝告，自己下水去捉鱼，而每次下水，总不致空手而归。可这样做终究十分危险，船工及河上渔夫无不为他捏一把冷汗。回到家中陈父亦多责怪，但他笑而敷衍，改天仍旧我行我素，不断下水涉险捉鱼。

陈家素为当地绅衿，田多地广，家境富裕，纵然完不成贡额，也可以拿粮食来抵渔税。只是苦了那些穷苦百姓，既捕不到贡鱼，又无钱粮抵贡，陈家看在眼里，于心不忍，就不免代替出资，以抵贡额。除此以外，每逢饥荒灾年，村中居民缺粮断炊者无数，陈家亦不忍冷眼旁观，间或开仓放粮，接济穷苦村民。陈家德行，在州县四方有口皆碑。

三

在距离郭家滩十多里远的山上的腰庄村里有一个财主，此人颇有些田产，在周坊村里也有些名气。此人年轻时和陈嘉丰之父结为"拜识"，即是拜把子兄弟。陈嘉丰呼为"拜爹"。拜爹有个连襟是岢岚州人。岢岚州坐落于管涔山西北麓，气候寒冷，盛产胡麻。胡麻是上好的油料作物，因此岢岚人多有开油坊榨油的。在这位连襟的支持下，拜爹亦张罗着在自己村里开办了个油坊。陈嘉丰听说后十分欣喜，向父母说明了，就携带一些礼物，去腰庄村参观拜爹新开的油坊。

自从康熙年间朝廷开放蒙古边禁，走西口的大门逐渐打开，那条混浊的黄河从此变成一条通达大河南北的物流通道，带动两岸码头林立，商贾云集，同时也带动当地商业和手工业生产悄然兴起。随着年龄增长，陈嘉丰即对经商和手工业生产产生了浓厚的兴趣，每有闲暇，他都喜欢到那些新开张的商铺和作坊里转转，了解商铺的经营和手工业生产的制作方式与流程。就连父母都看得出来，这孩子将来只怕会是块经商做买卖的材料。

郭家滩至腰庄没有大路，需沿着一条从深山里流出的水涧旁辟开的崎岖小路上行，经过几个小村，翻过东南方向一座山头才到。那条山涧为一条季节性河流，平时仅缓缓一股水流，每逢雨季则山洪暴发，将山涧冲刷得沟深壁峭，十分深邃。由于山陡沟深，向阴的方向四季不见阳光，山沟对面早已是春暖花开了，山沟这边却还阴冷森森，令路上行人感到阵阵寒意。行人小心翼翼地沿着小路上行，直到到达半山，看到山沟对面的芦子沟村时，阳光才从高处倾洒下来，驱逐了身上的寒意。

身居高处，眼前豁然开阔，只见四处黄土漫漫，山塬跌宕，草木吐绿，鸟语花香，好一派春意盎然的景象。由于距离不远，可以清楚地看到山沟对面的窑洞和人家，其中一处并不宽大的院子外头严密地围着一圈石头，那是庄户人家垒砌的猪圈，有一个身穿素花衣裳的女子正拎着猪食桶在舀食喂猪，而在猪圈之旁的一块地畔上昂然耸立着两棵枣树，那枣树已开了花，淡黄色的花蕊密密麻麻布满枝梢，在嫩绿的树叶的掩映下，使那位身穿素花衣裳的女子显得分外俏丽。

此情此景，最是令人赏心悦目，陈嘉丰不由嗓子痒痒，放开歌喉唱起了起源于河曲而又盛行于本地的山曲儿："对坝坝圪梁梁上那是一个谁，那就是要命的二小妹妹。白令令的布衫衫穿在妹妹的身，哥哥要出门想你见不上个人。满天天的星星一颗颗明，有两颗颗最明那就是咱二人。你站在那个圪梁梁上哥哥我在那沟，看中了那个哥哥妹妹你就招一招手。"

　　山沟对面的那女子抬起头来，见一个相貌英俊的后生朝她唱得正起劲儿，不觉羞红了脸蛋。陈嘉丰看那女子长得分外国香。"国香"是当地土话，是从"国色天香"这个词演化而来。陈嘉丰不由一下子被那女子吸引住了，目不转睛地盯着她看。那个女子被他看得怪不好意思的，拎起猪食桶回转家中。

　　陈嘉丰到了腰庄，拜爹夫妻看见十分高兴。拜爹和陈嘉丰的父亲少年时就情投意合，结交为拜识。两人结婚时分别到家行礼，当时少不更事，新婚夫妇给宾朋敬酒时，彼此都给对方出过难题，招来宾朋的哄笑，而晚上闹洞房也是闹得最凶的，把小两口耍弄得难以招架。鉴于两人的亲密友谊，连新娘子都不见外，后来成为通家之好，常有走动，尤其是每年正月村里过会闹红火，举家大小都到对方家里去做客，但凡哪个人缺席未到，都会招致对方的埋怨。近些年来由于两人岁数大了，家大人多，俗事缠身，彼此间的走动才渐渐稀疏下来。

　　对于陈嘉丰，拜爹一家都不陌生，只是近几年来见面不多，印象里那个毛头小子转眼间就变成一个风度翩翩的英俊后生了。拜爹和陈嘉丰坐在八仙桌旁喝茶叙谈，询问些家长里短的事情，拜妈亲自下厨忙着给客人张罗一顿好吃的。快到晌午时分，忽然有个十七八岁的女子风风火火地闯了进来，一把抢过桌上的茶壶就咕噜咕噜地喝。她的脸蛋上淌着汗迹，衣裳上沾满灰土，不知是不是钻到哪个土旮旯去玩耍了？只听见拜爹鼻孔低低哼了一声，那女子才用眼角瞟见家里来了客人，而且是一个相貌俊俏的青年后生，方自感觉羞惭，放下茶壶躲了出去。拜爹叹息一声，自嘲地说："看看凤珠，十七大八快要出嫁的人了，还跟个长不大的娃娃一般，整天价疯疯癫癫的，没个女子家的模样。"

　　"原来是凤珠妹子，几年不见都长这么大了？"陈嘉丰惊喜地道，"妹子天性淳朴，不改率真，倒是十分可爱。"

响午开饭，凤珠清洗得干干净净，打扮得整整齐齐，才出来见陈嘉丰。吃饭时候，凤珠先还文静规矩，像模像样，可她对陈嘉丰并不陌生，虽然这几年见面不多，但几句闲话拉呱儿过来，便恢复了儿时的熟稔，不再拘束，于是也不掩饰自己大大咧咧的性情。这样一来，陈嘉丰反倒感觉亲切随和，大家谈笑风生，气氛十分融洽。

吃完饭，陈嘉丰打问油坊的事。凤珠抢着回答："油坊前些日子就开张了，岢岚姨夫暂时帮忙料理，等油坊出油正常了才回岢岚去。"说着就拉起陈嘉丰的手，带他去参观油坊。

出了家门是道土坡，凤珠带他向坡下走了不远，到了一处石头垒砌的院子。院内三四孔窑洞，原是拜爹祖上留下的产业，一直空置无人居住，油坊就设立在这里。凤珠带陈嘉丰里里外外观看，其中一孔窑洞为主作坊，窑顶上垂吊着巨大的榨油木，下方安置油槽，其余如油杵、双碾、漏斗、扇车等工具样样俱全。凤珠介绍说，榨油过程十分复杂，需经过十几道的工序。陈嘉丰一边观看，一边赞叹岢岚人的聪明智慧，经过如此繁复的过程，将胡麻生料制作成香喷喷的胡油供人食用。

陈嘉丰本来对此类作坊的生产加工极感兴趣，遇在往常有此机会，必定要住下来细细观摩研究，直至将制作的过程与原理一一摸清吃透，但这天觉得心里恍恍惚惚的，有点心不在焉，于是粗略地观看了一遍，就向拜爹一家告别。拜爹拜妈亲热地挽留他多住几天，凤珠对他更是依恋，拉着他不放。后来看见实在留不住，拜爹才亲自挑选自家新榨的一罐好油，叫他带给父母品尝。凤珠把他送出村外很远，才依依不舍地停住脚步。

腰庄山上树木葱茏，风清气爽，陈嘉丰一个人行走在山道上，被山林里凉爽的风一吹，脑袋豁然清醒，突然一下子意识到了自己为什么烦乱。原来他是在记挂着今天在芦子沟村见到的那个枣树下的女子。虽然他对同龄的女子并不陌生，榆钱就跟他一起玩耍，一起长大，可也许是因为太过熟悉了，他把榆钱当作亲妹妹看待，除此之外别无其他情愫。而今天一眼看到那个枣树下的女子，就不由眼前豁然一亮，大有相见恨晚之感。他明白了自己之所以急急忙忙往回返，就是想再次见到那个女子。他的心中颇感急切，脚下步履匆匆，不小心被一道土坎绊了一跤，满满的一罐油倒了半罐。他也顾不上自责，爬起来拎起油罐继续赶路，一口气跑到了山坡边，向下就可以望到两棵枣树掩映着的那所院子。他在山坡小道上半是奔跑半是滑行，不大工夫就下到坡底，来到前晌与那女子相见的地方，只是此时对面那所院子内外空无一人。他在山沟这边的一块大石头上坐下来喘气，一边焦急地注视着那所院子，等待半天，也无一个人影出现。转眼天色不早，他的心里满是失落，从大石头上站起身来，正打算离开，就在最后回头一望之际，忽然眼睛一亮，那个女子竟然出现在面前。他激动地朝那女子挥舞着手臂。那女子默默注视了他半天，才低低抬起手腕来，轻轻向他挥动了一下。就是如此轻轻地一挥，当即叫他心花怒放，所有的忧虑顿时一扫而光。

陈嘉丰回到家里，因为心里有了牵挂，是以忽而欢喜，忽而惆怅，与往日行径大不相同。他把自己关在书房里，写了许多的诗，来抒发自己心里的感受和对意中人儿的想象与赞美。父母都不知他搞些甚名堂，就打发榆钱来探问，他也只是敷衍应对。这天忽然有腰庄拜爹捎话来邀请他去家走一趟，他立马答应，随之精神亢奋，好像换了个人一样。父母看在眼里，双双交换了个眼神，心下似乎明白了一些什么，于是把他打扮整齐，备办了像样的礼品，催促他上路。

陈嘉丰也没有仔细考虑些别的什么，携带上礼品，便欢欢喜喜上了路。堪堪到了芦子沟村对面，隔着山沟就看到了对面那两棵缀满嫩黄色花蕊的枣树，只见那个朝思暮想的女子今天已喂完了猪，正要收拾猪食桶回家。陈嘉丰不由满心欢喜，对着她就唱开了山曲儿："山丹丹开花六瓣瓣红，你是哥哥心上人。黑豆低来稻秫高，谁也比不上妹子好。"

此时正值半前晌时分，庄户人家的劳力大多出工到地里劳动了，村子里除了一些鸡狗在游串，不见一个人影。那女子四处张望了一下，也低着嗓子回唱："黄河畔上灵芝草，你看见妹子哪点好？"

陈嘉丰自从那天一眼看上了这个女子，就觉得心里装满了话儿，迫不及待地要对她说，此时逢此良机，大声接唱："白萝卜卜胳膊红萝卜腿，千层层花眼眼海棠花花嘴。远看你国香近看你亲，人好心好爱死人。"

女子接唱："正月十五雪打灯，不说实话光哄人。豇豆稀粥老来红，本眉溜眼装好人。"

陈嘉丰焦急地辩解："朝着阳婆赌上咒，谁昧良心折阳寿。黑老鸹飞在莜麦洼，至死也不说草鸡话。"

那女子看见陈嘉丰一表人才，又且情真意切，于是真心表白："马里头挑马一搭手高，人里头挑人还数哥哥好。满天星星一颗颗明，满村村看下你一个人。"

听到意中人的表白，陈嘉丰心花怒放，快活地唱道："大河畔上种辣子，缘分对了没法子。我看你国香你看我俊，咱二人相好天注定。"

陈嘉丰还想跟心上人继续对唱下去，忽然看见那女子偷偷朝他做手势。举目张望，原来天已近午，去地里劳动的人们陆陆续续回来了。那女子轻轻向他摆了摆手，转身进了院子。陈嘉丰这才依依不舍地起身上路。爬上半山腰时，他回头张望，只见那小院的垴畔上已飘起了袅袅炊烟。

陈嘉丰到了腰庄，拜爹一家热情接待。原来拜爹膝下只有凤珠一个女子，再无男丁，现在拜爹年岁大了，又张罗着开办了个油坊，身边缺少帮手，上次看陈嘉丰对油坊这行当很感兴趣，所以想叫他来帮忙料理。尤其是凤珠，自小就对陈嘉丰十分依恋，此时眼巴巴地瞅着他。见此情景，陈嘉丰自是满口答应，一来自己可以做些想做的事情，二来回家的路上路下就能够经常见到心上的那个女子了。

拜爹的连襟手把手地教他榨油的原理和技术，陈嘉丰脑瓜生就聪明，掌握得很快。只是陈嘉丰隔三岔五总要回家一趟，拜爹一家以为他没出惯门，经常想回家看看，也不以为意，哪知他却是为了路上路下会见自己的意中人。他每次经过芦子沟村，只要放开嗓子唱上几句，那女子就会从院里出来与他见面，有时村中无人就隔着山沟和他对唱几句，有时村中人多就示意他快快离去。

一来二去，两个人相互熟稔了，那女子渐渐对陈嘉丰消除了戒备，有天乘农忙村中无人，沿着小路小步溜下沟里，和陈嘉丰在沟底巨石后背的僻静处私会。走近来看，陈嘉丰只觉得女子更加国香，左一眼右一眼看个没完，把女子羞得面红耳赤，而女子瞅陈嘉丰，也觉风度翩翩，仪表堂堂，心中爱慕不已。两人相互交谈，才知道女子名叫枣花，是村中一贫苦人家的女子，家中父母健在，有个哥哥二十好几岁了，因为积攒不下彩礼，还没有成家。陈嘉丰并不吹嘘自己优越的家境，只是简单地介绍说自己是郭家滩人，现在腰庄的油坊里扛工。枣花也不计较陈嘉丰的家境，只是打心眼儿里喜欢他这个人，令陈嘉丰心里十分感动。

一晃几个月过去，陈嘉丰把榨油的技术通通掌握了，连拜爹的连襟也摆手说实在没有什么可教的，于是放心地告辞，回了岢岚老家。油坊里的事情主要就靠陈嘉丰料理。拜爹看这个拜儿子如此能干，就任由他放手干去，从不插手干预。这样一来，油坊的生意红火，当年就盈了不少利。年底结账，拜爹厚赐陈嘉丰，陈嘉丰推让一番，只取了自己应该赚的。

腊月里油坊停工，陈嘉丰回家过年。半年多来，凤珠整天跟在陈嘉丰身边玩耍，就像陈嘉丰的影子一般，此时陈嘉丰离去，凤珠恋恋不舍将他送出村外，嘱咐他过转年早点来。

谚语云"瑞雪兆丰年"，年还没到就下了一场大雪。陈嘉丰踏着雪迹回家，还没等下了腰庄山，就看见枣花从院子里出来，大概是因为快要过年的缘故，男女双方心上人儿的心里都充满了异样的情愫。过年，是一年中最悠闲快乐的日子，可是各在各家过，也是有情人无法见面的日子。满怀着对过年的喜悦和对心上人儿的祝福，双方都恨不得早一点倾吐出来，让心上人儿与自己分享。陈嘉丰急急忙忙下了山坡，看见枣花也从村脚的小道上一步一步溜下他们私会过的那条山沟，他也紧随而下。两个人面对面，反而都不知说些什么好。陈嘉丰看着枣花俏丽的脸庞，心中甚是爱恋，不由自主地伸出手来，想要把枣花的小手握在手心。枣花吓了一跳，急忙把双手背到身后。原来在那个年代，男女授受不亲是最基本的道德准则。枣花羞怯地说："要是你是真心的，就打发媒人到我家来提亲吧。"陈嘉丰也为自己的唐突举动感到有些羞愧，听了枣花的话，他欣喜若狂，连连点头答应。

四

在河保偏一带，历来都十分重视过年。在这片贫瘠土地上熬炼岁月的人们，在这年终岁首、始终交替的时刻，无论富贵贫穷，都想过上几天像模像样的日子。哪怕是岁荒没有收成，哪怕是欠下了一屁股饥荒，也要给小孩缝一身新衣裳，吃几顿像样的好饭。面对如此隆重的节日，人们早早就忙活开了，从腊月二十三一直要忙到大年三十，直到年尽岁除，才算告一段落。过罢年整个正月又是个闲月，人们走亲戚、会朋友，还要张罗着过古会。保德农村习惯过古会，各村分别过，从正月初二直到二月初二，基本每天都有过古会的。古会的主要形式是唱大戏，其他如扭秧歌、耍龙灯等社火活动也样样俱全，其中沿河一带村庄的"武秧歌"更是久负盛名。据说"武秧歌"起源于西周的巫舞"大傩"，经过千百年来的演变在保德演化为"武秧歌"。那"武秧歌"表演艺人身着武装，夹耍带唱，十分热闹红火。陈嘉丰自然也不甘寂寞，刚刚过了年，就每天去村中参加"武秧歌"的排练。

这日是正月十四，郭家滩村起会，会期三天。腰庄拜爹专程带着凤珠来到陈嘉丰家住下赶会，陈家上下热情接待。两个老拜识有着说不完的话，凤珠缠着陈嘉丰陪她玩耍，陈嘉丰白天耍秧歌顾不上，就在晚上带她看大戏、逛花灯。本来这几年过古会都是陈嘉丰带着榆钱玩耍，今年凤珠来了，又是客人，榆钱很懂事地待在家里帮忙做营生，也不去纠缠陈嘉丰。总的来说，这个古会过得十分圆满。

古会最后一天午饭后，拜爹带着凤珠告辞回家。陈嘉丰一整天都忙着耍秧歌，也没有赶上相送。傍晚回家，刚进大门，迎头碰见父亲正送村里的媒婆秃鸱子出来。所谓"秃鸱子"，即指猫头鹰，当地人认为它是一种晦气的鸟。这个秃鸱子是村里周坊有名的媒婆，花言巧语，能说会道，为了赚取黄白之物，瞎扯红线，乱点鸳鸯，哪里管新人的婚配合不合适，是以人称秃鸥子。秃鸥子临出门冲陈嘉丰讨好地叫了声"少爷"，陈嘉丰只随便点了点头。

进了家中，陈父满脸喜色地对陈嘉丰说："今天请了媒人来，是要给你说桩亲事。"

陈嘉丰以为父亲知道了自己跟枣花的事，要去提亲，心中好不欢喜。

哪知父亲又说："你拜爹十分相中你的人才，你和凤珠又从小耍大，是以你拜爹想把凤珠许配给你。"

话音未落，陈嘉丰宛如被当头敲了一棒。在他眼里，凤珠和榆钱一样都是自己的妹妹，兄妹情深是一回事，又哪里想到过会结婚娶聘？

到此地步，陈嘉丰不得不把自己的心事说出来。他吞吐着说："只是，只是我已相中了一个女子……"

"哦，莫非是榆钱？"陈父只知道除了榆钱，并没有其他女子跟儿子亲近。

"不是不是，榆钱是我妹子，咋会是她哩？"陈嘉丰连忙解释。

"哦，那是甚样人家的女子？"陈父并不责怪，只是关切地问。

陈嘉丰只好实话实说："是我去腰庄拜爹家时，在芦子沟村遇到的一个女子。她家非常穷困，家里有个哥哥，二十大几了还没娶过媳妇。"

"这是少年儿戏，倒也当不得真。"陈父以过来人的经验定下结论。

"大大，你不是从来也不嫌弃穷人吗？"陈嘉丰焦急地道。

"并非大大嫌贫爱富，有桩事实在是迫不得已。"陈父道，"你且坐下，待我一五一十告诉你。"

陈父叹了口气，慢慢说来："这事说来话长。想当年康熙皇帝西巡途经我村，我陈家有个祖老爷爷留他在家中吃了顿便饭，特意做了条石花鲤鱼，本意是给皇帝尝鲜，不料皇帝回京后，下旨把石花鲤鱼定为贡鱼。这也罢了，后来各级官员都知道了石花鲤鱼味道鲜美，纷纷索取，数目巨大，鱼价飙升千里，致使沿河百姓鬻牛卖女，倾家荡产。祖老爷爷本是一番好意，不想却拖累了家乡百姓。我陈家祖先本是青史上有名有姓的人物，世代诗书传家，礼义待人，咋可眼睁睁地看着众乡亲置身于水深火热之中而坐视不理？于是自祖老爷爷之后，一百几十年来，我陈家世代形成规矩，逢灾荒开仓放粮，遇饥馑周济乡邻，以求赎减我陈家给乡民带来祸患的罪过。"

陈嘉丰一直以为自家平常周济乡亲，扶助穷困，本是出自好心，行善积德而已，万万没想到居然还存在这么一段深远的缘由。

"真是一笔永世也偿还不清的孽债！"陈父接着又说，"咱家的境况想必你也知道，除了侍弄田地，别无其他进项，且这些年又连年灾荒，收成无多，仓库里莫说糜黍稻谷，就是秕谷粗糠也不甚多。没奈何，我只好忍心把祖先世代相传下来的几件玉器古玩变卖，籴来米粮填充仓库……"

在陈嘉丰的心目中，一直把父亲看作一位古道热肠、宅心仁厚的长者，遇事宽宏大度，与世无争，没有想到在他清瘦单薄的肩膀上却担挑着如此沉重的一副担子，不由对父亲愈加敬佩。

"本来我也没有想到要和你拜爹结为亲家，只是你拜爹相中你的人才，凤珠也是在我眼里看着长大的，是个好女子。"父亲接下来说，"何况你拜爹家资富裕，又有油坊产业，他的膝下无有男丁，将来家产必定会交给女子女婿继承。如此合我两家产业，救济穷苦乡邻，为祖宗赎减罪孽，也未尝不是一件好事！"

在清朝封建年代，"忠孝礼义"四字是做人的准则，道德的规范，尤其是读书人，无不争做道德表率。陈嘉丰自幼熟读经史，对这四字的理解尤为透彻，并以这四字严于律己。此时听父亲这般说，一种责任感自然而然萌生出来，他隐隐约约地感觉到，陈家一百多年来世代传承的赎罪重担已经承载在自己肩头，而他也似乎看到，自己的姻缘早已被上天圈定，一生的命运也早已在冥冥之中被老天爷注定了。

接下来的事情，就不需陈嘉丰去操心顾虑。陈父次日遣发媒人，赴腰庄老拜识家说合婚姻，互换庚帖，二月里探话插定，三月即大操大办，迎娶新媳妇过门。目前陈家的家境虽然并不充裕，但瘦死的骆驼比马大，送与女家的彩礼自不寒酸。女家的陪嫁更是十分厚重，跟随在迎娶的花轿后面，十六头毛驴驮了满满十六驮，此外拜爹还把油坊也作为陪嫁送与女子女婿，每年的盈利尽归女子女婿所有。

陈嘉丰娶媳妇，连自己也说不清心里是什么滋味，不过他并未忘记派人专程去请自己在河曲、偏关的两位结义兄弟。遗憾的是二哥郭望苏流船外出，很长时间没有音信，也不知生死存亡，令人担忧。高兴的是到了迎娶之日，大哥李小朵应邀前来行礼。除了新婚之夜，陈嘉丰每日陪李小朵同吃同睡，叫新娘子独守了几天空房。凤珠心胸宽广，并无怨言。倒是李小朵十分过意不去，住了没几天便告辞陈嘉丰回了河曲。

自从陈家开始给陈嘉丰议婚，就有一个人十分伤心，她就是打小跟陈嘉丰一块儿耍大的榆钱。很小的时候，陈嘉丰就处处关心她、照顾她，她在外面受到别的小孩的欺负，总有陈嘉丰为她出头。长大以后，陈嘉丰更成了她的主心骨，是她的依靠，在她的心目中早已没有任何人可以取代陈嘉丰的地位。自从情窦初开，她就幻想有一天要嫁给他，和他永永远远在一起生活，可是突然心上人要娶亲了，新娘子却不是自己。榆钱偷偷地躲在墙角圪崂里哭泣，却不敢大声地哭出来。她的举止被爷爷发现了。爷爷摇着白发苍苍的头开导孙女："受苦人本来就是丫鬟的命，又怎么能贪心妄想攀上高枝？还是本本分分地当丫鬟吧。"其实不需要爷爷开导，榆钱也明白这个道理，她也为自己的痴心妄想感到好笑。可是她还是十分依恋陈嘉丰，觉得离不开他，于是她打定主意做个丫鬟，好好伺候他一辈子。

凤珠过门后，感觉到陈嘉丰对她并不十分亲热，甚至还不如过去做兄妹的时候要好。做兄妹时，他倒对自己百依百顺，从不违拗，而且处处极尽关怀，嘘寒问暖。可自从做了夫妻，却明明白白感觉到疏远了、陌生了。再也不像过去一有空闲，他就没话找话，逗人玩耍。现在的他变得沉默寡言，三巴掌也拍不出一个响屁来，整天板着脸色，郁郁寡欢，好像谁欠了他二百吊钱似的。凤珠细心观察，发觉只有在榆钱面前他才露出一点笑模样，经常询问榆钱吃了没，耍得好不好，近来爷爷的身体咋样之类的话。凤珠打小娇生惯养，是个大大咧咧的性格，平时极其粗心，可自从嫁入陈家，夫妻相处得并不融洽，她的心思不自觉地变得敏感起来，并且隐隐约约地感觉到，毛病就出在榆钱的身上。

自从把凤珠娶进门，榆钱就尽心竭力伺候哥哥嫂子。每天天刚亮就从小院过来，等哥哥嫂子一起床开门，就打洗脸水送进去。在两人洗脸的当口，她爬上炕头去把被褥叠好，整整齐齐地垛放在炕角。紧接着擦炕扫地，揩抹桌椅，里里外外，纤尘不染。来串门看新娘子的邻居都夸赞凤珠勤快，是个会过日子的好媳妇。凤珠十分高兴，就也非常喜欢榆钱，经常送个头饰手帕之类的小礼物给她。可是自打感觉自家夫妻感情不好的毛病出在榆钱身上，她看榆钱的眼神就截然不同了。咋看榆钱都像是个狐狸精，是她把丈夫给勾引住了，就是因为她，丈夫才会对自己不好，于是她把所有的怨恨都归咎在榆钱身上。从此之后，她颐指气使，真就把榆钱当成了丫鬟，支使她做这做那，就连倒尿盆之类的肮脏营生也命令她去做。榆钱亲了哥哥，倒也不在乎嫂子对她的态度，嫂子叫她做甚她就做甚，再脏再累，她也不违抗。陈嘉丰看不过去，告诉凤珠说榆钱虽是个下人，却也是自家的干妹子，叫她不要过分对待。凤珠正好借题发挥，和他吵闹起来，说他如果不喜欢自己，就娶干妹子做老婆算了。陈嘉丰觉得跟她理喻不清，就也和她争吵了几句。自此之后，凤珠更为变本加厉，到处挑拣榆钱的不是，想着法子欺凌她，折磨她，想打就打，想骂就骂，成了家常便饭。榆钱为了哥哥好，只是忍气吞声，并不声张。有次凤珠看见榆钱坐在院子里纳鞋底，忽然心血来潮，顺手从榆钱脚下的针线笸箩里抓起把锥子，就冲榆钱乱扎。榆钱急切间挥舞手臂阻挡，手臂上被扎下几个血窟窿。陈嘉丰知道后，把凤珠按倒在地狠狠地揍了一顿。自此以后，小两口经常争吵，再无宁日。陈嘉丰心情郁闷，学着借酒浇愁，每日喝得醉醺醺的，没个清醒的时候。

这年冬天，天气冷得厉害，才刚刚十月天黄河就开始封冻住了。那天早上起来，窗外淡淡地飘了些雪花，陈嘉丰觉得身上寒冷，就自己烫了壶酒，倚在窗前自斟自饮。因为没有吃早饭，腹中空虚，没喝了几口就有了醉意。他看着窗外的雪景，蓦然想起了去年的冬天他和另外一个女子的约定，转眼间就快过去一年了。这一年来，外父看女子女婿刚刚成亲，也不催促他去油坊照料，他也再没有踏上那条伤心路。如果有什么必要之事非得去腰庄，那么他宁肯绕远道走另一条路。此时酒意袭上心来，他突然很想再走走那条小路，去看一看枣花过得好还是不好。他跟跟跄跄上路，穿过山涧旁的小路，来到了芦子沟村。只见四处一片萧条，早上的那场雪并没有下多少，有许多地方还未曾被雪覆盖住，是以大地就像放羊汉穿的烂皮袄，黑处黑，白处白，显得肮脏不堪。突然听见有一阵鼓乐响起，放眼望去，只见在山沟对面那两棵落尽了叶子的枣树下，就在那个小院门口，有一个装扮一新的女子正在人们的簇拥下上花轿。爆竹轰鸣噼噼啪啪，唢呐声声呜呜咽咽。一个砍柴的老汉圪蹴在陈嘉丰身边，叹息着说："多好的女子呀！这一年里有多少后生上门提亲，她都没有看中。可是这一回，为了给哥哥换彩礼娶媳妇，她却答应嫁给山庄头村的一个土财主家的儿子，谁不知道那女婿是个半傻子呀？"听了此话，陈嘉丰不知不觉泪流满面，那砍柴老汉以为碰见了一个疯子，连忙背上柴捆躲避而去。

陈嘉丰去往芦子沟村探望枣花，没想到家里却出了一件大事。陈嘉丰刚刚起程，凤珠就把榆钱叫来，说最近几天天气寒冷，炕炉烧得太暖，她患上了风火牙疼，叫榆钱去黄河畔捡些黑凌冰，给她清火解疼。榆钱没有推拒，径自去往黄河畔。本来这个季节，黄河才刚刚封冻，冰层冻得尚不结实，哪里就有黑凌冰？榆钱只管往冰滩中间走，不意踏上薄冰，一脚踩了个窟窿，整个人掉进了冰河里。那天西北风呼啸着，天气十分寒冷，人们宁肯待在家里守火炉，也不愿意到冰滩边游荡。可怜的榆钱，掉进冰河里也没个人看见！

等陈嘉丰回来，见家里乱成一团，说是找不见榆钱的踪影。只有凤珠说是榆钱一个人到黄河畔捡黑凌冰了。陈嘉丰急忙奔跑到黄河边，只见在冰滩薄薄的雪层上淡淡地留有一行脚印，又哪里有半个人影？

五

这一年，保德遭际了前所未有的灾荒，多半人家的粮食连过年都撑不到。

陈家及早开仓放粮，仓储很快告罄。陈家自家的日子也极其紧巴，如果不是有腰庄亲家接济，只怕也会熄灶断炊。

未过正月，州里出了一桩大事，道是现任知州违禁开仓放赈，被朝廷判处斩刑。这位知州就是当年的那位河曲廪生白进。

话说河曲廪生白进，自那年七月十五在黄河岸畔邂逅祁县复字号大东家乔致庸，当晚在水西门城楼聚会饮宴，受到乔致庸的激励，回到家中后，毅然舍弃歌赋杂学，闭门不出，勤奋温习经书功课。当年赴保德州科试录科，随后赴省乡试高中秋闱，最终赴京会试位列进士之榜，吏部派放其出任甘肃定西县令。因惠政闻达，擢升保德直隶州知州，领正五品衔。

白进到保德赴任，只乘青驴一匹，携随从二人，另外一乘小轿抬着闺女霓歌。这几年间，霓歌一直跟随父亲在任上，照顾父亲起居饮食。霓歌年岁既长，也有些官宦缙绅上门提亲，但白进身在宦海，不知自己将来归依何处，不舍得把闺女随意抛弃在异地他乡，致使终日不得相见。这次侥幸调任故里，白进十分高兴，打算在故乡寻访户好人家，把闺女的终身大事办了，也好了却这桩心事。

白进到任保德，第一件事就是遣人去郭家滩探访陈嘉丰的信息。恰逢陈嘉丰新婚之喜，白进派人送上一份厚礼，以补报当年他在河曲黄河激流里挽救闺女霓歌的恩义。谁料陈家只收了一幅贺联，其余礼物却被悉数退了回来。白进问询手下吏从，获悉郭家滩陈家虽是本地缙绅，却从不巴结官家，不与官宦密切往来，心中大是钦佩，便也顺其自然，不再啰唆叨扰。

保德州城坐落在一座山峰上，随山据险，与陕西府谷县隔黄河相望。那黄河宛如一条玉带，横亘在两岸之间，逶迤西流，既是天然的屏障，又是两岸人民交好的纽带。自古以来，两岸人民相交往来，通婚贸易，"秦晋之好"一词在这里有着最贴切的体现。前朝崇祯年间，有府谷人王嘉胤不满朝廷苛政，啸众造反，杀了府谷知县，占据县城，自称"府谷王"。王嘉胤率众踏冰渡河，围攻保德城不下，又转道河曲控制黄河渡口，接引陕北义军向山西转移。在河曲期间，王嘉胤曾将晋西北名刹海潮庵付之一炬，圣殿禅堂俱化为灰烬。白进身为河曲人，对这段史实自然熟稔。每每站立保德城头，隔河眺望，胸中思绪纷至沓来，徘徊萦绕。他想到历代苛政常使百姓置身于水火熔炉之中，而兵燹战乱更使繁华盛景毁于一旦，要想维护繁华盛景，就必当先使百姓安居乐业，百姓安，则天下太平也！

保德州城虽据山冈之险，然而僻处弹丸，不过是一蕞尔边城。城中除州署和学宫还整齐外，百姓居所多有残墙断垣。城郭重地尚且如此颓败，山村僻野就更加恶劣堪忧。白进到任后，并没有在城中多待几日，每天外出勘看地貌，访察民情，百姓的疾苦艰难，无不如刀刻斧凿，深深烙印在他的脑海里。尤其令人痛心疾首的是，沿河百姓生活本已穷极苦难，鱼贡制度又雪上加霜，致使诸多百姓鬻牛卖女，倾家荡产。白进遂上书申告省、道，请求将鱼贡减至例贡一百四十尾，其余副贡尽行裁革。那省、道哪肯依从？白进并不气馁，几次三番上书求免，终至达到将副贡豁免一半。沿河百姓无不额手称庆，称颂白进恩德。

然而，要想彻底改变保德贫穷面貌，莫说白进力有未逮，便是当时的朝廷也处于有气无力之际。随着鸦片战争的爆发以及太平天国起义等祸乱，巨大的赔款与军费开支使清廷对人民的盘剥更加残酷。朝廷僵化腐败，人民负担沉重，百姓生活达到前所未有的困难境地。然而，老天爷偏偏不作美，连续十几年旱涝灾荒，到了白进任保德知州这年，秋后地里的收成更是寥寥无几，还不等进入腊月，半数百姓已缺粮断炊。在此境况下，白进来不及申报省、道，当机立断打开仓库，放粮赈济。哪料白进这一疏忽，却引发了一桩千古冤案。

当年保德灾荒，河曲也不例外。保德直隶州所领仅河曲一县，州治赈济文书送达河曲县衙，书吏奚耀珍眼睛十分尖刻，一眼就瞅出了其中的纰漏。想那奚耀珍心肠歹毒，不亚乃父，前些时候为了攀龙附凤，想方设法要将小姨子献给知县胡丘做小妾，导致小姨子投河自尽。奚耀珍偷鸡不成蚀把米，只好夹着尾巴极力讨好胡丘，好将手中饭碗捧得牢靠些。这番奚耀珍发现了知州白进的纰漏，于是鼓动胡丘迅即遵从赈济文书，将仓内米粟尽数发放百姓，回头却拟就了一份申饬文书，只说那知州未经有司准照，擅自开仓放粮，鱼肉地方，中饱私囊，然后亲自陪同胡丘送往省、道衙门。那省、道本就对白进不满，自白进到任以来，还没有吃过保德地方一颗米、一粒盐，再加上白进三番五次上书求免鱼贡，致使今年的石花鲤鱼都不能敞开肚皮吃。省、道当即上疏陈奏，附加罪状无数。朝廷龙颜大怒，着令刑部、吏部会同查办。吏部批复罢黜白进知州衔职，刑部批复当月立斩之刑。同时勘查河曲县令胡丘禀奏有功，擢升保德直隶州知州，并依令监斩犯官白进。

　　胡丘在奚耀珍的怂恿下，未耗一厘一文，即连升数级，一跃成为正五品官员。胡丘随即和奚耀珍自省而归，连河曲老家都没回，就直奔保德赴任。

　　这日正是元宵佳节。保德虽遭饥馑，但这元宵古会还是要过的。按照当地习俗，从十四起会，十六结束，会期三天。古会内容最主要的是在龙王庙前搭台唱戏，剧种为晋剧，所谓"无戏不成欢"，不唱戏就没有过节的气氛。其次是社火活动，有文武各类秧歌、踩高跷、跑旱船、舞狮、舞龙等，一连喧闹三天。到了夜晚还有转灯习俗。所谓"转灯"，即是在夜幕降临时，由居民担挑各色花灯排成队伍出发，前边鼓乐引路，在经过住户门前时，就要舞弄一番。那些住户早有人倚在门前等候，花灯队伍一到，就在门前由煤炭垒成的火笼旁燃放爆竹，俗称"拦会"。主人家放爆竹多久，花灯队伍就在他家门前舞弄多久，放得爆竹越多，就说明这户人家是户好人家。花灯队伍一直要把全城转遍，把所有的人家走遍，表示"遍布吉祥，一户不漏"。而最值一提的是"九曲黄河灯会"。灯会由三百六十盏灯组成，据说是从《封神演义》里的"九曲黄河阵"演化而来，按九宫八卦布局，其中迷宫重重，稍有不慎就会误入歧途。人们都会扶老携幼，于元宵夜进入灯会转上一遭，以期来年和和美美，平安通顺。

　　十五正日，全州百姓尽来城中喧闹，一派祥和安乐的气氛。白进看见举州百姓俱展欢颜，心中也颇感欣慰，于是自在后堂吟唱曲赋，闺女霓歌在一旁弹琴伴奏。白进正在吟唱先祖白朴公《梧桐雨》中的唱段："一会价紧呵，似玉盘中万颗珍珠落；一会价响呵，似玳筵前几簇笙歌闹；一会价清呵，似翠岩头一派寒泉瀑；一会价猛呵，似绣旗下数面征鼙操。兀的不恼杀人也么哥！兀的不恼杀人也么哥！则被他诸般儿雨声相聒噪。"正唱得惬意，忽然自堂外闯进几个人来，为首这人身着五品白鹇补，身材肥胖，看面貌似曾相识。霓歌一眼就认出此人是河曲胡财主的儿子胡丘。那胡丘嬉皮笑脸地冲白进拱一拱手："白大人，久违了。"白进正要询问，胡丘一板脸孔，向从人道，"拿文书来！"奚耀珍赶忙将一份文书递给胡丘。那胡丘本来大字不识几个，接过文书也不诵读，只是在手中挥舞着，口里念念有词，"本官是新任保德直隶州知州，奉朝廷圣旨、巡抚之令，缉拿犯官白进归案，并奉刑部律令当月立斩犯官白进！"话音刚落，几名差役立马上前将白进捆绑起来，霓歌当即被吓得花容失色。胡丘见霓歌几年间出落得更加美貌袭人，不怀好意地说，"至于犯官的闺女，就暂且羁在后衙，待处斩犯官后另行发落。"霓歌哭嚷着不依，扑上去抱住父亲，不让差役带走，几名差役强硬拉扯也拉扯不开，胡丘见此情景，安排差役道："既然如此，索性将犯官之女一并下牢，务须好生看管。"随即叫人击鼓升堂，聚集大小官员吏目、差役皂隶人等，当堂宣读刑、吏二部及巡抚文书，接掌州衙大权。

未过几时，在龙王庙前的戏台上，开场锣刚刚敲过，后台的演员正待登场，突然一群差役皂隶簇拥而来，手执棍棒驱赶开戏场中央的人群，一队官吏紧随其后大摇大摆登上戏台，也不需布置，一名官员径自坐在戏台当间的道具桌后，其余吏目分立两旁。聚集在此看戏的百姓都不知发生了什么事，纷纷好奇张望。只听那官员一声吩咐，几名差役将一名人犯押在案前。那官员当堂宣布："本官胡丘，新任保德直隶州知州。犯官白进，擅自开仓放粮，鱼肉地方，中饱私囊，罪大恶极，天人共愤。本官奉朝廷谕旨，巡抚之命，依刑部所判当月立斩之律令，今日在此监斩犯官白进。"

话音刚落，戏台下面齐刷刷地跪倒一大片百姓，纷纷啸叫呼喊："白大人是好官，不能杀啊！"

"白大人为民请命，减免鱼贡，待百姓如再生父母！"

"白大人体恤百姓，开仓赈济，这又是犯了哪门子王法？"

"你等愚民，又懂什么王法刑律？"胡丘自椅子上站了起来，得意扬扬，手执行刑令牌，就要掷下。

"且慢动手。"只听得台下一声呼号，一名青年书生自人群里走出来，径自攀上戏台，向胡丘躬身行礼。

有差役附耳告知胡丘，此后生乃是本地缙绅陈家的公子陈嘉丰，并言此子少年即举廪生，号为"神童"，是本地读书人的表率。

陈嘉丰行礼毕，朗声询问："敢问大老爷，刑部律令可是当月立斩犯官白进？"

胡丘道："正是。"

陈嘉丰道："可是现在阳婆当头，哪里有个月亮？"

胡丘一愣，随即哈哈大笑，道："白进狡黠，治下亦鼠兔一窟，可笑哇可笑。也罢，本官就卖你一个面子，待今晚午夜时分再行处斩犯官，好叫尔等宵小心服口服。"

胡丘起身带领差役押解人犯回衙。戏台前围观的百姓戏也不看了，紧紧尾随其后，一路上逢人便说白大人的冤情，耍红火的也不耍了，看热闹的也不看了，纷纷加入队伍中。最后举城百姓全部聚集到州衙外面，铺天盖地跪倒一大片，异口同声为白大人求情。陈嘉丰亦率同本州读书人联名呈帖，为白进具保。原来保德人自古秉性率真耿直，犹好仗义直谏，仅前朝洪武年间就有五人先后除授监察御史之职，陪伺帝王左右，至今古风犹存。胡丘见此情景，十分烦躁，命人闭上大门，将陈嘉丰等人所呈保帖扯得稀碎，自在后衙饮酒作乐，等待夜晚处斩白进。

夜幕降临，在城头上遥望府谷县城，只见灯火辉映，火树银花，火笼烈焰腾腾映红天宇，爆竹烟花阵阵装点夜空，随着河风飘荡，唱戏的丝弦唱腔也隐约可闻。而在保德城内却到处一片死寂，花灯无有一盏，火笼无有一座，本当最热闹的戏场和九曲黄河灯会空无一人，甚至百姓全部聚集在州衙外面，满城居所内连一丝半毫光亮都没有。

夜色渐深，胡丘打发书吏出门外看月亮升起来没有。说来也怪，整整一白天日头高照，到了夜晚却满天乌云，莫说月亮，就连一颗星星都看不见。一直等到鼓打三更，月亮也没有露出头来。对岸府谷县城的灯火渐渐稀疏下去，唱戏的丝弦唱腔也不再听闻，显然已曲终人散。胡丘疲倦地连连打着哈欠说："今天暂且歇息，待明天有了月亮再行处斩。"

老天爷的脸色真是叫人捉摸不清。自正月十五这天起，一连八九天，保德白天都是晴空万里，艳阳高照，一到夜晚就乌云密布，暮色昏沉。百姓都传说是老天爷开了眼，要保住白大人这条性命。胡丘一天天等待下来，心中十分焦躁，后悔当天不该大意与刁民玩戏，导致多日不能行刑，思来想去，对陈嘉丰悒恨不已，自此记下了一肚子冤仇。他命令奚耀珍赶快想办法，尽快处斩白进，以绝后患。奚耀珍盘算一番，只叫大人再耐等三五日，最多到了正月三十，即可开斩。因为按"当月立斩"的字义，依月份才是正解，不一定非要等到月亮升起。胡丘连夸奚耀珍聪明。

到了正月二十五，白进被关押在牢中已整整十天。管理牢狱的狱头姓王，人称老王。老王担任此职已多年，只挣得工食银少许，家中老妻又多病，常年吃药耗钱不少，生活甚为艰涩。去年秋天，老妻突然病故，老王连口薄皮棺材都买不起，白进获悉后，从自己的俸银中拿出几两，资助老王像模像样地办了丧事，由此老王极度感恩白进。此时白进蒙冤下狱，老王无能为力，只能给予好生照料。这起官司本没有牵扯犯官家眷，可白进的闺女霓歌不忍离开父亲，死活要跟父亲在一起。老王这点权限是有的，就允许霓歌跟父亲住在一个牢舍。霓歌提醒父亲上书申冤，并请老王找来文房四宝。白进慈爱地望着闺女，摇了摇头，提笔写下白朴公《梧桐雨》中的一段唱词："润蒙蒙杨柳雨，凄凄院宇侵帘幕；细丝丝梅子雨，装点江干满楼阁。杏花雨红湿阑干，梨花雨玉容寂寞；荷花雨翠盖翩翩，豆花雨绿叶潇条。都不似你惊魂破梦，助恨添愁，彻夜连霄。莫不是水仙弄娇，蘸杨柳洒风飘？"原来是白进半生未曾续弦娶妻，怀念先妻的心理写照。白进刚刚写完，把笔一丢，对着这段唱词就唱了起来，霓歌在一旁凄然落泪。正在此时，忽然牢门打开，一片月光倾洒了进来。几名差役凶神恶煞地闯进来，给白进套上枷锁，将他牵出牢房。牢房内只留下霓歌拍墙打门，哭声号啕。

自这年起，保德民间再不过元宵古会，而把会期改至正月二十五。不是为了别的，只是为了纪念这一位屈死的清官。

当晚胡丘处斩了白进，心中石头落下，随即叫人去牢房把霓歌提至后堂。差役去了牢房，只见牢门大开，霓歌早已不见，就连看管牢房的狱头老王也不见踪影。

白进被处斩后，尸身遗弃在刑场上，又是陈嘉丰召集来些乡亲，将其殓葬在城外荒丘西二梁，好使这位屈死的清官入土为安。

获悉陈嘉丰所为，胡丘对陈嘉丰更加恼恨，认为其处处专与自己作对。自此以后，胡丘专门指使差役捏造事端，编派是非，所讼名目无非是陈家的羊啃了乡民的青苗，抑或是陈家的看门狗咬伤了讨饭的花子，刁难挤对陈家。陈嘉丰每日奔走衙门，磨破鞋底，费尽口舌。陈嘉丰自知是因何缘由开罪了这任官府，明白只要自己在家一日，陈家便难得有一日安宁，无可奈何之下，只好打算出门在外躲避。陈家在别地也无可投亲友，只是看见乡民们奔走西口外的居多，便也打算随着这些乡民出走西口。父母妻子虽然不忍，却也无计可施，于是陈嘉丰收拾行李，不忘把当年乔致庸赠送的那只玲珑算盘揣在怀里，一个人踏上了西口路。

第三章 老牛湾

一

李小朵等三人虽然从少年时结为金兰弟兄，平常见面不多，但兄弟这份情谊却始终挂怀，不曾更改。这日李小朵和陈嘉丰在古城不期而遇，倍感亲切。两人年岁相仿，刚刚进入弱冠之年，可是各自经历过一场刻骨铭心、伤恸欲绝的情感劫难，在心灵里留下了一道无比深重的创伤。此时两人相对倾诉，把装在心灵深处的喜怒哀乐一股脑儿地倾倒出来。两人说着说着，不觉已是泪流满面，到后来干脆放开喉咙唱了出来。

一个唱的是："三十里大路二十里水，五十里路头上眊妹妹。三十三颗荞麦九十九道棱，九十九回眊妹妹九十九回空。稻黍地里寄黑豆，为了眊妹妹踩下一条路。墙头高来妹子低，瞭见人家瞭不见你。头一回眊你你不在，你上那圪梁梁上挽苦菜；第二回眊你你不在，你妈妈给我把红胡髭戴……"

一个唱的是："斜三颗星星顺三颗明，难活不过人想人。一对对胡燕绕天飞，不想别人单想你。想亲亲想得手腕腕软，拿起个筷子端不起碗。山在水在石头在，人家都在你不在……"

在茫茫的夜空下，四处静寂，两人的歌声悲切、哀婉，令听者无不感触伤怀，就连在城门洞内有一搭没一搭抿着烧酒挨度漫漫长夜的两名老军也不禁感伤动容。

两名老军缓步踱出城门洞，走到李、陈二人近前，好意劝告二人不可再多喝了。李、陈二人已经半醉，随手将剩下的半坛酒送与老军。

李、陈二人毫无睡意，继续交谈拉呱儿，话题不知不觉牵扯到了郭望苏身上，二人都道："要是望苏兄弟今天在这里就好了……"

两名老军平白受了二人半坛烧酒，远远听见二人的话，又不约而同自城门洞内转出，来到二人身边，压低嗓门说："两位千万不可再提郭望苏的姓名。郭望苏乃是'长毛教父',朝廷钦犯,现下各地正在加紧通缉。不信你们来看……"两名老军将二人引到城门洞旁,一名老军手里端着一盏油灯,在微弱的灯光下,可看清墙壁上贴着的一幅缉捕令上绘画的正是郭望苏的图像,令李、陈二人大惊失色。

"原来你们不知,其实郭望苏早已死了。"却听有一个未睡着的河曲老乡插嘴说道,"前些时候我去偏关走亲戚,当时整个偏关都在传说郭望苏的事。"

李、陈二人连忙相询,那河曲老乡将自己听说来的事又绘声绘色地讲说了一遍。

郭望苏是偏关县老牛湾村人。黄河九曲十八弯,老牛湾是黄河上的一道大弯。黄河流经这里时,河道急剧弯转,波激浪大,极度险恶。为防御羌胡入侵,早在明朝时这道大弯旁边的山崖上就筑有一座营堡,名"老牛湾堡",乃是万里长城之上的一个重要关隘。整座营堡建筑在整块的大石崖上,以条石为基,砖石砌成堞楼,又名"护水楼"。登上城堡极目远眺,千山万壑尽收眼底。滔滔黄河从内蒙古高原奔腾而来,自脚下的深谷呼啸而去,流向晋陕峡谷,蜿蜒东来的长城从这里折向西南,后经河曲越过黄河,进入陕西省府谷县境内逶迤西去。老牛湾堡集雄、秀、奇、险于一体,可谓独据险要,易守难攻。后来随着清军入关,夷汉一统,卫戍边防由"绥靖"改为"屯垦",边关烽烟止熄,兵卒弃戈荷锄,老牛湾昔日里戎马倥偬的历史烟云,渐渐衍化为一幅农牧躬耕的田园画卷,大多是明代从江苏征调过来的戍边将士的后代,从此成为老牛湾村的永久居民。

由于老牛湾村坐落在一座孤石山上,注定了这个村庄地荒人稀。不多的三四十户人家散落在三个自然村,野外的山梁上覆盖着稀寥的几亩沙梁薄地。说是薄地,就因为土壤少石子多,刮一场西北风土壤就减少一层,地越种越薄,即使风调雨顺饱墒之年,人均粮食也不会超过三石。在如此荒瘠之地,老牛湾人为了谋求生计,只好另觅它法。俗话说,"靠山吃山,靠水吃水",山梁上没有吃的,就只能打水的主意,因而兴起了在黄河上揽船的活计。

村脚下的老牛湾河道弯大、水深、流急,正处在和内蒙古之间的界河杨家川沟交汇的河口。杨家川沟在汇入黄河之时，裹挟来大量泥沙石头，日益沉积，在水中隆成扇形大斜坡，称为"碛"，又叫作"碛架"。黄河流经碛架时，主流被挤偏到一侧，河道变窄，落差增大，河底乱石嶙峋，河面巨浪翻腾，下行的货船到了这里都不敢自行通过，要请老牛湾的艄公把舵撑过这一河段，而上行船来到了此处，更是望而却步。因此处河段间有一处险崖峭壁，原本无路通过，是老牛湾人在峭壁上开凿了一条小道，其间最险要的一段是从石壁中间穿过去的，人过时必须低头弯腰。这条栈道除了老牛湾人很少有人敢大胆问津，因此上行船只溯流而上，也都要请老牛湾人把船拉到上游。

世世代代，老牛湾人那一双双粗糙有力的大手送下去多少船只，没有人记得住，而又用他们那宽阔厚实的肩膀拉上来多少船只，也没有人数得清。

老牛湾的居民，这些祖籍江南水乡的戍边将士的后代，阴差阳错地成为这片贫瘠土地的永久主人。随着几百年时间的延续，原本同一个姓氏宗族也逐渐演变、分离得疏远而破碎，因此口头上虽还叔叔、爷爷地称呼，可事实上却互无瓜葛，是八竿子也打不着的"本家"，是以同姓之间的婚姻也就顺理成章。

郭望苏出生于道光年间。显然是父母思恋故乡，专门给他取了这样一个名字。郭望苏家住老牛湾堡北，不远处就是那座保存完好的堞楼。楼南有一门，门额上有匾，阴刻楷书"老牛湾墩"四个大字，并有题头和署款等小字，可辨出"万历岁丁丑夏"字样。小时候，郭望苏常与村中伙伴攀上堞楼玩耍，临窗眺望四野山塬，莽莽大河，高天碧云，苍茫烽墩，遥想当年祖先在此临兵戍守，隔河拒敌，四处烽烟弥漫，天地莽荡失色，何等壮怀激烈，意气风发！是以自幼就对金戈铁马、征战沙场的军旅生涯至为羡慕。

老牛湾的男丁，上自老迈，下至顽童，无不精通水性，不是为了横渡大河卖弄本事，而是为了失足船底保住性命，因此年方懂事即跟随家长先辈在村脚下黄河浅滩练习水性。郭望苏也不例外，小小年岁就习练得一身好水性，在同龄人中是唯一敢横渡黄河的娃娃头，而且水中花样层出不穷，或浮或潜，或仰或立，常常博得片片掌声。就说村东脚下有条滑石涧，平常涧底只一股清流，由东向北直通黄河，可每到炎夏雨季常暴发山洪，声势极其浩大，洪水怒号声若狂龙，汹涌洪流憋足劲儿挣出深涧，横向冲进黄河直刺对岸，竟在黄河中央拦腰筑起一道水坝，使水位暴涨，甚或淹没了对岸村庄。那年夏季，本是骄阳似火的天气，村人多在河岸浅水中游泳纳凉，忽然听见滑石涧中传来巨响，约是上游突降暴雨，山洪暴发，众人急忙上岸躲避。隐约听见山洪中央传出呼救之声，原来是村里一个名叫大丫的女娃正在涧底清流中嬉戏，被突如其来的山洪席卷进去。面对如此暴虐山洪，岸边许多精通水性的精壮后生面面相觑，畏缩胆怯，只有那郭望苏人小胆大，不假思索纵身跃入洪流，推波逐浪，在抵达黄河中央之际，终于将女娃救出洪流。自郭望苏下水，岸上人无不屏息凝气，手心里攥把冷汗，直到看到二人双双脱险，又无不欢欣鼓舞。自此，人皆称郭望苏为"水豹子"。

老牛湾人守在村脚下的河道旁，以揽船为生，挣得几个辛苦钱支敷生计。也有用这辛苦钱打造一两只船只的，到处招徕买卖，为商家运输货物。有船的船主就成为掌柜，无船的船工则受雇于掌柜做了伙计。郭望苏父母早丧，靠爷爷在别人家船上当艄公挣钱，拉扯他长大，到了十一二岁，就跟随爷爷在黄河上流船，虽然力气小帮不上大忙，却学得一身流船的本事。

二

老牛湾村自古本没有财主，因为在黄河上揽船的人多了，才逐渐出现几户财主。可此地财主非比别地财主，别地财主多是厅堂大院，良田百垧，牛驴成群，锦衣玉食，极尽富贵豪华，而此地财主只不过家养几只木船，多住几孔石窑，衣食温饱无虞，积蓄几两碎银，就是拔尖的人家了。

且说大丫她大，名叫二宝柱，是个在黄河上流船半生的红脸汉子。自年轻时就在村脚下揽船，挣得几两碎银，即在后山买来木料，雇请匠人打造木船，船成后，雇了艄公和船工，自在黄河上流船，南下北上，为商家运输货物。日积月累，竟然发迹，将木船增加到三五只，新砌了几孔石窑，买了几亩沙梁薄地，成为村中富户，被人称为"二掌柜"。

说到底，二宝柱也是受苦人出身，即使挣了几个钱也避免不了还要在黄河上讨生活，因此对一帮穷河路汉哥们儿也算帮衬照顾，并不苛刻盘剥。郭望苏的爷爷就是在二宝柱船上做艄公，平时被二宝柱称为老叔，相处也算和谐。自打郭望苏在黄河洪流中救出二宝柱的独生闺女大丫，二宝柱极度感激于他，家中每吃些好吃的，总叫大丫把他喊来同吃，流船出外到了大集市上，给大丫买件衣服，也不忘有他的一件。由于家中没有男娃，过年买来烟花鞭炮也是叫他来燃放。郭望苏差不多成了他家半个人口。郭望苏到了十一二岁上，提出来要跟随爷爷在黄河上流船，二宝柱知道他的水性本领，便慨然应允。郭望苏自此在船上做些打杂帮闲的营生，二宝柱也按例给他开份童工工钱。

二宝柱的闺女大丫，打小就跟郭望苏一起玩耍长大。这丫头生就一副小子性格，大大咧咧的，爱往男娃堆里扎。耍打仗扔石头，跳土崖钻山洞，上树捉雀，下沟捅蜂窝，这些危险游戏也少不了她，只是不敢下河浮水，小子们下河浮水，她就在岸边照看衣裳。直到年岁稍长，懂得了男女有别，方自有所收敛。可她大大咧咧、粗心大意的性情与生俱来，断然改变不了。有一天她去邻居家串门，刚一进门，邻居就指着她的脚哈哈大笑，她低头一看，原来是两只脚一边穿了只红鞋，一边穿了只绿鞋。她连忙赶回家换了鞋，再次来到邻居家，没想到这次邻居更是差点没笑破肚子，原来她换的鞋仍然是一红一绿，只不过左右脚颠倒了一下。还有一年夏天，她大外出流船，家中只留母女二人。有日后响，她妈要去地里摘豆角，嘱咐她晚饭熬一锅绿豆稀饭。那绿豆本是坚硬之物，需得文火沸煮多时才能煮熟，而小米却极易煮熟。大丫早早捅起火炉，待锅里水开，即把小米下进去，掩上锅盖煮了半天，到傍晚时分才把绿豆下进锅里。结果开饭后，那小米煮成了稀糊，而绿豆却硬得咀嚼不动。如此稀里糊涂、令人啼笑皆非的事情，在她身上常有发生。若不是她身着女装，容貌俏丽，不认识的人真要把她当成野小子看待。大丫性格虽显粗疏，但天性淳朴，秉性率真，待人诚恳热心，十分惹人喜欢。

郭望苏的脾性正与大丫有相近之处。郭望苏其人性格粗鲁憨厚，诚实豁达，自小敢作敢当，好路见不平拔刀相助，一直是同龄人中的娃娃头。也许是惺惺相惜的缘故吧，郭望苏和大丫虽然偶然也有些许争执，但大多时候却行径一致，相处颇为融洽。大丫受了其他男娃欺负，总是郭望苏给她撑腰，而大丫有甚好吃的、好耍的，也总不忘叫郭望苏同吃同耍。大丫自称她和郭望苏是"焦不离孟，孟不离焦"的好兄妹。到了岁数长大，情窦初开，二人竟心有灵犀，暗许情怀。两家长辈看在眼里，心中欢喜，只等待时机成熟，便为二人办喜事。

  转眼间，郭望苏在黄河上流船已有五六年，凛冽的河风把他雕琢得肢体矫健，暴烈的骄阳把他装扮得面膛紫红，使他成为一个真正意义上的河路汉，一个体格健壮的大后生。每年春季开河，郭望苏即随船队逆流而上，进后套、上甘肃，抑或顺水而下过禹口、下河南，给各地富商财主运输盐粮药材，或煤炭货物。若遇水平风顺，则扬起风帆，凭借风力而行；若浪大逆风，就全靠船工们上岸背纤了。那粗糙的纤绳的末端均匀地挽着一串串结扣，船工们各自携软和的背带，拉船时把背带一端的铁钩搭在纤绳的结扣上，另一端套在肩头。他们时而行走在乱石滩，时而行走在浅水湾，时而行走在悬崖峭壁，时而行走在险要栈道。他们有时身体前倾，弯曲如弓；有时又双手着地，类似爬行。如果遇到河岸边实在没有路了，看河床里水流还算平缓，船工们就回到船上，分别站立两侧船舷，将撑杆探入水中，一步一步地把船硬推上去。若波急浪大，就需汇集多船船工，翻上山顶悬崖，轮番把船只拉到上游。有时船稀人少，就不得不在山顶打上木桩子，套上纤绳，船工们倒着身子硬把船只拉上去。而在船上的船工们也不省力，那掌舵的艄公站立船尾，一边把舵一边判断水流，遇有摸不清的情况，还从衣袋里掏出个小石子扔到河里，投石问"路"。有时船只偶然搁浅，船上的撑船工们纷纷埋怨艄公的眼窝差劲儿，但即使艄公一言不发，他们也会主动光着身子跳进水里，用肩膀把船只背出浅滩。最危险的还要数在船上蹬杆子的了。遇急流险滩船只难行，撑船工把撑船杆子插入水中，一脚踩在船沿上，一脚踩住杆子用力往后蹬，紧接着连忙拔杆换脚，循环反复，稍有不慎，一个闪失就会掉进河里，若遇风急浪大，转瞬之间便送了性命。有时船工们为了省力，在险恶河段撑起风帆，船只在河床里东撞西窜，左右漂荡，全凭艄公掌稳尾舵，船只左右的腰棹也不停摆动，两边配合默契，方可避免船只撞上岸边崖壁，船毁人亡。更有时候遭遇大风肆虐，船只失控，会把岸上拉纤的船工拽下河里，尽数淹死。

逆水行船极尽艰险，而顺水流船也并不轻松。自老牛湾开始下行，一路上碛架遍布，著名的就有砂石碛、天桥碛、雾迷碛、罗艺碛、大同碛，等等，大大小小数十架。每过一道碛架，都如同在阎王鼻子底下绕上一遭。每道碛架随着季节及水流的变化不停变化，变化快时，也许前面的船刚刚平安经过，后面的船就撞上了礁石。因此每到一道碛口，船只都得靠岸停泊，艄公沿河瞭望，勘察水势及探测礁石分布，必要时还得丈量船只的吃水深度，等到艄公勘察仔细，胸有成竹，才上船发号施令，放船跌碛。全船船工如临大敌，各就其位，蓄势待发。那艄公掌稳尾舵，两眼紧盯河面，船随激流起伏跌宕，迅速奔流。猛然间听艄公一声令下，掌腰棹的船工便如脱兔一般，遵令而行。船只在激流中忽左忽右，机动灵活。遇有凶险地段，那艄公长时间不能下达"流"的口令，船工便得拼命扳棹，其情形极度惊险。有时为调节船只的吃水深度，艄公还命令船工随航道调节船上的货物，左面有礁，货物移到右侧，抬高左船舷；右面有礁，货物则左移，抬高右船舷。站在岸上看来，宛如杂耍团里耍玩艺儿的一般，但对船工们来说不亚于在生死线上挣扎。

郭望苏跟随船队南下北上，经历过不少凶险风波，同时也增长了不少见识阅历。他刚上船时，只做些帮闲打杂的营生，如生火做饭，给船工们烧开水，或是清舀船舱里泼进来的河水，或是发现船舱里哪处船缝渗水，即用锥子将麻线扎进渗水处，补好船缝。后来长大了，当过撑船工，也当过拉纤工，有时候在风平浪静的水路上，也曾在当艄公的爷爷指导下掌过几回尾舵。但做真正的艄公，船主还不太放心，叫他多历练历练再说。

在黄河上揽船，漫漫长河一望无际，船工寂寞了，就会扯开嗓子吼几声"抄船号子"或"船工调"打发时光。多数船工含辛茹苦，劳累半年，却挣不下多少银钱，感触伤怀，不由咏叹："西北风顶住上水船，破衣烂衫跑河滩。

上水船困在浅水湾，穷日子难住扳船汉。黄河水深浪滔天，扳船汉吃饭拿命换。手扳棹杆脚蹬船，船碰崖畔命交天。吃人饭走鬼路，甚人留下跑河路？"家中妻小亦感恓惶，唱的是："跑河路的哥哥挣不下钱，步步走的是鬼门关。天阴下雨帐篷漏，可怜哥哥跑河路。山羊皮皮袄呼啦呼啦响，哪一天哥哥能在河岸上？前山后山山套山，甚么人逼得哥哥跑河滩？三尺三长的鞭子五尺五的梢，甚么人逼得哥哥跑河套？……"

不过，船工们不管挣没挣下钱，只要能够活着回来，心情总是欢愉的，就会唱着歌儿进村口。听到那熟悉的歌喉，家中的妻儿老小都会放下手中营生，齐刷刷地到村口来列队相迎。大丫当然也不例外，每当听见遥远地里传来本村船工那熟悉的歌声，便三步并作两步，急急忙忙奔跑到村脚下黄河渡口，迎接自己的亲人。那亲人不只有她的大大，也有心上人儿郭望苏。这闺女生就胆大性直，也不管别人会说三道四，拉着郭望苏的手就躲到僻静圪崂里去说悄悄话儿。

三

常年在黄河上流船的人，整天浸泡在水里，难免会落下一些腰酸腿疼的毛病。郭望苏的爷爷揽船大半辈子，年老时患上了风湿病，浑身骨节变形，疼痛难忍，连揽船的活计也干不成了。为了挣钱养家，这年春天开河后，郭望苏就跟随本村的一名老艄上了船。

每年开春之际，黄土高原上野草勃发，鸟语花香，那一只只燕子也从遥远的南方飞了回来。燕子，当地人称作"胡燕"，人们认为是它们把春天从南方带了回来，视它们为吉祥的鸟儿。春天里气候温暖，人们昼夜把窑洞的天窗打开来通风、采光，有的人家在窑内天窗上方安块小木板，便有胡燕衔来泥巴和茅草在小木板上筑窝，并且居住下来，有的还孵化出了小胡燕，打开的天窗同时也方便了胡燕自由出入。那胡燕是认家的，只要安下窝就会长期居住，每年秋去春回，有的胡燕老了，从南方飞不回来了，小胡燕也要飞回。

早在前年春上，在大丫的窑洞里也居住进来一对胡燕，每天飞进飞出，呢呢喃喃，大丫和郭望苏非常喜欢。郭望苏临出行告别时，大丫拉着他的手说："你可要早点回来呀，咱家的胡燕还知道恋家呢，也许等你回来，就又添了一窝小胡燕呢。"郭望苏憨憨地说："我知道！"

　　郭望苏上了船。这只货船将要装运的是朝廷征调的一批生铁，是由船主二宝柱一位河曲的朋友作保，从河曲县俉揽出，运往江苏交割，打造兵器。听说南方出了一批反贼，攻州夺县，正与官兵剧烈激战，朝廷紧急向各地征调钱粮、棉麻等物资运往南方前线，这船生铁不过是其中之一。船只离了老牛湾顺流而下，停靠在河曲渡口装货，郭望苏专程告假跑去唐家会探望义兄李小朵。自从那年三位少年在河曲水西门城楼结义，彼此往来颇多，每年保德农历六月六、河曲七月十五及老牛湾正月古会等会期时节，几人不顾路程遥远，都要往来聚会，共叙兄弟情谊。这几年岁数渐大，三兄弟都学会了喝酒，每次见面难免要喝上几杯。李小朵和陈嘉丰喝酒文雅，浅酌慢饮，边喝边聊，喝到兴头上就你来我往唱上几句酒曲儿助兴。郭望苏性情憨直粗爽，不耐烦他两人那般酸文假醋，喝酒时手捧大碗，如同牛饮鲸吞，而且酒量大得惊人，连喝数碗不醉，每每让这两位兄弟瞠目结舌。一旦喝得酣畅淋漓，他也会敞开粗喉咙大嗓子吼上几声，不过因他会的歌儿不多，翻来覆去就是一首"抄船号子"："二马来，你妈穿着两只大花鞋，嗨；一只那圪遛一只歪，嗨；抄起来，你给哥哥巧打扮，嗨；大闺女爱上那扳船汉……""圪遛"是方言，意指偏斜或不正。歌声遒劲浑厚，震耳欲聋，一张口便把李、陈二人的嗓门给压了下去，叫二人无言以对。如此趣味盎然，令人捧腹。此次郭望苏去唐家会探望李小朵，因行程紧张，只相聚得短短半日即匆匆告别，赶回黄河渡口上船。船只装好生铁，离了河曲，顺流直下保德。在经过天桥峡时，峡中捕鱼的小船颇多，郭望苏远远瞭见一艘小船上有一捕鱼后生很像三弟陈嘉丰，便试探着叫了一声，那捕鱼后生果然是陈嘉丰。两只船擦身而过，郭望苏和陈嘉丰彼此挥手致意。

　　这艘货船沿河而下，跌碛过栈，顺水漂流，一路历尽千难万险，过了禹门口，堪堪来到风陵渡。掌舵的艄公名叫鸡换子，是土生土长的老牛湾人，因他出生后体弱多病，不好养活，父母便按照当地迷信说法，烧香摆供，敬表请神，然后宰杀了一只大红公鸡，意欲以鸡的命换取儿子的命，把儿子当作鸡来养活，以保佑儿子长命百岁，故取名鸡换子。鸡换子父母早丧，年纪轻轻即在黄河上揽船过活儿，后来成为一名"通河老艄"，即有经验的艄公。由于他半辈子都在为生计奔波，也没有积攒下几个闲钱娶媳妇，所以一直打光棍。一次鸡换子在黄河上流船时偶然从河里捞出来一个娃娃，寻访不到他的家人，就留在自己膝下为儿。父子俩相依为命度日。鸡换子有个嗜好，就是喜欢喝两口烧酒，说是常年在河路上跑，风蚀水浸，喝几口烧酒驱风寒壮筋骨，对身体大有裨益。白天流船不敢喝，晚上船靠了岸必定要喝上二两。这一日快到风陵渡时，河道里风平浪静，船工们不需动一杆一棹，只艄公轻扶尾舵，任由船顺水漂流。经过了一路险碛恶栈，只要驶出风陵渡，下游河道宽敞，水流平静，船工便极其省心省力。鸡换子轻把尾舵，心中轻松惬意，不由自主从腰间摸出酒壶来，有滋有味地抿上几口，不知不觉便有几分醉意。转眼间风陵渡在望，一河黄水涌泄而出，河道骤然开阔。郭望苏瞅见鸡换子已有几分醉意，身子有些摇摆不定，便劝说鸡换子靠岸停船，等酒醒后再开船。鸡换子借着酒劲儿，哪里听得进去，一摆尾舵，船只如一支离弦之箭，迅速向风陵渡疾驶而去。不意风陵渡上骤然起风，船只摇摆漂荡，船工们急忙各就各位，听候艄公号令。只是船只行驶太快，眼看就要撞上另一艘大船，慌张之下，鸡换子连忙使出浑身力气来掌稳舵，刚要指挥腰棹配合，还未及发号施令，船只已赶上大船。两厢船舷一碰，大船只打了个趔趄，而自家船只却半边倾倒，紧接着又全面翻转，货物及人员尽数没入水中。满船船工尽皆浮水逃命，哪里还顾得及货物？

　　郭望苏眼见鸡换子已掌不稳舵，料想船要出事，连忙把藏在衣袋里预备急用的一块碎银含在嘴里，两船刚一碰撞，他即纵身一跃潜入水中，游出数丈远。浮上水面来看，见那船只彻底翻转，只留个光壳船底向下游漂去。一船伙计尽皆落水，一个个慌里慌张，争相往岸边浮去。忽然间，他一眼看见鸡换子的儿子命油被水漩卷住，只留两条胳膊在水面张扬挥舞，眼看就要被浸住，于是连忙游到命油身边，将命油拦腰抱住，往岸边游去。哪知那命油已被几口浑水灌得头脑昏乱，心智糊涂，两只手只管胡抓乱拽，拉扯他划水的那一条手臂。落水的人最怕得就是手脚被束缚住，无法施展本领。他一手抱着命油，一手又被命油拉扯住，无法浮水，眼看就要沉入水底，没奈何，他只好把嘴里含着的那块碎银吐掉，深深换一口气，腾出手臂抱紧命油两条胳膊，才好歹把命油救到岸上。

船只虽然失事，好在船工们都有一身浮水的好本事，没有一个被浸死。船工们七嘴八舌埋怨鸡换子酗酒误事。鸡换子把头埋到胯间，羞得无地自容。那命油刚刚从阎王鼻子底下逃出生天，就多嘴为他大辩解，被一船工顺手扇了一耳光，闭嘴不说了。船工们商议下步办法。只见人人身无长物，个别的腰间只穿条裤衩，看来只有讨吃要饭回家乡了。眼看天色不早，众人起身上路，只郭望苏留在河滩，没有追随他们而去。

郭望苏不与众船工相跟回家，开头是在生鸡换子的气。待众人走后，他独自一人倚立河岸，看见风陵渡上河道宽阔，一望无际，长河落日，分外炫目。由于他在黄河上流船多年，知道在此地跨过黄河，向西则入陕西，向南则入河南，是横跨华北、西北、华中三大地区的天然要塞。此时他看到眼前壮观的景致，不觉心旌动荡，随之突发奇想，打算沿河而下，跨过河南，徒步前往江苏探访故乡祖籍。

郭望苏除了腰间别着一把当年乔致庸赠送的牛耳尖刀，此外身无长物，只随身拎着两条胳膊一张嘴，沿黄河流向向着东南方向一直行进，经兰仪、归德，不日进入徐州，已抵达江苏地面。在郭望苏模糊的头脑里，只以为自己祖爷爷历代传说的祖籍江苏不过是一个州府县镇，最多也大不过自己曾去过的河套地方，直至一脚踏上江苏的土地，才知道江苏乃是个大省，比山西只怕小不了多少。自己的祖籍究竟在江苏何地，恐怕连他的爷爷也说不清，但历尽千辛万苦来到此地，到处游览观看一番，也算不虚此行。

郭望苏进入苏北地面，黄河仍然陪伴他一路前行，只是他亲眼看到，黄河在许多地方的河床明显高悬于平地之上，两岸的堤坝危如累卵，如若一旦溃塌，后果不堪设想，于是不由自主地为祖籍的乡亲忧心忡忡。

好在江苏地面地势平坦开阔，河泊江湖众多，田土水域肥沃，草木四季常青，越往南走，景色越加美丽旖旎，果不枉"鱼米之乡"的称誉。再看当地人物，因受水土滋润，出落得个个白皙俊秀，仿佛是由水做成的，尤其那一腔土语叽叽喃喃地，虽然大多听不懂，却备感亲切。由于此地自古富庶，沿途不少善人都主动施舍食物给郭望苏，且言语间多含怜悯。郭望苏低头一看，原来自己的这身单薄衣衫，自风陵渡船只失事以来，历经一月有余，一路上摸爬滚打，穿到现在已变得破烂不堪，只怕连乞丐身上的衣物都比不上，不由暗自好笑。好在江苏气候温暖，并不感觉寒冷，于是一身鹑衣，两只破鞋，飘飘然然，四处游历。这日正行走间，迎面走来一队人，扶老携幼，挑担拎包，牵牛拽羊，步履仓皇，看那情景，与家乡走西口逃荒的一般无异。郭望苏忙上前问询，其中一人站在路旁叽叽喃喃说了半天，郭望苏勉强听懂，原来有一支长毛军，到处攻州夺县，眼看就要打到这里来了，百姓为避兵祸战乱，故离家四处奔逃。郭望苏这才知道，原来在家乡就听说的南方兵祸指的就是长毛军造反。郭望苏光杆一人，倒也并不惧怕，只管往南行进，沿途只见逃避兵祸的百姓越来越多，许多村庄因百姓外逃而空置，十分冷清萧条。

这日行走多半天路程，郭望苏腹中饥饿，远远看见一座村舍，快步赶将过去，只见村中多数人家房门紧锁，人去屋空，只好挨家挨户敲门，直敲至一家大户人家，才有一老汉出来应门。郭望苏刚说明来意，那老汉即以北方话问："你是山西人？"

郭望苏喜出望外，赶忙答："我是山西偏关老牛湾人，莫非大爷也是山西人？"

"正是，老汉是山西兴县蔡家塔人。兴县、偏关，同在黄河岸边，远不过百里，是真正的老乡。"老汉亦十分欣喜，连忙把郭望苏让进大门。

进得大门，只见院中空无一人。老汉解释道："东家一家老小都出门躲避长毛去了，只留老汉一人守家看门。"

见郭望苏饥饿，老汉赶忙生火做饭，很快就煮了一锅白米饭，做熟了两条鱼，招待老乡。河保偏人本不吃鱼，可郭望苏一路走来，莫说是鱼，就连螃蟹乌龟也捕捉来吃了不少。郭望苏一边吃饭，老汉一边询问家乡境况。听了郭望苏诉说，老汉不胜唏嘘，感慨道："几十年了，想不到还是这般模样！"

郭望苏一边吃饭一边询问老汉的来历，那老汉娓娓道来。原来在三四十年前，山西老家连年遭灾，老汉当年与郭望苏现在年纪相当，孤身一人外出逃荒，后来流落到此，见此地水土肥沃，粮食丰产，百姓安居乐业，遂决定定居于此。由于他勤快踏实，被此家东家雇为长工，日夜操劳，后来东家将一佣女聘与他为妻。妻子早丧，留下一个儿子也已成人。岁月流转，不经意间已须发皆白。

郭望苏心中有些羡慕，对老汉说："此地地肥水美，定能养人。求大爷回头给东家求个人情，就说我也愿意在他家当一辈子长工。"

"'天下乌鸦一般黑'，其实在哪里当长工还不一样？"老汉说，"况且此地并不太平。此地属淮安地，过了淮安就是长毛地盘。那长毛与朝廷军在淮安边界打拉锯战，说不定甚时候就会打过来。战乱将起，本地有钱没钱的人家大多外出逃避丁役和战乱去了，你留在此地又有何益？"

提起长毛，老汉给郭望苏细细解说。原来两年前由广西金田出了支太平军，建立了太平天国，由于人人不扎辫子，头束长发，所以被称为"长毛"。领头的叫天王洪秀全，麾下东、南、西、北、翼五王，佐领全军。太平军人多势众，兵强马壮，到处攻州夺县，已于今春三月间攻占南京，定为都城，称作"天京"。太平天国军纪严明，并不骚扰百姓，专杀贪官恶霸，把官府和地主的粮食分给穷苦百姓。定都天京后，又实行新的田亩制度，并宣布全国土地，不论男女，人人有份；天国人民，男女平等，共享太平。此外还实行圣库制度，意即人无私财，一应钱粮由圣库供给，是以军队奋勇，百姓安乐。

末了，老汉又压低嗓门说："不瞒老乡，我那个儿子就在太平军里当兵。"

郭望苏听老汉讲说太平天国人人有田耕，人人有饭吃，不由对太平天国心驰神往。

"哎呀，差点忘了一件事。"老汉只顾与老乡说话，不觉窗外日已西斜。老汉道，"早上在黄河边下了一张渔网，得趁天黑前收回来。"

原来其时的黄河流经江苏，便是在淮安的云梯关向东归流入海。

郭望苏闲着无事，就跟随老汉走出村外，来到黄河岸边。老汉自河边收起渔网，网里有大大小小十多条鱼。老汉刚把鱼儿装进鱼篓，忽见从下游撑上一条小船来，船上四五名清兵各执刀枪，押着一个五花大绑的青年汉子。老汉看见不由大吃一惊，手中鱼篓坠落，鱼儿撒了一地。老汉悄声对郭望苏说："船上被押着的后生，就是我的儿子。"

郭望苏看看形势，摇摇脑袋，忽然灵机一动，道："大爷不要惊慌，你快躲起来，待我去救出他来。"说完话，悄悄从岸边溜进河里，潜入水中，不见踪迹。

老汉自去躲藏在一块庄稼地里。不多时，只看见那条小船忽然摇摆开来，紧接着船底一下子翻转，船上的人全部坠入河里。几名清兵大概不会浮水，手舞足蹈，大呼小叫，转眼间被河水冲往下游。老汉举目张望，只见郭望苏已在河岸边朝自己招手，自己的儿子也站在他的身边。

四

老汉的儿子名叫蔡兴晋。据他说，自己是受东王麾下将领委派专程赶赴淮安刺探军情的，事毕想顺道回家看望老父亲，途中被清军识破身份，不幸被捕。蔡兴晋十分欣赏郭望苏的胆识和水性本领，听老父亲说他是祖籍老乡，更感亲切。蔡兴晋此次化险为夷，回到自己家里头，几碗米酒下肚，不由豪情万丈，讲述起那太平天国自建都天京后，江南大部已属天国，建立二十一行省，事业日益发达。从当年五月起，已遣天官副丞相林凤祥、地官正丞相李开芳率军北伐，沿苏皖豫横渡黄河，经山西平阳直捣直隶，逼近天津，同时派春官正丞相胡以晃、夏官副丞相赖汉英率军溯长江西进，攻占皖赣鄂湘等地。他日一统江山社稷，舍太平天国其谁？蔡兴晋高谈阔论罢，询问郭望苏可有意加入太平天国。郭望苏喜出望外，央求蔡兴晋引荐，蔡兴晋满口应承。

次日天色未亮，蔡兴晋即与郭望苏乔装打扮，化作两个货郎，肩挑担子，直奔苏南。绕过清军驻扎的江北大营，经过宝应、高邮，不一日到达扬州，已是太平天国地面。只见所有军兵俱束长发，形容甚为潇洒。蔡兴晋带郭望苏进了一座军营，有兵士伺候二人换上了军服。原来蔡兴晋是东王麾下一名卒长，管理着百余军兵。

太平军军队以军建制，仿照《周礼》立编。郭望苏虽不懂《周礼》中"五人为伍，五伍为两，四两为卒，五卒为旅，五旅为师，五师为军"的规矩，但通过蔡兴晋的讲解，很快就搞明白了太平军以军为单位，下辖师、旅、卒、两、伍等编制，全军共计一万五千一百五十六人。此外尚设立女营，由专门将官统领。

蔡兴晋安排郭望苏住在近旁营帐，留他做了名亲兵。在军营歇息了一晚，次日蔡兴晋自己去旅帅营参见旅帅，回禀军务，另外安排了一名亲兵专门领郭望苏进扬州城里游玩。扬州城里市容繁华，百业俱兴，军兵有礼，百姓安乐，其中还有不少女兵，亦形容整齐，英姿飒爽，可谓巾帼不让须眉。那亲兵又带领郭望苏来到城北瘦西湖，只见瘦西湖内到处烟水平桥，山亭水榭，楼塔晴云，芍药玲珑，景色旖旎美丽。郭望苏自幼未读过书，大字不识一斗，也不懂得什么"二十四桥明月夜，玉人何处教吹箫"的诗情画意，只是小时候听说书先生说过《兴唐传》，书中说隋炀帝杨广为赏琼花，令专吃小儿心肝的麻叔谋督工开挖运河，又让三千宫女拉着龙舟下扬州。那琼花大花朵十八朵，小花朵六十四朵，预示十八家反王六十四路烟尘，后来果然把大隋江山折腾了个精光。郭望苏只当那芍药就是琼花，看见一枝就去数花朵，数来数去也没有一枝六十四朵花的，只以为太平天国国运长久，于是打定主意做一名太平军。

太平军果然治军甚严，营中军兵每日操演，练习行军、布阵、格斗之法。郭望苏虽作为卒长亲兵，由于此前从未摸过刀枪，所以每天参加演练，以备上阵杀敌，建立功勋。扬州属于太平天国前沿，与江北大营清军据边对垒，两军时有冲突，大小战斗从不间断。郭望苏也随军队参加过几次战斗，却都是守护在蔡兴晋身边，并未真正遭遇过凶险格杀。有时随大股军队攻打下州县村镇，看见豪门望户，蔡兴晋便令军兵守卫在大门外，只带郭望苏等几名亲兵进入院内，搜罗金银珠宝等财物，遇有守财不要命的主人，便一刀砍死。原来太平天国积累军资财政的圣库，其物资来源之一就是靠打败清军或攻克城镇所获的战利品。战斗结束后，所缴获的财物除留足自己营内圣库的支需，蔡兴晋悄悄带亲兵将所余物资送到师帅营中。本来师帅以下还有旅帅，蔡兴晋瞒过旅帅，直接将物资送交师帅。直到蔡兴晋很快被提拔为旅帅，郭望苏才明白蔡兴晋的用意。蔡兴晋获得升迁后，就不再往师帅营中送物资，而是直接送到了军帅营中。不到一年光景，蔡兴晋就被提拔为师帅，变成统领千军万马的高级将领。

蔡兴晋当上师帅后，就有资格晋见朝中王侯和高官贵胄。由于这支军队属东王麾下，蔡兴晋伺机几次进天京晋见东王"九千岁"，将缴获来的金银珠宝多多进贡，那东王也一概笑纳，再加上蔡兴晋言语甜蜜，极擅奉承，深得东王赏识，成为东王身边的红人。

民间俱传说太平天国军政严明，上行下效，君民无有分别，但事实上自从定都天京后，天王洪秀全自视为天下万国之主，大建宫室，穷极壮丽。虽然设立圣库专管财物，但对诸王与高级官员却没有限制。王侯高官虽然口上讲"节用而爱民"的道理，但行为上却讲究享受与排场，挥霍公共财物的奢靡之风像病疫一样地蔓延开来。生活糜烂腐化，朝政纲纪紊乱。郭望苏几次随蔡兴晋进天京送礼，虽不明白朝中形势，但亲眼看见王侯高官奢靡腐化及阿谀奉承之风盛行，心中甚感疑惑。

郭望苏本是山西人，孤身一人来到江苏，形单影只，无有依靠，只因他是祖籍老乡，又救过蔡兴晋的命，蔡兴晋将他留在身边做心腹重用。蔡兴晋对郭望苏至为信任，有许多重要事项也不隐瞒他。一次蔡兴晋为了在东王面前邀功，主动请命前往淮安刺探清军军情，遂孤身一人涉险，一去一回将近个把月，又至天京向东王回禀过，方才回转师帅营。由于受了东王嘉奖，蔡兴晋心中欢喜，在营中摆酒与众将饮宴，不觉酩酊大醉，回到后帐，专要郭望苏伺候。蔡兴晋絮絮叨叨说了许多醉话，说什么人生在世就该多为自己打算，说什么管它太平天国打朝廷，还是朝廷打太平天国，只要有得官做，任它狗咬狗去。一会儿说东王将来登基做了皇帝，自己便是开国元勋。一会儿又说即使太平天国覆灭，自己也有高官厚禄可享。然后按捺不住拿出一张官诰来，得意扬扬地吹嘘自己已被大清册封为正三品参将，并一字一句指给郭望苏看。郭望苏虽大字不识一斗，但那官诰上满汉两种文字，那些歪歪扭扭的满文还是似曾相识的，看来不假。

伺候蔡兴晋睡熟后，郭望苏回到营帐，翻来覆去睡不着。他虽是一介大头兵，不懂军事政治，但对天国高层的奢靡腐化之风还是看得清的，本来就心怀失望，此时又见蔡兴晋这等人物专事奉承钻营，两面三刀，里勾外连，卖主求荣，这太平天国又如何能够久长？思来想去，倍感心灰意懒。遂未等天明，即悄悄打捆了个包袱，换身便装，离开大营，择路返回山西。

郭望苏自然不知，在他离开太平军一年多后，东王自恃功高，飞扬跋扈，公然向天王索要"万岁"称号，弑君篡位之心昭然若揭。天王密诏北王、翼王及燕王铲除东王。北王韦昌辉和燕王秦日纲于一日凌晨突袭东王府，诛灭东王杨秀清及其家人部属两万余人。当时蔡兴晋已被东王提携为军帅，在此次剿乱中亦不免人头落地。这次事件史称"天京事变"。

且说次日蔡兴晋酒醒，发现不见了郭望苏，极其懊悔昨夜酒醉说漏了嘴。他最担心郭望苏去天京向东王告密，急忙带领一队快马沿路追赶，直赶到东王府门外，也未见郭望苏踪迹。蔡兴晋猜想他或许是昨夜听了自己一席话，心灰意懒，回转了山西老家也未可知。但为免除后患，又给江北大营清军写了份密函，道太平天国为了他日夺取山西地盘，已遣"长毛教父"郭望苏赶赴山西发展教众。江北大营主帅急忙上报兵部，兵部又颁令山西巡抚，着令加急缉捕郭望苏。

郭望苏在太平军中一年有余，积蓄下点饷银，平素蔡兴晋也常常有些打赏，返回老家倒不必像来时一样乞讨要饭，因此饥餐渴饮，晓行夜宿，不一日间到达淮安，于是沿着黄河徒步返回家乡。郭望苏后来听说，仅仅在自己离开江苏半年后，黄河在河南兰仪铜瓦厢决口改道，由江苏淮安改为山东武定境内归流入海。

郭望苏自前年开河随船出行，到现在回来，已相隔整整两年时间。郭望苏突然进门，让他的爷爷大为惊喜。郭望苏从爷爷口中获悉，自从两年前那艘船只在风陵渡失事，船上所载生铁悉数沉没，还未等鸡换子等船工步行回到家里，官府早已将船主二宝柱缉捕起来，并把给二宝柱作保的那位河曲朋友也一并下狱。被迫之下，二宝柱只好把半辈子的积蓄拿出，将田产变卖，几只大船也一并没入官府，成了赤贫之人，同时连累那位河曲朋友也活活被官府剥了一层皮，弄得倾家荡产，这桩官司才算了结。二宝柱羞愧难当，出狱之后连家都没回，直接渡过黄河走了口外，不知所踪。

祖孙两人吃过晚饭，天色已黑。郭望苏说要去邻居家串个门儿，爷爷晓得他要去哪里，眼里不由自主流露出抑郁之色，却也未加阻拦。郭望苏出门直奔大丫家，看见大丫住的窑洞灯还亮着，推开门就进去，只见影影绰绰的灯光下，在炕头斜躺着一人，正就着灯台在吞云吐雾地抽烟。那缭绕的烟的味道不像旱烟的呛人味道，有一股淡淡的香味，莫非就是传说中的洋烟？那躺在炕头的人勉强爬起身来，在摇曳的灯光下可以看清，不是别人，正是大丫。

原来船只在风陵渡失事后，别的船工都平安归来，只有郭望苏一人杳无音信。大丫早也盼晚也盼，希望郭望苏能够平安回来。她记得春上郭望苏外出之时，正是胡燕从南方飞回的时节，她还对郭望苏说过胡燕也恋家的话呢。不料一晃一年，到了第二年春天，别人家的胡燕都飞回来了，只有自己家的胡燕没有飞回来，大丫更加伤心。

这期间出了一桩事，那生事之人便是命油。别人不知道，其实命油老早就对大丫的美貌垂涎三尺，暗怀不良企图，只是一直没有机会下手。这番郭望苏不肯回家，正遂了他的意，于是整天在大丫耳朵旁絮絮叨叨，说郭望苏孤身一人在外，生活无着，只怕不是病饿而死，就是喂了野狼。起初大丫并不爱听，每次都把命油臭骂一顿，说他是乌鸦嘴，可随着时长日久也没有郭望苏的一丝消息，不由渐渐相信了命油的话，心中难过，整日悲啼哭泣。有一天，她无意间在自家堆放杂物的破窑里翻找出来一包洋烟。原来是那年她大给商家运送货物，送到地头，商家不付现银，却给了一包洋烟抵船钱，他大没有办法，把洋烟卖出去害人吧，心中不忍，可是又舍不得扔掉，于是藏在破窑里，日久天长也就忘了。大丫只道郭望苏已不可能活着回来，心灰意懒，拿起杆烟枪就抽开了洋烟。那洋烟本是毒品，没过多久就把大丫糟蹋得脸色憔悴，面黄肌瘦，哪里还有一个大闺女家的模样？而且这洋烟极易上瘾，上了瘾的人，一天没有洋烟抽便浑身没有精神，像被谁剥皮抽筋，鼻涕口水眼泪不住气地流，难受至极。那命油正好借机插手，看见大丫没有洋烟抽了，就跑去偏关城里的烟馆买来，供大丫抽。堪堪大丫已被命油攥在手心，命油的阴谋就要得逞了，郭望苏突然回转家来，大丫喜出望外，抱住他又哭又笑。哭笑过了，自炕头拿过那杆烟枪，一折两段，扔进炉灶里烧为灰烬。忌洋烟本是一件极艰难的事，尤其刚开始几天，心绪紊乱，坐卧不宁，精神不振，鼻涕哈欠连天，浑身上下没有一处舒坦。多亏有郭望苏整天在身边陪伴，大丫咬着牙关硬扛下来，没出十天半月，精神状态大为好转，脸色面容也逐渐恢复了红润白嫩。家人邻居看在眼里，无不为她感到高兴。

只有命油对大丫忌了洋烟颇为不满。眼看煮在锅里的鸭子就要熟了，却遭他人釜底抽薪，导致自己的如意算盘落空。命油对郭望苏满腹怨恨，打算伺机报复。这日命油去偏关城里游荡，无意间在城门口看见一张布告，绘影图像，正是悬赏捉拿长毛教父郭望苏的缉捕令，大是喜出望外，当即跑到衙门里去出首。县令听闻如此消息，不敢怠慢，赶紧调集衙里所有差役，叫命油带路，前往老牛湾缉捕郭望苏。

这是一个鸟语花香的春天。郭望苏每日哪里都不去，整天就待在大丫家窑里陪伴大丫忌洋烟。南方的胡燕又飞回来了，郭望苏和大丫翘首以盼，希望能有一只胡燕飞来安家落户，可是所有的胡燕飞来，都只是在窑里匆匆转上一圈，又拍拍翅膀飞走了。

  那天差役赶到老牛湾，天色已交傍暮。听到好心的邻居前来报信，大丫连忙陪伴郭望苏往后山奔逃，刚刚逃至那座护水楼旁，命油带着差役已追了过来，前前后后把两人包围起来。命油恬不知耻，依旧冒充好人，对大丫说："妹子快点到哥哥身边来，哥哥担保救你无事。如若跟着长毛教父，定会丢了性命。"大丫假装答应，向命油靠近，忽然抢步上前抱住命油，使劲一掀，两人双双坠落山崖。郭望苏心痛如锥，大叫一声，奔跑到山崖边，只见崖下就是滔滔黄河，哪里看得见半个人影？于是将身一扑，也自山崖上飘然坠下。

第四章　西口遙遙

一

山西偏关距离陕北古城虽然仅相隔百余里路程，但因分属两省，又交通不便，信息闭塞，郭望苏在老牛湾悬崖上坠落黄河的消息尚未传递到陕北边塞，所以缉捕郭望苏的布告还在古城的城门洞旁张贴着。

河曲老乡把郭望苏的故事一口气讲完，李小朵和陈嘉丰两人面面相觑，半晌无语。遥想当年三兄弟在河曲水西关城楼结义，指望将来宏图大展，成就大义，不意羽翼尚未丰满，竟已先折损一人。两人也不顾那两位老军的劝阻，竟在地上撮土为香，遥向老牛湾方向哭祭一番。

夜色阑珊，古城由于居于陕北黄土高原和鄂尔多斯高原边地，地处高要，满天的星斗分外明亮，闪闪烁烁，密密麻麻，也不知到底有多少颗。北极、北斗尤其璀璨，北极大如珍珠，北斗灿如长勺。那牵牛、织女之星亦分外夺目，只是在中间横亘了一条茫茫的银河，令人感怀。夜色渐渐地深了，那半圆的月亮因为升起得早，不知不觉间已游移到了西边的天空。由于已进入五月仲夏，大地被骄阳炙烤了整整一天，地面上涌动着股股热浪，使人感到闷热难熬。诸多奔波至此却找不到店口歇宿的内地老乡，栖息在城门洞旁这裸天露地的巨大"炕头"上，半醒半寐，各怀心事，直至下半夜时分才疲乏睡去。

忽然听得几声闷雷轰响，豆大的雨点铺天盖地泼洒了下来，把正睡在光天裸地上的人们浇了个一团湿。众人刚刚入睡就遭遇这场雨淋，慌慌张张抱起铺盖行李向城门洞里涌去，那两名老军也不阻挡，任由这些可怜的人进来避雨。这场雨极其狂骤，下得时间又长。如果把这场雨提前上一个月，地里的庄稼就不愁种不下去，那么这许多人也就不必背井离乡奔走西口之外了。可是老天爷就是如此不开眼，到了此时才下，即使雨水再多也于事无补了。

这场雨稀里哗啦地下着，也不管人们是不是真心欢迎它，直下到东方既白，天色透亮，依然不想停止。透过浓浓的雨幕，挤在城门洞里避雨的人们忽然看见在城墙边的一个角落里，一个七八岁的小女娃蜷缩着酣然入睡，而在她的身前，一个十二三岁的男孩张着手臂，将一件衣服撑开，为小女娃遮挡从天而降的雨水，雨水顺着男孩的身体哗哗流下。正是陈嘉丰昨夜送给烙饼的那对小兄妹。陈嘉丰和李小朵看得真切，彼此招呼一声，双双奔跑进雨中，一人一个，把那对小兄妹抱进城门洞里。那小女娃苏醒过来，男孩却因经受了半夜雨淋，再也支撑不住，软绵绵地倾倒在陈嘉丰的怀抱里。男孩浑身发烫，显然是受了严重风寒，小女娃吓得不住气地哭了起来。

天色大亮了，雨水渐渐地止息了。雨后的天空分外湛蓝明丽，空气分外凉爽清新。或许是因为大地过分干涸，下了半夜的雨水转眼被泥土浸干，地面上并没有多少泥泞，正是赶路的好时分。城门已经打开，一队年轻的军卒赶来与两名老军换值，城门洞口摆放了几张桌子，一些文职官吏端坐其后。古城镇作为汉蒙交界的一个关口，户部衙门专门在此设立税卡，对过往行人、牲畜和货物课税。本来按朝廷规定，汉民出关须得经由官府批准，定额持票出口，只是遇此饥馑灾年，走西口逃荒的汉民加倍暴增，官府不便阻挡，税卡的官吏也多是睁一只眼闭一只眼，只要缴纳税银，一概予以放行。那些在店铺里歇宿了一夜养足精神的客人们吃过早饭，纷纷缴纳过税银，担挑行李启程上路。在城门洞里过了半宿的客人，虽然备感疲乏，可为了多赶几里路，也陆陆续续踏上路途。几名同伴纷纷催促李、陈二人上路。陈嘉丰看看身边昏睡不醒的那个男孩，摇摇头道："这位小兄弟感受风寒，如无人照料，只怕性命难保。几位大哥请先上路，待我留下来给他延医治病。"

"既然如此，我留下来陪伴兄弟。"李小朵说。

"这倒不必，有我一个人就足够了。"陈嘉丰道，"几天后给他治好了病，我就去追赶你们，我们到包头城里再会。"

李小朵听陈嘉丰这般说，想想一起外出打软包的同伴缺短了自己也的确不行，于是与几名同伴缴过税银，一脚跨出古城城门洞，一脚踏上了口外的土地。

陈嘉丰看着李小朵等人远去，蹲下身来背起那男孩，一手牵着小女娃，返回镇里，找到一家客栈安身。昨天夜里客栈还是爆满，今天一大早却人去店空，店里唯一的一盘大土炕空空荡荡的。陈嘉丰去镇上请来大夫给男孩诊病，只是因淋雨受了风寒，便开了几服对症汤药，然后陈嘉丰跟随大夫去药铺把药抓回来，向店家借了炉灶，亲自熬药，熬好后给男孩喂服。陈嘉丰询问女娃，知道她跟男孩是亲兄妹，姓马，哥哥叫家成，她叫小娉，本是自己老乡，家住保德马家滩村。因家中贫困，生计艰难，两兄妹的亲大两年前出走口外挣钱，却一去没有音信。今年家乡闹灾荒，家中粮米罄尽，妈妈为了给两个小孩节省一口吃的，自己饿死在炕头。两个小孩万般无奈之下，只好决定去往西口外寻访亲大。陈嘉丰听说小兄妹俩的遭遇，一时只觉心中酸涩，恓惶不已。

在陈嘉丰的精心照料下，没过几天家成的病情就得以康复。陈嘉丰与小兄妹俩商议下步办法。小兄妹俩面面相觑，最后只说要出走口外寻访亲大。陈嘉丰摇头苦笑道："西口之地，何其浩大，你们连自己的亲大在哪里都不知道，如何找寻？"寻思片刻，又说，"莫若这样，我修书一封，你俩持此书信回转保德，去郭家滩村找我父亲，叫他把你俩收留下来。我陈家家境目前虽不尽如人意，养活你两个小孩还是不在话下。至于你俩的亲大，我会在西口外留意找寻，一旦找到，就接你俩去和亲大团聚如何？"小兄妹俩默不作声。陈嘉丰只道小兄妹俩是答应了，找店家借来纸笔，写下一封书信交与家成，然后又留下一些铜钱做盘费，打发小兄妹俩回转保德老家。

送走小兄妹俩，陈嘉丰结算店钱，和不多的几名客人结伴上路。

自从那天下了大雨，出走西口的人日渐减少，这两天来更是寥寥无几。一行人中有个自称老苗的壮汉，看来仅四旬开外，不过一张脸膛分外紫红，显得饱经风吹日晒。这位老苗是夜天傍晚伙同几名同伴一起住进古城客店的。在他们入住之后，紧跟着又住进来两个十六七岁的河曲后生。听到老苗等人俱操河曲口音，这两个后生热情地与几位老乡攀谈，谁料几位老乡却狠狠瞪他俩一眼，不待理睬。两个后生讪讪无趣，也就不再多说。到了晚间睡觉时候，那几名客人都把铺盖卷打开来铺在后炕梢，挨着老苗抵足而卧，同时各自把随身携带的包袱压在身下，也不嫌硌得慌。那两个后生也把铺盖卷打开，想要挨着老乡睡，只是几名老乡却又同时伸出脚来，一人一脚，将两个后生的铺盖卷踹出老远。陈嘉丰暗想这几名客人如此不通情理，只怕不是好人，担心两个后生吃亏，赶忙把他俩拉至身旁，挨着自己睡下。陈嘉丰一夜提心吊胆，直至后半夜才蒙眬睡去。正迷糊间，忽然感觉有只手在自己被窝里摸索，急忙翻身坐起，打火点亮油灯，只见各人都沉沉入睡，并没有什么异样。天亮之后，那几名客人吃罢早饭，结算过店钱，各自担挑或背扛行李上路。那两个后生也匆忙结算过店钱，紧跟着几名客人出门。陈嘉丰有心阻拦两个后生，但见那个自称老苗的壮汉还在店门口磨磨蹭蹭，也不敢明目张胆阻拦。正想出门追上两个后生提醒几句，忽然听见那老苗开口说话："小兄弟，你看这是什么？"

老苗伸出手来，递给陈嘉丰一物。陈嘉丰接过来一看，只见正是结婚时凤珠送给自己的一条龙凤项链，自己一直戴在脖颈上，显然是昨夜睡着后被贼人偷去。

"看你文质彬彬，一介读书之人，出门在外可要多长个心眼儿呀。"

只听那老苗说罢，哈哈大笑一声，方自背起行李，起身离店。

陈嘉丰一头雾水，心中疑惑，贼人既然将项链偷去，为何又要交还，莫非其中另有蹊跷，或是这伙贼人无意对自己下手？心里略感踏实，于是安排家成和小娉先行回家，然后自己亦结算店钱上路。

陈嘉丰踏出古城的大门，没过多久就追上了提前上路的那伙客人。只见老苗和几名同伴聚成一团，有说有笑地赶路，其后不远紧跟着那两个看来少不更事的后生。陈嘉丰又落在两个后生后面不远。一行人有前有后，却也算是结伴而行。

到了这旷野荒原，四处渺无人迹，十分寂静，忽听那老苗敞开嗓子唱了起来："头一天住古城，路走七十里整，虽然路不远，跨了三个省。第二天住纳林，碰见个蒙古人，说了几句蒙古话，甚也没弄懂。第三天翻坝梁，两眼泪汪汪，想起玉莲妹，痛痛哭一场。第四天沙壕塔，捡了块烂瓜钵，拿起来啃两口，打凉又解渴。第五天三胡湾，遇见个鞑老板，翻了两句蒙古话，吃了两个酸酪干。第六天乌拉素，扯了二尺布，坐在房檐下，补补烂皮裤。第七天长牙店，住店没店钱，叫一声长牙嫂，可怜一可怜……"

这是首流传在晋陕一带的民歌《走西口》。听到老苗把这首凄婉的民歌唱来，同行之人一下子意识到，自己已告别了故土，远离了家乡，心下油然生出一种莫名的感伤。老苗看到各人俱神情落寞，一副没精打采的样子，连忙停止唱歌，又故意哈哈笑了几声，然后朗声问道："你们可知道咱们现在什么地方？"

众人举目张望，只看到眼前到处野草萋萋，茂密葱茏，一眼望不到尽头。一名同伴答道："怕不是就是有名的'黑界地'吧？"

"对，这里就是黑界地。"老苗说，"可是你们知道这黑界地又是怎么回事儿？"

"我们委实不知。大哥，你常年生活在口外，见多识广，不如就来讲讲这黑界地的事情，我们也好长些见识。"

"也好。"老苗朗声大笑一声，清了清嗓子，就给大家讲述开来，"说起这黑界地嘛，本来是当初顺治爷爷在大清堪舆图上画的一条红线。莫看在地图上只是一条红线，实际上宽有五十里，东西长两千多里，是限制蒙古人和咱们汉人往来的一条隔离带。你们知道，大清本是起于白山黑水之间的满族，在入主中原之前，首先就千方百计征服了他的邻居蒙古族。只是蒙古族自古强悍勇敢、骁勇善战，大清立国之后，为了防范蒙古族和汉人联合起来聚众造反，改朝换代，顺治爷爷就专门在长城北边设置了这样一条隔离带。在这条隔离带里，既不准蒙古人到里面放牧，也不准汉族人到里面耕种。同时顺治爷爷还对蒙古施行了一项'封禁令'。'封禁令'又称'蒙禁'，即是禁止蒙汉交流，禁止蒙古各部越界往来，就连蒙古的王公出境也必须得到官府的批准。咱们汉蒙人民毗连而居，却被这条隔离带隔绝开，老死不相往来。因为这条隔离带长期人迹罕至，野草茂密，远望去是黑色的，所以人们便称它是黑界地。"

"真个是'三十年河西，三十年河东'。"老苗歇了口气，接着又给大家讲说，"直到康熙三十六年，康熙爷爷第三次亲征噶尔丹，班师途中康熙爷爷突然心血来潮，轻车简从，西巡晋陕。一路上看到晋陕一带土地贫瘠，百姓生计艰难，可是与晋陕毗连的这片黑界地却好端端地被闲置浪费。康熙爷爷权衡利弊，当即下达了禁留地开放令，允许在黑界地内划出二十到三十里的界线让汉人耕种，史称'开边'。哈哈，如果不是康熙爷爷颁令取消了这条隔离带，咱们的双脚只怕永远都不会踏上这块地方。"

同行之人这才知道，黑界地原来是这么个来历。一时之间，各人兴致盎然，纷纷要求老苗再多讲讲西口路上的事情。老苗并不推诿，接下来给大家讲道，走西口的人跨出古城，即进入内蒙古鄂尔多斯境地。鄂尔多斯在历史上曾经是一个水草丰美、牛羊遍布的富庶之地，后来因自然气候的变化、战乱及放垦等原因，生态环境遭受严重破坏，导致此地地质地貌多样，沙漠沙地横亘，绿洲草原绵延，景致大不相同。

一行人一边听着老苗的讲说，一边放眼望去，只见四处旷野茫茫，黄沙跌宕，到处乱窜的高原风刮起时，一丛丛低矮的沙蒿草发出"啾啾"的响声，使人感觉无比的苍凉与孤寂，全然不是想象中"大漠孤烟直，长河落日圆"的景致，也不是"风吹草低见牛羊"的景象。可是就在这片土地上，的的确确展现过一幅雄浑壮阔的历史画卷。遥想当年，一代天骄成吉思汗曾屯千军万马于此，旌旗蔽日，马啸连天，东突西杀，横扫欧亚，将中华版图扩展到无限边远。而今这位旷世无双的英雄就长眠在距此百里之外的陵丘之中，可是那些饥肠辘辘奔走西口外逃荒的人们，谁又有闲情逸致专程跋涉到百里之外去缅怀这位英雄呢？

二

天上烈日当头，地面上又没有一丝风，堪堪日过晌午，一行人又饥又渴，就连老苗和那几名同伴也不再说笑，只是埋着头一个劲儿地赶路。也不知走了多远，转过一道丘陵，忽然有一片茂盛的草地映入眼帘，只见在草地中央赫然耸立着十几个洁白的毡包，显然有草原牧民在此居住。在毡包前不远的地方，几名身穿蒙族盛装的男女正往地上一张毡席上摆放食物、美酒，不知在举办什么仪式。

老苗和几名同伴走在前面，忽听在毡席旁忙碌的一位蒙古族老者以河曲口音叫了一声"小苗"。老苗停住脚步，定睛一看，也不由惊喜地叫了一声"巴图尔力格阿巴琴"。原来随着历年来走西口的人不断增多，不少口里人成为口外人的帮工，把农耕技术带出口外，使世代以游牧为生、牛羊为食的口外有了庄稼稼穑、粮食米粟，口外诸多荒芜的土地从此变得生机勃勃，五谷丰登。口外人从此不再排斥口里人，在频繁密集的交流中，河曲话成为口里的标准话在口外的河套地区逐渐盛行开来。那蒙古族老者显然与不少口里人打过交道，会说一口流利的汉话。而那老苗虽然年龄并不甚大，却在口外生活多年，也学会说一些蒙古话。"阿巴琴"指猎人，"巴图尔力格阿巴琴"就是勇敢的猎人的意思。

"你这个小苗，现在是否还是喜欢自称老苗？"

原来老苗其人自小跟随父亲出走西口，自认为历练老到，饱经沧桑，是以常常自称"老苗"，显示与常人不同，然而熟悉他的长辈却还是统统称他"小苗"。

老苗不好意思地咧嘴笑笑："除了在家里守着'老老苗'……"

阿巴琴哈哈大笑，热情地询问老苗的父亲——老老苗的情况。老苗的父亲多年前就走出西口，曾在此地租种过阿巴琴家的土地，后来两个儿子长大，又带着两个儿子进入后套生活。由于阿巴琴待人热情厚道，当年对老苗的父亲十分照顾，二人成为朋友，是以老苗的父亲每次带着儿子往返老家，路过此地时都要看望阿巴琴。此时听到老苗说他父亲身体还硬朗，一顿能吃三大碗饭，阿巴琴高兴地咧开嘴笑了。

阿巴琴介绍说，今天正是他的侄子娶亲吉日，一会儿新娘子就会到家。因蒙古族人天生好客，又且恰逢大喜之事，阿巴琴热情地邀请老苗等人到时参加宴席，同时连与老苗同行的陈嘉丰及那两个后生也一并邀请。

正说话间，忽听一阵马蹄声响，只见从远处的草地上有两簇骏马前奔后驰而来。阿巴琴等几人连忙将前面的一簇人马拦住，马上身穿蒙古族盛装的人翻身下马，阿巴琴等几人随即给下马之人奉上奶茶、圣饼、美酒、羊背子等物，并致辞欢迎。另一簇人马也很快赶到，其中有两人下得马来，其余之人则直接打马进入毡包所在的栅栏。原来首先到来的这些人是女方送亲的亲友。依据习俗，男女双方迎亲和送亲的人马都要想方设法抢先到达新郎家。男方为了不让女方的亲友抢先，便预先安排家人在离家不远处备下酒宴，以迎接之名阻拦抢先到达的女方亲友，并借此机会超过对方。只有新郎和祝颂人赶到时，才给女方的亲友敬酒。趁大家喝酒之际，新郎和祝颂人也要骑马赶快逃走。所谓"祝颂人"，即是主婚人。按照风俗，一旦跑得慢了，他们的帽子就有被抢走的危险。

在毡包近前设下的迎新酒宴只是象征性的，送亲的亲友只是浅尝辄止。随即阿巴琴几人将送亲的亲友迎进毡包，同时把老苗和陈嘉丰等客人也一并邀请进来。

新娘的到来引起一阵喧闹。新娘到来后，首先在蒙古包前的玛尼宏旗杆下举行"跳火"仪式。玛尼宏旗杆是鄂尔多斯蒙古族特有的标志，蒙古语称"桑更苏日"，旗杆顶端悬挂着印有九匹骏马的旗幡，称作"禄马风旗"，象征着成吉思汗军徽神祇，是当地蒙牧民家家户户必供的圣物。新娘由新郎牵着马从玛尼宏旗杆下的两个火堆中穿过，取避邪免灾之意。随后新娘步入毡包，首先拜过灶神，然后婆婆亲自动手揭开新娘的蒙头纱，新娘方才在众人面前亮相。

接下来喜宴摆开，阿巴琴作为新郎家人，陪伴老苗和陈嘉丰等汉族客人就座。宴席是蒙古的全羊席，酒是蒙古的马奶酒。阿巴琴一边用蒙古刀切开羊肉给客人分食，一边频频举杯敬酒，好不热情。不知不觉酒至半酣，陈嘉丰对此地婚俗十分好奇，于是大胆询问，阿巴琴亦豪爽地给汉族客人讲解。鄂尔多斯婚礼一般为期两天。第一天黄昏日暮，身佩弓箭的新郎带领一行四人的娶亲队伍骑马出发，在星烁初放的时候到达新娘家，新娘家的送亲仪式开始，整整热闹一个晚上。天亮之后送亲上路，蒙着红纱的新娘骑上红马，在亲朋的簇拥下向婆家走去。接下来就是男方家人在野外迎候，就地摆开酒宴为送亲者接风洗尘。而后到了家中，属于男方的新婚庆典正式开始，其中的仪式有圣火洗礼、跪拜公婆、掀面纱、新娘敬茶等一系列特定的程序和活动内容。亲朋好友享受着美酒佳肴，载歌载舞尽情庆贺，一直要持续到天明。

鄂尔多斯独具特色的婚礼习俗令陈嘉丰等汉族客人耳目一新，大开眼界。吃喝之间，陈嘉丰悄声询问坐在身边的老苗："我们是不是该上路了，如此叨扰主家，主人家会不高兴的。"

老苗哈哈一笑，道："蒙古人天生好客，如果客人不能尽情吃饱喝足，那才是对主人最大的不敬。"

"对对，是这样的。你们尽情吃喝，才是蒙古的好客人。"阿巴琴听见了说，"想当年蒙古人的祖先成吉思汗横扫世界，富有天下，难道他的后辈儿孙如此不济，连顿酒饭也给客人管不起？"

阿巴琴频频举杯敬酒，一边招呼大家一边闲谈说："几天之前有一个河曲的玩艺班子路过这里，其中有个名叫李小朵的后生，为人十分忠厚诚实，也是蒙古的好客人。"陈嘉丰偶然听到大哥李小朵的消息，心中非常高兴。

酒意正浓之间，阿巴琴又拉呱儿起一件事。说是在今年初春时分，有一保德老汉带着一名女子出走口外，曾在他家中留宿一晚。交谈中得知那女子是保德一个大官的闺女，因父亲蒙受冤情遇害，是以跟随父亲的一名属下连夜逃出保德，出走口外保命。原来在当时，朝廷规定汉人出边垦殖禁止携带家眷，女子出走西口的极其少见，所以阿巴琴记忆尤深。陈嘉丰一听便知，那女子便是保德知州白进大人的闺女，当年自己曾和李、郭二位兄弟合伙在河曲黄河里救出的霓歌。此时听到霓歌还尚在人世的消息，陈嘉丰心中颇感慰藉。

主人如此热情，生怕怠慢了客人，因此大家也不再拘束，有说有笑，气氛十分融洽。就连那两个河曲后生也不断举杯向老苗和那几名同伴敬酒，老苗等人也不再拒绝，纷纷一饮而尽，众人喝得兴高采烈。陈嘉丰因一路奔波劳顿，早已感觉不胜酒力，醉眼乜斜之间，忽然发觉那两个后生偷偷往一壶酒里掺进一些什么东西。他只当那两个后生也和自己一样不胜酒力，偷着往酒壶里加些醒酒药，于是也没去理会。

婚礼整整持续一夜，直到天亮后，新婚夫妇又举行送客酒宴。女方亲友和参加婚礼的宾朋都要畅饮三杯，然后方跃马扬鞭，踏上归程。老苗和陈嘉丰等汉族客人也都喝过送客酒，才谢过阿巴琴和新婚夫妇，告辞上路。

由于一夜未眠，又喝多了酒，一行人都感觉身体困倦，没精打采，就连老苗和几名同伴走路也慢慢吞吞，陈嘉丰更是落在后面，趔趔趄趄。渐渐远离了那片草地，再度进入荒郊旷野之中。在经过一道土丘时，那高大的土丘挡住了视线，陈嘉丰连前面的人影都看不见。忽然听见土丘前面传来一阵呼喝打斗之声，陈嘉丰紧赶几步绕过土丘，只看见老苗几人正将那两个河曲后生按倒在地，拳打脚踢，在旁边的沙土地上赫然落着两柄尖刀。陈嘉丰见这帮歹徒终于动手了，虽然自己势单力薄，可还是忍不住想上前阻止。正要开口，听见那老苗边打边骂道："小小年纪乳臭未干，竟敢持刀抢劫，还往酒里下蒙汗药。我老苗行走口外多年，莫说你两个小小蟊贼，就是沙漠土匪邬板定，我老苗也不会轻易中了他的阴招！"

陈嘉丰不由一愣，难道老苗这帮人不是歹徒，这两个小后生才是真正的蟊贼？他不由想起昨夜酒席上，这两个后生曾偷偷往酒壶里掺一些什么东西，莫非便是蒙汗药？陈嘉丰一头雾水，搞不清到底是怎么回事儿。

老苗几人的拳打脚踢，致使那两个后生鬼哭狼嚎，连声讨饶。陈嘉丰上前开口相劝，老苗几人也听从劝说，一一住手。老苗弯腰捡起地上的那两柄尖刀，在那两个后生面前比画着："今天就饶了你俩的狗命，他日如还敢为非作歹，叫我老苗碰上，定剁了你俩的狗头。"那两个后生爬起来，屁滚尿流逃窜而去。

老苗看那两个后生逃远，哈哈一笑，随手将两柄尖刀抛在地上。陈嘉丰弯腰捡起来一看，只见刀柄上分别刻着"二林""四林"字样。

陈嘉丰自是不知，那老苗并不是什么歹徒恶人，而且还是西口外响当当的一个人物。其人打小跟随父亲出走西口，长大后一家人进入后套，老苗与其大哥在当地地商手下做苦工，后来两兄弟分别升为工头。近来两兄弟自行设计开挖一条新灌渠，因资金短缺，特回河曲家乡筹措一批现银。那日经朋友介绍，去唐家会向一个叫薛称心的财主借得一笔高利贷，不料未出村口，就发觉已被两个毛头小子鬼鬼祟祟跟踪，老苗和他的同伴即已下意识防备。谁知这两个毛头小子不识好歹，竟从河曲一路尾随而来。前天夜里陈嘉丰好心照顾二人，把二人拉到自己身边来睡，二人竟然趁他睡熟，把他戴在脖颈上的龙凤项链偷去，后又在匆忙间丢失在地上，被老苗捡起交还。而这两个小子，昨天在阿巴琴家的酒席上，居然还偷偷往酒里下蒙汗药，老苗几人佯作不知，来者不拒与他俩对饮，其实都把酒偷偷吐了。这两个小子自以为得计，今天在路上明目张胆持刀抢劫，哪知一切都在人家的防备之中。

陈嘉丰自然也不认识，那两个毛头小子便是薛称心那不成器的儿子。这两个活宝打小受薛称心一手调教，出落得心胸歹毒，无恶不作，到后来终至变成杀人越货、谋财害命的土匪强寇。

三

听了老苗等几名客人的解说，陈嘉丰才知道原来那两个毛头小子才是真正的蟊贼。古书中常有句话说"世道险恶，人心叵测"，直到此时才可体会到其中的真正含义。陈嘉丰心想，看来今后在这西口路上，自己也需多长个心眼，加倍提防坏人。

陈嘉丰跟随老苗等人一路前行，半天并没有遇见一个行人，显然已进入西口古道的深处。一行人困倦疲乏，行走十分缓慢，堪堪过了晌午，方才到达纳林的寇家大店。纳林原本是西口路上的一片荒凉野地，随着走西口的人日渐增多，有崔、张、寇三户人家在此地开了三家车马大店，专门留宿住客和牲畜。此时寇家大店内空空荡荡，并没有一个住客。陈嘉丰和老苗等人在店家的炉灶上搭伙吃了饭，本打算当天就在此店住下歇脚，不再赶路，只是听到那店家嘟囔说近几天走西口的客人减少，住店的客人稀稀落落，尤其夜天仅有一男一女两个娃娃住店。陈嘉丰心念一动，连忙询问那两个娃娃的年龄相貌、穿着打扮。那店家比画着说来，正是家成、小婷两兄妹的模样。陈嘉丰心中豁然明白，原来这两个小孩并未听从自己安排返回保德老家，反而拿着自己给的盘费缴纳税银，堂而皇之地跨出西口，并且因为自己参加婚礼耽搁行程，两个小孩已超过自己走到了前面。陈嘉丰此前虽没有走过西口，却也听说过西口路途遥远，道路艰辛，而且半路上除了豺狼野兽，还常有土匪出没，行人把性命丢在半路上的事多有发生。那两个小孩身世本就凄苦，叫人可怜，如若再遭遇什么不测……一时之间，陈嘉丰不觉大为担忧，急切地向店家询问两个小孩的去向。那店家回答说，两个小孩已在今天清早启程，踏向了口外的去路。这样一来，陈嘉丰也顾不得浑身劳累，当即与店家结算饭钱，打算上路追赶。老苗等人纷纷出言劝阻："出了纳林就要翻坝梁，到马场壕有八十多里路程，现在已半后晌，天黑之前是无论如何也赶不到马场壕的客店的。何况坝梁上土匪神出鬼没，杀人越货，老弟难道连自己的命也不要了？"陈嘉丰犹豫片刻，终是咬了咬牙，背起了包袱："如若真的丢了这条性命，也该是我命里定数。要是两个小孩遭遇什么不测，却叫我此生何以心安？"老苗看陈嘉丰文文弱弱一介书生，却古道热肠铮铮铁骨，心下大是钦佩，于是不再阻拦，只将自己随身携带的一个羊皮水囊送给他，以备沿途之需。

陈嘉丰孤身一人离开寇家大店，只见四野更加荒凉，到处蒿草、沙丘，地形凸凹起伏，看上去到处都是路，然而又都不是路。唯一可以指示方向的，就是前面走过的人在松软的沙土地上留下的几行零零星星、稀稀疏疏的脚印，以及偶尔有一些牲口遗落下的粪便。陈嘉丰一路前行，经过荒原野地，不断地蹚过那条在陕北就被没完没了缠上的正川河，终于在阳婆落山之前来到了坝梁。坝梁果然名不虚传，远远看去到处布满山包，一个接一个，连绵不断，山势犹如波浪，一浪高过一浪，道路一直向上延伸，仿佛没有尽头，也看不见最高峰。陈嘉丰不由想起了家乡走过西口的人唱过的一支山曲儿："一过古城泪汪汪，一翻坝梁更心伤。走了三天离家远，异乡孤人谁可怜？烂石头和泥打起坝，心爱的亲亲咋丢下？刮起黄风扬起沙，哪是哥哥地方哪是哥哥家？骑马不带驹驹马，马驹驹想娘咱想家。"尚未翻越几道山梁，夜色已经降临，四野茫茫更显荒凉沉寂。幸亏月亮早早升起，光辉遍洒，才隐约可辨清路上人们走过留下的足迹。陈嘉丰在月光下循着这些所谓的"路标"前行，只走到浑身乏力，腿脚酸软，才随身卧倒在一个还算避风的山包下，沉沉睡去。

　　坝梁上清晨的风分外清凉，把陈嘉丰早早从睡梦中吹醒。陈嘉丰啃了几口夜天离开草地娶媳妇的人家那位阿巴琴赠送的熟羊肉，喝了几口老苗相送的水囊里的水，迎着晨曦继续赶路。经过多半天紧赶慢赶，终于翻越过了那一道道起伏的山包，在半后响时分到达马场壕。马场壕同纳林一样，都是晋陕汉民走西口的必经之路，本来荒无人烟，后来有人专门在此开设店口，也只是为了挣取来往客人的店钱。说起来，西口路上的客店大多都是几间泥巴垒砌的房屋，近旁搭建一个简易的牲口棚。虽然简陋，却因处于渺无人迹的荒郊野地，无一例外均十分醒目。陈嘉丰毫不费事地就找到了马场壕唯一的那家客店，只是店里不见有一位客人。陈嘉丰询问店家，夜天可曾有一男一女两个小孩住宿？那店家回答说有，不过在今天一大早已登程上路，并说如果顺利，只怕天黑时分就会走出库布齐沙漠。陈嘉丰本想继续追赶，可实在不堪劳累，再加上店家喋喋不休的劝说，才答应好歹留宿一晚，将养体力。

　　直到天黑再没见有一个客人登门求宿，看来自从下了那场大雨后，这些天已没有人继续出走西口。陈嘉丰歇宿一晚，次日天刚透亮即早早启程，没用多久就踏进了库布齐沙漠。直到一脚踏进沙漠后，他才一下意识到人们为什么称这里是一条生死路。放眼望去,只见沙漠沉静寂寥,四野空旷,黄沙一眼望不到边,沙丘像坟墓一座连着一座。难怪许多人在进入沙漠之前,都会朝着故乡的方向烧一些纸钱,俗称"倒头纸",同时哭祭一场,自己向自己道别。因为谁都明白,只要进入沙漠,便是命根系在裤腰带上,此一程能否回转就是未知数了……

沙漠里漫漫黄沙一望无际,由于没有人迹,也罕有鸟兽,浩大的沙漠显得更加沉静寂寥。骄阳暴晒着,四处飘荡着热风,水囊里的水从冒着烟的嗓子里灌进去,很快又从毛孔里蒸发出来。只有在此时,人们才能意识到水和粮食的重要性。陈嘉丰携带的食物倒是不缺,可是水却只有一囊,而且还在不断地减少。走西口的人一路上曾不断地咒骂过那条纠缠不休的正川河,嫌它缠脚碍事,可在此时去寻觅它时,却再也不见踪迹。水源对于走西口的人来说是至关紧要的。由于西口路途遥远,客人携带太多熟食容易馊坏,因此多是携带炒面和生米。炒面是把豆子炒熟磨成的面粉,就着水即可吞咽,是一种方便食品,而生米就不可生吃。走西口的人随身不带锅,饥饿时把生米装进一个小布袋里,吊进水里浸湿,提起来在火堆上炙烤,烤到布袋干了,再放进水里蘸湿,提上来炙烤。如此循环反复多次,直到袋里的米被烤到半生不熟,即可食用。然而,烤生米的前提是水,没有水,那生米也就好比一堆碎石子,中看而不中用。

在去往口外的路上,库布齐沙漠这段路途也许并不算遥远,可是置身于这片茫茫沙海之中,四野几乎沉静到极限,景致千篇一律。陈嘉丰一边赶路,一边不着边际地胡思乱想,只盼望眼前突然能够出现一片草地、一汪水洼或是一片人烟。虽然明知是异想天开,可还是不由自主地去想。只是他也想到,即便真有一片草地、一汪水洼或是一片人烟出现,可是在之后呢?他的视线不知不觉已穿透了沙漠,看到了在那沙漠边缘的沙壕塔,正有著名的沙漠土匪邬板定在持刀守候;看到了在黄河滩头的三胡湾,蒙汉杂居,语言不通,走西口的人连讨吃要饭都困难;看到了在姜白店、长牙店里每天住客爆满,土炕上挤得人睡都睡不下,店掌柜拿一根蘸着凉水的棍子在横七竖八睡熟的人脚上锥一下，使他们的腿脚不自觉地蜷缩起来，以便给没有睡处的人腾出空位子来……此时陈嘉丰才真正认识到，漫漫西口路，端的是一条血泪之路、亡命之路。

陈嘉丰身为保德人，对家乡父老乡亲走西口逃荒谋生的故事打小就耳朵里听出茧子来，直到这回亲自踏上西口路，才发觉这条路根本不是一条人该走的路。可是不走这条路，这世上又有哪条坦途大道可供那些可怜的人去走？陈嘉丰边走边想，却终究想不出个所以然来。

陈嘉丰埋着头赶路，眼睛紧紧盯着前路上人们走过留下的足迹，生怕一不小心偏离了方向。不经意之间，他突然一眼发现路上多出了两行小孩的脚印，印迹十分清晰，显然刚刚走过去不久，连忙抬头瞭望，没瞭到人，却看到在不远处的一蓬蒿草丛里好像有一张纸笺，紧走几步赶过去捡起来一看，正是两天前自己写给父亲叫收留两个小孩的那封书信，不知何故被丢弃在这里。陈嘉丰一时不由大为振奋，心想照这般追赶，定可很快赶上两个小孩，一起走出大沙漠。正在此时，忽然自身后没来由刮过一股风，一下子把那封书信从他手里刮走，飞舞上半空。紧接着耳畔只听得风声大起，他下意识地扭头回望，心里"咯噔"一下，原来是起风暴了。陈嘉丰自是听说过，人在沙漠里，除了缺水是第一大忌，沙漠风暴更被人们视作是沙漠的"杀手"与"死神"。如遇风暴连刮数日，除非是号称"沙漠之舟"的骆驼，人和其他牲灵很难走出生天。这场风暴突如其来，没有任何征兆，陈嘉丰还没来得及缓过神来，眨眼间风暴就席卷而至，一时间黄风乱舞，尘土浩荡，声势大作，天地失色。陈嘉丰宛如一棵大树被拔掉了根，顿时被风暴刮得东倒西歪，难以立足。正惊慌失措之际，突然从斜刺里冲撞过来一股怪风，一下子把他强推到一座沙丘后面，掀倒在沙坡上。陈嘉丰刚想爬起，却发觉这座沙丘十分高大，风暴经过沙丘的阻挡，风势多少有些减弱，于是不再爬起，只将身子俯伏在沙坡上，好不致被风暴刮走。可是尽管沙丘抵挡住了风头，风势依然不小，漫天的沙土像雪片般扑打而至，他又赶紧掀起衣服蒙住头脸，好不致眼耳里被灌满沙子。由于头脸蒙住，什么都看不见，陈嘉丰只感觉到漫天的沙土就像有人故意倾倒一般，一层又一层覆盖在自己身上，不大工夫就几乎把整个身子湮没。他不敢胡乱动弹，只能像条蚯蚓般缓缓蠕动，将身上的沙土一点一点掀落。所幸这场风暴来得急去得也快，不到一盏茶工夫，风势开始减弱，又过了不久终于止息了。听到风声去远，陈嘉丰才从厚厚的沙土里钻出来，掀开蒙在头上的衣服一看，顿时只觉得整条身子都凉了半截。原来大风过后，眼前的景物全都发生了改变，替自己遮挡风暴的这座高大的沙丘明显变矮了，而近旁的几座小沙丘却比原先高出不少。整个大沙漠虽然一样还是到处黄沙漫漫，只是已无法分辨东南西北，更要命的是这场大风把人们走过的足迹也全部掩埋住了，分不清哪是来路，哪是去路。

　　陈嘉丰独自一人呆立在沙漠中，眼望四野漫漫黄沙，心里一片惘然。此时此际，他分明感觉到了死神在向自己招手。在他的脑海里不由自主地浮现出来一张张熟悉的面孔，有亲爱的大大妈妈，有揪心的枣花，还有令自己满怀愧疚的凤珠……显然他马上就要跟这些人永别了。他的心里顿时泛起一阵锥心刺骨的疼痛。就在这些熟悉的面孔过后，紧接着眼前又闪现出来两个小孩的身影，正是家成和小娉小兄妹俩。他的心里不由再次涌起一阵难过，心想此后这世上只怕真的再没有人会去可怜那两个小孩啦。陈嘉丰一声叹息，禁不住一屁股跌坐在方才爬起来的地方。

　　沙漠里的气候真是令人难以捉摸。眨眼工夫之前，还到处是黄风乱舞、尘土蔽日，天地一片昏暗，可在风暴刚刚过后，那阳婆便如同到哪里小憩了片刻，重新焕发精神挂在当头，大概是因为暴风把空气里的尘埃扫涤得干干净净，光线愈加强烈灼热，没过多久便将沙漠炙烤得升腾起一片氤氲之气。天上没有一片云彩，地上没有一线阴凉，陈嘉丰被强烈的阳光晒得几乎流出人油，眼神也渐渐迷离起来。他暗自寻思，只怕等不到阳婆落下，就是自己命归黄泉之时。就在他的心中万念俱灰、一派绝望之际，迷迷糊糊的视线里突然意外地出现了一个人影。他只当是看花了眼，可是紧接着凝神细看，只见在面前不远处的一座高大的沙丘上果真有一个人正在向顶端攀爬，而且那人的身形异常熟稔，当他到达沙丘顶端后转回身来，才看得清正是自己的结义兄弟郭望苏。陈嘉丰不由大吃一惊，心想望苏哥不是已经在老牛湾坠崖身亡了吗，何以还会出现在这里？赶紧站起身来，手搭凉棚再度瞭望，只看见那个人的面容敦厚老实，真切实在，除了郭望苏还会是谁？陈嘉丰不觉大为惊喜，连忙挥动手臂向他打招呼，只是不知何故，却见他呆立在那里，并不理会自己。陈嘉丰心想他定是没有看到自己，迈开大步便向那座沙丘跑去。两座沙丘相隔并不远，看起来近在咫尺，可是当他大步奔跑半天，才发觉其实距离并不近，直到他跑出一身臭汗，腿脚也有些酸软，终于快要来到那座沙丘脚下时，忽然只觉眼睛一花，发现那座沙丘竟然无声无息地消失不见了，面前只留一片平坦的沙土地。陈嘉丰一时停止脚步，惊愕不已，搞不清到底是怎么回事儿，心想自己看到的是幻觉不成？只是还未等他从一头雾水中清醒过来，紧接着只觉眼前又是一花，就在方才那座沙丘消失不见的地方，眨眼间又突如其来冒出来一座城镇，在城镇里的一间客栈门口，自己的另一个结义兄弟李小朵正在向着自己招手。这回陈嘉丰并未上当。尽管他被阳光晒得头脑有些发昏，理智并未丧失，虽然李小朵的面容看起来跟刚才郭望苏一样真切实在，他的心里却也清楚，这一切不过都是幻觉，要不然一无所有的大沙漠里何以会凭空冒出来一座城镇？猛然间，他感觉自己头脑一激灵，宛如被当头浇了一瓢冷水，顿时明白过来，原来自己看到的是海市蜃楼。陈嘉丰自幼读书，自然知道海市蜃楼这种幻景多会在沙漠、戈壁以及大海上出现，只是未料到自己竟有幸目睹。明白了这点，他的心里再次打了一个激灵，因为他在书中读到过，海市蜃楼虽是幻景，但其显示的情景却是真实世界里的重现。而据方才海市蜃楼显示的情景看来，莫非望苏哥并不像人们传说的那样已在老牛湾坠崖身亡，他还好好地活在世上，说不定眼下就在库布齐沙漠里的某个地方，同时从眼前海市蜃楼显示的情景也可看出，显然小朵哥已经平安到达包头，正在一家客栈耐心地等候自己！一时之间，陈嘉丰的心头顿时涌起一股暖意，感觉到自己已不再那么孤独无依。他静下心来暗自思量：当年我三兄弟在河曲水西关结义，约定将来宏图大展，成就大义，如今尚一事无成，如若望苏哥还好好存在，我却又有何理由独自爽约？陈嘉丰想到这里，一时只觉得自己脸面发烫，心下羞惭，于是也就顾不得再去纠结什么生与死的问题，当即开动脑筋寻思下步办法。很快就看见他忽然间一拍双手，显然是做出了一个重大决定，紧接着只见他像演独角戏似的，莫名其妙地从自己脚上脱下一只鞋来往空中一丢，任由鞋掉落在地上，继而又见他拾起鞋来穿在脚上，然后向着方才鞋尖指示的方向迈步走去。

当人们在遭际绝望走投无路之际，大多会利用掷骰子、丢铜钱或抛掷其他物品来寻找方向。丢鞋"问"路即是走西口的人们在迷失方向后最多采用的一种求生方式。虽然这种做法连他们自己也觉得荒唐可笑，可做点什么总比什么都不做要好。尽管这样做前途依旧渺茫，可在绝望中寻求一线生机，总好过坐以待毙。

海市蜃楼的幻景给陈嘉丰点燃了一线生存的希望，让他振作精神，迈开大步向着鞋尖指示的方向走去。经历过沙漠风暴的浩劫，陈嘉丰对生死的看法一下子有了明显的改变，此时心里已是一片坦然。诚然是"勘破红尘身自在，舍却烦恼是莲台"。只有在如此无牵无挂、宠辱皆忘的境况下，人们才会去留意、去观赏、去领略大自然的风情景致。原来沙漠是那样的美丽，天空淡蓝，白云如絮，地面上沙丘起伏，连绵不绝，金黄色的沙丘在阳光的照射下闪烁着纯净透明的光芒，仿佛是一幅镌刻于木板上的风景画。阳婆将要西沉之际，浩瀚的大漠更如披上了一层金色的绸缎，线条流利，光滑诱人。月亮很快就升起来了，由于已快到五月中旬，月亮的轮廓已近半圆，柔和的光芒倾洒在大漠沙丘上，宛若堆金积玉，分外耀眼。随着夜色渐浓，天空中的星斗密密麻麻，闪闪烁烁。天空蔚蓝，大漠纯净，相映生辉，各具特色。

陈嘉丰一路奔行，一直走到月上中天之际，浑身上下早已疲惫不堪，不得不停下脚步来喘息片刻。他随身携带的行李和那只羊皮水囊在风暴中一件不留被大风刮走了，此时要吃的没吃的，要喝的没喝的，肚肠空瘪，口舌干燥，嘴里除了吐不完的沙子，就连润嗓子的口水都没有一滴。眼看夜色越来越深，他再次强自挣扎起身子，踏着月光继续前行，可在他的心里却镜子一般明白，此一去前途更加渺茫，生死祸福更加无法预料。支撑着他继续走下去的只是内心深处残存的一股无名之气。这一走，也不知走了到底有多远，抬头看天上月已西斜，启明星已在东方眨眼，陈嘉丰只感到自己身心疲惫，双腿重如灌铅，就连抬脚迈步也极度艰难，心想该是大限到来的时候了。他刚刚这么一想，突然间就觉得脚下一滑，似乎踩上了一片青草，紧接着身子一痛，好像撞上了一棵树干。他咧开嘴角惨然一笑，料想这定是人走到了尽头，老天爷施舍给人的最后的幻觉。只是当他决定就在这里止步不前时，透过模糊的月光，一眼看到在目光的尽头赫然出现了一座小村落，其中一间房子的窗口还闪亮着灯光。那束灯光虽然微弱，刹那间在他的眼里却比天上的月亮还要亮堂。

一时之间，陈嘉丰心里忍不住萌生出来一种哭笑不得的感觉，想不到人的生死际遇，居然存在着如此繁复多样、不可预期的戏剧变化。刚刚还是走投无路，转眼间却绝处逢生。这一番惊喜，使他终于把死亡的念头远远抛到了脑后，重新抬起沉重的双脚，用尽剩余的力气一步一步摸索到那亮着灯光的房子前，叩响了房门。房门打开，一个中年人出现在门口，看见陈嘉丰这副模样，便知是个在沙漠里迷路的人，连忙把他搀扶进家里。此人显然知道在沙漠里迷路的人最需要的是什么，二话不说从水缸里舀起一瓢清水递给陈嘉丰。陈嘉丰接过水瓢咕咚咕咚喝了半天，直喝得肚子鼓鼓的，才有点意犹未尽地放下水瓢，喘着粗气向主人道谢。他刚一张口，主人即以一口地道的保德话询问："莫非你是保德人？"

陈嘉丰说："正是，我是保德郭家滩人。"

"原来是老乡。"主人欣喜地道，"我是前滩马家滩人。"

郭家滩与马家滩同在黄河岸边，郭家滩坐落在沙河口之上，谓后滩，马家滩位居沙河口之下，谓前滩，两村相距不过十余里。

老乡把陈嘉丰安置在土炕上躺下歇息，一边跟他说话，一边自顾自走到房子一角的一方石磨前，转动磨把磨开了豆子。陈嘉丰这时才发现，原来这是一间豆腐坊，怪不得这位老乡这般时辰就早早起床，显然是在赶早做豆腐。

在交谈中得知，这位老乡姓马，于两年前出走西口给口外人家揽工，可是辛苦到头却挣不下几个钱,后来来到这个处在沙漠边缘的小村赁了这间小房子,开了间豆腐坊,好歹也比伺候别人家强些。这位老乡还说,他打算再做个半年几月,积攒下几个钱就回转家乡,守着老婆孩子过日子,再也不到这恓惶之地来了。

当这位老乡谈到自己的孩子时,眼睛里不由自主地流露出温和与慈祥的神情。他念叨说:"我家小子十三岁,名叫家成,女子八岁,叫小娉,都是听话的好孩儿……"

陈嘉丰听老乡提到两个孩子的名字,不由大为惊愕,一下子从炕头上翻身坐起,刚要张嘴说话,忽然听得又有人敲门。老乡连忙放下手中活计走过去开门,房门刚一打开,就见从门外同时跌进两个半大的孩子来。陈嘉丰赶紧起身下地,跟老乡一起把两个孩子扶起,看见不是别人,正是家成和小娉。原来这两个小孩前天自马场壕的客店启程,由于人小腿短,行走不快,又且连日赶路,十分劳累,因此走走停停,非常缓慢,转眼间天就黑了,尚未走了大人一半的路程。两个小孩在沙漠中睡了一夜,早上起来又继续赶路,不想在半途中又遭遇那场风暴,迷失了方向。两个小孩忍饥耐渴,瞎跑误撞,终于在此时候来到了这里。

父子三人抱头痛哭。陈嘉丰在一旁亦不由感怀落泪,只以为世间的聚散分别,悲欢离合,莫过于此。

第五章 包头镇

一

　　在内蒙古中部地区有一座大青山，大青山脚下有一条博托河。多年来博托河汩汩不息地滋润着大青山脚下的这片土地，使这里成为塞北大漠南端一个水草丰盛的牧场。清初朝廷划分蒙古族人户口地，土默特部落的十五户巴氏蒙古族人共同领受了这块地方，在此驻牧。康熙年间朝廷下旨开放边禁后，内地汉人纷纷出边垦殖，走进了这块地方，以包头命名的蒙汉杂居的村落方自形成。此后随着人口不断增多，到嘉庆十四年始改为包头镇。

　　在包头镇的街市中心有一座富丽堂皇的王府，即为巴氏王府。巴氏祖先曾是赫赫有名的土默特部落首领，在清初曾担任过土默特右翼都统，享有世袭封爵，但由于清廷对土默特部落一直心存疑忌，不断削弱土默特势力，故巴氏家族的继承人早早就成为一介闲散郡王，过着与世无争的日子。巴氏蒙古族人过去一直传承祖先养羊放马的生活方式，随着朝廷开放边禁，即顺应形势开始弃牧转农，把土地租给汉人增加收益。当时来到包头的汉人，无论工商户或农民，凡是使用包头土地的都要向巴氏蒙古族人租用，就连著名晋商乔家、王家等都是依靠巴氏家族的土地起家的。事实上正是巴氏家族的土地成为汉人在包头的生存之本，使走西口的人借鸡下蛋，生生不息。

　　咸丰初年，巴氏王府新一代世爵传人长大成人，名叫布日格德，汉名就是"草原雄鹰"的意思。布日格德出身蒙古贵胄，血液里流淌着蒙古人的豪放与强悍，骑马和摔跤的本领与生俱来。巴氏家族虽然把大量的土地租佃给汉人耕种，但祖宗留传下来的游牧生活习惯尚未完全改变，还留有不少草场经营牧业。草长莺飞之际，布日格德常常带领随丁去往草原上骑马射猎，或与蒙古族的勇士比试摔跤，虽然年纪轻轻，可他骑射和摔跤的本领却令许多强悍勇士无不佩服。白天在草原上骑马射猎，夜晚在牧场的篝火旁载歌载舞，他的舞步令放牛的老者赞叹，他的歌喉令牧羊的姑娘着迷。

布日格德自小即喜欢读书，先学蒙古文，后又偷偷学习汉文，对汉族文化多有涉猎。由于受清廷禁止蒙古人读汉书、识汉字的限制，汉族书籍在蒙古地区十分稀缺，有些商贩知道布日格德的喜好，便偷偷从内地携带些书籍来贩卖给他，布日格德不计贵贱，一律收购。汉族丰富的历史文化令他眼界大开，尤其汉族自古多有忠义勇敢、慷慨激昂之士，许多事迹行径可谓惊天动地，比之蒙古族的英雄人物亦各有千秋、不遑多让，更有有过之而无不及者，所以布日格德并不像其他许多蒙古贵族一样以自己高贵的出身而目空一切，对汉族人并不小觑。

布日格德对汉族文化十分仰慕，只是从内地而来的汉人，因为大多是农民，识文断字的非常稀少，部分商贾虽有识字的，也仅是勉强应付商务买卖，知识渊博的非常少见。放眼包头地方，只有萨拉齐厅理事通判黄韬和复字号商号的大东家乔致庸二人共同出身儒学，才高学富，博古通今，是两位极其难得的汉学高人。黄韬身为当地厅官，因担负处理蒙汉间事务的职责，与巴氏王府交往自然频繁。布日格德经常向黄韬请教汉学知识，而黄韬虽然粗通蒙古文，可必要时候也得向布日格德请教。另一位乔致庸因秉性豁达大度，凡事不拘小节，并无一味拘泥于教条框架中的读书人的酸腐之气，再者由于复字号的商铺和客栈向来都是向巴氏家族所租佃，且又两家有些商务关系，互惠互利，往来颇为密切。乔家的商业道德与信誉在包头本就为人所称道，大东家乔致庸的人品、才学又颇令布日格德钦佩，于是布日格德也经常向乔致庸请教一些汉学知识。乔致庸对这位小王爷也颇有好感，尤其十分敬重他能够体恤穷困、善待外来汉民，是一位不可多得的蒙古贵胄，所以对他的虚心请教，总是知无不言，言无不尽。因此说，黄韬与乔致庸二人都可算是布日格德的半师半友。

这年初春时分，是鄂尔多斯左翼前旗阿布尔斯郎贝子的生辰。阿布尔斯郎贝子本是成吉思汗的后裔，曾因一些部落间的事务与布日格德有过数面之缘。贝子爷十分赏识布日格德的人才，此次特地邀请布日格德前往贝子府赴宴。布日格德亦与贝子爷十分投缘，欣然应邀而至，在贝子府盘桓数日，才告别贝子爷回转包头。

连接鄂尔多斯左翼前旗与包头的唯一通道，同时也正是那条晋陕汉人走西口的必经之路。由于此时大地尚未解冻，西口路上冷清萧瑟，并无人迹。布日格德带领一众随丁翻过坝梁，经过马场壕，这日横穿库布齐沙漠，正走得枯燥乏味，突然意外地发现脚下干净的沙土地上竟然冒出来一行牲口的蹄痕和一双行人的脚印。布日格德不由暗自奇怪，在这般寒冷的天气里，居然也有人跟自己一样不顾艰辛长途跋涉。布日格德一时兴起，驱动座下骆驼加快步伐，沿着路上印迹向前追赶而去。在沙漠里，骆驼的奔跑速度超过骏马，在布日格德的头驼带领下，一队骆驼前奔后涌，很快就来到沙漠边缘的沙壕塔附近。布日格德坐在高大的骆驼背上，远远望见正前方出现了一些人影，紧赶几步走近些看，却看见有一伙持刀执械的土匪正在抢劫两个汉族男女。布日格德听身旁一名随丁指点说，那领头的分明便是著名的沙漠匪首邬板定。布日格德抬眼观看，只见那伙土匪抢去那两个汉族男女的包裹行李，夺走那妇女乘坐的青驴，接着凶狠地将那老者掀翻在地，劫掠那妇女便要离去。布日格德看得真切，伸手自驼背上悬挂着的弓囊里抽出弓矢，张弓搭箭，一箭射去，正射中匪首邬板定的大腿，紧接着连珠箭发，纷纷射中土匪。那伙土匪见势头不妙，丢下那妇女跟抢来的东西，簇拥匪首邬板定张皇逃窜而去。

布日格德策动骆驼来到那汉族男女近前，那二人赶忙跪倒在地，行礼相谢。布日格德跳下骆驼扶起二人，只见那男的是个老者，显然是妇女的长辈，而那妇女极其年轻，花容月貌，美丽不可方物。布日格德一瞥之下，不由暗自赞叹内地女子的美丽，脑海里一下子就浮现出了古代昭君出塞的故事。西汉之时，受呼韩邪单于之请，昭君奉诏出塞和亲，同时把汉族优秀的文化与农耕技术带到塞外，使塞外人民受益匪浅，美名传遍大漠边疆。一时之间，布日格德不由心驰神往，由衷称赞眼前这位女子："姑娘真可与昭君娘娘比美！"原来蒙古族人秉性率真直爽，并无内地封建礼节的束缚，多是就事论事，直抒心意。那女子本来对这位蒙古人心存感激，此时听他这样一说，脸色顿时往下一沉。在内地，莫说男女授受不亲，就是男女之间彼此心仪，却也委婉含蓄，男子当着面直接夸赞女子美丽，是一种轻薄放浪的行为。又且那女子见这蒙古人衣饰雍容华贵，跟随从人甚众，怕不是依权弄势之辈，也必是纨绔无赖之徒，于是心存戒备，不敢轻信。布日格德不懂这些，只当自己的热心必将换来对方的友好，问明二人乃是外出逃荒的祖孙，便有意在这大漠荒野险恶之地护送二人一程。布日格德跨上骆驼启程之际，看见那女子所骑青驴行走不快，主动提出要将自己的骆驼让与那女子乘坐，哪知那女子婉谢说自己不敢骑骆驼，并不领受。一路上，布日格德紧勒缰绳，缓步与那女子并骑而行，热情洋溢地与那女子攀谈，却见那女子神情冷漠，勉强敷衍应答。堪堪行走出沙漠，来到一条岔道口，祖孙二人向救命恩人再次致谢并辞行。布日格德倚立驼背，望着那老者牵着青驴，驴背上驮着孙女，自岔道越走越远，心里不由怅然若失。

那老少二人不是别人，正是那位看守牢狱的狱头老王和蒙冤屈死的保德知州白进的闺女霓歌。正月二十五夜，保德州城月亮升起，新任知州胡丘欣喜若狂，立即派人到牢狱中提取白进，押赴刑场处斩。老王已知胡丘不怀好意，乘着混乱打开牢门救出霓歌，护送她连夜逃出州城，踏冰过河，次日天亮后又在府谷买了一头青驴让霓歌乘坐，当天来到古城，花些银钱买通门卒，逃奔西口外保命。一路上历尽千难万险，行走至沙壕塔，突然遭遇土匪头子邬板定，那邬板定见霓歌生得貌美，扬言要抢她去当压寨夫人，幸亏布日格德及时施救，才避免陷入虎口。

霓歌称老王为王大爷，王大爷称霓歌为小姐。二人一路行来，忍饥耐渴，风餐露宿，这日终于抵达包头。到了客店住下，王大爷次日即到城中寻找营生做，以赚取二人的衣食和店钱。不想包头虽大，打工受苦之人却极多，哪户主家但凡有点营生，都是挑选精壮后生，有谁愿意雇用六十多岁的糟老头子？一晃半个月过去，也没人肯雇用他。眼看囊中盘费将花光，老少二人不由愁眉不展。这天晚间，王大爷愁得睡不着觉，就从行囊里取出一把二胡来拉奏。本来王大爷看守牢狱半生，漫漫长夜，常常拉奏二胡消遣寂寞。此时客居异地，衣食堪忧，那二胡拉来琴音倍觉凄凉，令人感伤。霓歌在隔壁房间听见，心有所思，遂出房拍开王大爷房门，进来对他说："王大爷，你既会拉琴，莫若我祖孙二人明天去街上卖唱，也可挣些银钱活命。"

想那霓歌自小跟随父亲长大，在父亲的熏陶教诲下，不但熟读经史正学，琴棋书画亦无所不通，再加上其外表娟秀美丽，内中兰心蕙质，实为才貌双全的大家闺秀，所以自从及笄以来，就一直坐守深闺，何曾经受过半点风雨？

王大爷听得霓歌如此说，手腕一颤，二胡几乎坠地，连忙说："不可不可，你本是金枝玉叶，千金小姐，老汉再是无能，也断不能叫你到街头上去抛头露面……"

霓歌叹息一声道："沦落到如此地步，还说什么金枝玉叶，千金小姐？要怪只怪霓歌命薄无福，平白拖累了大爷。"

王大爷道："哪里能怪你？都是老天爷不睁眼啊……"

老少二人相对哽咽，不觉凄然泪落。

然而面对衣食生计，二人计无所出，等到天明，只好去往街头上讨生活。二人一个是年老体虚的老者，一个是弱不禁风的女子，流落在人地两生的异地他乡，宛如寒风里的落叶，浪尖上的漂萍，遭受多少风雨欺凌，白眼相加。可饶是千般辛苦，却挣不下几个铜钱，除了勉强糊口，还得经常拖欠客栈店钱。那客栈掌柜的倒也同情二人，容许二人多少拖欠一些，只是日积月累，数额渐大，那掌柜的也开始犯愁如何向东家交代。有店小二为了拍掌柜的马屁，就自作主张，几次三番催逼二人交还店钱，并扬言再不交还店钱，就把二人扭送衙门官办。无可奈何之下，霓歌只好将自己珍藏的一面长命金锁交与柜上，充作质押。所谓"长命金锁"，即是按河保偏习俗，孩童佩戴在身上以期顺利成长的护身之物。这面长命金锁，白进年幼时曾佩戴过，霓歌出生后亦佩戴过，此时已成为白进遗留给霓歌的唯一念想。

二

　　复字号商号东家乔致庸回了趟祁县老家，一晃大半年才返回包头。布日格德闻讯，在王府里摆布酒宴为乔致庸接风，并派人去萨拉齐厅请来黄韬作陪。乔致庸并不推辞，携带了一些家乡的土特产和特意为布日格德买的书籍来到王府。布日格德十分高兴，对那些土特产不屑一顾，却将那书籍打开一一过目。本来常有内地客商贩卖书籍给他，他的藏书很多，却是良莠不齐，而凡是乔致庸推荐给他的书却必定是经典好书。此次乔致庸带给他的是一套元曲四大家的心血著作，有关汉卿的《窦娥冤》《救风尘》，白朴的《墙头马上》，马致远的《汉宫秋》和郑光祖的《倩女离魂》等。元曲乃是蒙元时期文学艺术的精华集萃，虽然是汉族人的创作，但也彰显出蒙古族人入主中原后文化艺术的繁荣进步。选择这样一套书送给布日格德，也不能说乔致庸是无的放矢。

　　时值春花吐艳时节，气候温暖，酒席设在后花园花亭之中。主客几人坐在花亭里，一边观赏四处鲜花竞放，一边喝酒谈天。酒至半酣，几人的话题集中到了元曲上。此次乔致庸带来的元曲著作本是剧作唱词，在元朝时期极为盛行，随着明清二代移风易俗，现在已很少有人会照本演唱，几人不由扼腕唏嘘。正在此时，有乔致庸的随从在一旁插嘴说："东家不知，这几个月来在我们兴隆客栈居住着一对祖孙，以卖唱为生，听说这祖孙二人就会唱元曲，还会唱河曲山曲儿。"乔致庸十分高兴，吩咐随从说："快去请来演唱，给王爷和黄大人助兴。"那随从连忙跑到客栈，去把卖唱的祖孙找来，一路上叮嘱道："这是我家乔大东家叫你们去给王爷唱曲儿解闷，如伺候不好，就把你们赶出客店去。"

　　不多时那祖孙二人到来，原来便是王大爷和霓歌。布日格德一见之下，眼前豁然一亮，差点没从座位上蹦跳起来，幸亏有乔致庸与黄韬在旁，才强自按捺，不致失态。霓歌只是轻轻瞥了他一眼，就转头去看座上别人。只见其中一个是大商乔致庸，此人曾经在河曲老家的渡口上救过自己，虽然时隔多年，却也依稀认识，而当看到黄韬，只见此人面目异常熟稔，活脱脱便是自己父亲生前的模样。霓歌不由身子一软，差点摔倒，王大爷连忙把她搀扶住。王大爷附在霓歌耳边低声说："这个人可真像老爷啊！"霓歌眼中不觉泛出两滴泪花。王大爷自在花亭前的一个石墩上坐下来，将二胡置于膝头，一手操弓，一手抚弦，开始拉奏。霓歌倚立一旁，唇齿启合，伴着琴音演唱，乃是关汉卿《窦娥冤》中的一段词："没来由犯王法，不堤防遭刑宪，叫声屈动地惊天。顷刻间游魂先赴森罗殿，怎不将天地也生埋怨。"

"有日月朝暮悬，有鬼神掌著生死权，天地也，只合把清浊分辨，可怎生糊突了盗跖颜渊：为善的受贫穷更命短，造恶的享富贵又寿延。天地也，做得个怕硬欺软，却元来也这般顺水推船。地也，你不分好歹何为地？天也，你错勘贤愚枉做天！哎，只落得两泪涟涟。"

几名主客俱拍手叫好。

霓歌接下来又唱："不是我窦娥罚下这等无头愿，委实的冤情不浅；若没些儿灵圣与世人传，也不见得湛湛青天。我不要半星热血红尘洒，都只在八尺旗枪素练悬。等他四下里皆瞧见，这就是咱苌弘化碧，望帝啼鹃。

你道是暑气暄，不是那下雪天；岂不闻飞霜六月因邹衍？若果有一腔怨气喷如火，定要感的六出冰花滚似绵，免着我尸骸现；要什么素车白马，断送出古陌荒阡？

你道是天公不可期，人心不可怜，不知皇天也肯从人愿。做甚么三年不见甘霖降，也只为东海曾经孝妇冤；如今轮到你山阳县。这都是官吏每无心正法，使百姓有口难言。

浮云为我阴，悲风为我旋，三桩儿誓愿明题遍。婆婆也，直等待雪飞六月，亢旱三年呵，那其间才把你个屈死的冤魂这窦娥显。"

这一曲《窦娥冤》，只唱得听者唏嘘，唱者泪淋。霓歌把自己父亲蒙受的一腔冤屈俱化作满腹幽怨唱了出来，曲终之际，依然泪水涟涟，不可抑制。

布日格德有生以来第一次听到这般凄婉哀怨的汉族戏曲，又看见演唱的女子泪雨淋漓，只当是演唱者功底深厚，声情并茂，不由连连鼓掌。

乔致庸却在内地多看过此类戏剧，知道天下间伶人做戏尚无有如此出神入化者，便猜想这女子必有满腹的冤屈，于是起身垂问："看闺女资质出众，娟秀过人，出身必不致低陋贫贱。不知遭逢何种疑难变故，可否说来听听？"

霓歌止住泪水，对着乔致庸道："我家便有天大的事故，又与你有何相干？"原来霓歌数年前虽曾见过乔致庸一面，但当时事发仓促，并未留下多少印象，此时知道他便是自己居住的兴隆客栈的东家，近来店里小二几次三番催逼店钱，刚才那随从又狐假虎威作势恫吓，以为下人如此，主子也必好不到哪里去，所以毫不把乔致庸放在眼里。

乔致庸一愣，道："难道乔某何处不慎，开罪了闺女？"

那随从也算机灵，赶忙附在乔致庸耳边说："他祖孙二人拖欠了兴隆客栈几个月的店钱，只给柜上押下一面小孩儿玩耍的长命金锁，也不知到底值不值钱。掌柜的告诫他们说，再不还店钱，就要把他二人赶出去。"

"哦，原来如此。既然二位手头紧张，些许店钱就暂不追要，何时宽裕了再还不迟。"乔致庸对霓歌二人说罢，转头吩咐随从，"快去客栈把那面金锁取来交还给人家。你道是不值钱，在人家眼里兴许是无价之宝。区区几个店钱，如何能抵得过人家的宝物！"

随从答应一声，转身要走，乔致庸又叫住他嘱咐道："顺便说与客栈掌柜的知道，就说乔某说了，做生意要宽怀大度，要有菩萨心肠，万万不可因蝇头小利而丧失了人情道义，倒叫背井离乡的山西父老唾骂我乔家唯利是图，薄情寡义！我乔家又有何面目立于西口之地？"

乔致庸一言，宛如金玉铁石，掷地有声，令所有在场人无不肃然起敬。王大爷和霓歌更是感激不尽，倒身下拜，乔致庸赶紧阻拦。

"不是乔某多嘴多舌，爱探听他人的家长里短。"乔致庸对霓歌说，"实是乔某心存疑惑，故而方才多此一问，如闺女不便说也就罢了。"

霓歌再次跪倒在地，眼泪不由夺眶而出："乔大爷，小女子霓歌，先父乃是河曲白进。"

"哦，原来你就是当年掉进黄河里的那个闺女。"乔致庸蓦然想起数年前运货北上，途经河曲渡口，曾因一少女失足坠落黄河，而与乃父白进及河保偏三小龙相识的一段情景。当年在河曲水西门城楼，乔致庸与白进一见如故，交谈融洽，颇有相见恨晚之感，不料短短数年未见，竟已是阴阳两隔。

"不瞒黄大人，当年乔某途经河曲，曾有幸一睹白进先生尊严。"乔致庸低声与黄韬耳语道，"他的相貌倒和您黄大人甚为相像，真可谓形似神肖，活脱脱就是一个人。当日乔某初次与黄大人晤面，就差点儿误把您当作白进先生。"

黄韬这才明白霓歌刚才第一眼看到自己时失态的原因。

霓歌含着眼泪将父亲的冤屈诉说一遍。乔致庸、布日格德与黄韬听了，不胜唏嘘，比之刚才听霓歌演唱《窦娥冤》更感伤怀。

"想白兄一介儒生，铮铮铁骨，也不辱没了我辈读书人的气节！"乔致庸喟叹一番，转而对霓歌说，"我与令父生前虽只有一面之缘，但一见如故，可谓情投意合，只是可怜闺女你现下漂泊无依，又何以告慰白兄泉下英灵？如闺女信得过乔某，不妨便叫乔某一声义父如何？"

霓歌殷殷下拜，口称"义父"，乔致庸连忙搀扶。布日格德、黄韬和王大爷等人看见尽展欢颜，无不为霓歌有此境遇而感到高兴。

恰巧那名随从自兴隆客栈将那面长命金锁取来，乔致庸亲自把金锁交与霓歌。霓歌正待收起，黄韬在一旁看见这面金锁，不由心念一动，于是向霓歌借看，霓歌不解其意，也便递给他观看。黄韬接过金锁，只见此锁精工细作，正面镌有"长命百岁"四字，反面雕龙琢凤，龙凤环抱着"苏才郭福"四个小篆。黄韬把玩良久，心中若有所思。

乔致庸当天即安排人在自己居住的祁县巷内的一处小院里打扫房间，把霓歌和王大爷从客栈接过来，妥善安顿。所谓"祁县巷"，实则是由诸多走西口的祁县籍人在包头聚集居住的一条小巷。当时各地走西口的人来到包头，都会按照各自的原籍聚集居住，以期互相关照，从而把他们聚集居住的地方以原籍命名。乔致庸居住的小院虽不宽敞，却十分干净整洁。霓歌和王大爷二人自从正月间逃命外出，漂泊无依，到今天终于算是有个地方落下脚来，不用再过饥寒交迫、担惊受怕的日子了。

到了晚间，乔致庸和霓歌、王大爷正在家中吃饭，忽然有从人来禀报，说布日格德王爷已派人去兴隆客栈把霓歌二人短欠的店钱全部结清。乔致庸是过来人，今日在王府即察觉到布日格德在面对霓歌时神情异常，颇显关切，现下又做出如此举动，心中有些明白，微微一笑道："小王爷可真是有心人。"也不说破。

初春时分，布日格德在库布齐沙漠偶然与霓歌相遇，竟然一见倾心，只是当时霓歌神情冷漠，宛如一位尊贵的女神，令人难以亲近。分别之后，布日格德亦常常挂怀，只以为天地浩大，人海茫茫，再也无缘见到那个汉族女子了，心中难免惆怅失落。谁知道一晃过了两三个月，那女子又仿佛从天而降，突然出现在自己面前。布日格德心花怒放，在酒席散后，即遣人去兴隆客栈把霓歌二人短欠的店钱结清，以便伸出援助之手，帮助霓歌做一些事情。

布日格德对霓歌一见钟情，自此隔三岔五以探访乔致庸为由去往乔家，以期亲近霓歌。乔致庸生意繁忙，大多时候并不在家。布日格德频繁造访，起初霓歌碍于情面，还叫王大爷在客舍沏茶招待，后来看他老是无事登门，只怕不怀好意，后来便干脆以主人不在家为名，将他拒之门外。

布日格德连着吃了几回闭门羹，心中极其抑郁，每日在府中长吁短叹，愁眉不展。却有一人看得真切，便是他的妹妹萨日娜格格。萨日娜是蒙古语，是月亮的意思，又指山丹丹花。这位格格比布日格德小不了几岁，像所有的蒙古族姑娘一样爱唱爱跳。由于受哥哥的影响，也喜欢学汉族字，读汉族书。此时看到哥哥郁郁寡欢的模样，就调笑哥哥说："这位王爷，是谁家美貌的女子把你的魂儿勾去了？"

布日格德不耐烦地说："去去去，你个小丫头片子，又懂得什么？"

"那倒未必。"萨日娜噘着小嘴说，"又有什么大男人，能比我们女人更懂得女人？"

布日格德一听，觉得有理，便敞开心扉，一本正经地把自己的遭遇向妹妹诉说，并烦恼地说："我到底做错了什么，她就对我不理不睬？"

"亏你还吹牛说自己是个汉族通，枉读了那么多汉族书。"萨日娜听完了说，"汉族人讲究'男女授受不亲'，汉族的女孩子喜欢的是温文尔雅的男子。你一见面就夸赞人家姑娘美丽，定是人家姑娘把你当作轻薄放荡的无赖之徒了。"

"原来如此。"真是一语惊醒梦中人，布日格德恍然大悟，"可是我该怎么办？"

"我可以帮助你，让你和心上人儿共结连理。可是你怎么感谢我呢？"萨日娜说。

"你要什么就给你什么。"布日格德高兴地说，"要不将来我也帮你找个汉族额驸。"

"去你的。"萨日娜娇嗔地捶哥哥一拳。

三

萨日娜第二天即去乔家探望霓歌。萨日娜看到这个汉族女子容貌出众，气质过人，暗自夸赞哥哥果然眼光不差。而萨日娜亦出落得模样娟秀，再加上她率真活泼、爽朗大方的性格，令霓歌看见也非常喜欢。霓歌的性情本来恬静温和，不善多言，但架不住萨日娜不住气地东拉西扯，问长问短，而且萨日娜的汉语说得并不十分流畅，偶尔还夹杂着一两句听不懂的蒙古语，可两个姑娘很快就熟稔起来。两人一汉一蒙，彼此间自有许多好奇疑惑，因此谈论的话题十分广泛，从衣着穿戴、饮食起居，到男婚女嫁、风俗地理，直至车马舟楫、兵祸战乱，无所不谈。

两人相处融洽。未隔几日，萨日娜邀请霓歌去王府里玩耍，霓歌虽感冒昧，但盛情难却，于是跟随萨日娜来到王府。前日霓歌到王府里来，是以卖唱艺人的身份进入，哪里有闲情逸致观赏，此次却以贵客身份进入，心情自然大不相同。从王府悬挂匾额的朱漆大门进入，先是外大院，四面设厨房、马号、佣人居所和客房。院中央的过厅直通二大门,一条甬道通往里院正庭,正庭两侧为东、西厢。此处建筑俱为起脊式,屋顶陶瓦密列,皆琢浮雕,角檐凌空,旁椽竞伸,彩画绕梁,古色古香,好不富丽堂皇。萨日娜带霓歌里里外外参观完了,领她来到一间书房歇息,只见书房内书籍满橱,且汉书居多,书桌上摆放着一套崭新的元曲四大家的著作,摊开的一册正是白朴公的《墙头马上》。霓歌好不惊奇,只以为这里居住的必是一位汉族贤达。因为在她的印象里,蒙古人都是马上的英雄,少有人识文断字,尤其是熟识汉字汉文者更是闻所未闻。不料萨日娜介绍说:"这是我哥哥布日格德的书房。我哥哥自小就学汉字读汉书,是个汉族通,就连萨拉齐衙门里的先生都经常向他请教。"

霓歌听了将信将疑。她在沙漠里初次见到布日格德,布日格德即言语轻佻,被她当作轻薄放浪之徒。这样一个人,怎么会是一个好学之人呢?

"不过,我哥哥虽然读得汉书多,可他骨子里流的还是蒙古的血。"萨日娜接下来说,"我们蒙古的勇士自古性情爽朗,不比汉族人委婉含蓄。蒙古的勇士看中了心上的姑娘,都会真心真意地夸赞姑娘的美丽。我们蒙古的姑娘也不同,如果男子从来不夸赞她,她就会认为男子不是真心实意地喜欢她。"

霓歌听了萨日娜这般说,顿时恍然大悟。原来蒙汉风俗不同,当日布日格德一见面即夸赞自己美丽,他的本意是被自己误解了。此时蓦然明白其中缘故,霓歌脸上不由泛起了红晕。

霓歌当日回到家里,向义父乔致庸探问布日格德的人品。乔致庸心中暗自明白,同时也颇感欣喜,就把自己所了解的布日格德的人品修养、素质行为一一向霓歌说知,末了又评价说:"这位小王爷虽然出身蒙古贵胄,心目中却无有种族与贵贱之分,心地淳善,体恤贫困,实为难能可贵之士!"

霓歌听了,心中暗暗点头,同时为自己对布日格德的误解感到十分不好意思。

未过几时,已是草原上草长莺飞之际,萨日娜兴致勃勃地来邀请霓歌到草原上骑马游玩。霓歌虽然早就向往草原风情,盼望有朝一日能够去草原上一饱眼福，可是自己自幼坐守深闺，莫说骑马，就是骑驴也极其提心吊胆，于是只好婉言谢绝。那萨日娜却早已筹划妥当，说道："姐姐不要担心，我和你共骑一马，不会有事，何况牧场并不远，一会儿工夫就到。"不由分说便把霓歌拉到马前，自己踩镫上马，又伸手把霓歌拉上马背。马儿驮着二人缓步而行，霓歌也不觉得害怕。此时的包头镇外，因有了汉人的垦殖，草地变成田园，四处庄稼如茵，偶有农人在田中务做，大有中原内地之风情景致。出镇渐远，路上人迹稀少，马儿渐渐加快步伐，宛如一阵风儿奔跑开来。开始霓歌只觉得天地动荡，身悬半空，吓得紧紧抱住萨日娜，眼睛都不敢睁开，可是渐渐就觉得马步稳健，犹如乘船行于浪上，虽有颠簸，却并无危险，于是慢慢睁开眼睛，只见四野开阔，浩荡如海，绿草如茵，一望无边，耳边一阵阵清风掠过，令人备觉神清气爽。马匹健步如飞，不多时已进入草原深处，偶然遇见一群群牛羊悠然自得地游弋在无边的草场上，牧人身骑骏马，手执长鞭，时而兴之所至，便放开歌喉唱起了原汁原味的蒙古牧歌，此情此景，如诗如画，令人耳目一新，心旷神怡。

萨日娜打马翻上一道小山梁，只见山梁下依然是一望无际的草场。忽然听见一阵人喧马嘶，从远处策马奔来一队蒙古猎手，一个个手执弓箭，正在追逐几匹野狼。眼看就快追上，其中有一人连珠箭发，箭箭中的，几头野狼通通倒地毙命。那队猎手骑着马围着野狼和那位射中野狼的勇士一圈一圈打转儿，连声高呼："布日格德，布日格德……"在金色的夕阳余晖照映下，布日格德的形象显得卓尔不群，尤为出众。

"哥哥。"萨日娜高声喊叫一声，打马向那队猎手奔过去。

当晚，霓歌与萨日娜跟随布日格德和那些蒙古猎手在牧场的蒙古包宿营。夜幕降临，牧人在蒙古包前点燃了篝火，宰杀了肥羊，架在篝火堆上炙烤。羊肉的香味四处飘散开时，人们围坐在篝火旁，一边喝马奶酒，一边吃烤羊肉。酒意渐浓，牧场的老乐手奏响了马头琴，人们纷纷要求布日格德唱歌，布日格德也不推拒，张开嘹亮的歌喉唱起了蒙古歌。那些猎手、牧人和牧场的姑娘们围着篝火跳开了舞蹈。在篝火的熊熊火光照耀下，布日格德载歌载舞，更显英俊潇洒，那些年轻的姑娘们纷纷围着他跳舞。在众目睽睽之下，布日格德径直走向霓歌，邀请她跳舞。霓歌不由涨红了脸，连连摆手说："我真的不会跳舞。"身边的萨日娜不由分说，拉着她挤进人群里，和大家一起跳了起来……

　　布日格德在妹妹的帮助下获得了霓歌的芳心，不由心花怒放。按照汉族礼节，首先向霓歌的义父乔致庸征求意见。乔致庸听了非常高兴，心想把义女霓歌嫁入蒙古族的巴氏王府，也不辱没了乃父生前正五品知州的门庭，况且闺女从此有了一个良好的归宿，也可谓了却了乃父未竟的遗愿。在问询过霓歌的意愿后，乔致庸满口答应了布日格德的请求，要他按照礼仪正式上门提亲。

　　布日格德满心欢喜地将此事向父王禀明，哪知道巴王爷一口就否决了这桩亲事。原来按大清律令，蒙汉不得通婚。近年来随着放垦政策施行及汉人走西口的增多，蒙汉人民交流密切，民间偶有蒙汉私自通婚者，但都隐匿在下层与荒野僻地，是以无人追究。而巴氏家族身为王族贵胄，明目张胆迎娶汉族女子为妃，显然是公开与朝廷对抗，怕不得落得个满门诛灭的结果？布日格德听父王这样一说，宛如遭遇当头棒打，满心的欢喜一下子被击打得无影无踪。可是在他的心里只认定了霓歌一个姑娘，决定今生今世非她不娶。在经过一番深思熟虑后，他决定征询霓歌的意见，只要霓歌不嫌弃，他就放弃王室贵胄的显赫身份，和她一起到草原深处牧马放羊，去过平凡简朴的牧民生活。这样做既不会给巴氏家族带来祸患，而他也能跟心爱的姑娘生活在一起。当他忐忑不安地把这个想法向霓歌说明，没想到一下子就得到了霓歌的满口赞同。原来霓歌自小与父亲相依为命，过惯了清贫朴素的生活，后来父亲应举做官，霓歌随行任上，几番迁移，犹如漂萍逐水，颇感无依，如果能够远离世俗浮华，和心爱的人儿一起到荒郊僻壤去过平淡朴素的日子，正是霓歌梦寐以求的。

　　布日格德和霓歌的决定得到了乔致庸的首肯。在祁县巷内的那个小院里，乔致庸亲自主持为他俩操办了一个简单的婚礼。由于不便惊动众人，参加婚礼的除了新郎新娘，乔致庸既是女方家长又是主婚人，女方长辈还有王大爷，男方亲友只有萨日娜一个人。婚礼虽然简单，但新郎新娘兴致勃勃，脸上没有流露出些许不如意。

　　本来按照布日格德和霓歌商定的计划，一举行过婚礼，两人就告别双方家人，到草原深处的牧地去做寻常的牧民，可在这期间发生了一件事，就是王大爷自从来到包头，由于水土不服一直身体不适，近来因天气转热又染上了疟疾，医治无效而亡。霓歌十分伤心。按照内地习俗，乔致庸主持为王大爷操办了葬礼。出于包头地方地下水浅，棺材埋进地里用不了多久就会沤烂，是以棺材从不埋进地下，当地人家把棺材摆放在住房旁边或自家闲置的地里，依据棺木形状用土坯垒砌成墓葬，外面再用掺有草秸的泥巴糊抹住。只是这种土垒墓葬经不住日晒雨淋，每年开春都得用泥巴重新糊抹一遍，这种营生称为"摸鬼"。因为这种摸鬼营生极其低贱，当地人都不愿意干，所以都是打短工的口里人来干。另外，随着走西口的人逐年增多，不少汉人因疾病、年老等各种原因在口外亡故，为了有朝一日能够落叶归根，儿孙迁坟方便，也都沿用这种土垒式墓葬安葬。王大爷的灵柩也采用这种方式安葬。安葬那天，霓歌亲自为王大爷披麻戴孝，扶着灵柩将他送到墓地。棺木在一块空地上安置好，先有专事垒砌墓葬的土工用土坯垒砌好墓葬，然后由摸鬼的人糊抹泥巴。令人奇怪的是，那个摸鬼的人始终用布蒙着脸面，众人猜想他或许是出于对死者的忌讳而为之。忽然一阵风刮过，把那个摸鬼的人蒙脸的布吹开，那人慌忙又把布蒙好。霓歌一瞥之下，觉得此人十分眼熟，仓促之间却想不起来。没过多久墓葬糊抹好，霓歌夫妻和乔致庸等人在敬香台上点燃香烛，摆上供品，最后给王大爷烧了纸，磕了头，起身返回。未行走多远，霓歌蓦然想起，那个摸鬼的人仿佛便是当年在黄河里救过自己的偏关少年郭望苏，连忙转身回望，只见那块墓地已是空空荡荡，没有半个人影。

四

在一个阳光灿烂的日子里，布日格德给父王留书一封，表明心意。因霓歌不会骑马，专门套了一辆马车给她乘坐，携带了些日用物品，自己骑着骏马，夫妻二人隐姓埋名，远离了富贵繁华之地，去往草原深处的牧场过平凡朴素的牧民生活。

哥哥嫂嫂走后，萨日娜一个人十分寂寞。本来打小开始，就是哥哥陪伴自己长大，后来又教她读汉书，识汉字，还给她讲许许多多汉族的故事。不久之前刚刚认识了温柔贤淑的嫂嫂，使她对汉族有了更深的了解和认识。嫂嫂不仅容貌美丽，落落大方，而且能写会唱，尤其她唱的河曲山曲儿曲调优美，令人难忘，所以萨日娜对这位汉族嫂嫂十分迷恋。可是突然之间，一生中令自己最依恋的两个亲人双双远走高飞，不见了踪影。父王知道哥哥出走后，曾多次派出人马去各地寻找，萨日娜也多么希望他们能把哥哥嫂嫂找回来，可是天地浩大，草原辽阔，他们又怎么能够轻易找得到哥哥嫂嫂的藏身之处？

萨日娜孤寂无聊，一个人在王府里待不住，便整天带领几名婢女去往草原上骑马射猎，玩耍消遣。这日黄昏时分，萨日娜带领婢女射猎归来，在经过城隍庙前的皮货市场时，忽遇一条野狗蹿过，胯下马儿一惊，径自狂奔开来。皮货市场前正有一个玩艺班子在演戏，观众围得里三层外三层。那马儿狂奔进人群里，萨日娜拉扯不住，眼看就要将一个七八岁的小女娃踩住，萨日娜使出浑身力气一勒缰绳，马儿一声长嘶，两只前蹄直立而起，终于停止狂奔。那个小女娃受此惊吓，一跤摔倒，脑门儿磕在演戏的道具桌上，鲜血直淌。受此冲击，那场戏演至中途，戛然而止。萨日娜赶紧下马，只见那个小女娃已被一位演戏的艺人抱起。萨日娜心中大是过意不去，忙说要带娃娃去找大夫治伤。那几名艺人一齐围拢过来，看到小女娃只是磕破了皮，并无大碍，也不为难萨日娜。萨日娜想要给小女娃留点钱买点吃的，摸摸身上无有一文，于是讪讪地道："我明日再来看望娃娃。"牵着马儿离去。

萨日娜回到王府，一夜都记挂着那个小女娃。次日天色刚亮，便携带了一大块银锭到皮货市场去看望小女娃，谁知时辰尚早，皮货市场才刚刚开张，并无顾客到来，而在昨天那个玩艺班子演戏的地方也空空荡荡无有一人。萨日娜暗自好笑，便转身去街上闲逛。夏日已经来临，包头的大街小巷到处都有果农和菜农担挑着瓜果和蔬菜叫卖，那各色的桃、李、杏子、甜瓜等瓜果四处飘香，令人垂涎欲滴，而那新鲜的青菜、葫芦、辣椒、萝卜等蔬菜惹眼夺目，使人由衷喜爱。这些都是走西口而来的农民从家乡带来种子，在包头的土地上种植务弄，从而使包头这片自古只生长青草的土地变得五颜六色，异彩纷呈。萨日娜不由思想，那些汉人如此辛劳勤奋，他们的家乡应当同样美丽富饶，可是他们为什么要舍家弃口，背井离乡，千里迢迢地来到这异地他乡呢？

其时的包头镇异常繁华，大街小巷店铺林立，鳞次栉比，经营的商品五花八门，应有尽有。镇子内外一些宽阔的场所被辟为专业集市，有骡马市场、药材市场和米粟市场等，皮货市场亦属其一。这些市场每日汇聚了诸多南北客商，交易量相当巨大。由于市场繁荣，同时也汇集了不少演杂耍、唱戏曲的艺人来添彩助兴，挣取几个赏钱糊口。

萨日娜到处闲逛，不知不觉转到了财神庙前。这里位于镇内纵横交错的九条街巷的交汇之所，十分繁华热闹，当地人号称"九江口"。有话说："先有复盛公，后又包头城。"包头镇的繁华昌盛与晋商有着脱离不开的关系。由于包头不仅依傍黄河，而且陆路四通八达，具有得天独厚的水陆交通便利，被称作塞外"水旱码头"。自从朝廷开放边禁后，内地的旅蒙商人纷纷相中了这块风水宝地，犹如过河之鲫，蜂拥而来。人们都说："山西九府十六州一百单八县，县县有人在包头。"各种手工业作坊、店铺相继兴起，更有十大晋商先后崛起，使包头在很短时间内即发展成为一个塞上商业重镇。嘉庆十年，由内地而来的汉族商人在九江口集资修建了一座财神庙，后来包头商界为了维护经营秩序，防范恶意竞争，确保共同利益，组建了包头商界的共同组织——大行,并在财神庙内增设聚财厅,用以商讨事务,行使管理职权。时下担任大行行首的即是大商乔致庸。

萨日娜来到财神庙前,只看见在当街一块空地上围拢着一大圈儿人,人群里正有一个玩艺班子在演出。萨日娜听到那演唱之声十分优美,而那唱腔对白正与自己嫂嫂的家乡口音如出一辙,于是挤进去观看,意外发现正是昨天在皮货市场遇到的那伙艺人在表演二人台小戏,那个被自己马儿惊倒撞伤的小女娃头上缠了一条白布,手捧着一只不知从哪里捡来的破毡帽在向观众讨赏钱,看来并无大碍。萨日娜放下心来,站在人群里看开了演戏。

二人台小戏源出河曲,老早就有河曲艺人来到蒙古各地表演,人们并不陌生。眼下这几人正在表演一出名叫《探病》的小戏,剧中一老一少二旦,老的丢丑卖乖,形容可笑;少的容貌俊俏,风姿绰约。故事说的是有个闺女害了相思病,装病在家,她的干妈知道后来看望干闺女。通过母女俩的对唱,调侃批驳了买卖婚姻给妇女带来的痛苦。紧接着开演的又是一出叫作《卖碗》的小戏,讲述一个贪得无厌的财主路遇一个美貌的农家女,色心乍起,借口帮助长工卖碗为由,乘机调戏农家女,不期被随后赶来的长工巧施计谋痛打一顿。这两出小戏均是发生在晋西北农村的真实事情,被艺人们编创成戏曲来演,更显得诙谐幽默,生动活泼,不时引发出观众的一阵阵掌声和哄笑,直到戏罢曲终,观众掌声四起,久久不愿散去。那个小女娃捧着毡帽在人群里讨赏钱,观众毫不吝啬,纷纷摸出三五文铜钱丢到破毡帽里去。萨日娜看见那个小旦连演两场,都十分精彩,又且长得容貌俊俏,非常讨人喜欢,于是上前去拉住小旦的手,夸赞道:"姐姐唱得真好!"

"小姐误会了。"那小旦轻轻挣脱萨日娜的手说,"我是男扮女装。如小姐看我们的戏还能入眼,可否赏个几文?"

萨日娜一脸羞愧,看了半天戏,竟然都没有看出来这小旦乃是男扮女装。萨日娜身为蒙古人,自不知道,自古以来汉族本没有女子登台演戏,所有戏曲里的旦角都由男子扮演。也怪这个小旦的扮相太过形象,足以以假乱真。萨日娜羞赧之下,忙伸手去衣袋里掏那个银锭,可是手伸进去之后半天都伸不出来，原来那个银锭不知在何时已经失落。萨日娜脸色更加通红，一咬牙齿，干脆从发髻上拔下一支凤钗来，向那小旦递去。吓得那小旦连连摆手："不可不可，我等穷苦艺人，只求一碗饭吃，如此重赏绝不敢承受。"

"不要也得要。"萨日娜一把将凤钗塞在小旦手里，"就算是抵押，改天我带了银子再来回赎。"

说罢转身离去。

那个扮演小旦的男子便是李小朵。

李小朵跟陈嘉丰在府谷古城分手，伙同玩艺班的伙伴先行去往包头。跟其他走西口逃荒谋生的穷苦百姓不一样，耍玩艺儿的人演戏谋生被称作"闯江湖"，四处漂流，没有明确的目的地，因此一路上逢有村庄集镇，他们就随时随地摆开场子演戏挣钱。从古城镇一路走来，经过一些地方后，他们渐渐发觉演戏这碗饭其实并不好吃。玩艺班每到一处村镇，演戏开场时观众都是围拢得满满当当，只是演到中间人们就开始离散，等到散戏之际戏摊前的观众更是所剩无几，一天下来连顿饱饭都挣不下。李小朵和伙伴们都是第一次出走西口，闹不清是自家戏演得不好，还是汉族戏来到蒙古水土不服，当地人听不懂、看不懂，不由得心下忐忑不安。这日途经鄂尔多斯左翼后旗的树林召镇，艺人们再度硬着头皮摆开场子，等戏演到中途，看到观众依然如同往常那样开始离散。李小朵正好闲场，便拦住几位正要离去的观众，探问他们何不坚持看完戏，是听不懂汉族话，还是嫌戏演得不够好？观众回答说，不是听不懂汉族话，也不是戏演得不好，只是此地每年都有不少汉族玩艺班子经过，每个班子反反复复演的就是这么几出戏，剧情老套，以致人们都失去了兴趣。李小朵恍然大悟，原来自从李、张二位师傅首创二人台，所编剧目只有《红云》《庆寿》等不多几出，各地的草台班子搬来到处表演，人们反复观看，渐已生厌。李小朵将此原委向班中伙伴说明后，伙伴们有如被兜头浇了一瓢凉水，无不心灰意懒。玩艺班内人心浮动，有人甚至萌生了散班的念头，打算改行去扛工谋生。

本来李小朵打小即受河曲民歌熏陶，善唱山曲儿，长大后又在李有润、张兴旺二人指导下学唱二人台,练就得一身好演技,连李、张二人也说:"这个娃娃如肯吃这碗饭,前途不可限量。"不意命运多舛,李小朵遭遇情感变故,备受打击,心死如灰,又恰逢家乡遭际饥荒,家中粮米罄尽,无可奈何之下只好跟随李、张二人门下弟子出走西口外讨生活。自从离开河曲老家,他看见沿途景致各异,风俗不同,心情已大有变化,又且一路上相遇诸多衣食堪忧、境况寒酸的内地父老,暗想天下的可怜人原来也不只有我一个,于是心胸放宽,不再沉溺于过去往事,一门心思想着演好戏,指望在这条路上有个奔头。可是刚刚端上这个饭碗没几天,玩艺班就遭遇要倒台的变故。李小朵一时心中惶惑不已,他略一沉思,脑袋里随即冒出来一个念头,于是向伙伴们提议:"既然人们对老戏已经厌倦,我们何不自己编创几台新戏来演,如此既可让玩艺班生意延续下去,我们艺人也不致把半生所学就此荒废,岂不两全其美?"李小朵此话刚一出口,班中伙伴们无不把眼睛瞪得铜铃般大,都觉得这个想法无异于痴人说梦、异想天开。

"我等一众师兄弟打小就跟随在二位师傅身边学艺,无奈生性愚笨,只会照本演戏,只有你整天在外放羊,定是吃了二位师傅偏饭,得了真传,善编创戏曲。"一位年轻的伙伴话中带刺,揶揄李小朵道,"莫若就由你来编几出新戏,若编得好,我等一齐奉你为班主。"

"当班主倒不敢当。"李小朵腼腆地一笑,正色说道,"各位师兄弟都知道我虽酷爱戏曲,却并未正式拜在师傅门下学过艺,全凭自己揣摩,充其量不过是半桶水。不过当日我每天一个人在外放羊,无人陪伴,寂寞无聊时候,就尝试着胡乱编演小戏,也好打发时间……"

"原来是真人不露相,想不到我们戏班里出了一位大能人。"那位伙伴继续调侃,"如此不妨把你编创的巨作演示上一出,也好让我等一开眼界。"

"师弟见笑了。"李小朵并不气馁,说,"记得当日学戏,二位师傅曾告知我,编创戏曲有如吟诗作文,需得有感而发,出之肺腑。我虽不懂吟诗作文,只是这番出走西口,目睹数不清的百姓颠沛流离,恓惶之至,不免心中有些感触,这些天每天夜里睡不着觉,脑袋里面翻江倒海,竟然凑成一出小戏,只是时间仓促，尚且十分粗糙。我便献丑演练一回，请各位师兄评判，看还能否入眼？"

李小朵打小没读过书，不会记录什么手本，所编小戏都是装在肚子里，此时拿稳架势，清了清嗓子，张口就是一段慢板："咸丰正五年，山西遭年限，有钱的粮满仓，受苦人真可怜……"

李小朵刚刚亮出这一嗓子，所有伙伴顿时不由心中"咯噔"一下，齐刷刷地把注意力集中起来。所谓"行家一伸手，便知有没有"，班中伙伴俱师从李、张二位师傅多年，虽无人会编戏曲，辨别戏曲好坏无疑都是行家里手。此时他们一个个屏息凝神，聚精会神地听李小朵继续演唱。只听得李小朵所唱戏文通畅自然，句法整齐，并无明显阻滞，唱腔间以慢板、散板、快板及亮调、流水等板式，旋律优美，节奏起伏跌宕，竟然少见瑕疵。一众伙伴不由自主瞪圆了眼睛，都没有料想到李小朵一个目不识丁的放羊汉，居然具有编创戏曲的天赋本领。李小朵编创的这出小戏故事虽简单，情节却细腻，内容讲述内地一对新婚夫妻，因天干地旱，生活无着，丈夫决定出走西口挣钱养家，临行之际难舍难分的情景。伙伴们都是地地道道的河曲人，对家乡百姓被迫奔赴西口外逃荒谋生的事实也都有着切身的体会，因而无不感同身受，不知不觉就被带进了剧情里。剧中人物不多，仅夫妻两个，李小朵一个人身兼两个角色，演罢男角再演女角，当演到丈夫太春铁定心肠要走西口，妻子玉莲捧出梳头匣来依依不舍地给丈夫梳头的情景时，一众伙伴无不尽受感染，眼角溢出泪水。随着剧情不断推进，后来演到夫妻二人最后忍痛分别之际，妻子玉莲真情流露，千叮咛万嘱咐，伴随着一段凄怨哀婉、如泣如诉的流水腔调，一句句叮咛嘱咐有如一颗颗钢针般扎在人心上，让人心如刀绞，肝肠寸断。直到这出小戏在男主角长长的一声哀叹中结束，一众伙伴才忙着擦拭掉眼泪，腾出手来鼓掌祝贺。

李小朵尝试编创戏曲，本来心中没底，没想到自己编演的第一出小戏即获得了伙伴们的高度认可。班中伙伴无不信心大增，再也没有人提起散班的话。那位讥笑过李小朵的年轻伙伴更是抢着要跟李小朵搭伙表演这出戏。一众伙伴兴致勃勃地跟李小朵探讨戏中存在的问题，共同设法解决，同时由班中乐师进一步完善曲谱，最后经过商量，为此戏定名《走西口》。诚如所料，这出《走西口》一经面世即受到了观众喜欢，玩艺班每次演出再也看不到中途退场的观众了，生意明显好转。受此鼓舞，李小朵很快又将昔日放羊时编创的《探病》和《卖碗》两出小戏搬上舞台，同样受到了观众欢迎。

李小朵和伙伴们一路演戏，到达包头。李小朵跟陈嘉丰约定在包头见面。李小朵寻思陈嘉丰乃是富家子弟，出门在外必定会居住最好的客栈，于是跟伙伴们专门挑选位于东大街繁华闹市的兴隆客栈住下，等候陈嘉丰到来。为了挣钱糊口，他们日间就在包头镇街市上演戏卖唱。这样一连过了十天半月，也没有等到陈嘉丰。李小朵心中牵挂，便于每天收摊之后，亲自跑遍镇内所有像样的客栈寻访，可也没有结果。这日傍晚返回客栈，在经过一条僻静的小巷时，看见一个衣衫褴褛的小女娃在垃圾堆里寻找食物，刚刚找到点什么，正要放进嘴里，突然蹿来一条野狗跟那女娃争抢食物，吓得那女娃哇哇大哭。李小朵连忙跑过去赶跑那条野狗，仔细看那女娃，发现竟是在府谷古城遇到过的那对小兄妹中的妹妹小娉。李小朵忙向她询问来由，小娉哭咽着说来，李小朵才获悉陈嘉丰的行踪，同时也知道了两个小孩更为不幸的遭遇。原来自从陈嘉丰离开沙漠边缘的那个小村后，那位姓马的老乡为了抚养儿女，每天多做豆腐，担挑去附近村落去卖，有一天路遇土匪，被土匪误当作客商砍死。家成和小娉这两个可怜的小孩从此彻底变成孤儿，无依无靠，无奈之下只好到处流浪，数日前来到包头，不料在南海子渡口过黄河时，因人多拥挤，兄妹俩走散。小娉一个人流落到包头镇内，每日在垃圾堆里捡些食物充饥，夜间露宿人家屋檐下。李小朵心中备感恓惶，便把小娉收留下来，带在身边照顾。

李小朵听说陈嘉丰早已来到包头，于是便加紧找寻，只是到处都找不到他的落脚地。这日，李小朵刚刚演完戏回到客栈，卸去戏装，小娉正给他递毛巾擦脸，忽然有一群身着蒙古服的姑娘径自登门，有的手捧美酒，有的手捧奶茶，还有两个姑娘抬着一只烤全羊，满满当当摆了一屋子，随后进来了那个因座下马惊而吓得磕伤了小娉脑门儿的蒙古族姑娘，笑吟吟地望着李小朵。李小朵刚刚洗去脸上的油彩，恢复了男儿的本来面目，更加显得眉目英俊。那个姑娘上上下下打量了李小朵半天，笑眯眯地说："原来是个俊小伙儿。"

李小朵纵然性格开朗大方，此时被这个蒙古族姑娘顽皮调笑，也不禁觉得脸上发烧。

那姑娘看出来这点，也觉得有点不好意思，道："那天我的马撞伤了这个小妹妹，今天我专程来赔礼道歉。"原来她便是萨日娜。

萨日娜随手抖开一个包袱，从里面取出几件衣衫，说："这是我小时候穿过的衣服，送给这个小妹妹穿，也不知合不合适？"

李小朵刚要推拒，萨日娜已动手解开小娉的衣服。小娉的衣服本已十分破烂，李小朵虽然给她清洗干净，并亲自动手缝补，无奈粗手大脚，缝补得十分勉强。此时小娉换上新衣，虽然是蒙古族服装，却是大小合体，显得十分俏丽。

李小朵正要相谢，只听那姑娘说："我叫萨日娜，很喜欢你们的戏，改天我再去看你们唱戏。"

说罢，也不等李小朵说话，转身出门离去。

李小朵回头向店家打问，才知道萨日娜乃是巴氏王府的格格，于是不由感叹，蒙古族人原也是好人多。

自这日起，李小朵等人每天到街头上演出，萨日娜逢场必到，成为这个玩艺班子的铁杆戏迷。没过几天，竟已将几出小戏的戏文记熟，多少也能哼唱几句。萨日娜发现，李小朵不仅擅长扮演旦角，而且丑角也演得非常出色。二人台戏曲大多情节简练，一旦一丑的剧目居多。如《探病》里的干妈、《卖碗》里的财主，这些丑角形态滑稽可笑，台词诙谐幽默，那一伸手一顿足的形容举动，那一板一眼的唱腔对白，无不令人捧腹大笑。也真难为了李小朵一个后生家，居然演什么像什么，并且如此声情并茂，出神入化。这也归功于李小朵多年来虽然以放羊为生，但一有闲暇即刻苦演练各种人物形象，其中的酸甜苦辣，不足为外人称道。

　　萨日娜虽然每日必到场看戏，却不光只站在人群里充当"树桩"，开戏前帮玩艺班摆置摊子，散戏时收拾场子，简直成了玩艺班打杂的伙计。包头地方也有不少靠讹诈过日子的地痞无赖，每日向街头摆摊的艺人收取"保护费"，自从萨日娜出现在这个玩艺班子，那些地痞无赖哪里敢向李小朵收取钱财，反过来还要捧来西瓜、葡萄等物讨好萨日娜。萨日娜一个人吃不了，这些瓜果也就成了李小朵等人的解渴之物。萨日娜站在人群里，有时发现有光看戏不想掏钱而又要偷偷溜走的人，就去一把揪出来。那包头当地之人和在包头落脚多时之人，无有不认识王府里的格格的，窘迫之下，无不忙不迭地解囊。因了萨日娜的关照，戏班的收益增添不少。

　　李小朵等人对萨日娜的热心帮助十分感激，只是感到盛情难却，无以为报，于是也不把她当作外人，有时散戏之后，就邀请她同到客栈里去吃饭。萨日娜也不推拒，径自跟他们回到客栈。那时的客栈大多只经营住宿，并不兼营饭店，长期居住的客人都是借客栈的炉灶自己做饭。玩艺班子的主厨就是李小朵。李小朵自小勤快，帮家里做各种琐碎家务，因此也会做些家乡饭菜。此时他做的羊肉臊子莜面鱼儿、荞面圪坨和河曲酸捞饭，令那自小吃惯了牛羊肉食的萨日娜口味一新，赞不绝口。萨日娜本来见李小朵不仅相貌英俊，聪明伶俐，而且能说会唱，此时又发现他还会做一手好饭菜，于是开玩笑地对他说："谁家的闺女嫁给你当媳妇，可真是享了福了。"李小朵笑笑不语。

　　饭毕，天色尚早，萨日娜留在客栈看戏班之人编创新戏，排演节目。最近，李小朵又编创出一台新戏，名《五哥放羊》。剧情按照一年十二个月的时间顺序推移，展现了一对青年男女的爱情故事。原来便是李小朵对自己与小闺女相亲相爱往事的回忆。剧情虽然简单，但节奏明快，曲调悠扬，听来令人如醉如痴。萨日娜作为这出新戏的第一个观众，即被那优美的韵律所陶醉，在她的脑海里，不由浮现出在那片茫茫黄土高原之上，莽莽大河之旁，一对青年男女自由相爱，彼此心心相印，对未来幸福生活充满美好憧憬的景象。

五

故事如果就这么发展下去，那么必将会出现又一出布日格德与霓歌隐姓埋名、隐匿草原深处的雷同结局，但事情的发展往往不是这样。世俗中总是有一种人，就像是专门为了给他人的正常生活横加羁绊，犹如冤鬼幽灵一般，无端出现。现下出现的这个人，名叫命油，乃是偏关老牛湾人氏。今年春上，命油为了报复泄愤，去官府出卖自己的救命恩人郭望苏，迫使郭望苏投落悬崖，而自己也被大丫抢身抱住使劲儿一掀，双双坠落悬崖。有道是"好人不长命，祸害遗千年"，偏偏半崖上探出一枝老树，将他的衣服钩挂住，保住了他的一条小命。可是自即日起，命油臭名远扬，在老牛湾人见人弃，就连野狗看见他都远远地叫唤，他大鸡换子更是羞见众人，只身离开了老牛湾，从此当没有他这个儿子。命油在家乡无处容身，只好渡过黄河，独自出走了西口外。

命油来到包头，整日花天酒地，宿柳眠花，很快就把出卖郭望苏官府赏赐的一些银两浪荡得所剩无几。看到他的囊中渐空，妓院里的婊子也不亲热了，客栈里的小二也不搭理他了，命油心中郁闷，这日便到街头上闲逛散心。路过繁华闹市，看见有一个河曲来的打软包的玩艺班子在表演二人台小戏，于是驻足观看。这个玩艺班子表演的是一出新戏，戏名《走西口》，曲调幽怨凄凉，唱腔哀婉悲切，令观众无不感伤动容。命油站在人群里看完了，心中亦有些感触，便也随手赏了两三文钱。因这出戏词曲新颖，唱腔优美，在返回客栈的路上，命油依然反复吟诵戏里的唱词，忽然心念一动，继而仰天大笑："真是老天开眼，又平白送我一笔财富。"原来初时的二人台《走西口》，为了烘托气氛，抒发心意，在结尾处有两句唱词："有朝一日天睁眼，改朝换代活两天。"在命油眼中看来，这分明是对朝廷不满，意图改天换日、谋逆造反的罪证，于是径直到萨拉齐衙门出首。

在清朝，朝廷为了巩固统治，震慑反清势力，曾大兴"文字狱"，即是片面地在文字上做文章，大兴牢狱，铲除异己，其罪状是对文字的歪曲解释而起，证据也是对文字的歪曲解释而成。一个单字或一个句子一旦被认为诽谤帝王或讽刺朝廷，即构成刑责。文字狱的直接后果是导致许多文人"以文为戒"，生怕一不小心触犯忌讳。龚自珍的名言"避席畏闻文字狱，著书都为稻粱谋"，即是批评这种制度致使文人诗不敢作，文不敢写，即使写出来，都言不由衷，词不达意，晦涩难懂。奇怪的是命油这种书没念过三天，字不认识一斗的人物，居然也会胡乱上纲上线，迎合朝廷所好。

萨拉齐衙门在包头镇东五十里外。自从朝廷实施开边放禁，走西口的汉人日渐增多，朝廷在汉人较为集中的地方先后设置了七个理事衙门，专门负责管理当地的汉人事务。这七个理事衙门直属山西归绥道管辖，俗称"口外七厅"，萨拉齐衙门亦属其一。直至清末，这些地方都实行旗管蒙、厅管汉，旗、厅并存，蒙汉共居分治的制度。

时任萨拉齐厅理事通判的即是黄韬。黄韬，字文山，山西临县人。其家三代单传，到乃父这代更是苦无所出。乃父于道光年间经常出入蒙古地方经商，一次经由水路返乡，在山西河曲县渡口偶然拾得一迷路幼童，便携带回家中抚养，此子即是黄韬。由于乃父十分钟爱黄韬，不惜花费重金为其延师聘教，教以儒学，后来因故生意中落，不惜将家产变卖，终将黄韬抚育成才。黄韬出宦入仕，被选派到萨拉齐任厅官，领正六品衔。

黄韬自从到任萨拉齐厅以来，即置身于当地汉民事务的管理，并会同蒙旗共同处理一些涉及蒙汉之间事务的交涉，时长日久，对诸多流落在外的汉人所遭受的疾苦磨难耳濡目染，颇多悲悯同情。此时听说命油出卖的事项，只道是伶人做戏抒发心意而已，不以为意，好言相劝命油息事宁人。命油贪财如命，好不容易攥到手心里的一笔富贵，哪里肯轻易让它飞走，于是大胆道："既然大人不管此案，小人便到归化城道台衙门禀报。"黄韬看命油不是一盏省油的灯，无可奈何，只好传令差役，由命油带路，去包头镇里把李小朵一班艺人并小娉尽行缉拿。

萨日娜每天回家时都要问清李小朵次日演出的地点，好赶去看戏。这日到达约定地点，等待多时不见玩艺班到来，便亲自去往客栈找寻。从店掌柜的口里得知，原来在昨日傍晚，李小朵等人已被萨拉齐衙门缉拿而去。萨日娜心中慌乱，却不冒昧行事，连忙赶去向哥哥的半师半友乔致庸探问主意，那乔致庸果然未令她失望。乔家数代在包头经商，素常就把和当地官府的关系处理得十分融洽，上至通判，下至门吏，俱与他称兄道弟。乔致庸随即亲自赶赴萨拉齐衙门求见黄韬，询问李小朵事宜。黄韬也不打官腔，一五一十告诉他事情的原因始末。乔致庸获悉黄韬的本意，即大胆向黄韬说知，那李小朵乃是萨日娜格格的朋友，乔某此行便是受格格委托，从中斡旋此事。黄韬听说既是萨日娜格格委托，又是乔致庸亲自登门说项，这个情面不可不给，便出谋划策道："我看那命油乃是个泼皮无赖，他本是偏关籍人，也不顾念李小朵河曲老乡情分，兴讼冤狱，想必也只是为贪图几个赏钱。如乔掌柜肯施舍几个小钱令那命油撤诉，此事便十分好办。"乔致庸大喜，谢过黄韬，即行回家向萨日娜说知，也不消萨日娜回王府取钱，即派人去把命油找来，许以五十两银子叫他撤诉。命油喜出望外，乐得屁颠屁颠，一溜烟儿跑到衙门里去撤诉。

李小朵一伙人即行出狱，萨日娜亲自将他们接回客栈。经此一番周折，李小朵心中颇感忧虑，决定离开包头，去往别地谋生，只是顾念小娉年岁尚小，又是个女娃，带着身边多有不便。萨日娜说："这个不妨，可以把小娉留下来由我照管，你几时回来，担保不会叫她丢了一根头发。"李小朵谢过萨日娜。自此，小娉就留在萨日娜身边。李小朵等人随即打捆行李包袱，结算店钱，离开包头。萨日娜依依不舍，亲自骑马把李小朵等人送出镇外，看到他们去远，方要拨马返回，忽然看见李小朵又转身跑来，只以为李小朵改变主意不走了，心中欢喜，连忙跳下马来。不意李小朵跑到近前，说："差点儿忘了，你的凤钗还在我手里，倒叫你误会我是个贪婪之人。现下原物奉还。"

萨日娜接过凤钗，才想起那日在戏摊初识李小朵时，自己携带的银锭丢失，窘迫之下拔下凤钗留作抵押，不想后来竟忘了讨回。此时接过凤钗，略一端详，忽然又把凤钗塞到李小朵手里，说："我把它送给你吧，你要好好保管，以后不管你走到哪里，都要记得有个蒙古姑娘喜欢你。"

李小朵心中一怔，不知如何以对。

只听萨日娜又说："按照蒙古的规矩，姑娘赠送小伙子礼物，小伙子也该回赠才是。"

李小朵想想自己身无长物，想不出该拿什么东西可以当礼物回赠。

萨日娜眼珠一转，道："你的那支枚十分漂亮，我非常喜欢。"

李小朵自腰间拔出那支枚来。这支枚乃是当年水西关结义时由乔致庸所赠，是自己三个兄弟结义的信物，李小朵向来十分珍爱，走到哪里都不忘随身携带。此时萨日娜开口索要此物，李小朵颇感为难。

"既然舍不得，那就不给也罢。"萨日娜也不勉强，说罢翻身上马，就要离去。

"且慢。"李小朵爱惜地抚了抚手中的枚，继而嘱咐道，"只是这支枚虽不值钱，于我而言却十分珍贵，你一定要好好保管，千万不可遗失。"

"我一定会把它当作自己的性命一样保护的。"萨日娜接过枚来，郑重地回答。说完后拨转马头，轻抽一鞭，向镇中奔去。

李小朵的眼前不由浮现出了小闺女的音容笑貌，心头泛起了一阵锥心刺骨的疼痛。他独自呆立在路上，半晌默默无语……

李小朵离去之后，萨日娜十分想念，忽一日脑中寻思起那个迫使李小朵离开包头的命油来，心中恨恨不已，于是从府中挑选出一个聪明伶俐的喀喇昆来，叫他去街上打探命油的踪迹。所谓"喀喇昆"，就是受蒙古王公役使的奴隶，又称为"阿勒巴图"。喀喇昆外出打探半天，回府向萨日娜禀报，说那命油落脚在丁香巷的一个妓馆里，整天过着花天酒地的生活。萨日娜眉头一皱，计上心来，吩咐喀喇昆即行到妓馆里，故意与那命油争风吃醋，挑衅打斗。喀喇昆听命而去。萨日娜随即备办快马赶往萨拉齐衙门，找来几名差役，又带领他们火速返回包头镇，径直来到丁香巷内一个妓馆，只见那喀喇昆正在跟命油打闹得红火，便叫差役把命油缉拿起来，带回衙门。黄韬听说萨日娜格格亲自带领差役去妓馆把命油抓来，心中明白，于是立马升堂审案。略事几句问答，即行断案："民人命油，无业刁民也。在家不守本分，声名狼藉，自来口外，又不事租种耕耨，每日游手好闲，不操正业，眠花宿柳，胡天海地。其所耗钱财来历不明，纵非偷盗劫掠，亦必坑蒙拐骗。此等德行败坏、粪养蛆食之徒，如使久居蒙古，后必有蒙古族人效之，致使衍生堕怠，风俗恶劣。判令笞三十，逐出包头，永不得再返。"

萨日娜施计鞭笞了命油，并将其驱逐出包头，出了胸中一口恶气。自此每日陪伴小娉，或在府中教其读书识字，或去草场教其骑马射猎。日子过得飞快，转眼间萨日娜已过了十八岁生日。忽一日，有理藩院檄文送达王府，特诏萨日娜进京备选皇室及满族王子、贝勒后妃。在整个清朝，朝廷为了利用蒙古各部势力帮助他们巩固政权，采取以满蒙联姻的手段笼络蒙古王公，既将满族贵族女下嫁蒙古王公台吉，也将蒙古贵族女娶为王妃。今萨日娜年岁已满，即奉理藩院檄文所诏进京备选。萨日娜遥望草原边地，李小朵那日离去的方向，潸然泪下。随后携带小娉，在父王率领随丁、庄丁及喀喇昆的护送下，告别了生她养她的草原绿地，去往遥不可知的京城繁华地。

第六章　挖大渠

一

有话说："天下黄河富河套，富了前套富后套。"河套位于内蒙古中西部地区，分为前套和后套两部分，前套指包头、归绥与喇嘛湾之间的土默川平原，后套指巴彦高勒与西山咀之间的巴彦淖尔平原。后套平原地势开阔，土地广袤，自从朝廷开放边禁后，便有数不清的汉人涌入此地从事农业垦殖。然而在当时，农业生产一直因循"靠天吃饭"，许多地方只是因为广种薄收才形成所谓的"好收成"。后套地区也不例外，因气候干旱，雨水稀少，粮食产量尚不理想。好在有那条黄河经由此地流过，便有走西口的商人和农民开始设想开挖灌渠，引黄灌溉。

道光年间，河曲人老苗带着他的两个儿子流落口外，先在鄂尔多斯左翼前旗租种过几年庄稼，后来两个儿子相继长大，一家人搬迁到后套生活。当时内蒙古地方的土地虽多，却并非人人都可租种，大多是由内地富商向蒙古王公和喇嘛召庙成片租出，再招募农民耕种。倒也不是蒙古王公和召庙喇嘛瞧不起闲散农民，不愿意跟他们打交道，只是因为他们拥有的土地甚多，根本照应不过来。蒙古王公和召庙喇嘛出租土地，一般并不严格丈量，只是以四界为限粗略估算地亩，有的甚至"跑马圈地"，以马匹奔跑的速度估算地亩的多少，所以地商所租土地往往大大超出实际数量。地商租来土地后，有的自己雇佣汉人耕种，有的则依靠转包土地大发横财。地商转包土地时，对土地经过严格丈量，按实际数量出租，再加上他们向佃户收取的"汉租"，远远超过向蒙古人租地时付出的"蒙租"，这样就造成地商们利用二者之间的差价获取利益，成为坐地取利的"二地主"。

老苗一家人来到后套，最先落脚在一户地商家揽工。这位地商来自晋中，亦属山西老乡，不过因为来投奔他的老乡多了，便也不以为然。老乡归老乡，该干多少干多少，该吃几碗吃几碗，异乡别地，揽工的受苦人比驴马都多，能给你一碗饭吃，就足显老乡情分了。因此老苗父子投奔在他家，都是扑出身子顶上命，没明没黑地给他家干活。那地商见苗家两兄弟年轻力壮，有消耗不完的体力，便在正常务地之外支使两兄弟额外多做些营生。"吃人家碗半，由人家使唤"，两兄弟虽然心中不满，却也无可奈何，东家叫做什么就只好做什么。这年五月端午前夕，正赶上天阴下雨，地里营生做不成，伙房里的大师傅事情又多，东家支使他二人做一锅豆腐，以便端午节给长工们打牙祭。苗家两兄弟以前并没有做过豆腐，只是小时候在老家过年见过他妈做豆腐。两兄弟略一回味当年做豆腐的程序，觉得并不困难，便大胆答应下来。二人先去库房领出黑豆，在石磨上磨成豆浆糊，然后把豆浆糊倒进锅里去煮。看看豆浆糊沸煮多时，凝结成块状，便用笊篱捞出来倾倒在模具里，蒙上笼布，压上大盆重物挤压水分。他们哪里知道，豆腐出锅前需要用酸浆去点，最后才会凝结成一块，并且鲜嫩味美。所谓"卤水点豆腐，一物降一物"。酸浆即指卤水。只因缺少了这一道工序，那卸去模具的豆腐宛如一团泥巴，霎时间分崩离析，不成模样。气得那财东破口大骂："河曲保德人，屎也弄不成。真是一百斤白面蒸个寿桃——废物点心！"原来当时在后套经营土地的富商大多是晋中、晋南人，河曲保德人虽多，却多是揽工受苦的平民，富商大贾极其稀少，因此那些晋中、晋南人毫不把河曲保德人放在眼里。

苗家两兄弟，老大名满田，秉性忠厚老实，和气善静，凡事忍让，素不与人争执。老二满原，打小刚烈好强，不肯屈居人下，凡事好与人争个短长，在同龄人中一直是个娃娃头，因此年纪小小即自称老苗，连他的亲爹老子也只好早早让位当了老老苗。老大满田虽然要比老二满原大上好几岁，却对老二满原言听计从，简直是他的跟屁虫。这日受了东家的辱骂，老大满田垂头丧气，只好自认倒霉，老二满原却气愤填膺，背地里大声咒骂老财：你骂些别的倒也罢了，为甚连老苗我一县的河曲老小也一并骂了？便鼓动大哥离开此地，另谋出路。大哥满田听从他的意见，同意离去。当天深更半夜，老二满原从老财家住的院子翻墙进去，搬些石头把老财家的茅厕给填了，屎尿流溢一地。回到长工房里即与大哥一起向父亲说明情况，两兄弟卷铺盖先行离开了此地。

先说老大苗满田，慕名投奔到邢泰仁的灌渠上当了个挖渠民工。提起这邢泰仁来，在后套一带可是大大有名。邢泰仁原籍直隶顺德府，祖上本为富商，中途生意暴落，家境遂告衰败。邢泰仁幼年随其族叔出走西口，在后套长大，因他多年来生活在黄河岸边，对修渠引水颇有兴趣。恰逢有一位来自四川的财东联合后套四家商号，计划利用天然河道短鞭子河的渠道开挖一条灌渠，邢泰仁便投奔到灌渠上来干活儿。灌渠尚未开工，邢泰仁即对修筑此渠提出意见，认为短鞭子河上游已告淤塞，不宜再用，应于黄河另开渠口，接通短鞭子河下游，以期水势畅旺，利于灌溉，同时将尾水送入乌拉河，便于退水。乌拉河又名"五加河"，乃是黄河的一条支流。四大股东听了邢泰仁的建议，十分信服，一致决定任用他为渠头，同时以他的酬劳和技术作为股本，吸收他入股。灌渠开凿后，一切依照邢泰仁的规划设计进行，渠门之位置、渠道所经路线以及渠道的深度与宽度，均经邢泰仁一手筹划拟定。由于此渠系民间商号集资修办，而这些商号又多是经营向蒙古族人租来土地进行垦种，每个商号分别租田几百亩至几千亩不等。渠成后，除了浇灌各股东自己的土地外，还为周边的农户浇灌，刨除成本估算利润，收取水费，率先走出了一条农灌结合的经营之路。此渠修通后一再拓修，另凿子、支渠多道，使更多荒地变为良田。

邢泰仁修筑灌渠一举成名，那位四川籍财东心里着实喜欢，招收他为门下爱婿。邢泰仁成家后，就自己向蒙古族人租种田地，经过不断发展，后来在一个叫隆兴昌的地方自创一牛犋。当时内蒙古土地虽然辽阔，人口却稀少，人们在远离村庄的地头劳动，形成一个个临时性的居住场所，称为"牛犋"，后来泛指村庄。这个牛犋成为他赖以发展的大本营，并且在多年后逐渐发展成为繁华的五原县城。随着田地不断增多，他又自创商号，自行设计、开挖灌渠，穷其一生之力，先后开挖大渠多道，为后套地区成为塞外的米粮川创立不朽贡献，被人们称作"灌渠大王"。

苗满田来到邢泰仁的灌渠上当了个挖渠民工。由于他天生有一把子好力气，一天不受苦便觉得浑身不得劲儿，又且他生性勤快，自认为出力流汗是天经地义的事情，况且还要挣取人家的工钱，因此从来不屑于偷懒耍奸，这番来到邢家灌渠上，依然一如既往扑出身子去受苦，就像是给自家干活儿一样不遗余力。邢泰仁来到工地督工，无意间看在眼里，十分赏识，破例提携他做了个渠工头儿，后来看到他不但做事任劳任怨，而且为人亦忠厚老实，于是又安排他去协助灌渠掌柜干活儿。邢泰仁身为东家，具体的开渠事务均聘有懂技术的专职掌柜管理。苗满田跟随在灌渠掌柜左右，经过几年历练，不仅学会了察看地形、观测流向、掌握河流水性，居然连画图纸也学会了。这一年间，邢家又一条新灌渠开挖在即，邢泰仁因百事繁忙，大胆任命苗满田为总渠工头，委托他负责承办新灌渠一切事务。此渠所经之地多为沙丘，工程艰巨，技术难度很大，苗满田不敢有稍微疏忽懈怠，昼夜扑在工地上，历时五年，新灌渠终于顺利完工。邢泰仁十分满意，拈髯赞许。为了表示嘉奖，邢泰仁提议由苗满田以租赁形式管理经营这条新灌渠。苗满田一租五年，积累了不少资本，又学得了更多的开渠和管理经验。其间，邢泰仁还帮助苗满田单独包租了卜尔塔拉户口地，协助他自行测量设计并组织地商佃户开挖了三条支渠。随着资本逐渐增多，田产亦不断增加，苗满田渐渐产生了单独开渠的念头。

这几年间，老二苗满原投奔在一个地商家卖苦力，由于踏实肯干，被东家指定当了长工头儿。当时协成至四坝以东的大片土地，遍地野草，地平土沃，只要浇水就能耕种，人们都说这里只需开挖一道大渠，便会成为塞上的米粮川，但在当时开挖一道大渠绝非易事。苗满原天生不信邪，早早便自行勘察地貌、设计渠线，期待有一日羽翼丰满，干一番大事业。后来看到大哥苗满田积累了一些资本，便与大哥协商开渠事宜，两人一拍即合。于是兄弟二人自行到乌拉河以东勘察地貌，掌握水情，历时数月，终于掌握了乌拉河东畔水流地质情况，并绘制出开挖河渠的草图。最后勘定的渠线是不用乌拉河旧口，在其下游黄河上另开新口，西南、东北方向尽量利用乌拉河冲开的旧天然河道，大致经甲登巴庙和哈拉沟歧分为二，一自澄泥圪卜及三淖河入乌拉河，一自哈拉沟及白柜西入乌拉河。

邢泰仁听说了此事，不由大吃一惊。他一生修渠垦荒，所耗心血、银两，无可计数。苗家兄弟踏实肯干他是知道的，开几条支毛小渠试试也还未尝不可，可若要在乌拉河畔折腾，只怕还力有未逮。邢泰仁找到苗家住地，对苗家两兄弟大声呵斥："自古河曲保德人，屎也弄不成！莫非你们俩是吃了熊心豹子胆，要来个水淹大后套？"

老大苗满田无言以对，老二苗满原赶忙接口应答："我老苗兄弟是为邢掌柜开新渠踩渠路哩，哪里就敢胡日鬼？"

所谓"胡日鬼"，即是胡闹的意思。

"什么老苗小苗？"邢泰仁厉声说，"闲话休提，快把图纸交出来，待我一把把它撕了！"

苗家兄弟忐忑不安地交出图纸。

邢泰仁接过图纸看了一眼，心头不由一震。邢泰仁乃是识货之人，图中所绘渠线、地质地形、水流方位，无不颇具分量，汇聚了测绘人之心血、智慧，正是开挖此条河渠的完整资料与最佳方案。可是对此图尚不放心，于是亲自带领苗家两兄弟去往乌拉河畔再次勘察核实。

此条河渠定名为苗家大渠。因河渠沿途土地皆为蒙古族王公所有，在邢泰仁的协助下，议定渠成之后所得收益三成归蒙古族王公，此外每浇地百亩再向蒙古官府交银二两余。

当时正值咸丰四年冬，山西的河保偏一带因连年遭灾，许多缺粮断炊的人们纷纷奔走西口外逃荒保命，其中不少人流落到后套，来到苗家兄弟的门前。眼看着这些父老乡亲饥肠辘辘，朝不保夕，苗满原心中大为不忍，便鼓动大哥开仓赈灾。苗满田有些犹豫，道："开挖灌渠需大笔资金，如果现在把咱们的粮食抛撒出去，只怕明年春上就无法开工。"苗满原道："咱老苗家开挖灌渠，不也是为了光宗耀祖，给咱河曲老乡争一口气？如眼睁睁地看着这些父老饿死在咱老苗家门前，莫说挖条大渠，就是盖座金銮殿，只怕将来河曲老小也不带尿咱老苗家一泡！"苗满田听兄弟如此说，便果断打开粮仓，遍设粥棚放粥赈灾。这些难民保住了性命，奔走相告，纷纷传说苗家仁义，于是有更多的难民聚集到苗家兄弟门下挨度饥荒。翌年春天，苗家大渠正式开工，这许多难民不愿离开苗家，竞相报名参加挖渠。又因整个春夏两季，河保偏一带干旱无雨，地里庄稼种不进去，有更多难民蜂拥流入后套，投靠在苗家兄弟门下。一时间，由晋西北、雁北、晋中及陕北各地而来的民工数以万计，成为开挖苗家大渠的生力军。

二

苗家大渠工程浩大，耗资不菲。资金主要来源于苗满田近几年租赁经营邢泰仁那条灌渠所得的积蓄和包租卜尔塔拉户口地的收入，同时向一些富户借贷。为弥补资金不足，苗满原还专程回了一趟河曲老家，向一些亲朋故友筹借。苗家大渠正式开工后，苗满原还想出一个办法，河渠每挖一段，随即放水，以所收水费用于开渠支出。同时两兄弟积极探索新路子，采用"川字形浚河法"，即先行开挖河渠两侧，留下中间部分，待两侧挖通，中间部分自然坍塌，此法省工省力，节省了大笔资金。

苗家兄弟挖渠，与别的财东不同之处在于身体力行、身先士卒，走到哪里都不忘随身携带一把铁锹，一有工夫便甩开膀子大干一场，直到汗水湿透衣衫，双腿沾满泥浆。而全家老小亦不偷闲，人人赤膊上阵。父亲老老苗年事已高，干不了重活，便在伙房打杂。老大苗满田的长子跟随在大大和二爹身边，协助勘测和管理，成为二人的得力助手。其他子侄有苦的受苦，无苦的便拎条鞭子监工，督促那些偷奸耍滑之徒。

却也有个别特别懒惰之人，原本就游手好闲，好吃懒做，所以日子才会过得一塌糊涂。来到这西口之地，好不容易捧上个泥饭碗，也不思谋捧得牢靠些，整天拖拉着一张铁锹磨洋工，看着他吧还挺忙活，就是做不下多少营生。你听他整天嘴里嘟囔着："吃得饱，歇得到，营生全在阳婆落，阳婆落了早收工，营生全在明儿早上。"他的愿望就是尽量能够不受苦，干得活儿少饭量也就小，能有点清淡米汤果腹就行，吃那么三盆子五碗又有何用，到肚子里打个转儿还不是一样变成了屎尿。苗满原就遇到过这样一位。黄河岸畔有一座龙王庙，有天夜里苗满原收工晚了，便在龙王庙里的土台上将就躺了一会儿。天刚透亮，忽然有一个民工早早进庙来向龙王爷祷告："龙王爷爷你是神，呼风唤雨无不能。我的苦楚你知道，今把愿望来祷告。天阴不要晴，下雨不要停。大小得上个病，不要送了命……"借着晨曦之光，苗满原认出此人乃是投奔到此地不久的偏关后生命油。原来命油被萨日娜格格施计驱赶出包头，无处可去，只身流落到后套，落脚在苗家大渠上混饭吃。苗满原听到命油这样的祷告，不禁哑然失笑，于是捏住喉咙，瓮声瓮气地说了几句："受苦后生你是听，龙王爷爷显真身。天一阴就晴，雨一下就停。要得就得个陀螺大病，要了你的小狗命。"吓得那命油屁滚尿流而去，再也不敢偷懒怠工。

可是，苗家兄弟并不苛刻对待受苦民工，凡有新民工到来，必先建工棚，让民工有栖身之所，春秋有替换之衣，每逢时节打牙祭，民工病则延医，累则休假，也不是别人传说的叫往死里受，死了就顺手丢进灌渠里喂鱼。至于民工的工钱，则以土方量计酬，按年发放，或以粮食代薪，平时民工急用也可借支。但凡资金可敷，到年底绝不拖欠。因此开渠民工集聚常达数千上万，工地上人山人海，往来攒动，可谓气势磅礴，热火朝天。

由于挖渠的民工多来自晋西北、雁北、晋中及陕北各地，其中尤以河保偏三地为多。那河保偏乃是民歌之乡，无论男子妇孺，人人都能歌会唱。此时流落到这里来的俱是些青壮汉子，每天受苦受得枯燥发闷，趁中途歇工之际，便敞开嗓子吼上几句山曲儿，以解心宽。这边唱的是《歌头》："满天星星半恰恰月，什么人留下个唱山曲儿？年年唱来月月唱，唱死多少老皇上。山曲子好像那没梁子斗，甚会儿想唱甚会儿有。黄河上浪大水漂船，山曲子甚会儿也唱不完……"那边唱的是《揽工调》："算盘子一响捆铺盖，两眼流泪走口外。吃冷饭来睡冷地，揽长工尽挨无头子气。烂大皮袄两袖袖短，世上再没有我这苦命人……"年轻的光棍唱的是《为朋友》："买不起马马买上一头牛,娶不起老婆咱就为朋友。年轻人不把黄风刮,老来老圪谁爱咱?唱起曲子拉起琴,先交义气后交心。娶下老婆要吃穿,为下朋友解心宽。黄芥开花黄点点,为朋友要为花眼眼。胡麻开花绕梁蓝,为朋友要为正当年。人家都说咱二人有,枉担了名声没揣过手。斜三颗星星顺三颗明,天河水洗不清咱二人……"有家口的唱的是《想亲亲》:"长不过五月短不过冬,难活不过人想人。大青山石头乌拉河水,想死想活见不上你。半空中飘过来钩钩云,扣心心想你活不成人。端起饭碗想起你,泪蛋蛋抛到饭碗里……"

那山曲儿是原汁原味的山曲儿,那唱山曲儿的人是土生土长的河保偏人。只是在这空旷浩大的后套平原上唱来,使人听了别有一番滋味在心头。

在后套地方有句谚语:"后大套,三件好,哈莫碴墙墙不倒,嫖头进门狗不咬,闺女养汉娘不恼。"这句谚语中提到的主要是男女关系的问题。后套本来地广人稀,自从大批汉人涌来此地垦殖,才逐渐人烟稠密,形成了一个个牛犋。只是由于朝廷在很长时间内禁止汉人携带家眷并在蒙地定居,导致男女比例严重失调,再加上受蒙古族婚姻观念的影响,从而形成男女关系相对混乱的现象,也不足为怪。

然而,久居后套的人们都知道这里还有三件宝,即哈莫、红柳和枳机草。哈莫也叫白茨,蒙古语叫哈莫,这种植物质地坚硬,浑身长满尖锐的刺儿,晒干后碴的院墙可以挡牲畜也可以防贼。哈莫晒干烧火更是一绝,比木头火都旺盛,因此可与别地的煤炭媲美。红柳也叫红橄榄,开白花红花的都有,它的皮色发红,枝条细长高挑,极其坚韧,可制作筷子,编成箩筐、篓子,还可编织笆子用来盖房顶或搭茅庵。枳机草也叫芨芨草,也可以用来编织笆子、炕席,此外还可用以制作扫帚或用来烧火做饭。正是因为有了这三件宝,走西口的人们利用它们盖房子、碴院墙,才使这片荒芜空旷的塞外平原上有了人烟,人们利用它们来制作生产、生活工具,才可以更好地在这片土地上进行开发垦殖。因此都说后套是个养穷人的地方,穷人在此地是饿不死的,而同时也可以这样说,正是有了这三样植物,穷人们有所依赖,才能够在此地顽强地生存下来。

老苗家的房舍大院也是用红柳编织笆子盖的房顶，用晒干的哈莫碴的院墙，而用枳机草编织的各种用具更是布满了整个家院。如果说和普通人家有什么不同，那就是比普通人家宽敞了一些，一里一外两所大院，内院自家居住，外院设牲口棚并帮闲打杂之人居住。虽然比不上别地的大财主家阔气排场，却也并不寒酸潦倒。

初秋的时候，老苗家的大院迎来了几位老家来的客人。这几位客人身背包袱，是一个被人们称作打软包的玩艺班子。这个玩艺班子自从来到后套，即专门在河保偏人聚集的地方表演，唱的是原汁原味的河曲二人台，新戏、老戏都有。那熟悉的唱腔韵律、乡音俚语，令背井离乡的河保偏人备感亲切，无不拥挤观看。在他们的心目中，这个玩艺班带来的是家乡亲人的问候，而那些艺人们就是专门传达这种温情的使节，故而这个玩艺班子受到了老乡们热情的欢迎和盛情的接待。

这个玩艺班子的领头人就是李小朵。原来李小朵和玩艺班子的艺人们逃避过牢狱之灾，不敢继续在包头羁留，离开包头打算去往归化，可是走在半路上，又寻思归化乃是座大城池，难免鱼龙混杂，只怕再遭遇上一个命油那样的人物也未可知。恰巧偶然听路人说在后套一带有户河曲籍大财主开挖灌渠，聚集了无数河保偏老乡干活，便改变主意，改道向后套而来。

老苗的父亲本是土生土长的河曲人，苗家两兄弟亦出生在河曲，父子三人到现在还是一口原汁原味的河曲口音。而老老苗更是吃了多半辈子酸糜米捞饭就苦菜，后来因生活所迫才来到口外，现在年事已高，凭借两个有出息的儿子，才终于不用再受驴马之罪，过上了几天像样的日子。有句老话说"落叶归根"，说的就是人年轻的时候一门心思想往外走，到年老时候又朝思暮想要回老家。可是老老苗的儿孙们现在都生活在后套，回老家显然是不现实的，于是思念家乡的情愫就在他心底越积越深。

老家的玩艺班子来到后套，老老苗十分欢喜。他也和所有的河曲人一样打小就爱唱山曲儿，现下后套地方来了老家的玩艺，他撇下伙房里帮厨打杂的营生，整天追随着玩艺班去看戏。苗家兄弟熟知老大大的喜好，就专门把玩艺班请到家里来表演。老老苗乐得嘴都合不拢，看了一出又一出，看了一遍又一遍，到最后还总是意犹未尽。苗家兄弟见此境况，干脆花些钱包下了玩艺班子，除了满足老大大的嗜好，每日到工地上趁民工歇工时演上一两出，也可鼓舞民工们的士气。那老老苗甚为高兴，张开掉了半数牙齿的嘴巴说："这样好，这个玩艺班子不简单，在咱家住上一段时日，说不准还会把咱挖大渠的事编成二人台来唱哩。"

李小朵在苗家居住一段时日，虽然当时没有编出"挖大渠"，但却听说了流传在后套上的一段故事，留于脑海，直到后来与蒙古艺人丁未羊相识，二人合作编创出一出利用蒙汉两种语言交叉演唱的二人台《阿拉奔花》。《阿拉奔花》描述了一位蒙古青年和一位汉族姑娘相爱的故事，据当地人说，剧中的蒙古青年原型是一个喇嘛，而那个汉族姑娘就是灌渠大王邢泰仁的闺女。

邢泰仁的闺女闺名纭菁，因其性情豪爽，天生一副小子性格，打小即骑马提鞭在父亲的挖渠工地上监工，行事果断，该打则打，令所有民工无不惧怕，人人称她"二老财"。邢泰仁膝下本有好几个儿女，却唯独钟爱此女，日常总是携带在身边，便是有时候到蒙古王府或喇嘛召庙去商谈一些大事也不例外，久而久之，人们对此女也就分外看重。可是尽管人们把此女视作邢泰仁的得力臂膀，认为此女十分了得，人们却也知道此女秉性率真活泼，贪玩好耍，是个出了名的野丫头。后套地方本来地处荒凉，除了骑马追猎也无甚好耍之处，倒是邢家附近有一座召庙，因修建得气势恢宏、富丽堂皇，再加上日夕暮鼓晨钟，梵音弥撒，为其镀上一层神秘色彩，成为寻常人眼里的一道景观。纭菁陪同父亲到召庙里，对他们商谈的事情并不热心，目的是在召庙里好玩耍，因此当父亲和喇嘛在室内商谈事情时，她的屁股底下就像坐上了一摊带刺的哈莫，难受至极，于是便偷偷溜出门去，在召庙里四处乱逛。后来逢父女二人到召庙里来，堪布大师知道此女习性，遂打发一个懂汉语的小喇嘛陪同她在召庙里游玩。所谓"堪布"，汉语称作方丈。那名小喇嘛乃是蒙古族人，因当地崇尚喇嘛教，打小即被父母送进召庙里修行，每日青灯古佛，参禅教义，因其勤奋好学，深得堪布大师喜爱。小喇嘛年岁虽小，腹中佛学知识甚多，对召庙里每一处殿宇景观都能引经据典道出来历，对召庙里大大小小的佛像也无不谙熟，不仅能一一叫出他们的名字，而且能分别说明他们的出处。此外尚有满腹的佛家故事，如佛祖修行时"舍身饲虎、割肉喂鹰"，如佛祖讲法时"神龙飞舞、天花乱坠"，以及"天神献玉女""阿难听法"等常人不知的故事。小喇嘛陪同纭茗在召庙里到处游玩，将这些故事一一讲来，令纭茗耳目一新，甚觉趣味盎然，召庙里的一景一观、一佛一龛，在她的脑海里也变得鲜活起来。有了小喇嘛做伴，纭茗更喜欢到召庙里来玩，后来便是父亲无事不来，她也常常一个人找借口来寻小喇嘛玩，有时嫌召庙里玩得不尽兴，还偷偷把小喇嘛带出召庙外去耍。

后大套地处荒凉，但遍地土壤肥沃，野草萋萋，其间生长着数不清的各色花卉，随着四时的变化，呈现出不同的景致。二人台《阿拉奔花》，又名《十对花》，其中唱词以花喻人，以情喻花，展现了一对青年男女两情相悦、心心相印的纯洁爱情。其间男女二人一个以蒙语、一个以汉语交替演唱，一问一答，一唱一和，形式活泼，当地人谓之"风搅雪"。这一个"搅"字，把蒙汉两个民族之间相互交融、相互渗透的艺术形式表现得淋漓尽致。纭茗和这位小喇嘛，实则就是这个故事的主人公。

随着日子一天天过去，转眼纭茗已到二八嘉年。为了给掌上明珠安排一个好归宿，邢泰仁开始张罗着为女儿相亲。纭茗听说后一下子急了眼，骑上快马赶到召庙，把正在大殿里诵经的小喇嘛拉扯出大门外，告诉他这个消息。此时的小喇嘛早已成长为一个身材高大的壮小伙子了。原来数年间二人密切相交，情投意合，早已在暗中海誓山盟，私订终身。二人经过反复商议，均认为邢泰仁不会把闺女下嫁给一个喇嘛，而堪布大师也决然不会同意小喇嘛还俗娶妻。在此境况下，二人断然议定私奔。

本来是非常缜密的一件事，但不知道怎么就走漏了风声。邢泰仁听说后异常恼怒，当即把手下所有的把式手集合起来，要亲自到召庙里拿人。所谓"把式手"，就是富豪人家豢养的看家护院的武师。邢泰仁家资巨富，除了豢养了大量把式手，也网罗了不少识文断字的门客，其中有位足智多谋的先生奉劝邢泰仁不可大张旗鼓去召庙里拿人，以免毁坏了和喇嘛之间的交易，如定要拿人，只需趁二人私奔时在半路设伏即可手到擒来，这样也就不会惊动召庙喇嘛。邢泰仁依计而行。是夜，月暗星稀，四籁寂静，纭菩和小喇嘛在召庙不远处的路口会合，辨明方向，刚刚上马走了没几步，忽然双双马失前蹄，原来是中了把式手设下的绊马索。纭菩被把式手们强行带回家中，那小喇嘛却被用蘸湿的牛皮筋捆了个结实，驮上马背，到水大浪急的灌渠口下了"饺子"。事后召庙内喇嘛虽有耳闻，但因自家理亏，又且碍于邢泰仁强大的势力，只好缄口不言。

此后不久，纭菩在父亲的主持下嫁与当地一富商之家，女婿乃是个羸弱书生，性情和蔼，对待妻子温柔体贴，夫妻间相处倒也和谐。不料纭菩过门后未有几年，丈夫年纪轻轻忽然罹病染疾，不治夭亡。纭菩回到娘家守了寡，从此终日在河渠上骑马执鞭，巡梭监工，再度成为邢泰仁的得力助手。"二老财"的诨名越传越远，终至盖过了好听的闺名。

二老财自从丈夫早丧后，终身再未易嫁，但也并不拘泥于道德约束，视男女关系也不在眼里，因此留下一些风流佳话。据说老苗的闺女青婧相貌跟二老财极为相似，性格爽朗大方，日常在苗家大渠上骑白马、执长鞭，巡梭监工，颇有二老财当年之风采。

三

苗家大渠开工之时，正是邢泰仁财力势力最为鼎盛的时期。因苗家两兄弟的人品一直被邢泰仁看重，是以在此项工程中苗家得到了邢泰仁的较大帮助，尤其在整体规划与技术操作方面，邢泰仁在当时后套的引水灌溉行业内，其经验与见识可以说无出其右者，苗家兄弟所受教诲颇深，获益匪浅。时长日久，老苗勘测渠道的本领越来越高，在他勘测渠路时，不像别人趴在地上两眼向前平视测量，而是将身体仰卧在平地上，头朝顺水方向，脚向引水方向挺直身体，头部向后观察，如此确定的渠路更加精确。在施工时，他会选择晚间在准备开渠的线路上插上一排香火,从远处察看香火的高低,来决定所挖渠道的坡度。在由低处向高处引水时,他会加大渠道弯度,利用"水流三弯自急"的原理,使水流产生拥推力量涌向高处。通过这些方法,避免了返工误事,降低了投入,有效地保证了工程的进度与质量。与此同时,他还注重培养人才,将所有的经验和技术毫无保留地灌输给侄儿林茂和儿子林春等子侄辈,使之一个个俱成为灌渠开挖和经营管理上的有用之才。

秋天汛期来临之际,一向水波不兴的黄河突然波浪大作,水位上涨,河水灌进苗家大渠,壅塞得满满当当,堪堪就要漫上堤岸,形势相当紧迫。原来当时受条件限制,后套上的所有灌渠都是直接从黄河开口引水,没有闸口控制。这就存在一个非常严重和难以解决的问题,就是庄稼在不需要浇水的季节,黄河里的水源也源源不断地涌流进灌渠里来,不能节制。为防止渠道内大水漫上岸来,唯一的方法就是把水引到地势较低的乌拉河,形成自然退水。但此时苗家大渠工程尚未进展多少,退水设施尚未配套,那不断上涨的河水汹涌而入,一旦漫上岸来,就会把渠道两旁正待成熟的庄稼淹毁。事发紧急,苗家兄弟一声令下,万名民工停止挖渠,连夜以麦草和泥土填塞河口,经过一夜奋战终于把河水堵住。苗家兄弟刚刚喘了一口气,就有民工来禀告,渠道内的水位还在慢慢上涨。苗家兄弟连忙赶到河口,看见河口已被严密堵住,所填土坝明显高过河岸。如此看来,便是土坝之下必有漏洞,导致河水不断涌入,如不及时加以补填,堤坝就有溃塌的危险。此时渠道内的水位已将齐岸,沿河口遍填土方已来不及,最好的办法就是探明漏洞所在,直接加填土方,方可及时补住。可是此时堤坝外黄河水流汹涌,堤坝内渠道水深数丈,又有什么人敢涉险下水一探究竟?

在苗家大渠上扛工的有不少是在黄河岸边长大的汉子,原有不少人识得水性。苗家兄弟环顾四周,只见那些寻常口口声声吹嘘自己水性本领高超的人,此时一个个俱缩手缩脚,直往人群堆儿里钻,生怕苗家兄弟点到自己,苗家兄弟不由一声长叹。正在此时,忽听有一偏关口音的人说:"灌渠水大渠深,十分凶险,下水探看漏洞,一不小心只怕会搭上小命。我便抵上自己这条命下水，给苗家掌柜探看漏洞，只是我有两个条件，不知二位掌柜能否答应？"

老苗认得此人，原来便是那个不久前在龙王庙里祷告的懒汉命油。老苗问："你有何条件？"

命油道："如果我能活着上来，一是要挣现银百两，二是请求掌柜提携我当个工头。"

苗家兄弟不由一齐蹙起眉头。这命油提出的条件十分苛刻，无异于趁火打劫，只是事在紧迫，又无别的办法，正待开口答应，忽然又听得有一河曲口音的后生朗声说道："这些许小事，何值百两现银，还外搭一个工头？我却一个铜钱不要，这便下水探来。"说罢脱去外衣，一个猛子扎进灌渠里，岸上所有人无不屏息观看。其实也就是打火点袋烟的工夫，只见那个后生已浮上水面，挥手招呼岸上众人："漏洞便在此处。"苗家兄弟连忙指挥民工往那后生所指示的地方加填土石杂草，没用多大工夫，水中漏洞补住，灌渠里水位不再上涨。

那个冒险下水探看河堤漏洞的河曲后生便是李小朵。李小朵和玩艺班的伙伴住进苗家大院，每日给苗家家人和工地上的民工表演二人台，风不吹雨不侵，备受热情招待，日子倒也过得舒坦。这日忽然听说黄河涨水，灌渠内水位快要漫上岸，苗家一家老小也无心看戏，统统赶到河岸边去帮忙。李小朵等几人无所事事，便也跟着苗家人来到河岸边看热闹。听说河口连夜填塞的堤坝之下出现漏洞，却因水大渠深，无人敢下水探看，唯有一个偏关后生敢涉险下水，却借机提出那般苛刻条件，敲诈要挟苗家兄弟。李小朵大为不齿，自忖有能在水中睁眼视物的本领，于是便主动下水探看。

先前在包头镇，命油因贪图钱财，以李小朵演唱二人台中有反词为由到萨拉齐衙门告发，差点给李小朵一班人带来牢狱之灾。李小朵等人侥幸被乔致庸和萨日娜格格解救出来，为避祸端，及早离开包头，因此并不认识命油其人。可命油却是认识李小朵的。此时命油一眼瞥见李小朵，生怕他向自己寻仇报复，悄悄溜出人群，连工钱也没敢结算，偷偷离开了后套。

黄河水不再灌进渠道，两岸庄稼得以保全，挖渠民工都道是龙王爷爷专程派遣夜叉大仙来关照苗家大渠。在老老苗的主张下，备办了三牲供品在黄河边的龙王庙里摆供祭神。苗家两兄弟却并不相信神鬼之说，他们亲眼看到是李小朵涉险下水探看水情，才使得河堤确保无恙，因此十分感念李小朵。李小朵只谦称自己是下水耍了一回，并不居功自傲。李小朵对修筑灌渠本来是个门外汉，但素性爱动脑筋，于是大胆提出了在河口做闸的构想。苗家兄弟受了提醒，连日钻研，拿出了筑坝做闸的具体方案。在黄河水位退去后，苗家兄弟组织人力在河口处开工筑坝，所用材料为当地特有的红泥与哈莫，一层红泥一层哈莫，然后夯实，从底层一直做到顶端。用红泥与哈莫筑成的堤坝十分坚固，长久不坏。同时在底层留下水口，并设置用粗条红柳编成的闸门数道，如此在挡水和放水时只需将闸口处填塞或开挖，把闸门开合，即可方便控制水流。这样一来，不仅可及时防止黄河水位上涨给两岸庄稼造成危害，同时也彻底改变了当地灌渠每年春季"放口"、秋季"打口"，即开挖河口和封堵河口，省却了许多不必要的工序。

苗家大渠工地上的民工一面筑坝安闸，一面继续挖掘渠道。河口上大坝筑好闸门安上之后，挖渠工程进展也十分顺利。到冬季上冻之时，大渠停工，苗家给民工们结算工钱，安排他们返回家乡过冬。因苗家并未在工钱上克扣盘剥，民工们非常满意，都表示来年开春后还会继续来上工。李小朵和玩艺班子的人也要离去，苗家兄弟特意在家中摆设酒宴给他们送行。看到玩艺班子就要离去，老老苗恋恋不舍，连声嘱咐李小朵等人来年春天再到此地来与他做伴。

李小朵一行人收拾包袱行李，启程返乡。一路上看到后套地方的田地里庄稼俱已收获，荒原上四处密布的哈莫、枳机草也已失去生机，枯萎伏地，只一丛丛红柳林色泽变得灰扑扑的，在萧瑟的北风中随风颤抖。李小朵等人沿着黄河下行，看见那黄河水流平静，在河床较宽的河岸边已结上冰凌，河道中船只也已停航，大河上下一派清冷肃穆。这日正行走间，忽然自身后传来一阵马蹄声，李小朵等人停在路边避让，只见从来路扬起一片尘土，有三匹快马先后奔涌而至。前头两匹黑马奔行急速，来到近前时连马上人影都未看清，即如风驰电掣般一闪而过。只最后那匹白马来到近前，马上之人忽然一勒马缰，吆喝马匹停住，然后翻身下马，原来竟是老苗的闺女青婧。李小朵等人在苗家大院居住数月，自然与青婧相熟，俱称呼青婧"小姐"，青婧则称呼他们为"大哥"。青婧路遇李小朵等人，下马与他们寒暄，告诉他们刚才骑马过去的两人乃是她河曲老家的"姑舅"，她这是要跟随两位"姑舅"回河曲探亲。李小朵刚才一瞥之下，虽未看清那两人的面容，看身形却大有似曾相识之感，心中隐隐感觉不妥，但也不便说些什么。闲谈几句，青婧告辞上马，扬鞭追赶那两人而去。

　　由于那两匹快马奔行急速，李小朵等人没有认出，实则马上之人便是薛称心家的那两个活宝，二林和四林。这二人夏天时分在鄂尔多斯的沙丘地带持刀抢劫老苗从老家借贷来的银两，被老苗识破，反遭一顿暴打。二人贼心不改，径去沙壕塔投奔沙漠匪首邬板定当了土匪。二人原本不学无术，劫掠打斗没本事，但却心机狡诈，阴毒险恶，为报复老苗，二人专程向邬板定请命前往后套，利用两张灌了蜜的甜嘴，花言巧语哄骗老苗的闺女青婧。那青婧涉世未深，又且正是情窦初开的年龄，咋经得住二人的蓄意哄骗，心下十分喜欢二人，便瞒过家人跟随二人外出游玩。她哪里想到，这两位河曲"姑舅"的目的是将她骗到土匪窝，利用她当人质，来敲诈她的父亲老苗。

第七章　大盛魁

一

离开包头向东，即进入土默特的中心地带。此地有一座城池名归化城，蒙名"库库和屯"，又译为"呼和浩特"，汉意即为"青城"，是塞外草原上有史以来规模最大的一座城池。入清以来，为加强对土默特地区的控制，清廷在归化城附近修筑新城一座，将设在右卫的建威将军及其驻防八旗移在城内屯驻，乾隆帝御书城名曰"绥远"。建威将军亦改称绥远将军，成为清廷在土默特地区最高的军政官员。归化和绥远两城合称归绥。

继清廷实施开放边禁后，归绥二城因其特殊的地理位置，逐渐发展成为一个兴旺发达的商业都市。以规模而论，如果说包头是一颗璀璨的星辰，那么归绥就是一轮耀眼的明月。当时的归绥二城，可谓五城俱全，街道犬牙交错，店铺鳞次栉比，各个专业集市，规模大而品种全，客商非仅蒙、汉，亦有回、疆之人。同时归绥二城也是一个鱼龙混杂之所，上至王公贵族、将军官吏，中则商贾巨富、地主财阀，下至贩夫走卒、伶人乞丐，无所不有。归绥二城既是达官贵人的销金窟，同时也是穷苦百姓的发迹地。

秋天的时候，归绥二城又迎来了一个由内地而来的流浪汉。此人身材单薄，年岁不大，身穿一袭长袍，长袍上虽然补缀了几块补丁，但因清洗得十分干净，是以掩饰不住身上独具的儒雅之气。自古出走西口的人，多是目不识丁、粗鲁鄙陋的农家壮汉，因有一把子力气，正是侍弄庄稼的好把式，因此颇受当地蒙民及地商欢迎。但因西口浩大，颇有海纳百川之襟怀，故而对其他各色人等亦同等接纳，是以那些张口闭口"之乎者也"，却扛不动一张锄头的酸文假醋之辈，在西口之地也不鲜见。归绥二城人守家在地，每日眼中不知过目多少形形色色的走西口人，因而视觉麻木，见怪不怪。

这个后生便是陈嘉丰。陈嘉丰在库布齐沙漠边缘的那个小村目睹了那位姓马的老乡和家成、小娉父子三人相逢的情景，心中不胜欣慰。不日之间，陈嘉丰恢复体力，即告别父子三人，没过多久就走出沙漠，又经新民堡、树林召，渡过南海子黄河渡口，抵达包头。当日他在沙漠中遭遇风暴，随身所带行李物品一件不留被大风刮走，侥幸临出门前，为防万一，婆姨凤珠在他的内衣里缝缀了个小口袋，装入几块碎银，此时这几块碎银就成了他的救命钱，因此也不敢大手大脚花费。到达包头后，他想李小朵等人本为外出演戏挣钱的艺人，生活必然节俭，住店也必不会住价格昂贵的豪华客栈，自己也便在博托河西河保偏人聚集的地方寻找家便宜的车马大店住下。店里一盘大土炕，住着南来北往各色穷受苦人。陈嘉丰向店家租赁一套破旧被褥，那被褥黝黑发亮，也不知被多少人铺盖过，缝隙间还隐藏着不少虱子。陈嘉丰无可奈何，看看自己身上长衫，经过一路摸爬滚打，早已破烂不堪，心想倒与这套被褥十分般配，心中苦笑不迭。于是每日夜间栖身于这许多穷受苦人中，听闻各种呲嘴放屁、脚汗体臭之怪声怪味，日间外出打探李小朵的行踪。

　　一连几日，陈嘉丰毫无收获，猜想或许李小朵等人一路演戏，行程缓慢，尚未到达包头也未可知，就到南海子渡口去守候。南海子渡口是晋陕汉人进入包头的必由之路，数日前陈嘉丰由此乘船渡河，即见到那渡口上船只云集，往来穿梭，客流量与货物吞吐量俱十分巨大，真不愧为塞外第一码头。原来包头的黄河段水运事业十分发达，在道光三十年，黄河泛滥将下游托克托厅河口镇渡口吞没后，包头南海子则代替其成为黄河中上游第一大渡口。陈嘉丰在渡口一连等待数日，并无收获，这日正要返回客店，忽然看到人群里有个人影十分眼熟，连忙赶过去一看，发现竟然是老家马家滩村的那对小兄妹中的哥哥家成。陈嘉丰大为诧异，赶紧向他张口询问，才知道在自己离开沙漠边缘的那个小村不久后，那位姓马的老乡误被土匪当作客商砍死，家成和小娉彻底成为孤儿，无奈之下结伴前往包头流浪，不料在过黄河时遭遇被人流挤散的不幸。陈嘉丰心中备感恓惶，于是再度把这个可怜的孩子收留在身边。

　　陈嘉丰和家成每日上街寻找李小朵与小娉，一直无有音信。这日回到店里，偶然听客人闲谈说两天前有个唱二人台的河曲玩艺班子，因为戏中有造反唱词，一班人尽数被官府缉拿。听客人连比带画讲述来，仿佛其中一个后生便是李小朵的模样。陈嘉丰赶忙带着家成赶往萨拉齐衙门打探，听差役说那玩艺班之人已被复字号的乔东家具保获释。二人又赶去乔家的店铺，在店铺掌柜的指引下见到了乔致庸。数年前陈嘉丰等三少年在河曲水西关由乔致庸主持结为异姓兄弟，乔致庸十分赏识这三个少年，想不到短短时间内在包头先后见到其中两人。乔致庸将解救李小朵的经过一一告诉陈嘉丰，并说李小朵为避祸殃，已于日前离开包头，去往别地谋生。陈嘉丰有心前去追赶，又担心家成人小腿慢，况且此去路途遥遥，祸福未卜，唯恐家成遭罪，心中一时犹豫不决。乔致庸询问了番陈嘉丰的经历，也听说了家成的来历，此时也可揣测出陈嘉丰的顾虑，于是伸手摸了摸家成的头说："这个娃娃年岁虽小，但携其妹不远千里寻父，在古城又以身当伞为其妹挡雨，可谓铁胆硬骨，情义无双，他日必出落为仗义豪侠、慷慨激烈之士，我心实敬爱之。"转而又对陈嘉丰说："契弟若信得过乔某，不妨将这个娃娃留在我这里，在店铺里做个学徒，既可学得一技之长，也可为契弟将来大展宏图培植羽翼。"陈嘉丰大喜，谢过乔致庸，就将家成留在乔家，自己回到客店结算店钱，径自去追赶李小朵。

陈嘉丰获知李小朵出包头向东而行，只当他们是往归绥方向去了，于是一路向东追赶，边走边打听李小朵戏班的消息，哪知沿途之人俱说近日并未曾见有个戏班经过。陈嘉丰更为加快脚步，指望到归绥城里能见到李小朵。这日到了归绥，亲眼看到那归化、绥远两城果然并不相连，归化陈旧，绥远簇新，但那归化旧城的繁华犹胜于绥远新城。陈嘉丰在归、绥两城连接寻访数日，李小朵等人宛如石沉大海，无有音信。陈嘉丰身上仅剩的几块碎银也将花费而尽，衣食堪忧，便寻思到街上揽个营生挣钱糊口。谁料归、绥两城虽大，揽工受苦的人却极多，莫说营生有限，"僧多粥少"，就是再无人竞争，主家看看陈嘉丰并不强健的身板，也都连连摇头。陈嘉丰挣不上银钱，也不待店家驱赶，自觉地从客店里搬出来，流落街头。

陈嘉丰离家以来，转眼已有三个多月。这天正是八月中秋，傍晚时分又下开了秋雨，天气异常寒凉。陈嘉丰身穿单衣薄衫，躲在归化城内店铺的雨檐下避雨。夜幕渐渐地垂了下来，雨也终于停息了，没过多久月亮升了起来。在皎洁的月光照射下，归化城的大街上人影稀少，不时有一缕缕清风掠过，为这个冷清的夜晚更添几分寒意。陈嘉丰腹中空空，可谓饥寒交迫。他漫无目的地沿街而行，看到街道两旁的人家灯明烛亮，有的人家在门口安置了桌子，摆上月饼和各色水果玩月。而在每一个十字路口，总有一些人点燃纸火，想是出走西口的人在向着远方的故土遥祭祖宗。纸火明明灭灭，使这个夜晚看起来竟有几分诡异。陈嘉丰不由想起在家之时，每年的中秋节自家也会在院子里摆上丰盛的月饼和水果玩月，全家人围坐一起，一边赏玩月亮，一边分食月饼和水果，其乐融融。至于祭祖，则要亲自到坟头上去，没有人会在十字路口随便点几张纸火草草了事。陈嘉丰在经过一个拐角时，一股疾风把路边树叶上的雨水刮落，洒得他满头满脸，他轻轻拭抹了一把，分辨不清脸上的是雨水还是泪水。

就在这个异常寒凉的中秋夜晚，陈嘉丰独自踟蹰在归化城冷清的街头，双手抱肩，瑟瑟发抖。忽然听见从远处传来一串驼铃之声，分外清脆悦耳，沿着这条长街越来越近。陈嘉丰看到有帮骆驼客拉着几头骆驼走到近前，在月光之下，骆驼的影子倒映在地上，显得十分高大。就在这帮骆驼客拉着骆驼快要从陈嘉丰面前走过去时，其中一人突然向陈嘉丰打招呼："这不是嘉丰外甥吗？"

陈嘉丰借着月光定睛一看，不由大为惊喜。原来不久前他在包头的车马店内住宿，偶然遇到一位府谷老乡。保德与府谷隔河而居，虽分属两省，却因一衣带水的缘故，两岸人民往来密切，情同乡亲。在交谈中，陈嘉丰得知此人名叫苏板信，原是一个受苦汉，年轻时因家乡闹灾荒，生活无着出走西口，后来落脚到归化城，靠给当地大商家"大盛魁"拉骆驼运货为生。苏板信听说陈嘉丰是保德郭家滩陈家的公子，十分高兴，告诉陈嘉丰说他就是榆钱的舅舅，榆钱的妈妈就是他的同胞姐姐。当年黄河泛滥水刮郭家滩，榆钱的父母双双丧生,是好心的陈家把外甥女榆钱祖孙俩收留到家养活,这事苏板信是听说过的。陈嘉丰听苏板信提到榆钱,不由心中疼痛,潸然泪下。在苏板信诧异的追问下,陈嘉丰不得不把榆钱在黄河里丧生的噩耗告诉他,苏板信听后亦不觉淌出两行清泪。两人好不容易止住眼泪,就此认作甥舅。次日苏板信上路,嘱咐陈嘉丰一旦有机会去归化,就到大盛魁商号门下找他相见。

苏板信和陈嘉丰在包头分别后,自随驼队下草地去给商号贩卖货物,直到此时方才折返回来,刚在商号里交接过货款,正要去商号的牲口棚安置骆驼,不期巧遇陈嘉丰。

陈嘉丰道声"惭愧",不好意思地向苏板信说明自己银钱花光,流落街头无处可去。

"家有金山银山,出门在外谁又会背在身上?"苏板信安慰陈嘉丰说,"你跟我来,等我去牲口棚拴了骆驼,你随我去家居住。"

陈嘉丰大喜,跟随苏板信来到大盛魁商号的牲口棚,把骆驼交由专人照管。苏板信等人各自背着自己的铺盖卷,每人手里还提拎着一包月饼和水果,那是商号给所有掌柜、店员和杂工分发的一份节日福利。苏板信等人各自分散回家。

苏板信的家在城中的一条破旧的小巷里。由于苏板信常年在外拉骆驼,在家居住的日子不多,是以和其他几名同伴合伙租了一间房子,谁在家时谁住。此时进得家门,只见一盘大炕上光溜溜的,并无一块毡席,显然近日并无一人在家。苏板信将铺盖卷展开铺在炕上,这个家看起来才有了一点生气。苏板信也没有生火做饭,打开那包商号分发的月饼和水果与陈嘉丰分食。夜里,陈嘉丰就和苏板信在一个被窝里"打蹬脚",即抵足而眠。窗外月光倾洒,照映得房子里也很亮堂。苏板信爬在炕头上抽着旱烟,询问陈嘉丰一些府、保家乡的事情,听到家乡到处闹饥荒,就连家底深厚的郭家滩老陈家都几近破产,颇多感慨。夜深了,苏板信磕熄烟锅,说:"该睡了,明天我去柜上支几个工钱,给你做盘缠回家去吧。"

"我是有家难回呀，这个不说也罢。"陈嘉丰说，"不过既然走出来了，咋价说也该干出点名堂，也不枉我出走口外一回。"

"可是在这口外地方，做大事的都是有钱人，又有几个穷受苦人能做成大事？"苏板信摇摇头说，"就是鼓捣个小本买卖，没有些本钱也是不行的。"

"难道就回去窝在咱们那个小山沟沟里，守着那么手片大个天，等着老天爷把咱饿死？"陈嘉丰说，"人活着就该有个奔头。我宁肯把骨头丢在西口外，活不出个人样就绝不回家！"

听到陈嘉丰主意如此坚定，苏板信心中钦佩，也就不再劝说。

苏板信道："眼下要紧的是要寻个营生做，有个饭碗，才能保命。只是你这身板，苦重营生怕是做不了，苦轻的又不好找。明天我去求求大盛魁的王大掌柜，他是你们山西代州老乡，看能不能破例招你当个学徒……"

陈嘉丰来到归化已有些日子，自然不可能没听说过大盛魁的名头。大盛魁是晋商在蒙古地区开办的一家商号，始创于康熙年间，总号最初设在外蒙的乌里雅苏台，后迁驻归化城，逐步发展成为内地商品在塞外的集散中心和最大的商业机构。据说大盛魁商号极盛时有人员六七千，商队骆驼近二万头，活动区域包括内、外蒙各盟旗和新疆乌鲁木齐、库车、伊犁以及俄国西伯利亚、莫斯科等地，其资本十分雄厚，声称其资产可用五十两重的银元宝铺一条从库伦到北京的道路。在当时，如果年轻人能够进入大盛魁当个学徒，可算是一件非常走运的事情。

陈嘉丰大为感激。

二

次日天色未明，苏板信早早叫醒陈嘉丰，摸黑来到大盛魁总号门前。借着天边露出的淡淡的曙光，隐约可看得清大盛魁左右门柱上镌刻着的一幅门联，上联是"戴月披星似鹏程，历尽沙漠极边路"，下联是"栉风沐雨若豹变，鸿开乌科万世基"。乌指乌里雅苏台，科指科布多，两地均为大盛魁在外蒙最大的贸易市场。这幅对联说的就是大盛魁艰难曲折的创业之路，读来使人油然生出许多感慨。天色尚早，大盛魁的朱漆大门尚且紧闭，苏板信领着陈嘉丰从街角向后绕去，来到大盛魁的后门。两人在门口等候不多时，天色渐渐亮透了，后门"吱扭"一声打开，从门里出来一人，只见此人年近六旬，中等身材，相貌清癯，神态洒脱，令人一看之下就不由肃然起敬。他便是大盛魁总号的大掌柜王廷相。原来大盛魁的上下人等，无有不知道这位王大掌柜的，无论日间事务如何繁忙，夜里又睡得有多晚，但每日坚持鸡鸣即起，沿街晨练，风雨无阻。苏板信在大盛魁门下多年，知道这位王大掌柜寻常事务繁忙，些许小人物难得一见，唯有此时最好见面，是以专程在此时候来求见他。

苏板信与王大掌柜本为旧识。原来苏板信自从来到口外，由于目不识丁，只是身体硬朗，能够吃苦耐劳，是以在大盛魁门下当了个拉骆驼的杂工，经过多年历练，成为一名经验丰富的老驼工。其间有一年，坐守山西的财东史家出了位少年俊才，忽然心血来潮，打算为先祖及大盛魁立传，遂亲自到草原各地走访。本来按大盛魁规矩，除了三年一度的"账期"分红时，寻常时候是不接待财东的，但因此事特殊，才破例接待了这位史财东。史财东提出要跟随驼队下草地亲历商队经商的过程，王大掌柜慎重挑选了老成干练的苏板信做向导，临行前嘱咐苏板信等人定要照顾好史财东。史财东跟随驼队下草地走了一遭，驼队返回时在途中突然遭遇暴风骤雨，眼看洪水就要袭来，同行的几名伙计俱自顾自仓皇逃窜而去，唯有苏板信一人一手紧紧拉扯着史财东，一边驱赶骆驼躲到高处，这才侥幸存活下来。等洪水退后，苏板信在泥泞中摸爬滚打，终于保护史财东平安返回归化，同时使商号的骆驼和钱物未受一毫损失。史财东在王大掌柜面前说尽了苏板信的好话，王大掌柜对苏板信的行为大加赞赏，经与几名掌柜商议，破例奖赏给苏板信一厘"身股"，记入"万金账"，从而使他在大盛魁名下有了分红权。这一厘身股虽然不多，却是柜上伙计干上十来年并且毫无差池才能达到的待遇，也算是大盛魁对苏板信这名低级苦工所立功劳的旌表。大掌柜王廷相并亲自许诺，苏板信日后如遇有个人困难，柜上定给予适当照顾。

　　一晃数年过去，苏板信并未因个人私事给商号添过麻烦，此次因陈嘉丰之事才特意来求王大掌柜。虽然时隔多年，王大掌柜还是一眼就认出苏板信来，热情地向他嘘寒问暖。苏板信把陈嘉丰介绍给王大掌柜，道明来意，同时把陈家在老家的情况略一叙说，王大掌柜一听就极感兴趣，尤其对陈家坚持周济乡邻、乐善好施的善举大加赞许，当即答应破例考录陈嘉丰一人。只是因此事涉公，必须遵循商号规矩，至于陈嘉丰能不能当上学徒，全看考试结果。原来大盛魁之所以能成为蒙古地区最大的商号，自有一套严明的录用学徒的规矩。录用学徒有两个重要前提，非山西籍的不要，而本号财东子弟亦不得入号。同时每录用一名学徒时，还得经过举荐、面试、初试、会试等程序，最后由高层决议。然而眼下并不在招纳学徒之季，破例为陈嘉丰一人开考，已属破天荒之大事，自是王大掌柜为实现当年柜上对苏板信的允诺而刻意为之。

　　王大掌柜回头与总号其他几名在家的掌柜商量过，择日专门为陈嘉丰一人设考。因只考一人，一应程序一律简单而过。几名掌柜听了苏板信对陈嘉丰的举荐，俱无异议，于是分别出题，无非是书法、珠算、商务常识等等。陈嘉丰年仅十四岁即入州学参加童试，被录为廪生，对于书法，苏、黄、米、蔡四家，无不形肖神似。至于珠算，陈嘉丰在家时，陈家账务均经他之手，算盘打得滴溜溜转，而且还会双手打算盘，此时一手"双龙戏珠"耍来，令几名掌柜的眼花缭乱。此外其他商务常识，陈嘉丰当年在老家经营油坊以及在其他作坊、店铺所学，今日正好派上用场，因此也勉强过关。几名掌柜略一商议，当即决定录用陈嘉丰入号当学徒。

　　考试刚刚完毕，即有一人张口向王大掌柜索要陈嘉丰。这人也是刚才出题考陈嘉丰的掌柜之一。原来大盛魁商号实行的是大掌柜总负责的管理制度。在大掌柜之下，有二掌柜专门掌管财务，相当于大盛魁的大管家，三掌柜专门负责骆驼和猎狗的豢养与管理，相当于物流与保卫方面的总管，其下各位掌柜分别负责内、外蒙及其他各省的分号事务，此外还按行业设有专门负责茶叶、生烟、牲口等的专职掌柜。这些掌柜各自身居要职，独当一面，却又彼此相互渗透，由此可知大盛魁的管理机构相当庞大、健全。这名张口索要陈嘉丰的掌柜，便是专门负责外蒙乌科分号的史振兴。别看史振兴尚不足四十岁，但仅从他负责的外蒙乌科分号巨大的市场业务，即可知道此人绝非等闲之辈。那名留着山羊胡、叼着旱烟锅的二掌柜调侃道："史掌柜，年前招录的那批学徒，你就把头三名争夺了去，现在又要抢这名年轻俊秀，我说你就不怕这些后起之秀把你的饭碗夺去？"

史振兴嘿嘿笑道："人才再多也恨少，蠢材半个也嫌多。如果他们真能夺走我的饭碗，我倒乐意躺在炕上享清福，免得被那外蒙古的'刮胡子'风刮得连胡子都长不出来……"

几名掌柜瞅着史振兴光秃秃的下巴，无不哈哈大笑。王大掌柜痛快地答应把陈嘉丰交给史振兴做学徒。史振兴大是欢喜，当即带陈嘉丰去财神庙进香。原来大盛魁的新学徒入号，都得到总号院内的财神庙进香，同时祭拜大盛魁创始人的英灵。

大盛魁的财神庙其实就是一间普通的大屋，屋内正中央墙壁上挂有三幅画像。陈嘉丰看那画像中人，俱为本朝装束，额头光洁，其中一人长辫盘在头顶，一时大惑不解。史振兴瞥见陈嘉丰的神情，哈哈一笑道："没想到吧，我们大盛魁供奉的财神，不是天上的黑虎赵公明，而是世俗间的凡人。"

史振兴一边帮陈嘉丰点香上供，一边指着正中间的那幅画像介绍说，此人便是大盛魁最重要的创始人王相卿，然后给他细细讲说大盛魁的来历。王相卿本是山西太谷县人，于康熙年间伙同祁县老乡史大学、张杰二人，跟随朝廷西征大军来到蒙古做随军买卖。噶尔丹叛乱平息后，三人继续留在蒙古经商，在乌里雅苏台设立商号"吉盛堂"，后更名大盛魁。只是因为蒙古牧民手中根本没有现银，只能用牛羊易货或者赊欠，不仅具有信用风险，操作起来也相当麻烦。三人在草原上惨淡经营多年，却只能维持保本。其间，王相卿前往喀尔喀四大部之一札萨克图汗的领地送货时，有缘与大汗谋面，谈起外蒙草原上物资供求的矛盾，两人均大有同感。其时因蒙禁制度限制，蒙古地区环境闭塞，莫说普通的游牧民，就连蒙古各部王公贵族们的日常生活用品也相当匮乏。大汗随即想到一个办法，就是把整个札萨克图汗草原上的货物全部交给王相卿供给，实行赊销，至于货款则由自己担保，并下令各旗王公催收，要不回来的就由全旗牧民公摊偿还，如此一举两得，两相裨益。王相卿当即痛快地答应下来，因为这样做实则是替自己化解了一道最大的难题。大盛魁需要做的，只是将货物送达目的地后，各旗王公清点接收，在票据上签字盖章，交易就算完成了，其余的赊欠货款和应缴牲畜由各旗王公担保，统一征收。大局既定，王相卿便无须四处奔走，只身坐镇乌里雅苏台总号，指挥手下人马在外蒙草原放手推广这种"印票"贸易方式。王相卿首创印票业务，为大盛魁的长远发展奠定了基础，成为后人顶礼膜拜的"财神"。

陈嘉丰听罢讲说，不由对画像中的这位人物肃然起敬，在神案下深深拜伏。

史振兴接着介绍第二幅画像，说此人即是与王相卿共同起家的张杰，在王相卿病逝后继任做过几年大掌柜。陈嘉丰给张杰敬过香后，又听史振兴介绍第三幅画像。大盛魁的第三任大掌柜秦钺是山西右玉县杀虎口人。秦钺担任大掌柜是在乾隆年间。其时随着大盛魁首创印票业务，这种贸易方式很快为众多商家所广泛应用，蒙古草原上印票业务呈现出混乱的局面。秦钺未雨绸缪，及早跟蒙古王公拉拢关系，并借蒙古王公进京年班之机主动为他们提供大笔现银借支。所谓"年班"，即是清廷建立的蒙古王公贵胄轮流进京朝集的制度。此项制度既是给予蒙古王公至高无上的政治待遇，使他们有机会参与国是，同时也是防范蒙古各部造反的人质手段。只是这项制度对于蒙古王公却是一道不小的难题，因王公们进京年班需要大笔的开支，他们尽管拥有巨大的草场和大量的牲畜，可是却缺乏现银，需要借支，而且数目不小。别的商号避之不及，只有秦钺独具慧眼，主动为蒙古王公提供借支，同时把这项业务亦纳入印票业务范围。王公们得到大盛魁的好处，进京后自然而然地为大盛魁说了不少好话。后来在朝廷整顿蒙古草原上混乱的印票生意时，大盛魁最终得到朝廷的确认，并获得了朝廷颁发的盖有乾隆玉玺的"龙票"，成为少数保留下来的合法商号之一。之后，秦钺又采取办法，从其他老商号手里争夺对驻边军队、官府以及朝廷设置在口外所有驿站的日用供应，印票业务的供应链再次得到扩展。因为秦钺为大盛魁的兴盛发展立下了汗马功劳，自然成为大盛魁供奉的第三位财神。

陈嘉丰拜毕秦钺，刚要起身，却见史振兴又抬手指了指画像旁边的空墙壁说，这个位置只怕非现任的大掌柜王廷相莫属了。陈嘉丰兴致盎然，继续倾听史振兴讲说王廷相的功绩。大盛魁总号于嘉庆年间由乌里雅苏台迁到归化城，在整个道光、咸丰年间，担任大掌柜的即是王廷相。王廷相是山西代州人，少年时即进入大盛魁做学徒，出徒后离开北方，常年在福建的武夷山区专门为商号采买茶叶。为了缩短茶路，王廷相提出了在湖北蒲圻、崇阳和羊楼山一带开辟一个新的产茶区的构想。在总号的支持下，王廷相说服当地农民进行试种，并免费为他们提供茶树苗，答应一旦试种失败则赔偿全部损失，结果王廷相的试验大获成功。接着王廷相又在距羊楼山不远处的汉口创建了一座茶叶加工作坊，专门加工成品砖茶。王廷相开辟的湖北茶叶种植和加工基地，不但为大盛魁商号印票生意的主要经销品种提供了稳定的货源，而且大大缩短了运输路程。虽然后来发生太平天国战争，长江中下游一带交通中断，浙江、福建、江西一带的茶叶北上通路被阻断，大盛魁湖北茶叶基地生产的茶叶仍然可以源源不断地运往外蒙和中俄边境。不说王廷相担任大掌柜后为大盛魁建立的功劳，仅此一项创举，就足以登上大盛魁的第四位财神宝座了。

听罢史振兴的讲说，陈嘉丰才知道大盛魁的来历果然极不简单，大盛魁的历任大掌柜负有"财神爷"的称誉，当真是名至实归，不容置疑。

三

陈嘉丰在大盛魁当学徒一晃数年。按大盛魁的号规规定，学徒入号后先吃三年白饭，三年出徒后成为伙计，可按月领薪，而要真正担当大事则要熬到三个账期后。一个账期三年，三个账期将近十年，只有熬过这三个账期，才可以顶得一二厘身股，成为"号伙"，从此便有了分红权。身股逐步增加，记入万金账予以确认，直到能顶到七八厘身股，就可能被提拔为三掌柜、二掌柜。可别小看这份身股，当今的大掌柜王廷相的一股身股，每个账期可分红一万余两白银，高于当时绥远将军的年俸数倍不止。

在学徒期间，陈嘉丰待在总号学习商务常识和蒙古语，出徒后则追随在史振兴身边，每年往来于归化与乌里雅苏台之间经营商务。在史振兴的带领下，陈嘉丰有幸跟随大掌柜王廷相参加过外蒙的"楚古拉"大会。"楚古拉"大会三年一届，外蒙各旗盟王公在会上选择、确定供货商，同时与商号商讨货物价格、利息及偿还日期，事项一经确定，三年期间不得变动。自当年从王相卿手上开始，大盛魁就一直是"楚古拉"大会的赢家，一百多年来这地位始终未曾改变。大会结束后，各旗盟每年一次经过统计，向供货商提交要货清单。供货商按清单备好货物，组织大型骆驼物流大队，由归化向乌里雅苏台进发，然后分散各地交货。这样的大型驼队通常有几千峰骆驼，其中每个驼工牵十四峰骆驼，称为"一把子"，每十四个驼工组成一顶"房子"，共有一百九十六峰骆驼。同时还带有十来只巨獒，用于一路上的护卫和夜间警卫。大盛魁每次向外蒙草原送货，少则十几顶"房子"，多则二十几顶"房子"。一路上，上百只大如牛犊的巨獒在前面开路，商旗迎风飘扬，数千峰骆驼逶迤而行，那气势何等壮观夺目！而每年秋后，大盛魁的掌柜伙计来到各旗盟，按印票账记录的数量挑选羊马，选中的做上记号，由各旗盟派人赶到指定地点。大盛魁再组织大型队伍，把这些羊马组成羊房子、马房子，从乌里雅苏台赶往归化。每顶羊房子赶羊约一万五千只，一顶马房子赶马一千五百多匹。运抵归化后，除选送军马外，大部分通过归化城的羊马市场批发给各地客商，行销于全国各地，其余部分则另外组织人员赶运，直接销往晋、豫及直隶等地。

陈嘉丰也曾跟随商队到过恰克图。恰克图是中俄两国贸易中一个重要的中转站，因中方的主要商品是茶叶，故这条横亘在中俄之间的国际商道就叫作"茶叶之路"。茶叶之路商品流转的一般路径是：茶叶由各产地集中到归化，经库伦进入恰克图进行第二次交易，然后经由秋明、奥伦堡、罗斯托夫，最后抵达莫斯科。

陈嘉丰目睹过恰克图的繁华。在恰克图热闹的集市上，那里语言种类的繁多令人惊讶，有俄国腔的汉语，中文腔的俄语，还有蒙古调的俄语和汉语，或者俄调和汉调的蒙古语，各种语言在此进行"无障碍"的交流。繁荣的经济为恰克图打造了别样的社会图景，颇有"仓廪实而知礼节"的气象。中俄人民初次入市交易，一切唯恐对方见笑，故其辞色谦逊有礼，大有神话里"君子国"的君子风范。

数年之间，陈嘉丰跟随商队往来于归化与外蒙各地，大漠上的风沙把他原本白皙的皮肤雕琢得十分粗糙，草原上的牛羊肉和奶茶把他单薄的身躯滋养得强壮健康。史振兴时刻将他带在身边，手把手地言传身教，将自己半生所学的商务知识尽数灌输给他，而陈嘉丰也并未令史振兴失望，不仅能把所学知识悉数消化，而且有时候还能提出自己独到的见解。史振兴对陈嘉丰甚为器重，暗中盘算陈嘉丰一旦加入号伙，就把他提携到重要岗位上，只要多历练几年，将来自己的位置只怕非他莫属。

此时此刻，陈嘉丰再也不是那个从小山村里刚刚走出，对外面的世界茫然无知的少年。商业这一行当，对于他不再是一个模糊的概念，而是一套条理分明的程序，在他眼里看来简洁明快，有如禅理之于佛道，兵法之于将帅，是一套可随意运用的工具和技巧。他也懂得，商场有如战场，常常风起云涌，变化莫测，只有把这套工具和技巧运用到得心应手、恰如其分的境地，方可出奇制胜，立于不败之地。身为大盛魁的门徒，眼前不乏活生生的例子，从最初的创始人到历任大掌柜，无不是运用这套工具和技巧到极致的典型。莫说把他们身上所有的东西都学会，就是学个六七成，做一个成功的商人就绰绰有余了。

如果不是突然发生了一件事，陈嘉丰完全可以如愿加入号伙，顶上身股，并如史振兴的预期，将来成为大盛魁的一员干将，接管乌科分号，在中国北疆浩大的市场上跃马扬鞭、叱咤风云也未不可知。

这年初冬，天气刚刚转冷，陈嘉丰跟随大盛魁的商队从乌里雅苏台收账转回，刚刚回到归化城总号，就听号里的伙伴说，近些天连日有个内地老乡来寻访他。他正暗自揣测会是什么人，就有门房里的人通知他，说门外有客拜访。陈嘉丰赶忙来到大门外，举目一看，只见来人正是结义大哥李小朵。陈嘉丰喜出望外，亲热地拉着李小朵来到近旁一间茶馆坐下，喝茶叙话。

二人自从那年初走西口在府谷古城相遇，陈嘉丰为照顾家成、小娉两兄妹耽搁行程，李小朵先行上路，本约定在包头会面，不料阴差阳错，无缘相见，后来一个走了后套，一个来到归化。李小朵和玩艺班的伙伴们每年春出秋归，奔走在口外汉人聚集的地方演戏谋生，前山后山，前套后套，足迹遍布整个内蒙古中西部地区，只是为了避免麻烦，极少去往鱼龙混杂的城市，因此每次路过归化都是绕城而过，并不停留。直到不久前李小朵在半路上偶遇府谷老乡苏板信，才从苏板信口中获悉陈嘉丰的行踪，是以专程到此来寻访。

叙谈中，李小朵首先告诉陈嘉丰一件天大的喜事，就是他们的结义兄弟郭望苏并没有死，现在还活得好好的，就落脚在后套的苗家大渠上扛工。原来李小朵常年四处奔走，后套是他每年必去的地方，故而有缘与郭望苏谋面。陈嘉丰猛然想起当年初出西口时，在库布齐沙漠里目睹海市蜃楼的幻景，幻景显示郭望苏站在一座高大的沙丘上，当时自己便意识到他很可能还存活在世上，原来果然是真。陈嘉丰大喜过望，当即和李小朵约定，待自己忙过这一阵子就向号里告假，两兄弟结伴去往后套与郭望苏相会。

李小朵接下来又说，冬闲时节他回到老家，正月间专程走了趟保德郭家滩，去拜见拜爹拜妈。陈嘉丰连忙询问自家境况。李小朵说，自打过了咸丰五年，河保偏一带多少有了些雨水，地里也长出些庄稼，陈家产粮虽不太多，却也差强人意，只是村里有些人家日子过得恓惶，陈家的粮食大多周济了这些穷人。陈嘉丰再询问父母情况，李小朵接着说："拜爹拜妈身体大不如前，又因为十分牵挂你，这几年老两口没有一夜睡过个好觉。"陈嘉丰不觉落下两行清泪。李小朵又道,"二老告诉我,自从你离家出走后,你外父花费一些银钱给胡丘,那狗官也算消了气,官府差役也就不再上门叨扰了,因此嘱咐我在西口外寻访你,捎话叫你回家。二老还说,他们年岁不小,现在家里家外的事情都靠你媳妇一个人操持。嘉丰兄弟,不是我多嘴责怪你,你那媳妇要模样有模样,要情义有情义,不仅孝顺公婆,还对你死心塌地。有这样的好媳妇,你就该一门心思守着她过日子,这西口苦寒之地又有何值得留恋?"

陈嘉丰抹了抹眼泪,道:"我也早就想回家看看。可是进了大盛魁的门,就必须学满十年才可回家探亲,如果中途回去就等于自动脱号,岂不前功尽弃?"

原来按大盛魁及当时所有晋商的规定,学徒必须学满十年才许第一次回家探亲,第二次缩短为六年,第三次缩短为三年,以后每三年回家一次,并且中途不准私自回家,否则以自动脱号论处,一旦脱号,终生不得再踏进商号的门槛。

"男子汉大丈夫倒也该以前程为重,你若执意如此,我也无话可说。"李小朵兜转话题,"正月间去你家见到了你儿子盼盼,生得眉清目秀,十分可爱……"

"甚,甚,你说甚话哩?"陈嘉丰一头雾水,急忙相问。

"我说你儿子,跟你长得一模一样。"

"我甚时候有了儿子?"

"难道你不知道自己有了儿子?他现在都六七岁了……"

陈嘉丰的脑袋"轰"的一下,宛如被天上罡雷击中。他蓦然想起,在当年出走西口之前,媳妇凤珠忽然患上了嘴馋的毛病,爱吃酸食,还经常猫倒腰呕酸水,当时只以为是因为贪吃所致,又由于自己正一门心思张罗着要出远门,也就没有放在心上。想不到竟是她怀上了娃娃,一晃数年过去,儿子都已经有六七岁了!

这样一来,陈嘉丰铁定心肠要回家看儿子。当他向史振兴辞行时,史振兴苦口婆心地相劝:"嘉丰啊,你可知道,按大盛魁号规,学徒未满十年不得探家，只要出了大盛魁的门，从此便休想再进入。你是我名下最得意的弟子，就连王大掌柜也极其器重，只需再耐心历练一二年，就能加入号伙，将来必定前途无量。你看大盛魁门下的号伙，哪一个没有这点耐心？就说王大掌柜，当年没有当上大掌柜之前，回家探亲的时间也是少得可怜。他在老家的老婆流产一子，他老婆把死婴腌在罐中，等他回家后拿出来让他相认……"

陈嘉丰心头一震，低头沉思良久，最后言语道："我还是想回家看我的儿子。"

史振兴长叹一声："人各有志，不能强求。只是可惜了你的大好前程，竟毁于这一念之间……"

陈嘉丰打捆好行李包袱，去向王大掌柜拜别。王大掌柜连门都未开，只在门内淡淡地说了声："去吧。"然后悄无声息。

在陈嘉丰离开之后不久，王大掌柜因年老告退，史振兴接任了大掌柜。在整个同治及光绪初年，史振兴励精图治，把大盛魁发展到了极盛时期。史振兴最大的功绩就是把印票业务扩展到了税收领域。当时朝廷摊派到外蒙各旗的税捐是用银两计征，由于外蒙地方银两缺乏，蒙古族人多用牲畜缴纳税捐。在征收过程中问题很多，比如收缴时牲畜如何作价、收缴后又需饲养和出售变价……这些问题纷繁复杂，征税官吏不胜其烦。史振兴从中看到机会，主动禀告主管衙门，请求统统交由大盛魁负责。具体做法是税款先由大盛魁垫付，随后大盛魁在放印票账时一并催收，回收的牲畜由大盛魁饲养和出售变现。当时收缴不清的部分转入商号印票账，按月计息。印票业务发展到了这个份上，真的就算是扩展到了极致。而史振兴并不满足，通过创新发展和收购兼并两种方式，把印票产业链继续延伸，终至发展成了一个规模巨大、白银滚滚而来的业务网络。大盛魁的生意更是达到了空前繁荣。

第八章　沙壕塔

一

晋西北和陕北的汉人经古城出走西口，途经库布齐沙漠的东北部，有一个必经之地叫作沙壕塔。在整个走西口的年代，沙壕塔的周围都常有土匪出没。每年春秋两季，肩扛扁担、拎包携裹的汉人成群结队地往来于此地，吸引不少死囚逃犯、流氓恶棍汇集盘踞，抢夺劫掠，杀人越货。奇怪的是，那些土匪只是在沙壕塔周围的路口行凶作恶，却从来不到村里来，也不轻易侵扰村里的住户。因为他们都明白，走西口的人们都是奔着沙壕塔的客栈而来，只因为有这个村庄的存在，才给他们带来四季的衣食和不断的财源，而一旦把这个村庄毁灭，势必就会造成走西口的人改道他乡，从而也把土匪们自己的"饭碗"打破。

沙漠中土匪的恶劣行径也曾惊动省、道和旗、厅衙门，山西巡抚专门调集驻扎在代州城的大同府总兵进兵征剿，无奈官兵进入沙漠后，因气候与水土原因，自顾不暇，哪里还有剿匪的力气？再加上那土匪长期活动在沙漠中，狡兔三窟，神出鬼没，官兵连土匪的毛都摸不着一根，无功而退。自此后，土匪在沙漠里更加猖獗。

这年春夏之交，正是晋陕汉人走西口的高峰时节。沙壕塔的土匪异常活跃，他们潜伏在绵延起伏的沙丘之中，但凡发现路过的人们携带些财物，就跳将出来将其掠夺一光。这一日，沙壕塔著名的匪首邬板定亲自出马，坐镇指挥。自从今年初春时分因在这附近劫掠一对汉族祖孙，邬板定大腿上受了路过的一个蒙古骑士的箭伤，养息多日，这还是伤好后第一次出马。在沙丘上等待半日，并未有一名客商经过。邬板定心中沮丧，暗想今天早上叫手下喽啰翻阅皇历，皇历上明明写有"不宜求财"之句，自己尚且不信，看来今天"求财"之事必致落空。刚要带领喽啰回转匪巢，忽然远远瞭见从正东方向缓步行来一人。邬板定在沙漠中立足多年，自然知道走西口的人应当自南而来，正东方向虽也通向鄂尔多斯左翼前旗的北部，再往东则是清水河厅境，隔着黄河与山西的偏关县相望。偏关县走西口的人要么走旱路经清水河与和林格尔直接进入归绥，要么也要渡过黄河从鄂尔多斯左翼前旗的纳林汇集到这条西口古道上来，翻过坝梁到达马场壕，再从库布其沙漠来到沙壕塔。因此也就是说，正东方向本就不是一条路，更不是一条走西口的路。那么此人是从何而来？

邬板定等一众土匪好奇张望，只见来人乃是个年轻后生，双手用力地拄着一根树干削成的拐杖，步伐极其艰难蹒跚。依据邬板定在沙漠里生活多年的经验，知道这个后生必定是因为迷路而缺水缺粮，已经快要支撑不下去了。邬板定口中念念有词："倒也，倒也……"尚未念得几句，只见那后生果然扑身倒地，引得一群喽啰无不哈哈大笑。看到这后生浑身上下没有一点值钱东西，邬板定本不带搭理他，正要招呼喽啰回巢，忽然看见远处有几头野狼游弋而来，正一步步向那后生贴近。邬板定作为沙漠里的土匪头子，杀人越货，凶残暴戾，也可称作是沙漠里的一头狼，可是他还从没有亲眼见过真正的狼吃人的场面。此时看到狼群缓缓向那后生逼近，邬板定和手下喽啰兴致盎然，也不忙着回巢，一齐蹲立在沙丘上，等待着看一出血肉淋漓的好戏。

此时此际，只见狼群很快贴近那倒卧在地的后生近前，一头狼首先停立下来，其他的几头狼则继续前进，分三四个方向将那后生包围起来。选择好了方位，这些狼有的静止不动，虎视眈眈，有的悠闲地踱步，来回打转儿。邬板定等土匪们知道，这是狼在对猎物进行最后的观察，寻找适当的进攻机会。忽然只见地上躺着的那后生轻轻动了一动，几头狼连忙后退几步，看着那后生只是翻了个身，然后又一动不动了，那几头狼有的将身蹲下，有的昂身低头并放松了皮毛，这是狼发起攻击的行动信号。果然，只见其中一头狼将身昂起，迅速朝那后生蹿过去，眨眼工夫已扑到那后生身前。正在此时，忽见那后生眼睛倏地睁开，喉咙里发出一声沉闷的呼喝，宛如打响一声罡雷，紧接着身子一挣，手撑拐杖挺立而起。那头狼微一迟钝之间，只见那后生将手中拐杖用力一挥，把狼头打个正着，随着"咔嚓"一声响，拐杖断成两截。可是狼素有"铜头铁骨豆腐腰"之说，这头狼被打中脑袋，只是就地打了个滚，随即就又回转身来，与随后扑来的几头狼汇聚在一起，围成一团向那后生继续攻击。只是那个刚刚还精疲力竭，像个死人一样倒卧在地的后生，此时不知从哪里来的力气，将半截短棒挥舞得风雨不透。几头狼连扑带咬，那后生手中的短棒指东打西，一时间进攻的进攻，防守的防守，难解难分。恶斗半天，其中有一头狼被短棒击中腰腹，倒地毙命。可是剩下的几头狼并不退宿，仍然奋不顾身向那后生扑咬。那后生奋起抵抗，半天又听得"咔嚓"一声响，那后生手中短棒重重地击在一头狼的腰背上，几乎把腰背打断，这头狼哀嚎一声，一命呜呼。这时那后生手里的短棒又再折断，只剩下更短的一小截，连枝筷头长都没有。那后生干脆将这一小截木棍扔掉，随即从腰间拔出一柄牛耳尖刀来，和剩下的三头狼拼命。

一时间内，只看得那在沙丘上的一干土匪无不瞠目结舌，肚子里的心都被提到了嗓子眼上。人们都知道，狼是极其凶狠残酷的野兽，它们的斗志坚毅、持久，是其他动物无可比拟的。尽管剩下的三头狼在方才攻击时已被那后生的短棒击中各自带伤，可它们仍然不屈不挠地向那后生发起一波又一波的攻击。只是那后生的斗志却更加令人钦佩，浑身的力气仿佛用之不竭，手里的牛耳尖刀宛如一支绣花针般不住地刺击在狼的身上。到后来只看见狼与人一扑一闪之间，便有一股鲜血飞溅而出，也分不清是狼的血，还是人的血。终于又有两头狼相继被尖刀刺中要害毙命，五头狼只剩下最后一头了。

邬板定等土匪不由长长地吁了口气，可是凝神再看剩下的这头狼，只见它身宽体长，瘦骨嶙峋，两眼如灯，牙尖似刀，乃是狼群里最凶残的豺狼。此狼浑身斑秃，显然一生中曾经历过无数次极度凶险的撕咬拼斗，而此时身上又落满了无数处被那后生尖刀刺中的伤痕，却依然斗志昂扬，益发令人感到狰狞可怖。转眼再看那后生，只见他也是毛发倒竖，两眼猩红，身上的衣衫在搏斗中被群狼撕咬得没有一点囫囵处，裸露的身体到处流淌着殷红的血迹，但却并未显露出丝毫胆怯畏惧，站在那里宛然如一座铁塔，令人满怀敬畏。此时，邬板定等一干土匪早就没有刚开始时看一出好戏的心情了，他们只是屏息凝神地等待着这出"戏"的结局。是人杀死狼，还是狼咬死人，对于他们的灵魂深处来说是个值得思考的问题。只见豺狼和那后生持久地对峙着，彼此虎视眈眈，比拼着耐力和斗志。这番沉默的比拼更让人感到惊心动魄，令邬板定等土匪无不提心吊胆。终于那头豺狼再度发起了进攻，只见它迅速扑到那后生近前，突然将身一跃凌空纵起，张开獠牙巨口直向那后生的脸面扑咬过去。由于狼的进攻速度奇快，那后生仓促之间躲避不及，只好侧身让过狼的獠牙巨口，脑后早已散开的辫子却被狼嘴叼住，随着一串血珠飞溅，半边头发被连根拔去。在此同时，随着一声惊心动魄的嘶喊，只见那后生伸臂抱住狼身，张口咬住狼的喉咙，手中牛耳尖刀随之刺入狼腹。人与狼俱扑身倒地，经过几番翻滚挣扎，人和狼都失去了声息，终于静止不动。

过了良久，邬板定等大小土匪才从沙丘上奔跑下来，只见这片沙土地上洒满了斑斑血迹，既有狼血，也有人血。再看那个后生，浑身上下到处都是被狼撕咬下的伤口，简直没有一块完整的皮肉。后生的牙齿还紧紧咬在狼的脖子上，狼血还在汩汩流出。一名小喽啰上前去用力将那后生和狼分开，一脚把狼踹到一边，然后蹲下去探探那后生的鼻息，不由惊奇地叫道："好大的造化，居然还有气！"邬板定看那后生身上的伤口还有鲜血不断渗出，便随手自沙土地上捡起一支粗大的兽骨来，又从那死狼腹中拔出那把牛耳尖刀，擦拭干净，用尖刀将兽骨刮成粉末，撒在那后生的伤口上。沙漠里埋藏的兽骨，大多是远古动物骨化物质，具有快速止血的功效。邬板定久居沙漠，对这种兽骨止血的用途非常清楚。看看那后生鲜血渐渐止住，邬板定又从自己身上撕下块衣襟，扯成布条，把那后生浑身的伤口一道道包扎起来，然后吩咐众喽啰把他抬回巢中。众喽啰看着邬板定的举动，都非常惊讶，他们知道老大自从当上土匪，从来都只是杀人，何曾救过一人？此时老大发号施令，他们不敢迟疑，七手八脚将那后生抬起，救回巢中。

二

　　距离沙壕塔村不远处有一片陷下去的沙凹，四周野草萋萋，还生长着几株苍老的榆树。据当地传说，远古时候天地间有七部瘟神，专司瘟疫之职。因为他们但凡现身，就会给人间带来无限的灾难，所以天帝严禁他们出现在人间。其中有两部瘟神看到人间繁华昌盛，热闹非常，就罔顾禁令，私自来到人间游玩，结果给人间带来巨大的灾难。天帝震怒之下，将他们剔除出神班，永世囚禁在库布齐沙漠边缘的一个凹槽之下，是以七部瘟神后来只剩下五部。从此库布齐沙漠边缘的这个凹槽，成为天帝囚禁那两部违禁瘟神之所，附近凡人谁都不敢靠近。

　　然而谁会料到，就在这个充满死亡与恐怖气息的地方，同时又是一个颇具传奇色彩的洞天福地。就在那片野草地畔，在几株苍老榆树的掩映下，沿着沙凹边缘向下，有一个天然的洞窟。洞窟之内十分宽敞，错落有致地形成了一个个大小石室，大的有如厅堂，小的有如房舍，仿佛人类专门修筑的居所。在洞窟的下方还有一条地下河缓缓流过，河水清冽、甘甜，从不干涸。这样的环境，非常适宜人类居住。早在明清交接之时，有一股不愿投靠清朝的明廷将士誓死抵抗，与清军作对，后在清军的追迫下逃亡到此地，无意间发现了这个洞窟，便在此地隐居下来。出于安全上的考虑，他们杜撰了一个关于瘟神的故事传播出去，久而久之，当地居民信以为真，后来就真的无人敢靠近这个地方，这处天然的石窟，成为那些明廷将士最后的避难所。入清以来，自从朝廷开放边禁，附近道路成为晋陕汉人出走西口的一条主要通道，便有一些死囚、逃犯流亡到此地，偶然发现了这个石窟，于是以此为巢穴，靠拦路劫掠为生。由于此洞十分隐秘，再加上那个瘟神故事所起的庇护作用，一直未被外人发现。到邬板定当土匪头子，已不知有多少代土匪在此盘踞了。

　　这天邬板定出洞劫掠，突发善心将那个垂死的后生救回洞里，在一间石室安置下来，随即派遣几名小喽啰外出延请大夫。那沙漠之中四处荒凉，纵然有些村庄亦人丁稀少，哪里养得住大夫？寻常百姓患个头疼脑热，都是用土法治疗，除非患上沉疴重症，才到远些处的大镇树林召或包头等地请大夫。几名小喽啰无不一齐摇头，心想这项差使可不易完成。说来却也凑巧，几名小喽啰就近来到沙壕塔村，挨家逐户访问大夫。沙壕塔的村民大多靠经营客店过活，访问到一户人家，便有一位颔下挂着一丛山羊胡子的住客站将出来，询问病人是何病情？一名小喽啰说："是被野狼咬伤了……"另一名小喽啰道："是头发被狼揪去了……"还有一名小喽啰是个结巴，却偏偏不甘寂寞，也抢着说："不对，不对……他主要是……没吃没喝，饿……饿坏了……"大夫也听不明白，道："还是我亲自去看吧。"背起随身携带的医箱，跟随几名小喽啰出门。那几名小喽啰一路上依旧不断争执，为诊治那后生出谋划策。一个说要先治外伤，要不然会疼痛而死；一个说要先治头发，要不然将来会是个秃子；那个结巴却说应该先给喝水吃饭，即便治不活也可落个饱死鬼……七嘴八舌，聒噪不休。转眼之间来到一片沙凹地带，几名小喽啰前后簇拥大夫沿着沙坡下行，走向一个石窟。那大夫暗自叫苦，原来陷入了贼窝。也亏他行医多年，历练老到，知道天下无论王侯达官还是土匪强寇，无病绝不延医，也没有无事生非，专门劫掳、杀害大夫闹着玩儿的，于是定下心来，跟随几名小喽啰钻进石窟。

　　大夫一眼看见那后生浑身带伤，血迹斑斑，气若游丝，脉搏虚弱，更为关键的是体内严重脱水，受当时那个年代的医术所限，可谓回天无力，于是连连摇头道："还是快点准备后事吧，这分明已是个死人，如何还医治得活？"

　　"胡说。"邬板定眼睛一瞪，"这位好汉刚才还生龙活虎，一口气连打死五头野狼，咋价便是个死人？你快快给我治来，如治不好，我便割下你的脑袋来当尿壶！"

　　那大夫被吓得打了个激灵，沉吟片刻道："也罢，便死马当作活马医吧。如实在治不好，求大王念在我家有老母的份上，饶了小人的性命……"

　　邬板定道："休要啰唆，快点开方子吧。"

　　"开方子不急。"那大夫道，"此人体内严重脱水，必须得先补充水分，只要能喂得进水去,便有活命的可能。"

"哎呀,这个我倒真没想到。"邬板定一拍脑袋,忙叫唤小喽啰去打来清水,自己亲自拿汤勺给那后生喂水。那后生牙关紧锁,哪里喂得进水去?邬板定张开蒲扇般的大手,在那后生两腮上一卡,那后生牙关松动,邬板定另一手一汤勺水便灌了进去。吓得那大夫连声叫道:"哪有这样喂水的,病人气息虚弱,岂不被呛死?应该慢慢地一点一点地喂。"

邬板定嘿嘿一笑,道:"这些婆婆妈妈的琐事,谁愿意去做?我便也只是伺候这位好汉,除他之外,就是我的亲大亲妈也懒得这般搭理!"

那位大夫嘴唇微微翕动,显然是咒骂这个土匪畜生不如。

邬板定正专心致志地给那后生喂水,并未发觉那大夫偷偷咒骂自己。眼见一汤勺水喂进那后生的嘴里,慢慢流进了他的喉咙,邬板定欣喜地道:"行了,喝进去了……"便依照大夫所说,慢慢地一点一点地继续喂。

大夫见此情景,心中所悬石头放下一半,于是要来纸笔,提笔开了一服汤药,为甘草、党参、茯苓、白术四味药材,名"四君子汤",此汤最宜给体虚之人滋补身体,而且为当地特产,取之亦十分方便。大夫开罢药方便赶紧向邬板定告辞,欲脱身离去。

"岂有此理?"邬板定道,"寻常人等进了我这洞天宝地,哪有活着出去的道理?"

那大夫吓得双膝一软,跪倒在地,磕头如捣蒜,语无伦次地央求:"大王饶命,小人家有八十岁老母,七八岁老婆,三十大几的吃奶娃娃……"

邬板定听了哈哈大笑,道:"饶你一命也可,只需把双眼挖出,舌头割去,再剁去两只手,眼不能看,嘴不能说,手不能写,我便放心饶你而去。"

自古大夫的行医之道,讲究的是望闻问切,即眼观、鼻闻、口问、手诊四术。挖去双眼、舌头,再剁去两手,无异于被敲烂吃饭的家伙,那大夫哪里肯依?

"要想活命,还有一法。"邬板定道,"便是好生留在此地,为我诊治这条好汉。如治得好,将来便封你做个医官。我记得梁山一百单八将里也有个叫

'神医'安道全的,给人拆骨换头,起死回生。你便做我们的'神医',大块吃肉,大秤分金,也不辱没了你的本事。不知安先生意下如何?"

"鄙姓柳,不姓安。"那大夫连忙辩解。张皇之间,他也未曾细想到邬板定所说的那个神医安道全给人拆骨换头,这样的医术世间是否存在,他只是连连摇头叹息,然而无可奈何,只好答应暂且在这里安下身来,等待机会再做脱身之计。

既然陷在贼窟无法离去,柳先生便耐下心来仔细给那后生疗伤。他叫小喽啰打来一盆清水,把毛巾蘸湿,给那后生擦拭脸上的血迹。血迹拭去,柳先生忽然觉得此人面目似曾相识,静下心来细想,果然想了起来。柳先生向邬板定探问:"莫非大王和太平天国有往来?"

"胡扯,我何时与太平天国有什么往来?"邬板定道。

"那你为何要救这位长毛教父?"

"什么长毛教父?"

原来这位柳先生乃是山西偏关人氏,自幼传承家学,成为一名有名的大夫,只因当地苛捐杂税沉重,柳先生每年所获诊金尚不足应付官府的各项课税,所以年岁方介不惑,因整日为五斗米操劳,形容相貌看起来已相当苍老。近来听说西口之外富庶繁华,人民生活宽裕,于是便也背起医箱,打算到西口外挣一碗饱饭吃。因他长期居住在偏关县城,对县里的一些大小事情也都知晓一些。他也曾在县城城门口亲眼见到过官府缉拿长毛教父的绘影图像,是以对郭望苏的形容相貌一望便知。

邬板定听柳先生说此人乃是太平天国的长毛教父,不由感叹道:"怪不得如此英雄了得,原来是太平天国里的好汉!"按照常理来说,邬板定这个土匪头子素性凶残暴戾,视人命犹如草芥,发善心救人命的事情打死他也不会干,可是他虽然出身草莽,对英雄好汉历来却十分敬佩。他目睹郭望苏一个垂死之人,居然能焕发精神打死五头豺狼,其凛凛威风,堪与梁山泊的打虎英雄媲美,所以才会一改往日行径,大发慈悲援手救人。这番听柳先生说此人乃是太平天国的长毛教父,心中更加钦佩,于是安排手下人悉心照料。未过得几日，郭望苏已能睁眼说话，饮食方便，算是从阎王鼻子底下逃回生天。邬板定十分欢喜，命人每日殷勤伺候，自己也一天必来探望几回。这日外出劫掠，从一贩卖山货的客商手里抢来一大包人参，便叫人每日用大锅烧煮了，给郭望苏滋补身体。在这般强补下，那郭望苏脸色红润，身子骨一天比一天硬朗，不出一个多月，伤口已恢复到六七成模样，脑后被拔去的头发也逐渐生出，只是要生长到能缯辫子，还得假以时日。

却说郭望苏因遭奸人命油出首，那日在官府差役追捕之下，与心上人儿大丫先后自老牛湾的山崖上坠落黄河。郭望苏本是一头水中豹子，哪能这样就轻易被淹死？只是当时天色黑暗，老牛湾河道浪大水深，郭望苏在黄河里几番沉浮，也未能找到大丫的踪迹，只好游到黄河对岸栖身。黄河对岸已属内蒙古鄂尔多斯左翼前旗地界。次日天刚透亮，郭望苏又潜入黄河里往下游寻找了整整一天，仍一无所获，心中不由悲痛欲绝，遥望对岸的家乡痛哭一场。郭望苏哭罢，迈开沉重的双脚，向着内蒙古境地漫无目的而行，经两夜三日，到达沙壕塔附近。由于缺水缺食，他早已筋疲力尽，走到此处再也无力支撑下去，身子一软扑倒在沙地里。如果没有人打扰，也许他就会长眠于沙漠之中，再也不会醒来，可偏偏却出现几头豺狼向他发起攻击，在这千钧一发之际，属于人类独有的求生欲望猛然苏醒，郭望苏焕发精神，凝结自己毕生的力量和狼群展开了殊死的搏斗……

看着郭望苏的身体很快恢复，邬板定十分高兴，闲暇无事之时便来与郭望苏拉呱儿，这日便询问起太平天国的事来。由于太平天国是朝廷的敌对势力，当时凡是与太平天国有牵连的人，无不被处以通匪谋逆之罪，何况郭望苏落到现在这步田地，便是因为曾在太平军中当过兵而引起，所以更加不敢泄露身份，因此摇头推诿，假作不知。

"又何必对我隐瞒？我邬板定本就是沙漠里的一条好汉，与太平天国的行径无有两异，莫非我还会出卖你？"邬板定哈哈大笑道，"你的身份我们早就知道得一清二楚，你乃是太平天国的长毛教父……"

邬板定说着从身边取出一张缉捕令来。原来邬板定外表看起来粗鲁，内心却十分狡猾。他虽听柳先生说郭望苏是太平天国的长毛教父，心里尚存怀疑，便派一名小喽啰专程外出，在官府张贴告示的墙壁上偷偷揭了这张缉捕令来，亲眼看过之后才确信不疑。当时内蒙古中西部大部分地区属山西归绥道管辖，因此由山西巡抚衙门颁发的缉捕令，在口外部分地方也可看到。

郭望苏接过这张缉捕令来一看，只见上面绘画得正是自己的图像，而旁边密密麻麻的满、蒙、汉三种文字，却是一字不识。

"原来天下英雄不识字的多，邬某也是一样！"邬板定见郭望苏这般模样，哈哈大笑道，"柳先生何在？这里就你是个识字的人，却不是个英雄好汉，你且来给郭兄弟念一念。"

柳先生出身于岐黄之家，自幼读书识字，这张寻常的缉捕令，在他读来犹如张飞吃豆芽——小菜一碟。其意思大致如下：逆匪洪秀全聚众造反，阴谋夺国，欲与大清争高下，无异于蜉蚁之比苍鹰，燕雀之比鲲鹏。洪匪派遣长毛教父郭望苏赶赴山西发展教众，欲燃篝火于荒野。朝廷着令加急缉捕，并悬赏花红若干，暗花无数，等等。花红指正常的赏金，暗花则是指鼓动黑道人物为其效劳而给的赏金。这说明郭望苏在朝廷眼里十分重要，绝非寻常被通缉的人犯。

郭望苏在老牛湾家中遭官府追缉，本以为是因自己在太平军中当兵的那段经历泄露所致，不意自己却摇身一变成了太平天国的长毛教父。郭望苏心下自是明白，这定是蔡兴晋为免除后患、斩草除根所施的诡计。郭望苏细细回想，自己无意中的一段经历竟然落得这般结果，尤其想到青梅竹马的大丫因受自己牵连而遭惨死，尸骨无存，不由潸然泪下。

三

在邬板定的殷勤照料和柳先生的精心诊治下，郭望苏的伤势很快得以康复，脑后被狼扯去的半边头发也生长出有二三寸模样。这日邬板定便在洞里摆酒，庆贺郭望苏康复。酒席摆在一个天然石厅里，这个石厅十分宽敞，平时是土匪们的聚会场所，土匪们称作"聚义厅"。石厅正中有一条石桌，酒席摆在其上，邬板定和郭望苏居中而坐，两名土匪头目左右相陪，柳先生坐在下首，其余土匪俱席地而坐，推杯换盏，吆五喝六。邬板定捧着大碗向郭望苏敬酒，郭望苏并不推拒，端起酒碗"咕嘟咕嘟"一饮而尽。邬板定十分惊喜，与郭望苏连干三碗，看郭望苏依然面不改色，邬板定由衷赞叹道："太平天国的英雄果然不同凡响。"他哪里知道，郭望苏的酒量乃是与生俱来，和太平天国牵上关系，简直是"驴唇扯在马嘴上"，全然不是那回事儿。

邬板定如此厚待郭望苏，其实肚肠里自有他的小九九。邬板定在沙壕塔当土匪头子，天是王大，他是王二，谁都管他不着，原本十分惬意，此次偶然救得郭望苏，获悉他乃是太平天国的教父，心里不由滋生出些妄想来。其时太平天国在江南攻州夺县，在南京建立都城，与大清朝廷分庭抗礼，声势相当浩大。邬板定突发奇想，意欲借助郭望苏加入太平天国，横刀跃马，将来封王拜将，割据一方。酬酢之间，邬板定便把他的打算向郭望苏说了出来："郭兄弟身负重任外出发展教众，将来事成之后，便是太平天国的开国元勋，封王拜将，千古留名。我邬某人虽不才，手下也有五七十名喽啰，愿追随在郭兄弟麾下做一番轰轰烈烈的大事业。将来天下一统，郭兄弟好比是《兴唐传》里的秦叔宝，邬某便是程咬金，郭兄弟是《明英烈》里的沐英，邬某便是胡大海……"

郭望苏听邬板定这般说，不由吓了一跳，连忙摆手说："大王误会了，郭某真的和太平天国毫无瓜葛……"

"这个时候了，郭兄弟何必还像个抹不下脸面的婊子一样，遮遮掩掩？"邬板定脸色一沉，有点生气地道，"你的命还是我救回来的，将来举事之时，难道你当主帅，我给你做个副手还不成？"

郭望苏本是诚实敦厚之人，从来都不会说假话，因此还是继续解释说："我只是在太平天国里当过一年多的小兵，真的不是什么长毛教父……"

话音未落，忽见邬板定一下子脸色大变，眼看就要吹胡子瞪眼，柳先生在一旁看到，赶忙插嘴说："柳某听说自古成大事者，无不行为拘谨，言语审慎。昔年越王勾践在吴国做苦役三年，归国后每日卧薪尝胆，终至打败了强盛的吴国。后有杨四郎失陷番邦，隐姓埋名十五年，终于再次见到了自己的母亲。如今像郭兄弟这样的身份更当十分隐秘，咋价说这里也是大清的地盘，太平天国鞭长莫及，如非必要，便是在亲娘老子面前也不可轻易泄露。郭兄弟如此行事，自有他的深意，只怕是太平天国的规矩，大王也该谅解才是。"

原来柳先生虽是一介儒医，但生平医人无数，历练丰富，极善察言观色，阅读人心。自从他失陷匪窟，就知道自己的性命已经跟郭望苏紧紧捆在了一起，而且他早就看出来，邬板定素性凶残暴戾，杀人不眨眼，前手救人后手杀人的事情未尝做不出来。如邬板定一旦恼羞成怒翻了脸，一刀把郭望苏剐了，自己也就没有用处，恐怕也会被剁了脑袋。因此在紧要关头，柳先生插科打诨替郭望苏解围，同时也是为保住自己吃饭的家伙。

邬板定闻听柳先生之言有理，赶忙按住心头怒火，强作笑脸道："我这是试探郭兄弟的耐性哩。原来果然是干大事业的人，神色镇定，守口如瓶，恐怕就是屠刀架在脖子上也不会皱一皱眉头。这样的好汉，我邬某人交定了！"

邬板定其人出生在晋陕蒙三地接壤的一个小镇上，幼小时候本来是个好娃娃，家里除了大、妈，还有一个姐姐。因家境贫寒，全家靠大大一个人给富贵人家揽工过活儿。生活虽然清苦，但大、妈对他十分疼爱。镇上有一个书馆，每天讲些《水浒传》《明英烈》《兴唐传》之类的评书，邬板定打小爱听说书，看到他大一有空闲，便缠着他大拿出紧巴的钱带他到书馆里去听说书。闲书杂说听了许多，他对书里的那些英雄好汉十分敬佩，因此幻想自己长大后也能做条英雄好汉，大块吃肉，大秤分金，不再挨饿受穷。不料到十来岁上，他大因长期揽工受苦，积劳成疾，在给本镇张举人家砌窑洞时活活累死在工地上，留下母子三人无依无靠。无奈之下，他妈只好到张举人家揽活儿干，张举人看他妈还有几分姿色，便收留下来做佣人。未过多久，张举人便将他妈强行玷污。为了养活两个娃娃，他妈只好忍气吞声地在张家继续干下去。本镇便有些人常戏弄说他妈是个"锅头奶奶"，他当时也不懂，后来岁数渐大，才知道"锅头奶奶"乃是指跟别的不相干的男人合伙养家的女人。

打那时起，他懂得了什么叫羞愧。那个时候，他的姐姐已有十七八岁，出落得容貌俊俏，那张举人看在眼里，心痒难挨，又借故将其骗至家里，意欲强行霸占。他妈出手阻拦时，被张举人一把推倒在灶台上撞死，他的姐姐反抗无力，在遭受张举人的糟蹋后跳崖自尽。邬板定知道后，义愤填膺，当天夜里潜入张举人家，提把铡草刀将张举人一家尽数灭口，然后逃亡在外，到处流浪。由于邬板定身无所长，那江湖并不平白养活闲汉，饥饿难当之下，邬板定先是偷瓜摸枣，继而偷鸡摸狗，终至盗掠抢劫，行凶作恶，成为官府悬赏缉拿的盗贼。邬板定先后几次被捕入狱，挨过无数板子，受过无数酷刑，却终不悔改。后来因张举人一案事发，数罪并罚，被判了斩首之刑。就在官府即将行刑之前，邬板定伙同牢里几名死囚联手杀了狱卒，越狱潜逃，流亡到此沙漠之中的不毛之地，干起了杀人越货的勾当。

邬板定未达目的，贼心不死，便有意找些太平天国的话题来试探郭望苏。郭望苏生性耿直，胸无城府，只道自己不承认是太平天国的长毛教父，别人也就相信了。听到邬板定谈论太平天国的事情，却都是张冠李戴、道听途说之言，便不由自主把自己在太平军中所见所闻一一道来。有关太平天国的纲领制度、军旅建制及一些军政大事，郭望苏说得无不有板有眼。邬板定听得暗暗欢喜，心想："你还不肯承认自己是太平天国的大官、教父？若是寻常人等，单是那些王侯将相的官职姓名，怕也记不得这许多……"于是对郭望苏更加寄予厚望。

酒宴散时，邬板定已有几分醉意，但他兴致很高，吩咐喽啰做准备，自己要带郭兄弟出洞做笔"买卖"。所谓"做买卖"，其实就是拦路抢劫。郭望苏无可奈何，只好和柳先生跟随在邬板定身后，在十几名小喽啰的簇拥下走出洞外。

自从郭望苏被土匪救进洞里，柳先生即日也被"请"进洞里给他疗伤，转眼将近两月。洞中阴沉黑暗，只以油灯松柴照明。此时一下出得洞口，两人的眼睛被强烈的光线照射得都睁不开，站在洞口适应良久，方渐能视物。此时已近半后响时分，但因已是五月仲夏，阳光分外耀眼灼人。郭望苏跟随一干土匪自沙凹上行，到得高处，只看见到处黄沙绵延，沙丘跌宕，因数日前下了场大暴雨，在阳光的炙烤下，沙海四处蒸发着一股股氤氲之气。郭望苏举目张望沙漠景致，只见沙海莽荡，渺无人烟，天地苍茫，四际空旷，如此浩浩渺渺，空空荡荡，使人觉得自己的心也被剜空了一样……

邬板定带领一行人在一道沙丘上潜伏下来。沙丘地势较高，站在沙丘上瞭望，四际一览无遗。久在沙漠中盘踞，邬板定等土匪自然摸熟了走西口人的规律。走西口的人前一日在马场壕住店歇脚，第二天穿越库布其沙漠，多会在半后晌或天黑时分来到此地。邬板定等土匪眼睛紧紧盯着正南方向，直等到阳婆西斜，也没看到一个人影。原来今年因天干地旱，走西口的人比往年较多，只是近日老天爷忽然睁眼下了场大暴雨，土地得以滋润，出走西口的人才日渐减少，近几天来更是寥寥无几。邬板定等土匪空等半日，毫无收获，心下悻悻不乐，正待收拾回洞，忽然看见远处出现了两个小黑点。那两个小黑点缓缓移动，到了近前，可看清是两个十六七岁的半大后生。

"真是'嫖了姑子，买不起梳子'，咋的如此倒霉透顶！"邬板定破口骂道。原来按邬板定多年做土匪的经验，知道那些半大后生出走西口的，不是死爹没娘家境破落，便是家徒四壁日子寒酸，浑身上下也不会搜出几枚铜钿。邬板定一声招呼："回洞。"

一干土匪收拾刀械家伙，懒懒散散地下转沙丘。

"大王留步，大王慢走……"忽听那两个半大后生在沙丘下冲着土匪大呼小叫。

"真是奇哉怪也！"邬板定等土匪无不愣怔。按照常理，土匪不去抢劫路人已属万幸，难道还有路人自己招呼土匪抢劫的不成？

邬板定等土匪站定，只见那两个半大后生正跌跌撞撞地向沙丘上爬来。两个后生年岁相仿，身上的衣裳也还齐整，看来倒并非是穷困潦倒之徒，既然是有钱之人，难道就不害怕土匪？

那两个后生气喘吁吁地爬上沙丘，来到邬板定近前，"扑通"跪倒："终于找到大王了，求大王把我们收在手下……"原来是两个上门来当土匪的。

邬板定看看这两个后生，只见他俩面目苍白，身子骨也并不强壮，舞文弄墨倒还凑合，如何能做得来这行凶抢劫、杀人越货的买卖？邬板定眼珠一转，自腰后的刀鞘里抽出一把铁板刀来，随手划了两个刀圈，铁板刀寒光闪闪地架在其中一个后生的脖子上。邬板定哈哈大笑，道："乳臭未干，黄毛未褪，竟然就敢做官府的探子来摸本大王的底细，真是吃了熊心豹子胆了……"

那后生被吓得一动都不敢动，脑门上汗如雨下，只一个劲儿地连声讨饶："大王饶命，大王饶命……"

"大王，我兄弟俩真是慕名来投靠你的。"另一个后生更是磕头如捣蒜，一边磕头，一边说道，"我兄弟俩自小就对杀富济贫、占山为王的英雄十分敬佩，立志长大以后也当一条绿林好汉。邬大王威名远播，江湖上人人闻风丧胆，我兄弟俩如能投靠在大王手下，也算是遂了生平志愿……"

说起这两个后生，其实就是河曲唐家会土财主薛称心家的那两个活宝。前些时日，偶然听说后套的老苗回到河曲老家借贷得大笔银两，这两个活宝便尾随其后，在半途中行劫，谁料银子没抢上，反而被老苗一行人狠揍了一顿。事后两个活宝一商量，觉得兄弟两人势单力薄，又无打架斗殴的本领，如想成就大事，必须得依靠一座实力雄厚的靠山才行。一路上二人听说了沙漠土匪邬板定的名声，便沿路寻找而来，打算从此吃这碗不花本钱的饭。

"他妈的，老子做这不花本钱的买卖，乃是因为当初逼上梁山，无可奈何。天生立志想当土匪的贼骨头，今天还真是头一次遇见。"邬板定撤回铁板刀，骂骂咧咧地道，"你二人姓甚名谁，有何能耐，就敢来端这个饭碗？"

"我兄弟俩姓薛，我叫二林，他叫四林，河曲唐家会人氏。"薛二林道，"我二人翻墙上树、开门撬锁这些本领是有的，摆圈设套、瞒哄诈骗这些本事也是会的……"

"他妈的，原来是两个不学无术的小蟊贼。"邬板定大为不齿，"老子这一干弟兄，无不是刀尖上滚、浪头上翻，能打能斗，杀人放血的好汉。收留下你两个草包废物，岂不辱没了我沙壕塔大王的名头？来人，快把这两人的脑袋砍了，免得叫他们活着为害人间！"

"且慢。"郭望苏出得洞来，尚未开口说一句话，此时张口询问二人，"你们既是唐家会人，可知有个叫李小朵的？"

"小朵是我的本家哥哥。"二林、四林听郭望苏如此问，知道此人定与李小朵相熟，为求活命，忙不迭地回答，"我大和他大是亲兄弟，后来我大过继给薛姓人家为儿，故而我兄弟两人姓薛。"

二人的话半真半假，好在郭望苏并不知情，信以为真。

郭望苏向邬板定求情道："既是我故人的本家兄弟，求大王就饶了他二人的命吧。"

"郭兄弟如此说，我还杀他们做甚？"邬板定向二林、四林一瞪眼睛，"还不快滚！"

二林、四林从沙丘上爬起来，想要离去，又心有不甘，犹豫片刻，再次扑地跪倒，向邬板定磕头道："我二人死心塌地追随大王，就请大王收留下我们，哪怕在大王手下牵马坠镫，端屎倒尿，我二人也心甘情愿。"

邬板定忽然心念一动，暗自思忖，他二人既是郭望苏故人的兄弟，不如暂且收留下来，或许将来能派上用场，于是改口说："收留你二人也可，只是按行规，未曾犯有命案之人，入伙得先交'投名状'来……"

话未说完，二林、四林便抢着说："我二人愿交。"

邬板定解释说："这'投名状'可不是什么文书状子，乃是人头。"

二林、四林对视一眼，道："我们这就去找来。"

二人从沙丘上爬起来，四下张望，看见在沙丘下面正好有两人路过。这两人一老一少，老的六七十岁，小的只有七八岁，衣衫破破烂烂，显然是外出逃荒的爷孙俩。不待邬板定吩咐，二林、四林各自从腰间摸出一把尖刀来，一溜烟儿冲下沙丘，一人一刀，把那老少二人结果了性命，然后剁下脑袋，充作"投名状"。

郭望苏见此情景，心头一阵作呕，不由对方才相救二人懊悔不已。

四

薛称心家的这两个活宝就此在邬板定手下入伙当了土匪。在匪巢中安顿下来后，二人从其他土匪口中获悉郭望苏的"特殊身份"，便把他当作是自己的靠山，想方设法向他身边靠拢。哪知郭望苏生性正直善良，对二人行径至为不齿，根本不愿搭理。

郭望苏伤势既好，便不愿羁留在土匪窝中，柳先生更是恨不得早一天插上翅膀脱笼而去。二人同属偏关老乡，况且又是柳先生施展医术挽救了郭望苏，郭望苏对柳先生十分感激。二人私下里闲谈，郭望苏也便不隐瞒柳先生什么，把自己在太平军中的经历一五一十和盘托出。柳先生听了郭望苏的诉说，才知道所谓长毛教父原来是这么个来历，不由对这个后生的遭遇满怀同情。只是柳先生毕竟多吃了几年咸盐，前思后想一番，嘱咐郭望苏将错就错，千万不可把实情泄露给邬板定，否则惹得邬板定恼羞成怒，定会行凶杀人。接下来二人商议脱身之计，柳先生说脱身倒是不难，只是叫郭望苏编派一通瞎话来说，即是叫他承认自己是长毛教父，并且大口应承引荐邬板定将来加入太平天国，只要邬板定一高兴，准保放行无虞。

次日郭望苏便向邬板定提出辞行。邬板定一来真心敬佩郭望苏是条好汉，舍不得放行，二来企图依靠郭望苏加入太平天国的事情八字还没有一撇，心中迟疑不决。柳先生早已摸透了邬板定的心思，在一旁鼓动说："郭兄弟既然受太平天国之命外出发展教众，责任何其重大，只是长久陪伴在大王身边，一事未成，却也不是个办法。不如大王放行，叫郭兄弟自去办他的大事，将来招兵买马，举旗起义，那时候大王便到军中做个大将军，横刀跃马，叱咤风云，到头来封侯拜将，耀武扬威，岂不美哉？"

这番说辞正说到邬板定心坎上，直如一壶琼浆玉液捧到酒鬼面前，叫酒鬼不由心花怒放。邬板定眼巴巴地盯着郭望苏，指望能够得到他的一句亲口允诺，只是那郭望苏素性耿直，不会骗人，这番到了紧要关头，只见他嘴唇嗫嚅，却是欲言又止。邬板定半天等不到他开口说一句话，不由焦躁地抢问："郭兄弟，你被野狼咬伤，如果没有我邬板定大发慈悲相救，只怕你的尸首早就喂了野狼。有句话怎么说的来着，噢，对了，叫作'重生父母，再世爹娘'。郭兄弟，我便只问你一句话，待我这个'重生父母，再世爹娘'，你究竟打算怎样报答？"

邬板定这般发问，直叫郭望苏扑通一声跪倒在地，真心实意地回答："大王救命之恩，郭望苏没齿难忘，将来如有机会，定当舍命报还。"

"这便好了，郭兄弟既然答应将来舍命相报大王，便是答应无论将来发生什么样的事情，他都不会袖手旁观。"本来经过这两三个月的相处，柳先生已知道郭望苏敦厚诚实，不会撒谎骗人，因而事先早就编排好了一套说辞教给郭望苏，只叫他在此时闭着眼睛背出便可。谁知道果然是"硬教的曲子唱不响"，这个后生也可算是老实到了极点，只怕是把他架到断头台上也休想听到他说出半句假话。柳先生在一旁不由心焦如焚，只好借机插科打诨，替郭望苏解围。

邬板定听柳先生如此解说，心里还是有些不踏实，道："难道也答应将来举事之时，引荐我加入太平天国？"

"当然如此。郭兄弟连性命都舍得为大王丢弃，此外还有别的什么舍不得的吗？"柳先生干脆撇开郭望苏，自己编瞎话哄骗邬板定，"自古君子一言九鼎，一诺千金，难道大王还要叫郭兄弟起个毒誓不成？"

"哪里哪里，郭兄弟的人品，我邬某还有信不过的吗？"邬板定听了柳先生这番说辞，心里着实高兴，只当郭望苏已经真的答应将来引荐自己加入太平天国，到头来自己大可横刀跃马，封侯拜将，极尽荣华富贵。

邬板定欢喜之余，却又不由蹙眉道："我只是担心郭兄弟伤势初好，孤身一人在外，一旦旧伤发作，却叫谁来照顾？"

"这个却不妨。"柳先生接口道，"柳某愿追随在郭兄弟身边伺候，担保郭兄弟平安无恙。"

"有柳先生照顾郭兄弟，我自是放心。"邬板定沉吟片刻，又道，"只是郭兄弟身份何等尊贵，莫若再派两名兄弟去做跟班，嗯……不如便叫二林、四林去吧，他二人是郭兄弟故人的本家兄弟，行事也更方便。"

"我郭望苏一介草民，哪里修炼到叫人伺候的份儿？"只听郭望苏果断拒绝道，"除了柳先生，我谁都不带，还是我二人自去方便。"

邬板定听郭望苏这般说，一下子感到心底更加踏实。因他借口叫二林、四林去做跟班，实则正是试探郭望苏的诚意，这番郭望苏连"自己人"都不肯带去，必然是对自己无有异心。

邬板定当即吩咐喽啰摆酒给郭望苏饯行，郭望苏推拒不脱，只得耐下性子来喝这顿饯行酒。邬板定端着大碗连连向郭望苏敬酒，亏是郭望苏天生好酒量，才勉强应付下这样的盛情。

宴罢，邬板定安排喽啰给郭望苏和柳先生准备了行李，同时又叫喽啰端出满满一大盘金银来，叫郭望苏带着路上使用。郭望苏本是诚实敦厚之人，阴差阳错，误被土匪们当作长毛教父，受尽礼遇，心里颇不踏实，又见邬板定如此厚赠金银，哪里肯受，连连摆手拒绝。邬板定道："俗话说'穷家富路'。郭兄弟自去办大事，没有大笔金银铺路，如何可行？再说出门在外，不带点儿盘缠在身上，吃饭住店也成问题……"

两人推让半天，眼看天色不早，柳先生脱离匪窟心切，便在一旁劝说道："既是大王一片美意，郭兄弟也不必过分谦让，如嫌太多用不了，不妨少拿一些便是。"

盛情难却之下，郭望苏只好在盘子里取了一块最小的银子，邬板定哪里肯依，端起整盘金银硬要装进郭望苏的包袱里。郭望苏按住包袱，好歹不叫装进去。邬板定没办法，只好拣最大的金子挑了两锭，说："只此两锭，郭兄弟要收便收，不收就是看不起邬某！"郭望苏只好收下。

邬板定接着又从盘子里取了一大锭银子赏给柳先生。邬板定本已答应柳先生离开匪窟，现下又赏他银子，柳先生十分欢喜，连忙跪在地上磕头道谢。

"柳先生不必多礼。"邬板定哈哈一笑，说，"邬某本是仗义疏财之人，绝不会叫手下兄弟吃亏。便是柳先生的老母和老婆娃娃，邬某也已派人从偏关把她们接到一处地方供养起来。柳先生尽管放心前去照顾好郭兄弟，不必有后顾之忧……"

柳先生听得邬板定之言，心中顿时叫苦不迭。本指望远远离开匪窟，平平安安去做他的顺民百姓，哪知邬板定心机狡诈，早已把自己的老母和妻儿劫持在他的手掌心里。柳先生一筹莫展，只得暂且跟随郭望苏离去，一路上唏嘘喟叹，不知何时才能真正脱离土匪的控制。

说来却也是的，邬板定其人十分阴险狡狯，柳先生在他巢穴中住了两月有余，对沙壕塔匪窟的底细一清二楚，他咋会轻易相信柳先生不会对自己不利？他不仅把柳先生的家人控制在手心，同时也曾派人去过一趟偏关老牛湾，将郭望苏的情况核查一遍，听到当地土民与官府口径同出一辙，才彻底对郭望苏放心。眼下他把郭望苏看作是自己命中的贵人，指望将来依靠他飞黄腾达，是以在郭望苏二人前脚离开，后脚他又派了两名细作紧紧跟踪，时时传递消息，以不致使郭望苏甩脱自己。

郭望苏和柳先生离开沙壕塔，走出沙漠，经新民堡、树林召，到了南海子渡口乘船渡过黄河，抵达包头地面。郭望苏自忖是朝廷钦犯，一路上藏头藏脚，不敢在人多的地方露面，生怕给人认出来，尤其到了包头，不敢进入繁华闹市，只在郊外一户农家赁得一间土坯房居住。郭望苏并不知道，其实自己的案子早已了结。当日郭望苏在老牛湾坠落黄河，其时黄河上风急浪大，官府差役只当他已被淹死，偏关县令据此上报，省、道十分高兴，呈折禀奏朝廷，朝廷对山西一系官员大为褒奖。此案既销，长毛教父郭望苏其人在人间已"不复存在"。包头地属山西管辖，虽因交通不便原因获得销案消息较晚，当时缉捕郭望苏的绘影图像还张贴在城墙上，但经过数十日来风雨洗剥，早已模糊不清。

郭望苏本是穷苦人出身，打小就上船当了河路汉，靠出力受苦养活自己和家人，因此哪里能过惯闲散的日子？在包头落脚没几天，他便打算着找个营生来做。本来邬板定赠给他两三锭金银，那金子价值何其高昂，如兑换成银子花用，光是吃穿，怕半辈子都花用不完。只是邬板定无端救了他的性命，他无以为报，心中已是不安，如何还肯平白花用他的金子？是以刚到包头住下，他便把那两锭金子埋藏在租来的土坯房的地下，等待将来有机会还给邬板定。只那锭小银子，一路上用来做盘费，到了包头又赁房子，所剩已无多。郭望苏心想，这锭银子就算是借邬板定的，待我揽工受苦挣下钱，将来连本带息偿还他吧。

郭望苏打算揽工挣钱，又不敢到大庭广众之下抛头露面，只好在包头郊外寻访营生。偶然听说摸鬼营生颇能挣钱，又且多是在夜里干活，少见生人，于是便干起了摸鬼营生。夏天里有一回，一个口里来的老年人死了，主家雇他糊抹墓葬，他发现有个女主人便是自己当年在河曲黄河里和李小朵、陈嘉丰二位兄弟合力救出的白秀才的闺女，但是碍于自己的"特殊"身份，就找块布来蒙在脸上，也不敢与她相认。柳先生则自己动手做了个招牌，每日去往包头镇里摆摊行医。隔段时日，邬板定派来的两名细作便来与柳先生接头，柳先生只是回话说郭望苏每日四出活动，广泛招纳教众，此外并无其他。

郭望苏和柳先生二人流落在异地他乡，凡事忍让，不与人争执，分别靠自己的本事吃饭，倒也相安无事。转眼秋去冬来，天气变得寒冷，口外地方距离晋西北家乡虽不算太远，但气候尤为寒凉。郭望苏和柳先生二人特地请裁缝缝制了棉衣过冬。这一日天色还早，柳先生忽然早早收拾医摊回家，身后还紧跟着二男一女三人，各自牵着马匹。这两个男的，郭望苏认得便是二林、四林，至于那个女的，二林、四林介绍说她是后套大财主苗满原的闺女青婧。原来他们刚从后套来到包头，偶然遇到正在街头摆摊行医的柳先生，二林、四林硬拉着柳先生叫带路，来拜见郭望苏。郭望苏素知二林、四林心怀歹毒，不是东西，因此也不屑给二人好脸色看。此二人却早就有意把郭望苏当作自己的靠山，企图将来依靠他当官发财。他二人急于在郭望苏面前显露自己的"本事"，是以也顾不得当着青婧的面，便忙着向郭望苏吹嘘他二人所建的"大功"，把他二人专程去往后套哄骗老苗的闺女青婧做人质的事和盘托出。青婧在一旁听得，如梦方醒，又羞又怕，夺路欲逃，早被二薛扯住用绳子捆绑了起来。

郭望苏眼见二人如此为非作歹，心下不由愠怒，伸手去摸腰间的牛耳尖刀。这段时日来，柳先生和郭望苏朝夕相处，已知这个后生不仅不是什么匪类，而且心地淳善，好仗义直为，打抱不平，此时瞥见他伸手拔刀，便知道他已动了无名怒火，要动用武力解救这闺女。柳先生知道这样一来，纵然可救得这闺女，却也势必会导致邬板定翻脸，后果不堪设想，眼珠一转，计上心来，便抢先向二薛发话："这个闺女长得这般俊俏，倒和郭兄弟十分般配，不知二位小兄弟能否割爱，把她许配给郭兄弟做老婆？"

郭望苏闻言一怔，转头见柳先生正向自己挤眉弄眼，心中虽不明白柳先生的用意，却也按捺住自己没有拔出刀子来。

二薛听见柳先生如此说，又看见郭望苏沉默不语，只道他真有此意，心中暗自思忖，郭望苏贵为太平天国长毛教父，就连大王邬板定都十分巴结，指望将来依靠他飞黄腾达，他既然看上了这闺女，便不如把这闺女当成礼物敬献给他，只要他心中高兴，将来怕不关照我二人给两个大官做？至于到邬板定处，便据实回答，想必邬板定也不会奈我二人如何！

二薛当即忙不迭地满口答应："既然郭大哥看得上她，便只管娶去当老婆。莫说一个闺女，便是三个五个，只要郭大哥看得上眼，我二人也帮你骗哄来。"

二薛只道自己立下了不世之功，乐得屁颠屁颠地告辞而去。二薛刚刚出门，郭望苏就给青婧松了绑，欲待放她自去，又担心包头距后套路途遥远，她一个闺女家，只怕半路上又遭逢什么不测，于是便和柳先生商量，决定亲自护送青婧回家。柳先生见郭望苏如此古道热肠，却也不便阻拦，只是嘱咐郭望苏办完事早早回转包头。青婧骑着马儿，郭望苏不会骑马，便在一旁步行，护送青婧向后套而去。

第九章　掏甘草

一

　　陈嘉丰毅然脱离大盛魁商号，回转家乡。刚进家门，婆姨凤珠就把一个六七岁的毛头小子拉到他的面前。只见这个小子生得眉目清秀，俊俏可爱，活脱脱是自己小时候的模样。小孩固然认生，在陈嘉丰面前十分拘谨、胆怯，而陈嘉丰长期出门在外，连婆姨生养下儿子都不知道，此时一个半大小子骤然出现在面前，活灵活现的，也不由感到手足无措。父子二人面面相觑，都不知如何是好。"盼盼，快叫大大。"在凤珠一个劲儿的催促下，小孩才怯生生地叫了声"大……"陈嘉丰伸出手去，将小孩的手轻轻握在手心。这便是陈嘉丰与亲生儿子第一次见面的情景。

　　就在陈嘉丰出走西口后，当年腊月半头，凤珠怀胎期满生养下个儿子。小孩满月后，凤珠给儿子取个小名叫"盼盼"，即是盼望陈嘉丰及早归来之意。小东西稚嫩可爱，对于儿子出走口外夙夜牵肠挂肚的公公婆婆多少也算是个慰藉，一家人把盼盼当作心肝宝贝来抚养。盼盼受尽百般呵护，逐渐长大，刚刚两三岁上爷爷即为他启蒙，教些简单的字，后教《三字经》《百家姓》以及唐诗宋词之类，逐渐已会作些简单的诗文。陈家家学渊博，且盼盼又打小聪明伶俐，比之乃父当年六七岁上启蒙，腹中知识已不可同日而语。

　　自从陈嘉丰离开家后，凤珠即如凤凰涅槃，变得十分勤快起来。凤珠原本胸无城府，并不是个小肚鸡肠的人，又且自小家资富裕，作为家中独女，受尽了父母宠爱，每日只顾贪玩贪耍，莫说做些苦重营生，便是穿针纳线这样的女红也从未伸手沾过。直到嫁入陈家，上上下下也有不少丫鬟佣人伺候，因此只管做自己的少奶奶，何曾亲自动手做过家务？可是自从丈夫离家出走，一夜之间，使她一下子看清了自家家境状况不容乐观，于是便自己动手学做些家务营生，诸如擦炕扫地、揩墙抹柜之事，很快就学得像模像样，却也把自己家里收拾得干净整洁，纤尘不染。本来自从榆钱坠河后，公公婆婆专门雇了个老妈子伺候她，她也心安理得受用，后来学会了自己做营生，便用不着老妈子伺候。公公婆婆原是凤珠的拜爹拜妈，打小即如父母般疼爱她，自她嫁入陈家，仍然如做闺女时一般受尽宠爱，因此在凤珠眼里，公公婆婆也如同自己的父母一般。公婆二人原本精明强干，年岁也和凤珠的父母相仿，并不算大，乃是家里的顶梁柱，可是凤珠发现，自从嘉丰出走西口，老两口日夕牵挂，日夜不眠，一下子变得衰老起来，乌黑的头发变得花白，身体状况也大不如前，公公甚至患上老糊涂的毛病，行事颠三倒四，说话张冠李戴，闹下不少笑话。为给公婆分忧，凤珠在坐满月子身体恢复后，除了照料小孩，就连公婆房里的家务也包揽下来。随着盼盼长大，学会走路之后，每日总是由公婆领去玩耍，凤珠更加清闲，就把家里院外的琐碎事情全部操持起来。公婆原本无心管理家务，看到凤珠如此精明强干，便把陈家所有的事务，包括租地、收佃、仓储、放赈之事也一并交与她管理操办。凤珠整日忙里忙外，俨然成了一家之主。

陈嘉丰出走西口数年，回到家里首先遭到父母没头没脑的一顿数落，随后又听到父母连篇累牍、没完没了地对凤珠的夸赞。古训有云：父母在，不远游。陈嘉丰不能在父母身前尽孝，心中本就不安，又且流落在外数年也没搞出个名堂，对陷入困窘的家境未曾尽到一点责任，更感抬不起头来，反倒是受尽自己冷落的婆姨凤珠，一个女流之辈担起重担，把家务事业操持得有条不紊，井然有序。想想家里家外事务繁多，多少事情都落在她一个人身上，真是难为了她。陈嘉丰抬头去看凤珠，只见凤珠只是笑吟吟地望着自己，并无半点埋怨之色，心中更觉羞愧难当。

陈嘉丰的归来，使老陈家终于恢复成一个完整的家。陈父陈母焕发精神，喜笑颜开，几年间所患的大小毛病仿佛一下子被谁通通拈走了。凤珠更是精神抖擞，喜气洋洋，每日除了料理家务事业，还拿出浑身本事把丈夫伺候得舒舒坦坦。陈嘉丰暗中奇怪，凤珠原本性格大大咧咧，整日贪玩贪耍，几年不见竟然变得如此精明强干，而又温柔贤惠，不由令人刮目相看。陈嘉丰并非是个铁石心肠的人，此时终于体会到了凤珠对自己的真心，回首自己当年出走西口，多半是为了躲避凤珠和这桩婚姻，此时想来，甚觉当初自己懵懂无知，滑稽可笑。

　　陈家冷清的门庭重新变得红火起来，一家老小共享天伦之乐。盼盼自出生后从未见过父亲，只是在他的头脑里早就装满了母亲不胜其烦地对父亲的描述，道他英俊潇洒、正直善良、腹有才华，又且还有一身好水性，因此陈嘉丰在自己儿子的想象里形象几近完美。此时父子相见，固然因陌生而彼此显得拘谨，但毕竟血浓于水，相处未有几日，已消除了所有隔阂，颇为融洽。盼盼对父亲最佩服的就是他耍得好水，大河之上，横游泗渡，如鲤如蛟，逐浪翻腾，而且每次上岸都能捉得一两尾大鱼，比之黄河岸畔所有会水的人，父亲的水性无疑堪称一流。本来盼盼很小时候就羡慕别的小孩在黄河里耍水，只是因为他是一家人的心头肉，平时照管甚严，哪里肯叫他去水中涉险，如无大人引领，便是河岸边都不让他涉足一步。此时父亲归来，便每日放心地由父亲引领去河边耍水，父亲水性高超，不费力气就教会了他耍水。父子二人游水嬉戏，不尽欢乐。

　　这几年间，老天爷仍旧耷拉着一张脸，对百姓死活待理不理，每年仍有不同程度的旱涝冰霜之灾，但总的也算平和年头，地里的收成虽不丰盈，却也差强人意。只是苦了那些连田地都没有的穷苦人家，每年男人仍四处扛工受苦，将养家口，青黄不接、缺粮断炊之际，家中妻儿老小以剜苦菜、剥树皮延挨日月，而更使他们雪上加霜的却是鱼贡制度。数年之前，有清官白进为知州时，怜恤沿河百姓疾苦，曾几次三番上书，使鱼贡份额豁免一半，白进屈死后，新任知州胡丘将鱼贡份额恢复，甚或成倍加索，沿河百姓负担愈加沉重。由于连年大肆捕捞，河中石花鲤鱼数量剧减，近年来更是十分难求。鱼贡份额不减，沿河百姓无力负担，官府又将份额分摊到全州百姓身上，这样一来，保德百姓被搜刮得浑身赤贫，举州上下没有几家像样的富户。

　　自从陈嘉丰走后，老陈家仍秉承祖训，一如既往接济街坊穷苦人家，每年粮仓里有多少粮食，也都施舍得一干二净。陈家摊得的贡鱼，仍是由榆钱的爷爷每日驾小舟于天桥峡捕捞。天桥峡波急水深依旧，而石花鲤鱼却数量剧减，极难求索，因此辛苦一年也未必能捕捞得到几尾。到了冬天官府索贡，陈家不得已以钱粮抵贡，只是可怜了寻常百姓，捕不到贡鱼，又无钱粮抵贡，鬻牛卖女者无数。陈家虽也为少数街坊代替出资抵贡，然而杯水车薪，帮得张三帮不得李四，却也无可奈何。

陈嘉丰归来后，虽然凤珠心疼自家男人，唯恐男人受累，不让他插手家务，但他作为陈家独子，又是全家的顶梁柱，哪里肯坐吃闲饭，于是把凤珠肩上的担子分担一些，家里的事情由凤珠操持，门外的事情自己料理，夫妻携手共同管理家务事业。闲暇无事之时，陈嘉丰也乘兴跟随榆钱的爷爷去天桥峡捕鱼。不去不知道，去了吓一跳。只见天桥峡上到处都是捕鱼的渔船，密密麻麻，比过去不知多了多少倍，只是能捕到石花鲤鱼的却是少之又少。本来天桥峡水深波急，石花鲤鱼又藏匿在水底，极不易捕捞，在过去，陈嘉丰凭着自己的水性本领，大胆潜入水中捕捉，总会有所收获，可是现在，由于连年大肆捕捞，水中根本难觅石花鲤鱼踪迹，饶是陈嘉丰水性好，潜到石花鲤鱼藏身的石窟去摸，也极难寻觅到一两尾。如此一来，陈嘉丰也无兴致捕鱼，任由榆钱的爷爷每日在天桥峡上泛舟，捕到鱼也好，捕不到鱼也好，总归已做好了以钱粮抵贡的打算。

转眼秋去冬来，又到了缴纳贡鱼的时节。由于陈家贡鱼数量未足，榆钱的爷爷心中焦躁，趁着河岸边刚刚结冰，起早贪黑在天桥峡上泛舟，试图再捕捞几尾，完成贡额。忽一日从黄河上游流下凌来，榆钱的爷爷躲避不及，渔船被冰凌撞翻，榆钱的爷爷也丧生在天桥峡内。

埋葬了榆钱的爷爷，陈嘉丰心中十分沉痛。回到家里一年，他看到家乡的父老乡亲生活依然困苦艰难，而那该死的鱼贡制度又迫使多少人家赤贫如洗，雪上加霜。陈家为给祖上赎罪，每年虽把所有的钱粮全部捐赠给穷苦百姓，可毕竟势单力薄，心有余而力不足。陈嘉丰想道，要想帮助更多的百姓，就必须得拥有雄厚的财力，于是他毅然决定再度出走西口，经商挣钱。

当陈嘉丰把这打算说出来，陈母当场就号啕大哭，坚决不答应。陈父心中虽然一样不忍，可为了祖上相传的赎罪重任，又看到儿子有此雄心壮志，却也不便阻拦。众人抬眼去瞅凤珠，只见凤珠虽然也不住气地抹眼泪，却是哭中带笑地说："男子大丈夫，当志在四方。我一个妇道人家又咋价能干预丈夫的大事，耽误了你一生前途……"如此一来，陈母虽然难过，也不能强行阻拦儿子了。

经商做买卖，没有本钱不成。陈家素以耕耨田地为业，粮米虽还有些，现银却是不多。正发愁之际，凤珠从自己的衣柜里抱出沉甸甸一大包银子来，足足有几百两。原来是凤珠出嫁时，她父亲将油坊作为陪嫁赠给女儿女婿。这些年女婿不在家，外父另外雇人经营油坊，收入虽不如前，却也有些盈余。每年冬天结账，外父都亲自把油坊的收益送到女儿家来，几年间积攒下这许多。陈嘉丰万分感激，亲自到外父家去磕头道谢。有了这笔现银做本钱，陈嘉丰在大盛魁所学经商本领当即展现出来。在保德地方，除了石花鲤鱼闻名遐迩，另有一种特产亦声名远播，便是出产于当地黄河下游一带的油枣。此枣系红枣里的佳品，个大核小，皮薄肉厚，酥而味甜，油性很大。当年康熙皇帝西巡，正值油枣成熟，知州唐文德将此枣献上，康熙品尝后赞不绝口，遂将此枣亦定为贡品。由于此枣新鲜时不易保存，又且距离京师路途遥远，能够进贡到皇宫里的只是少许，各级官吏索取亦少。当地百姓收获后除将枣中极品献出纳贡，把所剩油枣烘干后储存起来，寻常食用或做走亲戚时馈赠的礼品。陈嘉丰出走西口数年，在口外虽也品尝过别地贩卖去的红枣，但如本地油枣这等佳品还从所未见。以陈嘉丰的经验，知道把本地油枣贩出西口，定可价值倍增，于是他拿出所有的银两，收购油枣六七千斤，到了第二年春天开河后，雇大船一只装载，欲溯水北上。

临行之际，父母妻儿俱到河边来送行，一家人难舍难分。尤其是盼盼，出生到六七岁上才头次见上父亲的面，经过一年来的相处，父子情深意厚，整日如影相随。此时盼盼拽着父亲的手，不忍分离。凤珠在一旁抹着眼泪说："盼盼都满八岁了，还没有个官名，今天你就给他起个官名吧。"陈嘉丰沉吟片刻，道："古代越国范蠡兴越灭吴，功成身退，泛扁舟于五湖，终成巨贾，为商界之楷模。盼盼之名不妨就叫一个'蠡'字吧。"

二

陈嘉丰乘船溯水北上，由于是逆流而行，船只大多时候需靠河路汉背纤才能行走得动。自天桥峡而上，多少年来，两岸的峭壁上被背纤的河路汉践踏出一行栈道来。那栈道有时贴近水面，有时悬在半空，有时清晰在目，有时隐匿不见，即便是鸟兽在上面行走，也时时有跌落的危险，端的是一条贴着鬼门关的生死路。常年行走在这条栈道上的河路汉，视此凶险早已如家常便饭，只见他们把全身的力量凝结在肩头的背带上，双脚有力地踩踏在无数次踩踏过的脚窝里，时而躬身如虾，时而类似爬行，一步一顿，义无反顾地向着一个目标行进。装载有数千斤货物的大船，宛如一个身材臃肿而又处处与人作难的懒汉，别人拉着它向前走，它偏要倒着身子向后退，可饶是它顽皮耍赖，一众河路汉也拉着它不折不挠行往上游。这是陈嘉丰第一次乘船远行，由于他对扳船之道一窍不通，只能呆坐船舱内，眼看着船工们扳船的扳船，拉纤的拉纤。黄河水奔腾汹涌，两岸峭壁如林，河路汉们所经历的种种艰难凶险，陈嘉丰通通装在眼里，对他们苦难的生活深有体会，不由得唏嘘喟叹，悲天悯人。

一路经由河曲、偏关，穿过喇嘛湾，驶出晋陕峡谷，进入内蒙古境地，两岸的峭壁豁然不见，黄河水流趋于平缓，河路汉们所遭受的苦累才有所缓解。这日经过河口镇，上行不远，包头南海子渡口已在望，眼看就要靠岸。说来也是陈嘉丰命里的一场劫难，本来还是风和日丽的好天气，突然间黄河上没来由地刮起一股怪风，掌舵老艄措手不及，货船失去控制，东西晃荡摇摆不定。这时，河道中间一艘摆渡的船只也同时失去控制，一头撞将过来，陈嘉丰的货船顷刻间侧翻，满船红枣尽皆倾倒水中，而那艘渡船虽未倾翻，舢板上却有不少渡客失足跌落水中。在此人命关天的时刻，陈嘉丰和船工们哪里还顾得及红枣，一个个忙着在水里救人。陈嘉丰水性本领出众，转眼之间已救出两三个人来。所幸两船船工都没闲着,再加上河岸上也有不少好心肠的河路汉纷纷跳下水来帮忙救人,所有落水渡客没有一个被淹死。上岸之后,还没喘过气来,忽听有一喇嘛用蒙古话叽里咕噜地乱叫嚷。陈嘉丰在大盛魁门下学徒数年,蒙古语乃必修之课,因此喇嘛的蒙古话难不倒他。他从喇嘛焦急的诉说里听明白,原来那喇嘛是一位苦行僧,数年来在蒙古各地传经布道,宣扬佛法,历尽千辛万苦,募得一些善缘,镀造了一尊金佛,意欲献回寺里供奉朝拜,可是刚才乘渡船过河时,装着金佛的包袱不慎坠进河里。陈嘉丰暗想此事乃因两船失事引起,自己也脱不了干系,心中歉疚,便脱掉早已湿透的长袍,再度跳进河里。初春的河水还是冰凉刺骨,可陈嘉丰已顾不得这许多,潜入两船相撞之处,在水中良久搜索。所幸那金佛自身沉重,落入水中并不随水漂移,而陈嘉丰的潜水本领又足够高超,终于在河底找回了金佛。那喇嘛接过金佛收好,双掌合十,用并不流利的汉语向陈嘉丰道谢,称赞他宅心仁厚,护佛之功甚大,佛祖在天必然庇佑,他日定会后福无量。

渡口上有好心的船家拾捡过往船只装卸货物丢弃下的稻草麦秸,点燃几堆篝火,叫浑身湿透的渡客和船工烘烤衣裳。渡客们一个个庆幸自己大难不死,烘烤干衣裳后纷纷散去,篝火旁只留下陈嘉丰船上的河路汉。方才货船倾翻,船工们都在忙着救人,无暇顾及货船,货船顺水漂流,早就不知道漂到哪个爪哇国去了。此时船工们一个个身无长物,神情凄苦,陈嘉丰眼看着这些个一路上为自己拉纤过碛的船工兄弟落到如此田地,心中极为难受。所幸临出门前,婆姨凤珠依旧如上次送他出走西口之时,在他内衣里缝制口袋,装入些散碎银子以防不测。陈嘉丰便把内衣口袋里的散碎银子拿出,分散给众人,叫他们做盘费回家,只有船主鸡换子因自己船只失事,导致一船红枣尽失,货主虽始终未埋怨自己,心中却忐忑不安。这个鸡换子,实则就是当年偏关县老牛湾的那个通河老艄。当年因儿子命油忘恩负义向官府出首救命恩人郭望苏,迫使郭望苏和大丫双双坠落悬崖。发生了这样的事情,鸡换子羞愤难当,当即不再把命油当作儿子看待,只是对郭望苏和大丫的生死至为关切,因此在郭望苏和大丫坠崖后,鸡换子即连忙跳入黄河救人,无奈当时月黑风高，老牛湾河道水深浪大，鸡换子几经沉浮，终无收获。天亮之后，鸡换子又沿着黄河一路搜寻，指望救不得活人死尸也要捞住，可是一路直追到保德天桥峡，仍然一无所获。鸡换子心灰意懒，干脆双眼一闭，一头栽进黄河，打算以死相殉，只是想死未死成，漂流到郭家滩河段时被正在岸边散步的陈嘉丰救起。鸡换子获救之后，也没有脸面说明实情，只推说是自己不慎失足落水。未能救得郭望苏和大丫，鸡换子无颜回家，自此就留在郭家滩一带扛工谋生。后来鸡换子看到保德人多有出走口外掏甘草的，便跟随这些人去口外掏了几年甘草，挣下一些银钱，才又回转郭家滩，打造了一只木船当上船主。此次有机会给陈家公子运输红枣，正是鸡换子出力报恩之时，谁知道这世间事往往是"偏染的布不上色"，满船红枣尽皆失陷。陈家公子不仅不怪罪，而且分发盘费时还不少了自己一份，鸡换子羞愧不已，连连摆手推拒。陈嘉丰宽慰道："船只失事非为大叔本意，要怪只怪嘉丰时运不济，命中当有此劫。只是因了给我运货，害得大叔连船只也没了，往后如何生活，倒叫我心中十分过意不去……"好说歹说，鸡换子才收下盘费。

天色不早，陈嘉丰和鸡换子结伴进城找客店歇宿。陈嘉丰这番来到包头，只见包头早已大变了模样。包头本是由塞外草原上的一片牧地发展而来，在地理位置上并不具备军事和战略上的重要性，就连分别管理当地蒙汉事务的旗、厅衙门都距离甚远，因此一直不受官府重视。后来随着包头的商业贸易日益繁荣发达，成为户部衙门在河套地区的补给库，包头方才纳入朝廷视野。在咸丰之末同治之初，因河套一带暴乱频发，匪盗四起，应旗、厅衙门及商民所请，工部专门划拨库银兴建包头城垣。只是出于清廷官吏普遍贪赃枉法的通病，原本足够修筑一座坚固城池的银两被层层剥皮，最后到位的微乎其微。负责修筑包头城垣的萨拉齐厅理事通判黄韬不知就里，只好就米下锅，随形就势筑起土城一座，尤其城门狭窄，仅可通一挂车马。饶是如此，包头城内街巷纵横，车马喧腾，店铺林立，买卖兴隆，已不折不扣成为塞外漠北的一座商业重镇。

当天夜里，陈嘉丰和鸡换子在城内一间客栈共居一舍。陈嘉丰打来一壶烧酒，坐在桌前自斟自饮，借酒浇愁。鸡换子自从当年在风陵渡酗酒失事之后，再不饮酒，此时早早躺在炕上，盘算往后的活计。半晌听鸡换子自言自语道："我这般回了家乡，也还不是一样样少吃无穿，要甚没甚，最多还是在人家船上当个扳船汉。莫若不回家，再去杭盖掏上几年'根子'，挣些银钱，将来好再买只大船过活。"

"大叔，'掏根子'是怎么回事，你能不能给我讲说讲说？"陈嘉丰早就听说过家乡父老出走西口，其中大多数人就是靠"掏根子"谋生，可"掏根子"到底是怎么回事，还真是一无所知。

"说起这"掏根子"，你们保德人最有发言权。不过我这个偏关人知道的也不少……"听到陈家公子发问，鸡换子从被窝里钻出来，点燃一锅子旱烟，吧嗒吧嗒抽了几口，饶有兴致地给他讲述开来。

原来，所谓的"根子"，本名甘草，是中药中应用最广泛的药材之一。其药性和缓，能调和诸药，历代医学家将其推崇为药之"国老"。甘草这种植物性喜阳光充沛、日照长、气温低的干燥气候和土层深厚、排水良好的沙质土壤，对土壤和气候具有极强的适应性。而在浩大的内蒙古中西部地区，除了有遍布各地的草原绿地，还有无数星罗棋布的沙漠绿洲。在这些干旱、半干旱的沙漠边缘、荒凉地带，极其适宜甘草这种植物生长。早在康熙年间朝廷开放边禁不久，即有走西口的内地人流落到这些荒漠边地，偶然发现这里盛产甘草，便掏采一些贩卖给当地药铺。由于当时蒙古地方甘草尚未开发，当地的甘草还得从内地贩进，价格高昂。消息传出去，便有更多的汉人汇集到这些地方，专事掏采甘草为业。时长日久，甘草行业在内蒙古中西部地区逐步形成，各地的草场越来越多，规模越来越大。而仿佛上天注定甘草行当就和保德人有缘，从事甘草行业的尤以保德人居多。其中有保德人王蕊父子依托"西碾坊"商号，于嘉庆年间涉足甘草行业，成为有名的"甘草头"大王，并且跻身包头"十大晋商"之列。因此可以说，甘草行业不仅养活穷汉，同时也是造就商界巨贾的一个行当。

陈嘉丰打小守家在地，只知道家乡父老敦厚质朴，老实木讷，没想到一出远门，就会一个个变得头脑灵活，精明强干，禁不住由衷赞叹。

"不瞒你说，大叔当年买船的本钱就是在杭盖掏根子挣来的……"鸡换子抽着旱烟，继续给陈嘉丰解说。

只有亲自在口外掏过根子的人，才知道掏根子这项营生收入甚高。甘草的生产一年中有两个收获阶段，第一阶段是在农历二月二"龙抬头"到四月二十八"药王爷圣诞"，第二阶段是从立秋到霜降这个时分，两个阶段共四五个月。实际劳动时间较短，运气好的话，一个掏草工一年最多可挣数十两银子，比光是刨挖土地的受苦汉多出数倍不止。

陈嘉丰听鸡换子说打算再度到杭盖掏根子挣钱，略一思忖道："大叔，我也跟你一起到杭盖掏根子去。"

此话一出，鸡换子不由惊异万分："少爷你这是说笑话哩。想你陈家土地成顷，家资富有，在老家乃是数一数二的人家，每年光是赈济施舍就不知要抛撒多少粮食。就算是你做买卖折了些本钱，原也伤不着筋骨，回转家里照样衣裳光鲜，饮食无忧，尽可宽宽心心过舒坦的日子。哪里比得我们穷苦人，好比是属鸡的，刨一爪子吃一嘴，刨挖不下就得饿肚子。再说掏根子的营生极其苦重，莫说是少爷你这样的身板，就是五大三粗的好受苦人一年下来也得脱几层皮。何况这营生还十分凶险，想那甘草根子埋在土里，有时候得掏几丈深，沙土一旦塌陷，人就被活埋在土里。所以人家说'杭盖掏根子自打墓坑'。这样的营生，哪里是你能做的？"

"大叔有所不知。人说'家家有本难念的经'，我家也不例外有一本这样的经，其中详细一时半会儿也说不清。"陈嘉丰道，"只是我自小读书，素知积聚之道，莫于商贾。况且我在大盛魁门下学徒数年，虽不敢说学得一身本事，却也于商贾门道略窥一二。此番贩枣出口，本欲一试身手，不意遭此劫难，如若就此落拓回乡，恐怕从此意气消沉，将来落得一事无成。何况古人说'男子三十而立'，我今年已三十，连一件小事都做不好，有何面目回转家乡？莫若就留在口外，等待机会，相信将来定会有所成就，也不枉我陈嘉丰在世一场！"

鸡换子听陈嘉丰这样说，心中大是钦佩，暗想这陈家少爷果然非池中之物，将来必定不会落于平庸。于是不再劝阻，只是打定主意，到了草场后一定好生照顾于他。

三

杭盖之地，属当地名刹广化寺所有。广化寺坐落在土默特左翼旗毕克齐镇北部的大青山中，是一座藏传佛教寺院。此教属喇嘛教格鲁派一支，因僧人戴黄色僧帽，故称"黄教"。黄教自从传入蒙古，蒙古族人民甚为笃信。清朝建立后，认为黄教的思想和教义具有"使人迁善去恶，阴翎德化"的作用，因此在蒙古进一步倡导和推行该教。乾隆四十八年，清廷正式封赏这座寺院为札萨克寺院，等同蒙古贵族封爵，并命名该寺为"广化寺"，意即"教化一切"。朝廷封赏给广化寺的土地甚多，大青山脚下南端方圆数百里，莫不尽属该寺所有。起初，寺属土地只有蒙古族牧民养羊放牧，为寺庙提供供养，后来随着走西口的汉人涌入，该寺便把大量土地租给汉人耕种，增加收益。至于杭盖这块地方，因土壤沙多土少，地质干旱，既不适宜放牧，又不适宜种植庄稼，在喇嘛眼里原本毫无价值，可是也一样有汉人肯花些价钱租去，说是掏什么根子，喇嘛也不管根子是什么东西，只要寺院有所收益，便乐意为之。

这年春上，杭盖草场开工已有一段时日，这日忽又跑来两个揽工汉，其中一人约莫三十岁年纪，身着长袍，神形中流露出读书人的儒雅之气。当他来到草场的柜房报名当掏草工，柜房先生在名单上给他录下的姓名是陈嘉丰。有一些保德籍老乡认出他便是老家郭家滩乡绅陈家的公子，心下莫不疑惑。草场掌柜听说郭家滩乡绅陈家的公子来给自己当掏草工，亦觉十分蹊跷，连忙赶回柜房仔细盘问。

草场掌柜本名郝开友，原是保德州城近郊乡村的一个土财主，家中颇有些田产，日子倒也过得富足，只是此人天性贪婪，极善钻营，雀过拔羽，雁过揪翎,就是天王老子的便宜他也一样要占,被乡邻称为"好揩油"。一次,郝开友在城里赌馆遇到几名外地人,便巧使手段,把那几人的钱财赢个精光,不意这几人本是一伙到处流窜作案的盗寇,当日夜间,这伙盗寇便找上他家门去,将他家中财帛尽数抢光,临末还放了一把大火烧了家院。郝开友自此家道中落,不得已只好变卖田产度日。也是各人自有各人的际遇,郝开友娶妻河曲唐家会薛氏闺女,与偏关籍书吏奚耀珍同为连襟。咸丰五年初,奚耀珍随同原河曲县令胡丘调任保德,在州衙继续充任书吏。郝开友凭借连襟这层关系,常常进出衙门,借机讨好巴结知州胡丘,希图攀龙附凤,捞取好处。由于郝开友和胡丘同属不学无术之辈,吃喝嫖赌的本事与生俱来,因此很是臭味相投。郝开友不惜变卖光自家所剩不多的田地,给胡丘喝花酒、包婊子、垫赌资、买洋烟,舍去了不少银子。看看火候差不多了,郝开友便思谋把投入加倍捞取回来。看到本州有不少人到口外开办草场,获利颇丰,郝开友便撺掇胡丘拿银子开办草场。胡丘原本是唯利是图之辈,千里做官只为钱,保德州地瘠民贫,即便刮地三尺也刮不出多少银子。眼下听郝开友这般为自己着想,甚为高兴,于是把州库里的官银盘出,委派郝开友亲赴口外开办草场。郝开友大是欢喜,未等登程即打算好将来分利,莫说三七开,就是五五开,也算是便宜了胡丘这个草包!郝开友来到杭盖后,凭借手中资本,花钱送礼笼络广化寺喇嘛,很快将甘草产量高、位置好的地段据为己有,而把其他小本经营的同行排挤到偏远地带,以致逐步赶出这个地方,独霸了杭盖。郝开友不仅排挤、欺压同乡,盘剥手下的穷受苦人,就连广化寺的便宜也一样占。因该寺寺属土地广阔,郝开友常常把界线扩展到所租地界之外,在不属于自己的地盘上开工挖草。寺中喇嘛本来待人宽厚,又收了他的礼品,对他超占土地的事,只要不太过分,也不予理论,只是郝开友不辨好歹,得寸进尺,久而久之,不仅大量超占土地,而且开始逐年消减租金,寺中喇嘛渐渐对他不怀好感。

直到问清陈嘉丰乃是因贩运红枣,在黄河上翻船失事,导致血本无归,无可奈何才流落到自己的草场来,郝开友方感宽心,随即略一沉吟,道:"老陈家本是保德老家出名的乡绅望户，老弟纵然损失些许本钱，犹如九牛一毛，何足道哉。只是老弟缺短盘费回家，既然叫老哥哥我碰上，理当资助些盘费，好歹叫老弟回家，也足显老乡情分。"

郝开友本是极其吝啬之人，从来只好占别人的便宜，何曾做过"倒贴面的厨子"，慷慨助人？原来郝开友知道老陈家是郭家滩村的望户，家中颇有田产，今日纵大方"资助"他些银子，怕来日回去收不下加倍的利息？哪知陈嘉丰断然道："想我本是第一次做买卖，还未开张便落得血本无归，哪里还有面目回家。就是回家，我也该自己挣取盘费，免得丢人败兴，叫人笑话。"

"陈老弟如此姿态，果然志气高远，令人钦佩。"听到陈嘉丰一口回绝，郝开友也不勉强，转而盘算，眼下正是掏草的旺季，草场缺少人手，这个傻大头自己找上门来掏草，又不需支付安家费，好歹也可给草场增加些收入，哪管他能不能吃得下这份苦，于是道，"陈老弟乃是富家公子，我本不敢收留，只怕委屈了人才，如老弟执意要留下，我也不便拒绝，免得失了人情。只是想老弟这等身份，我本当多加照顾才是，可是草场早已开工，账房、提秤这些苦轻营生都已有了人，铡草这项营生又十分精细，没经验的人只怕做不了，委屈老弟只能当个掏草工了！"

原来在草场干活的民工一般有三类，分别是掏草工、收草工和铡草工，后两类属技术活儿，只有掏草工是卖苦力的。陈嘉丰也曾听鸡换子说过这些，何况自己一点经验也没有，并不奢望能得到一份苦轻营生，因此连连称谢："只要有碗饭吃，不至饿死，我便心满意足了。"

这样，陈嘉丰和鸡换子便留在草场当上了掏草工。他们在草场的第一项营生就是搭建茅庵。由于甘草的生产季节性强，草场又经常转移地方，没有固定的居住场所。草场上最好的居室就是场主的住房，同时也充作柜房。柜房一般都是用白布搭建的帐篷，也有的临时夯土为墙，搭建个小泥屋，但因为柜房属于私家重地，只有场主和少数几名场主信得过的掌柜及账房才可以居住。其余的受苦汉便只能自己搭建茅庵居住，即是在柜房附近，选一处土质较好的小丘，在小丘上挖开一个豁口，大小适宜人躺卧，高低以人可以猫着腰进出为度，然后在豁口端支放扁担、树杈为梁，再盖上场方赊给的草席子，用土压住四周，茅庵就算搭成了。由于茅庵顶部的草席上到处布满细缝，晴天可见天上的星星，雨天外面下大雨，里面下小雨。杭盖地方风沙很大，外面刮起风，茅庵里面也常常弥漫着一层灰尘，再加上地气阴冷潮湿，常年在草场上干活的人有不少患上腰腿疼的毛病，留下终生疾患，但是为了有碗饭吃，为了养家糊口，奔走西口之外的穷受苦人也就顾不了这么多。搭建茅庵这项营生原也十分不易，好在鸡换子是个老把式，这项营生难不倒他。他带着陈嘉丰干到天黑，茅庵终于搭好。他们在茅庵旁边用泥巴垒起灶，捡来些蒿草、哈莫和干牛粪烧上火，把从柜房里领出的铁锅支好，烧煮开水。粮食也有了，是从柜房里预支的一小袋小米和半袋白面，另外，方才搭建茅庵所用的草席子和往后掏草用的铁锹，也都是由柜房提供。虽然这些物品都会折价从工钱里扣除，可总归是草场给受苦人提供的方便。两个人熬了一锅小米粥，也没有就饭的蔬菜，就光喝小米粥填饱肚子。吃过饭后，两人钻进茅庵里，茅庵大小刚好能挤下两个人。他们出门时原本携带有铺盖行李，只是货船失事时一并遗失在黄河里，多亏他们在包头歇脚时，商定要来此地掏草，就去旧货店各自买了一套半旧的铺盖，此时在茅庵地上垫些茅草、枳机，然后铺上被褥，好歹也可抵挡夜里的寒凉。陈嘉丰将身子裹在被窝里，眼望着头顶草席缝隙间钻进来的星光，一夜半醒半寐。次日天刚放亮，早早就被清晨的寒冷冻醒，觉得腿脚之处异常冰冷，掀开被子一看，只见那里赫然盘卧着一条白花蛇，不由吓得大叫一声。鸡换子闻声爬起，一把抓起那条白花蛇，甩出茅庵外老远。陈嘉丰被吓得瑟瑟发抖，鸡换子安慰道："这个不要紧，草地上蛇虽多，却大多无毒。茅庵里暖和，蛇在夜间多会往茅庵里钻，挨着人睡觉。以后见得多了，就不会害怕了。"

天色已亮，二人起床钻出茅庵，只见不少掏草工们已起来生火做饭。由于杭盖草场占地较大，掏草工进入草场掏草，去时要走三四十里路程，来回得走七八十里，出发晚了，在天黑前就赶不回来，因此掏草工们多是天色刚亮就起身出发。陈嘉丰两人也连忙生火做饭，因为只有小米和白面两种粮食，蔬菜一点儿也没有，调和只有咸盐，还缺少砧板、面盆和菜刀之类的厨具，面食极其难做。他们只好用小米焖了一锅干饭，就着白开水下咽。鸡换子边吃饭边对陈嘉丰说："盐要少吃，饭要吃饱，去到草场里干活，指不定甚时候才能再吃下顿饭哩。水也要敞开肚皮喝饱，草场里水源少，如果找不到水，就得干渴一整天。"鸡换子之言乃是经验之谈，不由陈嘉丰不信，于是两人敞开肚皮吃饱喝足。

饭毕，鸡换子用一个小布袋装了些生米，又将铁锅背在背上，与陈嘉丰各自扛着铁锹进入草场。杭盖之地极其荒凉，到处沙梁土丘，沙多土少，因长期干旱少雨，多数草木不宜生长，但也有性喜干旱的沙蒿、刺蓬、哈莫、枳机等植物生存在这里，有的连片群生，有的孑然独立，以顽强的姿态证明着它们的生命力。就在这些杂草之中，偶然会冒出一些枝叶独特的植物来，其中一种植物外茎高出地面一至三尺许，生有白色短毛和刺毛，主茎上茎枝分别探出，椭圆的叶片两两互生，整齐排列，茎枝末梢生单叶，一枝茎枝上小叶多为七到十七枚。在那些分别探出的茎枝旁，有序地生长着一枝枝花柄，开有淡紫色蝶形花冠，色泽养眼悦目。当花开尽时，就会生长出一个个弯曲而扁平的荚果，孕育籽粒。每到深秋时节，荚果裂开，扁圆形的籽粒随风飘散四处，天然繁殖生长。这种植物便叫作甘草。无数内地汉民群集此地，便是奔了甘草这种植物而来。每年初春时分是甘草掏采的第一个季节，但由于此时甘草的茎叶尚未返青，不易辨认，因此掏草工在草场上寻找一株甘草殊不容易。甘草的价值在于它的根须，只有成熟的草根方可入药，因此人们把掏采甘草称作掏根子。根子埋藏在土里，呈圆柱形，表面红棕色或灰棕色，直径粗的有大人手腕粗，长度长的可达一丈多。有经验的掏草工识别甘草粗细的能力很强，发现草苗四五支生长在一起的，大多系粗条甘草，掏草工就从周围往下掏挖，但不能铲伤根皮。甘草沿地面平行匍匐的根子叫"串"，与地面垂直的根子叫"栽子"，人们一般只掏"栽子"，当掏到一定深度，再不能往下掏的时候，便铲断了。不掏串的原因有二，一是串质量不好，二是串可以再生长出栽子，有利于将来再次掏采。

草场收甘草实行的是向掏草工买进的制度,即掏草工掏得草多,收入也就多,如一株草也掏不上,就没有一个铜钱的进项,但无论掏多掏少,当天都必须交到柜房出售。柜房提秤的把式都是臂力过人的壮汉,一捆草不管是多少斤重,都靠自己一只手提起来,另一只手还要捻秤砣。当天陈嘉丰和鸡换子二人收工回到柜房前交草,陈嘉丰看到那提秤的把式一手提拎起一捆足有百八十斤重的草过秤,不由大为惊讶:这捆草这么重,何不叫别人帮忙抬一下?

只听鸡换子不屑地说:"如叫别人帮忙,他如何在秤上做手脚?"

陈嘉丰一怔:"难道他还要捣鬼,克扣斤两不成?"

鸡换子说:"不相信?你且等着看。"

只见那把式过罢秤,斜眼瞅瞅秤上准星,朗声念道:"隔沟叫人——墓圪堆上添土——一竿子不够——"

陈嘉丰听得稀里糊涂,问:"这是甚意思?"

鸡换子说:"这是草场过秤报数的行话。平地起圪堆——溢;隔沟叫人——呜;墓圪堆上添土——溜;平地起萝卜——拔;一竿子不够——九……这捆草的斤秤是五十六斤九两。"

陈嘉丰大吃一惊:"这也太离谱了吧?咋看这捆草没有一百,也有八十斤……"

旁边颔下生着一丛山羊胡须的账房先生正在记账,听见陈嘉丰的话,眼珠一瞪:"你看看这草都是湿的,等到晒干后,再去掉芦头、毛须和枝杈,只怕三成不剩一成。你想足斤足两,不妨掏些不用晾晒,又不用上铡的干草来!"

陈嘉丰当即哑口无言。

原来草场当日所收都是新鲜的湿草,掏草工只是简单去掉残茎、泥土,交回草场后还需专门的铡草工趁鲜分出主根和侧根,去掉芦头、毛须、枝杈等杂物,晒至半干捆成小把,再晒至全干,然后再上铡刀"做草"。做草也就是铡草,是甘草加工的一道工序。有经验的铡草工擅于区分甘草的品质,依据甘草的粗细、部位分别铡成一定长短，名目为"天粉""奎粉""河草""通草""毛草""节子""圪瘩头"等。各名目由于入药成分不同，所以出售时价格也就不同。铡草是一项要求严格的技术活儿，所以铡草工虽然按铡草的数量计酬，但收入稳定，一般都高于掏草工。铡草工将所收下的草铡剁整齐，分类打捆之后，就成为成品，可以起运出卖了。

转眼轮到给陈嘉丰的草过秤。这一日间，亏得鸡换子曾在草场干过几年，识别甘草经验丰富，两人合伙掏草，却也掏得不少，临末了一分，每人也有四五十斤。陈嘉丰本来十分高兴，此时眼看着那把式提拎小鸡一样将这捆草提起来，一时禁不住提心吊胆，眼巴巴地瞅着秤砣落定，只听那把式拖着长长的嗓音念道："养下个孩儿长鸡鸡——隔沟叫人——八十岁老汉进土——"

"二十五斤四两。"鸡换子解释说，"养下个孩儿长鸡鸡——儿；八十岁老汉进土——死……"

陈嘉丰顿时垂头丧气。一会儿鸡换子的草也过了秤，也连三十斤都够不上。

账房先生依据过秤数量，分别给各人上账。按照草场的规矩，草场当日收草只记数量，并不公开价格。因为如果收草的价钱不高，当日开价，生怕掏草工嫌价钱低挣不下钱，也许就会拍屁股走人，草场没了掏草工，又去哪里收草。所以一直要拖到收够"一趟草"的八成左右才开价。所谓"一趟草"，是指够牲口或驼队运输一趟的数量，通常是三到五万斤。

陈嘉丰心中沮丧，闷闷不乐，他想自己虽然没有提过大秤，在家中管理事务时却也提过小秤，并非不识秤。自己明明就守在提秤的把式身旁，在眼皮底下那把式如何就做了手脚，而自己却看不出来一点端倪？直到回到茅庵，鸡换子才告诉他："你没看见那秤杆？哪里是甚么秤杆，不过是一根寻常的木棍上随意刻着些点点道道，再精确也不过称个大概。别处的秤都是十六两制，草场的秤是折半秤，斤半顶一斤，实际上一斤就是二十四两，所以你就是掏一百斤草，在他们的秤上也不会超过七十斤。"

陈嘉丰恍然大悟。

陈嘉丰看到，草场如此苛刻盘剥，掏草民工却逆来顺受，习以为常，就连鸡换子这样经验丰富的老民工也仅是私下发发牢骚而已。陈嘉丰不由为之担忧，这样的草场，如何能够办得长久？

四

在鸡换子的引导下，没过多少时候陈嘉丰就学会了自己辨认甘草。荒原上各色杂草虽多，但稀稀落落并不密集，再加上这个季节草叶尚未吐绿，更显稀疏，因此在枯萎的草丛里仔细寻找，也不愁找不出甘草来。由于甘草的种子每到深秋即随风四处飘散，天然繁殖生长，分布极不均匀，有时半天难觅一株，有时又连片群生，聚集密集。找到一片连片聚集的甘草，掏草工便如同找到了宝藏，大可连掏数日，收获颇丰，可这样的机会毕竟是非常少的。陈嘉丰与鸡换子二人辛苦操劳，每日每人掏草数十斤，有时达百八十斤，便是草场折扣过来，数量也不算少。

陈嘉丰当上掏草工后，才亲身感受到掏草工所遭受的苦楚的确是难以名状的。掏草工一天要走多少路、动多少土方、出多少力、流多少汗是无法用数字计算的，而最难忍受的还是"饥渴"二字。"渴"自不必说，掏草工外出掏草，一整天喝不上一口水是常有的事，为了应付这种困难，人们尽量少吃有调和的饭，而以清淡的小米粥为主要食物。说道"饥"字，掏草工一般一天只吃两顿饭，第一顿在草场吃，第二顿为野炊。如果掏草的地点有水源，饿了就可以随地埋锅造饭。荒地里的干牛粪和沙蒿、哈莫等杂草很多，随手捡来都可生火。如果不带锅去也有办法，可以把生米装进一个小布口袋里，用麻绳扎住口，先在水里浸泡，然后在火上炙烤，如此循环反复多次，米被蒸得半生不熟，即可食用。掏草工们都说吃这种"夹生饭"耐饥，耐饥倒是耐饥，只是吃了以后肚子胀得难受。如果在没水的地方干活儿那可就难了，可活人哪能叫尿憋死，办法总归是人想出来的。有的人干脆早上多做点饭，带出去冷餐。有的人和个生面团揣在怀里，想吃时捏成个饼子放在锹头上，烘烤而食。还有的人将小米袋在水中浸透，到了草地将米袋埋在沙里，饿了就在埋米袋的沙堆底下挖个坑，生火焖蒸，半熟时即可食用。这顿野炊对掏草工极其重要，因为他们为了节省粮食，晚饭一般不吃，在他们的意识里，认为晚上不干活光睡觉，没必要糟蹋粮食。陈嘉丰本为富家子弟出身，半生中何曾遭受过这样的苦罪，即便是他在大盛魁当学徒时，跟随驼队下草地、出外蒙，远赴乌、科、库伦及恰克图等地，饱受风霜侵袭，严寒磨砺，也不过是只遭罪不受苦，可掏根子这项营生对人的考验，无论是体力、耐力还是生命力，都可算是达到了极限。陈嘉丰想起鸡换子曾说过，掏根子的营生极其苦重，就是五大三粗的好受苦人受一年下来也得脱好几层皮，此话果然不假。刚开始几天，陈嘉丰凭着年轻气盛，还可勉强忍受，可几天过后，手上打起的泡就磨成了血痂，干活时不得不在衣襟上扯块布包起来，才能勉强握住锹把。一天下来，腰酸腿疼，浑身上下仿佛被抽筋剥皮，没有一处舒坦。夜里躺在茅庵里，好像浑身骨头都散了架，肚子也饿得咕咕乱叫，鸡换子不得不在睡梦中爬起来，给他熬锅米汤充饥。鸡换子看见陈嘉丰如此遭罪，心中大为不忍，劝他受不下去不如干脆回家，又没有谁把刀架在脖子上强迫。陈嘉丰紧咬牙关道："不吃苦中苦，哪为人上人。我若干不出个名堂来，如何有面目回家！"鸡换子暗自钦佩，于是自己尽量多分担些苦活重活，好减轻陈嘉丰的劳累，在生活饮食上也尽多给予他照料。

日子一天天过去，陈嘉丰渐渐适应了草场上的生活。杭盖草场占地虽然不小，可架不住掏草工人数众多，以柜房为中心的直径三四十里的工作面，不消十天半月甘草就被掏采一空，得重新转移场地。掏草工们跟随柜房不停地转移。陈嘉丰留意到，每次转移场地，身后的草地都被践踏得不成模样。杭盖本来地处荒凉，草色稀疏，除了甘草，只有沙蒿、刺蓬等一些杂草可为这片地方添加些许生机，可是经过掏草工们地毯式的掏采，莫说甘草被掏得根断苗绝，就连其他杂草也不同程度地遭殃。掏草工们走过之处，到处被挖掘出一个个大小不等的沙坑，同时堆积起一座座高矮不一的像坟墓一样的沙丘，使得这片地方看起来更加荒芜。陈嘉丰自幼读书，知道蒙古之地本为游牧民族驻地，历来土壤肥沃，水草丰茂，早在南北朝时期即有民歌《敕勒川》流传天下："敕勒川，阴山下，天似穹庐，笼盖四野。天苍苍，野茫茫，风吹草低见牛羊。"可是不知从哪朝哪代起，也不知道是出于何种原因，原本碧绿如海、一望如秀的草原逐渐开始沙化，变成一片片了无生机的沙漠、戈壁和荒垣。陈嘉丰心想，不管草原沙化的原因有多少，像这般毫无节制地大肆掏挖甘草，必然是其中最主要的原因之一。只是同时陈嘉丰也想到，如果不掏挖甘草，那么这诸多流离失所、饥寒交迫的汉人又何以为生？还有更多守候在老家嗷嗷待哺的妻儿老小靠什么来养活？陈嘉丰只感到心中纠结，纷乱如麻，却也想不出个两全其美的办法来。

陈嘉丰和鸡换子做伴在草场上掏草，每日早出晚归，极度操劳，熬累得连时间都记不清了。日子飞快地过去，很快就到了"药王爷"寿诞之期。在中国古代，各行各业为示自家出身正统或乞求神灵保佑，俱有自己的师承来历，除佛、道、儒外，庄户人礼拜的是神农炎帝，商人拜的是财神，戏子艺人拜的是老郎神。掏草这行当原本没有什么鼻祖先人，为了有所依托，便勉强将自己归类在医药行内，把药王爷当作祖师爷来拜。为了显示对药王爷的尊敬，草场都选择农历四月二十八药王爷寿诞之日"码锹"，即中止生产。由于这个时候大多已到芒种时节，塞外荒原上的春天虽然来得晚，但也已到了各类杂草泛青吐绿的时分，此时甘草也开始焕发生机，不宜继续挖采，否则草根返青不能入药，因此甘草生产的第一个季节便进入了尾声。

药王爷寿诞即将来临，掏草工们为了回家后半年里家人的饭碗能够隆起堆儿，每日更是起早贪黑，争分夺秒地抢着干活。陈嘉丰和鸡换子也顾不得疲劳，每日开工极早，收工很晚。这日正是药王爷寿诞之日，陈嘉丰和鸡换子到草场最后干了半天，已是日过正午，二人逍逍遥遥做顿午饭吃了，正在打捆甘草准备收工之际，忽然发现草捆底下掩藏着一株大草。二人连忙刨开草茎来看，只见光那草头就有胳膊粗细，怕不是一株罕见的草王？如能掏得这株草王，自身斤秤重不说，按规矩草场还得额外多加几十斤的奖赏。二人十分欢喜，甩开膀子便大干起来，转眼间已掏到有半人深浅，二人蹲下来也探不见了,鸡换子就叫陈嘉丰站在土坑边往外倒土,自己趴在地上,头上脚下倾斜着往下挖,一直挖到锹头探底,还看不见草根。鸡换子干脆爬起来,跳进土坑往深里挖。由于荒原之上土质极其疏松,挖开的土壁上沙土不时往下掉落,哗啦哗啦的,土坑挖下去很快又被填充起来,相当费事。鸡换子卖力大干,土坑越挖越深,土壁上的沙土掉落的也就越来越多。在此时候,陈嘉丰不由想起掏草工们最为担心的一件事来,就是沙土塌方把人就地活埋。这样的凶险,鸡换子自来到草场也曾多次给陈嘉丰提醒过,叮嘱他在掏草时无论如何都得加倍小心。此时陈嘉丰连忙提醒鸡换子,叫他见好就收,没必要在这码锹时分闹出是非,可鸡换子看到营生已做到这步田地,大为不舍,只见他抬起手臂抹了把额角上的汗水:"这个大可放心,你我二人自来到草场也没掏过几株大草,今日码锹时分却遭遇这株草王,分明是药王爷有意垂怜。既然如此,还有甚担心的?"于是甩开膀子继续大干,一直挖到暮色将垂,土坑已达两三人深,终于挖到了甘草根部。陈嘉丰眼看着甘草露出根部,正要招呼鸡换子收手,叫他爬出坑外,然后从顶端收获甘草,只是未料到鸡换子已等不及,迫不及待地伸手拽住甘草根子,轻轻一拉,只听得"轰隆"一声,甘草贴着的土壁轰然坍塌,把鸡换子连同那株甘草结结实实埋在坑底。一时之间,陈嘉丰被吓得魂飞魄散,顾不得土坑会有继续塌陷的危险,纵身跳进坑里,因为不清楚鸡换子埋得深浅,也不敢动用铁锹,只好用双手去刨挖。想那沙土把鸡换子一整个人都埋住,土方量自然不少,陈嘉丰只用一双血肉之手去刨,岂是一件容易的事?何况陈嘉丰这一双手原本细皮嫩肉的,向来只是提笔写字,连个疮疤都没害过,这番来到杭盖每天握着锹把干活儿,手上不止打起水泡、磨出茧子,而且满是皮肉破裂后淤积的血痂,所以不得不缠块布条才能干活儿。此时陈嘉丰只用双手去刨沙土,没有多大工夫两只手掌即已破裂,手上缠的布条被鲜血洇红,可是他哪里还顾得疼痛,只是不住气地刨,不住气地挖。一直刨挖了大半夜,直到双手破烂几将见骨,才终于把鸡换子刨挖出来,却见他由于被掩埋时间过长,早已没了气息。

  按照草场惯例,四月二十八掏草工只干半天活儿,到晌午时分大多已收工回来。整个后晌，账房先生都在忙着给掏草工们结算工钱。由于草场已陆续往包头的草店运送过几趟甘草，草场所收甘草几次开价价钱都不高，而尤以这一次被压得最低。掏草工们吵吵嚷嚷，纷纷表示不满，可是草场并不因此给他们提价。掏草工的工钱，扣除草场预付的安家费和出口时的盘费，以及来到草场后从柜房领取的粮食、铁锹、草席等物的折价，已所剩无多。但郝开友安排账房并不利索支付，只少量付给一些铜钱，勉强够掏草工回家路上做盘费，其余所欠打作一张凭帖，回到家后，依此凭帖可在场主家或场主指定的商号店铺里购买粮食或其他物品。由于草场提供给掏草工的粮食和物品在价钱上层层加码，所以掏草工在草场挣取的收入，到头来又大多会流回场主的腰包。郝开友如此盘剥勒索，还振振有词："我这是为你们着想哩。此凭帖携带方便，回到家要钱兑钱，要粮换粮，又不缺短了些甚。总比现在付你现银，半路上被土匪连尿带蛋骗了要好！"

柜房里吵吵嚷嚷喧闹了整整一后晌，到天黑时分，只有陈嘉丰和鸡换子二人尚未回来结算。郝开友和手下掌柜、账房在柜房里喝酒吃饭，也不待等他二人。倒是那些受苦的穷哥们儿记挂着二人，纷纷拾捡干牛粪和杂草，在沙丘高处点燃几堆篝火，给二人指示方向。原来在荒原草地上劳动，本来就不好辨别方向，掏草工们外出掏草，每天不论收获多少，都必须赶在天黑之前返回草场。如果收工晚了，黑夜尤其容易转向，那时便只有看北斗星识别方向，柜上的同伴也会点起篝火招呼，但如遇阴天或起雾，既看不见星星，又看不清篝火，那就险上加险了。荒野之中多有豺狼和野兽出没，因此有不少掏草工便因迷路而丧生在豺狼和野兽之口。

几堆篝火一直燃烧到后半夜，陈嘉丰和鸡换子二人也未曾回来。穷哥们儿只道二人凶多吉少，纷纷摆手嗟叹，以为在这旷野荒原又添了两个孤魂野鬼。

转眼天色已亮，结算过工钱的掏草工们吃过早饭，各自打捆行李，有的准备返乡回家，有的打算去就近的村庄里寻找个临时营生做，等到立秋时分再到草场来上工。铡草工们连夜做好了最后一批草，打捆整齐。郝开友雇的一个专门运货的驼队也早早赶来,开始往驼背上装载甘草,准备运往包头出售。草场上正喧喧闹闹、杂乱无章之间,忽然有人看见在野地里蹒跚走来一人,背上还背着一人。众人纷纷举目张望,却见原来是陈嘉丰背着鸡换子回来。等陈嘉丰拖着疲惫的步履一步步走到近前,把鸡换子放倒在地,众人才知道鸡换子已死了。

五

俗话说:"苍天救不了饿汉,地狱关不住鬼门。"在草场上掏草,把性命丢在沙坑里的事在掏草工眼里并不鲜见。但凡有一步奈何,谁又会舍家弃口,专程到这鸟不拉屎的荒野之地来寻找那没底子的罪受?因此凡是来草场上当掏草工的,无不事先将脑袋别到裤腰带上,将生死置之于度外。再加上草场距离故乡路途遥远,穷哥们儿也无力为死去的同伴承办像样的丧事,因此只能眼睁睁地看着同伴自生自灭,那些坍塌的沙坑也就成为死者天然的坟茔。此时,穷哥们儿眼见陈嘉丰不仅把鸡换子的尸体从沙坑刨挖出来,而且听他说还要给鸡换子置办棺木殓葬,纷纷夸赞陈嘉丰仁义,唯有郝开友对陈嘉丰极其恼火。本来按规矩,草场实行向掏草工买草的制度,两者之间只是买卖关系,并非雇佣关系,因此掏草工的生死与草场毫无瓜葛,场主并不承担任何责任,再加上掏草工来到此地大多都是孤独无助之身,这样的人一旦死了,场主即可把他们的工钱侵吞。昨夜陈嘉丰和鸡换子一夜未归,郝开友只道二人回不来了,心中暗暗窃喜,以为又可平白增加几十两银子的收入,哪料到不仅陈嘉丰平安归来,而且还把死人也给背了回来。这样一来,二人的工钱就得全部照付,郝开友昨夜的一场好梦也就落空。

陈嘉丰进入柜房结账,领取银子要给鸡换子置办棺木殓葬。

"陈公子宅心仁厚,大仁大义,令人钦佩。"只听郝开友酸楚地道,"只是这草场野地,方圆几十里内荒无人烟,要想买一副棺木比登天还难。百里之外的毕克齐镇或许有棺材铺,只是一去一来几天时间,等棺材运来,只怕死人也臭了！"

陈嘉丰听说此言，觉得也有道理，不由暗暗发愁。

"这个我却是爱莫能助，无可奈何。"郝开友又说，"你二人的工钱早已算好，你一起领去，至于你咋样打摞此人，与我没有任何相干！"

账房先生打开账簿，把陈嘉丰的收入一五一十地算来，临末扣除所借支的粮米、铁锹、草席等物的折价，所剩已无多，而且仅付很少一点现银，其余打作一张凭帖。转手又算鸡换子的收入，更是寥寥无几，尚不及陈嘉丰的多。陈嘉丰暗想草场之人咋的如此贪得无厌，连死人的便宜也要占？于是忍不住和账房先生争吵起来。郝开友道："陈公子莫要恼火，想我们富贵人家全靠节俭操持、精打细算，方可积聚得一些家业，难道你陈家在老家就不是这样管理事业？我这也是看在你的面上才给鸡换子结算这许多，如换了别人，一文都没有！"

"听说此草场主人名叫好揩油，心怀不古，贪得无厌，果然名不虚传。"忽听柜房门口有一人别别扭扭地说话。几人回头一看，原来是几个喇嘛，不知何时来到了柜房门口。只见方才那个说话的喇嘛径直走进来，首先向陈嘉丰双掌合十，施了一礼："施主久违。"

陈嘉丰依稀认得，这位便是初春时分在包头黄河渡口失落金佛，又由自己打捞出来交还给他的那位喇嘛。

"我方才在门口已听得明白，施主为不使乡亲暴尸荒野，要置办棺木殓葬，让死者入土为安，此等善举甚为可嘉。"只听这喇嘛用并不流利的汉语说道，"至于置办棺木之事，施主不必为难，大青山下方圆数百里，莫不是我广化寺的土地，此地所有'沙毕纳尔'又无不是我寺中门徒。就近'沙毕纳尔'之家，必有为长辈老者预先备办的寿材，若以我佛名义向他们求取一副，却也不难。何况施主当日在包头黄河之中涉险护佛，其功甚大，今日又为行善积德之事，我佛以慈悲为怀，定当助一臂之力。"

所谓"沙毕纳尔"，即是札萨克寺院和喇嘛旗的门徒，对寺庙负有无偿供养的义务，其性质与蒙古王公贵族所使役的阿勒巴图是一样的。

当时蒙古牧区的丧葬形式有三种，分为天葬、火葬和土葬，尤其土葬形式更为普遍，与汉族习俗大同小异。这也是自朝廷实施开边放禁以来，随着走西口的汉人日渐增多，蒙古原有传统同中原汉族习俗互相结合而形成的结果。由于在蒙古牧区木材难求，有些牧民家中有高龄长辈的，便早早备办下棺木，称为"寿材"，以备一朝派上用场。这与中原汉族的习惯也是一样的。

那喇嘛回身与另外几名喇嘛用蒙古语交谈。陈嘉丰听得明白，那喇嘛对自己当日在黄河里打捞金佛的事极度赞许，又将今日自己欲埋葬同伴缺乏棺木之事细细说明。那几名喇嘛对陈嘉丰大有好感，纷纷上前合十施礼，陈嘉丰连忙还礼。其中两位年轻的喇嘛自告奋勇要去就近的沙毕纳尔家求取棺木，征得领头的这位喇嘛同意后，两位年轻的喇嘛径自出帐，翻身上马驱驰而去。陈嘉丰心中甚为感激。

说起这位领头的喇嘛，本是广化寺的一名僧侣。当时清廷为了利用黄教统治蒙古，在蒙古地区大力推行该教，广建寺院，倡导和鼓励牧民入教修行。牧民家有三个儿子的，至少必须送一个到寺院出家。这位喇嘛便因家中多子的原因，打小即进入广化寺出家。由于他勤修佛道，智慧颇深，在寺中地位日渐升高。数年之前，他为了弘扬佛道，独自离开寺院，外出苦行，在蒙古各地传经讲法，教喻世人，同时利用募集来的善缘铸造了一座金佛，献回寺里供奉。出于此功，他被寺里升格为"格速贵"，专门负责掌管广化寺所有土地租佃事务。这次他带领一众喇嘛骑马来到此地，便是专程来处理草场土地租佃的一些事宜。

郝开友见是广化寺的喇嘛登门，不敢怠慢，连忙请喇嘛就座奉茶，陈嘉丰自出柜房外回避。此时草场上除了郝开友身边管事的人员和驼队的人在忙碌着清点和装载甘草，其余受苦的穷哥们儿看见陈嘉丰和鸡换子二人一生一死好歹有了着落，心中牵挂放下，大多背扛行李各自散去。有几位在老家与二人邻近的乡亲主动留下来，帮助陈嘉丰料理鸡换子的后事。几名乡亲把鸡换子抬进茅庵，打来清水把他全身擦洗干净，又勉强凑出几件还算整齐的衣裳给他穿上。按照老家乡俗，一个人无论贫穷富贵，走的时候都该干干净净、整整齐齐，否则到了阴间，阎王爷也不待收留。装扮妥当，陈嘉丰不忘给鸡换子嘴里填进一块碎银，谓"口含钱"。在人离去时，不当空手而去，应携带一些财物，可随身携带不保险，只有含进嘴里最安全，所以都要把一些散金碎银放进死者嘴里，再不济也要放一两枚铜钱。

一切准备妥当，单等棺木到来入殓。陈嘉丰和几位乡亲坐在茅庵外等候。此时草场上所有甘草已装载完毕，只等场主发号施令启程上路。忽然之间，只听到从柜房内传出一阵激烈的争执声，原来是郝开友数年前初到此地来开办草场时还像模像样，对广化寺喇嘛毕恭毕敬，后来发现自己是本寺荒地最大的租户，便拥地坐大，连年消减租金，今年更是只付了一点点订金，大笔款项尚拖欠未付。寺里喇嘛原本极重信誉，又且看在郝开友是本寺老租户的分儿上，寻常也不与他理论，后来看到他得寸进尺，毫无信义可言，本已有意将土地收回，现下寺里喇嘛亲自上门催讨租金，郝开友借口甘草未曾售卖，手头无有现银，请求秋后开场时一并付清。这位格速贵本是寺里新任，此时第一次与郝开友谋面，便看到此人贪婪无耻，唯利是图，心中大为不齿，尤其听到郝开友还要继续拖欠租金，不由愤怒，于是断然要求他清偿租金，并且从此收回土地，不再叫他经营。郝开友本是斤斤计较之徒出身，凡事不辨好歹，只以为除了自己别人也租不起这大片荒地开草场，纵然行事过分，寺里也不敢得罪自己，哪知这位新任格速贵如此不通事理，一下子就翻了脸，将他置于进退两难的境地。

郝开友看到格速贵态度坚决，毫无回旋的余地，他皱着眉头在肚肠里打了一通小算盘，想出一个办法，以为可以牵制喇嘛。他说："大喇嘛，我租佃寺里土地可是立有契约的，你如单方毁约，我这半年的租金便不给你付。"

"拖欠租金不付，是你毁约在先。"格速贵听了，哈哈一笑道，"你这几万斤甘草却也抵得过半年的租金，我这便叫驼队把甘草运回广化寺去。"

郝开友顿时叫苦不迭。他也知道，自己就近雇来的这支驼队，乃是由广化寺地盘上饲养牲口的蒙古族人组成，由于蒙古族人对喇嘛极其信奉，现下只消喇嘛一声招呼，他们便真的会跟着喇嘛向广化寺进发。

郝开友计无所出，只好叫账房先生取出现银足斤足两付给喇嘛，然后招呼自己人拆除柜房，收拾所有物事，随着运甘草的驼队灰悻悻地离开了杭盖。

此时日头已过正午，那两名去求取棺木的喇嘛果然不负众望，顺利求取到了棺木，自愿捐献棺木的沙毕纳尔还套了一辆马车亲自送来。陈嘉丰十分感激，取出一块银子来给他，以抵偿棺木之价。那位沙毕纳尔说此棺是广化寺佛爷求取才捐献，如是别人求取，纵是千金也不卖，好歹不肯收银子，驱赶马车自去。陈嘉丰和几位乡亲将鸡换子入殓，钉上棺木，选择一处空旷地方，就地掏坑掩埋。广化寺的一众喇嘛在格速贵的带领下为死者念诵了《跃儒乐经》，祈祷死者灵魂安息，早日投胎转生。

埋葬了鸡换子，天色已经不早，各人肚子里唱开了"空城计"，几名乡亲生火做饭，熬了满满两锅小米粥，首先盛给喇嘛吃。那几位喇嘛肚肠早已饥饿，也不客气，捧过大碗便吃，只是小米粥少盐无咸，又且粗粝不堪，十分难以下咽。那位格速贵一边吃粥一边询问陈嘉丰："当日在包头黄河渡口邂逅施主，我即探问过和你同行的船工，得知施主乃是保德地方的富贵人家，不时捐粮赈济，行善乡里，口碑不菲。按说你家资富有，损失一船红枣也不当就此衰败，一蹶不振，你却如何到这里来做了这等受苦遭罪的下人？"

"陈家尽管家资优厚，那也是祖宗创下的基业。"陈嘉丰道，"我到这西口之地来，原本是想寻找机会，凭着自己的本事干些事业。"

"原来如此。"格速贵呼噜呼噜几口喝完粥，放下饭碗说，"施主欲创大业，凭着出卖苦力挣几个小钱，只怕无济于事，咋着说也该自己创办事业，方可渐次发展。"

陈嘉丰惨然一笑："眼下我身无分文，衣食不敷，如何创办事业？"

"莫若这样，"格速贵道，"念在你当日救护金佛之功，这片从好揩油手里收回的草场，本寺便租与你来经营，至于租金，允许你短欠三年，三年之后一并付清。"

陈嘉丰大为惊喜，可是继而又摇头道："开办草场需大笔资金，纵是租金可以短欠，资金却从哪里来？"

格速贵略一思忖,道:"你的家资富有,有田产可以为质,我回到寺里向堪布大师说知,给你借贷一笔现银做资本,原本不难。不过因你田产远在山西,鞭长莫及,如你能在口外找到一位财主做担保,这事便极其好办。"

其时,随着走西口的汉人日渐增多,内蒙古各地不断改变传统的经济模式,就连喇嘛寺庙也不例外,不仅向汉人出租土地,同时也向蒙汉人民和商贾借贷银两,增加收益,这也并不鲜见。

陈嘉丰听罢大喜。

几名喇嘛吃完粥,格速贵道:"天色不早,我们也该上路,要不然天黑前就找不到歇宿之处了。"

格速贵带领喇嘛上马后,临行又说:"此时到草场秋天开场还有一段时日,如施主能找到担保之人,就请到广化寺来找我,我便在寺里恭候。"

六

立秋之后,尽管黄河以南地区暑气一时难消,秋老虎仍有余威,可是在长城以北的蒙古塞外气候已开始转凉。在那些地处偏僻的旷野荒原上,许多茂盛的植物早早走向衰萎,尤其是遍布其间的甘草虽然茎叶尚未完全干枯,可是又迎来了一个收获的季节。等待了整整一个夏天的诸多汉人重新汇集到这些个盛产甘草的草场上,开始新的一轮劳作。

早在各个草场尚未开场之前,包头城内已预先爆出一桩奇闻,道是杭盖草场的新场主陈嘉丰专程赶赴包头有名的衡具作坊订制了十杆标准大秤,并且声称今后杭盖草场就用这十杆标准大秤收草。包头城每日不知有多少走西口的人在此集散,这消息很快就传遍了内蒙古各地的各个草场,这些草场的场主有的嘲笑陈嘉丰初出茅庐不识好歹,有的讥讽陈嘉丰沽名钓誉笼络人心,都要等着到秋后看这个后生的笑话。就连流落各地的掏草工们听说了,也都半信半疑。不过这个消息毕竟鼓舞人心,不少掏草工怀着试一试的态度纷纷赶往杭盖,因此未等草场开工,杭盖草场上已经聚集了大量掏草工,数量比往年大为增多。

上半年杭盖草场码锹，广化寺那位格速贵主动提出让陈嘉丰接替郝开友经营草场，并且允许他短欠三年租金，另外还答应给他借贷一笔现银作为资金，只是需要他在口外找一位财主做担保。陈嘉丰又喜又忧，喜的是无须耗一厘一文即可预先经营草场三年，忧的是到哪里去寻找一位财主来做担保？陈嘉丰思来想去，自己在口外只认识两家财东，一家是归化城的商号大盛魁，一家是包头复盛公的东家乔致庸。陈嘉丰在大盛魁当过六七年学徒，自然知道大盛魁素来只重实际，不务虚名，毫无来由地为他人承担经济担保，这种事例前所未有。至于复盛公的东家乔致庸，陈嘉丰倒是知道此公急公好义，胸襟豁达宽广，掏自己腰包为他人排忧解难的事情干过不少，只是自己与他并无深交，现下唐突地要求他来为自己承担大笔担保，他是否会干？陈嘉丰正烦恼之际，忽然想起当年水西关结义时候，乔致庸曾分别赠予小朵、望苏和自己三件信物，并且慨然允诺："他日汝等如有必要之事，凡持此信物来见，乔某定当倾力相助。"陈嘉丰眼前豁然一亮，一伸手就从怀里掏出那只玲珑算盘来。原来自从当年乔致庸赠予自己这件信物，陈嘉丰即视为至宝，十分珍爱，走到哪里都不忘随身携带，就说那年初出西口时，他在库布齐沙漠里遭遇风暴，所有行李财物被风暴刮走，只有这只玲珑算盘因为被他揣在怀里贴身保护，所以才会安然无恙。陈嘉丰轻抚玲珑算盘，决定前往包头求见乔致庸。

不日之间，陈嘉丰来到包头见到乔致庸，奉上那只玲珑算盘。乔致庸一见此物，蓦然想起当年在河曲水西关所经历的事来，也想起当年自己对三小龙的承诺。乔致庸当即询问陈嘉丰有何为难之事？陈嘉丰把自己在杭盖的境遇一五一十说明，乔致庸听了大为高兴。本来在十数年之前，乔致庸途经河曲，偶然在黄河岸边目睹陈嘉丰、李小朵、郭望苏三个少年凭着一身高超水性，合力在黄河里仗义救人的风采，即对这三个少年大有好感。当日在乔致庸的主张下，三个少年在水西关城楼上结拜为异姓兄弟，乔致庸并曾勉励三个少年，将来匡世济民，成就大义。这三个少年后来的成长与发展，其实乔致庸也是非常关心的，只是听说其中一个郭望苏因参加太平天国谋反，早被官府追缉丧生，另一个李小朵流落入艺人行列，整日为了生活操劳奔波，只有陈嘉丰一人早年投入大盛魁门下学徒，中途因故退出，至今仍一无所成。现下听说陈嘉丰有此境遇，乔致庸当即豪爽地答应给他做担保。乔致庸提起笔来，询问他打算借贷多少银子？陈嘉丰忐忑地说就借三千两吧。乔致庸略一沉吟，道："三千两资本只可勉强敷衍运作，关键时候难免掣手掣脚，莫若干脆借五千两好了，要干就大刀阔斧地干上一番！"

陈嘉丰喜出望外，连声称谢不迭。

乔致庸写毕担保书，不忘盖上复盛公号印戳记，交予陈嘉丰收好。随后，乔致庸问询陈嘉丰开办草场的具体打算。陈嘉丰道："我却还是个门外汉，只是干一天学一天吧。"

乔致庸微一蹙眉，忽然想起一码事来："契弟当年追赶义兄李小朵，匆忙间留在乔某门下的那个娃娃马家成，在乔某号内的药材铺里学徒已有七八年，现在已经长大成人。此子天资聪颖，勤奋好学，实在是乔某多年未见的一块经商的好材料，所以乔某在半年前已破例提携他当了药材铺的二掌柜，指望培植他成为一个有用之才。眼下契弟草场开张，正缺乏人手，乔某便将此子归还，相信他将来定可成为契弟的得力臂膀。"

乔致庸随即叫人去把马家成找来。不多时马家成到来，一眼看见陈嘉丰，二话不说跪倒就磕头行礼。陈嘉丰连忙把他扶起，仔细端量这个孩子，只见他已出落成一个身形高大的后生，跟自己当年出走西口时的模样相仿，心里十分高兴。乔致庸向马家成说明情况，叫他跟随陈嘉丰去杭盖创业，马家成一言不发，又再跪下给乔致庸磕了三个响头，拜谢乔公数年来活命培植之恩。随后马家成即离开乔家商号，重新回到陈嘉丰身边。

陈嘉丰获得乔致庸亲笔签写的担保书，未敢在包头多逗留，带着马家成迅速赶往广化寺。因草场自从农历四月二十八码锹，到立秋时分开场，中间仅相隔两个多月，时间较为紧迫，何况携带巨资到口外开办草场的富商大贾不在少数，一旦他们抢先和广化寺签约，那么无论再说什么也于事无补，因此陈嘉丰不敢耽搁，一路上行色匆匆，三天的路程两天即到。看到陈嘉丰应约而来，那位格速贵甚为欣慰，高兴地说："我就知道你这个后生诚实厚道，绝不会叫人失望，一定会有办法找到担保人的。"

当陈嘉丰奉上盖有复盛公号印戳记的担保书时，格速贵更加高兴："凭这复盛公的金字招牌，任是借贷多少银子，鄙寺也是毫不犹豫的！"

格速贵随即和陈嘉丰商定利息，拟写借据。一应手续办完，格速贵亲自带领两人去库内提取银子。五千两现银装了好几个箱子，满满当当一大垛，陈嘉丰不由得为携带和保管犯起愁来。就在此时，自从进入寺内未发一言的马家成忽然开口说："这么多银子我们一时也派不上用场，不如寄存在寺里，凭陈掌柜字据随用随提。为求保险起见，陈掌柜可与佛爷商定密约，在提款字据上加注密约，可保万无一失。"

经此提醒，陈嘉丰茅塞顿开，向寺里借来纸笔，录下明代唐寅《泛太湖》诗一首："具区浩荡波无极，万顷湖光尽凝碧；青山点点望中微，寒空倒侵连天白。羝夷一去经千年，至近高韵人尤传；吴越兴亡付流水，空留月照洞庭船。"这首诗说的是春秋时期楚人范蠡辅佐越王勾践兴越灭吴，功成名就之后急流勇退，携美女西施泛舟于五湖，其间因经商三成巨富，又三散家财，被后人誉为儒商之鼻祖的故事。陈嘉丰今借此八行诗为密约，与格速贵约定，无论何人持有陈嘉丰亲笔字据均可提取现银，只是每份字据内均含诗一行，依诗句顺序类推循环。一旦其间诗句不符或次序不投，则必然有诈，不可付给。格速贵听说如此办法，大是称赞陈、马二人聪明。其实以诗词为密约，在汉族读书人中应用很多，并不鲜见，甚至直到后来乔致庸在光绪年间开设汇通天下的票号，也将诗词嵌入银票作为密约，确保了银票的真实可靠，杜绝了宵小之人弄虚作假。这也正是儒商之所以高明于寻常商人的地方。

陈嘉丰获得了资金，随即忙忙碌碌地开始张罗开场事宜，到立秋这天，杭盖草场正式开工。陈嘉丰在包头订制十杆标准大秤的举措，不仅为草场吸引来众多的掏草工，而且也吸引来不少谙熟草场其他方面业务、技术的人才。陈嘉丰经过细致选拔，确定了账房、草头和铡草工，这些都是草场构成最基本的管理人员和技术工人。由于马家成在复盛公号内药材铺学徒多年，具有辨别甘草及其他多种药材品质的特长，自然成为二掌柜的合适人选，专门负责辨别甘草品级和定价。只是在草场开工当日，陈嘉丰出人意料地宣布了一项举措，即是要求掘草工们在掘草后必须将所掘下的沙坑回填，至于回填沙坑消耗的时间，草场会在收草时按斤秤给予补偿，如若有人故意不去回填沙坑，一经发现即予清除名号。掘草工们俱一头雾水，搞不懂场主是何用意，只是低头算一笔账，发现回填沙坑草场给的补偿，要比多掘一些甘草收入更为划算，因为在草场寻找一株甘草，有时候比回填沙坑所需要的时间只多不少，何况回填比掘挖更省力气，因此无不满口应承。唯一令他们担心的，就是草场是否会信守诺言，当真使用标准大秤收草？当日傍晚收工回来，掘草工们一眼看到那些把式手中所提的果真是从包头订制的标准大秤，而且他们看得明白，那标准大秤的确童叟无欺，一秤下来连半斤八两的误差都没有。除此而外，场主陈嘉丰还给二掌柜和负责收草的草头订下规矩，在收草时，甘草品级的辨认与价格的评估要实事求是，不得随意压低甘草品级和价格，至于甘草湿度的抵扣也要依据实际，不得随意加大抵扣额度。掘草工们看到陈嘉丰如此管理草场，无不竖起大拇指交口称赞，都说跟着陈掌柜这样的大善人干活，今后全家老小可就不用再勒紧裤腰带过日子了。

陈嘉丰靠诚信经营草场的消息如同插上翅膀一样不胫而走，各地民工纷纷慕名而来，就连在别的草场上干活的掘草工也有不少舍弃故主投奔杭盖而来的。一时间内，杭盖草场上掘草工云集，陈嘉丰不得不加紧采购粮食和增加伙夫，添置了数十口大锅，才能应付掘草工们的伙食，并且增加大量收草的草头和铡草工，才能确保不耽误每日收草和对甘草进行加工。不到十天半月，草场所产甘草已堆积如山，陈嘉丰紧急雇用驼队把第一趟甘草运到包头的甘草行出售。而与此同时，别的草场有的场主还在为雇不下掘草工犯愁，等他们好不容易运送第一趟甘草到达包头时，陈嘉丰早已售卖了两三趟。从立秋草场开工到霜降码锹，短短三个月时间，陈嘉丰运送甘草到包头出售近十趟，运输甘草的驼队几乎是连轴转，一到包头就卸货，一回杭盖就装草，中间连个歇脚的工夫都没有。

按说草场的生意这么好，陈嘉丰定可挣个钵满盆满，可是因为他不肯在甘草的斤秤和价格上盘剥掏草工，同时回填沙坑的举措又加重了成本，利润极其微薄，又且到草场码锹时结账，他也不愿刁难那些冒着生命危险来给自己掏草的受苦人，足额支付所有人员的工银，看到一些生灾得病或挣钱不多的掏草工，还特意安排账房多付上一二两。如此下来，刨转一切开支及支付广化寺借银的利息，所剩利益已无多，连草场当年的租金都不够付，只好先欠着，等待三年期满一并偿还。

七

陈嘉丰一趟接着一趟往包头运送甘草的时候，各地甘草同行看见无不羡慕得眼中滴血，直到秋后结账后，得知陈嘉丰只挣下几个小钱，连草场的租金都不够付，这些同行又无不嗤之以鼻。他们认为，经商之道乃在于唯利是图，无欺诈难得积聚，无盘剥何以致富？因此在他们看来，陈嘉丰脑袋里缺根筋，根本就不是块经商做买卖的材料，要不然也不会把本该自己赚取的真金白银当作破铜烂铁养活了一干穷鬼。

可是陈嘉丰却不这样认为。陈嘉丰自幼饱读圣贤之书，遵儒道重礼义，何况他还在大清第一商号大盛魁门下学徒数年，深谙大盛魁的兴盛与发展多得益于诚信经营，换言之，就是说大盛魁的辉煌是由"诚信"二字垒砌而成，因此在他心目中认定经商的诀窍唯有"诚信"二字，除此之外其他都是旁枝末节。况且自己立志经商创业，也只是为了有能力救济老家的穷苦乡民，如果依靠欺诈和盘剥致富，即使积聚再多，岂不违背初衷？这番经营草场虽然没有获利，却也未曾蚀本。有句俗话说"万事开头难"，他不相信自己依靠诚信经营就一定不能盈利赚钱。

次年草场开场，陈嘉丰仍然遵循"诚信"二字经营草场。这一年投奔到杭盖的掏草工更是暴增，陈嘉丰依旧一概收留接纳。想想也是，这些穷哥儿们不远数百里路途专程赶来杭盖，一则是想多挣几个钱养家糊口，二则也是奔了草场的"诚信"二字而来。如此一来，陈嘉丰更加信心十足，兴兴头头地带领手下人员铆足了劲儿来办好草场。当年杭盖草场的甘草产量大增，总产量达到近百万斤之巨，跻身于内蒙古各地产量最大的草场行列，但是到年底结账，由于杭盖草场所取利润仍然十分微薄，草场收益无多，短欠广化寺的租金还是还不上。

　　一晃过去了两年半，杭盖草场能不能赚钱到了最关键的时候。马家成自从回到陈嘉丰身边，即成为陈嘉丰的得力臂膀，全心全意协助陈嘉丰管理经营草场，因此对于草场的情况无不了如指掌。马家成自然可以清楚地看到，如果这半年草场再不赚钱，到头来连短欠广化寺的租金都不能清偿，那么必将导致陈嘉丰的事业功败垂成。如此一来，陈嘉丰不仅得从草场上卷铺盖走人，而且还会使那位自作主张答应陈嘉丰短欠三年租金的格速贵受到牵连。马家成不禁为草场的处境感到忧心忡忡，同时也为陈嘉丰感到担忧，可是他看到陈嘉丰却好像并无任何忧愁顾虑似的，每日当吃则吃，当睡则睡，仿佛能把草场经营到这步田地就已经心满意足了。马家成不禁为之摇头叹息。这年冬天，马家成跟随陈嘉丰回老家过了个年，才刚过"破五"，即正月初五，陈嘉丰就备办了不少土产礼物，带着马家成赶赴包头，说是要去给乔致庸和各家相与拜年。所谓"相与"，就是业务伙伴。马家成只道陈嘉丰还要遵循固有的方式来经营草场，因此首先要和甘草行的掌柜们搞好关系，却也无可奈何，只好任由他瞎折腾。他们到了包头先给乔致庸拜过年，然后就挨家逐户给各个甘草行的掌柜们去拜年。在甘草行当之内，草场和甘草行互为依托，处于生产与销售的上下游关系，而草场对于甘草行的依赖性更大。陈嘉丰诚心向各家掌柜征求意见，从而获得了不少经营草场的宝贵意见。他二人把包头城内的所有甘草行都跑遍后，陈嘉丰忽然询问马家成："这些天咱们给各家相与拜年，除了获得一些经营草场的意见，是否还有一些别的收获？"

　　马家成摇摇头，不知陈嘉丰所问何指。

　　"当我们在问及甘草行经营中的一些情况时，这些个掌柜们就无不言辞闪烁，答非所问，尤其涉及一些利害之处，更是缄口不言，避而不答。这虽是行业之间存在的一些必要的防范，可同时也说明甘草行蕴藏着巨大的利润空间。"陈嘉丰接下来郑重地说，"既然如此，我们何不在包头城开办自己的甘草行，这样就可以实现甘草自产自销，进一步增加草场的收益。"

马家成听了大为惊喜，直到此时他才发现陈嘉丰其实并不是一个目光短浅的人，原来他在暗中早就在为草场的经营发展寻找出路。开办甘草行实现自产自销，无疑是草场扩大利润的最佳途径，尤其对于杭盖草场来说，由于陈嘉丰坚持诚信经营，不愿在掏草工身上占便宜，足斤足两收草，又不肯压低草价，再加上回填沙坑另外多付出的补偿，所有的利润几乎全部让给掏草工了，草场利润微乎其微。在此境况下，草场如果要想盈利，便不得不在甘草的销售上做文章。

自从甘草产业在口外出现，起初甘草交易都汇集在托克托厅河口镇的黄河口岸上直接进行，直到道光三十年黄河泛滥将河口镇渡口吞没后，包头南海子渡口则代替其成为内蒙古黄河口岸上最大的码头，甘草市场亦随之迁移到包头。

在包头开办甘草行，即是将草场的业务范围直接拓展到市场经营领域，属于流通经营，与草场的生产性经营大不相同。这便首先需选择一名懂市场、会经营、通业务的业内能人充任掌柜。陈嘉丰经过慎重考虑，决定由马家成来担任甘草行的掌柜。马家成原本在乔家的药材铺里学徒数年，自是对经营药材这门行当不陌生，于是毫不犹豫地挑起了这副担子。

还未过正月，由陈嘉丰取名并亲笔题写招牌的"鼎盛兴"甘草行就在包头城内悄无声息地开张了。由于很快就是农历二月二，各地的草场依据时令即将开场，陈嘉丰也很快赶回了杭盖，张罗开场事项。马家成坐守"鼎盛兴"，只盼自家草场的甘草早日运来，好大显身手，给草场赚钱取利，可是一晃就是一个多月，别的甘草行有的已经转手过两三趟甘草了，自家的草场却连根草毛也没运来。马家成不知道发生了什么事，十分着急，连忙打发二掌柜去杭盖草场催问。这位二掌柜原是别家甘草行的一名有经验的伙计，是马家成想办法把他挖过来，协助自己经营甘草行的。二掌柜来到杭盖，陈嘉丰亲自接待了他，首先就询问包头市面上的甘草行情。二掌柜回答说："说来却也奇怪，本来甘草市场连年货源充足，价格平稳，买进卖出，波澜不兴。今年偏不知道怎么了，各地草场甘草产量都不甚大，现在市面上甘草价格甚高，货源十分紧俏。马掌柜坐守'鼎盛兴'，连根草毛都没得卖，催请陈大掌柜赶紧发货。"

陈嘉丰连连点头："好的。你回去告诉家成，叫他不要心急，我很快就会安排发货。"

二掌柜返回包头，如实转告马家成。马家成耐着性子等待，转眼又过半月，可是甘草还是没有运来。马家成眼看着市面上甘草货源紧缺，价格日益上扬，不仅各个甘草行为了争抢货源使出了浑身解数，而且外地客商携带大笔现银却买不上甘草，长期滞留包头等货，把个甘草市场闹得沸沸扬扬。马家成心急如焚，再次打发二掌柜快马加鞭赶赴杭盖催请发货。这次二掌柜见到陈嘉丰，不等陈嘉丰发问，即把市场上甘草紧俏的情况如实道来，急切之情溢于言表。陈嘉丰听后暗暗点头，也不忙着发货，只是带二掌柜到草场上转了一圈。进入草场后，二掌柜一眼看到广阔的草场地土十分平整，全然不像别的草场那般或是到处沙丘起伏，或是遍地坑坑洼洼，同时发现正在干活儿的掏草工们所掏的均系粗条甘草，对于相对较细的甘草连瞧一眼都懒得多瞧，不由大为惊讶。陈嘉丰解释说："三年前杭盖草场刚开张时，我便采取收草时按斤秤给予补偿的办法，要求掏草工掏草后必须回填沙坑，所以咱们的草场一直保持土地平整。至于其中的益处嘛，你身为甘草行的二掌柜，是行家里手，当然懂得草场的甘草系自然繁殖生长，从发芽到成熟得用两三年时间。咱们草场将沙土回填，正好保护了土壤，使得甘草能够顺利成长。今年正好是第三年，咱们回采这片草地，大多甘草自然品质优良。"二掌柜这才明白掏草工们为何只掏粗条甘草，而对较细的甘草不待搭理的原因。随后，陈嘉丰又领着二掌柜来到草场囤积甘草的地方，二掌柜只看到成捆的甘草堆积如山，所占用的地方差不多有个跑马场那么大，怕不止有数十万斤，心中更是惊讶不已，闹不清场主的葫芦里到底装着什么药。

"咱们草场货源充足，我马上就会安排发货。"陈嘉丰不再给二掌柜做解释，只是嘱咐他说，"你回去告诉家成，叫他多多预备库房，莫使甘草到了包头无处存放。"

二掌柜回转包头，将自己在草场上的所见所闻告知马家成，马家成恍然大悟，一时彻底明白了陈嘉丰当初不惜血本回填沙坑的用意，不由对陈嘉丰的眼光与见识大为叹服。二掌柜接着转告马家成，陈掌柜要求他们多多预备库房，准备马上接货。马家成听了非常高兴，连忙带领柜上伙计四处租赁库房，把包头近郊所有空置的民房差不多都租了下来，只等着草场货到。不料这一等又是半月有余，自家草场的货仍然未到。这时距离草场开场已有两个月了，因为甘草货源紧缺，各个甘草行虽然经营甘草数量不多，可是因为价格高昂，都赚了个盆满钵满，只有"鼎盛兴"自开张以来还没有做过一个铜子的买卖。马家成焦急得坐立不安，简直快要疯了，这日正打算亲自去杭盖一趟，问问陈嘉丰是不是也疯了，忽然接到陈嘉丰打发人送来的口信，叫他赶快准备接货。

口信前脚送到，草场运输甘草的驼队后脚就到。这番可把马家成忙坏了。杭盖草场数十万斤甘草源源不断涌入包头，刚刚进入库房，转眼就被各地客商高价买去。有的甘草连库房都没进，就直接被装上货船运往内地。马家成和柜上伙计白天黑夜连轴转，忙着出货进账，大笔的货银都是用大秤来盘进，满满当当装满了无数只箱子。等到草场码锹时分，短短一个来月时间，"鼎盛兴"进账不下十数万两银子，除去足额支付草场所有人员的工银及其他开支，盈余达万余两。陈嘉丰不仅把向广化寺借贷的银两本息结清，而且把所欠场地租金亦全部清偿，为感谢广化寺僧侣对自己的特殊关照，又向广化寺布施白银千两以充香油供奉。

陈嘉丰这番获得巨大成功，一时轰动商界，就连大商乔致庸都亲自登门道贺。哪知陈嘉丰却连连摇头："惭愧，惭愧。嘉丰本以为经商当以儒道为根，以诚信为本，厚礼义而轻利益，方是商贾积聚之正道坦途。不料嘉丰时运不济，草场利益微薄，尚不足支付场地租金，连年蚀本，甚为惨淡。无可奈何之下，才不得已出此下策，虽然并非强取豪夺，然则难脱囤积居奇、哄抬物价之嫌。嘉丰心中实诚惶诚恐，忐忑不安……"

"契弟无须自责。经商之道，有时实则虚之，虚则实之，不可固执拘泥。乔某观契弟所为，乃是因熟窥商业之门道，审时度势，顺应形势之举，并非刻意囤积居奇、哄抬物价之鄙劣行径。咱们经商做买卖的，固然要有厚德惠民的菩萨心肠，然而不一定只刻意取些蝇头小利，便是遗惠于民。反之亦可言，倘若因势利导，随行就市，把商业利润扩展到极限，难道便算是我辈的过错不成？"乔致庸宽慰道，"何况契弟所行惠民之举，由来有目共睹。杭盖草场一贯平秤进出，价格公道，不贪不占，薄利经营，实则就是让利于民。如此所为，只消与其他草场场主唯利是图、盘剥克扣民工的行径相比，自有天渊之别。契弟以诚信为本，厚德待人，自然可凝聚人心，汇集势力，甘草产量不大也不可阻。宵小之辈处处盘剥民工，久则丧失人心，势力必衰，甘草产量不小也不可阻。这番甘草价格涨势便是因此而起，绝非人力操纵使之。契弟由此获利，正是天道酬勤之惯例也。"

乔致庸的一番说辞，可谓精辟透彻地剖析了陈嘉丰获得成功的原因，同时对当时的商业道德的重要性，以及商人与社会之间存在的矛盾这个问题进行了一定分析与阐释。因为在当时封建年代，商人这个职业处于下九流的社会地位，商人与社会的关系，以及商人应该如何承担社会责任，这些无疑也是商人必须思考的问题。陈嘉丰听罢，大有茅塞顿开之感。

乔致庸接下来说："乔某素知契弟志向，经商只为扶贫济民之大愿。能够以商业为本，行扶贫济民之善举，亘古即有先例。春秋越国范蠡泛舟五湖，三成巨富，又三散家财，济困扶危，拯救难民，正是厚德惠民之典范。我辈之中愚钝鄙陋者甚多，唯有契弟志向可追先贤项背，此实乃致庸所不及也！"。

"先生谬赞，直教嘉丰汗颜不已。"陈嘉丰深深躬身致礼，"先生教诲，嘉丰定当铭记，但愿嘉丰能成就大业，也不辜负先生厚望。"

八

　　陈嘉丰经商获得巨大成功后，曾经讥笑过他的甘草同行无不刮目相看。有了上半年的先例，下半年甘草开市之后，各家草场俱驻足观望，不肯贸然入市。陈嘉丰这番并没有坐等行情涨势，甘草早早入市，反而抢得先机，卖得一个好价钱。等到其他草场甘草陆续入市后，市场已渐趋于饱和，价格不涨反降，恢复了寻常的行情。各个草场场主捶胸顿足，后悔不迭，就连外地来的客商看到他们这般模样，也无不掩嘴窃笑。

　　陈嘉丰经商获利，不忘当年出走西口的初衷，在秋天甘草休市后，即倾尽所有，在包头市面上采购大量粮食，雇用大船三四艘装载，欲运回保德郭家滩老家，以作陈家赈济之用。粮船在南海子渡口尚未启航，早有在黄河上流船的河路汉把这个好消息带回了郭家滩。陈家老小喜出望外，招呼全村父老乡亲一同前往黄河岸边接船。这日终于等到粮船顺水下来，岸上乡邻无不雀跃欢呼。粮船刚刚在岸边停稳，忽然有州衙里的那名偏关籍书吏奚耀珍带领一班差役赶来，声称要按官例查船。一班差役不由分说，径自登上船去，胡乱扯开遮盖货物的篷布，四下里翻检搜查。折腾半天，便有几名差役分别在各船装载的粮包堆里翻找出一两只口袋，提拎到岸上。奚耀珍吩咐差役将货主陈嘉丰从船上叫下来，质问他口袋里装有何物？只听陈嘉丰朗声道："船上的货物都是我自个儿亲自在包头采购的，除了粮食，还会是什么？"陈家一家人看见也都围拢过来，连连口称船上装的都是粮食。

　　"'煮熟的鸭子打扁嘴'，看你陈家还能能耐到几时。"奚耀珍冷笑一声，当即令差役打开口袋，将袋中之物倾倒出来，只见装的哪里是什么粮食，分明就是一包包包裹甚好的洋烟。这一下，不但岸上乡邻目瞪口呆，就连陈嘉丰也如堕五里云雾，不明所以。

　　"哈哈哈，真是画人画虎难画骨，知人知面不知心。"奚耀珍阴阳怪气地坏笑几声，接着说道，"各位乡邻今日亲眼看见，这陈家其实利欲熏心，假借赈济运粮为名，实则贩弄洋烟牟利。亏得陈家妄自标榜自家行善乡里，助困济危，实则欺世盗名，愚弄百姓。说什么大善人，其实是假善人……"

"休要胡扯淡！"奚耀珍话未说完，岸边诸乡邻即异口同声地反驳，"陈家的德行高低，我等乡邻朝夕相处，自有公论，岂容他人涂红抹黑，恶意诽谤。你虽是官府，但若要妄言陈家贩弄洋烟，就是打死我等也不相信！"

"难道是奚某睁着眼睛说瞎话不成？"只见奚耀珍眼珠一转，随即兜转话锋，"便是当老子的守在你们眼皮底下未曾作恶，可当儿子的也未尝就不会干坏事。大家都知道陈嘉丰声称自己在口外经商做买卖，可是天高地远，谁知道他在口外到底做什么买卖。今日看来，定是在口外做这贩弄洋烟的勾当！如若不是，那么这满船的洋烟又作何解释？"

"我等几人可以做证。"从人群里挤出来几名受苦汉，来到奚耀珍面前，"我等几人这几年便在杭盖草场掏草，亲眼看到陈家公子一门心思经营草场，又何曾做过什么贩弄洋烟的勾当？"

"嘿嘿嘿，你们几人不过是寻常的受苦汉，陈嘉丰私自贩弄洋烟，难道还会敲锣打鼓地告诉你们不成？"奚耀珍眯缝着眼乜了几名受苦汉一眼，冷哼一声，"要么就定是陈嘉丰给了你们什么好处，将你几人收买，你等狼狈为奸，一个鼻孔出气……"

这几名受苦汉本来家境困窘，一贫如洗，靠走口外掏甘草谋生已有些年头，前些年也未见他们发财，只是近两三年来日子才一年好过一年。此时奚耀珍这般质问，几名受苦汉一时口拙，不知道怎么说才好。众乡邻看到他们这般模样，不由心中疑窦大起，齐刷刷地把视线投向陈嘉丰。

"诸位乡邻，请相信嘉丰，嘉丰委实在杭盖开办草场，做的是正当的甘草买卖。"陈嘉丰解释道，"嘉丰经商获利，专程采买这数船粮食运回，便是要充实陈家粮仓，以助诸位乡邻挨度饥荒灾年，只是这粮船上的洋烟何来，让嘉丰也莫名其妙……"

"此正所谓欲盖弥彰，巧言搪塞。既然连你这个货主都说不清船上洋烟何来，这个贩弄洋烟的屎盆子，也就只好给你扣在头上了！"奚耀珍也不容陈嘉丰再作解释，伸手推开身旁之人，径自登上岸边一所高处，扯开喉咙大声呼喝道，"各位乡邻，这洋烟是什么东西，我不说大家也都知道。陈嘉丰从口外贩弄回来的这几船洋烟，足够我保德州老小人人变成一杆大烟枪。大家说说，我们能眼睁睁看着洋烟在保德州泛滥成灾，让保德老小人人都变成烟痨病鬼吗？"

人人都知道，洋烟本名鸦片，是西方列强为摄取暴利，进而消耗大清国力的"软武器"。大清从朝廷到兵民都曾对西方列强的这一卑鄙行为进行了坚决抵制，从而在道光、咸丰年间相继引发了两次鸦片战争。由于清廷腐败，国力羸弱，两次鸦片战争均以失败告终。直接的后果是导致鸦片贸易"合法化"，朝廷自雍正以来就一直坚持的禁烟令全部废除。因为洋烟在当时是属于"合法"流通的"商品"，官府纵然在陈家粮船上搜查出洋烟，原本也无权查扣，只是那洋烟的危害却是人人有目共睹的，因此但凡有点良知的人，都对此物深恶痛绝。

经奚耀珍的一番煽动，岸上顿时人群骚动，一片哗然。由于保德自古地处胡汉民族交汇之地，人民性情刚烈，耿直率真，可谓民风强悍。受此蛊惑，便有几个莽撞无知的青皮后生血性一下子涌起来，大喝一声："放火烧船，烧掉狗屁陈家的洋烟！"随即拾捡柴草，打火点燃，就往粮船上扔去。这一下带动，撺掇起不少人也纷纷加入其中。陈嘉丰和全家老小有口难辩，一众船工也拦挡不住冲动的人群。眼看着几点火苗在粮船上蹿起，刚好黄河上刮起一股大风，火借风势，风助火势，火焰迅速蔓延开来。几名船主先还忙着用船上的物件扑火，转瞬间火势大作扑面而至，都慌不迭地跳上岸来。陈嘉丰看见粮船火起，脑袋"嗡"地响了一声，慌慌张张向粮船奔跑过去，婆姨凤珠、儿子陈蠡和那几名在杭盖草场掏过甘草的受苦汉赶忙把他拉扯住。陈嘉丰眼巴巴瞅着船上的粮包被烈火烧得开裂，金灿灿的粮食不住气地倾泻而出，在烈火的焚烧中弥漫起一股刺鼻的焦煳味儿，不由双膝一软，"扑通"一下跪倒在沙滩上。接下来还不到点袋烟的工夫，只见几艘粮船连头带尾化作一片火海，固定船只的绳缆也被烧断，船只各自带着一片浓烟漂离河岸。陈嘉丰直勾勾地盯着粮船漂离眼前，顺水而流，在熊熊烈火的焚烧下逐渐解体，最终在视野里消失不见，只觉得心如刀绞，连肝肠也要被绞碎了一般。就在这时，忽然身后响起一阵噪乱，紧扯着陈嘉丰胳膊的陈蠡扭回头去，当即惊呼一声"爷爷"，陈嘉丰闻声连忙回看，只见原来是自己的父亲倒卧在了地上。陈嘉丰宛如被兜头浇了一瓢凉水，刹那间清醒过来，赶紧起身几步赶过去，看到在地面上赫然有一团血迹，这才知道经此突如其来的变故，父亲被气得口吐鲜血，已经气绝身亡了。

　　陈家的粮船上何以会有洋烟出现？这话还得从那个"雀过拔羽，雁过揪翎"的郝开友说起。郝开友自从被广化寺喇嘛驱逐出杭盖，灰悻悻地滚回保德，面见胡丘，只推说是被陈嘉丰贿赂喇嘛，抢夺了草场。胡丘听说又是陈嘉丰从中作梗，导致自己财路断绝，极其光火暴怒，催促奚耀珍赶快筹谋划策，报复泄愤。奚耀珍思想一番，献上"一急一缓"二策。一急是"逮不住瓜瓜搂蔓蔓"。陈嘉丰虽远在杭盖，他的妻儿老小却都在眼皮底下，瓜瓜长在蔓蔓上，把蔓蔓给搂了，看那瓜瓜还如何得活。只是奚耀珍也想到，世间最难捉摸的东西乃是"无把子烧饼"。陈家素为本地缙绅，由来乐善好施，积德修身，恭谦礼让，与世无争，如果抓不住他家有必死罪过，如山铁证，纵使官府做些花样文章，略施惩戒，也毕竟是隔靴搔痒，无济于事。此策乃为下策。一缓是"三年等个闰腊月"，亦即"放长线钓大鱼"之计。料想那陈家纵然素常行止端庄，身正影直，也保不准有个反穿鞋歪戴帽的疏忽。由来"捉奸见双，捉贼见赃"，只有真正揪住陈家的小辫子，才能标本兼治，一步到位，此策方为上策。由于奚耀珍肚肠里的花花点子层出不穷，每每十分奏效，胡丘向来十分信服。胡丘权衡一番，觉得这条"三年等个闰腊月"之计甚为可行，于是强按下心头怒火，命令奚耀珍依计实施，只是嘱咐千万莫要心慈手软，定要治得陈家妻离子散、家破人亡方解心头之恨。自此奚耀珍安排人员，遍布眼线，对陈家内外事务刻意留心，专等陈家露出小辫子。这番陈嘉丰在口外经商获利，大量采购粮食，欲运回老家赈济扶困，那边奚耀珍虽然远在保德，可是很快就得到了消息。他看到这个天赐良机，随即修书一封，命人火速送给在口外倒贩洋烟的郝开友。原来郝开友自打从杭盖回来，并不安分守己，鼓动胡丘再开财源，将州库官银再度套取出来，自告奋勇往来于西口一带，干起了倒贩洋烟的勾当。明着是帮胡丘赚钱，实则是给自己牟利。郝开友在口外接到连襟书信，不敢怠慢，立即按照连襟安排，破费几两洋烟买通一名给陈家运粮的船工，将自己采买的几箱洋烟装入粮袋，做上记号，偷偷混上了陈家的粮船……

看到凭自己一条三寸不烂之舌就煽动老百姓纵火烧毁了陈家的粮船，奚耀珍心中暗自得意，趁着岸上岸下人群混乱骚动之机，连忙指使一班差役将方才倾倒在地上的洋烟统统装起，然后神不知鬼不觉地扛走。

中国古代的伦理道德，历来以"忠孝礼义"四字为核心。然而孝字虽然排在忠字之后，忠却以孝为前提，也就是说，孝是一切伦理道德的根本。孟子曰：不孝有三，无后为大。这句话的意思是说，当晚辈的没有对长辈尽到责任，就是最大的不孝，而不仅仅是指没有生下儿子就是不孝了。不孝的程度有轻有重，不孝到极限则叫作忤逆。陈父的仙逝，在众乡邻看来完全归咎于陈嘉丰。如果不是陈嘉丰贩弄洋烟，就不会导致这飞来横祸，陈父就不会被活活气死。连陈嘉丰也认为，自己虽然蒙受了不白之冤，可父亲的死跟自己有脱不开的关系，从某种程度上来说，自己就是害死父亲的罪魁祸首。可问题究竟出在哪里，他实在是一头雾水，百思不得其解。

陈父的丧事办得倒也算顺利。由于陈父一生行善积德，广布恩惠，颇受乡民敬重，再加上当地民风淳厚，素有邻里互助的习惯，许多乡邻主动前来帮忙，尤其是到了出殡之日，村里的壮劳力无不争当殡工，把陈父抬到祖坟掩埋。只是因陈嘉丰担上了"忤逆"之名，而且从事"贩弄洋烟，荼毒百姓"的勾当，一下子变成了德行败坏之徒，众乡邻无不对他嗤之以鼻，避而远之。

这一年间，保德又是一个灾荒之年，刚刚进入十冬腊月，缺粮断炊的人家比比皆是。本来按照往年惯例，陈家在此情况下都要开仓放粮，赈济乡邻，只是今年陈家仓储本就不殷实，又因雇来运粮的数艘大船俱被烧毁，船主打闹上门来，陈嘉丰没有奈何，只好把自家仓库中的粮食用以赔偿。接下来操办父亲的丧事，耗资亦不菲，仓库中早已是米面罄尽，几乎一无所有。陈嘉丰无力放粮，又且因遭众乡邻误解，往昔热闹的门庭一下子冷清起来，连邻居家的狗都不来串门了。在此境况下，陈嘉丰甚觉心灰意懒，豪情壮志一落千丈，转天在父亲的坟墓旁结草为庐，每日只在坟前守墓，忏悔自省。

  转眼间冰雪焕然，春回大地。在家过罢年的人们又开始陆陆续续向西口外迈进，寻找他们一年的活路。杭盖草场上早早就聚集了不少掏草工，打算扑开身子再挣一年宽敞钱，可是草场的掌柜迟迟不现身。自从去年甘草休市后陈嘉丰运粮回家，只留马家成在包头撑着门面，眼看就到草场开场的时节了，马家成心中颇为急切，打发店中伙计回老家请陈嘉丰赶赴口外主持大局。店中伙计去而复返，马家成方才得知陈家发生变故，陈嘉丰已无心肠到口外办什么草场了。马家成大为焦急，连忙去往乔家向乔致庸探问主意。乔致庸问明情由，随即修书一封："余尝闻立德者必寿昌，积善者必运久，所谓'劳谦君子，有终吉'，此诚天道酬勤之故也。奈何天公造物无常，人物生灵难脱术数变化，昔易更三圣，始未解惑。况乎凡夫俗子，焉得豁然贯通？然则天地开于混沌，卵石孕玉，江河含沙，本为自然法则。是故人道本善，乃所以异于冥顽禽兽者，独不可以卵石孕玉而昏昏，以江河含沙而浊浊。余本孤陋，旅羁戎羌久矣，然素闻晋边保德地陈五督之后，历代举善修身，厚德惠民，由来声名噪远，引人崇敬。余本不才，得遇陈氏传人交契，熟谙嘉丰契弟承袭祖风，胸怀高远，有追先贤陶朱公之志向。惊闻陈氏家变，年伯修短，厅堂蒙垢，堪为惋叹。唯嘉丰契弟齿稚，未足练达，稍经砥砺，即致落拓消沉，实余所不齿也。余恬食半百，于世情亦懵懂半知，谨藉古人一言劝勉：岂不闻'失之东隅，收之桑榆'者乎？"这封书信的意思大致是说："人们都希望好人有好报，可是在凡尘俗世，各种出人意料的事情很多，石头中藏着美玉，江河里含着泥沙，这些都是司空见惯的。唯独聪明的人不会被事物的表象蒙蔽，人们常说'清者自清，浊者自浊'，就是这个道理。保德陈家一贯乐善好施，赈济乡邻，有着很好的名声。而陈嘉丰更有向春秋时期越国的大商人范蠡学习他三散家财、拯救难民的志向，只是因为陈家突然遭遇到一些说不清的事情，导致陈父仙逝，陈嘉丰被乡邻们误解，非常令人惋惜。陈嘉丰年龄还小，社会经验尚不丰富，遇到这样一点困难，就感到茫然失措，其实是不值得的。所以我在这里劝告他，人生本来有得有失，又怎么能够以一时的成败而论英雄呢？"

俗话说"响鼓不需重锤"。陈嘉丰收悉乔致庸书信后，有如醍醐灌顶，茅塞顿开，只觉眼前豁然开朗，胸中块垒尽消。他当即自守墓的草庐返回家中，与母亲、妻子商议，打算舍弃家业，举家迁往口外居住。古代女子讲究"三从四德"，陈父逝后，陈嘉丰就成为一家的主心骨，陈嘉丰怎么打算，她们就怎么听从。陈嘉丰的儿子陈鑫年龄虽小，可是对自家目前所处的境况也看得清楚，极力支持父亲的主张，因此俱无异议。一家人收拾停当，至坟头拜别了祖宗。临行之际，陈嘉丰召唤来几名左右村邻，将自家所有房屋地契交与他们，嘱咐他们分发给村中乡邻，随后大敞家门、仓库，一家人远别了故土。只是令陈家老小始料未及的是，本村乡邻俱敦厚本分，虽然陈家房屋地契在手，可是无有一人敢贸然私分，反而跑去州衙垂询，听凭官断。知州胡丘随即拍板定夺，陈氏所遗房屋地产均由官府代管，闲杂人等不得侵占。因此陈家大好的家业，尽皆落入胡丘囊中。

第十章　漫瀚调

一

　　李小朵于咸丰五年出走西口，以表演二人台小戏为业。当年秋末冬初，玩艺班的一行人跟随走西口的老乡从后套折返家乡，途经包头，李小朵专程停留一日，去巴氏王府探望萨日娜格格和小娉，谁知巴氏王府的守门人却告知他说，早在秋上萨日娜格格就奉理藩院檄文所诏，带着小娉去往京城备选皇室后妃了。遥想那京城迢迢千里，皇宫重叠森严，从此天人永隔，李小朵不由潸然泪下。

　　李小朵抹去眼泪，和玩艺班的伙伴们从包头南海子渡口乘船渡过黄河那边，又自陕西府谷县境内乘船渡过黄河这边，双脚踏上河曲地面。他们由城关往老家方向赶，经过一些村庄，只看到每个村庄的村口都无一例外地聚集着一伙牵儿引女的婆姨们，甚至在一些窑头垴畔上也站有不少人，一旦看到大路上有人走来，就纷纷翘首顾盼。原来这些都是有人口出走西口外挣钱的人的家人，她们是在守候着自己的亲人从口外回来。遥远地里，一些婆姨猛然间一眼看到自己的男人肩挑粮食、财物，大步流星地出现在面前，不由心花怒放，挺着虚弱的身体快步迎上前去，愉悦之情溢于言表。也有一些人挣不下银钱，两手空空而归，可是婆姨也不埋怨，觉得只要男人还能活着回来，那便是天大的运气。更有一些人在西口外生灾得病或是遭遇土匪，断送了性命，归来的同伴带回的只是他死去的噩耗，家人听了无不伤心欲绝，号啕痛哭。因此每年在这个时候，凡是有人出走西口的村庄，哭笑之声总是不断在村头响起，此起彼伏，叫人感慨万千，而又肝肠寸断。

　　诚然是"近乡情更怯"。距离唐家会老家越来越近，李小朵的心里不由自主地忐忑不安起来。早在夏天出走西口之时，家里粮食已将罄尽，自己大半年时间不在家，也不知道母亲靠什么生活，李小朵想到这里心跳就不由加剧，赶紧加快脚步向家里赶去。刚进村口，一眼看到母亲正坐在一棵树下跟一伙婆姨们拉家常，眼神却不时地瞭着进村的大路，显然是在等待自己回来，禁不住鼻子一酸。不等李小朵走近，母亲早已起身迎上来，李小朵紧走几步牵住母亲，母子俩一起欢欢喜喜回转家去。

到了家里，李小朵听了母亲的诉说，才知道打自己出走西口，家里仅剩的一点粮食很快见底。此时在唐家会，满村只有四爹一家亲人，可是遭此饥馑灾年，四爹家的日子过得也极其紧巴。饶是如此，四爹不忍心看着自己的大嫂饿死，把自家所剩不多的糠皮面麸匀出一些，亲自扛着送到家里来。凭着四爹给的这点糠皮面麸，母亲省吃俭用，才好歹不致饿死。李小朵听罢，眼角不觉淌出两行清泪。

母亲一边跟儿子拉呱儿，一边生火做饭，不多大一会儿热腾腾的饭菜就端上了炕头。李小朵捧起碗来，只见正是自己最喜欢吃的酸糜米捞饭，米粒金黄，味道清香，显然是今年的新米，一时疑惑不解，不知道新米从哪里而来。母亲紧接着给他解说，李小朵才知道自己出走西口不久后，老天爷终于开眼下了今年的第一场雨，干涸的土地得以滋润，庄户人家迫不及待地把忍饥挨饿节省下的一点种子种进地里，指望多少能有点收成。李小朵家的土地全部被薛称心霸占去，母亲想种点庄稼也没处种。不过活人哪能叫尿憋死，她看到在自家门前的边角地块和窑顶的垴畔上空空荡荡，便打开了这两块"土地"的主意。当地农村土地虽然金贵，可村民家门前的边角地块一般只是用来积肥攒粪，或是栽种几棵树以便夏天乘凉，鲜有人家种植庄稼。至于垴畔，就是窑洞的顶部，虽然有的窑洞顶部极高，甚或有高达数丈的，也不怕雨水渗漏，可好端端的人家谁愿意在自家头顶耕种刨挖，倒显得自家穷疯了？眼下母亲盯上这两块"田地"，也是确实出于无奈。种庄稼是体力活儿，母亲每天只靠四爹给的那点糠皮面麸充饥，却还不敢饱吃，身体极度虚弱，连锄头都举不动。母亲便在针线笸箩里找出来一把纳鞋底的锥子，又把无意间在窑洞一个犄角旮旯里发现的半升尚未发霉的小红糜子用来做种子，然后来到"地里"，双膝跪下，先拿锥子在地上锥一个孔，下一粒种，盖上土，然后再锥一下，再下种，再盖土……遇到地上生长有苦菜或其他能吃的野草就剜起来嚼着吃下去，补充体力。这样边吃边干，居然把两块田地全种上了。谁都想不到，自从下了第一场雨后，雨水再未短缺，接下来简直是风调雨顺。由于当地自去年冬天即片雪未下，今春又滴雨未落，天干地旱，许多人家都在等待雨后播种，有的人家连地也未翻，粪堆还堆在地里未动，也有少数人家按时把地翻好，该下种时按时种进去，待到五月间因地里长不出苗，就又再次改种成糜子。也算是天不绝人，当年种糜子的全部获得了丰收。这种小红糜子属小日期类农作物，生长期只需六十天，在足够雨水的滋润下，宛如南方的春笋疯狂地滋长，并且如期结籽成熟。固然李小朵母亲播种糜子是在雨后，不比雨前播种的人家收获多，但是毕竟有所收获。这样看来，即便儿子在口外挣不下银钱，到冬天母子俩也不致被饿死了。李小朵听完母亲的讲说，不由心如刀绞，难过至极，哪里还能咽得下饭去？

自此后，李小朵每年跟随走西口的老乡春出秋归，在西口外讨生活，冬闲时节却必定回家与母亲厮守。日子过得虽然清贫，却好歹是一户人家。李小朵年岁渐长，母亲看着心里焦急，催促儿子早日成家，可李小朵哪里有这番心思？小闺女的坟墓就在李小朵家祖坟不远，李小朵每次上坟祭祖，都要捎带给小闺女也烧上一些纸钱。其实小闺女的坟墓只是一个衣冠冢，可怜的小闺女当年跳河身亡，连尸首都没留下，不经意间她的坟头早已野草萋萋。这年李小朵出走口外，忽然家乡传染猪瘟，有丧心病狂者把病猪肉掺杂在好肉里贱卖，李小朵母亲贪图便宜割些猪肉吃了，不幸染疾而亡。李小朵闻此噩耗从口外赶回家来，把母亲安葬在祖坟里。李小朵在父母的坟头哭一场，又向着小闺女的坟头哭一场，哭过之后，心里空空荡荡，只觉得天地苍茫，自己连一个可惦念的亲人都没有，这个家乡再也没有什么可留恋的了，于是在守孝期满后，将所有的家当都交与四爹照管，去往口外不再回来。

有道是："曾经沧海难为水，除却巫山不是云。"李小朵从此再无成家娶亲之想，终日漂泊在西口外，一门心思扑在二人台的编创和表演上，使得二人台这门艺术无论从剧目形式、剧情对白、唱腔曲调、音律伴奏及至舞台动作、道具运用上，都不断进步，有了长足的发展。再加上诸多晋陕老乡的共同努力，二人台开始盛传在晋西北、陕北及内蒙古中西部地区。同时随着诸多蒙古人也开始懂汉语、应用汉语，二人台这门艺术也开始渐渐受到蒙古人的喜欢。

时光荏苒，李小朵转眼已年届三旬，当年和他结伴出走口外的几名艺人有的改行，有的倒班，班内的艺人进进出出，早已更换了好几茬儿，只有李小朵一人尽心竭力支撑着这个玩艺班子，使这个班子始终不倒。这些年间，李小朵和他的伙伴们居无定所，四处漂泊，足迹遍及内蒙古中西部的所有沙漠、草原、码头和城镇，只要有汉人聚集的地方都留下了他们的身影。然而，在当时演戏唱曲毕竟还属于下九流的行当，艺人的地位更是低贱到极致。说好听点，他们是靠本事谋生，说难听点，无异于乞讨要饭的花子。他们身背简易的服装、道具，赶庙会、赶码头、赶店铺开张、赶红白喜事、赶有钱人家的生辰贺寿，被称作"赶场子"，为他人的喜事添彩助兴，临末了卑躬屈膝，口称"财东、老爷"，向主人家求取几个赏钱。多数时候，主人家会因为高兴多给几个赏钱，可这样的"场子"并非常有。寻常时候，他们只能在人群聚集的街镇、村落摆戏摊，靠围观的闲人、散汉赏几枚铜钱。这样下来，他们辛苦一天往往连顿饱饭都挣不下，另外还常遭遇地痞无赖豪取强夺、酒鬼醉汉寻衅滋事、达官仕人白眼相加、妇孺顽童调侃笑骂，其中的辛酸凄苦都是一肚子装了，无处诉说。

跟当时其他所有走西口揽工受苦的贫苦农民一样，玩艺班子的艺人含辛茹苦，委曲求全，都是为了养家糊口、活命维生。尽管他们出卖的不是苦力，可他们遭受的苦难并不比别人少。由于他们没有固定的演出地点和场所，每日里只是凭道听途说的消息赶场子，东三天西两天，日间忍饥挨饿，夜间野地栖息，都是常有的事。饶是如此辛苦操劳，除了勉强糊口果腹，其实手里也落不下几枚铜钱。

这一年初冬，李小朵和玩艺班子的伙伴流落到土默特右翼旗来。土默特右翼旗坐落在鄂尔多斯左翼前旗东北方向，隔着黄河两旗相望。虽然仅隔着一条黄河，但两旗已分属两个蒙古部落。本来每年到这个时节，走西口的"雁行"客大多要回返家乡与家人团聚，只有土默特蒙古很早就改变了秋后驱逐汉人的习惯，汉人大可随意留居，又且李小朵自从母亲亡故后已有数年未曾回家，每年只是陪伴班中艺人最后散去，才独自在蒙古地方赁房而居，等到来年春暖花开，再与班中艺人相聚，然后结伴四处演戏谋生。这便使得班中艺人入冬以后无意早早散班回家，都追随李小朵辗转到土默特来，指望多表演几天，多挣几个辛苦钱。这日来到一个叫古雁圪力更的村庄，摆开戏摊，方演出了一两出小戏，忽见李小朵连打几个趔趄，一头栽倒在地。原来因为蒙古地方入冬较早，当地居民早已添置棉衣过冬，而艺人们身在异乡，尚无棉衣更换，花钱添置又觉不舍，都还穿着随身衣衫将就。一路行来，李小朵偶感风寒，也不以为意，只像往常那样喝了两碗姜汤抵御，孰料现下正演戏当中，忽然病情加重，头晕目眩，体力不支，故而栽倒，这下可急坏了班中艺人。正慌乱之时，从围观的人群里挤出一男一女两个蒙古青年，走上前来说道："这位大哥得病，可到我家中暂住医治。"艺人们看这对蒙古青年面目清秀俊俏，不像歹人，便匆忙收拾戏摊，搀扶起李小朵，跟随两个蒙古青年到家。

这对蒙古族兄妹，哥哥名叫丁未羊。这个名字颇有意味，其时因当地蒙汉人民杂居，彼此间习俗相互渗透，蒙古族中多有取汉名的。丁未羊，按汉族天干地支所指的出生年份取名。时丁未，乃道光二十七年，羊年，故以此命名。妹妹名叫陶格斯，汉语的意思就是"孔雀"。

说起这对蒙古族兄妹的祖先，本是赫赫有名的土默特部落首领。早在清朝建立前，清的前身后金就利用各种手段笼络和降服蒙古各部，土默特首领博硕克图汗之子俄木布洪率众归附后金，被赐予台吉封爵。所谓"台吉"，是清廷赐予蒙古贵族的封爵，分一至四等。其间因俄木布洪与喀尔喀蒙古密切交往，被后金视为谋逆，捕擒并削去其封爵，从而也直接导致了土默特部落不再受后金信任。清朝建立后，按八旗制度将土默特部落编为左右两翼，每翼一旗，故土默特部落又称"两翼蒙古"。在整个清朝，土默特二旗都是朝廷防范和排挤的对象，清廷调遣其他蒙古部落前往土默特地区驻牧，使曾经幅员广阔的土默特所辖境地越来越少，一个原本十分强大的部落被瓦解得支离破碎，名存实亡。后来清廷虽然给俄木布洪的子嗣恢复了封爵，却一直闲置，不受重用。俄木布洪的后裔除了承袭有一个空头贵族封爵，其家族原有的显赫地位早已不复存在，再加上世事的变化更迭，几代之后，这个家族渐至衰败没落，与平民无异。

蒙古人称父亲为"阿布"，称母亲为"额吉"。这对蒙古族兄妹的父母当年在世时，原也有些旗里分配的户口地作为养赡之本，但因其阿布生性懒惰，既不喜放牧，也不擅耕耨，便把土地租给汉人耕种，靠收取些地租过活。后来因其阿布嗜酒好赌，一次豪赌将家业几近输光，把小兄妹的额吉活活气死，但其阿布仍不思改过自新，为了翻本又把全家人的户口地典卖，再上赌场挥霍一尽。最后他看看家里还剩有一只羊，便牵去集市卖了，沽些酒肉吃个烂醉，然后拔出腰刀自刎。留下一对儿女无依无靠，年纪小小就给村里人家揽工放羊，自食其力，两兄妹相依为命，可谓是在苦水洼儿里泡着长大的。

蒙古民族本人人能歌善舞，两兄妹打小即喜欢唱歌跳舞。由于两兄妹自小丧失父母，无人疼爱，每日外出放牧时便在草原上放声高歌，以消解心中的苦闷。盛行在草原上的蒙古民歌原分长调、短调两种。长调，蒙古语称"乌日汀道"，主要是反映蒙古族游牧生活的牧歌式体裁，有较长大的篇幅，节奏自由，气息宽广，情感深沉，在旋律风格及唱腔上具有辽阔、豪爽、粗犷的草原民歌特色，内容多是赞美美丽的草原、山川、河流，歌颂伟大的亲情、爱情、友谊，以及表达人们对命运的思索。可是随着清廷在土默特大规模实行解禁放垦，迫使当地由牧转农，盛行于牧区的长调蒙古民歌随着草场的不断减少，渐渐在蒙古人民的生活中消退。而短调蒙古民歌却更加适宜于半农半牧地区蒙古人民的生活节奏。与长调民歌明显不同的是，短调民歌篇幅较短小，曲调紧凑，节奏整齐鲜明，节拍比较固定。歌词虽简单，但灵活性很强，并具有可即兴配词的特点。后来随着大量汉人涌入蒙古各地垦殖定居，蒙汉文化交流融合，在鄂尔多斯左翼前旗形成一种被称作"漫瀚调"的新歌种，并很快从黄河对岸流传到土默特右翼旗来。丁未羊、陶格斯兄妹不仅会唱当地所有的长、短调蒙古民歌，而且对漫瀚调亦不陌生。更为难能可贵的是，两兄妹虽未读过一天书，蒙、汉文字加起来不认识一斗，却都擅于即兴编词，腹中歌词多到车载斗量，成为当地出名的歌手。

二

自从汉族艺人把二人台带到蒙古族人生活的地方，即逐渐开始盛行。有道是"触类旁通"，丁未羊、陶格斯兄妹对二人台亦甚为喜欢，平常每逢有玩艺班子到村来演出，两兄妹都是忠实的观众，而且与普通观众不同的是，寻常人只看红火热闹，两兄妹却用心观摩，仔细研习，时长日久，对一些较为普及的简单剧目便可学唱下来。此次李小朵玩艺班子到来，连演两出都是新戏，两兄妹前所未见，只觉得耳目一新，甚为新奇。尚未看得过瘾，忽然那主角生病栽倒，两兄妹本对演戏艺人怀有好感，于是上前邀请艺人们到家暂住治病。

两兄妹的阿布当年辞世时留下土坯小院一所，内有房屋数间。两兄妹打扫一间出来，点燃柴草烧暖土炕，把艺人们安顿下来。丁未羊向邻居借了一匹快马，亲自到镇上请来大夫给李小朵治病。大夫确诊只是风寒之症，便提笔开了一剂"麻杏葛根汤"，药材无非是荆芥、防风、羌活、葛根、连翘、麻黄、炒杏仁等几味。丁未羊再去镇上药铺把药抓来，陶格斯在炉灶上熬好，给李小朵喂服。陶格斯不断添加柴草烧暖土炕，李小朵蒙在被窝里出了一身恶汗，即感觉轻快了许多。如此一连服药三日，李小朵病情大有好转，便欲起身辞行。两兄妹连忙挽留，道："大夫开了五服汤药，现在只吃了三服，怎么也得把药吃完再走。"到了五日头上汤药吃完，李小朵几人欲起身上路，不意这天天色突变，狂风大作，紧接着下开了鹅毛大雪。艺人们议论道，这番下了大雪，天寒地冻，只怕也无法再到处演出，莫若散了班子各自回家过冬。李小朵也无异议。艺人们看李小朵病情初愈，都劝说他不必远走，就此赁房居住，也可将养身体，遂与两兄妹商议赁房之事。两兄妹听说，十分高兴，爽快地说："只要小朵哥肯教我俩唱戏，想住多久都行，何须付什么房租？"李小朵见两兄妹如此喜爱唱戏，便也道："教戏自是可以，但房租却一定要付的。"

次日雪霁天晴，几名艺人打点行装启程返乡，留下李小朵就在此地居住。两兄妹本就酷爱二人台，却一直无缘学戏，现下有汉族艺人李小朵留居在家，两兄妹甚为欢喜。丁未羊趁着下过大雪，外出山野间猎得几只山鸡野兔，给李小朵滋补身体。陶格斯更为心细，瞅着李小朵衣衫单薄，就把哥哥以往穿小的衣服拆洗出来，给李小朵缝制了一身棉衣。两兄妹盛情招待，叫李小朵心中十分过意不去，待病情痊愈后，便悉心给兄妹俩教习二人台。当时正值冬闲时节，两兄妹无处揽活，大有时间在家学戏。李小朵耐心教习，一个冬天过来，两兄妹所学已堪与李小朵同台演出了。

转眼间春回大地，万物复苏，土默特地方的农民开始翻土耕耘，牧民开始追逐草场牧地，一年的劳作就此拉开序幕。去年冬天返回家乡的艺人赶来和李小朵相会。不巧的是，一名专功丑角的艺人去年在归途中眼看已近家门，过黄河冰桥时不慎踏入冰窟丧生，另一名专功旦角的艺人回到家乡娶妻成家，今年不再外出讨生活，只剩当年最初就伙同李小朵出走西口的两名老乐师和后来加入进来的一名年轻乐师赶来与李小朵会合。当时的二人台又被称作"抹帽戏"，即一个演员同时饰演多个角色，戴一顶帽子演一个人物，帽子一抹演另一个人物。虽如此，却最少须有两个演员唱和，否则还叫什么二人台？眼下班中只留下李小朵一个演员，这戏如何来演？见此情况，丁未羊、陶格斯兄妹心思萌动，提出来要加入戏班。李小朵知此兄妹二人能歌善舞，极富演戏天赋，何况学戏一个冬天下来已足堪给自己配戏，只是顾念当时蒙古族素无人从艺演戏，何况陶格斯还是个姑娘，如何可在大庭广众之下抛头露面？哪知两兄妹身为蒙古族人，生性豁达爽朗，毫无这般诸多顾忌，于是李小朵等几人略一商议，决定收录二人入班。

出乎李小朵等人意料的是，随着丁未羊、陶格斯兄妹的加入，戏班日渐开始走红起来。本来无论蒙汉戏剧，自古以来鲜有女子登台演戏，剧中旦角均由男子饰演。陶格斯身为女子，身姿妙曼，嗓音本真，甫一登台亮相，即令所有观众无不顿感眼前一亮，耳目一新。陶格斯登场演戏，可谓蒙汉两族二人台女角第一人，一举引起巨大的轰动，为戏班吸引了大量观众。丁未羊更属难得的艺人，不仅在表演上极富天赋，而且具有编创戏曲的潜质，入班未有多久，即提出了编创蒙古二人台的构想。李小朵与之互相揣摩，把汉语和蒙古语糅合到一起，编创出了用两种语言交替演唱的二人台新品种——风搅雪。这个剧种刚一问世，即受到当地蒙汉人民的共同喜欢。以风搅雪形式演出的第一台戏，便是以后套上灌渠大王邢泰仁的闺女纭茜和小喇嘛为原型的爱情故事《阿拉奔花》。此后二人经过共同努力，相继编创出风搅雪形式的多台新戏，在内蒙古各地广泛流传。李小朵和丁未羊、陶格斯兄妹的姓名逐渐为人所熟知，成为声名鹊起的民间艺人，戏班的收入也较过去强了许多。

自从丁未羊、陶格斯兄妹加入戏班，李小朵的性情也较过去开朗了不少。过去戏班中艺人大多资质浅陋，只知传承，不善创新，把演戏只当作谋生的手段，戏好戏坏无人操心，每有闲暇宁肯谈论些裤子里的事情，也不愿在演好戏上多下功夫。自从丁未羊、陶格斯兄妹加入戏班，整天与李小朵讨论戏曲，并提出许多奇思妙想，使李小朵在编创新戏中获益匪浅。李小朵得丁未羊、陶格斯兄妹，大有如鱼得水之感。

此外，戏班里还有一个明显的变化，即是生活有了很大改善。过去班里艺人一个个都是单身汉，衣服穿脏了懒得洗，破了懒得补，经常看起来就像一队逃荒讨饭的叫花子。在饮食上也极其凑合，咸一顿淡一顿，生一顿熟一顿，只要不致饿着肚皮就行。自从陶格斯加入戏班，班里人的衣食之事都是她一个人包了。戏班生活虽然清苦劳累，但不论多苦多累，只要看到谁的衣服脏了破了，她都主动拿来清洗补缀，使戏班之人变得衣帽整洁，再也不致遭他人下眼看待。在饮食上，虽然还是同样的茶水米面，但喝水绝不喝生水，吃饭绝不吃生饭，而且调和佐料搭配得当，吃起来就香甜可口多了。两位老乐师都夸陶格斯是个会过日子的好闺女。

陶格斯对待李小朵就更加不同了。自打在古雁圪力更村的戏摊上第一次看李小朵演戏，陶格斯看他扮相生动，唱腔优美，所演人物无不栩栩如生，心中便暗自喜欢。后来李小朵因患病寄居自家，相处整整一个冬天，更发现他是一个多才多艺、淳朴善良的好后生，心中越发喜爱。直到加入戏班后获知李小朵尚未成家娶亲，陶格斯对待他就更加亲热了。每次吃饭，陶格斯给李小朵盛的饭都比别人多、比别人稠，偶尔吃点肉，还要在他的碗底多藏两块肉片。在生活起居上，陶格斯对李小朵的照顾也是一样无微不至，甚至连每天梳头缯辫子也是陶格斯亲自给他梳理，只有李小朵却像个傻瓜一样，看起来无动于衷，浑然不觉。

可是窗户纸终有捅破的时候。自家妹妹对李小朵的心思，做哥哥的哪能看不出来？何况经过较长时间的相处，丁未羊也非常喜欢李小朵，把妹妹嫁给这样的人，丁未羊也觉得心里踏实，于是寻找一个无人的机会，丁未羊把这个想法向李小朵提了出来。孰料李小朵一听，当即把头摇得拨浪鼓似的，口称自己早已心如死灰，这辈子再也不会成家娶亲了。丁未羊心下疑惑，回头向两位老乐师探问，才知道了李小朵至今尚未成家的原因。丁未羊向陶格斯说知，劝说妹妹另谋主意，不必在李小朵身上白费心思。哪知陶格斯听说后，反而十分钦佩李小朵对感情忠贞不二，是个难得的可托付终身的好男人，于是对李小朵更加亲热。班中诸人俱看出陶格斯的心思，一有机会便撺掇李小朵成家娶妻，把李小朵的耳朵都听得磨出茧子来，可他的牙齿就是不肯松动。

尽管李小朵一直不肯松口，陶格斯对他的亲热程度却不曾减弱，甚至一日强似一日。但凡有点闲暇，陶格斯便陪伴在李小朵身边，磨磨叽叽，没话找话，有时童心大起，给他搔耳朵蒙眼睛，拽辫子挠痒痒，令李小朵哭笑不得，应接不暇。虽然陶格斯经常顽皮胡闹，可她毕竟是一个活泼可爱的姑娘，李小朵不能不感受到她的情意。只是一提到成家娶妻，他的眼前立刻就会浮现出小闺女的音容笑貌来，心头顿时涌起一股剜心割肉的疼痛，于是他只能缄默不言，心中暗自打算，等待有机会定给陶格斯安排一门更好的亲事，以使她断了对自己的念头。谁知李小朵是这般想，陶格斯却也有自己的主意。

这年秋末冬初，戏班一行人自后套辗转到土默特右翼旗来，只等分钱结账，便散班回家过冬。恰逢执掌该旗政务大权的副都统给儿子操办喜事，有好事者专程请李小朵的戏班到副都统府上演戏助兴。出于朝廷为削弱土默特势力的举措，当时土默特两翼的都统职衔由绥远将军兼任，副都统实则就是该旗最大的官吏。面对这么个大人物，李小朵等人自是十分卖力，连演几出喜庆戏，有《闹元宵》《挂红灯》《报花名》《十样锦》等，给这桩喜事添彩增色不少。副都统十分高兴，当场给戏班赏银十两。当时的十两雪花银，可抵得上一个艺人一年的收入，戏班之人千恩万谢，满心欢喜。当晚回到居住的客店，陶格斯上街沽酒买肉，亲自烹饪，就在自己房里摆酒给大家打牙祭。大家兴高采烈，边吃边喝，一个个喝得酩酊大醉，也不知道后来是怎样回到自己房里去睡的。次日天亮，李小朵酒醒，感觉被窝里挨着自己还躺着一人，睁眼一看，只见陶格斯正笑眯眯地望着自己，并温柔地说："小朵哥，昨夜里你喝醉，就睡在人家的炕上不走了……"李小朵的脑袋"轰"的一下就炸了。

听说李小朵要成亲，两位老乐师高兴得嘴都合不拢。自打十多年前伙同李小朵出走西口，两位老乐师每年亲眼看着李小朵形单影只，孑然一身，孤零零像只失群之鸟，心下无不为其感伤，又且自从李小朵母亲亡故后，李小朵更是常年流落在口外，成为无家可归之人。现下李小朵终于要成亲了，两位老乐师也不忙着散班回家，都要等喝他的喜酒。自打丁未羊、陶格斯兄妹加入戏班后，戏班日益唱红，收益本就多过往年，几位艺人决定将最后在副都统府挣得的十两银子不计入分红，作为贺礼专门给二人办喜事。李小朵连连推拒，几位艺人不许，盛情难却，李小朵只得领受了。几人随即张罗着在城里采办嫁妆，然后一齐回到古雁圪力更村，整理出一间房屋布置作新房，备办几桌酒席，热热闹闹庆祝一番，李小朵和陶格斯终于结成了夫妻。

李小朵和丁未羊、陶格斯兄妹一样都是贫雇农出身，打小就靠给别人家揽工受苦为生，过惯了清贫朴素的日子。现下李小朵和陶格斯成亲，对生活也没有过高的奢望，只打算辛辛苦苦演好戏，能够把日子过下去就行。好在自打几人结成班子，班内诸人俱协作努力，不断推出新戏，再加上两位老乐师多年练就的深厚的功底和他们三人精湛的演技，使戏班受到更多观众喜欢，收益一日强似一日。固然如此，因戏班流动性强的特点，他们仍然过着居无定所、四处漂泊、风餐露宿、饮食不均的生活，仍然难免遭受达官贵人白眼、地痞无赖欺凌。这些都还罢了，最让人难以忍受的是陶格斯几次怀孕，都因为每日奔波劳累而导致小产，到后来陶格斯简直都不敢怀娃娃了。

戏班四出巡演，漂泊不定，就连艺人们自己都不知道来日会身在何地。这一日，戏班辗转到鄂尔多斯左翼后旗来，忽然收到一个名叫庆格尔泰的人专程派人送来一封书信。李小朵低头想了半天，才想起自己当年经过鄂尔多斯左翼前旗时，曾有一个名叫庆格尔泰的闲汉死乞白赖跟着戏班四处飘荡，追随自己学唱过半年山曲儿。那送信之人风尘仆仆，口称自己一连寻访了十几个旗镇，才终于把戏班找到。李小朵打开书信来看，才知道这个庆格尔泰早已当上了鄂尔多斯左翼前旗衙门的"金肯笔帖式"，即拟写公文诉状的大先生。书信中说，因旗内贝子府的四奶奶酷爱唱山曲儿，特定于"楚格拉"大会之期举办一场赛歌会，为使赛歌会出彩，特意邀请师傅李小朵携名歌手丁未羊、陶格斯二人参加，并承诺不论胜负，都必以重金相酬。戏班之人本以卖艺为生，何况又有重金相酬，李小朵等人并不拒绝，跟随那送信之人径直前往鄂尔多斯左翼前旗。

庆格尔泰果未失信，未等开赛即先奉上一笔金银，并明白提出要求，在赛歌会上李小朵等人既要尽力而为，但又不可使四奶奶败落难堪。李小朵等人心中意会。楚格拉大会如期举办，大会的盛况自不必多说，单是搭建在贝子府大门前的赛歌台便极其高大，其上锦绸装点，彩练飞舞，十分引人注目。赛歌会开始之后，各地喜欢唱山曲儿的歌手纷纷登台，一展歌喉。经过数日角逐，大多歌手俱遭淘汰，赛歌台上只剩下四奶奶、庆格尔泰和李小朵、丁未羊、陶格斯五人。这五位歌手连番竞唱，捉对儿比拼，连赛三日三夜，最终桂冠加诸在四奶奶头上。四奶奶十分欢喜，临末又重赏了李小朵等人。

三

　　晋陕汉民出走西口，途经鄂尔多斯左翼前旗，有一个必经之地叫作沙格都尔。此地原本荒凉，自从有一些精明的山西人在此开设了几家车马客店，才逐渐变得有了一些生气。每年春秋两季，往来于西口路上的客人都会在这些客店留宿，到了晚上，每个客店里的大土炕上都人满为患。客人们吃饱喝足之后，便会围坐在炕头上海侃神聊，消遣寂寞。因客人大都是些出门在外揽工受苦的穷汉，聊的便多是些裤腰带以下的荤段子，你一言他一语，嘻嘻哈哈，忘乎所以。嘈杂吵嚷的笑闹声在空旷的野地里传开，便有一个居住在这附近的蒙古族闲汉闻声而至，混迹在这几家车马店内，支棱着耳朵听这些住客海阔天空地闲谝，久而久之，竟渐渐学会说一口流利的汉话。不只如此，因这些住客以山西的河保偏和陕西的神府六县人居多，两地均属民歌之乡，河保偏人善唱"爬山调"，神府六县人善唱"信天游"，再加上两地语言相近，所唱山歌曲调亦有相通之处，鄂尔多斯人统称为山曲儿。这些住客聊天聊得疲倦了，偶尔心血来潮，便有人会低声哼唱几句山曲儿，结果一下子勾起了大家唱山曲儿的瘾，于是就你一句我一句地对起歌来。对歌多是即兴编词，内容也无限制，就看谁的词多，唱到对方口屈词穷，便是把他对倒了。这番红火热闹更勾起了那位蒙古族闲汉的兴趣，连回家睡觉都顾不上，整宿待在客店听客人们对歌。时长日久，他亲眼见到过不少唱山曲儿的能人，只是没有见过能唱赢一个名叫李小朵的艺人的人。在他所见到过的住客里，大凡客人们对歌都是一对一，且唱上个三曲五曲便难以为继，唯有那李小朵对歌可以以一当十。你看他在土炕上双腿盘坐，任你谁来挑战，他都可以从容应对，而且腹中歌词多到车载斗量，从黑夜唱到天明，就没有个唱完的时候。那位蒙古族闲汉甚为仰慕，一次趁李小朵带领艺班出走口外之机，他便尾随在后，跟随艺班四处浪荡，目的只是为了学唱山曲儿。在他的软磨硬泡下，李小朵却也好歹给予他一些调教，再加上他自身刻苦努力，竟然逐渐唱得一口好山曲儿。此后因他擅于动脑,把蒙古族民歌融入其中,既有蒙调汉词,也有汉曲蒙词,渐渐把山曲儿唱出了一条新路子。

  这位蒙古族闲汉唱的这种山曲儿,后来被称为漫瀚调。"漫瀚"一词,译自蒙古语"芒赫",意即沙梁、沙丘。所谓漫瀚调,是随着走西口的汉人日益增多,蒙汉人民长期杂居相处,密集交流,取长补短,兼收并蓄,共同创造出来的一个新歌种,是蒙汉两个民族音乐文化艺术的结晶。漫瀚调以蒙古族短调民歌为基调,同时吸收晋陕一带的民歌旋律精妙糅合而成。在唱法上以汉族唱法为风格,歌词依晋西北爬山调和陕北信天游格式填制,间或杂以蒙古语,演唱时亦汉语和蒙古语杂交使用。漫瀚调的演唱形式有独唱、合唱、对唱,而主要表现形式是对歌。对歌时多是即兴填词,有问有答,一唱一和。男女对歌时,男女同腔,男声多用假声唱法,并辅以枚、四胡等乐器伴奏。漫瀚调腔调热情豪放,旋律朴实新颖,感情炽热直率,语言朴素无华,加之句法整齐,节奏明快,具有极强的民族特色和地方特点,形成了独特的艺术风格,在鄂尔多斯地区久盛不衰。

  这位把山曲儿唱出新路子的蒙古族闲汉本名庆格尔泰,汉语的意思就是"欢乐"。此人祖上本为蒙古贵族,承袭有四等台吉封爵,只是随着世事的变更,家境日益衰败,渐至没落。庆格尔泰打小聪明伶俐,父母对其寄予厚望,指望他能习武修文,长大后光耀门庭。没料到庆格尔泰性格偏执,既不肯练武,也不爱读书,尤好打架斗殴,惹是生非,把父母活活气出一身病来,年纪轻轻即双双抑郁而殁。父母亡故后,庆格尔泰更加无人管教,整日游手好闲,鬼混浪荡,成了一个出名的二流子,直到年届三旬还是一条光棍。也是各人有各人的际遇,一个偶然的机会,庆格尔泰姻缘萌动。原来当地一位牧民家有个闺女,性情刁钻古怪,蛮横凶悍,十分难以与人相处,到了待嫁的年龄,几经许婚又几经退婚,几乎成了嫁不出去的闺女。闺女的父母十分头疼,到处求媒保婚也没有结果,最后只好狠狠心咬咬牙,闭着眼睛把闺女下嫁给家徒四壁的庆格尔泰。有道是"卤水点豆腐,一物降一物",自从娶下这个厉害的老婆,庆格尔泰每日被管教得老老实实,从此再不敢鬼混浪荡,胡作非为，后来在老婆的劝诫下，忽一日灵性解放，混沌大开，意欲本分做人，建立名堂。他的"哈达木阿布"听说他有这份心意，十分高兴，牵了自家几只羊作为礼品，把他举荐到旗内札萨克衙门东协理满都拉图家里做了帮佣，好攀龙附凤，指望有一天能够出人头地。所谓"哈达木阿布"，蒙古语的意思就是"岳丈"。

其时鄂尔多斯左翼前旗的札萨克由阿布尔斯郎充任。所谓"札萨克"，是朝廷授予蒙古各部领主的最高军政职责，换言之就是当地的执政官。阿布尔斯郎本是成吉思汗后裔，清廷赐予其固山贝子封爵，因其地位尊崇，在伊克昭盟七旗会盟中被推举为盟长，成为整个伊克昭盟身份至为显赫的首脑人物。人们习惯称其为"贝子爷"。寻常时候，贝子爷驻扎札萨克衙门，执掌旗内事务，对伊克昭盟其他各旗的事务并不指手画脚。旗内衙门在札萨克之下，另外尚设置东、西两位协理赞襄旗务，此外还有管旗章京、梅伦、扎兰、苏木章京等官员辅佐各项事务。在除札萨克外，唯有协理职衔极其重要，按规定必须从旗内闲散王公、台吉中产生，因满都拉图享有三等台吉封爵，故被选拔为东协理。

满都拉图刚被任命为东协理的时候，构成札萨克衙门兼贝子府的七座巨大的蒙古包还设在刀劳乌日都的草地里，因受地下水源的影响，府第周围出现沼泽泥淖，给居住出行带来诸多不便。原来蒙古族人传承祖先游牧生活习惯，家家户户以蒙古包为住所，就连王公贵族亦不例外。贝子爷早就有意修建一座适合自己身份地位的衙门与府第。满都拉图看出来这点，就向贝子爷提议，与其经常搭建新的蒙古包，莫如修建一座长久不坏的汉族建筑。这个提议正中贝子爷下怀。得到贝子爷的同意后，满都拉图就去请来风水先生，令其堪舆选址。风水先生选定的地点在布尔陶亥，此处地势开阔，四周都是丘陵缓坡，一眼明净的喷泉置于坡地中心，泉水流经之处，整个地带土肥水美，草木丰茂。在四周的坡地上，天然的松柏杨柳郁郁葱葱，四季翠绿如茵，其间草长莺飞，鸟语花香，不啻是草原上的一处世外桃源。贝子爷看后亦觉风水绝佳，授命满都拉图全权负责，在此地先修建一座汉族结构的衙门。满都拉图当即派人从山西请来工匠，砍树伐木，烧砖造瓦，历时三载有余，一座汉族结构的建筑拔地而起。自此该旗的衙门就从蒙古包搬迁到这里，直至清末这里都是该旗旗政事务的决策与权力机构。

随着衙门的修竣，贝子爷又委派满都拉图在衙门近旁开工修建一座贝子府。工程尚未进行到一半，贝子爷突然被朝廷紧急征调出征。原来清廷为了巩固封建统治，在回族地区采取"护汉抑回""以汉制回"的政策，毫不掩饰对回族人民的排斥与歧视，由此导致回汉之间矛盾日益突出。在同治元年，一支太平天国残部辗转到陕甘一带和当地回民首领联合起来，从而引发了大规模的回民起义。贝子爷身为伊克昭盟军政首领，朝廷出现祸乱，自然义不容辞，带领蒙古骑兵奔赴抵御回军的前线。

贝子爷出征后，满都拉图一面竭尽全力修建贝子府，一面还要主持旗内事务，可谓呕心沥血，任劳任怨。其时庆格尔泰正好在满都拉图家里做帮佣。满都拉图每日回家，庆格尔泰都守在栅栏外为其执马卸鞍、扫刷风尘，进入毡包后给他端茶沏水、点烟打火，十分殷勤周到。满都拉图看在眼里，非常赏识，就找个机会把他举荐到衙门里当了名伺候仕官们的役卒。庆格尔泰获得这个机会，更加耐着性子、夹着尾巴巴结讨好衙门里的大小官吏。不只如此，他还一改往日游手好闲的恶习，向官吏们虚心求教文学，竟然渐渐精通了蒙古文，并且提笔能写，写之成文。满都拉图发现他有这个才能，就破例提携他当了名笔帖式，即是专事书写的先生，后来又发展成为金肯笔帖式，掌管了衙门的文案。

俗话说："人出了名，狗戴上铃。"庆格尔泰由一个出名的二流子摇身一变成为才华出众的金肯笔帖式，可谓"乌鸡"变成了"凤凰"，比之从前大不相同。你看他举止端庄，道貌岸然，完全是一副仕官的模样。庆格尔泰唯一不曾更改的喜好就是唱山曲儿。每当完成一篇得意的公文、讼词，心情愉悦，都不免要低声哼唱上几句。衙门里气氛庄严，不便大声喧哗，可是只要迈出衙门，便无拘无束，庆格尔泰也不管别人会投来异样的目光，只管放开嗓门，一路走一路唱。尤其是每到日暮黄昏，农、牧民劳作归家，有的在院子里边、有的在蒙古包前摆开酒饭喝酒唱歌的时候，庆格尔泰总是会不请自到。其时，随着漫翰调在鄂尔多斯草原上的到处流传，无论蒙人还是汉人，人人都能唱得几句。歌词云："漫翰调调是那铺天天云，鄂尔多斯野鹊鹊也会唱几声"。"野鹊鹊"即指喜鹊等野鸟。因庆格尔泰山曲儿唱得好，所以走到哪里都会受到人们热情的欢迎。

四

贝子爷带领所部蒙古骑兵在陕甘战场鏖战数年，功劳卓著，清廷为示恩宠，特敕宗人府在宗室内选定一位格格赐嫁予他的四儿子。贝子爷有四个儿子，只有第四子年少时即被理藩院登录皇室备指额驸。此番朝廷降恩，圣旨下到陕甘军前，敕令贝子爷回籍整饬军马，备办迎娶事宜。

贝子爷回到家里，备办聘礼，亲率四儿子并族中长者、喇嘛，组成迎亲队伍进京将格格迎娶回来。有清以来，朝廷赐嫁格格在鄂尔多斯部落尚属首次，这个消息很快轰动了整个伊克昭盟。婚礼定在五月，恰逢当地楚格拉大会之期。楚格拉大会是当地一年一度的传统盛会，类似于蒙古其他部落的"那达慕"大会。其时正是草原上草长莺飞、牛羊遍野的时节，大会寓意草原风调雨顺，牧民生活蒸蒸日上。按规矩，楚格拉大会一直在札萨克衙门驻地举办，清初在扎拉谷，后迁至刀劳乌日都，现下新的贝子府刚好竣工落成，会址随之迁移到此地。届时，贝子府内外张灯结彩，喜气盈门，一场盛大的婚礼如期举行，各旗札萨克、王公贵族、达赖活佛及旗下各苏木佐领纷纷到贺，热闹非凡。而在贝子府外，开阔的草地上牧民云集，临时搭建起为数众多的蒙古包，蔚为壮观。王公牧民不分尊卑，俱可参加摔跤、赛马、射箭比赛，一显身手。同时他们日间可自由进行牲畜交易，或参加宗教活动，晚上则在篝火之旁酣畅淋漓地豪饮，无拘无束地唱歌、跳舞，通宵达旦，盛况空前。楚格拉大会会期七天，前三天为小楚格拉，后三天为大楚格拉。贝子府的婚礼，因楚格拉大会的举办更加增色添彩，成为鄂尔多斯草原上的盛事之一。

　　楚格拉大会暨贝子府的婚礼联袂举办，使得新落成的贝子府首次在整个鄂尔多斯部落蒙牧民中亮相。只见贝子府建筑规模宏大，气派非凡。府邸坐北朝南，府门口雄狮蹲踞，内外设两道三层大门，院内殿堂林立，屋宇纵横，其间陶瓦密列，角檐凌空；旁椽竞伸，彩画绕梁；深宫正庭，威严阴森；幽院高墙，锢锁韶光。同时依据地势在府邸近旁又修建有别墅花园，花园的规模虽不太大，但却幽雅恬静，园内建筑吸收了江南园林造型艺术风格，其间亭台林立，水榭纵横，奇花异草，别具风情，并建养鱼池，池上筑小桥。园内花草烂漫，鸟语蜂鸣，清香四溢，不绝如缕，好一派塞外江南的情调。贝子府的豪华气派令所有蒙古牧民无不惊讶、赞叹。受此影响，不少蒙古牧民亦开始学着筑汉居、住汉房，这种习俗很快在鄂尔多斯部落兴起，从此草原上田畴点点，房屋处处，出现了星罗棋布的村庄与集镇。

　　贝子府落成后，除了贝子爷一家人入住，迎来的第一位新住客即是那位从京城远嫁而来的格格。因其嫁给贝子爷的四儿子，所以都叫她"四奶奶"。

　　这位格格本是当朝皇室里的一名和硕亲王的女儿。大清的宗亲封爵等级细致，除皇帝的女儿称公主，其余王公的女儿均称格格，但也仅止于奉恩镇国公之上。和硕亲王位居极品，因此他的女儿地位也极其尊贵。

　　这位格格自幼居王府内院，锦绣深闺，过惯了花团锦簇、富贵奢侈的生活，如果不出意外，她会像宗室里的大多数公主、格格那样，顺理成章地嫁予京城里的高官贵胄之家，过一辈子养尊处优的生活，可是命运偏偏选中了她，把她远嫁到距离京城千里之遥的蒙古草原上来。在当时那个"女子无才便是德"的年代，这位格格虽然没有读过多少书，但是在从京城到草原漫长的旅途颠簸中，她也深深地体会到了当年杜甫咏叹昭君出塞"千载琵琶作胡语，分明怨恨曲中论"的幽怨与感伤。"在家从父，出嫁从夫"，封建伦理对于女子命运的安排，王公贵族和平民百姓遵循的标准是一致的，何况这不仅仅是父母之命，更是当朝龙廷钦定。这位格格就在这种幽怨与感伤的情愫中，乘坐装饰华丽的车辇来到了蒙古草原。

当奔波千里的马蹄终于停止下来，这位格格一眼看到贝子府规模宏大，气派堂皇，花园秀丽，景色宜人，比之在京城里居住的亲王府邸亦有过之而无不及。尤其是自从进入蒙古族人生活的地方，一路上看到蒙古牧民无不对自己盛情欢迎、接待，再加上丈夫一家对自己毕恭毕敬，就连贵为固山贝子的公爹对自己也礼仪有加。这样尊崇的地位和礼遇，在遍布福晋、公主的皇城里是难得享受到的，于是心下渐宽，摆正了自己的位置，大模大样地做起四奶奶来。

四奶奶下嫁到草原后，第一件感兴趣的事情是骑马。蒙古族是马上的民族，生活中处处都离不开马，无论游牧还是射猎，马都是蒙古人不可或缺的帮手。蒙古人不论男女个个都在马背上长大，所以人们说蒙古的孩子出生后未会走路即先会骑马。蒙古人视马如珍宝，蒙古包里摆放的装饰物主要是马鞍具和马鞭，就连姑娘出嫁时，骏马和马鞍都是最好的嫁妆。蒙古人骑马，就像南方水乡的人驾船一样方便自如。四奶奶亲眼看到，有些愣头青小伙子从来不套缰绳不备马鞍马镫，只双手在马背上轻轻一撑即纵身上马，双臂搂着马脖子在草原上奔腾驰骋，那般洒脱自然，使人羡慕。四奶奶也想学会骑马，像所有的蒙古人一样跃马扬鞭，驰骋草原。不料，四奶奶的胆子太小了，整天盘算着骑马，真到了学习骑马的时候，费了一整天却连马背都爬上不去。她的额驸看着着急，就令手下的一名阿勒巴图趴在地上当"上马石"。那阿勒巴图虽不情愿，可想想四奶奶尊贵的身份，便也勉为其难趴下身来当了回上马石。四奶奶踩着阿勒巴图的腰背终于跨上了马儿。马儿很乖巧，可是四奶奶却紧张得厉害，骑着马儿没走了几步就从马背上跌坠了下来。她的额驸看着直摇头，当日回到府里，寻思出一个办法，即令那个当上马石的那阿勒巴图再度趴在地上，备上马鞍，驮上四奶奶学骑马。那阿勒巴图当时不敢反抗，趴在地上任由四奶奶骑乘了一回。只是阿勒巴图地位虽然低贱，可他骨子里却传承着蒙古人宁折不弯的气节，经此一番侮辱，阿勒巴图羞愤难当，当天夜里即在草地里的敖包前含恨自尽了。经此一事，四奶奶心中备受震撼，对蒙古人的气节肃然起敬，自此后使役阿勒巴图十分谨慎，再也不敢轻易侮辱他们的人格了。

四奶奶远嫁到蒙古草原，生活环境骤然改变，刚开始还真有点不适应。都说宫廷里的规矩多，蒙古人生活中的讲究也不少。在蒙古人所有的生活习惯里，令四奶奶最感兴趣的就是牧民们在蒙古包前围着篝火通宵达旦唱歌跳舞的娱乐活动。牧民们在草原上辛勤劳作一天，牛羊入圈，牧马归棚，当夜幕降临、星烁初放之时，他们在营地里点燃篝火，大家围坐一起喝酒唱歌。蒙古人天性擅饮，喝酒是他们生活中不可或缺的事情，而喝酒与唱歌往往是同时进行的。当篝火上炙烤的牛羊肉飘散出香味时，为首一人便会领头主唱劝酒歌，随后大家举杯合唱，歌毕一起干杯。由于他们喝的酒都是自家酿造的马奶酒，此酒由鲜马奶发酵制成，喝起来口感圆润、滑腻酸甜，而且酒精度低，不易醉人，所以有蒙古人"生性豪饮，千杯不醉"之说。蒙古劝酒歌既有礼仪性的固定酒歌，也有即兴现编的酒曲儿，或豁达酣畅，或诙谐幽默，但同样畅快淋漓，使人心旷神怡。蒙古人唱酒歌，多数会有乐器伴奏，其中最常见的乐器是马头琴。马头琴的琴弦由马尾鬃毛做成，音质柔和、浑厚而低沉，音色悠扬、醇美，极富草原独特风味。如此边歌边饮，酒意酣畅，便会有人站出来跳上一段蒙古舞。蒙古族是一个能歌善舞的民族，人人都能唱会跳。在当地最为盛行的有顶碗舞、筷子舞和盅子舞，分别借助碗、筷子、盅子等道具表演，其舞姿、动作丰富多彩，节奏明快多变，是喜悦和庆典的舞蹈。一时间，星空下的草原上歌声嘹亮，舞蹈蹁跹，伴随着人们的欢声笑语，何其欢乐快哉？

四奶奶嫁到草原来，首先遇到的困难就是语言障碍。好在当时随着走西口的汉人不断增多，以晋语为"标准语"的汉语大为盛行，不仅限于蒙、汉两族人之间的交流，而且在蒙古人之间也不断得以普及，所以说蒙古话的蒙古人也越来越少了。尤其因为四奶奶听不懂蒙古语，为了迁就四奶奶，贝子府上下人人都说汉语，这种带有浓郁晋语口音的汉语虽与京腔差异很大，但习惯了还是可以听懂。这些都还罢了，最让四奶奶闹心的是听不懂蒙古歌。生活中说话可以将就，唱歌这事儿却将就不来，于是在蒙古人通宵达旦唱歌跳舞的时候，四奶奶却只能坐在一边眼巴巴地观赏，心中甚是郁闷。

四奶奶初嫁到草原来时，年方及笄，正值青春豆蔻。丈夫的三个哥哥，四奶奶都没见过，只是听说他们不是好酒就是贪色，年纪轻轻即相继夭亡，只留下这个老四成为家中独苗。老四名叫哈丹巴特尔，汉语的意思就是"刚毅英雄"。此子人如其名，能文能武，善骑射会摔跤，成年后即追随父亲的骑兵赴陕甘前线抵御回军。哈丹巴特尔奉旨成亲，成为皇家额驸，但他并不贪恋虚荣，婚后不久因前方战事吃紧，即抛舍下新娘子回到军中，在一次行军时中伏身亡，留下四奶奶年纪轻轻就守了寡。四奶奶婚后与丈夫相处的日子屈指可数，因此也未感受到有多少恩爱，前方噩耗传来，四奶奶只是短暂悲伤，更多的却是对自己命运的感怀。然而，当时封建社会的道德标准是"女子从一而终"，即便身份尊贵的公主、格格亦不例外。四奶奶虽然年少，可是已经清晰地看到了自己最终的归宿地在哪里，于是她也不强求要改变什么，只是随着命运的安排随波逐流。

蒙古族自古是一个豁达豪迈、奔放自由的民族，没有内地封建统治下诸多僵化呆板的道德规范和行为约束。蒙古族的女子也不像汉族女子那样"大门不出二门不迈"，待人接物讲究"男女授受不亲"，而是和男子一样共同牧马放羊，跟男子相处也极其自然，因此在婚姻上也相对自由。在这样宽松的环境里，四奶奶的日子也就好打发些。守孝期满后，四奶奶慢慢学会了骑马，经常骑着马儿在草原上玩耍消遣。一个偶然的机会，四奶奶认识了擅长唱山曲儿的庆格尔泰。本来四奶奶多次参加牧民们唱歌跳舞的活动，早就对人们传唱的山曲儿大有兴致。乍一听，这种山曲儿既有蒙古民歌的韵味，又有汉族民歌的腔调，彼此掺合默契，旋律优美，更为可喜的是主要用汉语演唱，同时掺杂了流行于当地的方言俚语，诙谐生动，通俗易懂，而且演唱方式多为对歌，蒙汉人民俱可参加，一改因语言不通而造成的障碍。四奶奶当即拜庆格尔泰为师，向他学唱山曲儿。庆格尔泰自从进入衙门后，立志要改头换面，出人头地，其间不知忍受过多少委屈与凌辱，现在得到这位身份高得吓死人的四奶奶的垂青，便使出浑身解数拼命巴结。说来也奇怪，四奶奶寻常说话一口京腔京调，唱起山曲儿来一下子就变成了形似神肖的当地方言，颇具韵味。庆格尔泰教得认真，四奶奶学得用心，没过多少日子，四奶奶就可以跟人简单对唱了。随着时长日久，四奶奶唱山曲儿在草原上渐渐出了名，人们都说她唱的山曲儿只有她的师傅庆格尔泰可以媲美。

五

庆格尔泰仅仅是衙门里无职无权的一个文案先生，自从依傍上四奶奶后，他便明白只有拍好四奶奶的马屁，自己才有可能在仕途上一显身手。为了让四奶奶出头露脸，庆格尔泰专程请来汉族艺人李小朵和蒙古族艺人丁未羊、陶格斯兄妹，一手操持了这个赛歌会。事情也正如他所预料，这番马屁果然拍到了四奶奶的心坎上。四奶奶对他的表现十分满意，未过几时，即提携他当上了衙门里的管旗章京，随后旋升为记名协理，直到东协理满都拉图积劳成疾病逝后，又顺理成章接任了东协理。其时贝子爷带领所部骑兵从征陕甘战场，在一次鏖战中马失前蹄，摔伤胫骨落下残疾，返回原籍休养。朝廷顾念他在陕甘战场劳苦功高，晋爵其为多罗贝勒，所建贝子府亦更名贝勒府。贝勒爷年岁虽未高，但因四个儿子都早丧在自己身前，荣华富贵无人继承，现下自己又落下伤残，他的满腔豪情俱化作流水烟云，所有的功名利禄再也不放在心上，每日只是安闲地斜躺在雕花榻椅上抽着洋烟吞云吐雾，抑或在花厅鱼塘遛鸟逗鱼，颐养天年，旗务大事也懒得管理。这样一来，札萨克衙门的实际大权便都落在庆格尔泰手里。

庆格尔泰执掌旗务大权后，恰逢晋陕蒙各地连年大旱，就连历来水草丰美的鄂尔多斯也未能幸免。土地干涸，庄稼无法下种，往年每过清明即如过河之鲫前来口外垦殖谋生的汉人大多裹足不前，西口路上日益冷清。庆格尔泰大胆报请理藩院，请求开放黑界地，以"救穷苦台吉人等"。理藩院批准后，庆格尔泰即实行优惠制度，轻租薄赋，广泛招募汉人，同时允许汉人携带家口出边定居，打破了汉人春出秋归的旧制。这一举措立竿见影，短短时间内即招募并安置了数以万计的晋陕农民，旗内的垦殖农业得以恢复延续。庆格尔泰开放黑界地之举，受到当地蒙汉民众共同称道。

伴随着黑界地的开放，大量的地租银宛如潮水般滚滚而来。由于放地之事俱由庆格尔泰一手操办，所征地租银除了替贝勒爷偿还征讨回部征用军需和当年修建贝勒府的欠债，以及应付贝勒府及衙门开支，其余尽皆被庆格尔泰纳入自己囊中，颇有一夜暴富之势。庆格尔泰发迹之后，在旗内挑选风水宜人的地段，雇用汉族工匠并排修建起两所气派堂皇的青砖大院，一为正居，自家人居住，另一为别居，用以休闲待客。此两所大院虽不及贝勒府规模宏大，但比札萨克衙门却要气派得多，是当时旗内仅次于贝勒府的建筑物。

庆格尔泰成为旗内历来最为得意的协理台吉，但他并不常驻衙门，安排管旗章京、东西梅林各带一班人员轮流驻值，他只是每日忙于招民放地，收租取利，但凡有点闲暇，还得陪伴四奶奶骑马唱曲儿，消遣解闷。庆格尔泰心中自然明白，四奶奶身为皇室宗亲，地位高贵，她既然有能力抬举人上青云，也就有能力把人打下阿鼻地狱，任何人只要依傍上她这条粗腿，一辈子都可要风得风要雨得雨。何况四奶奶正值青春年华，貌美袭人，陪伴这样的美女在一起游乐玩耍，何尝不是一种享受？天长日久，人们渐渐看出了庆格尔泰和四奶奶的关系不正常，便有好事者密报予贝勒爷，意欲邀功请赏。哪知反遭贝勒爷一顿臭骂："管好你自己脖颈上的脑袋就行了，管别人裤裆里的闲事做甚？"那贝勒爷之所以持如此态度，一则是因四奶奶地位尊崇，自己也奈何不了她；二则是因自己赋闲深居，贝勒府的一应开支以及偿还当年的巨额欠债还全得仰仗庆格尔泰，因此对庆格尔泰的所作所为只能是睁一只眼闭一只眼。

庆格尔泰虽然权高位重，但唱山曲儿的喜好一直未曾改变。闲来无事之时，他常常混迹街头巷陌，和平民百姓一起唱歌取乐。由于庆格尔泰不端官架子，再加上他开放黑界地之举给旗内百姓带来了好处，颇受百姓拥戴，故而百姓也愿与他共同取乐。这日，庆格尔泰自黑界地丈量地亩归来，因又与山西地商写成大笔租地契约，他的囊中饱满，心情无比愉悦，回到家中将地契和现银交予账房收好，随即提拎了把四胡上街去寻人唱歌。到得热闹之所，忽见人群聚拢，原来有一戏班正在表演二人台。庆格尔泰凭借自己身材高大，站在人群外一眼就看到那演旦角的女子容貌俏丽，姿态袭人，且嗓音清脆婉转，仿佛莺啼鹂鸣一般美妙，不由心中怦然一动。他伸手拨开人群，挤到里边，只见演戏之人原来就是李小朵等人，那演旦角的女子正是李小朵之妻陶格斯。庆格尔泰也不忙着去找人唱歌了，站在人群里耐心地把戏看完，走上前去口称"师傅"，与李小朵等人见礼问候。得知李小朵带领戏班四处巡演，今日方辗转到此地来，庆格尔泰热情地邀请李小朵等人到家做客，李小朵等人推辞不过，遂收拾戏摊，跟随庆格尔泰来到他家别居。

前次李小朵等人应邀来参加赛歌会时，庆格尔泰还居住在一个破旧的蒙古包里，而此次到来，眼见庆格尔泰的住所已变成两所青砖大院。单是别居之内，厅堂高耸，房舍林立，门楣绘彩，窗棂镂花，好不气派富丽。庭院当间筑有高大的玛尼宏神台，神台上两根旗杆矗立，旗杆之间五彩小旗相连，旗杆顶端印有九匹骏马的禄马风旗迎风招展。玛尼宏旗杆既是当地人家必供的圣物，又是身份地位的象征，寻常百姓只竖一根旗杆，而富豪贵族之家则竖有两根旗杆。这所大院将蒙汉两种建筑文化糅合在一起，使人看来别样新奇。庆格尔泰当晚即摆布酒席为李小朵等人洗尘。虽然庆格尔泰搬进厅堂大院日子已不短，可祖先遗留下来的游牧生活习惯尚未完全改变。酒席设在庭院中间，地上铺以毡席，主客俱席地而坐。酒席前不远处垒置篝火，炙烤牛羊肉食。酒席开始后，庆格尔泰按照蒙古习惯唱着酒曲儿向几人敬酒，首先感谢李小朵师傅当年教自己唱山曲儿，其次感谢几人在赛歌会上所帮的忙，而李小朵等人亦无不谙熟此道，也都唱着酒曲儿回敬，感谢庆格尔泰的盛情款待。几人彼此唱和劝酒，俱感觉酣畅淋漓，十分尽兴。酒意阑珊之际，庆格尔泰突然提出，欲挽留李小朵等人在此居住，与他唱歌做伴，李小朵等人面露为难之色。庆格尔泰看出几人心思，哈哈一笑，叫账房端来白花花一盘银子，道："若恐耽误了几位师傅生意，此白银百两仅作补偿。"那百两白银满满当当一盘，便是戏班辛苦一年也未必能够挣得下。几人看庆格尔泰如此真心实意，况且富豪大户包班唱戏之事也并非少见，略一商议，便决定留在此地，陪伴庆格尔泰唱歌取乐，也强似每日里风来雨去，吃苦遭罪。

庆格尔泰将李小朵等人待为上宾，安排家中阿勒巴图好生伺候，不得怠慢。那戏班之人本是贫穷困苦出身，生活清贫艰涩，漂泊不定，何曾过过一天像模像样的日子？自打入住到庆格尔泰的别居，看到人家家宅豪富，锦衣玉食，牛马成群，奴仆众多，才蓦然发觉人世间原来竟还有这般富贵荣华的生活。尤其是丁未羊、陶格斯兄妹，想想自家和人家一样承袭有台吉封爵，身家、地位的悬殊却如此之大，不由扼腕感叹。而且因为庆格尔泰安排阿勒巴图对他们待以上宾之礼，他们凡事无须自己动手，每天的起居饮食有人伺候，日夕三餐无肉不欢，出则乘车坐马，且有人牵马坠镫，仿佛是官家的老爷、太太一般。那庆格尔泰也确是有心，看见李小朵等人衣衫破旧，专门请来裁缝给他们缝制了新衣，使几人的行头变得光新鲜亮，特别是陶格斯的新衣，庆格尔泰更是刻意安排裁缝多做了几件，而且无不是用彩绸锦缎精工细做而成。庆格尔泰道："师娘如此出色人才，咋能没有几件合体衣裳换穿，岂不辱没了这国色天香？"那件件新衣穿在陶格斯的身上，更使她变得貌美绝伦，形容出众。庆格尔泰连连拍手称赞，且酸不溜丢地道："师娘这般人才，和师傅真不愧是天造地设的一双。"庆格尔泰又找来一些金珠首饰给陶格斯佩戴，把陶格斯打扮得一朵花儿似的。李小朵夫妇受宠若惊，连连向庆格尔泰道谢。

庆格尔泰每日事务繁忙，多数时候早出晚归，李小朵等人陪伴他唱歌取乐的时间其实有限。李小朵等人生活安逸，大有乐不思蜀之感。偶尔闲暇无事，庆格尔泰却也邀请李小朵等人到草原上骑马玩乐。李小朵打小在内地农村长大，不会骑马，首次庆格尔泰相邀时，连连摆手拒绝。庆格尔泰不依，吩咐奴仆挑选了一匹温顺乖巧、体格不大的小马驹叫李小朵骑乘。李小朵骑上之后，感觉跟骑头驴差不多，勉强也可将就。丁未羊、陶格斯兄妹生长在蒙古，打小时候给人家放羊时就学会了骑马，只是因为自己家贫，养不起马。此时有马得骑，兄妹俩跃跃欲试，丁未羊在马厩里挑选了一匹威武矫健的骏马，陶格斯则挑选了一匹漂亮的枣红马。几人各自骑着马来到草地上，纷纷扬鞭跃马，奔腾驰骋。庆格尔泰和丁未羊、陶格斯三人三骑奔在前面，如风驰电掣般追逐竞赛，好不酣畅痛快。只有李小朵所骑马驹奔跑不快，转眼间落在后头，顿觉意兴阑珊，干脆勒住了马，席地而坐。他抬头看到天空湛蓝，白云如絮，苍鹰高举，燕雀低回，低头看见草地无边，四野开阔，野花竞放，满目葱茏，一派大好风光，不觉嗓子痒痒，张开喉咙就唱开了山曲儿。庆格尔泰等人在远处听见，也都拨马赶回，下马跟李小朵共同唱和。这种在草原上跃马奔驰、展喉唱歌的生活最是令人心情舒畅，尤其是陶格斯，打小刚学会骑马时就和哥哥一起在草原上给人家放羊，且一边放羊一边唱歌，这种生活一直到兄妹俩加入戏班后才得以改变。如今重新回味这种生活，更使陶格斯备感亲切，在酣畅淋漓之余不觉悠然艳羡。庆格尔泰看出了陶格斯的心思，以后便经常带领几人到草原上骑马玩乐。

庆格尔泰生就身材高大，相貌英武，是蒙古族标准的男子汉形象，而且能说会道，在闺女媳妇中很有些人缘，加上他慷慨大方，豪爽热情，待戏班一众人甚为友好，陶格斯渐渐对他大有好感。有时候他当着陶格斯的面开一些不荤不素的玩笑，陶格斯也不以为忤。他留意看在眼里，对待陶格斯便更加殷勤，经常携带一些首饰、脂粉赠送给她，她也一概笑纳。这一日闲暇无事，庆格尔泰口称四奶奶召他进府陪唱山曲儿，邀请陶格斯也一并前去，陶格斯爽快地答应了。两人骑马来到贝勒府门前，庆格尔泰先行进入府内禀告。陶格斯在外等候片刻，庆格尔泰转出来，只说四奶奶偶感身体不适，要他们改日再来。庆格尔泰看看天气晴好，不想回家，就邀请陶格斯去草原上玩耍，陶格斯也答应了。两人径直骑马来到草原上，扬鞭奔驰，追逐嬉戏。马儿跑得累了，两人又下得马来，在草地上对歌唱和。那山曲儿音律虽有固定，歌词却能即兴现编，大可借机袒露心声，直抒心意。庆格尔泰便借此机会编着词儿连连挑逗陶格斯，陶格斯亦红着脸儿应答。如此"哥哥长妹妹短"地唱将下来，把两人之间的距离大大拉近。自此日起，庆格尔泰便常常借口进府陪四奶奶唱歌，携带陶格斯也一并前去，李小朵等人也不便提出异议。其实两人哪里是进府陪唱，不过是到草原上去瞎耍胡混罢了。

李小朵一行在庆格尔泰别居闲住数月，转眼已是秋凉天气。这日，丁未羊自上街头溜达，偶然在人群里听到一些关于庆格尔泰和妹妹陶格斯的风言风语，连忙回转身来，催促李小朵尽快离开此地。李小朵不解其意，只以为收受了庆格尔泰大笔银子，尚未出力图报，如此仓促离去甚为难堪。丁未羊急了，道："只怕再住上几天，你便不是我的妹夫了。"丁未羊也顾不得自己面红脸臊，将路上听闻一一告知李小朵。李小朵一听也急了眼，赶忙招呼几位乐师快快收拾行李，只等陶格斯回来便一起离开此处。几人正在房里忙碌，忽然有阿勒巴图来传话说，台吉夫人自正居大院过来，现在厅堂请李小朵等人说话。

李小朵等人自打入住此地，尚未去正居拜见过台吉夫人，只是听说这位台吉夫人十分厉害，极善相夫把家，就连庆格尔泰的发迹也和她的管教有着密不可分的关系，所以庆格尔泰对她言听计从，从不违拗。唯一美中不足的是这个夫人不会生育，至今二人膝下空空如也。本来在当时那个年代，庆格尔泰权重势大，讨几房姨太太来延续香火也不为过，只是这位夫人坚决不允，庆格尔泰也就渐渐断了这份念想。不只如此，便是庆格尔泰依傍四奶奶发迹，一些风言风语传到她的耳朵里，她也不依不饶，常常罚庆格尔泰顶尿壶、睡冷炕，庆格尔泰却也依言照办。真难得庆格尔泰这么一个大男人，竟对自己的老婆如此逆来顺受。

李小朵等几人来到厅堂，只见一位蒙族贵妇正襟危坐，相貌丑陋可怖，一俟张口说话，嗓音宛如一面破锣般沙哑难听。只听这位夫人恶狠狠地说道："咱也明人不说暗话，我家老爷位高权重，端庄体面，是堂堂正正的君子，只是自从混上你们这帮不学无术的下三滥，变得寡廉鲜耻，又被一个叫陶格斯的骚狐狸迷了心窍，整日鬼混浪荡，甚为不雅。本来按照王法，是该叫衙门里把你们尽行拿了去，狠狠抽上三百皮鞭，男的判做苦役，女的卖到青楼……"说到这里，那夫人歇了口气，兜转话锋，"只是夫人我素来宽怀大度，心肠慈悲，知道你等艺人戏子之流原是凭着上下两张口混饭吃，极其低等下贱。我也就不为难你们，索性打发一些银子，权且作那骚狐狸的卖身钱，当了我家的姨太太，却也好就此叫我家老爷收心……"

说起这位台吉夫人，原本是个特大号的醋缸，自己不会生育，又一直不肯叫丈夫纳妾续娶，这下却又为何会主动来给丈夫招纳姨太太？原来台吉夫人婚后为防止庆格尔泰拈花惹草，胡作非为，对他管束甚严，只差把他拴在裤腰带上。庆格尔泰却也一直安分守己，除了因依傍四奶奶传出一些风言风语，倒也并未办下什么出格之事。只是近些时日来，忽然有一些闲话传进她的耳朵里，道是丈夫和玩艺班子有个叫陶格斯的狐狸精打得火热，夫人不由大为光火，当即把庆格尔泰唤到身边训斥。没料到庆格尔泰这次却一反常态，不仅不像平常那个软柿子一样任她拿捏，而且口气坚决，铁定心肠要娶陶格斯做小。那夫人从来未见过丈夫对自己这般态度强硬，心中不由惶恐，前思后想一番，觉得庆格尔泰已非当年那个吴下阿蒙，如果一旦翻脸，只怕自己这台吉夫人的位子也坐不稳，于是终于耐着性子扶正醋缸，不仅同意了纳妾之事，而且还主动张罗着来打发李小朵等人。

正在此时，庆格尔泰和陶格斯自草原上玩耍返回，李小朵连忙上前去扯住陶格斯，欲离开此地，哪知被陶格斯一把挣脱。李小朵急红了眼，道："妹子，难道他们说的都是真的？"

只见那陶格斯沉默良久，最后终于点了点头。

李小朵不觉双眼落泪，道："妹子，这却是为何？"

"小朵哥，其实当初嫁给你，我是真心实意喜欢你，也打算跟你和和美美过上一辈子。"陶格斯也不觉泪落，"可是我们艺人的生活实在是太苦了，每天风里来雨里去，吃苦遭罪，这些倒也罢了，我陶格斯原也是穷苦人出身，在苦水洼儿里长大，吃苦受罪本是家常便饭，并非不能忍受。只是我们艺人无日无夜不是四处奔波，一年四季没个消停时候，就连想怀个娃娃都怀不住。小朵哥，你说说，我给你怀过几回娃娃，哪一回不是仨月两月就小产了？我肚子里可怜的娃娃呀，他们都是我们身体里的骨血啊！……"

陶格斯说到这里，早已是泣不成声，抽泣半天，又道："小朵哥，不要怪妹子变了心，妹子这样做，其实只是想在一个安逸的环境下生养个娃娃，过几天女人该过的日子……"

李小朵听罢，算是明白了陶格斯的心意，想说几句什么，又觉无话可说，最后只一声叹息，随即迈开跟跄步履，转身离门而去。丁未羊有心过去扇陶格斯两个耳光，又觉于事无补，狠狠跺了跺脚，跟随班中艺人去追赶李小朵。

自此，李小朵精神受到重创，意志彻底崩溃，再无心肠在二人台编创上下功夫，后来又不知不觉染上了抽洋烟的瘾，一日不抽洋烟，身心懒散，连戏都演不成。他之所以还坚持演戏，也便是为了挣钱买洋烟抽，颓废消沉到如此境地。丁未羊看他这般境况，也觉心灰意懒，干脆脱离了这个戏班，另起炉灶，常年活跃在内蒙古中西部地区，后来成为西路二人台一系的创始人。

由于庆格尔泰大举开放黑界地，猖狂侵吞地租银，渐成伊克昭盟一带巨富。消息传到时任绥远将军的奕匡耳朵里，大为震怒，命专人到鄂尔多斯左翼前旗重新划分地亩，报垦荒地。当时旗内荒地已极其稀少，大多熟地已经佃民认垦，况且佃民早已交过旗里地租，地种得好好的，不肯再次认领。奕匡认为是庆格尔泰蛊惑民众不肯认领地亩，遂革去庆格尔泰的顶戴以示惩戒。奕匡的做法激起了众怒，诸多蒙汉百姓纷纷拥戴庆格尔泰为首进行抵抗，这便是清末鄂尔多斯左翼前旗有名的抗垦事件。后来庆格尔泰带领部分抗垦民众被清军在蒙晋交接处的豹子塔一带剿灭。庆格尔泰死后，他的家眷被抗垦民众护送到山西偏关避难，后辗转去了河曲定居，即是李小朵的故乡。

# 第十一章　打后套

一

每年秋尽冬来，后大套上的庄稼收获归仓，原野恢复了空旷，大地再现荒凉。从西疆和外蒙古刮来的西北风肆虐横行，到处猖狂作乱，就连汹涌澎湃的黄河也被凝冻成冰河，只在冰层之下才有河水缓缓流淌，维系着这一脉水系永不枯竭。就在这样寒冷的日子里，由东向西方向缓缓并行来一骑一人。马是一匹白马，浑身没有一根杂毛，马背上驮着一位姑娘，身穿劲装短衣，肩裹黑色披风，这位黑衣姑娘骑坐在白马背上，二者显得黑白分明，却又搭配默契。在白马之旁紧紧跟随着一个青年壮汉，他的双手拢在衣袖里，脖子缩在衣领中，咋看都像是个从庄稼地里走出来的没见过世面的农民。可就是这个看起来憨厚木讷的农民般的壮汉，此时却成为这个黑衣姑娘心目中坚实的依靠，便是他从沙漠土匪二林、四林手中将黑衣姑娘解救出来，并不远千里专程护送她回家。这个姑娘就是后大套上开挖苗家大渠的东家苗满园的闺女青婧，与她同行的青年壮汉便是那个曾被朝廷通缉的"长毛教父"郭望苏。由于郭望苏不会骑马，况且也无马可骑，便一路徒步而行。那青婧虽然马快，可自从上了二林、四林一当，才发觉世间人心狡诈，真伪难辨，也不敢单人独马穿越八百里河套回家，二人便一骑马、一徒步，不紧不慢，缓缓向后套行进。

这日进入后套的隆兴昌地方，距离青婧家所在地已走了一多半的路程。郭望苏和青婧人困马乏，腹中饥饿，便寻找一个背风的山窝，拢一堆火烤一些干粮来吃，稍事休息。二人正吃干粮，忽然听得一阵马蹄嘈杂，从青婧老家方向奔来一队人马，同时自隆兴昌的岔路口也快速奔出一匹白马，马上骑着一个黑衣女子。乍一看，这个黑衣女子容貌与青婧十分相似，只是年龄要大上一倍。只见两边人马刚一碰头，黑衣女子便冲着另一队人马中的一个中年男子嚷嚷道:"你这个爹是咋当的,闺女走丢十多天了才知道?噢,不过这也怪不得你,'倭瓜寄在柳树上'——本来就不连着心!我便自己出去寻找好了,你又何必来操这份心……"

"大小姐何必这般说?"那中年男子急切地辩解道,"谁说我老苗就不心疼闺女了?实在是这闺女调皮捣蛋,寻常到附近的小姊妹家玩耍居住几天也是常有的,谁又怀疑她是走丢了?再则因为灌渠刚刚停工,事情麻絮一样多,纠缠住人实在腾不出身,要不然我早就出来找了……"

青婧远远地听到那男声,便知道是自己的父亲老苗,连忙自山窝间站起身来。青婧同时也清楚地看到,那个骑在白马背上的黑衣女子就是在后套上被人们称为"二老财"的那个悍女。早在青婧小时候,就曾听牛犋里的人私下议论说自己和二老财的长相十分相像,都说自己是父亲和二老财的私生女。青婧十分好奇,也曾在长大些后去过邢家的灌渠上偷看过那个悍女,觉得除了穿着打扮和自己同出一辙,胯下骑乘的那匹白马比自己的高大英武,那个女人一脸凶巴巴的样子,怎么看都不像是自己的亲妈。青婧打小在老苗夫妻膝下长大,虽不曾受百般溺爱,却也没受过半点委屈,因此也没觉得自己的妈妈是个后娘,于是也懒得去操这个心,只管在苗家心安理得地做个乖女儿。现下青婧出走半月,看到这个悍女居然急切地出来寻找自己,想来人们传说的那些事情并非空穴来风。

青婧在山窝间刚一露头,骑在马上的那些人便已看见,连声惊呼起来。老苗和二老财连忙打马赶过前来,老苗跳下马,扯住青婧便是一顿责怪。二老财一眼瞥见山窝里还蹲着一个人,以为就是拐走青婧的歹人,从马背上扯出一条长梢马鞭来,挥手就欲鞭打,青婧赶忙阻止:"不可,他是我的救命恩人!"二老财方自收手。

青婧涉世未深,此番遭歹人拐骗,受了不小的惊吓,现在见到亲人,便连篇累牍地讲述起自己的冒险经历来。二老财听说青婧果然是被歹人拐走,而且拐骗她的竟然是沙漠土匪邬板定的手下,不由破口大骂:"好你个下三烂的邬板定,居然做出这等狼心狗肺的事来,看我回去不下道绿林帖,叫人剿灭了你的土匪窝！"

郭望苏在一旁插嘴道："绑架青婧姑娘其实是二林、四林两个人的主意，与邬板定大王无关。"

二老财转头看看郭望苏，见他一副老实巴交的庄稼汉模样，不由心中大起疑窦，因而厉声问道："你又是什么人，有什么手段竟能从邬板定的手中救出人来？"

那郭望苏也确实老实，便一五一十地道来："我是山西偏关的一个扳船汉，出走西口时在沙漠里差点被野狼咬死，是邬板定大王救了我的命。那两个拐骗青婧姑娘的歹人，其实是我老家熟人的兄弟，我也曾在邬板定大王面前救过他们的命。当时在包头相遇，我向他俩讨要青婧姑娘，他俩做个人情，就把青婧姑娘给放了……"

郭望苏原本不善多言，此时这番话如绕口令般说来，令人似懂非懂。二老财心中虽还存着不少疑惑，但也不便再刨根追问。

郭望苏道："青婧姑娘既已平安到家，我也该返回包头去了。"

郭望苏随身只背着一个装干粮的包袱，此时将包袱斜挎在肩上，便要折返包头。青婧连忙上前扯住郭望苏的胳膊，说："现在距离我家已不大远，大哥一路送我回来，咋说也该去认一认门，就是只喝碗热水，也好叫青婧的良心能过意得去。"

老苗一行亦殷切挽留，郭望苏推辞不过，便答应到青婧家小住一日。老苗叫儿子林春把郭望苏扶上马背，二人共乘一骑。临末，老苗和二老财在路边窃窃私语一番，也不知到底说些什么，然后二老财自己乘马返回隆兴昌去。

此地距离青婧家步行仍有两三天的路程，饶是老苗一行人快马加鞭紧赶慢赶，直到月上中天时分才到家。郭望苏受到老苗一家盛情款待。郭望苏原本答应只住一日，可老苗一家哪肯怠慢，每天都找借口把他挽留住，变着花样招待他。尤其是青婧，受郭望苏解救逃出歹徒之手，又经几百里路途被他送回家来，她看到郭望苏外表呆板木讷，其实内心古道热肠，为人又诚实善良，心中自是大有好感。自郭望苏到家，青婧每日陪伴左右，端茶递水，嘘寒问暖，把他当作尊贵的客人看待，十分周到热情。这样居住有三五日，郭望苏心中焦急，无论如何也不肯再耽搁下去了。青婧大为不舍，询问他到底有何急事，并说如果有为难之事，苗家定当尽力相帮。郭望苏本就不会撒谎，此时看到青婧诚心实意相询，才将自己的经历如实告知。青婧听了他的讲述，对他更加敬佩。看他一个憨厚老实之人，居然还当过太平天国的兵，而且他心地善良，为了不致连累柳大夫家小的性命，还要主动返回包头，继续接受邬板定的牵制。

青婧虽然获悉了郭望苏的遭遇，却一筹莫展，便悄悄将这件事情说给父亲听。那老苗听了略一思忖，即哈哈一笑，道："这码事情，也只有你自己才能解决。"

青婧如丈二金刚摸不着头脑。

"事到如今，有件事也就不再瞒你，其实邢家的大小姐就是你的生身亲妈，不过这其中还牵涉有另外一个秘密，现在还不到摊牌的时候，我也不便多说。"老苗将青婧生身母亲的"秘密"和盘托出后，又告诉青婧说，"当年你的亲姥爷邢泰仁开挖灌渠，广有田地，财多势大，在后套地方是个响当当的人物，就连官府都奈何不了他。你亲姥爷极重义气，江湖上落难之人无论谁来投奔他，他都慷慨接待，大方收留，能帮什么忙就帮什么忙，所以他在黑白两道都很能吃得开。你看他家那些看家护院的把式手，就都是江湖上落难后来投奔他的好汉，当然他也庇护过不少走投无路的江洋大盗、土匪流寇。听说沙漠土匪邬板定当年是个杀人越狱的逃犯，遭官府追逼，就是在你姥爷的庇护下逃过大难，后来才去沙壕塔当了土匪。眼下恩人这件事，如果你去求你的亲妈，只怕没有办不成的。"

其实不用老苗明说，青婧也已猜出二老财是自己生身亲妈的事实毋庸置疑。便是青婧在归途中亲眼所见，那二老财得知自己被人拐骗，即焦急地外出找寻，让人觉得这个邢家大小姐多少还有点亲妈的味儿。这番为了救命恩人郭望苏的事情，青婧决定亲自去找她。

由于邢家住地路程不近，老苗安排儿子林春和侄儿林茂陪伴青婧一同前去。三人骑马赶到上次与二老财分手的那条岔路口，径直进入隆兴昌。隆兴昌原本是后套上的一块荒凉地带，是邢泰仁在此设立牛犋，后来发展成为人丁兴旺的村庄。邢家的居所处于村子正中央，构建极其庞大，院子一进数出，门楣尽涂丹红，所有的厅堂房舍俱由青砖垒砌，具有鲜明的冀南民居风格。因邢泰仁是直隶顺德府人氏，故而房屋建成如此结构。在院子外围尚筑有数幢碉楼，有无数把式手昼夜巡视，看家护院。青婧来到邢家，二老财听说有位和自己装束一模一样的姑娘来找她，心里知道是谁，连忙亲自出迎。进到家中，青婧也不啰唆，径直向二老财道明来意，要二老财设法相帮。二老财听后并未迟疑，满口答应叫父亲写封书信，并很快派人专程给邬板定送去，又嘱咐青婧只管叫那后生回去向邬板定讨要柳先生的家小，料那邬板定定然不敢不从。青婧只真心实意道了声"谢谢"，也没叫二老财一声"亲妈"，即告辞离去。

　　青婧回到家中，将这消息告诉郭望苏，郭望苏喜出望外，当即便欲起身折返包头，会合柳先生去向邬板定讨要柳先生的家小。青婧恋恋不舍，询问郭望苏此番回去，将来又作何打算。郭望苏长叹一声，道："我戴罪在身，无处可去，便走一步看一步，什么时候被官府抓住，就掉了脖颈上这颗吃饭的家伙吧。"

　　"大哥又何必为难？"青婧道，"你看这后套天地甚大，是一个天高皇帝远的地方，莫说官府，寻常就是连个差役也难得一见，每年不知有多少像大哥这样的人来此躲灾避难，又有哪个不能安然存在？莫若大哥回去办完这桩事，便回来后套，在灌渠上给我苗家帮忙，妹子也好在身边伺候，以报还大哥的救命之恩。"

　　"报还的话，断然不敢当。"郭望苏一听，觉得青婧所言有理，道，"不过后套地方如真能容得下我，我便来你家灌渠上卖苦力，也强似在包头当个见不得人的摸鬼人。"

　　郭望苏返回包头，会合柳先生去沙壕塔讨要柳先生的家小。二老财所差信使早已提前将邢泰仁书信送到。邬板定只道是郭望苏四处招纳教众，邢泰仁依傍上了郭望苏，将自己赖以飞黄腾达的贵人抢去，心下甚为酸楚，可想到邢泰仁毕竟曾救过自己的命，况且邢家势力庞大，自己也不敢轻易得罪，只好下令放人。由于邬板定其人十分狡诈，当日挟持柳先生的家小时早已安排好后路，只是将柳先生的家小哄骗到沙壕塔近旁的一个村中居住，寻常供以吃喝，并未刻意刁难。现下由小喽啰带领柳先生去将他的家小接出，柳先生自把家小送回偏关老家，郭望苏则听从了青婧的话，去往后套地方避难。

二

黄河自上游的甘肃流来，途经内蒙古的河套平原，这一河段水流相对平缓，大多时候波澜不兴。如果把晋陕峡谷之间的河段比作一头怒狮，这一河段只能算是一只温顺的绵羊。苗家大渠在黄河边掘口引水，渠道紧接黄河。在灌区上干活的民工有不少是在晋陕之间的黄河岸边长大，谙熟水性，在工地上歇工时分常常会跳到黄河里耍水纳凉。有一些水性高超的人还会借机竞赛耍水的本领，吸引众多的民工围拢过来给他们呐喊助威。其中有一个在灌渠上挖土的青年壮汉听到众人的喧嚷之声，也赶到河边来观看，看到原来是民工伙伴们在黄河里耍水竞赛，不觉技痒，脱掉外衣，纵身一跃便跳到黄河里扑腾起来。这青年壮汉水性高超，入水后随意的三扑腾两扑腾，便将岸上众人的眼球吸引了过来。众人看这青年壮汉宛如一头入水的豹子，动作迅疾敏捷，速度奇快，而且在沉浮游荡之间变化出无数花样，令人眼花缭乱。最让人佩服的是，只见他一个猛子扎入水中，半晌不见踪迹，赶看到他在水中露出头来时，他早已潜渡到黄河对岸。听到岸上人群的惊叫与欢呼，那些在河里竞赛耍水的人也齐齐出水，上岸后加入到围观者中来。苗家大渠的东家老苗原也识些水性，会些"狗刨""猫泳"之类的三脚猫功夫，此时看到这青年壮汉的水性，才大觉天外有天人外有人，只以为这样的水性，除了去年在灌渠上帮过大忙的河曲同乡李小朵，再也无人可以比及。其实他们根本没见过，便是在暴风骤雨之日，这个青年壮汉也曾横渡过狂浪怒卷的素有"鬼门关"之称的老牛湾碛口，那样的胆量与气魄才真正叫人叹为观止。这个青年壮汉就是被人称为"水豹子"的郭望苏。

郭望苏陪伴柳先生在沙壕塔将柳先生的家小接出后，脱离了邬板定的掌控，再度来到后套，投靠在老苗家中落脚。此时苗家大渠才刚刚开工一年，苗家自不愁没有郭望苏一个人的饭碗。郭望苏打小在黄河上揽船出身，风里来雨里去，有的是一把子好力气，受惯了苦的人，不比那些养尊处优的公子哥儿，又哪里能束手束脚地待得住，自打入住苗家，他就自觉自愿地给苗家做营生。刚来时还是寒冬季节，苗家也无甚繁忙之事，他就每日外出砍柴打草，把院子里的柴禾堆垒得老高，苗家的人劝也劝不住。青婧看在眼里，觉得他勤快踏实，任劳任怨，心中越发喜欢。转眼间春回大地，回老家过罢年的晋陕民工纷纷返回后套，苗家大渠上重新恢复了繁忙。苗家全家老少人人出力，都在忙着挖渠大事。老苗安排郭望苏和他家年幼的子侄们一起拎着鞭子在河堤上督工。郭望苏原本就是受苦人出身，在河堤上遇有偷懒耍滑、怠工误事者，手中的鞭子也不忍心落下去，反倒是抓起那些人闲置的铁锹甩开膀子大干一番，令那些人看在眼里无不惭愧汗颜。郭望苏自知不胜任督工职责，次日上工即干脆扔掉了鞭子，拎把铁锹主动到灌渠上挖土。老苗一家知道，都感到无可奈何，便也只好任由他去。

诚如青婧所言，后套地处偏僻，乃是一个天高皇帝远的地方，郭望苏混迹在万千民工队伍里，倒也不担心会被熟人认出来招惹官司。可是他在此地落脚未久，竟然意外地见到了两个至为亲近的熟人。第一个是自己的结义大哥李小朵。李小朵和他的玩艺班去年就曾来过后套，被苗家包班演戏，在苗家大院居住过几个月，今年算是故地重游。两兄弟在苗家大院偶遇，真是喜出望外。尤其是李小朵，见到郭望苏还活得好好的，更是欣喜若狂。李小朵去年出口时就听说了郭望苏在老牛湾被官府追缉丧生的消息，冬闲时分回转老家，还专程去过老牛湾一趟，探望郭望苏的爷爷。郭望苏事发后，因他在官府眼里被视作谋逆造反的"匪类"，"罪大恶极"，按朝廷律令当株连九族，郭家一门本人丁凋敝，并无其他近支亲眷，当时官府只将郭望苏的爷爷一人牵走治罪。郭望苏的爷爷身患严重风湿,腿脚不便,走在半路上即倒地不起,一干差役强拉硬扯,活活地把他给拉扯死了。郭望苏闻知如此噩耗,痛痛地哭了一场。两兄弟相隔数年未见,自有许多拉不尽的话题。两人分别讲述各自的遭遇,心中俱无限悲怆。后来郭望苏听李小朵说起就连家境富裕的陈嘉丰也被逼走了口外,不由瞪大眼睛,拍着脑袋连说想不通这个世道究竟是怎么了。自此郭望苏常年落脚在苗家大渠上干活儿,李小朵则每年都要辗转到此地来与他相会,直到后来郭望苏参加了义军,两兄弟才又失去联系。

郭望苏在后套见到的第二个熟人,即是当年在偏关老牛湾被人称为"二掌柜"的那个船主二宝柱。二宝柱打从那年给官府运载生铁的那只货船在风陵渡失事,被迫之下出走口外,投靠在邢泰仁手下扛工谋生。由于在黄河上挖渠掘口,水下勘测短缺不了识水性的人,二宝柱水性高超,为邢泰仁在水下勘测出了不少力,很受邢泰仁倚重。苗家大渠上出了一头水豹子,这个消息在后套上不胫而走,邢泰仁听说后大不服气,命令二宝柱专程去苗家大渠上会会这头水豹子,一较高下。二宝柱自恃水性高超,亦自踌躇满志,一路上摩拳擦掌来到苗家大渠,当他一眼看到那头水豹子竟然就是郭望苏,顿时感觉大大不妙。

自从郭望苏小时候在黄河里救出二宝柱的闺女大丫,二宝柱即待郭望苏刻意照顾,情同父子,并有意招赘他将来做自己的女婿。此时郭望苏在异地他乡意外见到二宝柱,不由心中悲痛,失声大哭。在一把鼻涕一把泪当中,郭望苏把当年船只在风陵渡失事后,大丫因痛失亲人抽上了洋烟的遭遇,和后来大丫在老牛湾悬崖上坠崖殒命的经过讲给二宝柱听。二宝柱听罢,不由心如刀绞,痛不欲生。两人好不容易止住眼泪,分别讲述各自的经历。当郭望苏讲述自己曾下江南参加过太平天国,后来出走西口途经沙壕塔遭遇土匪邬板定,以及以后解救青婧并且被青婧解救的种种经历,二宝柱听了更是咂舌不已,连声称奇。二宝柱先前只道自己的遭遇已属莫名委屈,现在听郭望苏讲来,才知道这个后生所承受的委屈尤胜自己十倍,心里甚感悲怆,于是安慰郭望苏好生在苗家干活儿,将来成家立业,也好生存下去。

二宝柱回到隆兴昌向东家邢泰仁交代结果。邢泰仁听说那头水豹子实则就是二宝柱当年看中的女婿，而自己也在不久前因闺女二老财纠缠，曾写书信给邬板定为这后生排忧解难，心里顿时感到十分踏实。久居后套的人自然知道，邢泰仁其人生性爱才如命，每逢遇有在某一方面有特殊本领的人才，都要想方设法网罗到手下来给自己效命。这回听说郭望苏既然有这么高超的水性本领，邢泰仁即暗下决心，只等有机会便将他招揽到自己手下。

　　邢泰仁素有"爱才如命"之名，手下聚集了不少文武人才，其实莫说是有用的人才，即便是所有有特长的可用之物，他也一样不惜代价大量网罗。听说远在喀尔喀蒙古的土谢图大汗有一匹日行千里夜行八百的神驹，他不辞劳苦亲自穿越数千里的沙漠和草地，耗费万金代价，终将神驹从大汗手中购得。据说邢泰仁因钟爱闺女，归来后便将此马赐予二老财骑乘。可是有时候面对活生生的人才，他也有求之不得、追悔莫及的遗憾，此事说来话长。

　　邢泰仁多年来致力于修筑灌渠，在后套上成为声名显赫的灌渠大王。他所修每一条新渠道完成，凡能灌溉所及之地皆变作良田，从而直接惠及许多走西口而来的汉人，使之得到适当的安置，这样就吸引更多的内地汉人纷至沓来。人们都传说凡是来到邢泰仁灌渠上干活和给他耕种土地的人没有吃不上饱饭的，而且邢泰仁虽然家资巨富，但并非为富不仁，尤其对所有来投奔他的直隶老乡，他更是给予特别照顾，甚至优惠转包给他们土地，让他们当上二地主，迅速发迹。逢有饥荒灾年，邢泰仁每每大开粮仓，广泛赈济，而一旦开仓，动辄就是数百上千石的粮食，邢泰仁连眼睛都不眨一下。邢泰仁豪爽仗义，甚至大量结交江湖人氏，凡流亡到后套的江湖好汉以至土匪流寇，只要投奔到他门上，他都慷慨解囊，予以收留庇护。因此在黑白两道之间，人人俱称他是"大善人"。

　　由于后套素无官府管辖，是一个天高皇帝远的地方，社会秩序相当混乱，土匪盗贼猖獗，恶霸明抢暗夺，同行之间恶意竞争，很多商家都豢养把式手来为自家看家护院。邢泰仁自然也不例外，不仅豢养了诸多把式手，而且在农闲之时，他把所有民工都组织起来进行格斗训练。为了管理好民工，他私定刑罚，刑罚有三种：第一种叫作"住顶棚房子"，就是冬天在冰上凿一窟窿，把人投入；第二种叫作"下饺子"，在布袋里装了人，扔下黄河；第三种叫作"吃麻花"，是把牛筋晒干，像一条麻花似的，活活把人打死。邢泰仁最不合常理的一项举动是不畏惧蒙古人。他依靠自己庞大的实力强行租用蒙人的土地，对方不肯时，他就强立契约，契上写明一万年，如再不肯，他就带领手下人持刀执械打上门去，直至把他们驱赶出这个区域之外。在他据有的方圆数百里的地盘内甚至没有蒙古牧人的踪迹。这样，在后套这地方，人们称颂他的有之，痛恨他的也有之，善恶真伪，一时难辨。总的说来，在整个后大套上人们都对他敬畏有加。

在邢泰仁这样的地商眼里，渠道和水源就是他们的财富命脉，因此同行之间竞争异常激烈。在当地还有一位颇有势力的地商，姓解行四，人称"解四"。邢泰仁和解四同为直隶籍老乡，早年间两人关系还算融洽，邢泰仁把掌上明珠二老财嫁给解四的儿子为妻，两人成为儿女亲家。只是两人均心高气傲，彼此竞争生意，逐渐产生芥蒂。二老财的丈夫罹病夭亡后，两亲家一举扯破了脸面，彻底反目成仇。两人之间存在的矛盾主要就是渠道和水源的问题。后套的地商们在黄河边挖渠引水，因渠口位置的不同导致水源的强弱也不同，这些都给他们的生意带来影响，同时因为他们的渠线有时互相交织，难免经常会发生跑水事件，这样就导致他们之间的矛盾更多。尽管解、邢两家的财富旗鼓相当，可是因解四起家较晚，他的名声和地位在后套上还是略逊邢家一筹，解四对邢泰仁至为忌恨，认为不把这样的对手铲除掉，自己在后套上就难以抬起头来。一次，解四以洽商解决渠道问题为由，约邢泰仁到自己的牛犋面商。邢泰仁独自一人赴约，解四安排邢泰仁在客舍坐好，口称去书房取解决问题的条款文书。谢四刚一出门，即有二壮汉头罩黑布抢入室内，一人勒紧邢泰仁的双臂，一人以二指挖出邢泰仁一眼珠，然后迅疾逃走。适时解四返回，看见邢泰仁以手掌捂目，血流如注，假意关切道："亲家以掌覆面，必然罹病在身，我且派人送亲家回家，至于渠道之事待他日病愈之后再谈不迟。"只听邢泰仁朗声说道："不必送，我有两眼自己来，尚有一眼自己能回去。"说罢自地上捡起那只被挖去的眼珠,揞在一块手帕里,揣进衣兜,然后大踏步离去。此为邢泰仁因争水一眼失明的经过,也是他的绰号"独眼龙"的来由。这一事件的发生,看似解四明显占了上风,其实却给双方都埋下了祸根。

在邢泰仁的老对头解四的手下,有一条好汉名叫李老五。此人是山西河曲县唐家会人氏,道光年间家乡遭灾,只身流落到后套,最先投奔在邢泰仁的灌渠上卖苦力,因看不惯邢泰仁私定刑法,草菅人命,对犯了过错的民工动辄就待以极刑,仿佛天是王大,他便是王二,于是愤然离开了邢家,改投在解四的工地上扛工。解四对待民工虽然也极其苛刻,但惩罚民工的手段并没有邢泰仁那样残忍。经过邢泰仁眼珠被挖去这一事件,解、邢两家矛盾进一步激化,由文争发展到武斗,两家经常集结门下的把式手和民工持枪执械进行格斗。李老五便是在武斗中出了名。因他年轻时练过祖传的杨家武艺,武功高强,又且骁勇凶悍,历次械斗都冲锋在前,专门对付邢家最难缠的把式手,从而使解家始终未处于败落之地。解四知人善用,即提携他充当把式手,后来看他为人讲义气有豪胆,又和他拜作把子兄弟,彼此称呼"四哥""五弟"。

邢泰仁看到解四的手下竟然冒出来这般人物,而且还是当初从自家灌渠上投奔过去的,心里甚感懊丧。可是他对李老五这样的人才又十分眼热,于是便许以重金厚银,暗中多次拉拢,结果都是无功而返。邢泰仁十分恼怒,大呼"士不为我用便为我杀",于是便派人实施暗算,结果又每次都被李老五巧妙地避过。李老五的存在成为邢泰仁的一块心病。

邢泰仁和李老五之间积怨甚深,人人都道他俩是解不开的死对头。就是这对明争暗斗、处处为敌的死对头,阴差阳错之间却又差一点儿结成翁婿。这段故事其实十分令人揪心。李老五最初出走口外,原本只是打算寻找一条活路,挣些银钱养家糊口,不料来到后套没多久,就听从老家来的人说自家婆姨已经带着儿子改嫁他乡了。李老五万念俱灰,于是再不打算回家。他先是扑开身子给解四在工地上干活,后来又为解四抵上命和邢家打斗,终至受到解四重用，还和解四结拜为把兄弟。李老五在和邢家的多次械斗中结识了邢家的闺女二老财。当时二老财丧夫回到邢家寡居，因其生性豪爽，活跃多动，在家难得闲居得住，每天骑马提鞭在父亲的挖渠工地上巡梭监工，重新成为邢泰仁的得力助手。由于此女心肠坚硬，行事果断，遇有怠工误事者，手中马鞭毫不留情，令所有民工无不惧怕。后来邢、解两家反目成仇，二老财自然是站在父亲这边，邢、解两家每次械斗，二老财都骑马扬鞭，驱驰在前，不肯居于人后。有句老话说"梁山的好汉，不打不成交。"二老财跟李老五在械斗中几番交手，武艺不相伯仲，竟然相互敬慕，彼此心仪。二老财打小在后套长大，深受当地的婚姻观念影响，在男女交往中并不拘泥扭捏，因此她大胆与李老五相约，暗地里在枳机草地里遛马谈心，后来交往到一定程度，两人便开始相好了。李老五为人光明磊落，也不惧怕自己曾得罪过邢泰仁，亲自上门求亲。邢泰仁十分高兴，他对待人的态度一贯是"顺我者昌，逆我者亡"，凡乐于为他所用的他都当作人才看待，而与自己作对的却必定要处心积虑置之死地而后快，因此他对李老五唯一的要求是让他把解四给铲除了。那李老五本是条重义轻利的汉子，咋可因此而轻易答应谋害对自己有恩的故主？婚事一议再议，事情一拖再拖，后来邢泰仁看到女儿的肚子不知不觉间大了起来，咬了咬牙，悄悄把女儿圈在深闺，直到十月怀胎期满，养下了一个女娃。邢泰仁借此要挟李老五低头，如若不然，就扬言要把女娃溺死。李老五宁折不弯，慨然道："你若敢把我闺女溺死，我便会割你全家人的脑袋来祭奠她！"邢泰仁异常暴怒，回到家即欲亲自动手把女娃溺死，在二老财的苦苦哀求之下，最后终于答应把这女娃送与别人抚养，但对李老五只称那女娃真的已被溺死了，李老五听说后恨得满嘴钢牙咬落一地。自此二人积怨愈深。

那个送与别人抚养的女娃其实就是青婧。因她咋地说也是邢泰仁的亲外孙女，故而其养父老苗在开挖苗家大渠时才得到了邢泰仁的大力帮助，也算是邢泰仁给予老苗一家的回报。

三

  来到后套的人，没有人没听说过后套三宝，也没有人没听说过"灌渠大王"邢泰仁的名声。有道是："树大招风风撼树，人为名高名丧人。"朝廷最初于乾隆年间设置萨拉齐厅统管后套。萨拉齐厅远在包头东，距离后套数百里，可谓天高皇帝远，因而后套也就几乎成了官府管不到的地方。一晃进入咸丰年间，朝廷任命原兵部侍郎淮骨出任绥远将军兼理藩院尚书职衔。淮骨到任后，看到蒙古各旗王公贵族大多都把土地租给汉人耕种，从中获利颇丰，后套一带更有不少地商连片租出土地，开挖灌渠引水灌溉，所获利益至为丰厚，因此顿起与民争利之念，尤其邢泰仁拥有大量的土地和渠道，富甲一方，令淮骨垂涎欲滴。

  淮骨殚精竭虑，想方设法，打算从地商手中争夺土地和灌渠。他首先委派手下官吏要任三为特使赴绥西视察垦务。后套地方本来无官府管辖，现在突然有如此大员前来驻扎，引起当地不少地商纷纷观望，不知其葫芦里装着什么药？便有解四自作聪明，误以为官府之举是为了整饬后套风化、有序管理土地秩序，为国为民谋利，于是便打算先下手为强，向官府控告邢泰仁的罪行，借官府之力扳倒这一枚眼中钉。邢泰仁听说解四有此打算，心下颇为担忧，连忙派人与其洽商，提出"自家的事应自家解决"，并愿主动做出让步，达到双方和解。解四看到邢泰仁有此心意，思忖一番，便也表示同意。其时恰逢岁尾年关，解四决定过罢年开春以后再与邢泰仁具体协商和解事宜，了结彼此间的矛盾。孰料是年除夕夜，解四正在家中过年，却不明不白被人刺杀丧命。解四之死正好给要任三提供了很好的借口，以怀疑邢泰仁派人杀害解四为由，将邢泰仁"请"到其官署，在预先就写好的申请书上要求邢泰仁签名画押，让其"自愿"将私产土地、房屋及所有渠道悉数献于官府，以后官方便再不追究解四一案。邢泰仁在要任三的威胁之下，不得已只好同意画押。至此，邢泰仁多年以心血所凿的数条大渠以及大多田地、房产，悉数献归于淮骨和要任三两人,一生汗血俱付诸东流,所有家业仅余隆兴昌住所一处。这也是枪打出头鸟的典型一例。

邢泰仁的财产虽然被掠夺,但他在长期的治水过程中同后套地区的蒙古王公交往密切,当部分蒙古王公得悉邢泰仁的田产被迫献出时,便主动将西山咀附近土地近万亩租与邢泰仁开垦。邢泰仁借此机会意欲重整旗鼓,再创基业。淮骨和要任三对邢泰仁在后套的潜在势力心存疑惧,认为他是一位深不可测的人物,因猜忌与防范,仍以解四家族控诉他杀人为由,将他下狱刑拘。

邢泰仁此次被羁押长达五年,可淮骨和要任三始终没有充足的证据能证明邢泰仁就是杀害解四的元凶。他们手中攥着的唯一把柄就是解四家人提供的一份证词,即有人在是年除夕夜亲眼见到邢泰仁和手下的把式手孙胡子共乘一匹白马,借着月光潜入解家将解四杀害。但据萨拉齐厅理事通判黄韬作证,在解四遇害次日,即大年初一清早,邢泰仁便携手下孙胡子到家给他拜年。萨拉齐远距隆兴昌四百余里,邢泰仁和孙胡子二人如何可在半夜杀人后迅速到达萨拉齐?便是如邢泰仁所拥有的那匹神驹,纵然真可日行千里夜行八百,却也只可驮得一人,如何可驮得动两个身材魁梧的壮汉连夜驱驰数百里?尤其可笑的是,在淮骨和要任三亲自审案,借此证词欲判定邢泰仁死罪之时,那邢泰仁只淡淡一句话道:"敢问除夕临近朔日,那月光又从哪里而来?"淮骨和要任三顿时哑口无言,满脸羞赧。欲判邢泰仁之罪苦无证据,再加上邢家上下四出打点送礼,求情鸣冤,案情直达京师首辅大学士案下。在各方施加的各种巨大压力下,淮骨和要任三不得已将邢泰仁释放。

在邢泰仁入狱的五年时间里,奔走后套逃荒谋生的内地汉人仍然络绎不绝,携带巨资到此投资创业的地商依然在不断增多。然而,令人至为遗憾的是,邢泰仁大半生倾尽心血开挖的数条大渠自从落入淮骨和要任三之手,因得不到妥善管理和合理治理,没过多久便到处沉积淤塞,不仅未能有效利用灌溉田地,而且还因退水不畅,几次泛滥淹毁了不少庄稼。尤其在邢泰仁入狱后的第四年,后套地方突然爆发鼠患,地鼠猖狂肆虐,田地里庄稼几近绝收。整个后套地方的居民纷纷四出逃荒，由内地来此谋生的汉人亦纷纷离散。鼠患导致后套地方生机顿失，人丁凋敝。这场劫难持续了整整一年，直到第二年秋天粮食下来，后套上才渐渐恢复了生气。

邢泰仁出狱之时，正值鼠患过后。邢泰仁遭五年牢狱之灾，虽然暴戾之气有所收敛，但仍壮心不已。他利用自己多年来树立的声誉与关系，意图东山再起，重振旧日雄风。值得庆幸的是，在邢泰仁入狱之后，那些当日把西山咀附近大量土地租给他的蒙古王公对他失去信心，意欲把土地收回，是二老财主动接替父亲担挑重任，亲自携带礼品到蒙古王公府上周旋，并信誓旦旦地说："莫说我父亲只是暂时蒙冤拘禁，很快就可出来，就是官府当真定了他的罪一时出不来，邢家还有我在。只要有我在，担保少不了你们一文的租金！"那些王公无不为二老财的风度折服，答应暂不收回土地。二老财全心全意扑在土地的管理上，使邢家家业不仅未致衰落，而且积蓄了不薄的收入。这一笔丰厚的财富如今则成为邢泰仁赖以重整旗鼓的本钱。

可是在他入狱的时间里，邢家门下豢养的诸多把式手和门客大多心灰意懒，加上后来的鼠患之灾，作鸟兽散者不在少数，所剩下的可用之才寥寥无几。邢泰仁放出风去，意图将昔日门客重新招揽麾下。邢泰仁的声望和能耐在后套地方毕竟树大根深，未过多久，散去的把式手和门客陆续返回邢家。邢泰仁盘点手下人员，看到自己的势力比入狱之前并未减弱多少，于是更加雄心勃发，亲自带领人马勘测渠路，计划再挖一条大渠，把黄河水引入西山咀一带，浇灌自己的土地。

邢泰仁在黄河边选择引水渠口时，突然发觉善熟水性的二宝柱没有跟来。问询手下人员，才知道自从自己落难，二宝柱在邢家无所事事，已投奔到苗家大渠干活儿去了。邢泰仁连忙打发人到苗家大渠上请二宝柱回来。那手下自苗家大渠去而复返，回报邢泰仁道，二宝柱说苗家大渠工程正紧，脱不开身，又说那二宝柱有言，他在苗家干得好好的，不愿到处东奔西走，做个反复无常之人，请邢掌柜另请高明。邢泰仁异常恼怒，他生平最恨的就是手下人叛逆自己，因而命令一干把式手暗中潜入苗家大渠，把二宝柱绑架到隆兴昌，亲自动手鞭打一顿，然后叫人把他装进口袋里，填进黄河下了饺子。

邢泰仁铲除了"叛逆"二宝柱，却苦无善熟水性的人为自己探测渠口，便又想起苗家的那头水豹子来。邢泰仁写了封书信给老苗，要求借用郭望苏为自己探测渠口。虽然苗家也因遭鼠患之灾导致差点破产，眼下刚刚有了点起色，灌渠上工程正紧，正是缺乏人手之时，可面对邢泰仁的要求，老苗不敢不从，于是安排郭望苏去邢泰仁手下暂时帮忙一段时日。可是这几日因二宝柱的莫名失踪，郭望苏正在心烦意乱之中。本来自打邢泰仁落难被捕，邢家上下一片混乱，主家人整日忙于为邢泰仁疏通奔走，对待手下人等难免疏漏懈怠，耽误按时发放钱粮，又且自从发生鼠患，有许多人更是连饱饭都吃不上，二宝柱等一些人整日挨饿，无奈之下只好投奔别处混饭吃。二宝柱来到苗家，郭望苏十分高兴，亲自向老苗请求，要老苗把二宝柱收留下，和自己同吃同住。老苗家中当时虽然也是困难重重，可面对郭望苏的请求，老苗并无半点推拒之意。自此叔侄二人相聚在一起，彼此帮衬照顾，直到鼠患过后，苗家的日子渐渐好转，灌渠工程恢复，叔侄二人共同为苗家出力干活儿。日子本来过得好好的，忽然一日收工之后，郭望苏发现二宝柱不见了踪迹，四处寻找亦无结果，闹不清他到底哪里去了。现在老苗叫郭望苏到邢泰仁手下帮忙，郭望苏想到当日便是凭了邢泰仁一封书信，自己才能从邬板定手中解脱出来，邢泰仁于自己大有恩德，却也不便拒绝，只是嘱咐老苗若得到二宝柱的消息请一定及时通知他，便起身去往邢家。

郭望苏自从来到后套便在苗家居住，因其忠厚善良，勤快踏实，很受苗家全家人喜欢，青婧更是待他胜如家人，毫不掩饰对他的喜爱，因此每有闲暇便陪伴在他身边玩耍。老苗看出自家闺女的心意，亲自向郭望苏提出要把闺女许配给他为妻，郭望苏却因和自己青梅竹马一起长大的大丫当日活生生地在自己眼前丧生，心里始终笼罩着一片阴云，不肯应承。老苗父女二人却也了解郭望苏的经历，理解他的心情，况且青婧年龄还小，便也并不强求他，只等将来时机成熟再说。青婧也没有因此而冷淡了他，反而整日陪伴在他的身前身后，把他当作最亲近的人看待。她看到郭望苏不会骑马，和自己外出玩耍时总是奔跑在自己的马前马后，十分心疼，于是便专门教习他骑马。郭望苏看似木讷呆板，其实一点都不笨，没用多久就学会了骑马，可以陪伴青婧在后套的原野上跃马扬鞭，四处奔驰。

此次郭望苏去往邢家，青婧亲自在马厩里挑选一匹快马给他骑乘，并依依不舍地把他送出老远，嘱咐他办完事早点回来。二人分别后，郭望苏快马加鞭，不到半天便赶了大多半路程，距离邢家住地隆兴昌已不远。正疾驰间，忽然前方有几名持刀携械的人拦路，郭望苏连忙勒住马缰。那拦路之人中有一人操河曲口音，当问明他便是去给邢家帮忙的郭望苏时，只听那人铿锵有力地道："天下忘恩负义之徒甚多，你去给邢泰仁当狗腿子，难道邢泰仁杀害你亲人的仇恨就不计较了吗？"

郭望苏惊异地道："邢泰仁杀害了我的什么亲人？"

"便是二宝柱。听说他待你自小就情同父子，难道他不是你的亲人？"

"他当然是我的亲人。"郭望苏道，"可是你们有何证据，说是邢泰仁杀害了他？"

"我李老五却不是乱嚼舌头根子，你如不信，且随我来看。"

那自称是李老五的人和几名同伴一起把郭望苏带到附近的一座破烂的小庙里，只见在失去香火的神台下赫然躺着一具尸体，身上苫着一张破草席。郭望苏掀开草席，一眼认出果然是二宝柱。李老五踹了一脚地上扔着的一个破口袋，道："那天我兄弟在黄河里捞出这个人来，他便是被装在这个口袋里。你想想，在后套上专把活人填进黄河里下饺子的又有几人？"

四

自从李老五上门提亲，邢泰仁以闺女二老财的婚事来换取他叛离故主，铲除解四，李老五拒不答应，其后邢泰仁又不惜以刚出生的亲外孙女的性命来要挟他，李老五由此看透了此人内心深处的狭隘与自私。李老五果断地拒绝了邢泰仁，从而也引起邢泰仁恼羞成怒，扬言已将李老五和自己闺女二老财亲生的女娃溺死。李老五恨得咬碎满嘴钢牙，从此与他结下了不解之仇。

转眼间十多年过去，邢、解两家一直为争渠夺水明争暗斗，没个消停的时候，后来邢泰仁迫于解四要借助官府的力量来对付邢家，终于答应做出让步，彻底化解两家的矛盾，可是解四又突然不明不白地被人杀害。李老五最为了解邢泰仁的为人，一直认为是邢泰仁派把式手将解四谋害，于是多次奔走衙门为解四申冤，不意自特使要任三插手此案后，威逼邢泰仁将自己田产献出，竟然豁免无罪。李老五义愤填膺，决定自己暗中下手刺杀邢泰仁为主人报仇。正在寻找机会，邢泰仁又莫名其妙地被官府缉拿下狱，李老五只当是"天网恢恢，疏而不漏"，是老天爷要收拾这个恶人了。哪知邢泰仁只获刑五年，就又被释放了，而且仍旧飞扬跋扈，企图东山再起。李老五算是一眼看穿了这个世道，官府黑暗腐败，地富弱肉强食，官商勾结造孽，穷人生灵涂炭！于是一怒之下，带领几十名和自己相好的血性兄弟，大吼一声"杀戮富豪，推翻满清"的口号，风风火火地揭竿而起。后套上饱受当地王公贵族和地富豪绅压迫欺凌的蒙汉百姓纷纷响应，加入到队伍中来，短短时间内，"李老五暴动"即席卷河套大地。

那天李老五在半途阻拦郭望苏，正是在他起事前夕。自从邢泰仁出狱后，大张旗鼓招揽门客和把式手，欲图东山再起，李老五即派遣细作潜入到他身边。邢泰仁绑架二宝柱，并且把二宝柱填进黄河里下了饺子的事，自然瞒不过李老五的眼睛，而且邢泰仁因急需谙熟水性的人为他探测渠口，打发手下人到苗家河渠上借用郭望苏的消息，也很快就传到他的耳朵里。为了阻挠邢泰仁顺利开挖新灌渠，李老五伙同手下兄弟专程在半途拦截郭望苏，把邢泰仁残害二宝柱的事实和他草菅人命、人面兽心的本质揭露出来。当时郭望苏在破庙里一眼看到二宝柱的尸体，宛如遭遇五雷轰顶，顿时悲恸欲绝。看到这般令人痛心的情景，李老五的几名兄弟纷纷叫嚷道："这是个什么样的世道，还叫不叫穷苦百姓活下去？李大哥，不如我们反了吧！"

一听到这些人说造反，郭望苏的脑海里不由浮现出当年自己参加太平军的情景。那时候他因出身穷困，生活艰难，参加太平军只是奔了太平天国

"人人有田耕、人人有饭吃"，为了吃饱穿暖而已，后来亲眼看到天国高层不少将领奢靡腐化，以及有蔡兴晋那样的人物专事奉承钻营、卖主求荣，不足以成大事，所以才中途愤然离开太平天国。

此时只听李老五亦慨然叹曰："的确也是。眼下官府腐败，地富贪婪，弱肉强食，豪抢明夺，真叫我百姓何以为生？"

李老五的一番感叹，令郭望苏有如醍醐灌顶，一下子明白了百姓为何少食无穿、穷困潦倒的原因，明白了百姓为何生如草芥、死如蝼蚁的道理！

"贪官不除，天下不得以太平，恶绅不灭，百姓无以为平安！"只听那李老五叹罢，一挥手中长矛，大呼一声，"弟兄们，我们便反了！"

他手下的几名兄弟亦随着响应："反了，反了……"

此情此景，令郭望苏亦不由心情激荡，随之振臂高呼："反了，反了……"

天下间的农民起义，其造反的原因几乎惊人地相似，无非是在封建专制压迫下，农民失去土地和基本的生存条件，从而铤而走险，用生命和热血来换取生存的权利。李老五起义的目的非常明确，即是"打倒地富，推翻满清"，向腐朽的封建统治奏响反抗的号角。李老五的一声呐喊，首先震惊了后套上一度压迫欺凌蒙汉百姓的豪富恶绅，使他们胆战心惊，寝食难安，尤其是邢泰仁，听到说李老五暴动专杀豪富恶绅，心下极其惶恐，连忙联合数家有势力的富商，欲图先下手为强，剿灭李老五。消息走漏后，李老五一下子红了眼睛。本来李老五举事，碍于当年和二老财之间的情分，并未有率先攻打邢泰仁的念头，现下邢泰仁却欲图先下手为强，新仇旧恨一并挑起，于是带领手下好汉，趁着一日夜色降临之时，首先放火烧了邢泰仁设在隆兴昌外围的西牛犋，随后迅速攻入隆兴昌，把邢泰仁的住宅大院团团围住。邢泰仁带领手下把式手仓促应战，可架不住李老五队伍士气高昂，人人奋勇，交锋未有多时，邢泰仁的人马即告溃败逃散。邢泰仁慌乱之下，赶忙骑了匹黑马欲弃家逃窜，哪知未跑多远，即与李老五狭路相逢。李老五手持一把长矛，大喝一声："邢泰仁，纳命来！"喝罢挺矛就刺，吓得邢泰仁顿时魂飞魄散。

正急切间，忽听"唰"的一声响，一条长梢马鞭卷住了李老五的矛柄，原来是二老财及时赶到。这么一阻拦，邢泰仁打马越过李老五，仓皇逃窜而去。李老五奋力甩脱二老财的马鞭，调转马头欲追赶邢泰仁，只听二老财道："你追不上的，他骑的那匹黑马才是真正的神驹。"

李老五一愣，问："莫非你家有两匹神驹？"

二老财答："如果连我这匹白马也算，那么是的。"

李老五胸中豁然开朗，当日解四之死案情终得大白。原来当日便是邢泰仁和手下的把式手孙胡子各骑一匹神驹，潜入解家将解四杀害后，又连夜从隆兴昌赶到萨拉齐。这两匹神驹俱可日行千里夜行八百，隆兴昌到萨拉齐区区四百余里路程，自然不在神驹的话下。

李老五攻打隆兴昌首战告捷，声势大振，各方不满当地王公贵族和地富豪绅压迫欺凌的蒙汉百姓闻讯纷纷赶来投奔，队伍迅速壮大。李老五带领手下好汉杀富商，剿恶霸，分财产，均田地，深受穷苦百姓欢迎。其间，恰逢陕甘一带爆发回民大起义，李老五联合回民起义军组成同盟联军，队伍声势得到进一步壮大。

随后，李老五即率领人马直接与清军开战，一连攻下河套地区数个旗、厅，消息震惊归绥。山西巡抚闻讯，紧急调遣驻扎在代州城的大同总兵出兵弹压。大同总兵挥军出口，会同驻扎在口外的镇备军统领，纠集常备军和续备军共计两千多人马进剿义军。李老五凭借人地两熟的有利条件，在黄河北岸乌拉山脚下的西山咀一带布下战场，一场鏖战杀得清军死伤无数，溃不成军。绥远将军淮骨闻报大惊，亲自统领土默特两翼兵马前来征剿义军。李老五闻此消息，在半途中预先设下埋伏进行拦截。由于两翼兵丁素常生活穷困维艰，殊无斗志，和义军刚一遭遇，未等交锋即先行溃散，李老五率军追击，只杀得淮骨丢盔弃甲，险些当了李老五矛下之鬼。

淮骨作战不力的消息传到龙廷，垂帘听政的两宫太后大为震怒，当即革去淮骨绥远将军兼理藩院尚书职衔，令刑部将其捉拿下狱拘办，同时亲自在朝内挑选醇亲王之子奉恩镇国公奕匡取代绥远将军职务，赶赴口外剿匪。奕匡身为皇室宗亲，原在满洲正蓝旗军营任副都统，担负防守京畿职责。清朝自立国以来，为防范宗室干政，祸起萧墙，即制定规矩，皇室宗亲除在八旗军营担任职务外，本不准在军政各界任职，直至两宫太后垂帘听政后，这项制度才有所改变。奕匡当即赴绥远城就任，集结所部兵马，并通令宁夏和榆林驻军会击义军。这一番奕匡手下兵多将广，再加上奕匡原在军营历练多年，带兵打仗自有一套。李老五自从举事以来，和各路清军交锋从未败落过一仗，此次朝廷派遣奕匡前来征剿，李老五只当奕匡亦不过是一个徒有虚名的酒囊饭袋，并不放在眼里。哪知那奕匡的确具有出众的军事指挥才能，和义军连续两次正面交锋，都迫使义军陷入险境，幸亏义军凭借熟悉地理环境的优势突围而出，否则差点就全军覆灭。李老五痛定思痛，认为奕匡所部兵多将广，奕匡本人亦非淮骨那样的酒囊饭袋，不宜与之正面交锋，而义军具有熟悉地理的优势，八百里河套处处可以安身，因此决定改变战略方式，由阵地战改为"游击"战，俟等时机将分散开的清军各个击破。一场旷日持久的拉锯战就此展开。

奕匡面对义军灵活机动的游击战略方式，虽然麾下拥兵雄厚，胸中韬略满腹，但有如猫吃鸡蛋无从下手。他绞尽脑汁终于想出一个办法，即是命令各旗王公贵族和地富豪绅各自组建民团，采用"遍地开花"的方法来对付神出鬼没、行踪不定的义军。这一举措使后套上的豪富恶绅组建武装力量得以合法化，各豪富恶绅纷纷组建民团，开始不断向义军挑衅进击，其中势力最为强大的当属邢泰仁的民团。自从李老五起事以来，邢泰仁即处处束手束脚，开挖新灌渠的大计也被迫中止，每日提心吊胆，惶惶不可终日。李老五的存在成为他的一块心病。这番绥远将军公然命令各地组建民团对付义军，邢泰仁重新鼓起豪气，于是发出一道绿林帖，招徕昔日曾受过自己恩惠的江湖好汉和土匪流寇来为自己效力。也的确有不少讲义气的江湖人士为了报恩，从四面八方赶来，聚集在邢泰仁麾下。就连沙漠土匪邬板定收到绿林帖，亦只留下二林、四林携少许喽啰留守沙壕塔匪窟，自己则带领大部土匪倾巢而出，赶赴到隆兴昌来。邢泰仁势力得到壮大，即亲自带领队伍向义军进击。由于各民团都是地方武装势力，多熟悉当地地理环境与自然条件，义军对付这些狡猾的民团比之对付正规清军犹感吃力，再加上奕匡率领正规军向义军步步逼近，在众寡悬殊的情况下，义军逐步退守到阴山脚下的狼山弯一带，与清军和各民团对峙抗衡。

自从郭望苏离开苗家河渠参加义军，青婧即为他整日提心吊胆。她想到郭望苏昔日就曾参加过太平军，如今再次加入义军，为穷苦老百姓出头，果然不枉是一条英雄好汉。原也有心追随他去驰骋疆场，杀戮富豪恶霸，只是因家中事务繁多，而且在郭望苏走后不久，父亲老苗因整日操劳，积劳成疾，忽然有一天栽倒在灌渠上，再未睁开眼睛。在这样的境况下，青婧怎能离得开家？可是到了第二年，早已因操劳过度瘫痪卧床的大爹苗满田亦在床上熬得油干捻枯，撒手西去了。开挖苗家大渠的重任落在了小辈肩上。苗家的子侄辈在大爹苗满田的长子林茂的带领下，继续挖渠不止。就在干渠快要接入乌拉河之际，青婧忽然听说各地纷纷组建民团要对付义军，心中十分挂念郭望苏，看看灌渠上工程进展顺利，于是狠了狠心，毅然离开了家园，径自去投奔义军。

青婧在阴山脚下的狼山弯一带找到郭望苏，这时的郭望苏已非昔日那个只知扳船、挖土的受苦汉。自从加入义军后，郭望苏即跟随李老五等各位武艺高强的首领勤学苦练，学得一身高超的本领，再加上他不畏生死，英勇强悍，在战场上屡立奇功，成为义军中赫赫有名的"拼命三郎"。

五

据青婧报信，在来路上她曾遇到邢泰仁正带领民团向狼山弯开进，恐怕对义军不利。李老五一听到邢泰仁的名字即恨得牙根痒痒的。自从义军起事之初围攻隆兴昌，因为二老财的阻拦才叫邢泰仁侥幸逃脱，义军随即转战后套，尚未有暇再次对其采取行动，不意反而养虎为患，让邢泰仁能有时间苟延残喘，重新组建起一支势力强大的民团，嚣张跋扈，处处与义军作难。李老五暗下决心，这一回绝不再叫邢泰仁从自己手中逃脱，于是调兵遣将，在狼山弯布下口袋，只等着邢泰仁来钻。

狼山弯位于阴山西端，山南为辽阔的河套平原，山北是广袤的乌拉特草原，西端则没入博克台沙漠、亚玛雷克沙漠及海里沙带之中。狼山弯一带地表干旱，植被稀少，有的地方沟谷深切，地面破碎，有的地方则沟坡缓浅，沙土遍布。而且狼山主峰"呼和巴什格"山高峰险，是内蒙古境内最高山峰。这样的地带，实在是适宜于隐藏雄兵，埋伏布战的好场所。

邢泰仁带领民团来到狼山弯，看到狼山一带地貌支离，形势险恶，并未敢贸然进入山谷，只是在开阔地带巡梭，却找不到义军一兵一卒。由于当地水源俱在山谷之中，民团不敢进入山谷，饮水大为缺乏。邢泰仁颇为烦恼，只好命令小股人员乘夜色进入山谷取水，不料取水之人进去多少失陷多少，无一人活着出来。几日下来，民团军心动摇，人人思归，尤其是邬板定带来的土匪更是嚷嚷不息，污言秽语不绝于耳。不得已之下，邢泰仁只好下令分兵两部，一部留守营寨，另一部进山取水。邬板定叫手下一个识字的喽啰翻阅皇历，那喽啰打开随身携带的皇历看来，只说今日万事大吉，无往不利。邬板定十分高兴，自告奋勇带领本部喽啰进山取水。那水源俱在山谷深处，两面山高壁垒，十分险恶，可是饱受干渴的土匪已顾不得这许多，纷纷一拥而进。俟等他们进入山谷深处，忽然两山之上檑木滚石齐下，那檑木滚石并不长眼睛，任你是杀人不眨眼的强寇大盗，还是偷鸡摸狗的宵小蟊贼，砸着便死，撞着就伤，一时间内土匪死伤无数，鲜血染红了溪水。邬板定见此形势，不由大叫一声："奶奶的个娘呀，怎么今天的皇历又不准？"连忙指挥喽啰撤退。尚未逃出多远，忽然一块巨石滚下，将邬板定砸翻在地，一条腿压了个结实。那些喽啰只管自己逃命，哪里顾得上邬板定的死活，气得邬板定破口大骂："你们这些忘恩负义的鼠辈，干脆教石头尽数砸死了吧！"这番邬板定终得如愿以偿，那檑木滚石连番滚落，将一干喽啰砸得所剩无几。檑木滚石刚刚止息，自山上有一队义军冲将下来，将剩余喽啰尽数剿灭，无一生存。邬板定被压在石头下大气也不敢出，企图以装死蒙混过关，忽听得有一名义军叹息道:"沙壕塔土匪助纣为虐,原本死不足惜,只是邬板定大王昔日曾有恩于我,今天死在这里,倒叫我心中过意不去……"邬板定偷眼来看,只见此人原来是郭望苏,不由惊喜地叫道:"望苏兄弟,我在这里。"郭望苏看见邬板定还未死,赶忙带人将石头搬开,把邬板定救出来,随即又亲自和一名军士把邬板定抬到山中营寨,找来柳大夫给他治伤。原来那年柳大夫自邬板定手中接出家小,送回老家安置好后,便又自行返回包头地方行医,后来听说郭望苏在后套追随李老五举事,便不远千里投奔到义军中来,专任医官。此时柳大夫为邬板定疗伤,却是腿部骨折。柳大夫随即给他的伤口清淤止血,随后接续断骨,涂抹生肌复骨之药,最后以夹板妥善固定。治疗完毕,柳大夫嘱咐邬板定说:"医道有云,'伤筋动骨一百天'。大王如想保得住这条腿不瘸,便须在床静养三个月,哪里也不可去。"邬板定无可奈何,只好在义军营中住下静养。

　　自从邬板定带领一众喽啰进山取水,邢泰仁在营寨中忽然听到从山谷里传出嘈杂喧嚷之声,情知不妙,连忙带领所有人马出寨接应,方才赶到谷口,就听得山顶上呐喊如雷,义军宛如潮水般倾泻而下。邢泰仁也顾不得接应取水之人,连忙命令手下人马布阵迎敌。这番敢情是义军倾巢而出,人喧马嘶,声闻数里,也不知到底有多少人马。义军下得山来,稳住阵脚,两家对面相峙。所谓"仇人见面分外眼红",李老五一挺手中长矛,打马直奔邢泰仁。自邢泰仁身边抢出一人,正是当年伙同邢泰仁杀害解四的把式手孙胡子。两马相遇,交锋未及三合,李老五大喝一声,奋起一矛把孙胡子刺于马下。李老五冲身后挥动长矛,大队人马随之掩杀过去,邢泰仁急忙指挥手下人马对抗,两军展开了一场激烈的鏖战。邢泰仁手下的这班江湖人士虽然武艺高强、骁勇凶悍,但架不住义军训练有素,英勇顽强,再加上邢泰仁的人马数日来饱受缺水之苦,大多疲惫不堪,交锋未有多久即告溃退。李老五率领义军奋勇掩杀,只杀得邢泰仁的人马溃不成军,四散奔逃。

　　邢泰仁遭此惨败,喟叹一声道:"天亡我也!"于是凭借自己座下快马,独自一人仓皇逃窜而去。李老五看见,冷冷一声笑道:"纵然你骑了神驹,这番也休想逃出我的手掌心！"打马奋勇直追。狼山弯地貌支离破碎，沟坡起伏纵横，邢泰仁座下神驹果然名不虚传，跨沟翻坡如履平地，转眼间将李老五远远甩在后头。邢泰仁暗叫"侥幸"，方才松了一口气，打马越过一道山坡，忽然座下马失前蹄，自己也被掀下马来，原来是中了绊马索。埋伏在此处的义军一拥而上，把邢泰仁捆了个结实。神驹被一名黑衣女子擒获。

这么眨眼工夫，李老五已骑马赶到。李老五手持长矛，大喝一声："邢泰仁，你还有何话可说？"邢泰仁闭眼不答。李老五挺起长矛，对中邢泰仁心窝便刺。忽听"唰拉"一声鞭梢响亮，长矛被一条长鞭卷住。李老五抬眼看来，原来是二老财骑着白马赶到。

"纵然是你，这回也救不得老贼性命！"李老五厉声道。说罢一抖长矛，挣脱鞭梢，挺矛又刺。

"且慢。这回我专程从家中赶来，却是要告诉你一个秘密。"二老财瞥了邢泰仁一眼，对李老五说，"你我的闺女其实没有死，她现在还活得好好的。"

李老五听闻此言，双手一哆嗦，长矛差点落地。

"闺女，你且过来。"二老财招呼擒获邢泰仁神驹的那名黑衣女子走到身边，说，"青婧，你自然知道，我就是你的生身亲娘，可是你知道你的亲爹是谁？便是这个李老五！"

二老财接下来诉说："当年你亲爹和你姥爷反目成仇，你出生后不久就被送到苗家寄养。本来你在苗家过得好好的，我也曾嘱咐过老苗永远不要把这个秘密泄露出来，亏得老苗信守承诺，把这个秘密保守了这么多年，可是到了现在这步田地，我也不得不说了。"

青婧蓦然回首，想起当年父亲老苗告诉自己二老财是自己的亲娘时，还说过其中另外还有一个秘密，现在看来，只怕就是这个秘密！

二老财看着李老五似信非信的神情，忽然想起一事，说："李老五，记得当年你我分手之时，我曾把一块玉佩掰成两半，一半留给了你，另一半后来佩戴在了闺女脖颈上，这个信物，现在你俩都还有没有了？"

李老五哆嗦着自怀中摸出一物，交给二老财，青婧亦自颈项上解下一物，递给二老财。二老财接过后双手一配，两半块玉佩契合在一起，天衣无缝。

李老五叹息一声，眼神复杂地瞥了邢泰仁一眼，一言未发，转身带领义军返回营寨。青婧将擒获的那匹黑马牵过来，又从自己马背上解下来一个水囊，递给二老财，然后跟随义军去清理战场。二老财解开捆绑邢泰仁的绳索，将他扶上马背，父女二人骑马离开狼山弯。一场恩怨由此终得化解。

狼山弯一役，李老五义军全歼邢泰仁民团，声势大振。各地蠢蠢欲动打算向义军进击的民团闻此消息，各自束手束脚，畏缩不前。义军得以有宽裕的时间治创疗伤，休养生息。义军中有不少都是晋陕一带走西口而来的汉人，当年在西口路上无不遭遇过邬板定等沙壕塔土匪的劫掠，大有亲眷丧生在土匪刀口下的，现下闻听邬板定已遭生擒，纷纷叫嚷着要把邬板定砍头报仇。好在有郭望苏费尽唇舌为邬板定求情，因义军将士极其敬重郭望苏，也就不再寻找邬板定的麻烦。有的义军将士气不过，也只是在帐外咒骂邬板定一番，真正动手动脚的，却是一个也没有。

邬板定躲在营帐中养伤，每日听闻义军将士的咒骂，吓得浑身发抖，简直寝食难安。在山中将养一段时日，感觉断骨恢复了有八九成，又因心中挂念沙壕塔匪窟的安危，便欲早早离开狼山。郭望苏看他腿脚尚不利索，苦劝一番却也挽留不住，便决定亲自下山把他护送回沙壕塔。郭望苏向李老五说知情由，李老五略一思忖，即叫他去把青婧找来，安排二人一同下山，并嘱咐二人把邬板定送回沙壕塔后，再顺道去一趟隆兴昌，叫青婧代他看望一下二老财，也叫青婧叫上二老财一声"亲妈"。

郭望苏和青婧乔装改扮，护送邬板定离开狼山，这日来到包头郊外，正欲折向沙壕塔方向，忽听路人争相传说，道是库布齐沙漠里的沙壕塔匪窟已被官军填平，此后走西口的人再也不用担心土匪抢钱杀人了。三人连忙打问详细，才知道在狼山弯战斗中邬板定带领的土匪被义军全歼的消息传到沙壕塔，留守匪窟的二林、四林随即遣散洞中喽啰，然后将洞中所藏金银财帛尽数运到绥远城，向绥远将军奕匡投诚。奕匡接受二人投诚，派出一队官军，由二林、四林带路，至沙壕塔把匪窟结实填平，从此后那里再也不可以有人藏身隐迹了。

说到二林、四林这两个活宝，打小不走正道，酒色财气样样俱全，有用的本事却是一样也没学会。自从投靠到沙壕塔，土匪专事持刀劫掠、杀人越货的这些刀口上舔血的勾当一样都提不起来，因此受尽大小土匪的白眼，只有匪首邬板定并不小觑此二人。当日他俩来投靠沙壕塔，邬板定要求他俩递交投名状，二人毫不犹豫，拔出尖刀，即将外出逃荒路过的一老一少爷孙俩结果了性命，然后剁下脑袋，充作投名状。邬板定看到他俩如此杀人不眨眼，就知道此二人胸怀歹毒，心狠手辣，是天生丧尽天良、灭绝人性的土匪胚子。后来此二人自告奋勇去往后套劫持苗满原家的人质，以供邬板定敲诈勒索，此事虽因郭望苏从中作梗未获成功，但邬板定看到二人有此手段，索性安排二人专事"放鹞子"，即四处摸底踩路，实施绑架勒索。二林、四林有了沙壕塔土匪做后盾，更加无所顾忌，胆大妄为，到处招摇撞骗，欺哄瞒诈，也不知到底有多少富贵人家的儿女上当受骗，到头来男的杀，女的奸，劫持来的幼童婴儿则剖腹挖心，给邬板定做了醒酒汤喝。二林、四林臭名昭著，直追邬板定项背，沙壕塔土匪无不刮目相看。最令此二人出头露脸的是，由于他俩常年四出活动，沙壕塔方圆数百里内的旗厅州县无不涉足，久而久之，对各地的军营布防无不了然于指掌。其间恰逢晋陕蒙各地连年大旱，口外地方亦因土地干涸，庄稼无法下种，内地汉人裹足不前，西口路上人迹稀少。沙壕塔土匪常年做不得一票买卖，甚是饥肠辘辘，二林、四林遂出谋划策，怂恿邬板定回口里各州县劫掠。邬板定听从二人意见，带领大队土匪，由二林、四林带路，绕过军营布防，直入口里，沿黄河一带，在河曲、保德、府谷、神木等地，大肆烧杀劫掠，所过之处，鸡犬不留，一扫而光。土匪劫掠金银、粮食、衣物、牛马无数，满载而归。因此功劳，邬板定和二林、四林磕头拜了把子，大小土匪亦推举二人坐了沙壕塔第二、三把交椅。

"老天爷呀，邬板定我真是被猪油蒙了心窍哇！"邬板定捶胸顿足，追悔莫及，"饶是我当初就晓得二林、四林此二人丧尽天良、灭绝人性，乃是一对'没鸹虎'，迟早会连他的亲娘吃掉。我却如何就会掉以轻心，留他二人看守老巢,现下连尿带蛋都叫一刀骗了,这可如何是好?"

邬板定所说的"没鸽虎",据当地传说,即指鸽子一般只产卵两枚,孵化幼鸽两只,如一旦产卵三枚,其间必有一只没鸽虎,此没鸽虎最是叛逆,长大后迟早会恩将仇报,连它的亲娘以及同胞都要吃掉。

经此连番打击,邬板定万念俱灰,心寒如水,郭望苏劝他回后套参加义军,他也不肯。郭望苏无可奈何,忽然想起当年离开沙壕塔时邬板定曾送给自己两个金锭,被埋藏在包头郊外租住的土坯房地下,后来去后套时忘了带走。郭望苏看此地距离那所土坯房不远,便去那所土坯房内把那两个金锭挖出,交还给邬板定。邬板定摸着两个金锭,忽然百感交集地说:"我邬板定半生强取豪夺,积累金银无数,可是到头来却都打了水漂,侥幸的是我当初无意中赠送给你的这两个金元宝,想不到如今反倒变成了自己的救命钱。也罢,既然天命如此,不如我这就金盆洗手,归隐深山,拿这金子买几亩田地,做一个散淡的隐士好了。"郭望苏闻听此言,为邬板定有这样的选择而感到高兴。

郭望苏和青婧告别了邬板定,直奔隆兴昌。二老财闻知是李老五主动打发闺女来看望自己,不由心花怒放,连日挽留青婧和郭望苏在家居住。二老财每日亲自下厨做饭,变着花样招待青婧,以弥补自己未曾抚养闺女的愧疚。一连数日,青婧始终没有见到邢泰仁的面,二老财只推说老父病重,自在后堂静养,谁也不见。其实自从狼山弯归来,邢泰仁便整日郁郁寡欢,往昔的雄心壮志再也不复存在。外孙女来家的消息,他并非不知道,只是心内羞愧,无颜来见外孙女的面而已。

乘着闲暇,青婧在郭望苏的陪同下悄悄回了趟苗家大渠。青婧自不知道,因开渠工程浩大,事务繁重,在自己离开苗家河渠后不久,苗家新一代领头人,亦即大爹的儿子林茂也因劳累过度英年早逝,一应重担落在自己的大哥林春肩上。此时青婧回到苗家大渠,恰逢河渠全线贯通,只见苗家所有的子侄都在河渠上忙忙碌碌,指挥引水灌溉。那滔滔的黄河水自灌渠闸口涌入,沿着百里河渠缓缓流淌,其间又由诸多子、支渠分流开来,灌溉着两岸的庄稼和田园，剩余的尾水则平静地退入乌拉河。青婧仿佛看到，随着苗家大渠引水灌溉，两岸上到处变得田畴绿野，村落点点，人烟稠密，物茂粮丰，真正成为塞外荒原上的米粮川，同时也成为走西口人的梦中天堂。青婧来到养父老苗的坟前，庄重地磕了几个响头，含着两行热泪说："大大，您的愿望终于实现了！"后来，这条灌渠被当地人称为"二黄河"，像一道不朽的丰碑屹立在后套平原上，记载着老苗一家人为后套水利事业建立的丰功伟绩。

青婧和郭望苏离开狼山日久，到了不得不返回的时候，临别之际，二老财牵来两匹马，一匹是自己座下白马，另一匹是被邢泰仁视为至宝的黑马。二老财对青婧说："白马是娘给你的，黑马是你姥爷送给你的嫁妆，你俩一定要好生爱惜……"

青婧骑白马，郭望苏骑黑马，两匹神驹果然神速，隆兴昌距离狼山弯四百里路途，不消大半天便到。二人刚刚进入狼山弯，不由一下子被跃入眼帘的境况所惊呆，只见山前山后倒卧着数不清的尸身，既有义军的，也有清军的，显然这里曾经历过一场惨烈的战斗。二人赶忙打马上山，沿途之中惨状依然不断。二人来到义军扎营之处，看到哪里还有什么营寨，只有一片被大火焚烧过的狼藉，整个狼山上下没有一个活人。夜幕降临之际，二人忽然看见山下一条山谷中升起一道青烟，急忙打马下山，进入山谷，只见在山谷深处的溪水之旁，赫然有一人正在生火做饭。听见有马蹄声响，那人惊恐地抬起头来，却原来是柳先生。

三人相见，悲喜交集，柳先生把事情经过明白道来。原来自从郭望苏和青婧下山不久，绥远将军奕匡即纠集了后套上的多个民团，由民团引路，亲自率领大部清军前来狼山弯围剿义军。由于清军人多势众，狼山前后被围困得水泄不通。义军被困在山中多日，粮草日渐不敷，正在一筹莫展之际，忽然有两名清军九品把总上山，自称是李老五的侄儿，来求见李老五。柳先生在旁边认出，这两人原来曾是沙壕塔的土匪二林、四林，不知何时当上了清军把总。二林、四林道来姓名，却是老李家收养过的老三称心的儿子，李老五虽然恼恨薛称心不成器，此时却也认下了这两个侄儿。二林、四林只称此次跟随清军出征，眼见官军势大，恐怕义军山寨不保，二人十分担忧五爹的安危，故而专门向奕匡请命，做使者前来讲和。李老五自然识得眼前形势，特召集义军主要首领商议，因各首领俱顾念麾下将士的生死存亡，终于答应和清军讲和。到了约定日期，李老五带领三十余名义军首领下山讲和，哪料刚刚进入清军营寨，即被清军布下的罗网一网打尽，全部擒获，并随即被押解往绥远城。李老五等义军首领被抓获后，奕匡迅速带领清军攻山，由于义军无得力人员指挥，各处隘口很快被清军攻破，义军将士奋起抵抗，但终因寡不敌众，到头来全部被清军杀害。

这场惨烈的战斗，如果说义军中还留下一个幸存者，那么就是柳先生。李老五当日下山讲和之前，曾特意把柳先生叫到身前，交给他一本《杨家武术图谱》，嘱咐说如果自己这回下山回不来，请柳先生无论如何也要保住性命，将来好把这本图谱交给青婧和郭望苏，以使这门武艺不致失传。李老五下山不久后，柳先生即听闻李老五等义军首领被清军擒获，急忙携带图谱潜藏入深山之中，等到清军撤去之后才敢出来。

眼下清军撤去已有数日，李老五等各位义军首领被清军押往绥远城，生死未卜，令人十分担忧。青婧把《杨家武术图谱》收好，郭望苏给柳先生留下一些银两，嘱咐他回转偏关老家，好生居家过日子，有生之年切莫再到异地他乡。随后，郭望苏和青婧也顾不得天黑，即跨上马匹，打马直奔绥远城。二人马不停蹄，昼夜驱驰，经一夜一日，到次日黄昏时分已来到绥远城下。二人抬头观看，只见城头之上密密麻麻悬挂着一颗颗人头，约莫有三十多颗。郭望苏和青婧不由肝胆俱裂，痛不欲生。二人当夜潜上城头，乘守城清军疲怠睡熟，将三十多颗头颅全部偷走，然后择地掩埋。

出于表彰剿灭李老五义军献计之功，二林、四林二人被绥远将军奕匡以正九品外委把总直接擢升为正七品把总，并破例分别颁发功牌一面。所谓"功牌"，即清廷兵部及各级将军颁赐给下级军功人员的最高褒奖。二林、四林受此殊荣，派遣手下军卒将这两面功牌护送回河曲县唐家会老家。薛称心喜不自胜，只道是祖坟上双双冒出两股青烟，光大薛家门庭，把两面功牌装裱在中堂之上，极尽炫耀。自此，薛称心依仗两个儿子的势力，更加横行无忌，欺男霸女，成为当地一介土豪劣绅。且说二林、四林二人，自从升任正七品把总，顶戴素金染蓝翎，身着犀牛补，好不得意洋洋。只是二人出身匪窟，常年四处"放鹞子"自在惯了，军营里军纪规矩森严，又且每日布阵操演，十分枯燥乏味。二人便常常找借口告假外出，吃喝嫖赌，鬼混浪荡。这一日二人外出厮混一宿，至鸡鸣五更方摇摇摆摆地回归军营，不意行走在半道，忽然一人脑袋上挨得一闷棍，顿时失去知觉。至二人清醒，才发觉自己身上五花大绑，已被他人劫持到城郊外的一座黄土丘旁。那黄土丘也不似一座天然的黄土丘，倒像是一座新近垒起的巨大坟茔。土丘边赫然立着一男一女二人，却也认识，那男的便是郭望苏，女的正是青婧，二林、四林顿时吓得魂飞魄散。看见二人醒来，郭望苏自腰间拔出一柄牛耳尖刀，先后刺向二人心脏，只见两股鲜血相继喷涌，二林、四林就此丧命。郭望苏随即割下二人人头，祭奠了李老五等三十多名义军将士的英灵。

　　二林、四林既死，郭望苏和青婧二人即隐姓埋名，在归绥一带藏身落脚，意图寻找机会刺杀绥远将军奕匡，为死难义军将士报仇雪恨。

第十二章 水刮西包头

一

仲夏时节，包头城北郊外的草原上绿草如茵，生机盎然。夜里刚刚下过一场雨，天空中流云飞舞，地面上气爽风清，宽广的草地上随处都有牧人驱赶着牛羊在自由地游弋，偶然也可见到一些闲散的人们郊游散心，玩耍消遣。其中有两个十四五岁的小伙子更是兴头十足，骑着骏马追鹰逐兔，引弓射猎，玩闹了整整一天，至日头西斜时分，方意兴阑珊，引辔而归。回转包头城外不远，马匹转过一道山弯，不知从哪里忽然蹿出一只野兔，自眼前迅疾掠过，紧随其后又有几只野狗狂吠着追来。两匹马儿一惊，当头一匹一声嘶鸣，径自向一条岔道狂奔而去，另一匹也紧跟着跑去，马上两少年费尽了九牛二虎之力也拉扯不住。两匹马儿乱窜半天，转上一道山梁，跑得累了，才终于安静下来。两少年甚为懊丧，刚要寻找路径返回，忽然眼前一亮，只见在这道山梁脚下，竟然悄无声息地隐藏着一大片耀眼夺目的花海。这片花海广阔有数十亩，一眼望不到边际。整片花海花枝高挑，绿叶环抱，在一枝枝茎秆顶端的长梗上，一朵朵硕大艳丽的花朵赫然坐立。那花朵颜色各异，红、白、紫、粉、黄的都有，有的花朵兼具数色，有的红中透粉，有的紫中裹白，有的粉黄相嵌，不一而足。满目的花海色泽瑰丽，艳美惊人。微风吹过，花海随着起伏波荡，忽而如彩蝶飞舞，忽而如裙裾飘摇，令人大有勾魂摄魄、意乱情迷之感。包头之地原本地广土阔，杂草丛生，各种野花异草甚多，并不鲜见，但如这等绝色花卉，又且这么连片群生的浩瀚花海，还真是前所未见。两少年不由一下子被这眼前的场景给惊呆了，只以为误入了世外仙境，搞不清是真是幻。过了良久，两少年才慢慢从震撼中清醒过来。当中那位身材清瘦、穿着汉族长衫的少年忽然心念一动，吟了一句唐朝郭震的诗："闻花空道胜于草，结实何曾济得民？"另一位体态敦实、身着蒙服的少年立刻意会，跟着也念了一句宋代杨万里的诗："东君羽卫无供给,控借春风十日粮。"这两首诗所咏的均是罂粟。传说世间百花,唯有罂粟花开瑰丽,艳色惊人,为诸花所不及。只是此花是否就是罂粟之花,两少年也只是一时臆测,并无定论。此时黄昏将至,暮色低垂,自不远处忽然传来一阵悠扬的钟声。两少年凝目张望,只看到在花海尽头隐隐约约耸立着一幢奇形怪状的建筑,原来是座西洋教堂。

那位身着蒙服的少年恍然大悟,朗声而言:"原来这里就是洋和尚霸占去的我巴氏家族的土地,难道洋和尚果真丧心病狂,在此偷偷种植罂粟不成?"

"这个真也未可知。"一听此言,那位汉族少年亦不由疑窦大起,紧接着说,"莫若我们采摘几朵花儿回去给先生辨认,先生见多识广,定然一认便知。"

蒙古族少年颔首赞同。

两少年说干就干,只见他俩从山梁上一步一步溜到山梁脚,径直蹿入花海之中,将各种不同颜色的花儿采摘了一大捧,然后才又爬上山梁,辨清道路,牵着马匹返回。

这两位少年,汉族的是山西保德人氏,旅蒙商人陈嘉丰之子陈蠡,蒙古族的是包头巴氏王府的世爵传人布日格德的儿子,名唤哈斯额尔敦。

咸丰五年,布日格德和流落到口外的汉族闺女霓歌一见倾心,彼此心仪,为避免因蒙汉通婚而给巴氏王府带来祸患,在乔致庸的主持下结为夫妻后,即双双隐姓埋名,去往草原深处过平常牧民的生活。翌年生养下一个儿子,即是哈斯额尔敦,蒙古语哈斯为玉,额尔敦为宝,汉语意即玉宝。像蒙古族所有人的成长经历一样,此子亦在马背上度过童年,射猎和摔跤本领与生俱来。年岁稍长,夫妻即为其启蒙,分别将腹中蒙、汉知识一一传授。此子天资聪颖,敏而好学,令父母甚为欣慰。但因草原上物资匮乏,书籍文具更属稀缺,到此子十来岁上,夫妻俩经过反复商议,最后决定把儿子送回老家,以使儿子能有更好的条件读书上进。在母子分别过后,布日格德领着儿子偷偷潜回包头,找到乔致庸家里,恳请乔致庸把儿子送回巴氏王府。乔致庸慨然应诺，随后即把哈斯额尔敦带进巴氏王府，并呈上布日格德书信。那巴王爷自从儿子布日格德不辞而别，随后女儿萨日娜又嫁入京城，膝下一下子变得空空荡荡，甚是孤寂难熬。想不到一晃十多年过去，自己的嫡亲孙子突然从天而降，活灵活现地出现在面前，不由大喜过望。巴王爷连忙向乔致庸询问布日格德的行踪。乔致庸回答道："小王爷只留下这个孩子，即已返回草原去了。"巴王爷一时甚感失望。乔致庸又道："乔某也曾劝说过小王爷，时下移风易俗，蒙汉通婚之事，朝廷也已不甚深究，小王爷大可放心回到王爷身边，一家人共享天伦。只是小王爷说，他夫妻二人已过惯了普通牧民的生活，于浮华富贵、世俗尘嚣再无兴致，便只在草原上牧马放羊，终其一生了。"巴王爷听了，不觉跌坐在椅上，眼角溢出两滴清泪。

儿子虽然不肯回家，却把孙子送回身边来，这对巴王爷也是一个不小的慰藉，欣慰之余，巴王爷仿佛一下子年轻了十岁，把孙子当作掌中宝、心头肉来抚养。听说孙子性喜读书，蒙汉文字无一不识，巴王爷更加高兴，四处托人给孙子访求名师。无奈自入清以来，朝廷对蒙古地区限制颇多，禁止蒙古人读汉书、识汉字即是其一。虽然自两次鸦片战争后，朝廷处于备受内忧外患的困扰之中，对蒙古的各项禁令已有所松弛，尤其在进入同治年间后，一些禁令更是名存实亡，有的条令甚至在不知不觉中已悄然废除，因此偶有蒙古人读汉书、识汉字的，人们也见怪不怪。只是蒙古族人生活的地方历来汉学高人极其少见，而兼通蒙文汉学的高人就更加难求了。

说来却也凑巧，巴王爷在年轻时候，即曾培植过一位蒙古族俊才。此人本名额尔德木图，汉语的意思就是"才华出众"。其父母本是巴氏家族所属的阿勒巴图，靠给巴氏家族养羊放马为生。其家居住在包头郊外的一座召庙近旁，此子自幼受喇嘛熏陶，喜欢读书识字，只因家境困窘，既上不起官学，又读不起私塾，所以只好进入召庙里跟随喇嘛学习蒙古文。此子勤奋读书，渐有才名。当时巴王爷听说本镇出现了如此一位神童，十分器重，不惜耗费自家金银，将其举荐到土默特官学里去读书。此子果不负巴王爷厚望，在同窗之中出类拔萃，后被选拔到京师国子监就读。按清廷规定，国子监非但不禁止蒙古人读汉书，而且还把汉族儒家学说当作必修之课。此子蒙汉兼修，于道光年间会试中贡士，先任理藩院柔远司主事，后派放外官，历任西宁知府、归绥道台，其间所属职务均未与蒙汉民族事务脱离关系。此公在任多年，目睹蒙古王公贵族和驻防将军、大臣穷极奢华，依仗特权拼命榨取当地人民的膏血，致使当地人民生活维艰。而自进入咸丰年间后，为了应对频繁的战乱，朝廷更是加紧了对蒙古地区的经济压榨和军事征调，给当地人民带来无穷的苦难与祸患。此公陈情实奏，仗义直谏，反而触动龙颜不悦，将其贬为山东曹州知府。同治年初，僧格林沁率部至曹州征剿捻军，血洗曹州，祸及无辜百姓，死者无数。此公甚为愤慨，亲至军营与僧格林沁理论。想那僧格林沁位高权重，一怒之下将此公削去顶戴，废为庶民。由于此公为官清廉，自曹州返回包头时，只是携带了几箱文稿诗笺，此外并无长物。巴王爷看此公为宦多年，竟然沦落到这般境况，不由唏嘘喟叹。巴王爷有意将自家土地赠送一些给他，以赡养终年，只是此公性情高洁，坚辞不受。巴王爷寻思此公才高学富，蒙文汉学无一不通，便寻思在巴氏家庙福征寺内开设书馆，聘此公为师教习孙子哈斯额尔敦。这番额尔德木图倒欣然允诺，于是搬入福征寺，专门教习哈斯额尔敦。

额尔德木图开馆未久，巴王爷忽又收揽一名汉族学生入馆，此子即是陈蠡。原来陈嘉丰在家乡遭受奸人陷害，一家人被迫搬迁口外，在包头定居落户。其子陈蠡自幼喜好读书，少年即有才名。乔致庸听说后亲赴陈家探望陈蠡，并出一些"四书""五经"中的题来考他，不意陈蠡果然对答如流，无一不通。乔致庸本来出身儒学，少年时曾立志走读书仕进之途，后因兄长夭亡，家业无人继承，才不得已弃儒从商。此时看到陈蠡天资聪颖，智慧出众，颇有自己少年时的模样，心中大为喜欢，于是向陈嘉丰提议，何不访求名师教习，以使此子将来成大器？陈嘉丰自无异议。恰逢额尔德木图在福征寺开馆，乔致庸亲自向巴王爷讨情面，推荐陈蠡进入巴氏书馆借读。巴王爷看在乔致庸面上，却也爽快地答应了。

陈蠡和哈斯额尔敦成为同窗学友。两少年打小就受家学熏陶，诵史读经，底蕴深厚，尤其是哈斯额尔敦，蒙文汉学均有涉猎，更属难得。额尔德木图对二人甚为器重，尽心竭力教习辅导。此公原本就是一位兼通蒙汉、学贯古今的高人，而且在宦海中浮沉多年，高瞻远瞩，历练丰富，因此在教学中并无因循守旧、酸文腐儒之气，相反结合实际，因势利导，令学生能够深入浅出，获取真知灼见。师生相处，可谓相得益彰。

这年仲夏时节，天气炎热，额尔德木图特意歇馆一日，准许两少年外出郊游散心，消解暑闷。不意傍晚回来，两少年却带回来一大捧妖娆艳丽的花卉，先生一眼即认出此花乃是罂粟之花，不由大为诧异，连忙询问此花由何而来？当从两少年口中获悉洋教堂竟然在包头城外公然种植大量罂粟，先生义愤填膺，当即拍案而起，只是旋而念及当今朝政腐朽，国力羸弱，无能与西方列强抗衡，又禁不住颓然坐倒，掩面泣下。

二

包头在短短时间内由一个牧村发展为一座商业重镇，日渐富庶繁华，不仅招徕各地商贾云集，而且也令西方传教士觊觎。西方洋教自从传播进入中国，在明末清初达到相当程度的兴盛。因罗马教皇突然发布教令禁止中国教徒敬孔祭祖，引起康熙皇帝强烈愤慨，颁令施行禁教政策。可是西方传教士并未就此销声匿迹，乾隆年间，他们偷偷潜入蒙古地区，在察哈尔的西湾子建立了一个小教堂，并以此作为大本营不断进行扩张活动。经过两次鸦片战争后，清廷迫于西方列强的威慑，解除禁教法令，给予西方传教士在中国自由传教的特权，并颁令各级官府实行"扶教抑民"政策，成为西洋教会的保护伞。自此西方教会在内蒙古地区更加肆无忌惮，到处霸占土地，修建教堂，发展教众，声势日益壮大起来。

进入同治年间后，西湾子总教堂大主教终于按捺不住贪婪的欲望，在教内挑选出了一名郭姓华裔司铎赶赴包头发展教务。所谓司铎，即指神甫。原来西方教会因本国神职人员缺乏，多是在当地挑选一些新发展的教徒为其效力。郭司铎本是山西偏关老牛湾人氏，名叫命油，多年前流落到口外地方，因好吃懒做，一直过着居无定所、到处浪荡的生活。后来他看到西方洋教不仅平白养活闲汉，而且只要加入教会，身份地位也就随之高出常人一等，甚至连官府都不敢冒犯，于是专程寻访到西湾子教堂上门当了教徒。在教堂胡混了几年，甚至连教会是干什么的都没闹明白，就稀里糊涂地被选拔为司铎，派遣到包头发展教务。

郭司铎到达包头，携带一份大主教签发的"神谕"，先后去往旗、厅衙门施加压力，迫使旗、厅衙门同意在包头建立教堂。郭司铎在当地招纳一些有名的地痞无赖入教，然后带领这些教徒在包头地面四处挑选土地。包头城外西郊不远之处，依山傍水，地肥土沃，原是巴氏王府直领的俸禄地。郭司铎虽然头脑简单，可是在这方面倒是十分有见地，一眼便相中了这块风水宝地。郭司铎随即带领几名教徒耀武扬威地来到巴氏王府，强行租用土地，那巴氏王府的一众人等也只能眼巴巴地看着自家的大片良田被这些所谓的西洋教士侵占而去。教堂建成后，郭司铎以养赡教众、发展教务为由，再度将教堂周围数十顷田地一并霸占，雇用汉人耕种或直接租佃给汉人耕种，巴氏族人亦敢怒而不敢言。自此，郭司铎在包头地方广泛招纳教众，一批流氓恶棍、闲人懒汉、娼妓赌徒、窃贼流犯纷纷加入教中，依仗教会特权欺男霸女，横行乡里，肆无忌惮，为所欲为，把个包头地面搅扰得乌烟瘴气，不成体统。

郭司铎摇身一变，成为包头地面上呼风唤雨的一个人物，就连官府都得看他的脸色行事，便有一些心术不正、德行败坏之徒聚集到他身边，依靠阿谀奉承、溜须拍马之术讨取他的欢心，以图捞取好处。那位素以"雀过拔羽，雁过揪翎"闻名的郝开友自然不会错过这个机会。郝开友自从被广化寺喇嘛收回土地，赶出杭盖，回到保德后也不肯消停，再度怂恿知州胡丘盘出官银做本钱，只身来到口外贩弄洋烟。只是因包头地面土地、房产大多属巴氏家族所有，巴氏家族自不肯把店铺租给他人开办烟馆，荼毒本地百姓，因此包头地面原本并无烟馆。郝开友等不法之徒贩弄洋烟的勾当也只是在暗地里偷偷摸摸地进行。自打郭司铎来到包头修建起教堂后，郝开友即如苍蝇撞见了粪坑，破费些洋烟作为敲门砖，借机巴结郭司铎。郭司铎对洋烟本来并不陌生，只是过去一直浪荡在民间底层，囊中羞涩，无钱消受，现下有郝开友无偿敬奉洋烟，郭司铎也乐得受用，而且很快就成了一名瘾君子。俗话说"拿人手短，吃人嘴软"，郭司铎平白消受了郝开友的洋烟，便被郝开友牵着鼻子走。郭司铎随后以教会名义，强行向巴氏家族租用繁华街市上的店铺，用以给郝开友开办烟馆，自此才有烟馆在包头地面上公开出现，洋烟的贻害日益严重起来。但那郝开友并不满足只从郭司铎身上讨取这点好处，随后他干脆鼓动郭司铎在包头地面上种植罂粟，就地制作洋烟，而所有洋烟均由他来包销。郭司铎一听说这样做可以毫不费力地牟取暴利，便向西湾子总教堂大主教呈报这个打算。大主教听说郭司铎有此创举，甚为嘉许，专门安排传教士从本国带来罂粟种子，交予郭司铎种植。为表彰郭司铎之创举，大主教亲自向官府索要官诰，赐予郭司铎七品候补知县品级。命油这个不务正业的二流子，不仅成为西方教会的神父，而且还拥有了由朝廷封诰的命官品级，不得不令人咂舌称奇。

　　陈蠡和哈斯额尔敦两少年从先生口中获知，原来他们带回来的花儿果然就是罂粟之花，当即亦不由义愤填膺。先生知识渊博，自是对他们讲过罂粟的来历。所谓罂粟，又名米囊花、御米花，中医认为其"主行风气，驱逐邪热"，具有治疗反胃、腹痛、泻痢、脱肛等功效，历来为中医药所重用。只是这种原本用来济世救人的良药，却被西方国家的不法之徒从中提炼出毒质来，制作鸦片，亦即洋烟。此物人吸食后极易成瘾，终至危及生命。清朝中叶以来，西方列强疯狂入侵中国，用"灭绝人种"的方法，大量向中国走私鸦片，鸦片战争便因此而起。自两次鸦片战争结束后，此物更成为朝廷认可的"合法商品"，四处泛滥成灾。说起来，当初陈蠡一家被迫举家搬迁口外便是由此物引起，当年在保德郭家滩黄河岸边陈家的粮船上发现洋烟，父老乡亲不顾一切地纵火烧船的场景，陈蠡至今仍历历在目，不能忘却。

　　当日，因看到先生神情激愤，两少年放心不下，于是未曾回家，只在先生卧房隔壁的书房里搭张便榻栖身，以便随时照顾先生。整夜里两少年都听到先生忽而长吁短叹，忽而掩声啜泣。两少年亦心情沉重，难以入眠。直至鸡鸣五鼓时分，陈蠢忽然开口提议："洋和尚丧心病狂，公然在我大清的地盘上种植罂粟，荼毒祸害百姓，是可忍孰不可忍？莫若你我二人干脆放把火去把那罂粟烧了，你看可好？"

"甚好，我也正这么想呢。"哈斯额尔敦一时大为兴奋，道，"如此既可给先生消气解恨，也可给那洋和尚当头一棒，好叫那洋鬼子看看，我蒙古人并不是任人宰割的羔羊！"

"难道就只有你蒙古人？"陈蠢道，"我这个汉族人就不算了？"

"当然算，当然算。"哈斯额尔敦嘿嘿笑道，"当然离不开汉族的好兄弟。"

诚所谓"初生牛犊不怕虎"。两少年也未顾及后果，当即开始商讨行动计划，只是念及眼下正值各类植物蓬勃生长之期，那罂粟枝翠叶绿，不易引燃，唯一之计便是多备干柴燃烧，可要烧掉浩浩数十亩罂粟，没有成千上万斤干柴只怕不行。另外的问题是，纵然备办干柴不难，可是又如何神不知鬼不觉地运送到罂粟田里，而不为洋和尚察觉？想到这里，两少年不由气馁。哈斯额尔敦大是焦躁，道："莫若干脆在王府里调集几十名阿勒巴图，到时候叫他们背负干柴好了。"

"这却不可。"陈蠢道，"这只是你我二人的私事，何必闹得沸沸扬扬？况且找来阿勒巴图帮忙，人多嘴杂，一旦叫老王爷知道了，只怕他不会叫咱们这么干。"

两少年陷入一筹莫展的境地。

当日学馆开课，那先生因心事沉郁，也无心授业，只叫学生自修，而自己却伏在书案前草拟一篇文稿。陈蠢随便挑拣些书来看，翻开的一册正是《史记·田单列传》。陈蠢心念一动，当即向先生请教："自古两军对敌，多施火攻之策，凡火攻无不用柴薪。未知除柴薪之外，有何物可令赤地生焰，焚石化灰？"

先生正在拟写文稿，被陈蠢打断，停下笔来，略一沉吟，道："自然有的。《汉书·地理志》有云，'高奴，有洧水，可燃'。《后汉书·郡国志》又云,'县南有山,石出泉水,大如筥,燃之极明,不可食。县人谓之石漆'。宋《梦溪笔谈》中载'生于水际,沙石与泉水相杂,惘惘而出',故而命名石油。此石油逢火即燃,遇水不灭,兵家称之为'猛火油',历来甚为重用,后又制作'猛火油柜',威力愈炽。某昔年在曹州任上,兵库内即储有此物。此兵家重器,寻常不可得也。"

两少年一听先生说果然有比干柴更加管用的火器,大为兴奋,可是转而听说此物由官府兵库专管,又不禁垂头丧气。

陈蟊并不死心,继续向先生追问:"未知是否还有何物,功效与此猛火油相近?"

"也并非没有。只是功效究竟孰优孰劣,某实不敢断言。"先生立起身来,在书案前踱着步,继续讲解,"某幼时嗜好读书,因家境困窘,买不起灯油,偶然听族中长者说,在包头东北七八十里外的什桂图地方素来盛产煤炭,在煤层之间含有一层油母页岩,易燃无焰,只是灰渣过多,不宜炉灶烧用,掏炭工们多是将其丢弃,倒是这油母页岩内含火油,一经焚烧即沥出油汁,用于燃灯最佳。某便向邻居借辆'勒勒车',到什桂图去捡些油母页岩石回来,烧沥火油用来燃灯,果然甚为奇妙。"

两少年听先生如此说,掩饰不住满心欢喜。

"这却好玩得紧。"哈斯额尔敦禁不住抓耳挠腮,探问先生,"只不知先生当年是用何法来烧沥火油的?"

"就知道贪玩。"那先生伸出手中戒尺敲了敲哈斯额尔敦的脑袋,"其实也十分简单,只需将那油母页岩石置于铁架上,其下预备瓦罐,油母页岩石点火焚烧,沥出的油汁自然便流入瓦罐之中了。"

两少年又装模作样读了一会儿书,哈斯额尔敦即捂着肚子直叫肚疼,恰巧陈蟊也同时站起身来,只说家中有事,向先生告假。

"看来昨天歇馆准许你二人郊游,是把你二人玩耍的贪虫给勾出来了。"先生道,"也罢,正好本先生也有要事需赴归化一行,干脆歇馆半月,任由你二人玩耍个尽够。"

两少年大为欢喜,当即合上书本,忙不迭地离开书馆。刚刚迈出福征寺大门,两少年便凑在一块儿叽叽咕咕商议炼油之事。事情议定之后,两少年先去老爷庙街的张三铁匠铺定制了数只高脚铁架,又至财神庙街的李四陶瓷店选购了大量陶罐。待一切准备就绪,两少年分别告知家长,只说二人结伴去草原上游玩几日,家长也不便阻拦。哈斯额尔敦即命王府的马夫套了一辆马车,又自王府酒窖里搬了一坛上好的马奶酒装在马车上,然后和陈鑫驱赶马车去往铁匠铺和陶瓷店将备办下的物品装得满满当当,打马直奔什桂图。

　　到了什桂图,只见那里果然坐落着一座大煤窑。什桂图汉语意为"有森林的地方",地下煤炭储量丰厚,很早以前人们就在此地开矿采煤。两少年看见在山崖之下嵌有一个巨大的洞窟,数不清的受苦汉子鱼贯进出,一回接一回地往出担挑或搬运煤炭,偶然发现炭堆里掺杂着一些颜色灰暗的油母页岩石,他们便挑拣出来随手丢弃在窑场的边头地畔。窑场四周的边头地畔,被丢弃的油母页岩石堆积如山,也不知到底有多少。两少年大为欣喜,当即把从王府带来的那坛马奶酒送与窑场掌柜,只说打算借窑场丢弃的油母页岩石烧炼些火油,以作燃灯之用。窑场掌柜受了二人一坛好酒,十分高兴,道那油母页岩石本是废弃之物,你二人想烧炼多少只管烧炼去。获得了窑场掌柜的同意,两少年即在窑场边角的石堆之旁扎起帐篷,开始烧炼火油。他二人依据先生所言,先支起一只高脚铁架,其下放置陶罐,接着挑拣一些岩石,拢些柴火引燃,而后置于铁架之上,只见那些岩石噼噼啪啪地燃烧着,不过多久就泛起了油泡,油泡渐渐化成油汁,顺着铁架的空隙沥入陶罐之中,仅短短半个时辰,已沥得有小半罐油汁。两少年在近旁的草地里拔来一堆青草,将油汁倾倒在草堆上,然后把一块即将熄灭的油母页岩石扔过去,那油汁果然见火即燃,威力炽烈,顷刻之间已将一堆青草化为灰烬。两少年欣喜若狂,把数只高脚铁架尽数支起,日夜烧沥火油。不过十天半月,已将带来的所有陶罐全部装满。事情办妥,两少年即拆掉帐篷,将所有油罐装上马车,打道回府。

　　为避免节外生枝,两少年驱赶马车到达包头地面时,连家都没回,径自从城外绕过，直奔西郊。当快赶到那条通往罂粟地的岔路口时，忽听身后传来一阵急促的马蹄声，两少年赶忙扭头观看，只见身后风驰电掣般驰来一白一黑两匹骏马，马上骑乘一男一女，两少年还未来得及打马避让，两匹骏马已分别自马车两侧掠了过去，转眼不见踪迹，两少年不由瞠目结舌。两少年在包头地面上本也见过不少快马，但如这等速度奇快的神驹还真是前所未见，两少年脑海里不由一下子闪现出两位奇人来。原来自从纵横后套的李老五义军被清军剿灭后，在归绥一带即出现了一对侠侣，分乘一白一黑两匹神驹，处处与绥远将军及其麾下的驻防八旗作难，不时有八旗将领被二人刺杀丧命。绥远城一带的清军将领无不提心吊胆，日夜防范。只是这对侠侣行事隐秘，踪迹不定，所以人们从未见过二人的真面目。两少年自然也听说过这对侠侣的故事，而且看来方才骑乘两匹神驹的分明便是这对侠侣。两少年暗自揣测，这对侠侣现身包头，不知包头地面将会有什么样的大事要发生了？

看看时辰不早，两少年不敢耽搁，连忙驱赶马车来到那条岔路，找到那道遮挡罂粟地的山梁时，夜幕早已降临。两少年吃些干粮，略事休息，看看四下无人，即凭借天空中淡淡的星光照明，一趟接一趟地往罂粟地里搬运油罐。直忙活了大半夜，才把油罐搬完。两少年又分别抱着油罐，往罂粟地里倾倒火油。那数十亩罂粟地占地相当广大，直到把所有火油倒完时，天色已将透亮。两少年退到山梁高处，打火点燃一枝干柴，远远地往罂粟地里投去，只见那枝干柴刚一落地，火苗便倏忽窜起，转瞬之间火焰蔓延开去，越烧越烈，很快将整片罂粟地烧成一片火海。当时在包头城内，早起的人们发现西郊外的天空被火焰烧红，都不知道发生了什么事情，一个劲儿地念"阿弥陀佛"。

三

自从去年秋上，西湾子总教堂大主教安排人员从本国带来罂粟种子，郭司铎即哄骗民工说此乃西洋"仙草"，指使民工在教堂霸占的巴氏家族的土地上大量种植。到了第二年仲夏，罂粟如期开花，只等到七八月间即可结出蒴果，割烟取利。没想到一夜之间，所有罂粟化为灰烬，连一根毛都没留下。待大火熄灭后，郭司铎带领教徒进入罂粟地察看，只见空空荡荡的地里兀自丢弃着一些被油烟熏烤得漆黑的陶罐。郭司铎正垂头丧气之际，郝开友闻讯赶来，看到这些陶罐，心中若有所思，便动手捡起石头块儿，亲自将那些陶罐刮拭干净，却在那些陶罐的底部现出"李四陶艺"的字样。郭司铎如梦方醒，当即返回教堂换上七品知县官服，带领门下一众教徒直扑萨拉齐衙门。

对于郭司铎其人，萨拉齐厅理事通判黄韬并不陌生。早在咸丰年间，因命油贪恋钱财，编派事端陷害李小朵等一班艺人，亏得乔致庸从中周旋，方息事宁人，后有萨日娜格格施计，黄韬借机将命油驱逐出包头地方。想不到时隔多年，那命油摇身一变成为西方教会的司铎，重返包头，并依仗教会特权，在包头地方的官民头上作威作福。黄韬对郭司铎原本大为不齿，只是因朝廷羸弱，无力与西方列强抗衡，又且颁布扶教抑民的法令，使西方传教士成为各级官府头上的"第二朝廷"，黄韬只好忍气吞声，尽力在教、民之间斡旋，尽可能地减少教会对蒙汉民众的利益侵害。这番郭司铎身穿官服，带领一众教徒气势汹汹来到萨拉齐衙门，黄韬不敢怠慢，问明情由，再看过那些陶罐，即令差役去往包头城内将陶瓷店掌柜李四传唤而来。那李四生性胆小如鼠，也不消挨板子，即如竹筒倒豆子般地供认，半月前有巴氏王府的哈斯额尔敦小王爷和鼎盛兴商号东家陈嘉丰的儿子陈蠡，一起在其店内购买了大量陶罐。黄韬听罢不由蹙眉，呵斥李四道："巴氏王府家业巨大，商人陈家事务繁多，他们便多买些陶瓷瓦罐，想来自有其用处，你这奸商又何必忘恩负义，诋毁买主？"

"黄大人这就不对了。"郭司铎在旁边冷哼一声，"陶瓷店掌柜既然招供，至于此二人是否纵火真凶，黄大人只需拘拿来，一审便知。"

看到郭司铎这个原本大字不识一斗的二流子，自从披上西洋教服，居然也人模狗样地学会了打官腔，黄韬心下无限鄙夷，可是也没有办法，只好传令差役再度去往包头拿人。

听说纵火烧毁罂粟之人极有可能就是巴氏王府的小王爷和鼎盛兴商号东家陈嘉丰的儿子，郭司铎和郝开友二人心下不由转怒为喜。他二人在包头落脚已有些年头，当然知道巴氏王府的财富在包头地面首屈一指，而商人陈家的财富亦十分可观，尤其是商人陈家自从涉足甘草行当后，生意不断扩展，财富与日俱增，东家陈嘉丰因其卓尔不凡的表现被包头商界公选为大行副行首，其影响与地位仅次于行首乔致庸。而每当听到陈嘉丰的名字，郝开友的心中便无限酸楚。在他看来，如果不是当年陈嘉丰从自己手上抢夺了杭盖草场，包头大行的副行首便该是他自己了，因此对陈嘉丰一直恨恨不已，企图寻找机会报复泄愤。这番陈嘉丰的把柄落在他手里，郝开友当即怂恿郭司铎，定要在巴氏王府和商人陈家头上狠狠敲笔竹杠，把烧毁罂粟的损失弥补回来。

陈蠡和哈斯额尔敦很快就被缉拿到厅。黄韬尚未开口说话，郭司铎即指使黄韬立刻动用大刑逼供。黄韬自从到任萨拉齐厅，即与巴氏王府往来密切，同时和商人陈家亦有所交契，此时不由一下子陷入两难的境地。可那哈斯额尔敦和陈蠡正是年轻气盛、血气方刚的年岁，也不消令黄韬大人作难，当即敞快地承认教堂的罂粟是由他二人纵火烧毁的。看到此二人如此痛快地招供，郭司铎大为高兴，当即要求黄韬当堂治罪，把这二人处以刀剐极刑。

"洋大人有所不知。"只见黄韬眉头一皱，说道，"我大清律令素来仁慈，刀剐极刑，非不赦之罪寻常不用。此二少年年幼齿稚，懵懂无知，纵犯些许过错，亦罪不至死，焉可轻易施以极刑？况且依据律令，便是必死之徒，也需请准刑部，三秋之后方可问斩。洋大人如何可强行施压，逼迫本官滥用刑罚，草菅人命？"

"你这狗官，眼里还有没有洋大人了？"郭司铎气急败坏，忍不住大发雷霆，"当年本司铎未曾发迹之时，你即勾结权贵，徇私舞弊，枉判多少冤假错案，别人不知，难道我还不知？今日本司铎到你衙门来讨公道，你仍然时时梗阻，处处刁难，眼下人赃俱获，铁案如山，你还这般一味巧言搪塞，不是偏袒罪犯那是什么？"

公堂上一时剑拔弩张，形势极度紧张。

额尔德木图那天从两个学生口中获悉洋教堂在包头地面公然种植大量罂粟,左思右想,无计可施,只好拟写一份禀帖,亲自送往归化城道台衙门,期冀能够通达朝廷,阻止洋人在大清地盘上种植毒品。孰料那现任归绥道台本是一介不学无术之徒,靠捐纳谋得这个职衔,向来只会搜刮地皮,牟取私利,哪里顾念什么国家兴亡,社稷安危?那道台获知此呈帖的先生原是朝廷命官,因陈情实奏、仗义直谏而连遭贬谪,最终废为庶人,心中极其鄙夷,以至于将那份禀帖直接摔在先生面上,呵斥道:"你这腐儒,自己丢官弃爵尚不醒悟,又来祸害本官,是何居心?"先生欲言无辞,只好离开道台衙门,去往绥远将军府碰碰运气。先生本是卸任官员,也不懂得贿赂门吏,一连数日都无人肯替他通禀。一名老门吏看他苦等多日,于心不忍,才告知他将军已于月前进京,去接取他的夫人赴原籍归宁了。先生垂头丧气,只好无功而返。

额尔德木图返回包头,刚刚进入城内,即听大街小巷的人们都在议论一件奇事,道是今日凌晨,西郊之外骤发天火,将洋教堂种植的数十亩西洋仙草焚烧了个精光。先生甚为惊喜,只道是天公开眼,略施神迹惩戒邪恶,禁不住双掌连连合十,祷谢天公,哪知回转到福征寺近前,忽见人群骚动混乱,其间一班差役持刀执械,正将陈蠡和哈斯额尔敦二人缉拿而去。先生顿时宛如遭遇当头棒打,一刹间明白了西郊天火原来是怎么回事,不由对当日教授两少年烧沥火油之法大为懊悔。

额尔德木图正方寸大乱、张皇失措之间,忽然听得从城东方向传来一阵高亢凌厉的号角之声。先生为宦多年,自然识得此乃军旅号角,只是包头城并无军旅驻扎,未知这号角由何而来?先生不由大起疑窦。只听那号角之声由远而近,大街上人群无不避让两侧,驻足观看。随着那号角声临近,只见一旅马、步军伍护卫着一辆装饰华丽的大鞍车辇赫然穿街而来。车辕上站立着一名太监,手执长鞭,频频做出驱赶路人之状。在车辇前后尚簇拥着一队仪仗,有执事官执红罗销金瑞草伞一面,有禁卫军执旗枪六面、豹尾枪两杆,另有执金吾执红仗两柄。先生一看之下,即知道此乃皇室宗亲奉恩镇国公仪仗。先生见识果然不差。只见这旅军伍为首一队士卒护卫着两面旗幡,其中一面书"奉恩镇国公",另一面书"绥远将军"字样。两面旗幡之下,一位戎装将军一马当先,颇显威风八面。原来是当朝奉恩镇国公、绥远将军奕匡莅临。

先生一见之下,大为惊喜。日前他亲赴绥远将军府求见奕匡,不巧奕匡已去往京城接取夫人赴原籍归宁去了,谁知现下刚刚回到包头,奕匡即突如其来在包头现身。先生来不及多想什么,当即抢身而出拜伏在街面上,双手呈举自己拟写的那份禀帖。有开路军卒正要扬鞭驱逐先生,奕匡在马上看见,抬手阻止军卒,随后令大队军伍止步。一名承起官将先生所呈禀帖奉上。奕匡略事浏览,随即眉头一皱,厉声问道:"此帖所言属实?"

"老朽怎敢妄言?"先生拜伏马前,诚惶诚恐地道,"西洋教会公然在我大清地盘上种植罂粟,意在荼毒祸害我大清子民,其用心险恶,实属天人共愤。老朽无奈之下冒死拦街进谏,烦请将军通达朝廷,颁令杜绝洋人此等鄙劣行径,以庇佑我大清子民安康无恙。"

看到奕匡凝眉沉思的样子,先生顿了顿,又说:"只是老朽门下两名学生,便是出于忧国忧民之心,因而在日前纵火烧毁了西洋教堂种植的罂粟,现下已被萨拉齐衙门拘拿去。恕老朽直言,这两名学生所行虽有所欠妥,然而实则属于豪爽仗义、当仁不让之举。老朽在此叩请将军出以公心,设法解救这两名学生。"

只听奕匡在马上轻轻"嗯"了一声,有点漫不经心地问道:"这两名学生又是何人?"

先生据实答道:"一个是旅蒙商人陈嘉丰的儿子,名叫陈蠡,另一个是本镇巴氏王府的王孙,名叫哈斯额尔敦……"

话音刚落,只见奕匡在马上微一愣怔,随即双眉紧蹙,默不作声。

与此同时,在奕匡马后不远的那辆大鞍车辇一侧的厢门突然打开,从中下来一名宫装婢女,径直走到奕匡马前施礼:"夫人有请将军说话。"

奕匡随即翻身下马,走到车辇前,上得车厢。过了约有半盏茶时分,奕匡才从车辇上下来,只见他面色凝重地吩咐一名副将,令其指挥大队军伍先行护送夫人去往夫人娘家府邸，自己却向额尔德木图问明萨拉齐厅路径，然后带领一小队骁骑虎贲军打马直向萨拉齐厅驱驰而去。

奕匡来到萨拉齐厅，只见衙门内外人群聚集，拥挤嘈杂，原来是包头的蒙汉百姓闻听巴氏王府的哈斯额尔敦小王爷和汉族商人陈嘉丰的儿子陈蠢，两少年联手烧毁了西洋教堂种植的西洋仙草，被官府捉拿，因而俱赶来为两少年求情。而在大堂之上，却有一众洋教教徒正在张牙舞爪逼迫黄韬当堂处斩两少年。奕匡也不消门吏通禀，带领几名虎贲军径直走到大堂上来。黄韬一见是绥远将军莅临，赶忙离座起身，引领一班差役皂隶拜伏行礼，堂下哈斯额尔敦和陈蠢也连忙跪倒磕头，只有郭司铎和他的一班教徒乱糟糟地向将军施以鞠躬之礼。奕匡乜斜着眼一瞥这班乌七八糟的教徒，鼻孔冷哼一声："公堂庄严之地，如何聚集许多闲杂人等恣意喧哗？与我赶将出去。"

"将军且慢。"郭司铎连忙向将军解释，"我虽是朝廷封赏的七品候补知县，实则乃是西洋教堂的郭司铎，今日带领教中门徒前来，只是向衙门讨个公道。"

"原来是洋大人，失敬失敬。"奕匡径自登上案堂，在公案后坐好，黄韬则在公案一侧侍立。只听奕匡吩咐案下差役，"给洋大人看座。"

郭司铎看到这位将军如此厚待自己，只道这位将军是位"亲洋派"，不由暗自得意。原来自从两次鸦片战争以来，西方列强凭借洋枪洋炮打开我国大门，恣肆妄为，作威作福。清廷上至帝王，下至各级官吏，无不对洋人惧如虎狼，一味畏缩忍让，而且甚为微妙的是，愈是王公高官，对洋人的畏惧也就比寻常人更加多出三分。如此光怪陆离、有悖常理的现象，至今仍不由令人扼腕叹息。

郭司铎大模大样地在便椅上安坐下来，也不等奕匡发问，即连篇累牍、喋喋不休地把两少年纵火烧毁西洋仙草之事诉说一遍，然后要求将军主持公道，下令处斩两少年。

奕匡端坐在公案后面，双目微闭，非常耐心地等待着郭司铎把话说完，才缓缓睁开眼睛，开口说道："诚如洋大人所述，此二少年罪责不小，按律当处以重刑。只是本将军观测此二少年俱儒雅文静，不似品行恶劣之歹徒，想必此事定是因二少年年幼无知，贪玩好耍所致。本将军在此向洋大人讨个情面，赦免此二少年死罪，未知洋大人可否赏本将军这个情面？"

"将军既如此说，本司铎又怎能一意孤行，失了人情？"郭司铎看到有绥远将军这样的大人物替自己做主，这才把心中真实想法和盘托出，"只是本教堂种植的西洋仙草，价值极其高昂，如若二罪犯肯照价赔偿，弥补教会损失，本司铎却也可网开一面，饶他二人性命。"

"如此却也好商榷。"奕匡轻轻松了一口气，问道，"未知洋大人索价几何？"

"西洋仙草价值奇高，料他二人纵然倾尽家财田产，只怕也赔偿不起。"郭司铎眼珠一转，嘴唇轻启，"我却便打个折扣，只要商人陈家白银一百万两，再加上巴氏王府土地一百顷即可。"

听得郭司铎如此漫天要价，不着边际，奕匡仍旧面不改色，沉着地问道："本将军出身宗室，自幼在皇宫大内也见过不少各地进贡的奇花异草，只不知这西洋仙草究竟是何物，如此价值连城？"

"将军不知，此西洋仙草本是由西洋引进而来，那花儿开得可真是……嘿嘿，本司铎也不会掉书袋，总之那花儿开得可真是好看，料想在王母娘娘的百花会上也未必有这好看的花儿。其实也不光是花儿好看，此草尚会结出萌果，成熟后提炼出神药，让人飘飘欲仙，大可忘却一切烦恼，快乐无比……"郭司铎摇头晃脑地解释道。

"唔，本将军听来，此物怎的好似罂粟？"奕匡道。

"不瞒将军，此物便是罂粟，所产即为鸦片，老百姓称为洋烟。"郭司铎唯恐奕匡不明白，一五一十地细细解说。

"原来果然是此物。"奕匡寻思片刻，眼珠一转，问道，"未知洋大人在本地种植罂粟，是否请准旗厅衙门应允？"

"这个倒未曾。"郭司铎耸耸肩膀，答道，"何况本司铎也是朝廷封赏的七品候补知县，自可便宜行事，何需劳动官府？再者说，自从当年咸丰爷爷解除禁烟令以来，鸦片易名洋药，大可合法交易，自由买卖，因此本司铎想，既然可以买卖，也就可以种植。"

"洋大人既然享有我朝命官品级，就该熟知我朝律令法则。"奕匡随即话锋一转，"朝廷准许洋药公开买卖不假，可是何曾应允洋人在我大清地盘上公然种植罂粟？"

郭司铎原本一天书都没读过，脑瓜迟钝愚蠢，不会转弯儿，虽然偶尔会耍点小聪明，却也极其有限，此时面对奕匡的质问，顿时理屈词穷。

"朝廷虽然没有公开准许洋人在大清地盘上种植罂粟，可是也没有不准许洋人在大清地盘上种植罂粟。洋药既然可以公开买卖，罂粟自然也就可以种植。此诚如'鸡生蛋，蛋孵鸡'，环环相扣，因果反复。试问，蛋既可以吃，却又为何不叫母鸡下蛋？"郝开友在一旁看见郭司铎语穷，连忙插嘴帮腔。

"就是就是，蛋既可以吃，母鸡为何就不可以下蛋？"郭司铎受了提醒，不由精神为之一振，继续辩解。

"尔等巧舌如簧，颠倒黑白，倒也极其少见。"奕匡不由气极。

"将军言重了。"郭司铎这番理顺思路，紧接着一拍胸脯，"何况本司铎种植罂粟，却是得到了西湾子总堂大主教准许的，就连罂粟种子也是大主教亲自命人从本国带回来的。罂粟种得与种不得，难道连我大主教也做不得数？"

"在本将军眼里，只有大清皇帝能做得数。"奕匡双手抱拳，道，"尔等西洋教会纵然有我大清朝廷赐予的特权，却也不能罔顾我大清律令，肆意妄为，有伤我大清国威。尔等既然未经我大清衙门准许，即私自种植罂粟，便是有悖于我大清律令。尔等不思悔改，尚且又要杀人，又要赔款，难道真当我大清无人了吗？"

"你你你……"郭司铎不由恼羞成怒，气急败坏，在便椅上也坐不住了，站起来跳着脚道，"既然你眼里没有洋大人，我这便去西湾子总堂禀报大主教，叫他到金銮殿上讨个公道。"

"小丑跳梁，焉足道哉？"奕匡亦拍案而起，铿锵有力地道，"我奕匡便舍了这颗脑袋，陪你等在太和殿上打这场官司！"

郭司铎看看事已至此,知道在这位将军面前休想讨到什么便宜,只好顿了顿脚,气咻咻地带领一众教徒败兴离去。

"将军秉公断案,明镜高悬,实属包青天转世!"

"将军不畏洋人,振我国威,令我等民众扬眉吐气,不愧为民族栋梁……"

这个时候,只听得衙门内外围观的蒙汉民众连声高呼,掌声四起。此正是因为自西方列强入侵以来,各级官府俱奴颜婢膝,唯有奕匡敢于据理力争,与西洋教士抗衡,蒙汉民众无不为其一身铮铮铁骨所折服。只有黄韬身在宦海多年,历练老到,不由忧心忡忡,对着奕匡施了一礼:"下官斗胆提醒将军,此事如真闹到太和殿上,只怕不易干休。"

只听奕匡一声苦笑,道:"却便走一步看一步吧。"

奕匡立起身来,安排黄韬当堂释放了哈斯额尔敦和陈蠡两少年,然后带领虎贲军卒离开衙门。奕匡刚刚翻身上马,忽然瞥见不远处有一白一黑二骑如风驰电掣般闪过,转眼不见踪迹。奕匡心念一动,不由更加心事重重。

四

哈斯额尔敦和陈蠡两少年自从被缉拿到案,就抱定了必死的决心,因此神态自若,并不胆怯,可是在公堂上先有黄韬竭力斡旋,后有奕匡誓死力保,反而落得无罪释放的结果。两少年喜出望外,兴高采烈地携手回转包头,然后分手各自回家。

哈斯额尔敦刚刚回到巴氏王府近前,就看见不知哪里来的一队持刀执械的虎贲军士列成队伍,正严密守卫在王府大门前。哈斯额尔敦不明白发生了什么事,心里不由再度紧张起来。看看大门口尚有自家的门吏值守,哈斯额尔敦上前询问,才获知原来是自己的姑姑回家省亲了。姑姑,蒙语称"阿布格额格其"。哈斯额尔敦赶忙进入府内,第一次见到了自己的姑姑,即是多年前远嫁京城的萨日娜格格。令他更加意想不到的是,方才在萨拉齐厅坐堂的那位绥远将军奕匡也不知如何先他来到了王府，此时已换过便服，正坐在厅上陪爷爷喝茶。巴王爷看见哈斯额尔敦回来，高兴地叫他给"额木格太"磕头行礼，拜谢救命之恩。哈斯额尔敦这才知道，奕匡原来就是他的"额木格太"，汉语的意思就是姑父。

萨日娜格格自从咸丰年间应理藩院檄文所诏进京，被选聘予皇室宗亲醇亲王之子奉恩镇国公奕匡为妻。在清朝，皇室宗亲家族事务均由宗人府管理。萨日娜自嫁入宗室，原本早就该请准宗人府归宁，只是由于奕匡先在满洲正蓝旗军营任职，担负防卫京畿重任，没有工夫陪伴夫人归宁，而自从他调任归绥以来，因治下蒙汉民众不满官府盘剥、地富勒索，纷纷举旗造反，奕匡历时数年，费尽心机终于将后套李老五义军剿灭，随后不久又在鄂尔多斯右翼中旗等地相继发生了声势浩大的独贵龙运动。"独贵龙"，汉语的意思为圆圈，即指参加这一组织者坐成圆圈共同商讨问题，形成决议后迫使官府解决，后来发展到武装运动。频繁的战乱令奕匡焦头烂额，整日疲于奔命。独贵龙运动暂且平息后，各地太平无事，奕匡才难得趁此闲暇，代夫人请准宗人府归宁。因蒙古路途遥远，宗人府特奏请朝廷，允准奕匡职衔暂由副将署理，专程进京接取夫人归宁。这日奕匡护送夫人刚刚到达包头，即遇到额尔德木图拦街进谏，萨日娜在车辇上听说自己的侄儿被萨拉齐厅缉拿，当即恳请奕匡设法搭救，故而奕匡才匆忙带领虎贲军赶赴萨拉齐厅，把哈斯额尔敦和陈蠡两少年解救出来。

当晚巴王爷在府内大摆酒宴，给女儿女婿接风，同时也给孙子压惊。王府内张灯结彩，热闹非凡，众人无不兴高采烈，举杯痛饮。唯有奕匡因心事沉郁，再加上一路上车马劳顿，尚未饮得几杯，就已酩酊大醉，萨日娜连忙把他扶回卧房歇息。把奕匡在床铺上安置妥当后，萨日娜也没再去大厅，只是坐在灯下，抚今追昔。这间卧房就是她当年的闺房，而今闺房内格局未变，陈设依旧，只是早已物是人非。萨日娜自身边取出一支枚来，良久把玩，不知不觉脸上泪已成行。

萨日娜正沉浸在无尽感伤之中，忽听房门轻轻一响，眼前人影一晃，自门外抢进两个黑衣蒙面人来。为首这人身形健壮，手执一柄牛耳尖刀，不由分说，对中萨日娜心窝便刺。此人显然武功高强，经验丰富，他预料这一刀刺过去，对方慌张之下必然会用手中物件来阻挡，因此未等招式用老，即顺过刀锋，调转刀柄向对方头顶上砸去，打算这一下将其砸晕。哪知对方看到尖刀刺来，却并未用手中物件阻挡，反而双臂一收，将那物件紧紧抱在怀里。此人一怔之下，手中动作缓滞，刀柄在距离对方头顶上方两三寸地方停顿下来。此人一眼瞥见对方怀抱中的物件，不由大为诧异，厉声问道："这支枚咋会在你手里？"

听到此人发问，萨日娜更是把那支枚抱得紧紧的。

"如果我没有认错，这支枚应该是我小朵哥的珍爱之物。"只听那人刚刚说罢，忽见他握着刀柄的那只手腕开始轻轻颤抖，紧接着听他有点疑惑地道，"莫非，莫非我小朵哥已遭什么不测？"

"原来你就是郭望苏？"只听萨日娜惊异地说，"想不到你竟还活着！"

"你咋价知道？"蒙面人亦不由大为惊讶。

"当然是小朵哥告诉我的。"只听萨日娜道，"小朵哥曾亲口告诉我，当年你们三少年在河曲水西关结义，乔致庸分别赠予你们三件信物，小朵哥的信物是这支枚，郭望苏的信物是一把牛耳尖刀……而且他还听人说，因为你参加了长毛军被官府追缉，早已在老牛湾悬崖上跳崖丧生……"

"饶幸我郭望苏命大未死。"郭望苏把牛耳尖刀缓缓收回，问道，"原来你与我小朵哥相识？"

"不错，当年小朵哥出走西口，来到包头演戏，我们就结为朋友。"萨日娜诉说道，"后来遭遇一些事端，小朵哥离开包头，临行之际赠予我这支枚为念。我曾经答应过他，我一定会把这支枚当作自己的生命一样保护的。"

"小朵哥没有看错人。"只听郭望苏轻轻一声叹息，道，"你方才宁肯不要自己性命，也要保护这支枚，足以证明你言而有信。我在这里代小朵哥向你致谢了。"说着躬身施了一礼。

"望苏哥何必多礼？"萨日娜连忙还礼，接着又说，"只是小朵哥离开包头后不久，我便应理藩院檄文所诏进京，嫁予奕匡为妻。一晃十几年过去了，也不知小朵哥过得还好不好？"

"望苏哥，我们还要不要给奕匡这狗贼'做记号'了？"这时候，忽听另一名黑衣蒙面人用女声向郭望苏发问。萨日娜久居京城，自然不知道她就是昔年轰动后套的李老五义军中的唯一一名女首领，亦即后来与郭望苏形影不离的女侠青婧。

郭望苏自从加入李老五义军，即常年在后套一带跟清军及地方民团周旋，可谓身经百战，历练丰富，残酷的斗争经验使他变得心思缜密，凡事都会权衡利弊，早已不是当年那个憨厚老实、呆板木讷的扳船汉可比了。后来青婧追随他来到义军中，二人整日形影相随，并肩作战。直到狼山弯一役李老五义军覆灭后，二人又结伴潜伏到绥远城附近，处处与奕匡麾下驻防八旗作难，并欲图伺机剪灭奕匡给义军报仇雪恨，只是因奕匡身边护卫如林，防守森严，始终未能得手。这番二人获得确切消息，奕匡带领少数亲兵进京接取夫人回包头归宁，故而预先赶到包头，打算利用这个机会铲除奕匡。可是二人刚到包头，就听说有汉族商人陈嘉丰的儿子伙同巴氏王府的小王爷纵火烧毁了西洋教堂种植的罂粟，被官府缉拿，那班西洋教士嚷嚷着要把两少年杀头泄愤。郭望苏也不知道这个陈嘉丰是否就是自己的结义兄弟，只是对这两个少年的行径十分赞赏，于是临时决定要搭救两少年。当日郭望苏和青婧混在萨拉齐厅围观的人群里，忽然郭望苏一眼发现那在大堂上耀武扬威的郭司铎便是命油，不由想起当年大丫惨死便是由此人引起，顿时恨得牙根痒痒。郭望苏正要动手搅乱公堂，打算一出手即先行刺杀命油，然后顺便搭救两少年。恰巧奕匡亦不知何故带领一小队虎贲军赶到萨拉齐厅来，衙门内外人群混乱，防守松懈，郭望苏和青婧更加欢喜，决定趁此良机一并刺杀奕匡。可是接下来看到奕匡在公堂上大义凛然，无畏无惧，机智灵活地跟洋教士斗智斗勇，并且拼着自己脑袋力保两少年性命，郭望苏和青婧一时间内不由对奕匡刮目相看。郭望苏和青婧均心中暗想，奕匡虽然是残杀义军的不世仇人，可是在面对嚣张跋扈欺凌蒙汉民众的洋人时，倒也不失为一介铮铮铁骨的好官！奕匡既然敢于与洋人抗衡，于国于民自然大有裨益，如一旦将其铲除，岂不等于自毁梁柱，令洋人更加无所顾忌，在蒙汉民众头上作威作福？二人正迟疑不决之际，庭审很快结束，只见围观的蒙汉民众尽皆振臂高呼，连声称赞奕匡不愧为当世青天、民族栋梁，二人心中更加纷乱如麻。当时眼看着郭司铎带领一班教徒灰悻悻地离去，郭望苏只怕命油就此失去踪迹，连忙和青婧尾随其后跟踪，直到摸清郭司铎原来便住在西郊外的洋教堂，二人也不怕他插翅飞了，决定另择时日下手。只是想到就此放过奕匡，二人总觉得心中不甘，经过反复商议，最后决定留下奕匡性命，只不过咋的也要割他一只耳朵做记号，以示惩戒。当日夜晚，二人即乘着夜色潜入巴氏王府，看到奕匡酒醉，便悄悄摸进卧房来，郭望苏率先动手制服萨日娜，青婧则手持匕首控制住熟睡中的奕匡，只等郭望苏发话，便割下奕匡一只耳朵做记号。

"我看就把这只耳朵暂且寄在奕匡脑袋上吧。"只见郭望苏思忖片刻，对青婧说。转而他又对萨日娜说道："不瞒夫人，我郭望苏当年未死，留着这条身子便是专与官府作对。奕匡身为朝廷鹰犬，心毒手狠，在后套残杀我义军将士成千上万，我郭望苏本与他有着不共戴天之仇，恨不得早一天剁下他的脑袋，为义军将士报仇雪恨。只是今天在萨拉齐衙门看到，奕匡敢于冒死跟洋人抗衡，倒也不失为一介好官，所以才临时改变主意饶他性命，只是打算割他一只耳朵做个记号，要他永远记得欠着义军将士这笔血债。今天侥幸得遇夫人，夫人既然是我小朵哥的旧友，我便看在小朵哥的面上饶过奕匡。只是夫人定要提醒奕匡，往后要多办为国为民的好事，若他仍旧一意孤行，为虎作伥，我郭望苏手中这把牛耳尖刀迟早会向他讨账！"

"多谢望苏哥宽宏大量。"萨日娜道，"我虽然久居京城，不知道奕匡过去的所作所为，但是我一定会提醒他，教他以后多做好事。"

郭望苏缓步走到床前，眼神复杂地瞥了熟睡中的奕匡一眼，然后和青婧离开巴氏王府。

当日奕匡酒醉不醒，只是一夜噩梦不断。在梦中，他带领麾下军马忽而奔袭在后套的狼山弯，忽而转战在鄂尔多斯右翼中旗剿灭独贵龙运动的战场，杀人如麻，到处血流成河。后来他梦见正在追杀后套义军一男一女两名首领，忽然那男首领变化成一头豹子扑来，拼命撕咬自己的一只耳朵……翌日清晨，奕匡从梦中醒来，只感到一只耳朵根儿隐隐作痛。萨日娜看他醒来，即将昨夜里有两个蒙面人闯进卧房的事情告诉了他，并且说两个蒙面人原本就一直伺机要取他性命，只是在萨拉齐公堂上看到他敢于冒死跟洋人抗衡的行径，才临时改变主意，打算只割他一只耳朵做记号，可是临到动手之际，那二人又再次改变主意，终于饶恕了他。奕匡自然知道这两个蒙面人是谁。他听罢萨日娜的话，捂着自己的耳朵，良久沉思，默默不语。

奕匡起床不久，包头街面上就爆出一桩怪事，道是西郊之外的西洋教堂在昨夜被歹徒纵火烧毁，郭司铎亦被杀死丧命，尸体悬挂在未曾烧尽的教堂内的大梁上。而那歹徒十分胆大妄为，不仅连夜驱赶散了教堂内的所有教徒，而且居然还在一条布幔上留下一行字迹："杀人者郭望苏、青婧也！"那行字字迹娟秀，显然是郭望苏的同伴青婧所书。奕匡听说这条消息，心头不由又是一震。奕匡尚未完全缓过劲儿来，便有萨拉齐厅理事通判黄韬到访。黄韬一见到奕匡，即满面春风地道："西洋教堂夜遭歹徒纵火烧毁，郭司铎身死丧命，尸体被悬吊在大梁上，门下所有教徒亦被歹徒驱赶散去，一个不留。这番将军也就不必担心那洋教士会闹到太和殿上纠缠不休了。"

"如此结果，倒也大大出人意料。"奕匡沉吟道，"只是出现这般大事，那西洋教会的总堂只怕不会善罢甘休。黄大人，你身为地方父母，当多费心思，看看如何堵住洋人之口，叫他们不能借题兴风作浪。"

"这个却不劳将军费心。"黄韬道，"下官自会妥善处理。"

"至于纵火行凶的歹徒，虽非善类，只是他们这番误打误撞，却也替本将军化解了一道不小的难题。"奕匡犹豫片刻，又道，"黄大人也看着办吧，如非必要，也就无须赶尽杀绝。"

"卑职领会。"黄韬躬身应道。

黄韬回到萨拉齐厅，当即拟就禀帖一份，只说郭司铎自到包头修建教堂，招纳地痞流氓入教，仗势欺人，为非作歹，霸占土地，侵夺房产，激起蒙汉民众公愤。有后套遗匪郭望苏、青婧路见不平，纵火烧毁教堂，杀死郭司铎。事实如此等等。随后又颁发通缉罪犯的缉捕令，绘影图像，郭望苏的图像赤须红发，青面獠牙，青婧的图像歪鼻斜眼，丑陋狰狞。这哪里像是二人的原貌，简直就是地府恶鬼，天上夜叉，在人间哪里能对得上号？

哈斯额尔敦在公堂上目睹奕匡与西洋教士抗衡，其铮铮铁骨，凛凛威风，宛如天神一般，心下不禁大为折服。嗣后获知奕匡即是自己的姑父，便大胆向奕匡提出，欲追随奕匡到军营里去当兵。奕匡对哈斯额尔敦的志向甚为嘉许，只是念其年龄尚幼，经与巴王爷商议，决定将他先送到绥远城蒙古官学里去读书，待其成年之后，再定夺从戎之事。阴错阳差，哈斯额尔敦文举失意，却于同治末年武举中进士，位列三甲，授从五品署守备衔职。光绪元年，左宗棠奉命收复新疆，亲至兵部遴选将吏，哈斯额尔敦应选出征。左宗棠率部亲征，将受英国支持入侵新疆的浩罕汗国兵马驱逐出境，敌军将领阿古柏绝望自尽。后左宗棠又部署进军被沙俄侵占的伊犁地区，慑于清军威力，几经谈判，伊犁地区终得收复。哈斯额尔敦因功累升游击。中法战争爆发后，哈斯额尔敦迁两广总督张树声麾下任参将，后追随广西关外军务帮办冯子材将军镇守镇南关，在战役中壮烈捐躯，年仅三十岁。

自从哈斯额尔敦去往绥远城蒙古官学就读，额尔德木图也无心开馆，陈蠡一个人在家闲居一段时日，即以游学为名，只身远赴京师，其间入京师同文馆学习英文，光绪年间赴天津经营商务，与英商建立联系，把生意做到了国外，后侨居英国，在商业领域成就卓著。

奕匡陪伴夫人归宁，在巴氏王府过了几天安逸的日子，时隔未久，即有绥远城署理副将派遣快马送呈急报，禀告鄂尔多斯左翼前旗已废协理台吉庆格尔泰蓄意蛊惑民众，抗垦造反。奕匡不敢怠慢，嘱咐从京城随行而来的一众奴仆、婢女留在巴氏王府好生伺候夫人，自己带领麾下军伍火速赶回绥远城，调兵遣将，奔赴鄂尔多斯左翼前旗剿乱。

萨日娜自从远嫁京城，一晃十数年，这还是首次回转故乡省亲。陪伴萨日娜回乡的还有当年随她进京的那个汉族女娃小娉。只是当年小娉年仅七八岁，现在已经变成二十多岁的大姑娘。本来自打咸丰年间小娉留在萨日娜身边，萨日娜就把小娉当作是自己的亲闺女一般，尽心竭力抚养，虽然名分上是主仆，实则情同母女。随着小娉渐渐长大成人，萨日娜也曾提出在京城寻访一户好人家，给这闺女安排一个好归宿，可是小娉因兄妹失散，哥哥生死未卜，坚决不肯嫁在京城。这番萨日娜带着小娉回乡，即是打算帮小娉寻找回失散的哥哥，好使兄妹团聚，故而自奕䎎因军务紧急离开包头后，萨日娜即每日带着小娉，在包头内外到处寻访马家成。可是包头地方虽不算大，人口流动性却极强，一个十几年前走失的娃娃，现在又怎能轻易得到他的消息？萨日娜想到包头地方唯有乔致庸见多识广，或许有办法能打探出马家成的下落也未不可知，于是找到乔致庸家里，却获知此公因其嫂亡故，已于月前返回山西祁县老家奔丧去了。而小娉却偶然从哈斯额尔敦小王爷的口里听说陈嘉丰亦住在包头，便把当年陈嘉丰在府谷古城救助自己兄妹俩的事情告诉萨日娜。萨日娜也才蓦然想起，现在住在包头的这个陈嘉丰，只怕就是当年李小朵的那位结义兄弟。萨日娜和小娉找到陈家，见到陈嘉丰的母亲和婆姨凤珠，才知道这个陈嘉丰果然就是李小朵的结义兄弟，只是这几年陈嘉丰因商号生意扩大，已先后在天津、广州、汉口等地设立多个分庄，目前又去往甘肃发展业务，并不在家。萨日娜和小娉没有见到陈嘉丰的面，因此仍然一无所获。

说来却也凑巧，这日半后晌时分，萨日娜带着小娉漫无目的地外出寻访大半天，正打算回府，在经过西大街的热闹街市时，忽然听见一阵熟悉的二人台旋律。只见当街稀稀拉拉的几个人围拢成一个圈儿，正在观看一个玩艺班子演出。萨日娜和小娉正有心上前观看，却听到那玩艺班翻来覆去只有一个人在演唱，而且演戏之人唱腔疲惫，苍白无力，十分平庸无趣，就连那围观之人也大多骂骂咧咧，纷纷散去。玩艺班只好停止演出，收拾摊子。萨日娜正要和小娉离开，小娉忽然指着玩艺班那两位收拾摊子的老乐师，惊奇地道："夫人，你看那两位老乐师……"

萨日娜定睛一看，只见那两位老乐师果然十分眼熟，原来便是当年李小朵艺班的乐师。再去仔细端详那演戏之人，萨日娜心中更是"咯噔"一下，原来那人却就是李小朵，只是不知何故，李小朵看起来面目消瘦，一脸病容，浑身上下也极其虚弱，仿佛一阵风儿就能刮倒，难怪方才一瞥之下竟然没有认出他来。萨日娜正要上前相认，忽见李小朵弯腰拾起地上散落着的几个铜钱，连戏装也顾不得卸去，即匆匆忙忙奔向街道旁边的一个洋烟馆。可是李小朵刚刚进入洋烟馆，就被洋烟馆掌柜轰了出来。洋烟馆掌柜一边推搡李小朵，一边骂骂咧咧地道："只拿着三五个铜钱就想过一把烟瘾，也真把自己的钱当钱看了。"

萨日娜和小娉自然不认识，这个洋烟馆掌柜便是那个素以"雀过拔羽，雁过揪翎"闻名的郝开友。郝开友自从依靠郭司铎的势力强行租用巴氏家族的店铺开办烟馆，获利颇丰，后来即怂恿郭司铎在包头地面上种植洋烟，没料到郭司铎因此身死送命，而郝开友却毫无牵连，仍旧留在包头有滋有味地开烟馆挣钱。

"掌柜的行行好，今天钱不够，先赊个账，明天一定还清。"只见李小朵也不懊丧，只是觍着脸皮，一个劲儿地向着郝开友打躬作揖说好话。

"我还不晓得你们这些烟鬼的德行，为了过把烟瘾，偷坟掘墓，卖儿卖女，什么样丧尽天良的勾当做不出来？"郝开友骂道，"叫我相信你们烟鬼说话算数，只管等着阳婆从西升起！"

郝开友骂毕，用力一推，把李小朵推个趔趄，只听"叮当"一声响，一个物件从李小朵身上掉落在地。郝开友看那物件金灿灿的，连忙捡起一看，原来是一支凤钗，钗头上还悬挂着一串指头肚大的珍珠。郝开友顿时眼冒金光，讪讪地笑道："你这位客官也真是的，怀里揣着宝贝，还故意要装穷讨饭吃。就凭这支凤钗，我可以让你痛痛快快过三个月烟瘾。"

"此凤钗乃是故人所赠，纵是千金也不卖。"李小朵看来病快快的，此时却不知咋地那般眼疾手快，一把从郝开友手里夺过凤钗，紧紧攥在手心里。

"真是个死心眼，活该烟瘾折磨死你好了。"郝开友不由大为恼火，再次使劲一推李小朵，李小朵一屁股跌坐在地上，半晌也不爬起，只是浑身直打哆嗦，脸面上亦是鼻涕一把眼泪一把的。都说抽洋烟的人烟瘾上来，人不像人，鬼不像鬼，看来此话不假。

萨日娜看见李小朵沦落到这般地步，也不肯把自己当年送他的凤钗变卖换洋烟抽，心中既是感动，又是难过。她当即在小娉耳朵边嘱咐几句，小娉听罢，取出一块银子，走上前去递给郝开友，然后一指地上的李小朵："这些银子够不够？"

"够，够，绰绰有余，绰绰有余。"郝开友连声不迭地说，收起银子，亲自把李小朵搀扶起来，扶进洋烟馆里。

李小朵进入洋烟馆里，迫不及待地躺在烟榻上吞云吐雾，直连连吞吐了十几口，才像还过魂来似的渐渐恢复了人的模样。就在这个时候，他的耳朵里忽然飘进来一阵熟悉的二人台旋律，便是自己昔年编创的《五哥放羊》之曲。李小朵抬起身来，只见在门口站着一人，手捧一支枚，正在有板有眼地吹奏。李小朵一瞥之下，不觉已是泪眼婆娑。

五

同治九年农历七月二十三日，已近白露节令。按说每年到这个时节，地处塞外蒙古的包头气候已开始转凉，只有这一年例外，因久旱无雨，暑气不消，酷热尤为难当。这一日本来还是晴空万里，骄阳当头，闷热的天气让狗都喘不过气来，纷纷躲在阴凉圪崂里乘凉，就更别说人了。日过当午，正是午休时分，也无人发觉，天空中不知从哪里骤然生起一片乌云，这片乌云也不甚大，一下子遮挡住了日头。随着一连串闷雷轰响，紧接着暴雨如注，倾盆而下，转瞬间天上地下白茫茫一片，将整个包头城严密笼罩。饱受炎热煎熬的人们无不沉浸在暴雨带来的凉爽和惬意中，可是谁都没有意识到，一场巨大的劫难已悄悄抵近。

包头城地形呈北高南低、倾斜而下的形势，城内蒙汉人民杂居，居民一半居住在北部高坡地带，一半居住在南部低洼地带，而商户铺面则大多集中在老爷庙街、草市街、财神庙街和西滩等低洼地区。至为关键的是，城内北梁有东、西两条水沟和一条榆树沟，寻常泉水漫流，虽然东、西水沟各建有一处泄洪门洞，另外在西城南侧也开有两个泄洪水栅，只是因为地势较低原故，每逢雨季城内雨水非但排不出去，城外山洪反而顺着泄洪水栅倒灌进城里，形成水患灾害。对此人们虽有隐忧，却蹙眉无计，只能听天由命。

农历七月二十三日的这场雨突如其来，令人猝不及防，嗣后人们才知道这是一场百年不遇的特大暴雨。由于大雨极其狂骤，仅短短半个时辰，包头城内积水增多，形成洪流，而城外的雨水顺着泄洪水栅灌进城里，东、西水沟和榆树沟三条水沟很快就汇聚成洪峰，峰头高达丈余，形成水墙铺天盖地由北向南压了下来。一时间只听得水声轰鸣，声势大作，将包头城内低洼处的大街小巷尽数淹没，平地水深数尺，变成一派泽国。洪峰所经之处，到处房倒屋塌，人口淹浸，各色家具物什、猪羊禽畜、瓜果蔬菜、货品衡具，尽皆漂浮水中，顺水而流。洪峰流经西滩，将同祥魁商号储油用的一只巨大的油柜冲走，一路刮到西城门，不偏不正恰好把西城门堵塞住。洪水流到这里泄不出去，只好折向南、北方向。洪水越聚越多，低洼处水深已达数丈，眼看就要将大半个包头淹浸。忽然听得一声轰响，西城门终于经受不住洪水的壅塞，一下子坍塌开来，城里的洪水终于宣泄而出，渐渐退去。等到暴雨止息，洪水退去后，包头城到处一派狼藉，不说城垣倒塌、店铺淹没，各类财物损失多少，光人口丧生就达数百千余。包头城内外尸横遍野，惨不忍睹，而遭灾落难无家可归的难民更是多到无可计数。

天灾突降，萨拉齐厅理事通判黄韬最早获得消息，当即上疏省、道，呈报灾情。无奈省、道高高在上，迟迟没有下文，如再无人搭理，包头很可能就会患发疫病疾情，最终导致灭顶之灾。就在这紧要关头，倒是那世居包头的巴氏家族一众人等挺身而出，主动承担起救灾职责。其时巴氏家族的领头人，就是巴氏王府的那位世袭王爷布日格德。

布日格德何以会突如其来现身包头？原来布日格德夫妻虽然隐居草原深处，可对儿子哈斯额尔敦却无时无刻不牵挂于心。这年夏天，偶然听草原上的牧民们传说巴氏王府的小王孙因纵火烧毁西洋教堂的罂粟被官府缉拿,夫妻二人大为焦急,双双赶回包头探听消息。到了包头,才知道此事因自家妹夫的周旋已经化解,夫妻二人放下心来,于是也没公开露面,即悄悄离开包头欲返回草原,只是临出城时无意中撞见了陪伴小娉四处寻访马家成的妹妹萨日娜。兄妹俩一别十数年,好不容易相见,萨日娜哪里肯叫哥哥再度从眼前消失,软磨硬泡好歹把哥哥嫂嫂请回了王府。其时哈斯额尔敦尚未去往绥远城官学求学,而年迈的巴王爷终于盼得儿子归来,一家三代终得团聚,共享阖家之欢。

儿子儿媳双双回到身边,巴王爷这番终于了却心事,把巴氏家族的事务通通交予布日格德管理操持,自己则乐得颐养天年。没料到布日格德夫妻回家才刚刚一个多月,包头即突然遭遇暴雨灾害。布日格德作为巴氏蒙古族人首领,当然义不容辞,只一声令下,巴氏家族所有子弟及门下阿勒巴图尽皆行动起来,掩埋死尸,救护伤者,清理积水,疏通道路,同时巴氏王府大开仓房,遍设粥棚,赈济难民。只是因为这场暴雨灾害极其惨重,涉及面广人多,巴氏家族虽然倾尽心力救助,却也深感力不从心。由于巴氏家族本为游牧民族出身,饮食偏重肉食,固然随着汉人进入包头从事农耕生产的影响,巴氏家族开始逐渐由牧转农,但所产粮食大多出卖,尚未形成大量储存粮食的习惯,因此施粥尚未持续多久,仓储已将告罄,布日格德不禁陷入一筹莫展的境地。

巴氏王府的仓储终于告罄。布日格德正要命人撤去粥棚,忽然听得有难民传言,道是鼎盛兴商号的陈东家从后套运来数船粮食,眼下正在南海子渡口卸货。布日格德眼前一亮,连忙起身赶往南海子渡口,打算把这数船粮食尽数买来,继续施粥赈济。布日格德刚到南门,就看见一位年近中旬的汉人风尘仆仆地进入城里来,身后紧紧跟随着一队运载粮食的马车。布日格德的随丁告知他说,这位便是鼎盛兴商号的东家陈嘉丰。布日格德看到陈嘉丰虽为商人,可是神形儒雅,风度潇洒,浑身上下并无半点铜臭味道,心里大有好感,当即上前与陈嘉丰见礼。陈嘉丰因儿子陈蠡与哈斯额尔敦同堂读书,对布日格德之名早有耳闻，于是赶紧还礼："陈某远赴甘肃商洽生意，闻听包头遭灾，百姓饥馑难当，特此提前赶回。归途中顺道在后套采买了数船粮食，以备救急之需，现在将此粮食尽数交予王爷，任凭划拨调度，赈济难民。"

布日格德顿时不由喜出望外，连声称赞道："巴某昔日闲居草原荒郊，即已听闻牧民们传说鼎盛兴商号的陈东家乐善好施，厚德惠民，实堪是包头商界的活菩萨。今日陈东家又造此大德，包头百姓定当铭记不忘。"

陈嘉丰自从举家搬迁到包头定居，因老家家业尽舍，再无牵挂羁绊，故而心无旁骛，一门心思扑在商务买卖上。由于他始终恪守"诚信经营"的信条与理念，在收草上坚持平秤进出，价格公道，从而吸引来更多的民工，杭盖草场的甘草产量逐年增加。坐守包头鼎盛兴甘草行的马家成亦不负陈嘉丰厚望，因他原本在乔家的药材铺学徒多年，经验丰富，后来在实践当中又逐渐学会了审时度势，运筹帷幄，甘草行的生意被他经营得如火如荼，到后来不只销售自家草场的甘草，同时也售卖别家草场的甘草，逐渐成为包头地面上销量最大的一家甘草行，每年获利颇丰。在此基础上，陈嘉丰和马家成经过商讨，确定了新的经营方针与策略，即以甘草生产为支柱，以甘草销售为依托，组建鼎盛兴总号，进一步拓宽经营领域，并且放远眼光，走回口里，先后在天津、广州、汉口等地设立分庄，经营范围亦向药材、烟茶、皮毛等其他领域扩展。其间因天津分庄市场广阔，马家成离开总号，亲自赴天津坐庄。短短数年间，鼎盛兴商号的发展如日中天，大有直追老包头十大晋商之势。陈嘉丰经商获得成功，却始终不忘当年涉足商海的初衷，即以救济老家的穷苦乡民为己任。虽然当年陈家蒙受不白之冤，被老家乡民曲解误会，陈氏一门被迫搬迁口外，可陈嘉丰并不因此而怨怼那些可怜的乡民。自从来到口外，每年春秋岁荒，陈嘉丰都会命人采买粮食，雇用大船运回老家，赈济乡民挨度日月。陈嘉丰不仅一如既往赈济老家乡民，而且在口外亦多行善举，寻常无论官吏商贾、平民乞丐，举凡投奔到门下的，无不予以慷慨资助，而每逢当地遭遇灾荒变故，陈嘉丰亦总是挺身而出，开仓赈济，化解危难。因其一贯坚守乐善好施、厚德惠民的品行，在包头一带被官民赞为"活菩萨"，并被包头商界公选为大行的副行首，成为仅次于行首乔致庸的重要人物。

这番陈嘉丰远赴甘肃发展商务，因路途遥远，山水阻隔，连儿子陈鑫伙同哈斯额尔敦烧毁西洋教堂罂粟一事都未曾听说，而包头遭灾的消息，陈嘉丰倒是侥幸从一些流落到甘肃一带的难民口中获知，故而特地提前赶回。当他回到包头，只看到整个包头满是残垣断壁，房倒屋塌，街市破败，饥民遍布，城内城外一派狼藉，尤其是商界的损失至为惨重。由于当地的商户铺面大多集中在城内低洼地带，正是遭灾最为严重的地段。这些商户铺面有的店铺倒塌，有的货物淹浸，特别是一些小本经营的摊铺更是被大水冲得一干二净，就连陈嘉丰自己的鼎盛兴商号都未能幸免，前堂后厅俱被洪水浸泡，受灾也算不浅，整个商界几近瘫痪。本来包头的大行在当初组建之时，即已建立"相友互助，疾病相扶"的目标与原则，故而包头商界寻常无论发生何等疑难变故，总有大行担纲主持大局，化解危难。这次包头突然遭遇暴雨灾害，恰巧大行正、副行首均不在家，整个商界群龙无首，乱作一团。现下陈嘉丰提前赶回包头，看到事态严峻，不敢怠慢，当即赶赴财神庙，安排执事人员招呼大行门下各行头社首在聚财厅议事。

听说陈嘉丰回来，包头商界总算有了主心骨。大行门下所属的"九行十六社"的头头脑脑们很快齐集聚财厅，商讨救灾事宜。在陈嘉丰的主持下，当即形成三项决议：其一是由大行牵头，组织门下各行社实施互助办法，重点帮扶遭灾严重的商号、作坊控制灾情，恢复买卖；其二是由大行出面，会同巴氏王府协商，由受损商铺的商家与房产主人巴氏家族共同出资，修复损毁商铺；其三则更为紧要，即由大行主持组织"赈灾会"，向各界善人募集善款，帮助包头所有难民渡过难关。事情议定，大行门下立马行动起来，将三项决议付诸实施。

暴雨灾害发生后，萨拉齐厅理事通判黄韬对灾情尤为牵肠挂肚，心急如焚。朝廷早在乾隆年间设置萨拉齐厅统管汉人事务，但因为萨拉齐厅本属归绥道派出衙门，并无仓储建制，故而不具备赈灾能力。灾情刚刚发生，黄韬第一时间即上疏省、道，恳请赈济，无奈省、道高高在上，迟迟没有下文。

令黄韬意想不到的是，就在这叫天天不应、叫地地不灵的紧要关头，先是有巴氏王府世袭王爷布日格德挺身而出，带领巴氏家族一众人等担负起救灾职责，紧接着又有包头商界的大行担纲主持，募集善款，采买粮食、帐篷等物，进一步安置难民。一场百年不遇的特大灾难，在没有耗费官府一毫一文的情况下竟然得到有效控制，不能不说是一桩奇闻逸事。黄韬身为父母官，不由思绪满腹，感慨良多。

然而到这个地步，包头的灾情尚未得以彻底解决，安抚民众，灾后重建，一系列事项仍然任重道远，尤其是刚刚建立不足十载的包头城垣，被暴雨糟践得宛如一派废墟，哪里有一座城池的模样？这番黄韬不再坐等天降馅饼，当即亲赴省、道申请援助。令黄韬万万没有料想到的是，当年初建包头城垣之时，正是这一系官员贪赃枉法，层层侵吞款项，导致费用不足，包头才只好建成土城一座。现下包头城垣尽毁，那省、道一系官员哪里敢把此事如实禀奏，因此只是一味掩饰。黄韬不知就里，每日奔走在这些衙门追索结果，直到最终省、道衙门方勉强答复：当今政局外忧内患，战乱频繁，朝廷库藏空虚，并无闲钱支付赈灾及修缮诸事宜。黄韬毫无收获，两手空空而返。

黄韬自省、道申请援助未果，包头城内的商民住户无不忧心忡忡。这些年间，因河套一带暴乱频发，匪盗四起，包头作为一个新兴起来的商业重镇，富商云集，财帛满城，令四方匪盗无不觊觎。眼下包头城垣破损不堪，若不及时加以补修，其后果不堪设想，其中就有不少商贾纷纷打起了退堂鼓，打算从包头撤离。黄韬获得如此消息，不禁心急如焚，无可奈何之下，只好请来巴氏王府的布日格德王爷和大行副行首陈嘉丰，共同商讨应对办法。

布日格德与黄韬本为旧交，早在咸丰年间，二人即互相请教蒙文汉学，交契颇深，而陈嘉丰对黄韬亦不陌生，因他自从来到包头定居，在乔致庸的引荐下即与黄韬相熟，彼此亦属契交。此时几人对面相坐，却是面面相觑，并无良策。

良久，忽见陈嘉丰自座椅上缓缓站起身来，打破沉默："嘉丰本来自内地汉族，于蒙古之事所知甚少。然而素闻包头之地，原本地处僻壤，人烟稀少，唯因此地独具水陆交通之便利，商机辐辏，故吸纳四方商贾聚集，方日渐有兴盛气象。包头之地，实不啻我辈商贾兴盛之根本也。不意世事无常，天灾突降，包头城垣破损，败坏狼藉。古人虽有云'强梁不与天争'，然我辈焉可如待宰羔羊，任由根本断绝，生意衰落不振，坐视包头大好之地，就此萧条破败，不复有往日盛景？故陈某突发奇想，莫若便由大行承担起此重任，我辈商民募款集资，修复包头城垣，只未知可行与否？"

陈嘉丰此言一出，有如就地点燃一枚炮仗，令黄韬和布日格德二人吃惊不小，一齐自座椅上立起。

"黄某素闻修城建垣，只堪比扩土开疆，历来只为朝廷大事，故只有官府一力承办，而由商民自发筹资修城建垣之事，实亘古及今，前所未闻也。"半晌，方听黄韬犹犹豫豫地说道。

"并非嘉丰有非分之心，僭越之想。"对于由商民筹资修复包头城垣这一构想，陈嘉丰也是无奈之下一时冒出这个念头，其实自己心中也没有底。此时他看到黄韬也是一样疑虑重重，于是一边思索一边说道，"嘉丰自幼读书，曾闻顾亭林先生有云，'保国者，其君其臣，肉食者谋之。保天下者，匹夫之贱，与有责焉耳矣'。包头之地虽处僻壤，然而同属国之列土，天下一隅，故无论君臣匹夫，皆应一视同仁，共负担保之责。目下包头城垣破损，朝廷因库藏空虚，无力划拨款项修缮，我辈商贾微有积余，理应顾全大局，略尽绵薄，以全匹夫之义。如此既上体天恩，又下分民忧，并不有悖五常道德也。"

"'三人行，必有我师焉。'嘉丰契弟果然胸襟豁达，见识出众，一席妙论令黄某有如拨云见日，茅塞顿开。"黄韬听罢陈嘉丰之言，心中大是叹服，当下理顺思路，接下来说道，"如此细细斟酌契弟所言之事，倒也并非不可行。诚如顾亭林先生所言，天下事当天下人担当。商贾之辈亦属天下人也。黄某自从到任萨拉齐厅，即知大行虽属商贾行会，然除尽守本分，相友互助之外，尚能急公好义，多行善举，本地商民无不尽享恩惠。尤其乔公与嘉丰契弟，虽处商贾之门，却谙圣贤之道，引领大行门下无不向善，所行厚德惠民之举不胜枚举，以至于大行声誉日隆，本地官民无不信服。此番包头城垣破损，贻害甚重，万民堪忧，若大行能担挑大任，修复城垣，此实乃行前所未有之义举，创百世不朽之功德，于国于民，皆大有裨益也。"

"黄公过誉，实令嘉丰等贩夫走卒之徒汗颜不已。"陈嘉丰看到黄韬转眼间即已扭转看法，对此事表示大力支持，心中喜不自禁，连连向黄韬施礼致谢。

布日格德看到黄韬对此事亦极力嘉许，当即亦慨然道："巴某虽出身蒙古，然而素常喜读汉书，知道汉族有句话叫'无本不生，无根不立'。我巴氏家族世居包头，此地实则即为我巴氏家族之根本。陈行首及大行门下商贾俱来自汉族内地，犹能不避种族迥异，担挑大义，为民造福，令我巴氏蒙民蒙惠不浅。至于修复城垣之事，若得大行引领雁首，我巴氏族人自当尾随，倾尽全力相助，以尽地主本分。"

"若得黄公主持，巴氏王府与我大行共同担负，相信此事定可成功。"陈嘉丰更加喜出望外，一时间只觉得踌躇满志，意气风发，只是旋即他又想到一件事，却也据实道来，"只是此事事关重大，非比等闲，而我大行之内，各行社皆门户独立，又兼鱼龙混杂，陈某位卑辞微，恐不足以服众。唯乔公坐领行首多年，德高望重，恩威并举，门下商贾无不敬服有加，凡事以乔公马首是瞻。故而若得乔公出面担纲主持，一呼百应，上下同心，方事无羁绊，定然顺利可达也。"

"契弟所言甚是。"黄韬道，"黄某这便修书，遣快马疾送山西，恭请乔公出马担纲负任，造福包头万民。"

六

乔致庸自幼父母双亡，由兄嫂抚育长大，不意兄长因疾患中途夭亡，才在万不得已之下弃儒从商。有道是"长兄如父，老嫂比母"。乔致庸知恩图报，始终待老嫂有如生身母亲，孝敬有加，不亚于亲生儿子。老嫂年逾花甲，在家中寿终正寝，乔致庸痛不欲生，撇下生意，赶回山西祁县老家为其治丧，并于葬礼结束后，又在祖坟旁结草为庐，为其守孝。忽一日收到从包头复盛公总号送来的书信，乔致庸得知包头发生暴雨灾害，整个商界损失惨重，不由大为担忧。可紧接着商号的书信又接踵而至，道明灾害发生后，先后有布日格德和陈嘉丰各自担挑大任，组织救灾赈济，使得包头的灾情得以有效控制。乔致庸获知布日格德夫妻终于回归巴氏王府，心中颇感欣慰，同时对陈嘉丰能够在危难之际带领大行门下商贾帮助包头商民共渡难关之举大加赞许。乔致庸原本就对陈嘉丰十分器重，待之半师半友，直到陈嘉丰踏入商海后，亦尽多给予他关怀照料，教诲指导，使其终至成为一介成功的商人。现下乔致庸看到他不仅事业有成，而且还能独力担挑包头商界大任，为整个包头的商民排忧解难，心中更是大为慰藉，于是放下心来，留在老家为老嫂继续守孝。时隔未久，忽然又收悉黄韬书信，黄韬在书信中阐明，因暴雨侵蚀，包头城垣倾毁，朝廷无力划拨款项修缮，包头官民蹙眉无计，经与陈嘉丰和布日格德协商，提出由大行牵头，巴氏王府协助，募款集资，共同修复包头城垣的构想，只是需得请准乔致庸同意，并出马担纲大任，主持大局。乔致庸经过一番深思熟虑，随即回书一封，答复黄韬等三人。

　　包头距离山西祁县不下千里之遥，不出旬日之间，黄韬所遣快马已去而复返。黄韬等三人共同阅览乔致庸回书，不觉大是喜出望外。原来乔致庸对他三人提出的这个构想亦极其赞同，只是念及自己为老嫂守孝未满，脱不开身，是以推荐陈嘉丰代理主持大行事务，全权负责组织门下商贾募款集资，协同巴氏王府共同修复包头城垣。同时乔致庸对修复包头城垣提出一项更为大胆的主张，即摒弃旧有土城土垣，全部采用砖石结构，以增强城垣的抗灾能力。乔致庸提出的这项主张，已明白不是对包头旧有城垣进行简单的修复，实则就是重建一座包头新城。除此而外，乔致庸还决定将复盛公商号三年所获利益全部捐赠，用以修复城垣所需。阅罢书信，黄韬等三人无不对乔致庸的阅历见识和胸襟情怀钦佩到五体投地、无以复加的境地。陈嘉丰当场表示，自己定当不负乔公重托，尽心竭力将此事办好。

　　获得了乔致庸的首肯与重托，陈嘉丰更不迟疑，当即组织大行门下各行头社首以及包头商界的代表人物齐集聚财厅议事。对于各商贾所会持有的犹豫与顾虑，陈嘉丰早已预料在先，于是首先把修复包头城垣的重要性详加解析，其次又把朝廷库藏空虚、无力划拨款项的情况如实道来，最后又讲在万般无奈之下，自己经与黄韬、布日格德几人协商，筹划以募款集资方式修复包头城垣，并且将获得乔致庸鼎力支持的过程一一说明。这些参会的行头社首以及商界的代表人物，无不是包头商界的精良之辈，在生意场上呼风唤雨，叱咤风云。可是身处封建年代，由于受腐朽道德观念影响以及陈旧教条主义限制，商人这个职业始终处于下九流的社会地位，得不到社会的普遍尊重，因此商人们只能借助赈济、捐赠等一些方式来承担社会责任，以期赢得社会的承认与肯定。此时这些商贾们听罢陈嘉丰的详细解析，心中原有的疑虑顿时烟消云散，眼睛里明镜般地看到，这正是一个展现商人抱负、体现商人社会责任的契机，同时也是为商人正名立身的一个大好机遇，因此大多数人当场即表示对此事持赞同态度。看时机成熟，陈嘉丰随即宣布乔致庸已决定将复盛公商号三年所获利益全部捐赠，聚财厅内顿时一片哗然。要知道复盛公商号堪称包头商界的老大哥，生意庞大，财力雄厚，三年的利益好比是一个天文数字。陈嘉丰紧接着又宣布，自己的鼎盛兴商号财力虽不及复盛公，但这些年也有不少结余，因此决定除留足运营资金，所有结余都毫无保留，尽数献出。聚财厅内惊呼之声此起彼伏。看到大行正、副行首如此慷慨大度，不遗余力，各行头社首及包头商界的代表人物无不尽受感染，纷纷解囊认捐，尤其是以财富称雄包头商界的十大晋商，除了乔致庸的"复盛公"外，诸如定襄梁如月的"如月号"、忻州智家的"永合成"、保德王蕊及其子王天生的"西碾坊"、代县梁大汉的"复义兴"、河曲田成仁的"田油坊"、太谷杨有能的杨家"十大双"、闻喜裴家的"忠厚和"、定襄牛邦良的"广恒西"、代县李威的"复新和"等商号，当场认捐俱达到十余万两乃至数十万两以上，其余中小商铺、作坊的商贾，亦有钱出钱，有物出物，唯恐落于人后。

　　翌年春天，修建包头新城的工程正式开工。由于此项工程浩大，同时全部采用砖石结构，所需工匠众多，从而吸引大量内地工匠纷纷闻讯赶来，投奔在工地上干活儿，成为修建包头的生力军。整个工地上人山人海，如火如荼。其间，借助重修包头城垣之机，大行和巴氏王府又再共同出资，对被暴雨损毁的街巷进行改造，当拓宽的拓宽，当重修的重修，新建门脸店铺、楼宇馆舍无数。历时两载有余，包头新城终得竣工。新城城垣周长约一十七里，高约一丈五尺，辟东、南、西、东北、西北五座城门，颇显气势雄伟，规模宏大。而在城垣之内，到处街巷纵横，店铺林立，车马喧腾，人声鼎沸，比及三年前大不可同日而语。

包头新城竣工之日，整个城内到处张灯结彩，锣鼓喧天，蒙、汉民众自发组织文娱表演，庆祝新城落成。在所有的文娱表演活动中最为引人注目的节目，当属在位于城内最繁华的九江口地段的财神庙旁，一座新落成的雕梁画栋的大戏台上由汉族艺人表演的二人台戏曲了。这个玩艺班子的主角即是李小朵。陪伴李小朵同台表演的还有一位年轻的女角。这两人当日登台演出的第一出小戏，乃是以男女对唱的形式表演，歌词唱道："七月二十三，众明公不知情，众明公请坐下，听我说分明……"

"当天一疙瘩瘩云，空中捣雷声，对面站下一伙人，望也望不清。看只看，二龙戏水要刮包头城……"

"水刮德茂兴，刮得实苦情，路过刮了个锡蜡铺，捎了个剃头棚，连三园围刮了两个落娼的人……"

"水刮同祥魁，大水实在凶，刮下一只大油柜，挡住了西城门。看只看，西滩的人们一个也活不成……"

"铁锁子放哭声，哀告众弟兄，谁能捞住我闺女，奉送十两银。看只看，西包头竟没个会水的人……"

"屈死鬼放哭声，惊动大行中，狼嚎又鬼哭，大家不安宁。看只看，西包头城里就把个鬼魂送……"

"官府传下令，追问大行人，这一次西包头刮了多少人？有的说八百多，有的说一千还挂零。"

这出二人台小戏，剧情虽简练，但却真实生动地再现了当日包头城遭遇暴雨灾害的情景，令所有当地的观众无不感触伤怀，潜然泪下。

这出二人台小戏，便是由李小朵编创的新曲目《水刮西包头》。

李小朵何以会在包头新落成的大戏台上登台表演，又如何会吸收一名年轻的女角加入戏班，并且同台演出？

原来李小朵自从遭遇婚变，身心受到巨创，万念俱灰，就染上了抽洋烟的恶习，连戏都不能好好演。戏班艺人纷纷离散而去，只留下当年最初伙同他出走西口的两位老乐师不忍离去，始终陪伴在他身边，勉强挣些银钱糊口。由于李小朵烟瘾不小，为了应付李小朵买洋烟抽，他几人也管不了什么是龙潭虎穴，顾不得在鱼龙混杂的城市会遭遇到什么样的人物，到处漂泊，指望能多挣几个钱。这日流落到包头地方来，偶然相遇萨日娜和小娉二人。萨日娜在洋烟馆看到李小朵竟然沦落到那般模样，不觉心痛如锥。而那李小朵一眼看到萨日娜捧枚吹奏《五哥放羊》之曲，猛然间良知苏醒，不觉羞愧难当。萨日娜当日即把李小朵和两位老乐师领回巴氏王府里，暂且安顿下来。在萨日娜的关怀与劝导下，李小朵毅然决定戒掉洋烟。萨日娜大为高兴，每日在王府里陪伴李小朵忌烟，亲眼看着李小朵在痛苦和希望中挣扎，有如剥茧抽丝，脱胎换骨，身体状况与精神状态日渐好转。

转眼已是仲秋时节，萨日娜归宁期满，到了不得不返回京城的时候，只是顾念李小朵刚刚戒掉洋烟，恐怕有所反复，心中颇感担忧。却有小娉主动提出愿意留下来照顾李小朵，陪伴他彻底戒掉烟瘾。由于小娉打从七八岁起就跟随在自己身边，十几年间从未离过左右，萨日娜自然了解小娉是个重情重义、知恩图报的好闺女，知道有她照顾李小朵，大可放心无虞。

就在李小朵住进巴氏王府戒烟的这段时日间，包头突患暴雨灾害，萨日娜闻知陈嘉丰从外地赶回，特地陪伴小娉去探访陈嘉丰，从而终于获知了小娉的哥哥马家成的下落。陈嘉丰立马修书把这个好消息告诉远在天津的马家成。马家成闻讯，当即赶回包头与妹妹相见。马家成打算带小娉去天津居住，只是小娉告诉哥哥，当年李小朵于自己兄妹俩有救命之恩，现在李小朵沦落到这般地步，她决定留下来好生照顾李小朵，以报还李小朵的恩义。马家成听后自然也无甚话好说。由于天津分庄事务繁忙，马家成在包头小住几日即返回天津。

当年冬天，陈嘉丰决定将自己商号的所有的结余全部捐献出来用于新建包头城，由此马家成与他产生分歧，随后脱离了鼎盛兴商号，自立门户，后来把生意做到了海外，终成一介大商。光绪年间陈家生意遭遇严重危机，马家成毅然将自己大笔资金注入鼎盛兴，帮助陈家走出困境。

李小朵从萨日娜和小娉口里获知，原来自己的结义兄弟陈嘉丰这些年间一直在包头经商。本来自从那年两兄弟在归化城见面，当时约定过些时日结伴去后套与郭望苏相会，只是陈嘉丰突然听说自己竟然有了儿子的消息，当即脱离了大盛魁，返回老家看望儿子，翌年李小朵因父母亡故，即变卖了祖产，常年流落在口外，两兄弟一直再未有缘谋面。此时听说陈嘉丰身在包头的消息，李小朵大为欢喜，只是低头看看自己模样，不觉自惭形秽，因此央求萨日娜和小娉暂且不可把自己的行踪告知陈嘉丰。萨日娜和小娉倒也理解他的心情，便也守口如瓶。

萨日娜临回京之际，嘱咐哥哥布日格德定要把李小朵等艺人和小娉当作家人一样好生看待，且莫使他们流落街头，吃苦遭罪，布日格德自是满口应承。萨日娜没有想到，在她折返京城的第二天，任凭布日格德怎么挽留，李小朵等人和小娉也不肯听从，一起搬出了巴氏王府，自行租赁房屋居住。李小朵在小娉的陪伴下，最终彻底戒掉了洋烟，在他身体完全康复后，再度组建起一个玩艺班子，指望在这条道路上有个奔头。而在这期间，小娉亦对二人台产生了浓厚的兴趣，并且在李小朵的教习下，很快就可以登台演出了。这两三年间，李小朵等人每日摆摊演戏，挣钱糊口，但有些闲暇时间就去往建筑包头城垣的工地上，趁民工歇工之际免费表演上一两出，为民工鼓舞士气。李小朵戏班因其精湛的演技和丰富的节目受到观众的喜欢，在包头地面上声名鹊起，就连陈嘉丰听说了，都专程选择时间赶来观看。当陈嘉丰一眼发现那演戏之人便是结义兄长李小朵时，大是喜出望外，而其时李小朵内心的创伤也已愈合，也就不再藏首藏尾，大方与陈嘉丰相见。

就在包头新城即将竣工的时候，忽然有布日格德直接来找到李小朵，交给他一份产业凭帖。原来萨日娜在返回京城之时，曾留下一笔金银，委托哥哥代她在包头城内修建一座大戏台，将来交给李小朵经营，以使李小朵能够不必再过居无定所、四处漂流的日子。现在大戏台落成，布日格德特地赶来将大戏台的产业凭帖交予李小朵接收。李小朵双手接过凭帖，不觉再度潸然泪下。自此，李小朵在包头扎下根来，依靠这座大戏台，终至将二人台这门艺术广为传播，使之成为晋陕蒙一带老百姓喜闻乐见的戏剧剧种。

包头新城竣工之日，正值农历七月初二，距离水刮西包头之日已将近整三年时间。这一日夜幕降临，有大商乔致庸代表包头商界在新建成的南门城楼上摆布酒宴，庆贺新城落成。原来乔致庸为老嫂守孝三年期满，已于不久前返回包头。届时酒宴开始，只见包头各个城楼上到处挂满喜庆的灯笼，将黑夜照如白昼。宾客有萨拉齐厅理事通判黄韬、巴氏王府布日格德王爷，以及大行门下各行头社首、十大晋商，乃至陈嘉丰、李小朵等人，尽皆拥坐南门城楼，把酒相庆。坐在南门城楼，即可看到黄河在不远处缓缓流淌，正前方的南海子渡口上百船停靠，船上灯明烛亮，为这个夜晚更添辉煌。

此情此景，令拥坐南门城楼上的乔致庸和陈嘉丰、李小朵三人大有似曾相识之感。三人不由回想起二十多年前在河曲水西关城楼的那次聚会来。当日水西关城楼聚会，在乔致庸的主持下三小龙义结金兰，乔致庸并曾勉励三小龙将来匡世济民，成就大义。而今在包头的南门城楼上，却只有陈嘉丰、李小朵二人在座，唯缺郭望苏一人。

三人正感触伤怀之际，忽然听得黄河岸畔一声炮仗响亮，紧接着就看见自南海子渡口上游漂下一串串河灯来。那河灯有龙头、鸟兽、荷花、仙女……一盏接一盏，明明灭灭，顺水漂流。南门城楼上的所有宾客都不由大为惊讶，纷纷举目观看。只有陈嘉丰、李小朵二人忽然心念一动，不由自主起身离座，径自下了城楼，直奔黄河岸畔。二人来到南海子渡口上游，只见在黄河中央赫然停立着一只小木船，隐约可看清船上有一男一女二人正不断往水里放逐河灯。陈嘉丰、李小朵看见那船上男子的身影异常熟稔，不由张开喉咙齐声呼喊。

一个喊的是:"望苏哥哥。"

一个喊的是:"望苏贤弟。"

船上那男子闻声,顿时停止了放河灯,转而只见他从水中拔出固定船只的铁锚,抄起一支撑船竿子,撑着木船缓缓向上游划去。

陈嘉丰、李小朵连忙沿着河畔追赶。

船上那男子忽然扯开粗喉咙大嗓子吼了起来,是一首流传在黄河河道上的"抄船号子":"二马来,你妈穿着两只大花鞋,嗨;一只那圪遛一只歪,嗨;抄起来,你给哥哥巧打扮,嗨;大闺女爱上那扳船汉……"

木船渐行渐远,上游依旧有各式河灯不断地流下来,流淌出一种说不清道不明的感伤、幽怨、寂寥与哀愁。

自打这年起,每逢农历七月初二,包头的黄河岸边都要放河灯,而每一盏河灯都寄托着一个走西口的人流落在异乡的魂魄,他们希望到七月十五的时候,自己的魂魄能够漂回遥远的故乡。

尾声

黄河流经晋陕峡谷，两岸黄土漫漫，无边无际。两种浓重的浑黄交织在一起，离远地看来，竟然分辨不出二者本非一体，只有走近来看，才发现黄河奔涌狂放，骚动不安，可是黄土高原却始终深沉静默地将它收揽在怀抱里，像宽厚的长者呵护着顽皮的稚子，一如既往。

又是一个清明节过后，冰封的黄河已经解冻，河道里开始了新的一轮繁忙。这日从临县下游撑上来一只空船，停靠在保德沙河口渡口装载货物。随船捎运的两名乘客付过船资，弃船上岸。这两名客人一位年过花甲，另一位是个弱冠少年，显然是祖孙二人。老少二人沿着黄河徒步上行，老者一路上指指点点，给那少年讲说两岸上的风物景致。不多时到达天桥峡岸畔，一眼即可望到在宽阔的河面上布满密密麻麻的渔船，有数不清的船工在撒网捕鱼。花甲老者见此情景，疑惑地询问岸上乡民："保德鱼贡副贡扰民，同治皇帝早已下旨裁革一切副贡，宫廷岁贡仅区区百余尾，何需动用如此众多渔船捕捞？"

"客官何人，竟然知道同治爷爷裁革鱼贡的事情？"那岸上乡民惊奇地反问一句，也不待老者答复，径自告知他说，"当年钦差大臣黄韬代天巡狩，明镜高悬，不仅处置了本州知州胡丘等一众贪官，为清官白进洗冤昭雪，而且怜惜百姓疾苦，为民请命，奏请同治爷爷亲笔下旨裁革鱼贡之外一切副贡。只可惜同治爷爷命短，圣旨刚刚下达，即已驾崩。慈禧爷爷登基后，同治爷爷的圣旨自然就不作数了。俺们沿河老百姓都说，只怕这世上甚时候没有皇帝了，那该死的鱼贡才会有到头的一天！"

原来乡间土民，大多孤陋寡闻，只知有慈禧，而不知有光绪。

"怎么竟会是这样？"老者不禁扼腕叹息，悲天悯人。

那位乡民自不认识，站在面前的这位花甲老者便是黄韬，亦即那位曾经的钦差大臣。

同治十二年秋七月，包头新城落成。虽然山西一系官员为防备当年侵吞修筑包头城专款的事情败露，刻意隐瞒包头城倾毁的消息，却未料到有绥远将军奕匡将重建包头城的事实禀奏到了御前。同治皇帝御览奏章，眼前豁然一亮，为治下蒙汉百姓能有如此义举而颇感慰藉。皇帝亲敕萨拉齐厅理事通判黄韬进京陛见，发现黄韬乃是一位不可多得的人才，当即擢拔其留京重用，除授都察院所属山西道监察御史之职，随后又钦点其出使包头，代天子安抚当地蒙汉民众。黄韬领命在身，不敢多作逗留，带领吏从护卫人等，取官道奔赴口外。不一日到达包头，黄韬代宣圣谕，大意云：包头民众虽蒙汉杂处，种族迥异，然同属大清子民，能同心同德，忠君体国，自发筹资出力，修建新城。皇帝位尊九五，亦有恤子爱民之义，特赦免当地商贾三年课税厘捐、蒙汉平民三年钱粮杂役，此外对牵头修建包头新城的人员大加褒奖，恩赐巴氏郡王晋爵亲王，大行行首乔致庸、副行首陈嘉丰分别领受正、从五品候补顶戴，以彰显其功其德。包头官民无不三呼万岁，叩谢隆恩。

黄韬完成天子使命，至萨拉齐厅交割印信，随后在后衙搬出家眷，欲进京复命。尚未启程，忽然收悉都察院快马送呈急件，传令黄韬勿须进京，即刻转道山西，奉旨巡按本道所属府县，并阐明此番巡按纲举目张，严戒慵懒，无弹举不得轻退，无敷陈则为渎职。原来，自从同治亲政以来，政局动荡不安，国事纷乱如麻，外交、割地、赔款，令其疲于应对，兵燹、匪祸、灾荒，令其不堪烦扰。政令不畅，吏治松懈，刑名混乱，典礼废弛，各级言官纷纷禀帖交章，倡议谏言，甚或有"若长此以往，必致国将不国"之论。同治思虑再三，决定恢复御史巡按旧制，由下而上，补苴罅漏，严明法令，整肃纲纪，敕令都察院奉旨即行。依清初旧制，都察院所属各道监察御史被赋予监察百官、巡视郡县、纠正刑狱、肃整朝仪的职责，只是在康乾之后，御史巡按制度逐渐淡出，虽偶有出巡，亦形同虚设，收效甚微。同治颁旨恢复巡按旧制，都察院不敢怠慢，当即部署各道监察御史奉旨出行。都察院依行省区划共设置十五道监察御史，每道除掌印御史外仅设满、汉御史各一名，员少任重，故山西道掌印御史紧急传书新任御史黄韬，令其随即赴任，巡按本道所属太原府以北地区，另遣一名满籍御史出巡太原府以南地区，分头行事，以不致贻机误事。

黄韬遵从安排，当即欲奔赴各地公干，只是顾念一路上携带家眷多有不便，打算在包头租赁民居，暂且安置家眷，待公事完毕后再接取家眷一同进京。布日格德获悉后，主动提出将黄韬家眷接入王府，代为供养，盛情难却之下，黄韬只好领受。

黄韬带领原班吏从护卫人员上路，首先就近巡视罢山西归绥道及其直管的除萨拉齐之外的口外六厅，经蒙、晋交接的新平口返回口里，然后依次巡按大同、朔平、宁武、代州、忻州各府州所辖属地，最后经太原府所属岚县、岢岚、兴县迂回到保德州，走遍了半个山西。保德州已是行程里的最后一站，所领仅河曲一县，巡按罢此地，即可算是功德圆满，完成使命了。

兴县与保德共同濒临晋陕峡谷黄河岸畔，黄韬一行人沿着黄河上行进入保德地面。黄韬离京以来，转眼已将一年，此时已进入初冬时分，黄河两岸已开始封冻上薄冰，河道内的行船也已上岸。由于沿河道路崎岖不平，艰险难行，黄韬等人只好弃马步行。一路走来，黄韬亲眼看到，保德之地果然山穷水恶，地瘠民贫。沿途借食乡民之家，乡民所奉食物皆粗糠秕谷之类，连顿像样的饭菜都没有。黄韬不禁疑惑，时刚秋收，何以无新米为炊？问及一户乡民，才知道原来自从当年康熙皇帝将此地黄河石花鲤鱼钦定为宫廷贡品，各级官员即不断层层加码，副贡各名目数额巨大，百姓无法完成贡额，不得已以钱粮抵贡，每年所产粮食大都是交纳了鱼贡，故而寻常只可以粗糠秕谷、野菜树皮聊以为生。黄韬听罢，不由对各级官府所为大为愤慨。

黄韬再向这户乡民询问当地官府政绩。乡民气愤地回答，本地官府只知搜刮地皮，鱼肉百姓，哪里有什么政绩？此番乡民也不消黄韬再度追问，打开话匣子，即如竹筒倒豆子般将官府的所作所为一一倾倒出来。原来本地知州本名胡丘，向来贪得无厌，身边有一书吏奚耀珍亦心怀歹毒，二人来到保德近二十年间，狼狈为奸，贪赃枉法，荼毒百姓，巧取豪夺，可谓坏事做绝。乡民将二人所做的坏事一件一桩讲来，其中有三桩坏事令黄韬大是义愤填膺。

头一桩是，本州郭家滩村陈姓乡绅，因素不巴结官府，开罪于知州胡丘，为了报复泄愤，胡丘指使书吏奚耀珍伙同奸商郝开友买通船工，在陈家的赈济粮船上偷藏洋烟，导致乡邻误会，纵火烧毁粮船，迫使陈父身死，陈氏一门舍弃家业，流落口外。陈氏所遗房产、田地，俱被胡丘侵占。黄韬询问乡民，胡丘等人买通船工，在粮船上偷藏洋烟，可有确凿证据？此乡民悔恨答道，当日便是自己在黄河上扛工当船工时，因贪图钱财，一时糊涂才办下这等不堪之事。当年陈家蒙受的不白之冤，终于水落石出。第二桩是，胡丘和奸商郝开友营私结党，挪用州库官银，胡丘委派郝开友亲赴口外开办草场牟利，草场生意倒闭后，又去往包头经营烟馆，直至三年前烟馆被暴雨冲毁，郝开友在包头无法立足才回转保德，只是并不消停，仍然继续利用官银做本钱，在州城内开设烟馆、赌局、妓院、当铺等，牟取暴利。第三桩听来更加令人发指。知州胡丘原是本州所属河曲知县，咸丰四年冬，本地遭际大灾，百姓缺粮断炊，因事态紧急，原任知州白进未及申报省、道，当机立断开仓放粮，赈济乡民。胡丘和书吏奚耀珍合谋，拟就申饬文书，捏造罪状，诬陷白进，导致白进蒙冤屈死。胡丘借助白进之死升任知州，用他人的鲜血染红了自己的顶戴。这三桩事情，黄韬在口外时就有所耳闻，此时再度听乡民讲来，情知并非妄言。

翌日，黄韬抵达保德州衙，一边按部就班勘核账目，查验库藏，一边令吏从四下出访，调查取证。经过一番明察暗访，却又挖出一桩龌龊大案来。原来自从胡丘到任保德以来，私自将鱼贡份额翻倍，只是多缴鱼贡并未归公，尽皆纳入私囊。一应证据掌握确凿之后，黄韬拟就禀帖一份，传令火速呈送都察院。不过半月两旬，快马去而复返，同时带回了部院回批。原来都察院左督御史收悉黄韬禀帖，看到案情重大，不敢怠慢，当即送呈御前。同治亲敕吏部、刑部会同审办此案。吏部批复罢黜胡丘知州衔职，刑部批复贪官胡丘、恶吏奚耀珍斩刑，奸商郝开友杖责并刺配口外边地之流刑，并委黄韬依令监斩及处置案犯。黄韬遵从此令，随即将这一干案犯缉拿起来。还未及发落，朝廷所遣使臣突然莅临保德，代天宣谕，其大意云：皇帝惊闻各级官府借助保德州宫廷鱼贡，层层加码索求，又有知州私自将贡额翻倍，中饱私囊，导致百姓鬻牛卖女，生活维艰，特下旨裁革例贡之外一切副贡，令行禁止，不得反复。同时核查保德州故知州白进清正廉洁，怜恤子民，开仓赈济并无过错。白进不幸遭奸佞诬陷，蒙冤屈死，特追赠其为奉直大夫，并赐谥号"恩烈"。这已是封建年代皇帝给予臣子的最高褒奖。

黄韬当即修书一封，将此结果告知远在包头巴氏王府的霓歌。霓歌闻知父亲的冤案终得昭雪，不胜感伤，在丈夫布日格德的陪同下专程赶回保德，祭奠父亲。陪伴二人同回保德的，还有当年替白进收尸，并将其殓葬在城外荒丘西二梁的陈嘉丰。黄韬择日处置案犯，将贪官胡丘、恶吏奚耀珍押赴西二梁白进墓前处斩，并依令杖责奸商郝开友，刺配口外，起解上路。随后，霓歌打算将父亲骸骨迁回河曲祖坟，保德官民并无异议。黄韬亲自陪同霓歌夫妻将白进灵柩迁回河曲。陈嘉丰专门留在老家，亲自将黄韬从胡丘手中收回并交还给陈家的房产、田地再度分发给郭家滩众乡邻，这回众乡邻终于知晓老陈家德行并非虚妄，无不感恩戴德。

白进灵柩运回河曲旧县祖籍，黄韬亲自主持为其操办了隆重的葬礼，州、县官民俱闻讯而至，祭奠这位屈死的英灵。

葬礼结束后，黄韬打算跟霓歌夫妻结伴折返包头，正要动身之际，忽然有一身穿绫罗绸缎的土财主拦马求见，自称是薛称心。原来薛称心多年来为富不仁，苛刻盘剥，横行乡里，强取豪夺，把唐家会寥寥千余亩土地全部霸占为自己所有，唐家会区区数百口人，几乎尽数变成了薛家的长、短工。薛称心成为一方土豪，志酬意满，这日听闻钦差大人莅临本地，特地赶来求见，央求钦差大人把唐家会易名薛家寨。

黄韬一听薛称心报出姓名，即感觉甚为耳熟，于是询问薛称心是否认识一个叫作孖花的女人？薛称心大是莫名其妙，不解这位钦差大人何以知道自己老婆的名讳，却也老实回答，孖花即是他的老婆。黄韬再度追问，道光年间，你夫妻二人合伙在包头一所妓馆里偷盗山西临县一位客商的大笔银两，可有此事？原来，当年在包头丢失银两的那位客商，即是黄韬的养父，因此大笔银两丢失，黄家经营的生意陷入困境，家道衰落，万不得已之下，其养父忍痛将家产变卖，终将黄韬抚育成才。后来黄韬出任萨拉齐厅官，却也一直留意此案，只是阴差阳错，直到今日罪魁祸首才终于浮出水面。薛称心有心抵赖，却是百口莫辩。黄韬当即传令从县衙专程赶来陪侍自己的河曲知县将薛称心缉拿起来，并遣差役赴唐家会将扎花也一并捉拿归案。经过一番审理，薛称心多年来所施行的种种劣迹公然跃于纸上。黄韬并河曲知县两级断案，判令查没其所有财物、地产，并依据契约，尽数发还原主。至于薛称心夫妻二人，念其年事已高，不予刑责。薛称心夫妻二人净身出户，无处栖身，只好走出西口，流落到绥远城军营去投奔两个当军官的儿子。只是夫妻二人到了口外才知道，他家那两个活宝早已被义军刺杀丧命。后来有乡邻在口外偶遇薛称心夫妻，二人靠乞讨为生，最终被冻饿死在一所破庙里。

办毕此案，黄韬陪同霓歌夫妻结伴去往包头，在巴氏王府接出家眷，进京复命。临行之际，黄韬特意向霓歌借看当年白进遗留下来的那只长命金锁，霓歌大为奇怪，不解过去了这么多年，黄韬何以对这只金锁记忆尤深，却也取出来给他观看。黄韬将金锁捧在手里端详半天，方交还给霓歌。直至黄韬离开包头甚远，霓歌蓦然发觉，黄韬交还给她的这只金锁并非父亲遗留下来的那只金锁。乍看起来，这两只金锁一模一样，只是金锁反面所镌字迹不同。父亲的那只金锁所镌为"苏才郭福"，而这只金锁所镌乃是"姬子彭年"。"苏才郭福""姬子彭年"，本是上下对仗的一句吉祥话儿，苏才指苏轼的才学，郭福指郭子仪的福气，姬子指周文王的多子，彭年指彭祖的高寿。原来这两面金锁本来就是一对。霓歌恍然大悟，这才明白黄韬即是当年在老家河曲渡口走失的父亲的胞弟，亦即自己的亲叔父。

黄韬携带家眷进京，一路上踌躇满志，打算从此辅佐同治皇帝，一展胸韬抱负，只是还未到达京城，即在半途中看到各地百姓尽着蓝衫白衣，举国吊丧，原来同治皇帝已于日前突患疾病，不治夭亡。同治驾崩后，年仅四岁的光绪登基，两宫太后垂帘听政。牝鸡司晨，朝政更加黑暗，万马齐喑，九州丧失生气。同治生前下旨恢复的御史巡按制度从此彻底废除。都察院各级官吏明哲保身，尸位素餐，黄韬郁郁不得志，在老父亡故后，即报了丁忧回原籍守制。直至守制期满，亦无心起复，遂辞官致仕。

俗话说"无官一身轻"，黄韬赋闲在家，颐养天年，忽一日无意间看到那只当日跟侄女霓歌调换来的长命金锁，心思萌动，打算赴河曲旧县一行，为生身父母祭扫坟墓，将来在九泉下也好与父母相认。只是黄韬与其兄长白进一样，并未生养儿子，膝下只有一个闺女，闺女成家后，一家人始终陪伴自己居住。黄韬年过花甲，突然独自出行，家人大不放心，即遣长甥陪行照顾。祖孙二人自黄河岸畔买舟而上，在保德沙河口渡口下船，经过天桥峡，不消多半日即到达河曲旧县，当晚便在海潮禅院借宿。翌日，祖孙二人来到白家祖坟，一眼即看到坟地里刚刚培了新土，供桌上摆放的祭品尚且新鲜，问及坟畔不远处放羊的老汉，才知道自从白进归葬祖坟后，霓歌夫妇每年清明节都从口外赶回来祭扫坟墓，并未间断。黄韬听罢，心里颇感慰藉，于是烧香摆供，焚纸奠酒，以子嗣之礼祭拜了历代先人，又在先兄白进墓前磕了头，也算是认祖归宗，了却了这一桩心事。

事情办妥，黄韬并无意早早返回临县，每日由长甥陪伴，在旧县镇内到处闲走，拜谒村邻，寻访同宗。只是黄韬走遍整个旧县，却发现此地所有人家均多老弱妇孺守家，鲜有男子壮丁治业。问及乡民，才知道此地自古土地贫瘠，十年九灾，百姓生活本就穷极困苦，尤其进入光绪年间后，官府徭役只增不减，使百姓生活更如雪上加霜，因此本地大多数成年男子只好每年春出秋归，奔赴西口外扛工挣钱，将养家口。黄韬看到家乡这般境况，不由唏嘘喟叹。

自从不久前黄韬祖孙来到海潮禅院借宿，看到偌大一个寺院，却只有寥寥三五名僧侣住持，香火稀稀落落，哪里有昔日人们传说的香客如流、信徒如潮的景象？倒是发现在寺内观音殿下的门廊前摆置着一张矮几，日常有一位癫生斜坐几后为他人卜算解惑。寺里僧侣告知黄韬祖孙，此人本为旧县俊秀，年方弱冠即举乡贡，同治以来逢科即考，却屡试不第，后来发了一场病，就变得疯疯癫癫。此后他也不再读书，搬了张矮几，到处摆摊卜算，也不收取卦金，只索烧酒一壶，每日里把自己灌个醉醺醺。前些时日，不知何故这癫生突然把矮几搬到寺里来，摆下卦摊，只因寺里香火不旺，癫生卖卦也可顺便招来几名香客，于是寺里也便容他留下来。这日黄韬在寺内闲步，看到寺内并无一名香客，只有那个癫生正趴在观音殿下的门廊前的矮几上打盹儿，蓦然想起自己的行李中还带有一瓶酒，心想何不就与这癫生同饮，以解心头郁闷，便去后院借宿的禅房里取将出来。黄韬捧着酒瓶尚在观音殿的门廊外，就听得那癫生在门廊内大声呼喊："好酒好酒。想我癫生自幼读书，逢科即考，只是为了要在琼林宴上尝一尝皇家的御酒，却命薄无福。想不到今日倒有此机缘，了却这桩夙愿！"黄韬不由大吃一惊。他手捧的这瓶酒，的确是皇家的御酒，乃是当年修复包头城垣后，应同治皇帝诏见时所赐。同治钦赐御酒本有两瓶，黄韬一直珍藏着，这回带到河曲来，一瓶祭奠了祖宗，尚存一瓶。黄韬走进门廊，看见那癫生早已站立在门廊口迎候，不等自己说话，即迫不及待地伸出手来接过酒瓶，毫不客气地拍开泥封，仰起脖子"咕嘟咕嘟"一口气喝下去有半瓶，喘着气连称"好酒好酒"。癫生将酒瓶放在矮几上，这才向着黄韬说话："贤侄孙到处寻访同宗，不知道我其实就是你同宗的祖爷爷。咱也不消套近乎，我喝了你的御酒，无物偿还，你若有什么疑惑，我便替你解解吧。"

黄韬未料到癫生竟是自己同宗长辈，于是恭恭敬敬地向他求教："晚辈幼年离乡，至今方归，却看到家乡父老生活困窘，日月清苦，多有人家靠走西口逃荒谋生，甚是恓惶。故而晚辈有一疑问，只不知这靠走西口逃荒谋生的日子，何时才会是个尽头？"

那癫生也不摇钱，也不卜卦，只拈起一支秃笔，在舌尖上舔湿，随手在一张草纸上挥毫写下一行谶言："雁行胡不归，他乡即故乡，篱藩解边客，乙丑换新牛。"

黄韬看那谶言十分直白易懂，显然是说家乡老百姓走西口的日子会在下一个乙丑年了结，掐指算来，也不过短短几十年，顿时心里大感慰藉。

黄韬一眼发现这位同宗长辈看似狂癫，实则洞悉天数玄机，高深莫测，心念一动，有心再向他求问这个世界未来的变数，却见他对着自己摆了摆手，道："我已知你心意，不必说，不必说。"只见他径自捧起酒瓶，将剩下的半瓶酒一口气喝完，顺手将瓶底的几滴残酒滴落在矮几上的砚瓦里，然后抓起秃笔，饱蘸浓墨，在草纸上又书写下一幅龙飞凤舞的谶言。谶言云："真龙升天早，凡夫乱世忙；三十八载风云骤，改换旧天地。安邦不称君，治事不称臣；开边放禁皆大统，一国两分制。"

黄韬阅罢谶言，一时只觉心惊肉跳，惶恐不安，只是心里尚存一丝疑惑，何以这未来没有皇帝和臣子的"朝廷"，也要沿袭大清朝"开边放禁""共居分制"的对蒙政策？想要向癫生问个明白，却见那癫生早已酩酊大醉，俯伏在矮几上呼呼睡去。